近现代书信丛刊

006

浙江古籍出版社

近现代书信丛刊 006

# 郭连贻郭在贻信札合集

郭宪玉 郭宪明 郭朵 郭昊 编

图书在版编目(CIP)数据

郭连贻郭在贻信札合集 / 郭宪玉等编. -- 杭州：浙江古籍出版社，2021.3
（近现代书信丛刊）
ISBN 978-7-5540-1876-7

Ⅰ. ①郭… Ⅱ. ①郭… Ⅲ. ①书信集—中国—当代
Ⅳ. ①I267.5

中国版本图书馆CIP数据核字（2020）第247551号

郭连贻郭在贻信札合集

郭宪玉　郭　朵
郭宪明　郭　昊　编

出版发行　浙江古籍出版社
（杭州市体育场路347号　邮编：310006）
网　　址　https://zjgj.zjcbcm.com
审　　定　张涌泉
责任编辑　伍姬颖
版式设计　刘　欣
封面设计　吴思璐
责任校对　吴颖胤
责任印务　楼浩凯
照　　排　浙江时代出版服务有限公司
印　　刷　浙江新华印刷技术有限公司
开　　本　787 mm × 1092 mm　1/16
印　　张　24.25
彩　　插　2
字　　数　200千字
版　　次　2021年3月第1版
印　　次　2021年3月第1次印刷
书　　号　ISBN 978-7-5540-1876-7
定　　价　98.00元

# 前　言

郭连贻、郭在贻先生出生于山东省邹平县碑楼村一个耕读之家，家道清贫。郭连贻先生大性好学，断断续续接受过七年私塾和新式学校教育，除从戎九载，大半生生活在农村，先后做过农中教师、铡草农工、河上车夫、果园看护，于艰苦竭蹶中临池不辍，读书作文，自得自乐，在书法创作和文史研究方面取得一定成就。郭在贻先生幼年丧父，在长兄郭连贻的资助下完成了从小学到大学的全部学业，他耐得住清贫和寂寞，以“板凳甘坐十年冷，文章不写一字空”的精神潜心治学，在训诂学、敦煌学、俗语词研究等方面取得骄人的成绩，成为从农家寒门走出去的、具有全国影响力的著名学者。

自20世纪60年代始，近半个世纪里，郭在贻先生、郭连贻先生，一个是大学里的教授，一个是乡村的布衣学者，都特别钟情手札这种传统的书写和表达方式。特别是20世纪60至80年代，社会动荡、山水阻隔，兄弟二人鸿雁往返，彼此挂念，相濡以沫，感情笃深；西湖的水、孤山的梅花、逆境中的困顿、生活的艰辛和无奈，以及郭在贻治学上的每一个成就，一一诉诸笔端，这远隔千山万水的诉说和倾听，给予了各自生活的信心和快乐。郭在贻先生的家书，既饱含浓浓的亲情，也是那个时代社会变革、个人心路历程和其治学之路的生动展现和真实写照，还有众多学界人物的掌故和逸闻，具有珍贵的史料价值。而在乡下，郭连贻先生在劳作之余，与各地文友交流甚广，他襟怀坦荡，无论名家教授，还是普通的青年人，无论几十年的故交，还是从未谋面的新友，均坦诚相待；这些书信，既是郭连贻先生谦逊、敦厚的人格体现，也是其书法艺术的重要组成部分，彰显了先生的人文情怀和艺术魅力。

近十几年来，随着通讯方式的变革，书信已渐渐不为人们所使用，作为中国传统文化的信札也将逐步淡出历史舞台。郭连贻、郭在贻先生的信札，有数百通之巨，包含丰富的社会人文资料，具有一定的书法艺术鉴赏价值，更显得弥足珍贵，将它们整理保护好，并发挥其应有的人文、艺术价值，是我们后人义不容辞的责任。

限于篇幅，今选郭连贻、郭在贻信札计 93 通，结集出版。郭在贻先生的家书，因为是同胞兄弟之间的书信交流，真情吐露，未加掩饰，评人论事或带有个人感情色彩；另外，郭连贻先生对于书法的认识和见解，或囿于个人的认知水平，未必准确，权当一家之言。读者诸君见仁见智，不必苛求。由于编者水平有限，所选篇目或有不当，敬请读者诸君批评指正。

编者

二〇一九年六月

# 编辑说明

1. 本书辑录郭连贻、郭在贻两位先生信札93通，均以阿拉伯数字编号。考虑到两位先生书法成就颇高，所有信札原件，依正文顺序附后，供读者诸君欣赏。

2. 本书按照信札书写时间先后顺序编排，故郭在贻先生信札在前，郭连贻先生信札在后。

3. 原信中作者用字与现代汉语出版规范不符之处，均酌情保留，如“一幅对联”“付主任”等。

4. 原信中涉及的人名，作者有用同音字者，如“耀忠”写作“躍忠”等径改，不再说明。

5. 原信中数字用法依照原文，不作处理。

6. 原信中笔误之处径改，不再说明。

# 目录

郭在贻（1939—1989）

郭在贻（1939—1989），山东邹平人。生前为杭州大学中文系教授、博士生导师，中国语言学会理事、中国敦煌吐鲁番学会理事、中国训诂学会副会长。师从姜亮夫、蒋礼鸿等先生，毕生致力于汉语言文字的教学和研究，培养了一大批优秀学生；在楚辞学、敦煌学、说文学、训诂学和俗语词研究等领域取得了令人瞩目的成绩，发表了上百万字的学术论著。主要著作有《训诂丛稿》、《训诂学》、《郭在贻语言文学论稿》、《郭在贻敦煌学论集》、《敦煌变文集校议》（与张涌泉、黄征合著）。其中《楚辞解诂》《唐代白话诗释词》二文获首届中国社科院青年语言学家奖，专著《训诂丛稿》获国家教委首届普通高等学校人文社会科学研究成果二等奖和浙江省哲学社会科学优秀成果特等奖，《敦煌变文集校议》获王力语言学奖三等奖。1988年被评为国家有突出贡献的中青年专家。

# 郭在贻致郭连贻　51通

## *1*

大哥：

搞了一个多月的外调之后，我已于廿二日返杭。今天得到母亲来信，谓家乡去岁歉收，政府发给救济粮，而大哥经济拮据，无力出款购买，又不愿向我要求援助云云。读后中心恻然！回顾廿余年来手足之情，何尝有过彼此尔我之分？而今各有家室，遂不免造成了隔膜。大哥之心情，我是理解的，弟之心情，大哥当亦更能理解也。

不过，无论这隔膜是何等的深，总不能把廿年来的同胞物与之情从我们的记忆中消除，总不能使我们彼此视如路人。大哥的困难，我是应当也心甘情愿资助解决的，即使不能全部解决，暂解决一部分也好。今寄上拾伍圆，可马上去买口粮。

有了家庭，便不能一个人独断独行了，特别在经济上，尤其要征求对方的意见。

外调期间，曾在苏州写过一信，到上海后发出的，收到否？在上海我住“浦江饭店”六楼，在此可鸟瞰外滩、黄浦江一带的全景。群楼轩峻峥嵘，街上车水马龙，所谓大上海，要在这里才能得到真切的印象。最近上海在准备庆祝“九大”闭幕，晚上灯火辉煌，那景象就更绚丽了。

写到此，盼来信。祝

安好

弟顿首

六九年四月廿八日

## 2

大哥：

久未见来札，深以为念。今寄上一斤茶叶，你和母亲对半分。现在茶叶凭证买，每季度限购半斤，故一时不能多寄。请将此意告之母亲，勿谓儿小气也。注意：刻刀也在里面；青田石因去温州的同志还没有回来，只得以后再设法寄去。

七号给母亲寄去拾伍圆，请转告老人家，春节前就不再汇款去了。

那祺给母亲一信，前几天寄出的，未知收到否？

连日来密雪翻飞，西子湖畔玉树琼楼，何其妖娆。遥想北国千里冰封，万里雪飘，其景当更壮丽！

即颂

近祺

弟顿首

七〇年元月八日

## 3

大哥：

十七日信收到了。前天给田杰叔去了一信，联系换粮票。今天他到杭大，送来了八十斤粮票（我信上写的七十斤粮票，八十斤小麦，他看错了，误以为粮票是八十斤，又恰值我不在家，我到法院路五号找他去了，妈妈和小彭便收下了。特此说明。如家中小麦不够，八十斤粮票应换九十斤小麦，请另想办法）。希见信后照付人家九十斤小麦。

秋风凉冷，母亲的气管炎时有发作。此病目前尚无根治之法，只好吃点止咳定喘丸之类勉强对付，过些时候，等我稍空一些了，我将陪母亲到中医院去诊治，或许老中医们能有高明的办法乎？

有了孩子，不胜其烦。读书、写字的时间被剥夺殆尽。即如今晚，潇潇细雨，正是埋头读书的好时候，然而不成，大人叫，小人哭，弄得你晕头转向、叫苦不迭。记得诗人朱自清尝云，一个人孩子多了，就如同蜗牛负重。我现在只有一个孩子，已经有变做蜗牛的感觉了。

附上给范义等人的信，请转交。

即颂

夏安

弟在贻

一九七〇年八月廿三日

## 4

大哥：

久不通信了，近况若何？听母亲来信说，你年前卖画收入比往年好，能多少解决一些过年的开销。为之高兴，但也为之伤怀！指望卖画来贴补生活费用，可见也是没有办法中之办法了。年来还在山上看果园否？于艰苦竭蹶之中，仍能陶醉于大自然的风光，寄怀于诗情画意，这要靠学养。但只要能达到这一境界，我想生活就会是有意义的。听说作家巴人已经回到浙江奉化老家务农，到家时只带回一个小小的铺盖卷和能够装满一屋子的书，订了十多份报纸杂志，日以读书为乐。象这样的人大概还有不少。山林之中，得毋增多几个知己耶？

看样子，将来古代文化还是要有人去搞的。此地老先生们都忙着整理旧稿，以便在生命完结之前能够向国家交账。但他们那一套学问，将来能够懂得的怕不多了。若论继往开来，舍我辈其谁乎？

我早已调到古典文学教研组。近半年来，我在写一篇有关《楚辞》之训诂问题的文章，名曰“读楚辞旧注札记”，初稿已成，可惜路远，不能呈吾兄一读。我还写了篇《试论屈原思想》的长文，约三万字，但目前，写这类有关思想意识的文章，殊无把握，故转而搞训诂考据。惟考据一门，须参阅大量的书籍，而目前书籍奇缺，则令人徒唤奈何。

自六八年一别，迄今悠悠五年矣，将来之见面，亦遥遥无期。中夜不寐，思念故人，不禁涕泪潸然！此种情怀，吾兄当比我更有体会。

连日阴雨。孤山红梅已含苞，一旦天晴，就可怒放了。可惜无缘重温五八年共游西子湖的旧梦，伤哉！

情长纸短，匆匆到此。即颂

旷达

弟顿首

一九七三年二月十四日

## 5

大哥：

前寄去茶叶一斤，当已由韩德正转给你了。母亲来此已数个月，看来打算在此再住下去。带来的六十斤粮票早已用光，我们第三季度的粮票亦告罄尽。眼下已到了燃眉之急。甚盼望早一点寄粮票来。母亲说，不管粗粮细粮，只要是她份下的，先换成粮票寄来就行（先寄陆拾斤来，下次我再写介绍信去）。

我近来身体尚好。婆媳之间似较上次和睦，小彭这次比较迁就，故矛盾尚不致大暴发。最近学习“十大”文件，又要我写评价《红楼梦》的文章，忙得很。到此，不多谈了。问全家好。

颂

秋佳

三弟顿首

一九七三年九月三日

## 6

大哥：

母亲已于四月十三日离杭，十四日晚可以到家。十三日早上发电报去，服务员讲电报要十四日晚方能发到。发电报居然也要两天时间，这是始料所不及的，过去是火车开出后才发电报，也不迟，现在是提前一天发，仍耽误事情！火车之拥挤，是难以想象的，人还没有上完，车子就开动了。我没有能够陪母亲上车，把她老人家推上车去，行李一放，车子就开动了。车门口挤满了人，看不到她老人家，会不会被人家挤坏了？也不得而知。我的一把雨伞和一只书包，由母亲拿着的，也忘记了要回来。车子开出后，才省悟到自己两手是空的。书包里有我新买的一本《学习与批判》，可从邮局寄来，作印刷品寄，大约三分钱，外面用硬一点的纸包好。

收到郭宪章的信，知道你需要毛笔，买了三只不同品类的，母亲会交给你的。时下出的纸、笔、墨之类，大抵是价格昂贵而又质量很差，这三只毛笔也不例外，号称高级品，但不见得就好用的。顶好的自然是狼毫，但太贵，买不起。给宪明子一只铅笔盒，一本字典，一个笔记本，希望他好好学习，天天向上。买了十包麻酥糖，是给你的，因为你好吃甜东西。对母亲的安全很不放心，盼早来信。

即颂

大安

三弟顿首

一九七四年四月十五日

## 7

大哥：

我自淳安（县名）回杭之后，由于过度劳累，生了一场大病，展转床第达七天之久。在这期间，收到你的来信，要我回答有关《红楼梦》的问题，我之难以立即应命，我想你是可以谅解的。所提《红楼梦》第五十、五十一回之十三个谜语，我回答不出；不但我回答不出，就是俞平伯这般红学专家们也肯定回答不出，因为曹雪芹在写书时，本来就不打沶让人们猜出，以林黛玉之冰雪聪明，尚且猜不出，何况我辈凡夫俗子？从艺术鉴赏的角度看，硬去猜这些谜语，是大煞风景的。作者的高妙之处，正在于迷离恍忽，似假似真，你硬去加以落实，岂不有忤雪芹原意？（科学院出的《红楼梦资料》卷上，收有一位旧红学家的考证，他考出了两个，即最后两条：一、蒲东寺怀古，指帐须，或谓指鞋拔；二、梅花观怀古，指团扇。我看这样猜也是佛头著粪。）还有，《红楼梦》中不可解的不止这十三个谜语，即如十二钗中王熙凤的一支曲子，其中两句云："一从二令三人木，哭向金陵事更哀。"这"一从二令三人木"是啥意思？两百多年来谁也猜不透，也许永远猜不透它，可谓千古哑谜了。

村子有人偷拆信件，是令人气愤的事，这些人简直是无耻之尤！有哪些人拆过我的信，请开一名单来，我准备向大队党支部提出控告。此种"朋友"当断然与之绝交。又，关于我的事村子里流传得很快，此亦不见得是好事，我想，他们不通过你这条渠道，是不会知道关于我的事情的，大概你出于好心，要在朋辈面前炫耀一番，致使人们把我当成了才子，这不好。我辈是平凡的人，能在乡亲们心中留下一个平凡的印象，是再好不过了。此中颇有哲学道理，无须解释，吾兄当亦能心领神会也。

现寄上两本杂志：一本是"杭大学报"，其中《论红楼梦》的一篇，第二段是我执笔的，全文由我进行了统一润色；一本是《语文战线》，此刊物由我及几个同志合编，其中《荀子的天论》一文，是我写的。署名戈旻者，其意若曰"郭文"也。

耑此，即颂

近佳

弟顿首

一九七四年五月廿八日

## *8*

大哥：

久未去信，无非因为潦倒穷愁。新添一丁，无异于降薪二级，勒紧腰带，尚不能苟延性命；柴米油盐，英雄为之折腰。可叹也夫！

近半年来，因为评法批儒运动的开展，我辈古董顿然成为了“国宝”。十年前学得的一点古汉语知识，想不到竟然成了可居的奇货。今年暑假，在北京召开全国十三省市评注法家著作会议，中央指定浙江省搞一本余杭章老夫子（章太炎）的诗文选，省里再把任务落实到杭州大学和省铁路局。于是成立了一个注释班子，连学员共四十余名。主持其事的负责同志指名要我参加，因我在编辑《语文战线》刊物，起先不肯放，后来还是服从上级，把我调到章太炎诗文选注组来。这个小组设在西湖断桥附近的北山路铁路局政治学校，我现在即每天到那里办公。上任后，给学员上了第一堂课，介绍章太炎的生平，又到“铁路工人文化宫”作了一次讲座，还给学员讲了一堂古汉语课。给我安排这样多的活动，其忙可以概见了。常常搞到夜里十一二点才能睡觉。家务事又推不开，时常是一手抱孩子，一手握管写字，其状甚可笑，而亦可哀也。

在这期间，我写了《章太炎尊法反儒言论辑注》和《古汉语知识漫谈》两文，不久将在《语文战线》和浙江省的理论刊物《学习月报》上发表。

对于章氏，我并不陌生，早在研究室时代，就从老先生口里听到了他的许多轶闻逸事。章氏是中国历史上最伟大、最渊博的学者。这次得有机会系统地读到他的著作，不能不兴望洋之叹，而亦自觉其浅薄。拿章氏的学术跟当代大人物郭公沫若作一比较，我不能不说一句公道话：前者如大海，后者不过湖泊而已。章氏是《说文》大家，喜欢用古字古词，如叫写做詤，展写做琹，矿写做卝，诸如此类，满篇皆是。又喜欢用两汉以前的词汇，如彙疑沮事，工眇踔善，文肆质籱，等等。皇帝他写做林蒸，因为这是见之于《尔雅》的，混淆他写做掍殽，因为这是《说文》中的本字，如此等等，不一而足。十年来自己从未放过对文字训诂这门学问的钻研，当时不过是出于兴趣，想不到现在竟逢到英雄用武之秋了。

章氏诗文选注组，是抽调中文系教师中最强的人力组成的。姜老夫子也参加工作。计划明年三月份交稿，由浙江人民出版社出版。崔富章原在浙江图书馆工作，现被借到出版社担任这本书的责任编辑。

情长纸短，欲言不尽。拉杂写来，以当一夕之话也。

即颂

秋安

三弟顿首

一九七四年十月十三日

前挂号寄去《红楼梦》一部，请查收。

## 9

大哥：

长久未通音问，缘故不言自明。年来除学问上略有进展外，余皆碌碌，无可奉告。自顾行年四十，上不能报母氏劬劳之恩，下无以副妻子儿女之望，“静言思之，躬自悼矣”！前所寄去之杂志，每篇均有弟之文章，其中《古汉语知识漫谈》一文，略带学术性，所谈条例虽均属常识性质，然所举例证多为个人研究之成果，其中有关《楚辞》之两条，可称石破天惊之论，起王逸、洪兴祖、朱熹、王夫之、戴东原辈于地下，亦必首肯也，至于郭沫若、游国恩、高亨等，更无论矣！此文发表后，有的中学教师竟尔欲与弟取得联系。所谓“桃李不言，下自成蹊”者也。

年来浙江两派斗争甚激烈，无政府主义甚嚣尘上。伟大领袖毛主席号召“要安定团结”，可是一些人竟我行我素，依然搞他的派性。生产建设、市场供应均大受影响，情况无须缕述，想亦有所闻也。

这里有几个爱好书法的朋友，但大都闻见寡陋。理论既不够，阅帖亦不多。我想把家藏的那一本《书法大成》给大家观赏一番。可否挂号寄来？以后自然还要寄回去的。不但此书，就是我这里三个书架的书，将来的归宿也一样是山东老家。

随信附上两元钱，作为寄书的费用。即颂

春安（寄上三斤茶叶，给你一斤）

弟顿首

一九七五年二月一日

## 10

大哥：

五月四日函早已收到。书收不回来，只好作罢，不过既然吃一堑，总得长一智，以后再不要上这类青年人的当。鲁迅先生当年，也曾吃过类似的苦头，他由于相信进化论，以为青年总要比老年好，哪里知道一些青年人比老头子还要坏，诳骗、卖友，什么都干得出，鲁迅是善于总结经验教训的，他吃过亏，便对那些浪当子警惕了起来。应当学习鲁老夫子，不可书生气十足。

这里有些同事（不全是中文系的）也喜欢弄弄艺术，但大都读书不多，识见不高。“外语学校”有位美术教师，不惜花费廿五元钱买一部宋人法帖，其酷爱此道可知也。但也犯了读书太少的毛病，常识不够。最近说是要向我学一些诗词格律（平仄声之类）的知识。夫诗词格律者，不成其为学问者也，太炎夫子所嗤之以鼻者也，此君竟视此种玩意为正经学问，其腹笥之陋概可见矣。

余近年来潜于甲骨、金文之研讨，正在系统阅读这方面的著作，惜乎同辈中能谈此道者绝无其人，杭州仅有二三老宿谙于此学，则亮夫师及书学大家沙孟海是也。

寄上小昊、小多照片二帧。上京事，视将来情形而定。

此颂

近安

三弟<br>一九七五年五月廿九日

## *11*

大哥：

（注意：附件三份）

信及诗已读到。诗写得好，空灵韶秀，有晚唐风。然以妇姑勃谿为题材，则未免大杀风景。字比诗差一些，老练有余，而精神不足，结构方面受赵松雪影响太深，予人以矫揉造作之感。板桥道人的字在清代只能䄵第二流，吾兄对其评价过高，盖亦未得书法三昧也。应该看一看伊墨卿、金冬心诸家的作品，板桥的字跟人家一比，便显得俗不可耐了。

龙泉地区的一位北大毕业生，最近写一诗给我，题曰“宝剑吟”，颇有怀才不遇之感，余复信云：

> 大作深沉蕴藉，读之慨焉兴叹。想世上泰阿、工布之属，当不在少数，特以未逢其会，致尔潜其幽光。左太冲云：世胄蹑高位，英俊沉下僚。陆放翁云：志士凄凉闲处老，名花零落雨中看。每咏斯句，感慨随之。

又铁路局杨师傅为一朋友结婚填一词，倩予题字（见附件）。予复信云：

> 大作典重尔雅，功力甚深。循环雒诵，叹服不已。仆于书法，实未深造，佛头著粪，殊惭形秽。诚惶诚恐，死罪死罪！

年来为儿女所拖累，书道久已弃置。然以师友吹捧之故，倒也博得了一点儿虚名，竟有不少人要我写字。自感功夫浅薄，不过欺世盗名而已，然以学问、胸襟诸端尚在时流之上，故尔庸俗之弊亦庶几乎免之，此又聊以自慰者也。

请转告母亲：冬天到了，昊、多都还没有棉鞋，买又买不到，务必赶做

出二双棉鞋、二双布鞋寄来。郭昊的棉鞋要系带子的。不要太肥了。天寒风厉，伏惟珍摄。祝

冬安

三弟顿首

一九七五年十一月廿三日

## *12*

大哥：

六月廿日信收到。寄上䏲象五帧，背景是自家的房间及杭大幼儿园。多多的没有拍好，只有跟我合拍的一张还象样子，但我却拍坏了，呲牙裂嘴，囚首垢面，象是挣扎于深渊的样子。但我觉得这倒是我所有䏲象中最具有写实意味的一张。

书尚未收到。

即叩

夏安

三弟顿首

一九七六年六月廿六日

## *13*

大哥：

元月八日信并诗作已读到。时下见之于报端的旧诗词，可以一读的甚少，大抵作者在命笔之时，先有几条框框横梗心中：那里应该对仗，怎样讲究平仄，如何运用典故，等等。把感情反而放在次要地位，因而写出来的东西不能感人，甚焉者只是空喊口号，差些意趣。只有一个赵朴初，可以说是鹤立鸡群，既有高深的古典文学修养，又能自铸新词，所作自不同凡响。当然，伟大领袖毛主席的诗词，更是独步古今，空前绝后，此乃胸次、识见、

学问、天才所使然，不可企及也。

我在给一位朋友的信中曾说过："前人谓学有三种：义理之学，考据之学，词章之学。于今义理之学非所宜言，词章之学所不屑为，然则吾侪可得安身立命者，其惟考据乎？"这段话，说明我近年来对文学已不感兴趣，不但自己写不出什么诗呀、词呀，而且由于头脑的僵化，在读别人的作品时，也缺乏鉴赏力。对于刘君的大作，我提不出什么意见来，只是觉得：在下邑僻壤之中，居然有这样的风雅之士，诚然是可敬佩的。

前不久，我被邀去浙省大词典编纂组讲了一次训诂学，居然受到赏扬，用主持该组工作的孔主任（原文研室主任）的话说：使他们震动很大。听讲的有几个还是"老师宿儒"，其中一名是副教授。然而在学问面前人人平等，我这个小小助教可就不客气了。

附上本师蒋礼鸿先生的论学札记一则，从中可以见出我搞的是些什么玩意儿。

**志度隐进**

《九章·抽思》："超回志度，行隐进兮。低佪夷犹，宿北姑兮。"朱子《集注》以为超回二字不可解，诸家说者皆未能惬。友人郭君在贻撰《楚辞新笺》，谓超回即遭回、迟回，志度即踶踱。其说甚韪。礼鸿谓隐进乃隐迟之误。《仪礼·士相见礼》："退坐取屦，隐辟而后屦。"郑注："隐辟，俛而逡遁。"《礼记·玉藻》亦云："退则坐取屦，隐辟而后屦。"郑注："隐辟，俛逡巡而退著屦也。"《说文》："迟，曲行也。"然则隐迟谓逡巡而曲行，义正与上下文相关。又《说文·乚部》云："乚，匿也。象迟曲隐蔽之形。读若隐。"此尤为隐进当为隐迟之确证。盖迟字生僻，校者因上行字而辄改之耳。

录自蒋云从师《义府续貂》稿本

专此即叩

冬安

三弟顿首

一九七七年元月十四日

近购得唐人摹《兰亭序》一本，不知你有没有，如无，给你寄去，如已有，就作罢。又及。

## 14

大哥：

四月三日由宪明代笔的信，已收到。读之感慨无已：阔别九稔，无日不思一聚首，而终不能见面，都只为一个“穷”字。自顾行年四十，读书万卷，而犹寒伧如此，岂不愧煞气煞！下乡日期改在五月初。家务事天下皆然，唯有达观而已。庄生云：“知不可奈何而安之若命。”此言也，乃养生之至宝。切记切记。敬叩

快活

三弟顿首

一九七七年四月七日

## 15

大哥：

十一月十七日信收到。《书法》上的字，窃以为无佳品，此亦可见中国之书学，有日趋衰落之势。许多喜欢写字而以书法鸣者，大氐不学无术，只知道在撇捺钩挑上下功夫，而不肯也压根儿没有想到去读几篇古文、几首唐诗，或者研究一下孙过庭的《书谱》、包慎伯的《艺舟双楫》，更谈不上去涉猎甲骨、金文、汉隶、章草之类了。以杭州、上海、苏州三处而言，学书者大氐奉沈尹默为不祧之祖，沈尹老的字固然好，但有一个大毛病：俗气。再加以学之者无沈老的学问（沈是五四时代的北大教授，与鲁迅翁同事），于是乎取其糟粕，遗其精华，搔首弄姿，令人作呕。沙孟老毕竟研究过金石学，写过有关金文的论文，当过中山大学的教授，专门研究过中国书学理论，所以尽管其晚年的字有江郎才尽之概，但在不俗气这一点上，在

《书法》一书中，究有鹤立鸡群之概。时人评他的书风为“乱头粗服，不假雕饰”，此正足以矫沈尹老末流之弊也。郭老的字，可谓倚老卖老（郭老早年的字还是好的，比如他手写的《甲骨文字研究》《两周金文辞大系图录考释》之类）。赵朴初的字，真是俗不可耐，以其是名人，也居然称之为书法。费新我的字，功夫是深的（此人是苏州人，先是画画，近年专搞书法，擅长用左手写字，日本人把他捧得很高），毛病是江湖气太重，这也没办法，因为不是做学问的人，又不是革命家，只好向江湖一路发展了。当代最好的字，要祘是马一浮了。我在王驾吾先生家看到过他的一幅字，那真是飘逸洒脱、神采飞动而又蕴藉含蓄，无江湖气、无烟火气、无市侩气、无头巾气。一句话：“古今独步，妙不可言。”可惜这种好字一般人不能欣赏。我曾陪一位画画的朋友特地去王先生家里去看这字，这位朋友看过后对我说：“这字有啥好的？”呜呼！“阳春之曲，和者必寡”，吾至今乃知其信然。姜先生为我写的《橘颂》，用魏碑体而稍加变化，端庄凝重而又杂以轻妙，也是好字，现在挂在我的床头上。我还集了一副对子：“材朴委积，文质疏内。”（集《楚辞》句）请王嘉公为我写了一纸，王先生写《石门铭》体，饶有书卷味。前不久，沙孟老抄了四句《书谱》上的话，要杭大图书馆的一位老先生帮他查典故出处，这位老夫子又跑到我这里请我代庖，我写了二张纸给他。他后来告诉我：沙孟老表示感谢，并约我见一面。我平生不愿意见名流，便谢绝了。沙孟老跟姜先生、姜师母是好朋友，我要见他是便当的，但我不屑于这样干。尝见一些年青朋友专以拜访名流为荣，并藉以招摇撞骗，此种行径，我辈固不为也。

“打倒‘四人帮’，人民喜洋洋”，这话一点不假。以我辈来说，也觉得生活充满了希望。年底，我的论文便会在《杭大学报》上发表，还有一篇，也将在下一期学报上发表（编者拟两篇同时发，我怕招致物议，故主张分期用。中文系乃是非之地，有些人从来不写文章，也写不出文章，却害怕人家写文章，此辈又有手段，不好得罪的）。

有几个朋友还约我跟中华书局联系，承担编书任务。听说稿费就要恢复，说不定将来还可以靠笔耕来贴补生活哩！最近工资调整，我提了一级，小彭能否提，现在还不知道，因为他们单位还在评议过程中，以后可望每月多给老人家寄点钱去了。

宪明应该报考大学，今年考不上，明年再考。“四人帮”在台上时，把知识分子看得连狗都不如，那时我是不主张我们的下一代也读书的；现在，我则坚决主张他们用功读书。要上大学，就要靠真本领，靠下死劲用功，所以宪明应抓紧时间复习功课，但也不能搞垮身体。

专此即颂

近佳

三弟顿首

一九七七年十一月廿一日

## *16*

大哥：

年前寄去十元钱，二斤茶叶，《杭大学报》一本，信一封（附沙孟老函件），都收到否？迄未见回音，甚念，不知春节过得可痛快？

前日拜访了海内书法界巨擘沙孟老，谈书法、考古达二小时，亦人生之快事矣。

本学期我的任务是到外地教课壹个月，（五月份）将陆续有文章在《杭大学报》发表。平日忙于抄写稿子。

祝

春安

三弟顿首

一九七八年二月廿五日

## 17

大哥：

十一月九日信收到，许久不见来信，得此信慰甚。刘凯鸣君多年前曾见过一面，其人好学深思，于现代汉语词汇学素有研究，比之于尸居高等学府、不学无术而靠权势混日子者，殆不可同年而语矣。我发表在《社会科学战线》上的文章，是十五年前的旧作，当时我还只廿五岁。全稿十万字，因内容太专门，看来出单行本的可能性不大，我想把它整理成单篇，分别发表。在新的一年里，我将有五篇论文在全国性大型刊物上刊布：

一、《楚辞解诂》，将在北京中华书局编《文史》专辑上发表，此刊物专门发表考据性文章，作者几乎全部为教授、专家，“文化革命”前出过四辑，我的稿子安排在复刊号第二辑即总第六辑上。据该刊主编来信讲，他们对我的稿子评价很好，认为“颇有见地”。此稿为我十多年来的心血结晶，也可以说是我的代表作，虽字数不多（十条，一万余字），但都是个人的发明创见，从王逸（汉朝人）到今人闻一多、郭沫若、姜亮夫师，二千年来所不能解决的问题，到我手里总标提出了一种能够自圆其说的说法。

二、《汉语词汇史札记》。此稿投寄《中国语文》，据编者来信说，初、二审均认为可用，不过还要送请吕叔湘教授过目，吕是《中国语文》总编辑，科学院语言研究所所长，他出差离京，待其返京后，请他看过，稿子即可发。《中国语文》是科学院办的高级学术性刊物。

三、《说文段注方法论》，此稿将在上海中华书局办的《中华文史论丛》上发表。此刊物性质与《文史》相近，均为高级专门性学术刊物。

四、《论衡字义札记》，此稿将刊于《北方论丛》杂志。

五、《汉书字义札记》，此稿将在《杭大学报》发表。从七九年起，《杭大学报》被教育部批准在国内外公开发行，第一期全是教授先生们的文章，外加我一个小小助教的文章，可谓破格优待也。又，最近一期的《杭大学报》，有我的《论屈原》一文，不久当寄上。

广州有朋友来信，谓那边在升等工作中，有“教授贬值，讲师涨价”之说，盖因升教授容易，升讲师难也。解放前大学毕业的，尽管狗屁不通，但因其资格老、胡子长，都理所当然地升为教授、副教授。而解放后大学毕业的多如牛毛，许多年来没有搞过升等工作，以至五十多岁的助教比比皆是，而助教升为讲师的名额有限，于是形成勾心斗角、人吃人之势。这里也有两句打油诗：“飞来副教授，讲师似登天。”亦以形容升等中之怪现象也。

小彭在“上海师范大学外语系”高校英语短训班进修。这个进修班是由中央组织的，由外国专家进行培训，学员来自全国各大学，有不少是讲师。浙江三名，她是一个。经过考试，她名列前茅，被指定担任高级班的副班长。这以来，她们学校里更把她当做掌上明珠，成为名符其实的权威了。小彭爸妈已迁来杭州，房子挤了一些，但我可以摆脱家务，埋头书本。她爸爸有相当高的文化水平，是中国最早的一个航空学校毕业的，懂得航空方面的技术，又有很高的道德修养，按旧道德来说，可当得上是一个“完人”。

写到此。敬祝

安好

三弟顿首

一九七八年十二月十三日

## *18*

大哥：

你的信早已收到。所需汉碑法帖，就现在所能办到的，寄上一份，是《史晨碑》，这是汉碑中最重要的一种，风格以隽秀见长。他如《张迁碑》，风格较纵放，但无新印本。魏碑中的二爨（《爨宝子》《爨龙颜》）也好，但亦无新印本。以后如有新印本问世，即当买来寄去。

窗外农民在割麦子，想故乡也该是收杏子的时候了。匆匆即颂

时绥

三弟在贻白

一九七九年五月十八日

## 19

大哥：

近见上海所出《书法》杂志广告，谓将于今年国庆节举办书法竞赛，作者可自由投稿，入选者可得奖并公布名单。我想你不妨试一试。上次寄来的那一张，我本想寄去的，但考虑诗的内容未必妥当，所以再投一张为好。请见信后尽速写好寄来，我再转往上海。内容随便，不一定要现代的，唐宋诗词、韩柳散文，或别的什么都可，但也要适当斟酌，以免使编者感到为难，以致影响了入选。所谓心有余悸者，各处皆然也。

今年夏季因参加高考阅卷、备课，兼之手头钱紧，未能回家，不能无憾，明年一定争取回去。告诉母亲：这个月（八月）因我经济紧张，暂不寄钱去了，等下月多寄一些去。目前的困难，请老人家克服一下（这个月购置了一件家具，预计的稿费未到，小彭爸爸的退休金也未寄到，诸多因素，造成了一时的困难）。

刘凯鸣时有信来。此公好学深思，为乡间不可多得之人材。

匆此即颂

时绥

三弟白

一九七九年八月十二日

## 20

大哥：

（九月份一定给母亲寄钱去。）

信和字已收到。这次的字，纸、墨、笔均极糟糕，故字亦无上次的好。我已将上次那一张寄了去，因为此次评比九月十日就要截止，我怕来不及。上次的字，我本来早已封好准备寄出的，有两个原因使我迟迟未能寄：一是觉得这张字写得好，打裱褙起来自己挂；二是由于我孤陋寡闻，竟不知道是陈老总的诗，看到几个愁字、忧字就吓坏了。虽说“圣代即今多雨露”，可前几年文字狱的噩梦还在纠缠着我辈臭老九，惟恐将来一纸通告，将民主自由之类一吹而光，秭起老账来，可不是闹着玩的。近看报载张志新的事迹，其中提到跟她关在一起的一个十六岁女孩，因写错三个字，判处三年徒刑，呜呼，世道如此，夫复何言？不知鲁迅先生尚在，将作何感想？段祺瑞的军警开枪打死几个请愿学生，鲁老夫子就觉得暗无天日、义愤填膺，其实段祺瑞比之“四人帮”一伙，真乃小巫见大巫哩！我建议你，看一看有关张志新的一些报道，可以增长不少见识。

字仍请写来，我还要裱的，可不必写新式内容，旧的更好。请给我写一副对联：

板凳甘坐十年冷；

文章不写一字空。

要用宣纸，磨墨，否则不能装裱。墨汁绝不可用，一裱即渗开。

八月十九《光明日报》第三版《南开大学学报》目录内有我的文章。

即颂

夏安

三弟

一九七九年八月廿日

## 21

大哥：

前信当已收到？要你用宣纸写几张字来，以便装裱起来张之素壁。今寄上茶叶两斤，你跟母亲各一斤，花茶不易买到，这次是凑巧碰上了。还买到《石门颂》碑帖，因手头无牛皮纸，过两天再寄上。汉碑中我最喜欢《石门颂》，以其字势开张，有磅礴雄强之势也。你的政历问题落实了没有？应抓紧办理。廿年沉冤，今日不平反，更待何时？伤脑筋的是田、曹均不在，则只有另想办法。此问题下次来信请谈谈。

有消息传出，要我担任研究室付主任，但尚未正式宣布。“富贵于我如浮云”，此等事，对我来说不如发表一篇文章更能提神。

匆匆不尽欲言。颂

安好

三弟

一九七九年九月廿三日

前寄上廿元，当已收到。

## *22*

大哥：

久未得信，甚念。这些日子来，我一直在跟病魔周旋，先是发现高血压症，继之查出器质性心脏病（作超声波心动图，发现左心室肥大），殊有一蹶不振之势。整天价跑医院，看护士小姐的白眼，挨医生老爷的冷遇，听病人们的呻吟，“欣赏”病院的脓、痰和血迹……作人如此，何如一死。

今春多雨，兼之贱恙在身，竟未能象往年似的作西湖之春游，不知不觉间，让春天溜走了。想人生能有几多春天，好不可惜也。

近来又老是下雨，兼有大风，抬头望窗外，竟是落红满地。猛忆陆放翁诗云：“志士凄凉闲处老，名花零落雨中看。”不禁仰天太息矣！

所可自慰者：年内仍将有五六篇拙稿发表于全国性各大刊物，最近中央社会科学院又有人登门约稿，倘使天假以年，我仍可搞出点名堂来，给亲朋们一些安慰，同时也给“不学而有术”之辈制造一点不愉快。顺颂

春安

三弟在贻白

八〇、五、十九

时年四十又一

## 23

大哥：

七月八日发一信，十日寄《书林》两册，想早收到。宪明要我买一本关于声韵方面的书，始终买不到合适的（音韵学的书我自然有一些，但都是学术研究性质，对他无用处），现特寄上《辞海·艺术分册》一本，里面有音乐、美术、书法等各方面的知识，我想对他该是有用处的，闲时常翻翻，可获得不少常识。《辞海》合订本要五十五元一套，因为我参与过一部分工作，所以在一大串作者名单中也列上了我的名字，并寄了我一套（精装本三大册，计十市斤重），不过从稿费中扣除了书费。最近系里还在想法搞一套缩印本，约廿五元一部，由公家出钱，每人发一套，书到后，我即寄给你们。此种工具书，有永久性价值。

我的病情略有好转，每天早晚两次到黄龙洞散步、爬山，这大概是治疗冠心病的好方法，药物则其次也。暑期大热，加之孩子们都放学在家，挤在两间斗室之中，整天价吵吵闹闹，实在休息不好，然亦无可如何也。顺颂

夏安

弟在贻

一九八〇年八月一日

## 24

大哥：

八月十一日信收到。我的病已有好转，昨天去浙江中医院作“运动心电图试验”，结果是“阴性”（阴性是好的，阳性则表明为正式冠心病）。今后首要的是加强修养、平心静气。嵇中散云：“羞与魑魅争光。”这真是最好的处世之道，也是最好的养生之道。今后就照此办吧。

宪明给我来信，读了很高兴。但他的字还不能令人满意，年青一代在这方面比不上我辈，不过如能抓得紧，是会赶上并超过的，因为一般的说，年

青一代比我们聪明。秋霞应争取报考重点大学，我主张女孩子应学中文或艺术，但也要视她的爱好和兴趣而定。如有照片，寄一张来，她婶子老说：秋霞一定长成一个漂亮姑娘了吧？！宪玉子的照片也寄来，在我的印象中，他宛如现在的郭多（拟改为朵或曔）：极聪明但又极调皮。八号寄去十元，想已达，母亲应多保重，不另写信了。顺颂

夏绥

三弟

一九八〇年八月十五日

## 25

大哥：

寄上《辞海》一部，用挂号，请查收。此书装帧精美，价格昂贵，注意不要被偷走，也不要出借，以免污损。书后面印了一颗杭大中文系的图章，是因为系里怕学校干涉，用了掩耳盗铃之法，名义上是由系资料室借给每位教师（因为是系里出钱买来的），实则是发给也。《辞海》我参与了一段工作，故编写者名单中有我的名字（在书后面），上海亦早已寄我一套全印本（共三册），此是缩印本，留给你和宪明用吧。

七日去信，八日寄去十元钱，想俱已达。

收到书后务必来一信，以释悬念。

我身体有好转，每天早起爬初阳台，空气鲜澄，真大享受也。晚间则到黄龙洞闭目独坐，亦一乐事。（家中太挤太乱。波多野太郎给我拍的照片是在学校的外宾接待室，所以才那样阔气。中国人在这些方面是何等聪明！）

天寒风厉，伏望珍摄。顺颂

冬安

三弟顿首

一九八〇年十一月十日

## 26

大哥：

久未得音问，春节过得可好？弟于冷寂中度过此假期，行年四十，而仍不能免于缺米少柴，可叹也。然有两大喜事可告慰者：一是升等事，经校方报往省里，再由省政府组织专家班子重新进行审核，最后投票，以全数通过。大约三月初即可正式公布之，还要登报，一段公案，即将了结。a来前后凡经历十道关卡，受尽无数诬蔑诽谤，终于获此“正果”，甚矣，升等之难，难于上青天也。

第二个喜讯：我的《训诂丛稿》，上海先是列入五年出书计划之中，这已经是顺利得令人出乎意外了，不料前天又来信，说今年即可发稿（即将稿子送往印刷厂），催我交稿。假期中，我已将这部稿子剪贴整理编排就绪，略得三十万言。找人抄稿，花了三十余元。象这样的训诂论文专集，不但解放后不曾出过，解放前也不曾有。老杜诗云：“文章千古事，得失寸心知。”善哉斯言也。

一位朋友写了四句诗送我：

已有文章惊硕老，岂虞众女嫉蛾眉。

十年冷凳安然坐，万卷盈胸名自随。

可谓知我者也。

近作超声心动图，左心室仍有增大现象，但比去年已有好转，去年是77毫米，现在是64毫米，正常人是55毫米。现每天爬山锻炼，卓有成效。即颂

大安

三弟

一九八一、二、十九

## 27

大哥：

前寄上《文史哲》一本，收到否？四月十日召开了职称授予大会，并发给了职称通知书。朋友们都登门祝贺，但也有少数人一反常态，酸溜溜的很不是滋味，中国人之没出息，即此可见也。寄上照片两张。我多年不照相，填副教授表格时，选了四张十多年前的旧照凑数。我最近可能去武汉参加全国训诂学会成立大会，也可能陪姜师赴北京，尚未定。匆匆顺颂

近佳

三弟

一九八一年四月廿四日

## 28

大哥：

我于五月三日赴武汉，十五日回到杭州。此次训诂学研究会成立大会开得极为隆重，到会正式代表一百五十余人，连同列席代表（多半是研究生）计三百余人。会上选出了会长、副会长、正副秘书长、常务理事和理事，我被选为常务理事，蒋礼鸿先生被选为理事（他未到会），亮夫师被聘为顾问（顾问多为第一流老专家）。我被安排在大会上发言。会上有不少素不相识者因慕名而到我房间里来看我，他们都感到意外，因为在他们的想象中，我应该是六十开外的老专家，否则不会写出那样许多功力深厚的文章也。及见面，原来不过四十出头！东北的一位研究生对我说：北方人都知道有一个郭在贻，是年轻的训诂学家云云。

途经上海，到上海古籍出版社，总编辑、正副编辑室主任都跟我见了面，书已肯定要出。责任编辑对我说：要争取最高规格——繁体字直排，大32开，按第一流学术著作的规格来印。这几天我还要忙一阵：把文中的篆字一一描出，以便制版。

你的信和题签已收到，请再用繁体、直书写几张来。不过也许不用，我还想托人请山东大学蒋维崧教授写一书签，蒋的字比你的字漂亮（漂亮不等于好），容易为社会上一般人所欣赏。书是给广大群众看的，因此不能不注意群众性。寄上（另外寄）纪念专号和杭大校刊各一份。专号中有我的文章。

匆匆不尽欲言。顺颂

夏安

三弟

一九八一年五月十七日

## 29

大哥：

连奉数函，迄未见覆，十分纳闷。日本人拍的那张照片，我多次写信请求寄回，迄未见反应，十分可怪。是生了病还是怎么的？此间已放暑假，但我的日子并不轻松，两个孩子一起生病（大概是流感），我也伤风，每天两次带他们到医务室打针；天气酷热，久旱不雨，令人难熬难耐，故乡行已成空话。整个暑期，将在劳累、烦躁中度过，可为仰天太息也。所幸我的心脏病已有好转，最近全市付教授、处长级以上干部在浙江医院全面检查身体，我的检查结果尚属满意。这是升等后的唯一好处，此外则唯有加重工作量而已。

昨天突然有一主管文教的副省长由党委书记陪同驾临寒舍，以示领导之关怀与重视。这位副省长倒还平易近人、温文尔雅，无官气、俗气、土气。同时被访问者，还有一位专家副校长。可见在省级领导心目中，区区小子已成第一流专家也。

今年九月，可能赴山东大学参加研究生论文答辩会，届时自可回家一趟。但也未敢确定，请先不告诉母亲，以免再使老人失望。我们的情况，请及时转告她，否则她会有意见的。我以为给你的信，她应该能看到，故不必每次都写两份。

寄上《中华文史论丛》一本。

天大热，汗流如雨，恕不多写。即颂

暑安

三弟

一九八一年八月一日

## 30

大哥：

收到照片后曾去一函，想已达。现已决定，我与蒋礼鸿师一道，于九月十二或十三日起身，去山东大学参加研究生论文答辩。我准备到山大后略停一二天，即回家。回家的日期约在十七日左右，在家只能停二三天，我必须与蒋先生一道赶回杭州，因为这边还有课（暂由别人代上一周），同时蒋是老先生，路上要尽照应之责。在家的活动打㭽作如下安排：①跟荣妹、宪明等见见面，不知能把他们都请到家否（宪明在工作，回家未必能那样随便）？②跟刘凯鸣先生见见面，看来也得请他来咱家。③爬疙瘩山（正式名字叫不出）。④到邹平县城或见埠村去一趟（如时间不允许则作罢）。

如果十七日左右我未回家，那就说明我因意外事故未去山东，不必到济南找我。那祺在生病，如病势没有发展，则去山东可望；如病势又有进展，则只好取消此行。九（八）月廿四日我本定到宁波讲学，但廿三日夜她得了病，第二天送院抢救，我的宁波之行就去不成。但愿这次老天能成全我。

匆匆即颂

好

在贻

一九八一年九月七日

## 31

大哥：

前些日子收到来信，迟覆祈谅。《训诂丛稿》即将发稿，责任编辑谓明年上半年可出校样。封面仿照当代最伟大学者陈寅恪教授的《金明馆丛稿》，十分高雅。封面题签，出版社已请上海国画院院长、大画家王个簃先生写了一幅，字极好，我十分满意。我自己又托人请北京启功（元白）先生写，估计启的字未必能超过王（启的书名虽藉甚，但未能免俗），拟放在扉页上。因时间关系，他们的字已来不及寄你赏鉴了。

十一月中下旬，我曾到上海审订《大百科全书》先秦文学稿，住高级饭店，生活虽舒适，但环境不适应，以至有一天昏厥在地，大概跟心脏病有关。回杭后大有好转。野人怀土，小草恋山，亦可哀也。又：在上海时认识了科学院来的两位同志，他们跟启功很熟，题字事便是托他们的。

书出后，经济可谋好转，目前则穷得一塌糊涂。昨天因无钱买米，不得不又忍痛卖掉一批书（每逢月底即缺钱），可叹也夫。匆匆即颂

冬安

三弟

一九八一年十二月五日

训诂会已改期，山东去不成了。

## 32

大哥：

多时未通音问，念念！六月一日我将赴京参加训诂学课经验交流会，会议至六月十日左右结束。归程中我可能回家看一看，时间约在六月十五至廿日之间，但也不敢定准，到时候没有回去，那就是另有缘故。所以不要抱有太大的希望，否则失望更大。但如无特殊原因，我是要争取回去一趟的。

最近杭大成立了书画研究会，推我为会长，党委第一书记（是个文人，画得很好）任名誉会长，姜、王诸老任顾问。拟定于五月廿五日举办成立大会，邀请沙孟海等大书家赴会。我不惯于庶务，也无时间练字，这次完全是被人家推上舞台的，傀儡而已！

在报上看到北京电影学院的招生广告，宪明可否一试？在邹平这个小县城里，不会有太大的出息，倘能到外面混一混，会有大出息也说不定。

匆匆即颂

近安

三弟

八二、五、八

## 33

大哥：

（告诉母亲：写信寄新址，不要再寄老地方！）

久不通信，一是忙，二是懒。母亲的病怎样了？年前将寄三十元去，让她老人家过一个痛快年。

“南郭北许”之论，只是训诂学界的一曲之见。事实上，就整个语言学界而言，人们的评论是：文字裘（北京大学裘锡圭，甲骨文专家，四十八岁，现到美国华盛顿大学讲学，行前曾给我一信，问我需要在美国买什么东西，我是穷光蛋一个，连一斤鸡蛋都舍不得买，还能买什么美国货？）、训诂郭（四十三岁）、音韵李（中山大学副教授李新奎，四十九岁？）、现汉邢（现代汉语，华中师院副教授邢福义，四十七岁）。

美籍华裔语言学家梅祖麟（前清华大学校长梅贻琦之侄），前到北京大学讲学，曾向同仁问起我，他并且知道我的一些情况，可谓消息灵通矣。日本著名汉学家波多野太郎教授亦常跟我通信，殊多奖饰之词，可见学术乃天下之公器，高低浅深，世人自有公论。正无须乎自我表襮，亦非卑陬小人所能抹煞也。又近日搞提职升等，有知己者欲推我为教授，无奈《训诂丛稿》

迟迟未出，（印刷界老牛破车，出书特慢，况且又是繁体，排队等候不知到何年何月，可叹！）大为不利。不然，有此强劲之东风，未必不会水到渠成也。

我近半年来曾在《文史》十四辑、《中华文史论丛》语言专号、《天津师大学报》、成都杜甫草堂所办之《草堂》杂志等刊物发表论文，尤以前两篇（《文史》、专号）为高、精、尖之大块文章，有些所谓教授也者是一辈子也休想在上面显身手的。前次能给母亲汇五十元去，就靠了这些文章所得之稿费也。论工资收入，从前给我抱孩子的小姑娘，现在工厂当二级工，也比我高。呜呼老九！可怜可怜！写到此，祝

安乐

三弟

一九八二年十二月廿五日

## 34

大哥：

年前来函已收到，因忙而迟覆。有一出版社约我写一部《训诂学》，要求今年十月交稿，明年出书，因此我必须赶时间。《训诂丛稿》已由上海古籍出版社出版科跟上海中华印刷厂打交道，决定用照相排版，这是新近从日本引进的新技术，其速度等于一个印刷工人的四十倍。这样，今年年底可以指望出书矣。“著书都为稻粱谋”，一点不假，我若不弄点稿费，则难以度日矣。此次提工资，不按职称，只凭年限，我只提了一级，即每月增加八元工资，顶个屁用！去年得稿费约五百元（无异于我自己给自己每月提了六级）。这里有叫化子教授之说，即称象我辈似的年轻教授也。

买了两条缎子被面，给宪明子，算是我对于他结婚的一点表示。

匆匆即颂

大安

三弟

一九八三年三月廿日

## 35

大哥：

我于五月一日至九日到安徽合肥参加中国语言学会第二届年会，到会代表一百三十余名，国内著名语言学家和语言工作者差不多到齐了。会上得与美籍华裔学者、美国康奈尔大学教授梅祖麟先生相识（在此之前曾与其通过信），梅以禅宗语录《祖堂集》一书见赠，此书只有日本有，国内不可见，为研究汉语词汇史必不可少之资料。日人开口《祖堂集》，闭口《祖堂集》，视为圣典，而我辈竟闻所未闻，何其陋也。故此次得梅君此书，乃平生最大收获之一。梅君是前国立清华大学校长梅贻琦的侄子，家学渊源。大会收到论文一百余篇，分三组进行讨论，最后由各组推荐出十篇文章在全体大会上宣读，我的文章在被推荐者之列，我也在大会上发了言，这是难得的机会，也是极大的荣幸。

五月十日至十二日游黄山。我爬了四分之一，因心脏不适而败下阵来，可恨我的身体太不争气，辜负了这大好机会。黄山风景之险、之奇、之秀，实在无法形容，无论你怎么想象她的美，都不会过分。

在这次会上，经我的朋友许嘉璐君介绍，得与相声大师侯宝林相识，谈了一个晚上。许帮助侯写相声论文，是侯的好友之一。

给母亲寄上十元，晚了一个星期。即颂

大安

三弟

一九八二年五月十三日

今年暑期（七—八月份），我可能到大连训诂讲习班去讲学，初步打算带郭昊去，一则减轻那祺的负担，再则也好带郭昊回家看看奶奶。在大连可以洗海水浴，借以强健身体。能否成行，还要看临时情况。前些时做过一次动态心电图（把一个价值壹万元的机器装在身上，过廿四小时拿下来，看这廿四小时内心脏的变化，藉以判定是否冠心病，以及病的程度等等），现在还不知结果如何。

又及。

## 36

大哥：

来函悉。弟经住校医院治疗，心疾已稍痊可。近得中国科学院来函，邀弟出席全国语言学科规划会议，足证年前北大友人所转述朱德熙先生语为不诬也（朱先生告诉我的友人两点：一、增补我为全国语言学科规划小组领导成员，二、首次全国语言学优秀成果奖，朱先生认为我为唯一合适之人选）。此次会议规模不大（与会者仅七人），但规格极高（除弟一人为后生小子外，余皆为特大权威、学部委员，即苏联之所谓科学院士也）。会期定在三月廿一至廿四日，地点在京西宾馆（北京最高级宾馆之一）。弟拟乘飞机往返，连去带来共五天，于贱恙当无大碍也。弟能参加此次会议，对于下次之评奖亦有至大关系，故决意抱病而行。弟今后之计划：拟力争得一出国讲学或学术访问之机会，一则以广见闻，二则亦令彼妒贤忌才之筲小感到大不安也（二月七日科学院即已发公函，征询是否同意我去参加此次会议，系领导既不回信答复，也不让我本人知道，不知他们心里在搞什么鬼点子。此次科学院再函追问，不得已才将通知转给我。可笑亦可悲也）。

又：《上海书讯报》发了我的治学经验，前次似乎寄你一份复印件。另函寄刘凯鸣一份。

匆匆即颂

大安

三弟

一九八四年三月四日

## 37

大哥：

七月廿七日发一函，谅早达览。母亲连来两信，问我是什么病，我的信上讲得明明白白，可给她读一读，以免悬系。现病情已大有好转，拟近日内出院，开学后尚有课也。评奖事已揭晓，见《光明日报》八月十三日二版，寄上一阅。可恨上海出书太慢，倘以《丛稿》一书上交，头奖当无疑也。发奖在九月份，届时当赴京领奖，拟飞机来去。

天热如蒸，匆匆草此。顺颂

夏安

三弟

一九八四年八月廿一日

## 38

大哥：

顷接吕叔湘大师来信，要我赴京参加授奖仪式，已购好今天下午的飞机票，七点十分起飞，一小时零四十五分可达北京。科学院派车子来机场接，在京不作逗留计，拟速去速回，一到便买飞机票，大约五六天即可回杭。本来不想去，因吕先生亲笔信来，却之不恭，遂硬着头皮去一趟。

早搏的症候仍未消失。现在这种病很普遍，许多青年人也得，且不易疗治。近又发现肝功能不正常，可能是服西药过多所致，也可能是胆囊炎。人过四十天过午，诚哉斯言。学术会议的邀请信很多，一概不参加，无他，保命要紧也。前寄上《杭大学报》一册，当已达。

顺颂

时绥

三弟

一九八四年十月八日下午三时

## 39

大哥：

久不通信，近况当佳。《训诂丛稿》的样书已到，我已去信订购五十本，另加出版社赠送二十本，共七十本，以分赠友好。待书到后，即给你和刘凯鸣各寄一本（一本如不够，可多寄几本，来信告我需要量可也）。估计稿酬在三二月之内即可寄来，我想请你在十月上旬来杭州玩几天，住多少日子，由你定，所有费用，自然由我包下来，也稍了却平生一桩夙愿也。

最近浙江广播电台播送了对我的录音采访报道，浙江社联刊物《探索》和杭大校刊上也将发表对我的采访记（并附照片），可谓热闹已极。但这些都是偶然的、自发的，并非我有什么后台。我的后台无非是真才实学。本单位则仍采取视而不见、听而不闻的态度，盖嫉妒（中国人最坏的劣根性）使然也。

提职升等事又暂停，盖因国家经济拮据，怕工资改革时招架不了也。

母亲身体想当康健，甚念。工资改革后（据说七月份搞），可望多寄几个钱去，以表孝敬之心，目前则仍处在穷困中（每月工资七十六元。一个初中毕业生在商店站柜台的，每月可拿一百多元，这是中国的特别国情，令人无话可说），心余而力不足也。

匆匆即颂

春安

三弟

一九八五年四月三日

## 40

大哥：

（刘凯鸣已另赠送，可不必再送了。）

前天寄上书五册，藉供分赠友好。兹再寄上香港《大公报》所刊关于

《训诂丛稿》的书讯一则，藉供观览。

今天给母亲汇上二十元。

匆匆即颂

大安

三弟

八五年六月八日

## 41

大哥：

信收到。我尚未出院，给我开刀的副主任希望我多住一些时候，但住院实在无聊，加之手边零星的事务也实在多，因此决意近期内出来。回来后长期服中药，想亦当无大碍也。毛公泽东有云："医生的话只能听一半。"不无道理。有许多病人是医生判了死刑或必须开刀动手术的，却安然活得好好的。况且我的病在他们医生中就有争论，开刀的医生说："恢复得很好，将来可不必再动手术。"因为他们亲眼见到过我的肝、胆等脏器，所以最有发言权。不过为小心计，明春四、五月间再作些检查，然后再作定夺。

升等事尚未公布，因官样文章总得拖拉拖拉再拖拉，但已成定局。最近学校里又突然叫我填表，申报教育部，要求准予招收博士研究生。过去带博士生的只有二级以上的名教授，现在大概要求个年轻化。当然，能够带博士生的年轻教授，毕竟是凤毛麟角，目前只有我的朋友裘锡圭在带（北大）。有趣的是：我的工资直到现在仍是七十六元，如此微薄的待遇，竟承担培养博士的学术重任，在世界上也际是奇闻！

冬令到了，望善自珍摄。顺颂

合家好

三弟

八五年十二月九日

## 42

大哥：

一月十一日函收到。一月九日曾发一函，当已达。迄今住院廿二天，检查已告完毕（明天检查最后一项：肾功能）。基本结论是：高血压Ⅱ期（八四年夏天住院时也是这个结论，医生谓与那次对比，无太大进展）、动脉硬化（眼底动脉硬化Ⅱ期，八四年时则为Ⅰ期），表现在心脏方面便是供血不足，但此不足的程度，还够不上冠心病。因为是大医院，戴帽子比较慎重，杭大医务室则早就谓之冠心病矣。此种供血不足症，倘进行普遍体检的话，当亦不在少数，我辈诚难免风声鹤唳之讥，但此种病确实凶险，故又不可掉以轻心。此次住院做一次全面检查，还是值得的。且入院后两次心电图，缺血情况比入院前的两次有好转，也说明了并非绝对不可逆转。现在只盼胆道阻塞有所好转，以避免再次手术。

这次住院，是我平生精神上最苦闷的时期，想得很多，也趁此机会把此生回顾了一遍，想编一个《自订年谱》，《训诂丛稿续编》也已编好，已与浙江古籍出版社约好出版。近年来保留了不少师友的来信，也可编一个集子，给自己看。可惜我写给人家的信都没有留底——有些是写得很有文采的。报刊上引用我的论文以及评论我的文字，也搜集了一些，其中见之于香港《大公报》上的有两篇。

一个月来，植物园一带成为我排遣苦闷的好地方，我不愿躲在病房里，便到外面闲逛荡，每天总有二三个小时在外面。有一天我跑到盖叫天的墓地，有几幅楹联写得很有趣：一是“英名盖世三叉口，杰作惊天十字坡”，吴湖帆书，把盖叫天的名字（张英杰）和艺名（盖叫天）都概括进去了，而盖叫天的代表作正是“三叉口”和“十字坡”。还有一幅是：“燕北真好汉，江南活武松。”沙孟海书，陈毅句（盖叫天是河北人）。此墓“文革”中被毁，近日修缮一新。

正经书太费脑子，于是买了一些闲书看。其中有傅雷译的《三巨人传》：裴多芬、密凯朗琪罗、托尔斯太。这些人类文化史上的巨人，几乎终生都为病魔所苦，且都有点儿神经病，裴多芬、密凯朗琪罗不必说了（这两位都没有结过婚），就连托翁，也常常发神经病。他晚年忽然离家出走，死在一个小火车站上，在凡人看来也无异是神经病大发作。据说章太炎也是神经病患者，人称章疯子。王国维晚年突然跳水自杀，至今还是一个谜，谁也说不清他何以会有此举。我辈之神经病没有他们那样严重，殆以天才不及他们之故也。

检查完毕，我拟立即出院，不想再多住。因医院的气氛不宜于久住。我住的心血管病区，都是七老八十的重病号，他们靠氧气瓶维持生命，周围连个说话的人都没有，寂寞、苦闷、恐怖，长此下去，真要发疯，所以还是溜之为妙。没有住进医院的人，以为住医院是享清福，其实大不然。从某种意义上说，医院比牢狱还要糟糕。

十二号寄去三十元，当已收到？想寄一份年历去，因手边无牛皮纸，只好改日再寄。

母亲应善自珍摄。祝

合家安吉

三弟

一九八六年元月十六日

我的博士生指导师学衔，已获中央教委会批准，再经国务院审准，即可招收博士生了。（当然，这并无什么实际的利益，我还是每月拿七十六元。可笑？）文科博士生导师年在五十以下者，全国唯我一人。这便是我拼垮身体所换得的最高荣誉！

## *43*

大哥：

五月九日寄去五十元，想已达。以后每月按此数目寄，不可少。你供我读完了高中、大学，我不能再让你负担下一代。我教了二十多年大学，而今又成了名教授（教授之上还要加上个“名”字，这是学术界对我一致的估价，非自吹自擂也。可怜！我至今只拿到助教的工资，用鲁迅的话说，这叫做“特别国情”）。经济上竟不能报答你的恩情于万一，真乃平生憾事，死也不能瞑目的。

最近作心电图，大有好转，已基本正常。估计有几个因素在起作用：一、这两个月来家庭比较平静，我得以好好的休息，心中烦恼事少了些。二、不惜高价购服贵重药品（心宝每盒49元，已吃了二盒，外加“青春宝”等补药），当亦凑效。总之，在我学术上取得辉煌成就之时，决不能让疾病压倒，应趁年轻，不惜工本地使之好转（彻底痊愈恐不可能，除非是非器质性心脏病）。

郭昊暂时不能入学，在家自学得好生抓一抓，否则将来回校后仍不能适应。

祝

阖家安吉

三弟

一九八六年五月十九日

## 44

大哥：

十一月六日信并汇款于今日收到。前信亦收到，两位老乡已来过，他们走后，我曾去两信（一信内寄“杭大校刊”一张，内有关于我的报道），当已达览。绫子抽空便去买，以后需要，来信即可，不必寄钱，我的经济状况总的来说趋向于好转，这点钱还能拿得出。（小彭从这月起已增加特级教师补贴三十元，我的仍未动，上面只讲空话，可恶！）

《光明日报》十一月八日有杭州大学招收博士生的广告，导师名字均已开列。

最近作超声波，又说肝内胆管扩张，四月份一次则说是完全正常，反正弄不清。其他都还好（心电图仍有T波改变，但自觉尚可）。

近到上海参加近代汉语讨论会八天，颇受尊重，开幕式被请上主席台，为台上最年轻者。又被“逼”作大会专题发言，反映极好。日本学者二人应邀与会，他们早就熟悉我的著作和为人，而我们却不知道人家，盖以消息闭塞故也。他们跟我交换名片，我只能撕一张笔记纸写下地址、姓名（杭大名片尚未印），处处显出中国人的原始落后。顺颂

近佳

三弟

一九八六年十一月十日

寄上廿元。

## 45

大哥：

昨天（十一日）寄上包裹，买了廿米绫子，六十一元陆角，颜色有四种。用完后来信，当陆续寄。倘能藉此捞点油水，于生计亦不无小补也。

今天校里发给我一张“国家级有突出贡献的中青年学者呈报表”，指名我为候选人，待省里通过后即上报国务院，倘能最后获得此荣誉，可得到特殊待遇。具体如何，等等看吧。不可希望过奢，但亦不可随便放弃（获此荣誉者，杭大文科只我一人，由此也可断定为浙江省唯一之人，因为下面不可能再有特殊人才）。

博士生招生广告是十一月七日《光明日报》，非八日也。采访报道尚未见报。

匆此即颂

冬安

三弟顿首

一九八六年十一月十二日

## 46

大哥：

二月二日函收到。从来信所描述的心脏病症状，我敢断定这是初次发现“早搏”的一种表现。第一次出现“早搏”的人，大抵都有此感觉，有的还要“严重”一些，比如觉得心脏仿佛要从喉头内跳出来似的，同时伴有气急、胸闷、心慌等不适感。但如果经常有“早搏”，习惯成自然，反而不再感到有太大的难过。像我一年到头早搏，多时呈三联律（即三下停一下，每分钟约停廿次），个把早搏反而根本无所感觉。至于你觉得脉搏停顿，其实并非真停，而是有一次脉搏提前出现，因力量微弱，心脏打出的血液量少，摸起来便好象停了一次。若作心电图，则可准确地显示有早搏出现。

早搏，正常人亦可有之，而且早搏患者多数是正常人，即令属于病态，早搏乃心脏病之最轻度症候，不必过度焦虑。唯此病之讨厌处，乃在于不易除根，我为此症曾两次住院，但均不能断根。

心电图最好去作一下，如无大病，也就放心了。

稿费终于收到，问题出在杭州银行方面，托熟人找到银行行长，才砅查到。可见在中国无论办什么事都得走后门才行。

郭昊仍在古籍所干事，倒也规规矩矩，至于将来的前途，他是不想的。大人替他着急，无奈他并不理解。

小彭大概还得出国。也难怪她，外语学校教外语的老师轮流出国进修，她作为特级教师，不出国镀镀金，日子难混下去。至于何时出去，大概下半年吧，反正得等郭朵考上中学再说。到时候，最好能找到一个合适的保姆，不知家乡有人否？

母亲好些了没有？顺祝

春安

三弟

一九八七年二月十日

## 47

大哥：

五日寄出包裹一只，内茶叶五斤，八日寄上廿元，九日又寄出包裹一只，内绫子廿米，注意查收。绫子只此三种颜色，价钱似乎比去年贵了好多（记得去年是二元五角一米，今则三元六角一米），长价最吓人的，是肉、鱼、蔬菜等生活必需品，国家再不采取措施，小百姓将无以生活矣。

钱不要寄来。我虽穷，但不至于连这点钱也腾挪不出。

匆此即颂

秋安

三弟

八七年九月十日

升教授已一年，而工资仍按副教授之最低档发。干部则不然，今天升处长，明天便增加工资，真咄咄怪事也。

## 48

大哥：

我已于七日下午平安抵杭，回来后要处理的事情太多，兼之距电报局太远，故没有及时发电报去。在济南时，曾发两次电报，当早收到矣。六日到济后，即去找老同学韩之友（住山东师大宿舍），路遇一中年妇女问路，恰巧就是韩的爱人。晚上老同学王传德亦来，三人小聚，畅叙三十年阔别之情。在韩处住了一宿，第二天（七日）下午乘45次特快软卧离济。票特难买，整个济南站只有两张卧铺票，一张即到了我的手里，于此见我的老同学们神通之大，而其花费的精力亦可想见矣。我观察坐软卧者，并不都是有文化有地位者，更多的倒是土包子，但必然都是有钱且有后门者，是无疑义的。由此又可以想见，当有不少如陈景润一流的高等书呆子，还在硬座车厢上罚站哩！听说硬座车厢上已经针插不进、水泼不透，连坐位下面都躺着人。此真中国特有之奇观也。

你的经济似仍很拮据。今寄上卅元，供零花用，不必让母亲知道（寄往史志办）。我的经济本当有所好转，但最近又传出消息，说提职不提薪，每人每月增加五元了事。真他妈的不讲理，按劳取酬，是社会主义的分配原则，教授和助教各加五元，还谈得上什么按劳取酬？此真可为仰天太息者也。

顺颂

时绥

三弟

八七年十月十日

## 49

大哥：

元月廿五日函收到。近来很忙，开了十天的政协会，中间还抽出四天时间到武汉华中师大主持张舜徽老教授（当代学识最渊博的学者，大部头著作廿余部，二三千万字）的博士生答辩，飞机来去。政协会议结束后收到来信，今天抽空上街转了一圈。绫子只有一种颜色的，先买十米寄上，待有了别样颜色的，再各买十米寄去。衣料子由小彭去买，因我不懂，瞎买一气，未必合用。包裹大约三五天后可到达。

保姆事再说。山东来人还有个大问题，即粮票不好解决，须换全国粮票，开证明之类，够麻烦的。

日人佐藤晴彦教授在文章中对我的《训诂学》一书作出高度的评价，此文的一部分，已摘录在关于我的一篇访问报道中。此报道文已寄给王红，请他看过后，再转给你一读。

顷得日本波多野太郎教授信，文词之美，非中国之所谓教授所能及也。现抄录好另纸，藉供欣赏。

此颂

大安

三弟

一九八八、二、一

## 50

大哥：

六月廿四日信早已收到，因没有重要事情，故未作覆。郭宪章前不久因公差路过杭州，在我这里玩了一天。他爱人生癌症去世，中年丧偶，乃人生一大不幸，但观其精神，似未有沮丧之表现，渠乃能人，值得我辈一学也。临行前托其捎去茶叶一袋（内有四或五包），想当已收到。苦闷之时，不妨于南窗下啜苦茗，盖亦解忧之一法也。

你的心脏缺血，跟我一样的症候，若保养得法，无关大局。但若不注意保养（诸如生气、过份伤痛之类），则亦有一定危险性。故养生之道，当以乐天达观为首要。

母亲愈老愈不近人情，此固令人不胜烦恼，然亦只有忍让之一法，此殆天意之安排，非人力所能改变者也。我现在愈来愈觉得人的一生，皆由天意安排，若能坦然承受此种安排，则少却诸多烦恼，归根一句话：乐天知命而已。

匆此，即颂

大安

三弟

八八年七月十三日

杭州大热，终日赤膊兀坐室内，犹有如坐火炉之感也。

## 51

大哥：

十月六日信收到。九月廿六日曾用快挂寄去《文史知识》一本，来信未提及，大概还未收到。《我的治学之道》专文已在该刊刊出，头版头条，并附有照片和小传。文虽不长，但集中反映了我的学术观点，故必须让你一读也。望收到后即写信告我，如始终收不到，我当再寄上一本。

来杭最好是在十月份，因杭州之秋最是美好，春、夏、冬均所不及也。十一月份已转冷，不无肃杀之气。来前先来信，我寄款去。我这里积攒了一些茶叶及补品，本该寄去，但寄东西实在麻烦，小彭忙得焦头烂额，我又不会针线活，因此一直让这些东西搁在那里。你如果来，走的时候可以带去，免得我再邮寄。《吴亚卿诗稿序》，乃游戏笔墨。另有“书札存稿”四五十通，稍有文采，你来时不妨观览。顺颂

大安

三弟

一九八八年十月十日

八日寄去廿元，当已收到。

# 郭在贻书信影印件

1（1） 一九六九年四月二十八日致郭连贻

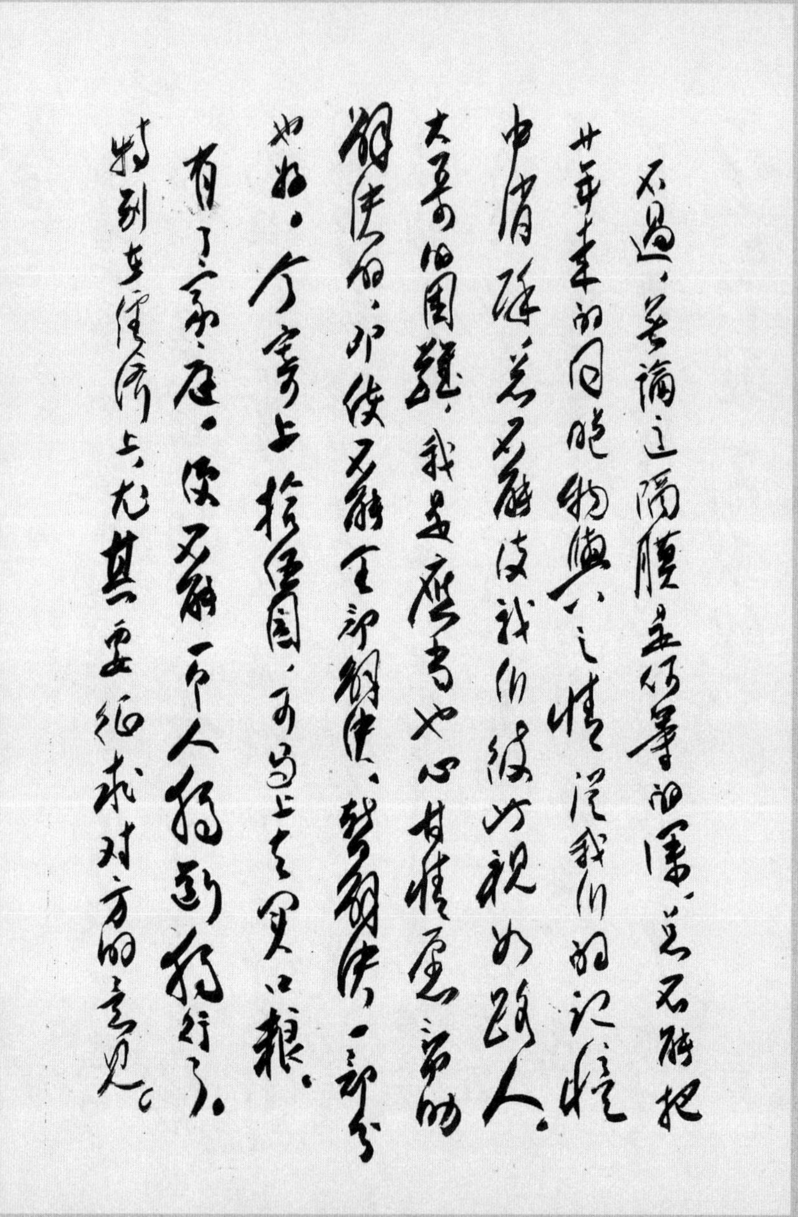

不過，若論這隔膜是何等的厚，若不能把
廿年來的日晚物質之情況我們的記憶
中消除，若不能使我們彼此視如路人，
大可以回頭，我是應當也心甘情願幫助
別人的，也使不能全部幫助，也幫助一部分
也好。今實上指僑國，可馬上去買人口糧，
有了家庭，便不能一個人獨斷獨行了，
特別在經濟上尤其要征求對方的意見。

1（2） 一九六九年四月二十八日致郭连贻

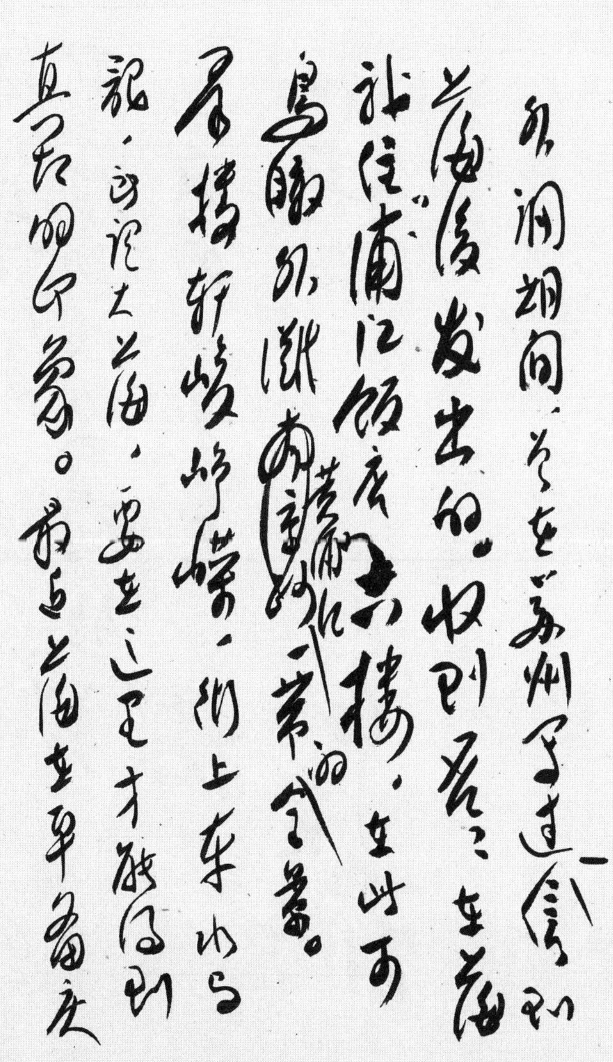

1（3） 一九六九年四月二十八日致郭连贻

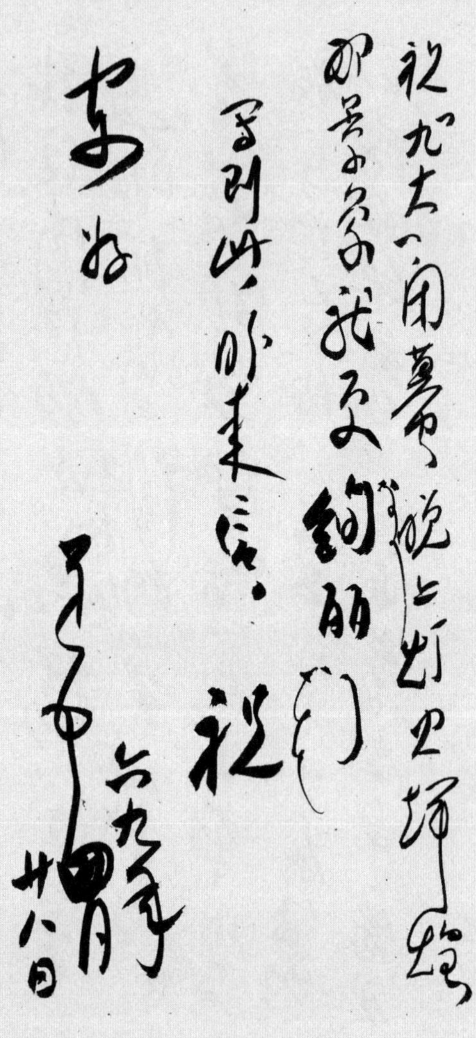

1（4） 一九六九年四月二十八日致郭连贻

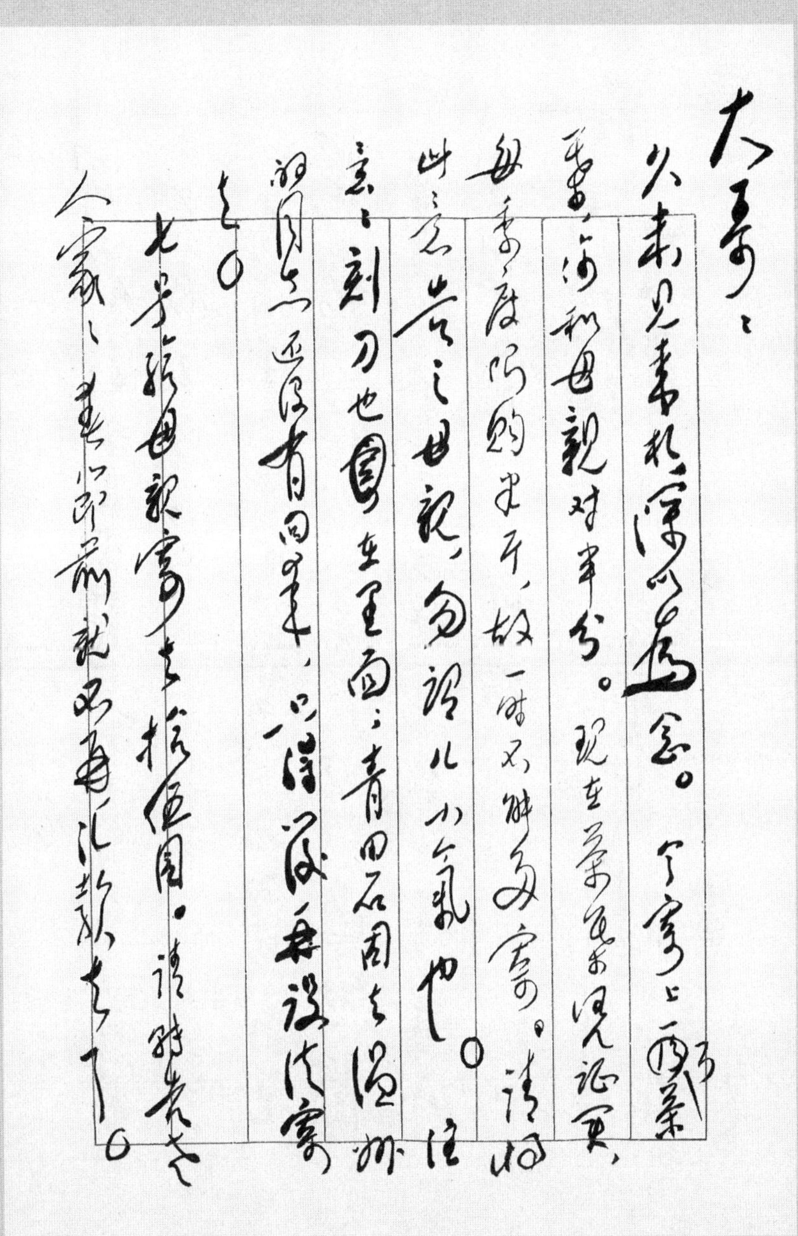

2（1） 一九七〇年一月八日致郭连贻

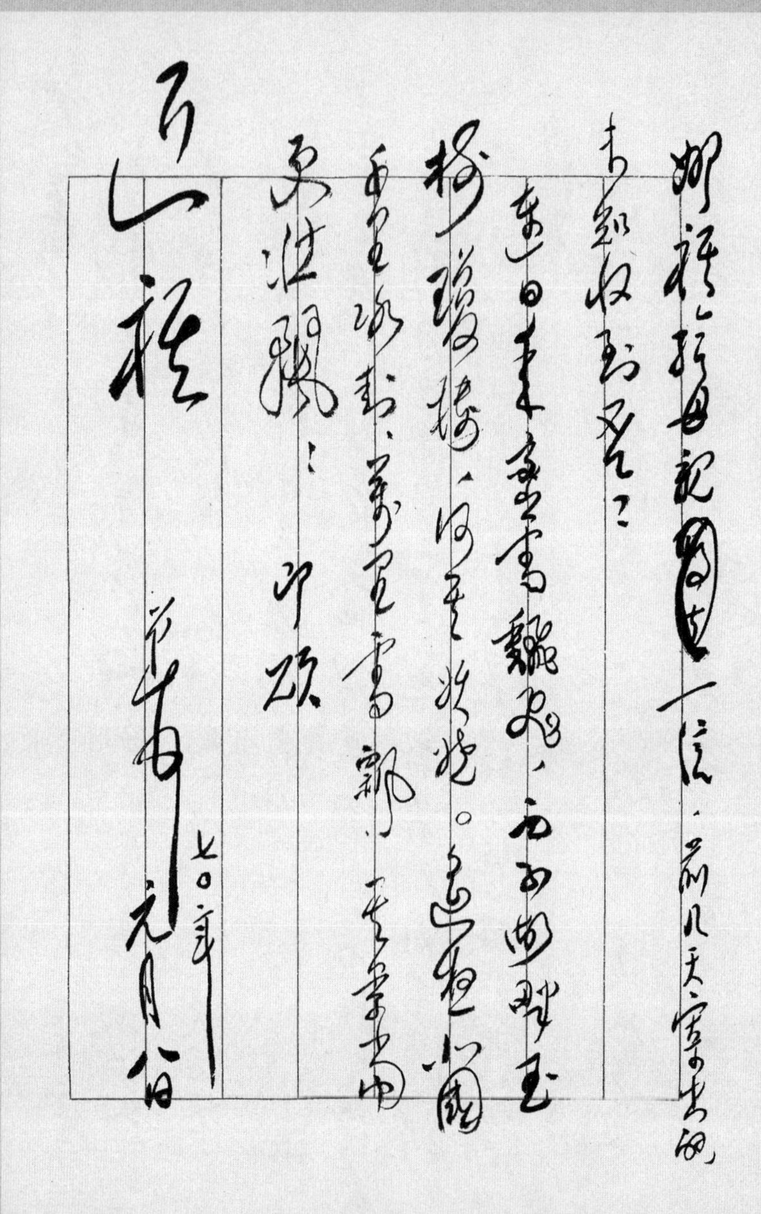

2（2） 一九七〇年一月八日致郭连贻

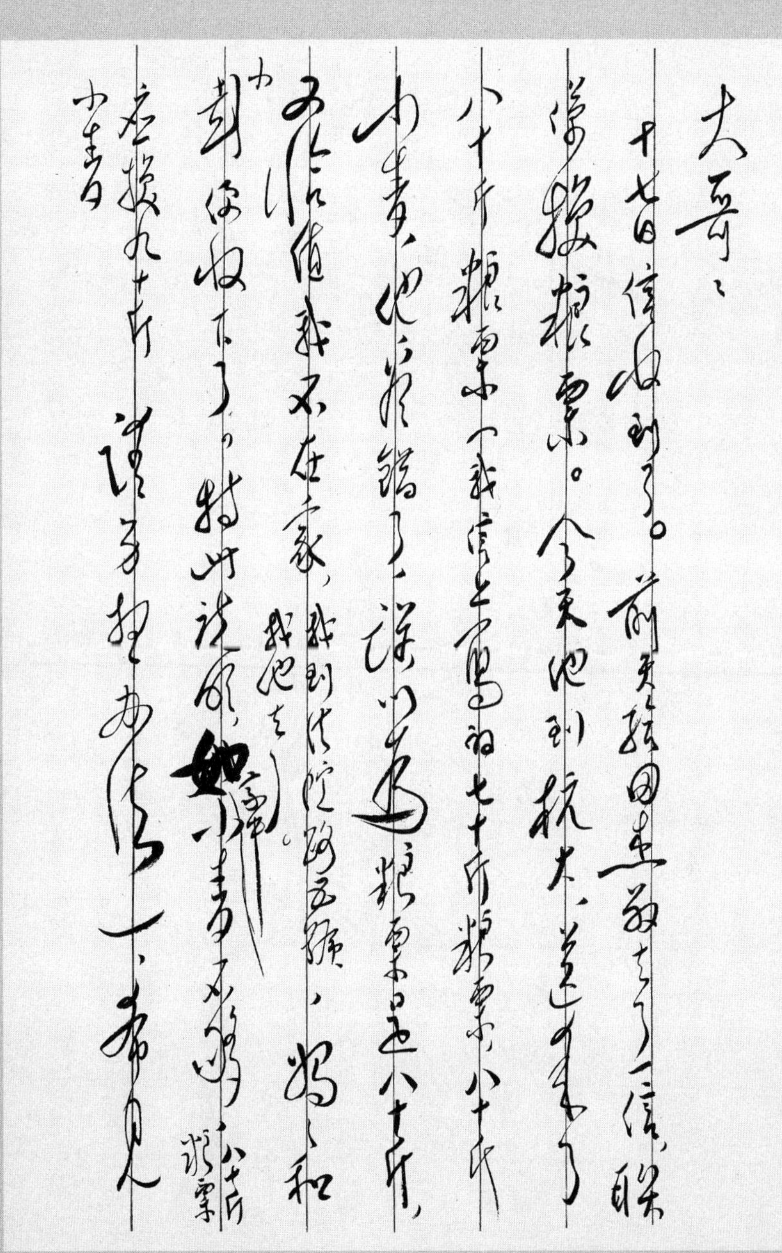

3（1） 一九七〇年八月二十三日致郭连贻

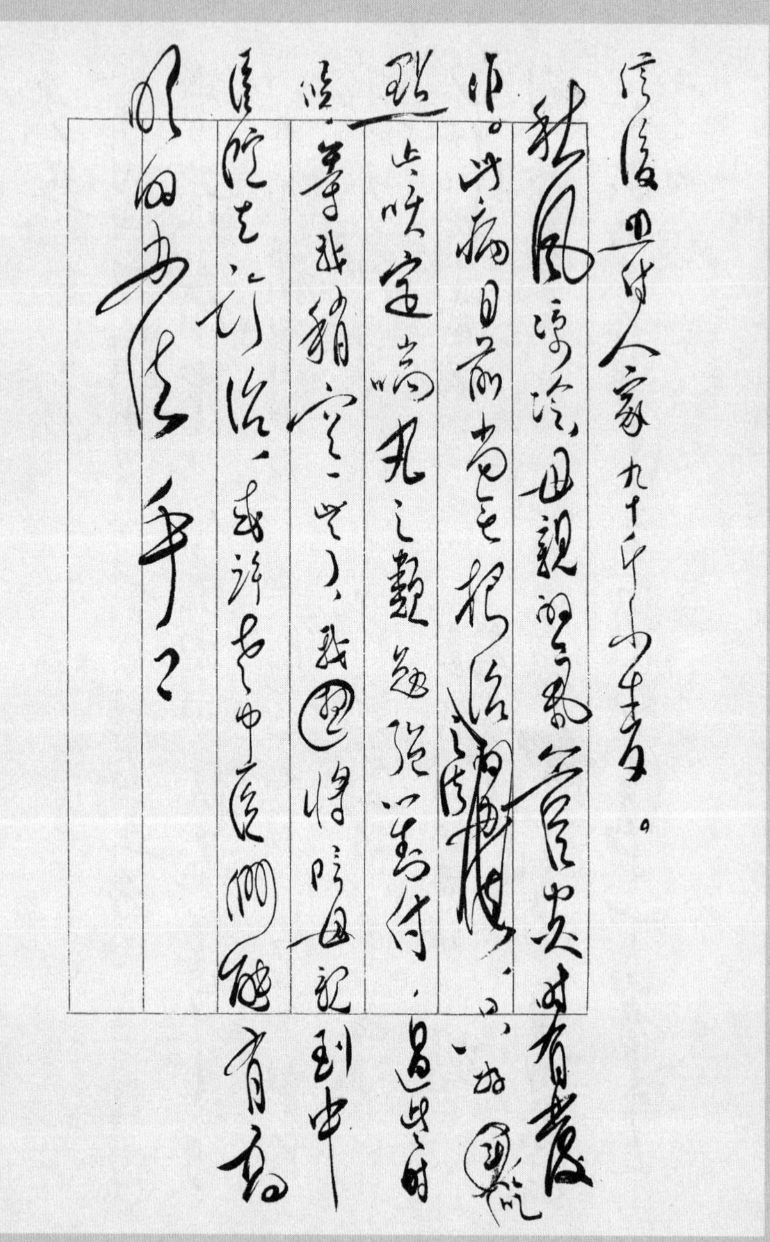

3（2） 一九七〇年八月二十三日致郭连贻

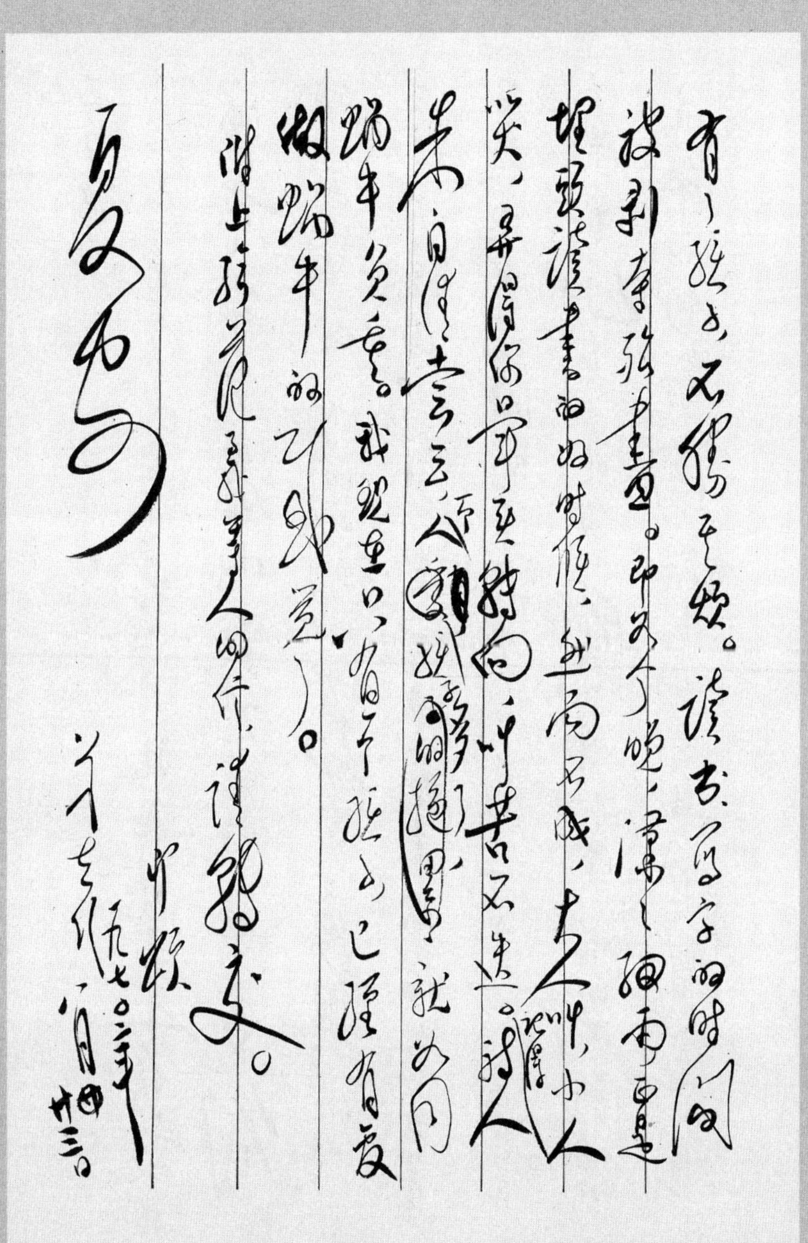

3（3） 一九七〇年八月二十三日致郭连贻

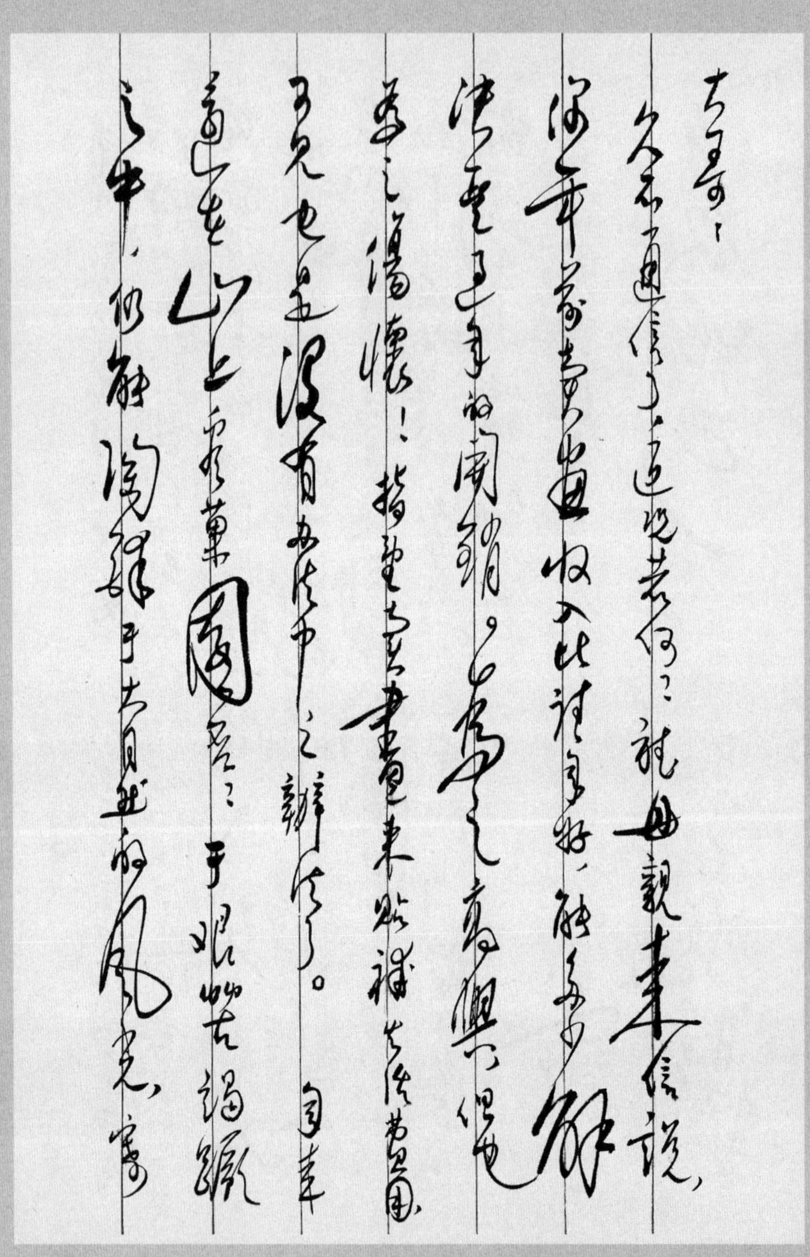

4（1）　一九七三年二月十四日致郭连贻

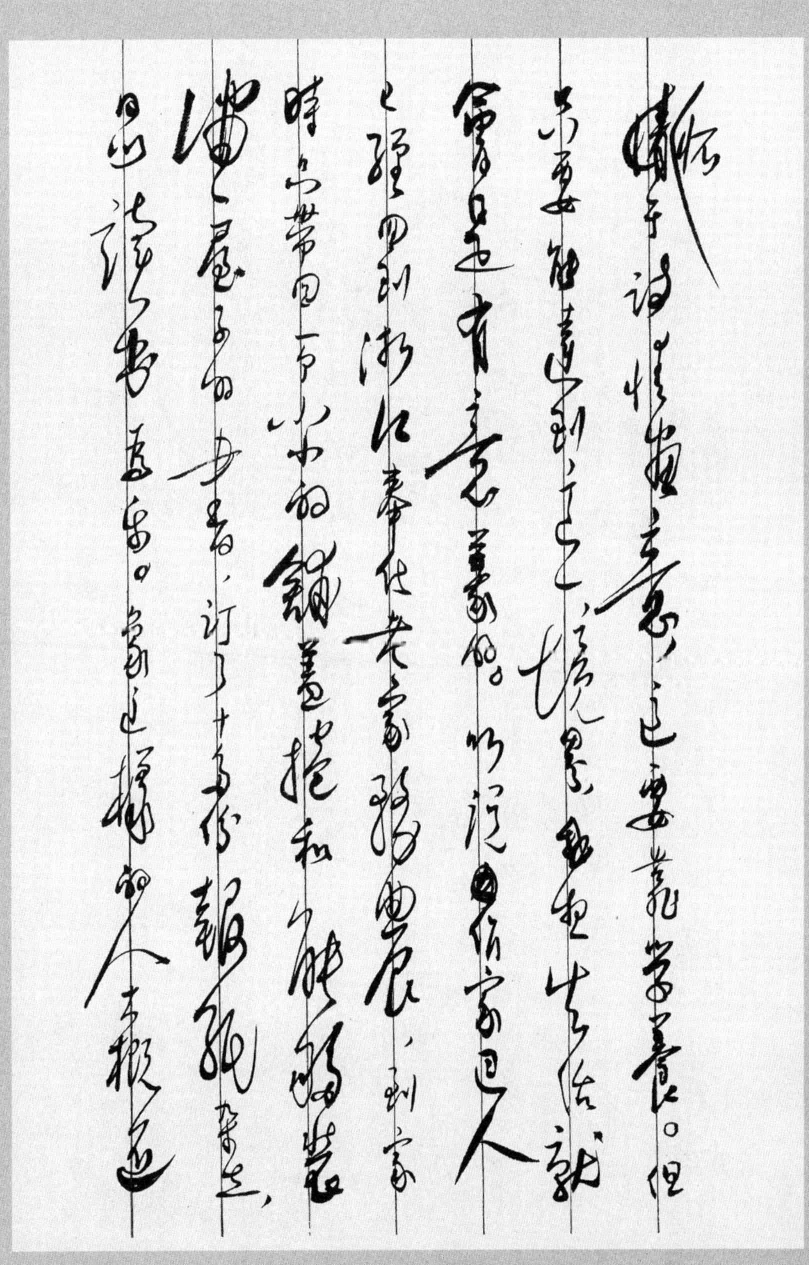

4（2） 一九七三年二月十四日致郭连贻

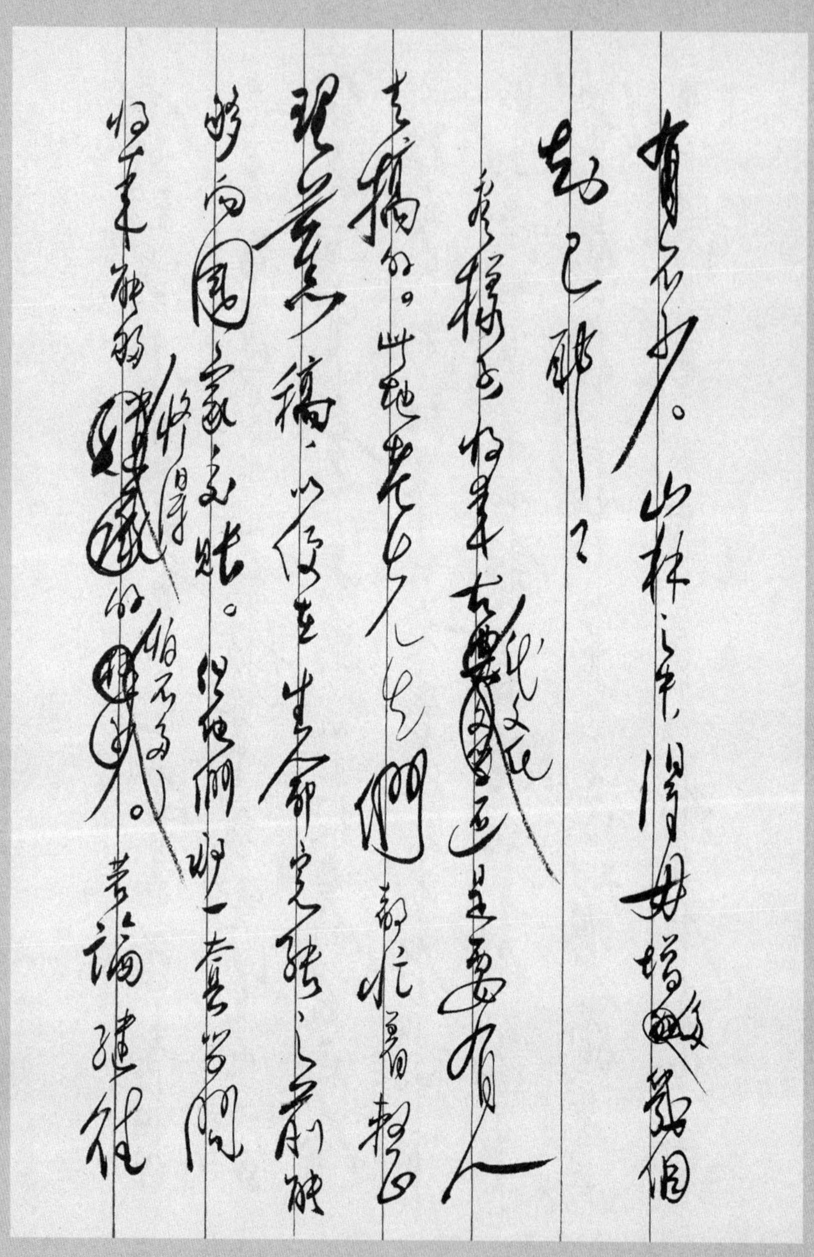

4（3） 一九七三年二月十四日致郭连贻

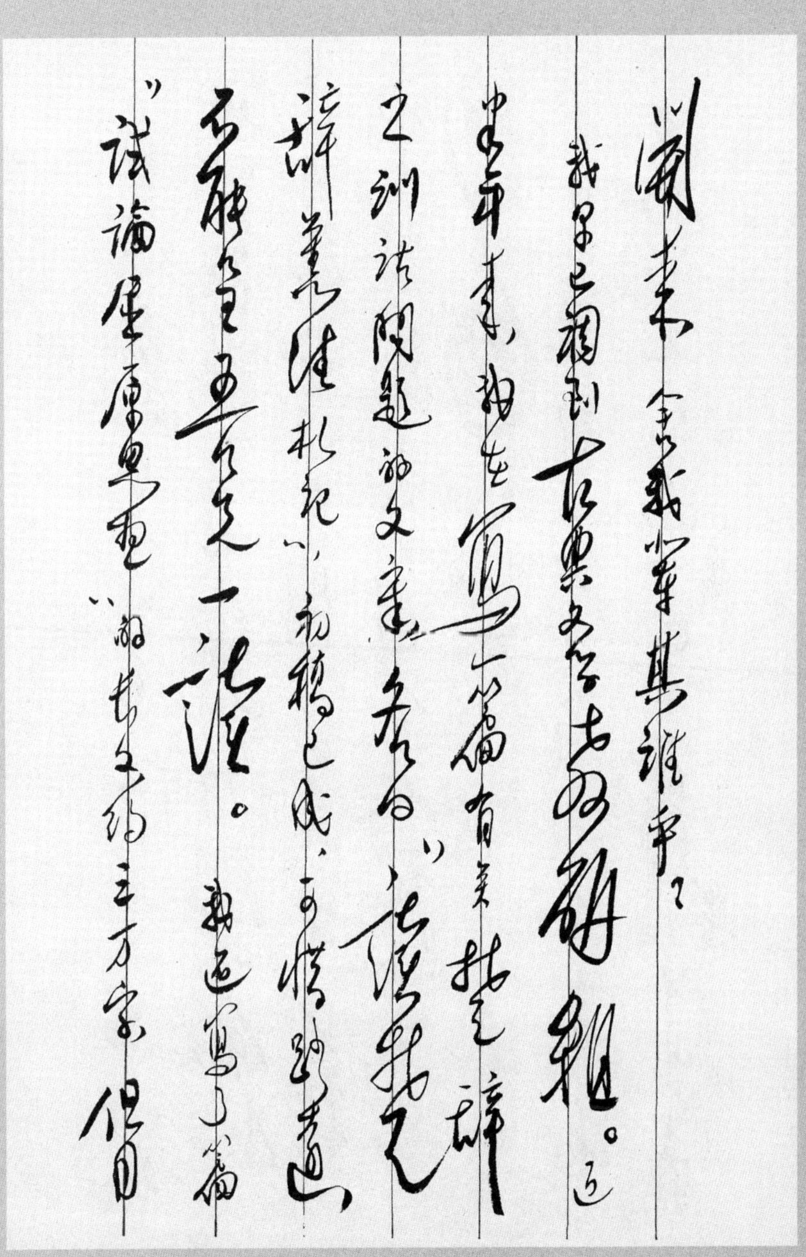

4（4） 一九七三年二月十四日致郭连贻

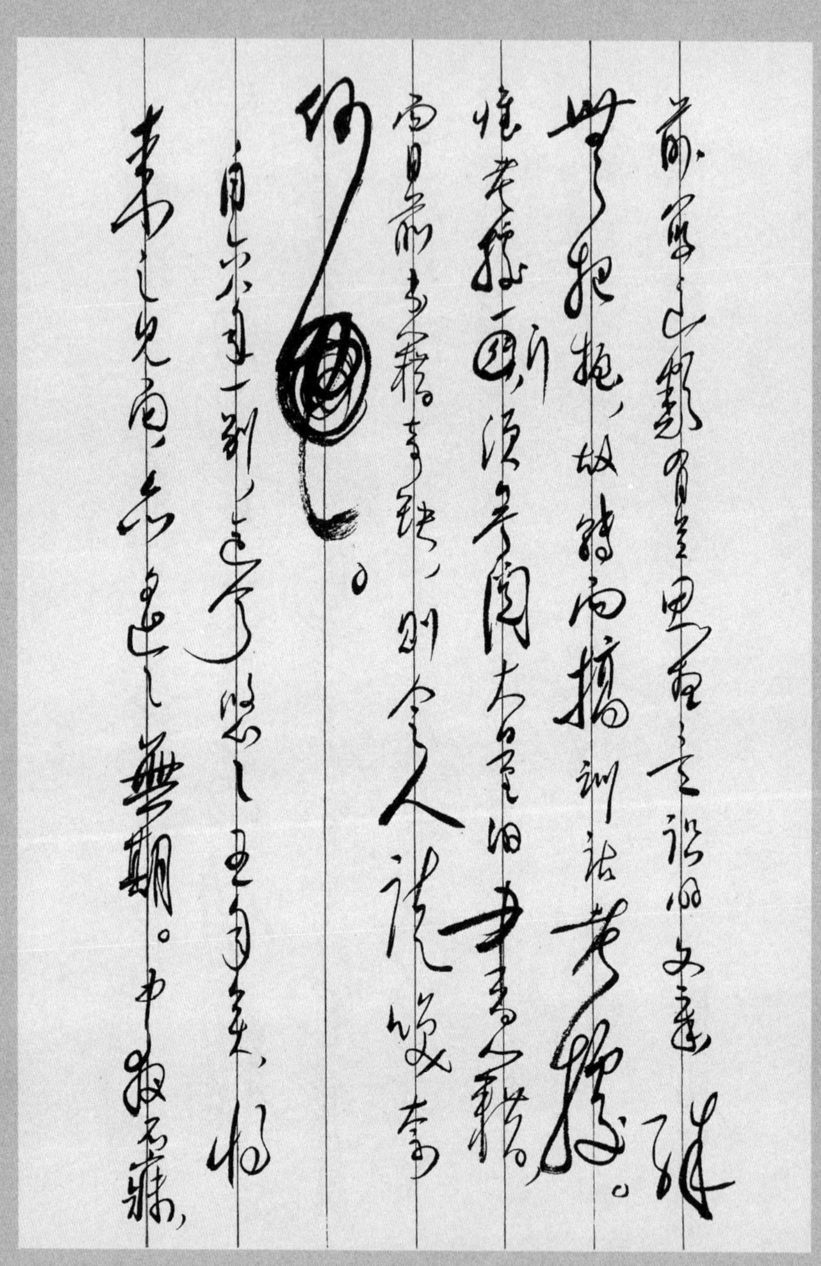

4（5） 一九七三年二月十四日致郭连贻

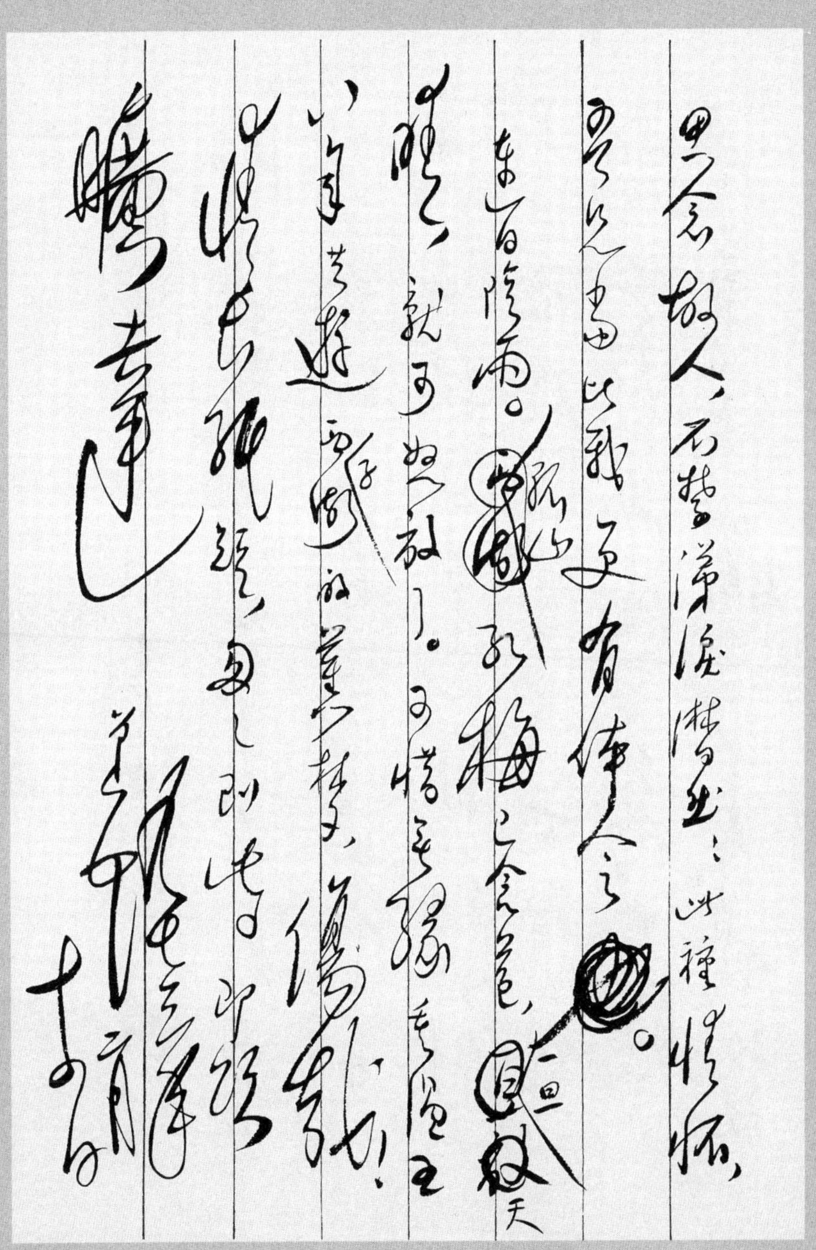

4（6） 一九七三年二月十四日致郭连贻

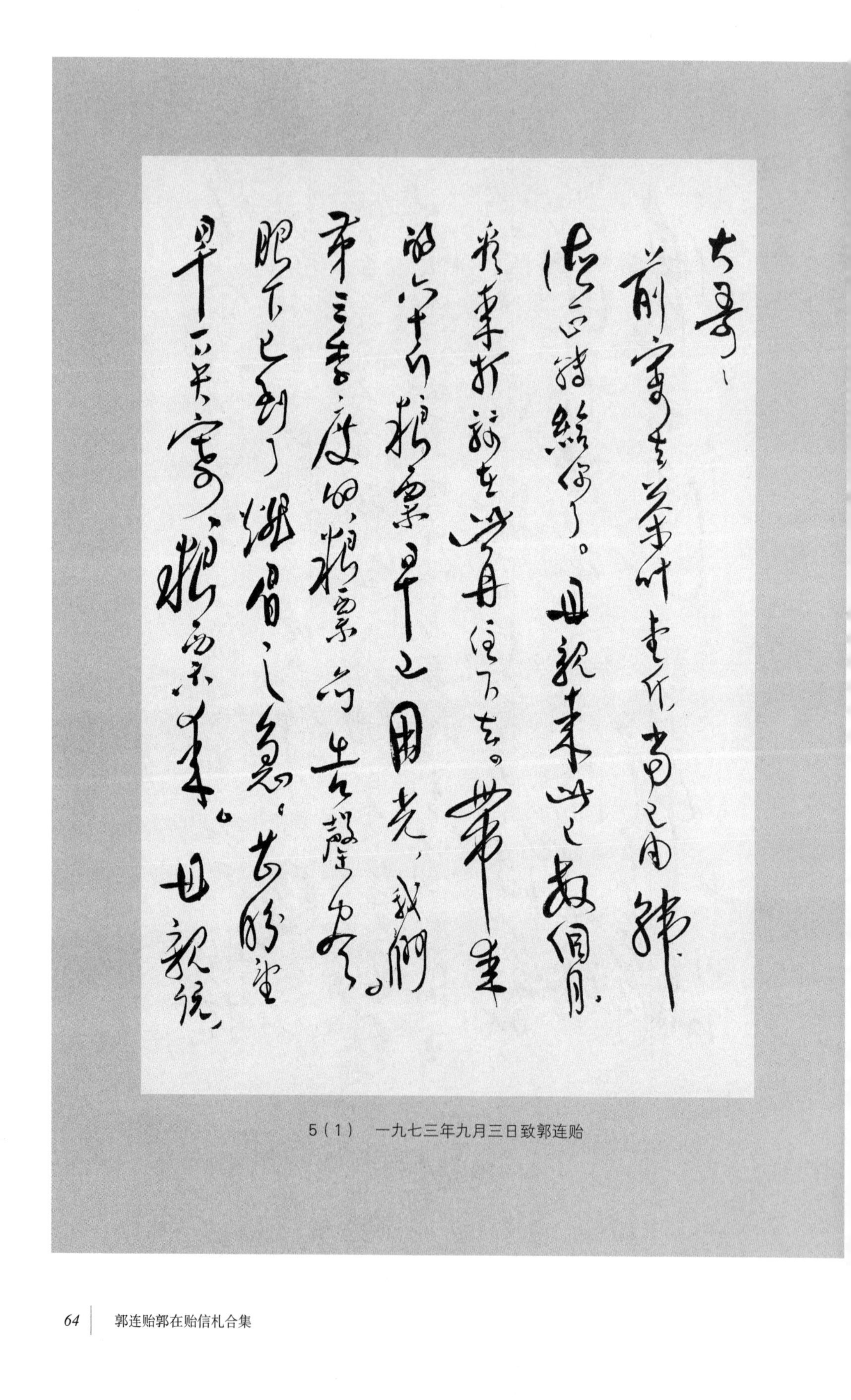

5（1） 一九七三年九月三日致郭连贻

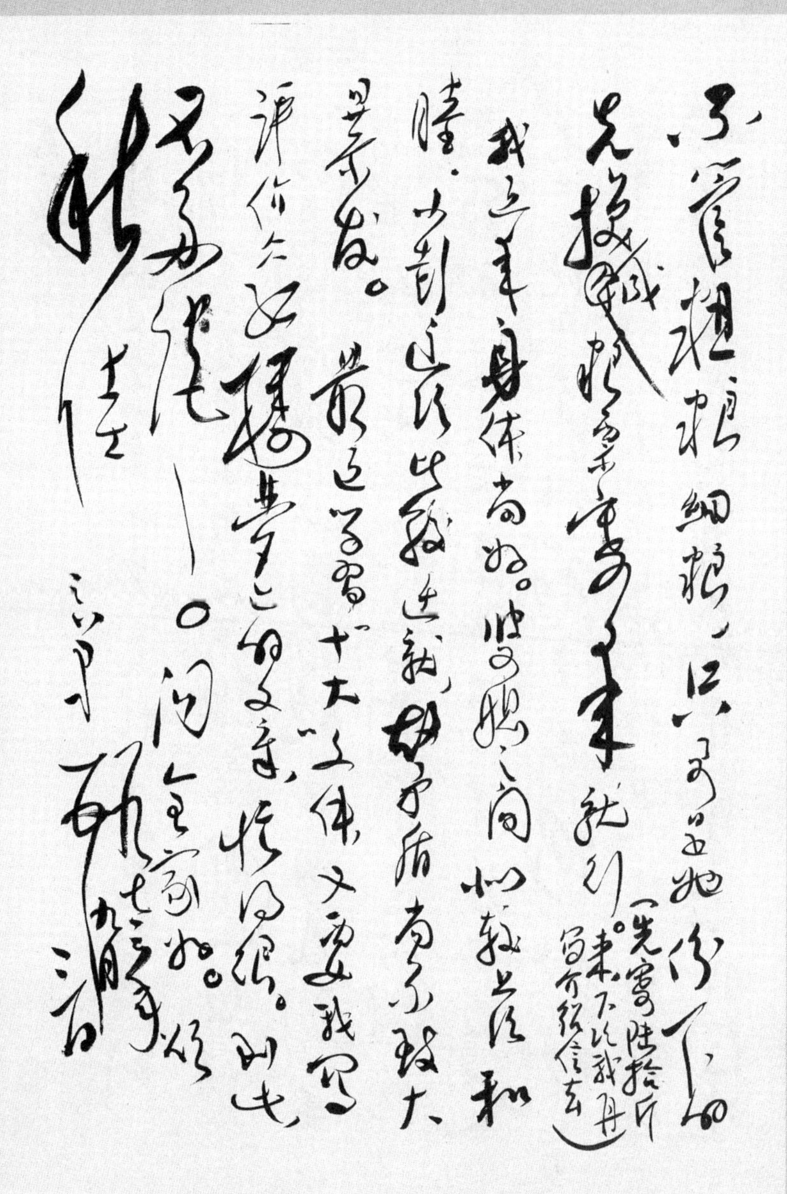

5（2） 一九七三年九月三日致郭连贻

大平：

母亲已于四月十三日离杭，十四日晚可以到家。十三日早上发电报去，邮局因服务员讲电报要十四日晚方能发到。发电报后，感到也要两天时间，这有点不对，不及的一边去坐火车开出后才发电报，也不迟，现在只提前一天多，何况快车慢！火车之拥挤，是难以想象的，今还没有上车定，车子就开了。我没有

6（1） 一九七四年四月十五日致郭连贻

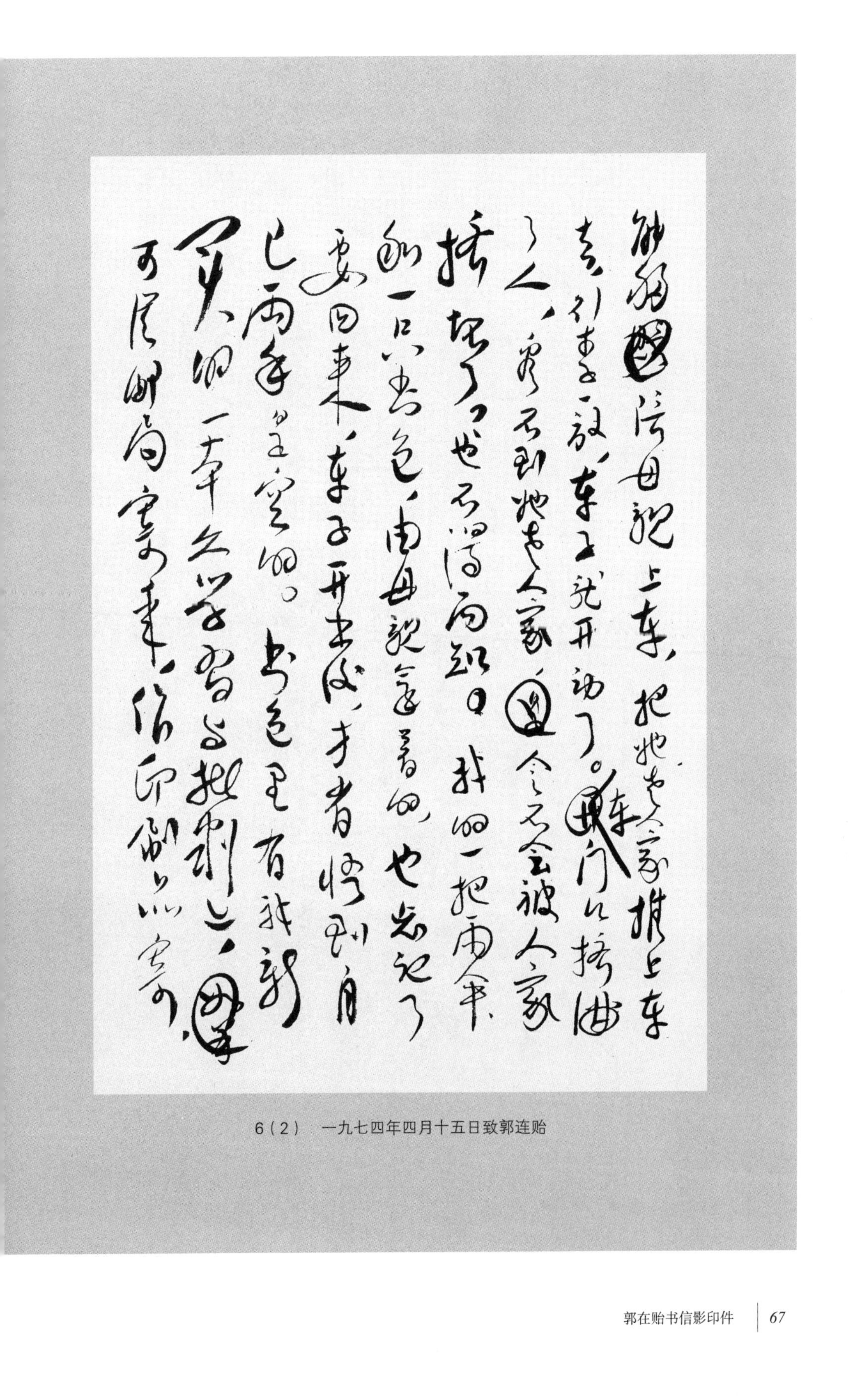

6（2） 一九七四年四月十五日致郭连贻

6（3） 一九七四年四月十五日致郭连贻

6（4）　一九七四年四月十五日致郭连贻

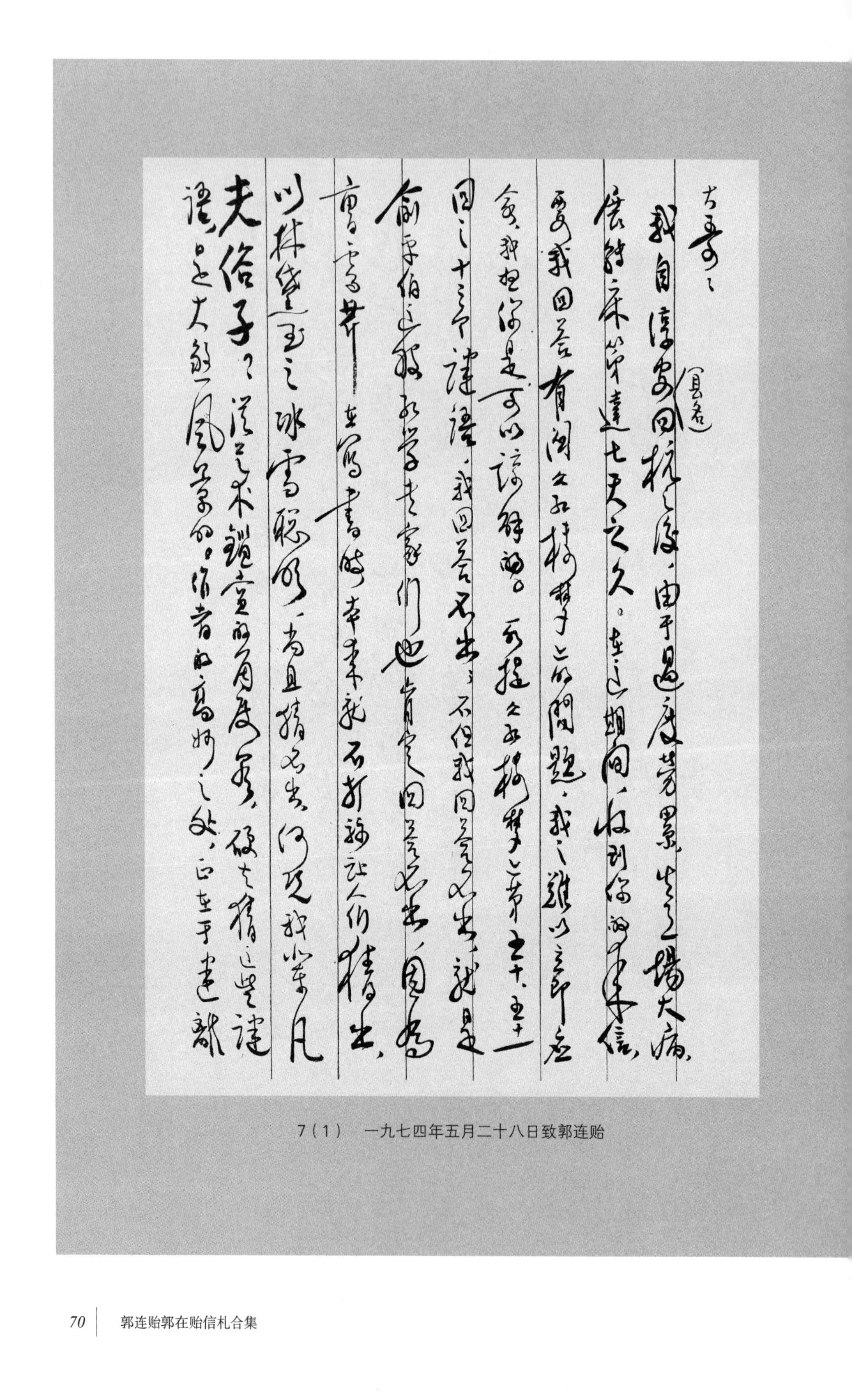

7（1）　一九七四年五月二十八日致郭连贻

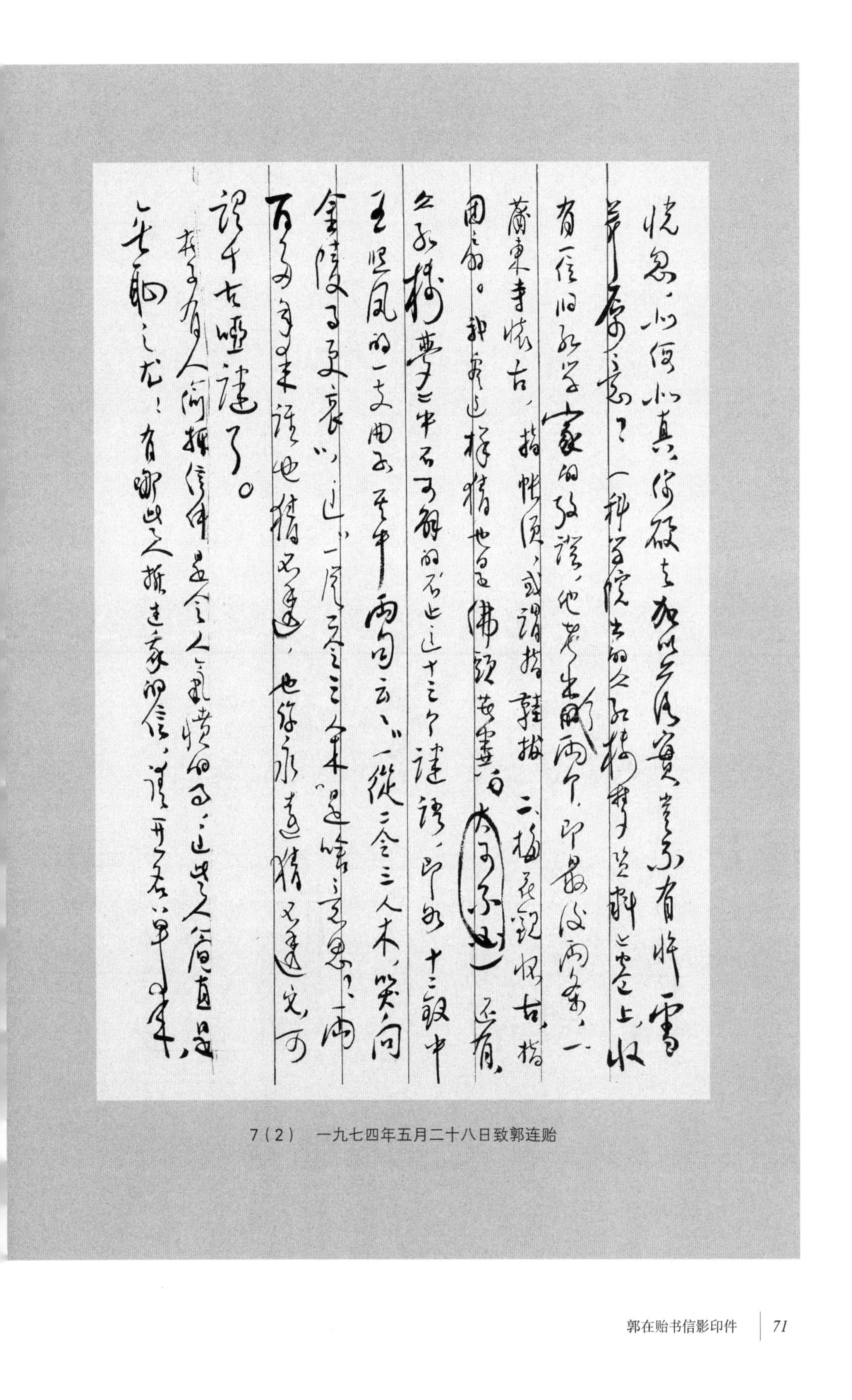

7（2） 一九七四年五月二十八日致郭连贻

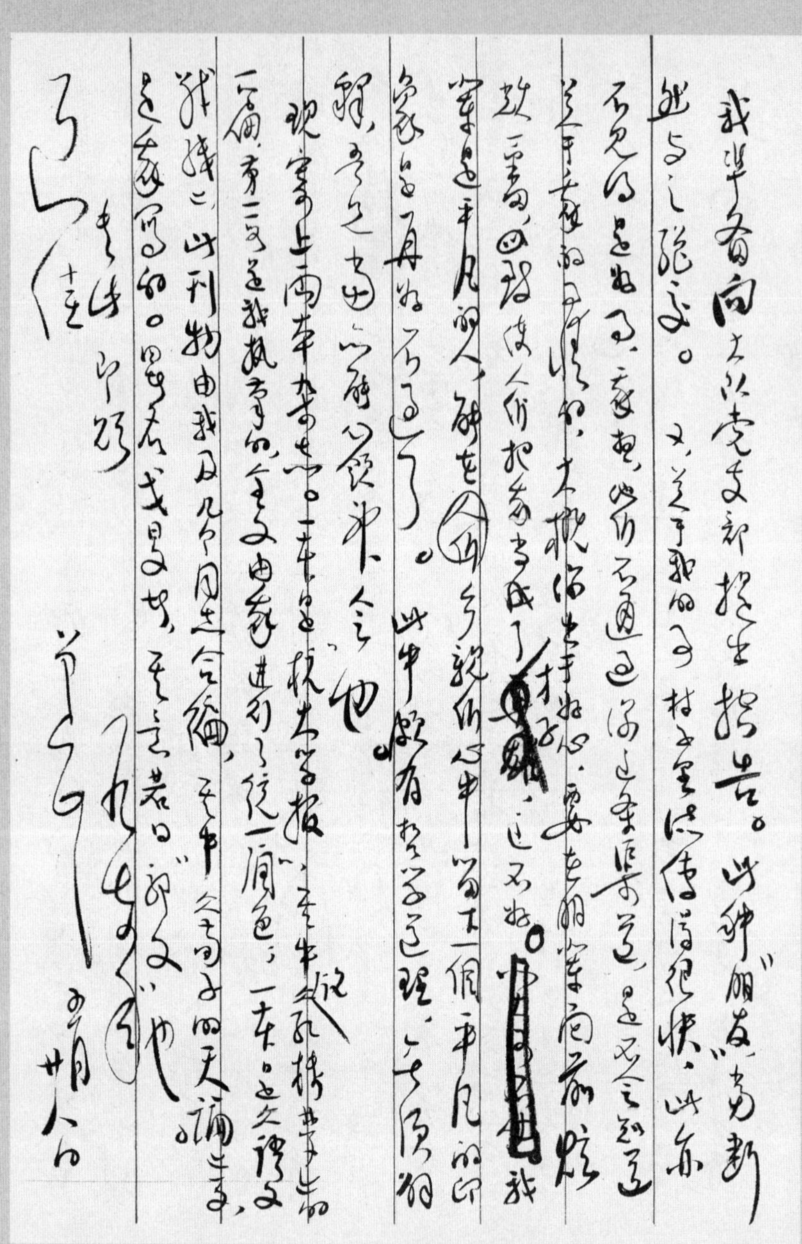

7（3） 一九七四年五月二十八日致郭连贻

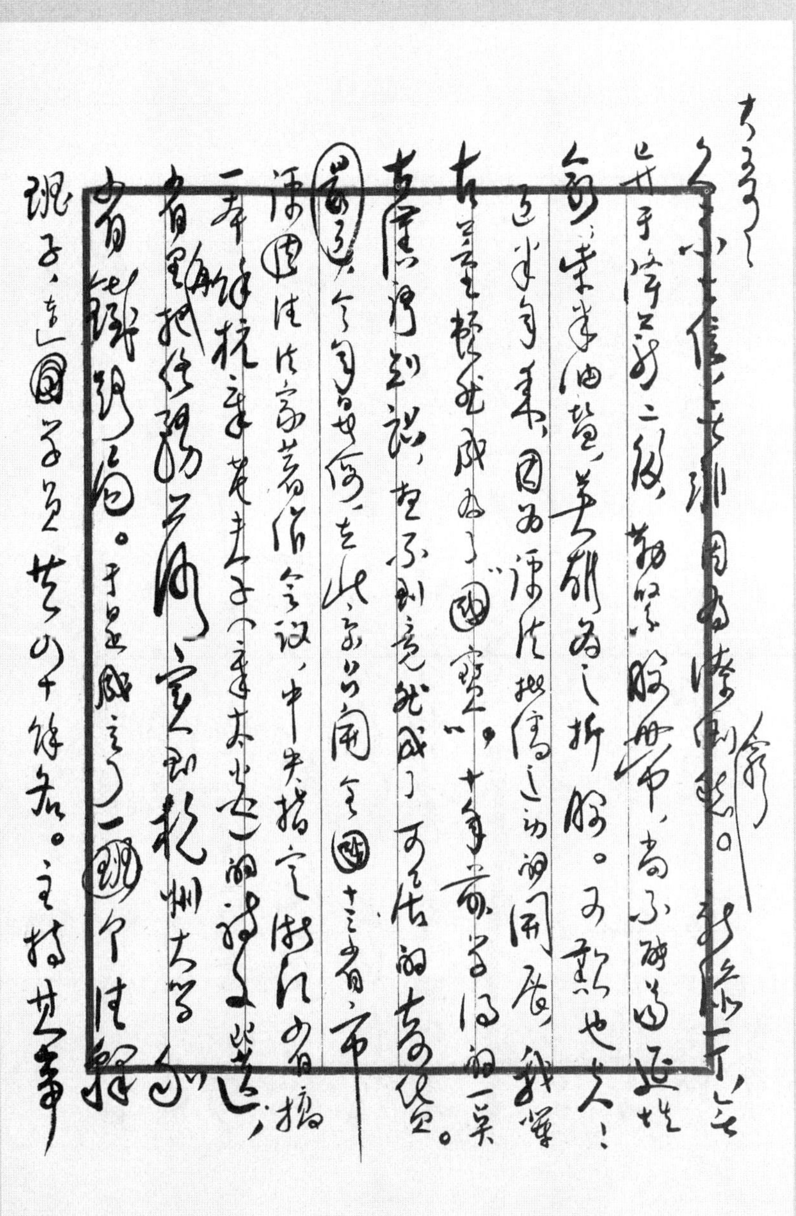

8（1） 一九七四年十月十三日致郭连贻

8（2）　一九七四年十月十三日致郭连贻

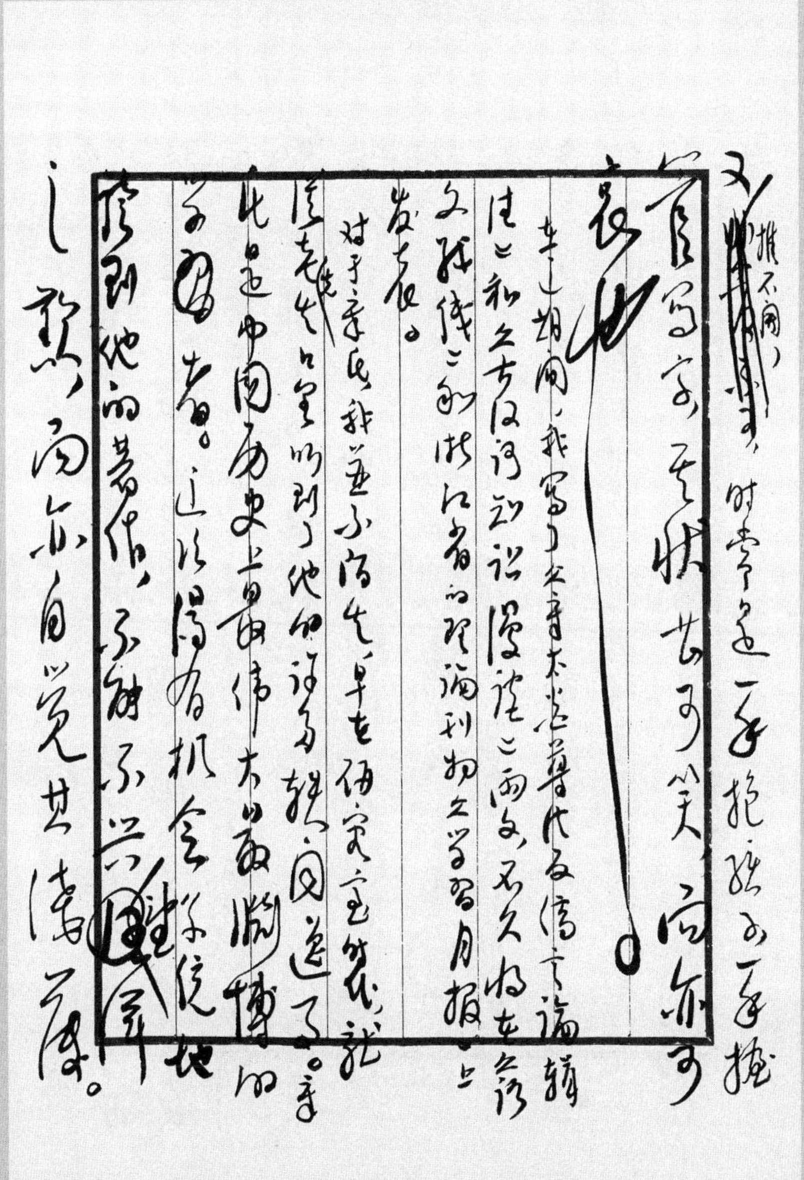

8（3） 一九七四年十月十三日致郭连贻

郭氏的写某些古代人物（郭沫若
亦一此段，我不读，不小说一句，以已说：亦
当然大佳，使其不走入胡同即可也。郭氏
之文便是大家，其所用古字古词，如"卅
字作"卌"，"廿"字作"卄"，以代"类"，
[illegible]篇幅之文，其所用以前的词汇，如
与"骑"义疑同事，二[illegible]善，文质[illegible]
等等。自然亦能写作林[illegible]，因为他的[illegible]之于
之余，研究[illegible]，深[illegible]他写作根据，因为[illegible]之
之说文之中的本字，如此等等，不一而足。
十年来自己学有意识对训诂作为学问
研究，当时不过是出于一种兴趣，[illegible]

8（4）　一九七四年十月十三日致郭连贻

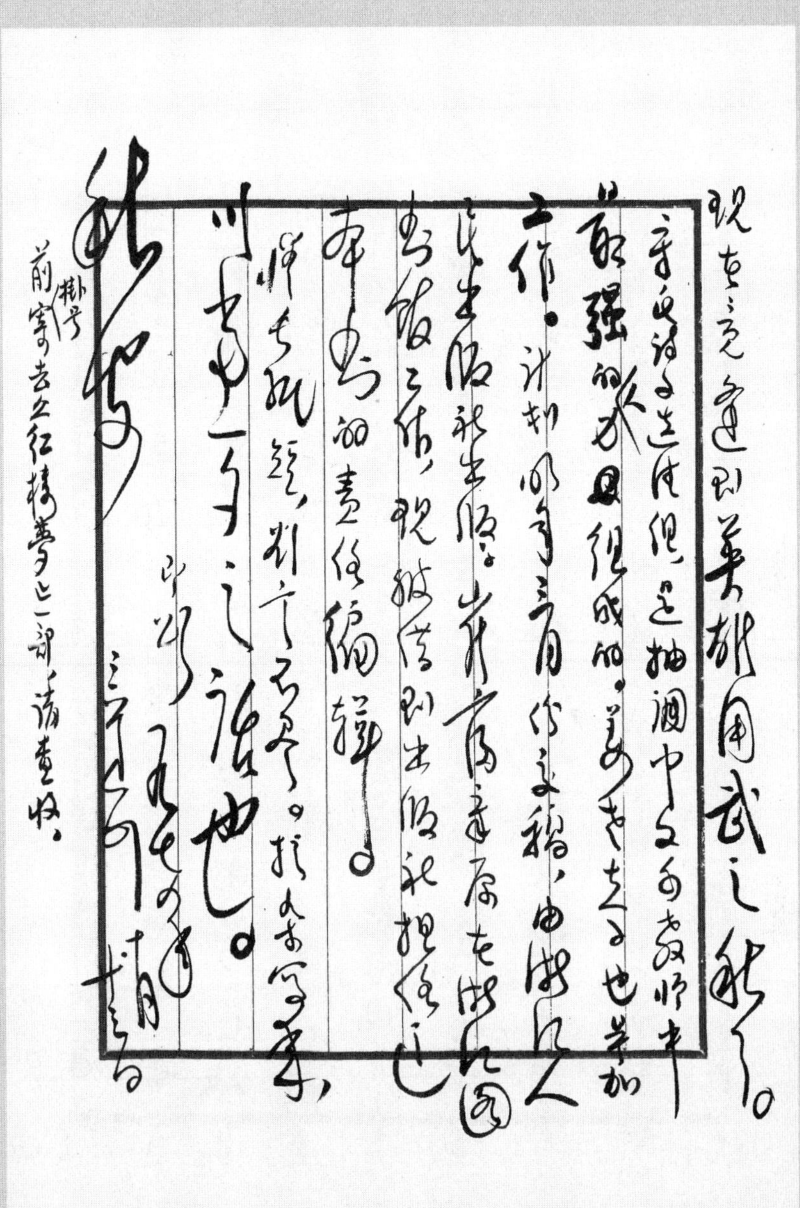

8（5）　一九七四年十月十三日致郭连贻

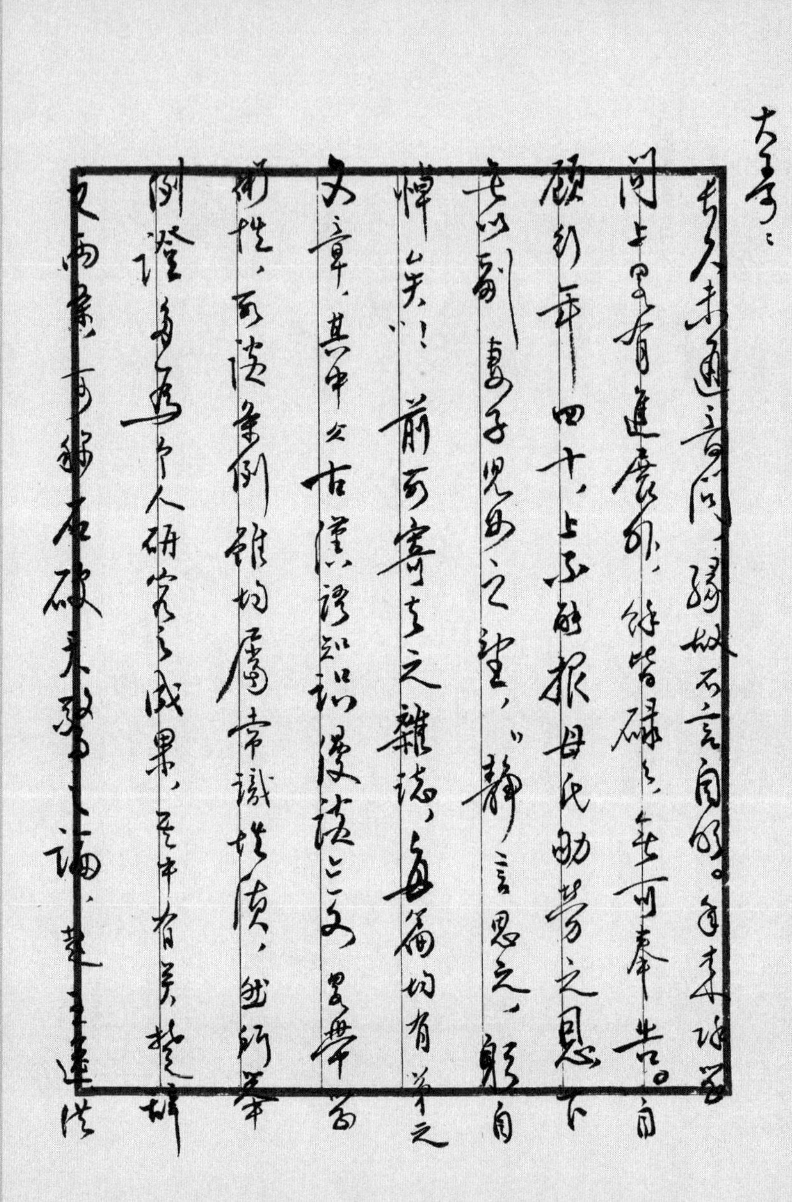

9（1） 一九七五年二月一日致郭连贻

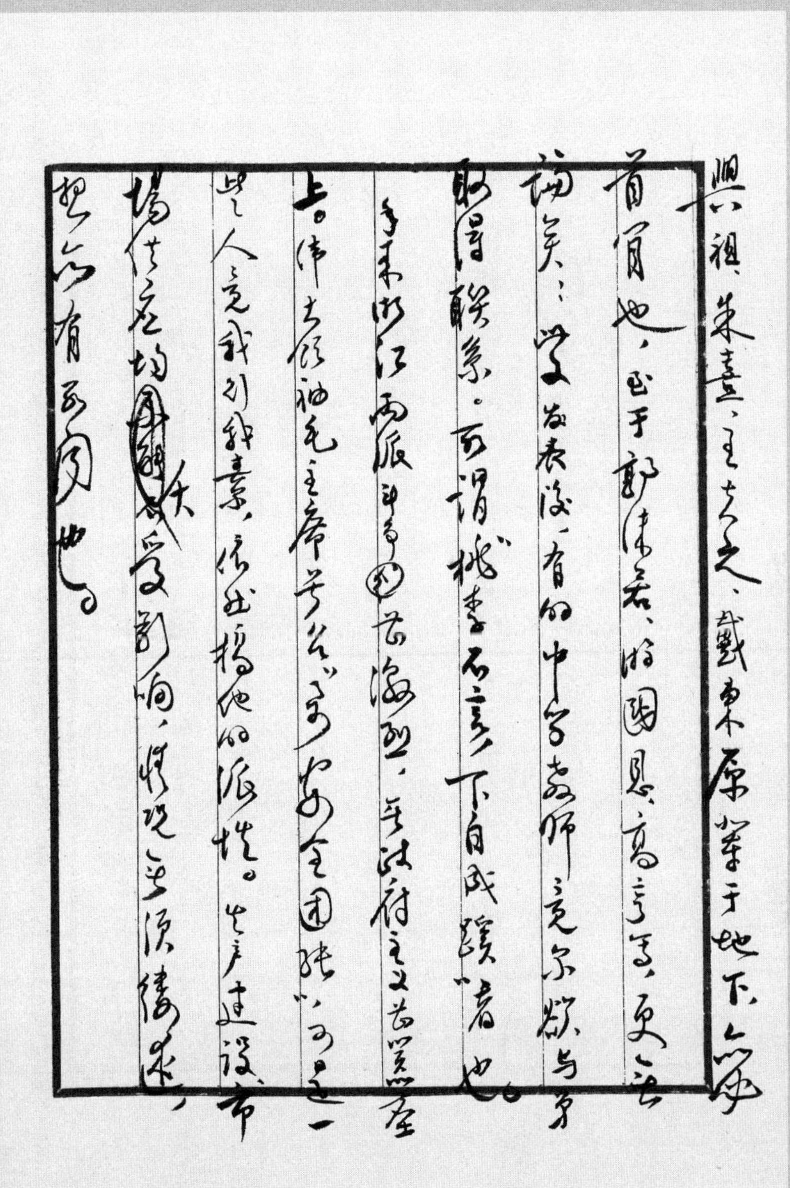

9（2）　一九七五年二月一日致郭连贻

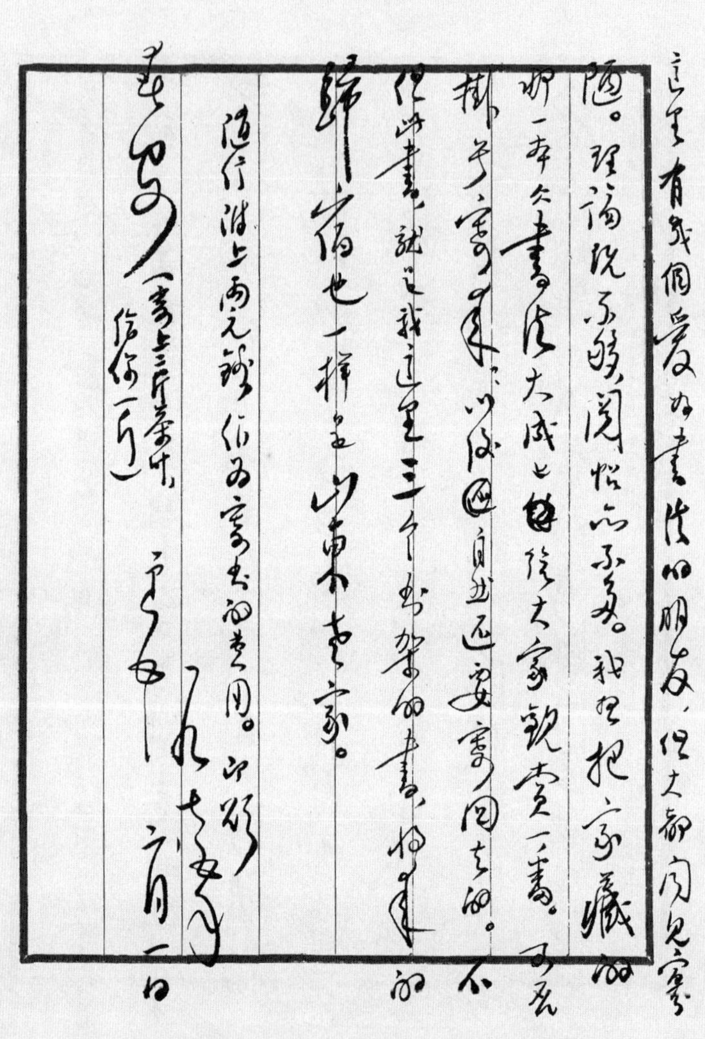

這里有我們愛好書法的朋友，但大都闪见寡陋。理論說不够，閱帖也不多。我想把家藏的那一本《書法大成》上册給大家觀賞一番。可否掛號寄來，以後自然還要寄回去的。不但此書，就是我這里三个書架的書，將來的歸宿也一样是山東老家。

隨信附上兩元錢，作為寄書的費用。即頌

春安（寄上三斤茶葉，你份一斤）

弟 在貽

二月一日

9（3） 一九七五年二月一日致郭连贻

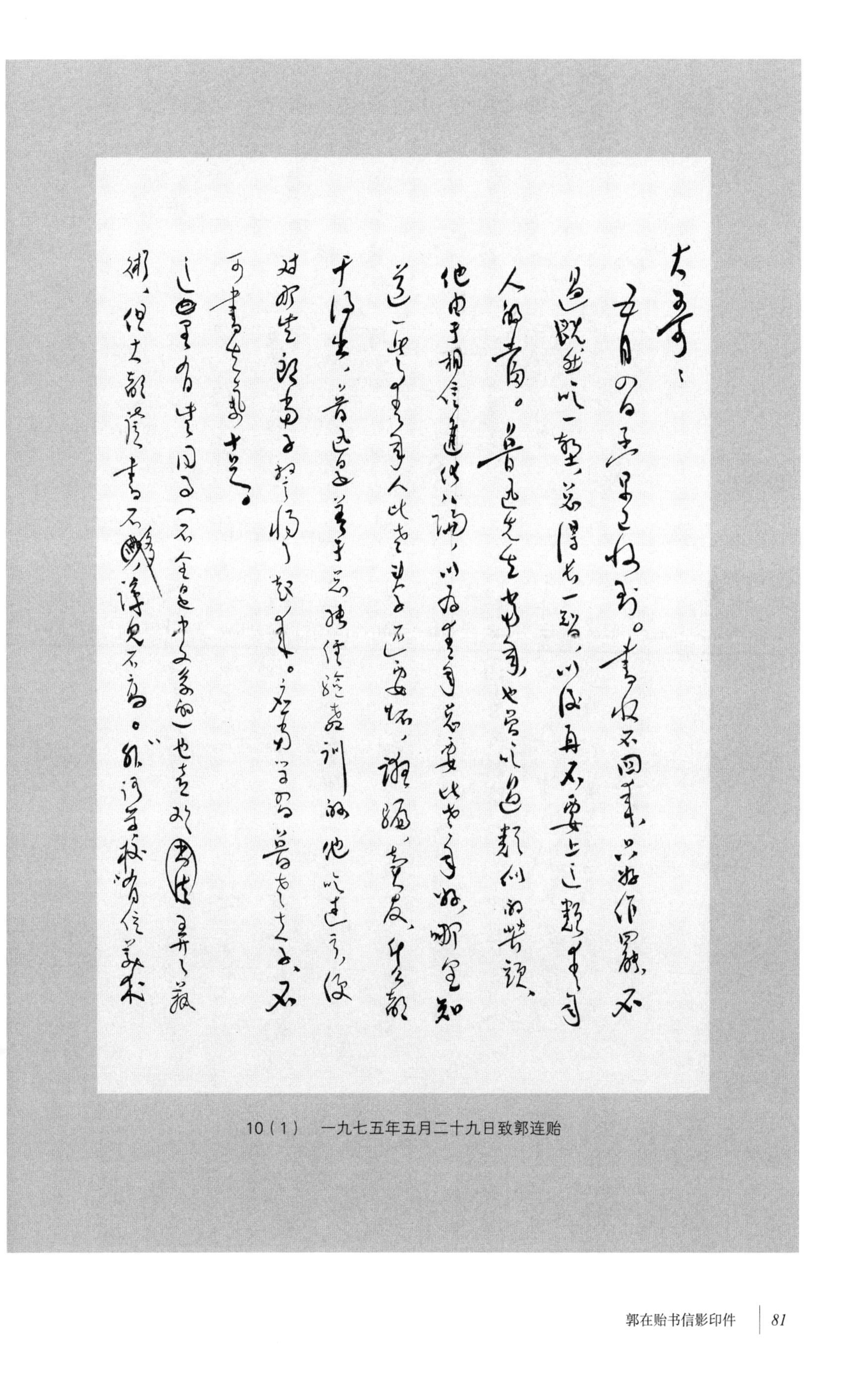

10（1） 一九七五年五月二十九日致郭连贻

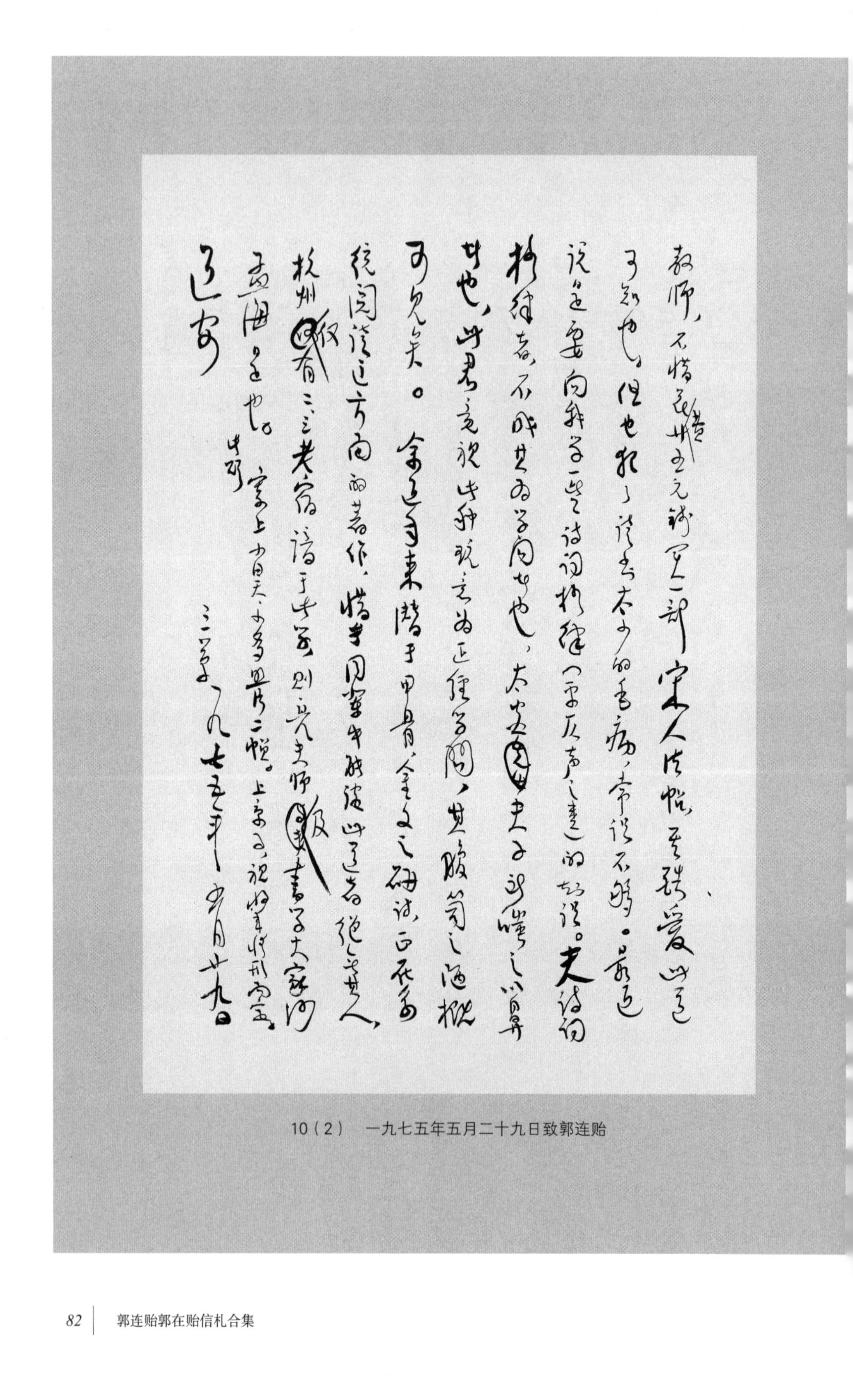

10（2） 一九七五年五月二十九日致郭连贻

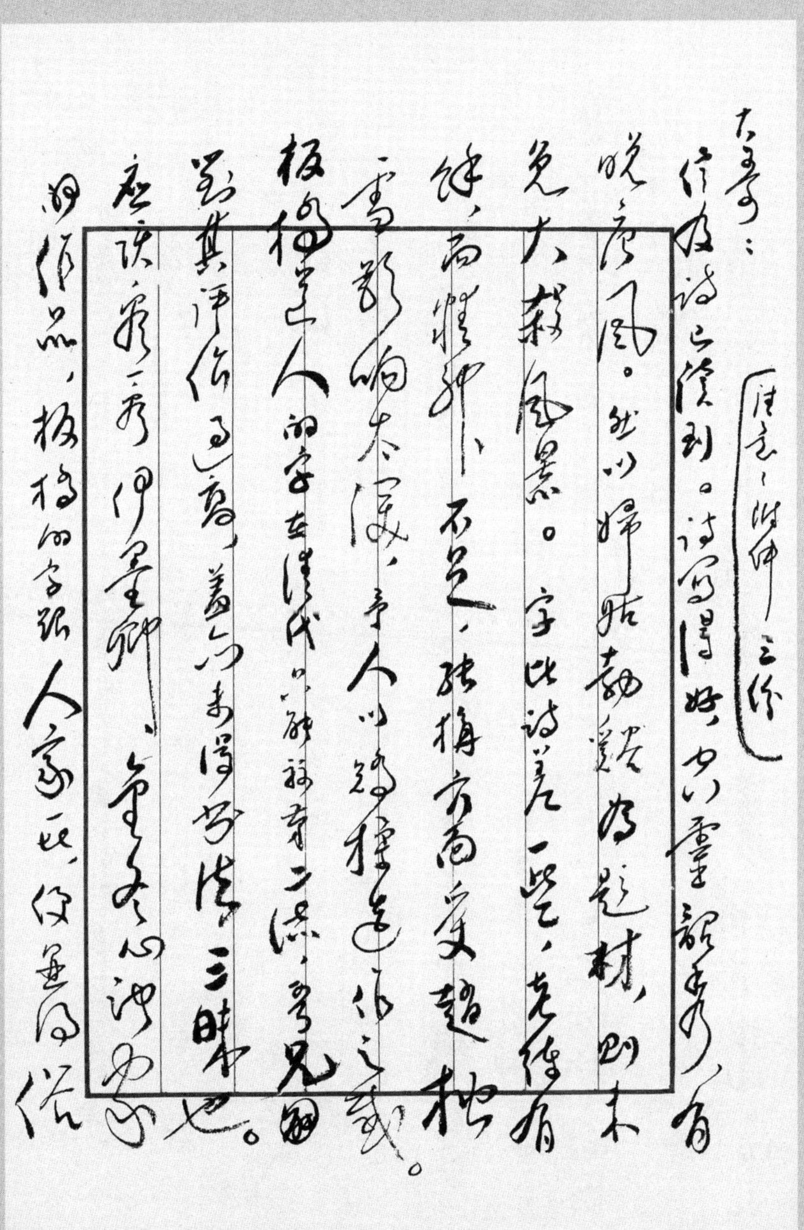

11（1）　一九七五年十一月二十三日致郭连贻

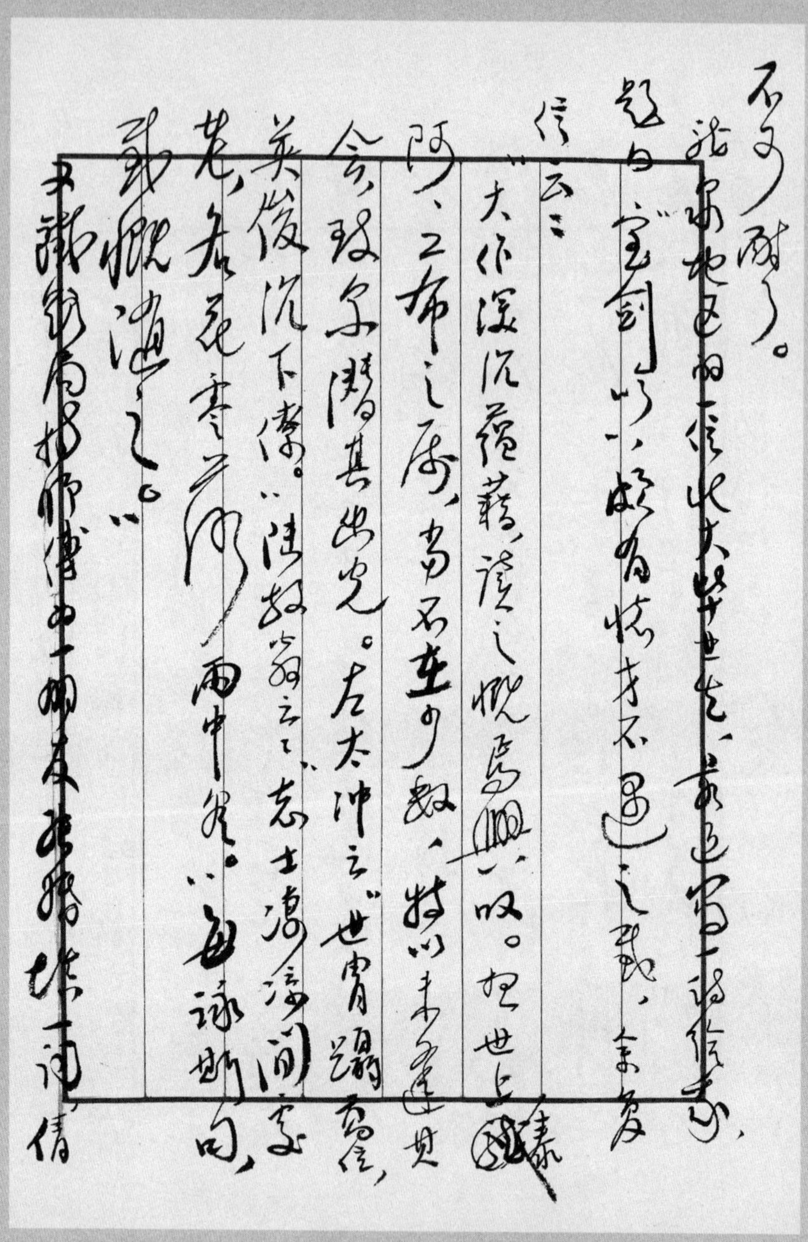

11（2） 一九七五年十一月二十三日致郭连贻

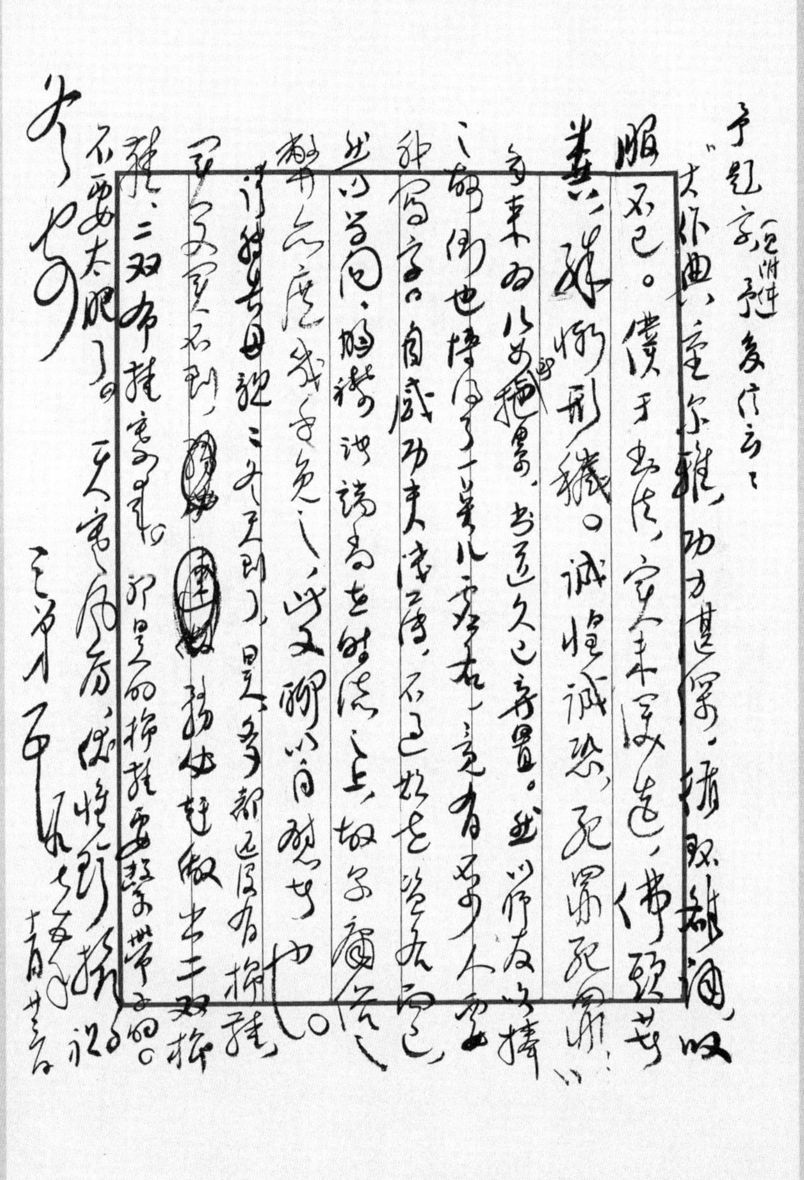

11（3）　一九七五年十一月二十三日致郭连贻

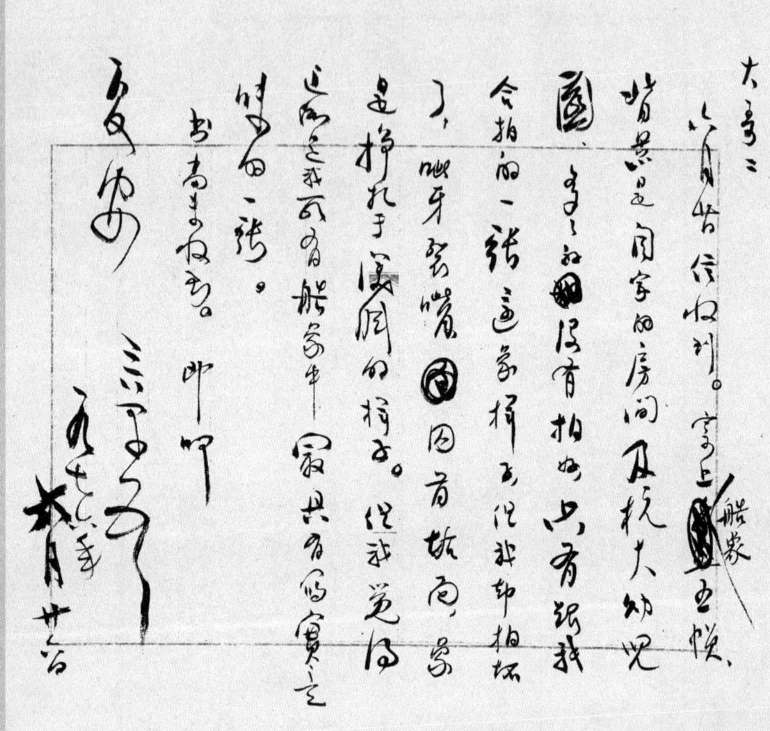

12　一九七六年六月二十六日致郭连贻

13（1） 一九七七年一月十四日致郭连贻

我在给一位朋友的信中曾说过:"前人谓学有三种:义理之学、考据之学、词章之学。于今义理之学非所宜言,词章之学非不能为,然则吾所得以安身立命者,其惟考据乎?"以这段话说明我近年来对文学已不发生兴趣,不但自己写不出什么诗词啊,而且由于考据的僵化,也很有没技在读别人的作品时,也缺乏鉴赏力。对于刘君的大作,我提不出什么意见来,只自己觉得:在下邑僻壤之中,居然有这样的风雅之士,诚然是可敬佩的。

13(2)　一九七七年一月十四日致郭连贻

前不久，我被邀去浙省大词典编写组讲了一次训诂学，居然受到赞扬，用主持该组工作的孔主任（是文研室主任）的话说：使我们收获很大。听讲的有几个还是老师宿儒，其中二老已七十多岁。然而在字面前人人平等，我这个小小的老师可就不客气了。

附上本师蒋礼鸿先生的论著札记一则，从中可以见出我指的是什么玩意儿。

13（3）　一九七七年一月十四日致郭连贻

志度隐进

九章·抽思："超回志度，行隐进兮。低佪夷犹，宿北姑兮。"朱子集注以为超回二字不可解，诸家说者皆未惬惬。友人郭君在贻撰楚辞札记，谓超回即逋回、遅回，志度即踟蹰。其说甚韪。礼鸣谓隐进乃隐退之误。仪礼·士相见礼："退坐取屦，隐辟而后屦。"郑注："隐辟，俛而逡遁。"礼记·玉藻亦云："退则坐取屦，隐辟而后屦。"郑注："隐由辟，俛逡巡而退著屦也。"说文："退，曲行也。"此则隐

13（4） 一九七七年一月十四日致郭连贻

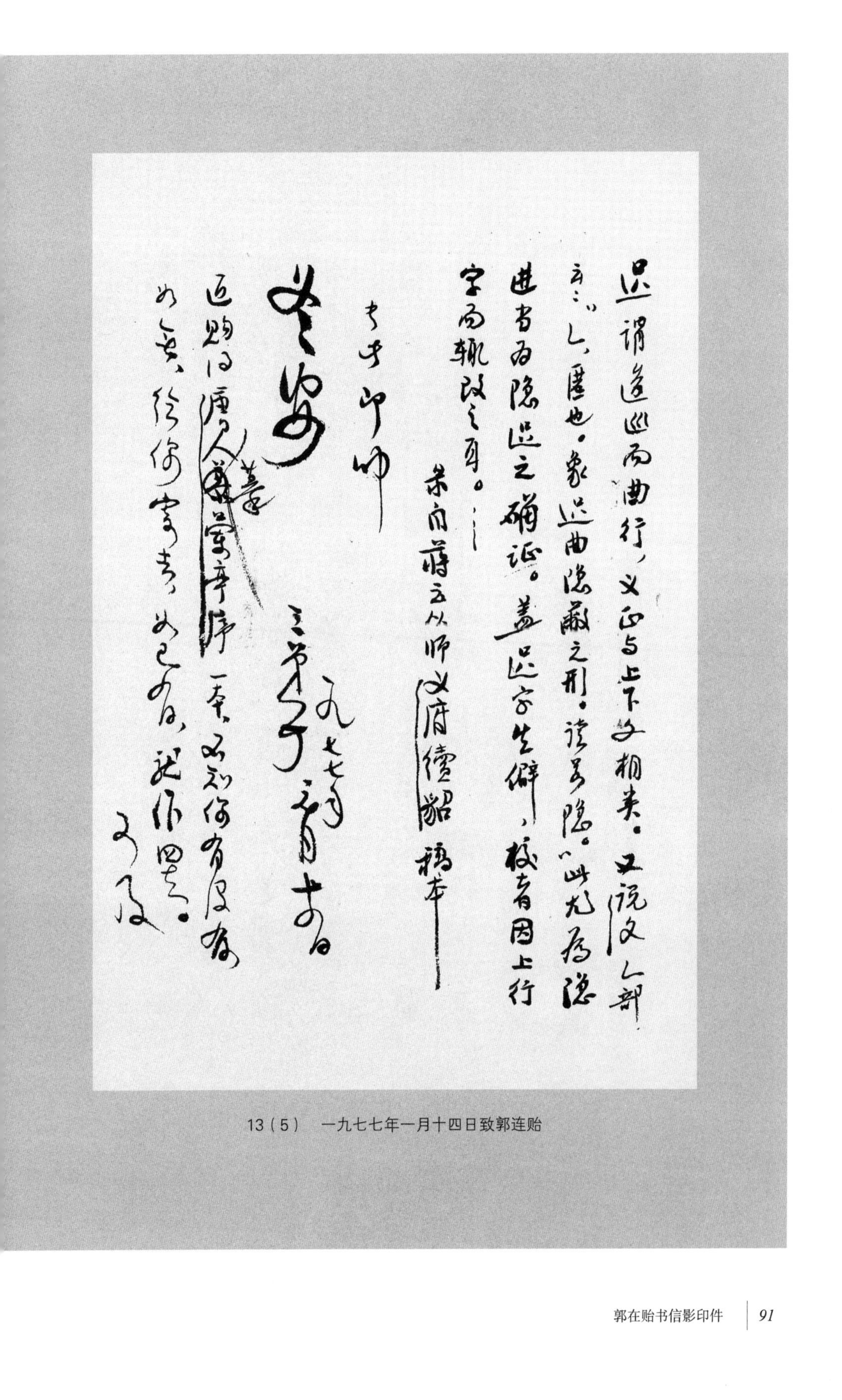

13（5） 一九七七年一月十四日致郭连贻

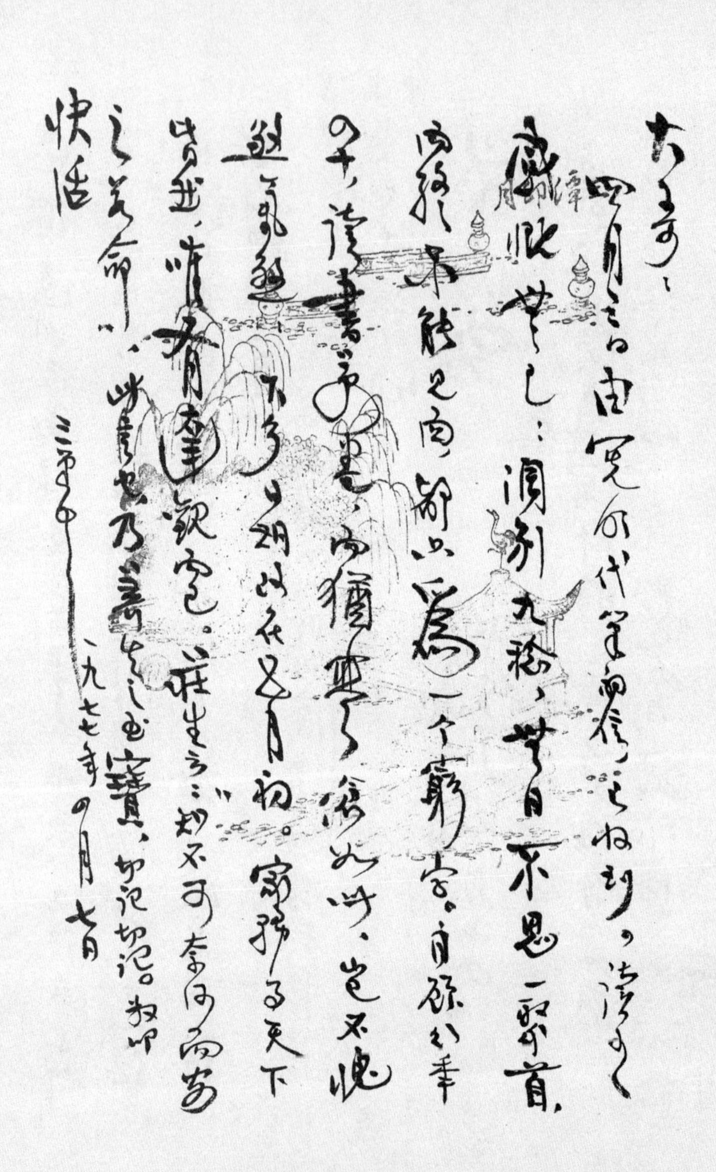

14　一九七七年四月七日致郭连贻

大章：

十月十七日信收到。《[illegible]二十四字》寫得極佳品。此

今日見中國之書字，有日趨衰落之勢。許多喜歡

寫字而只知臨寫者，大底不學無術，只知道在碑

帖的挑上下功夫，而不肯也在根上，沒有想到去讀幾篇古

文，幾首唐詩，或者研究一下孫過庭的書譜，包括作

的藝術理論。更談不上去涉獵甲骨、金文、漢

隸、章草之類了。所以杭州、上海、蘇州之家寫信，字寫得

大底奉沈尹默為不祧之祖，沈尹老的字固然好，

但有一個大毛病之俗氣。再加以學之者，步步學沈老的字

15（1） 一九七七年十一月二十一日致郭连贻

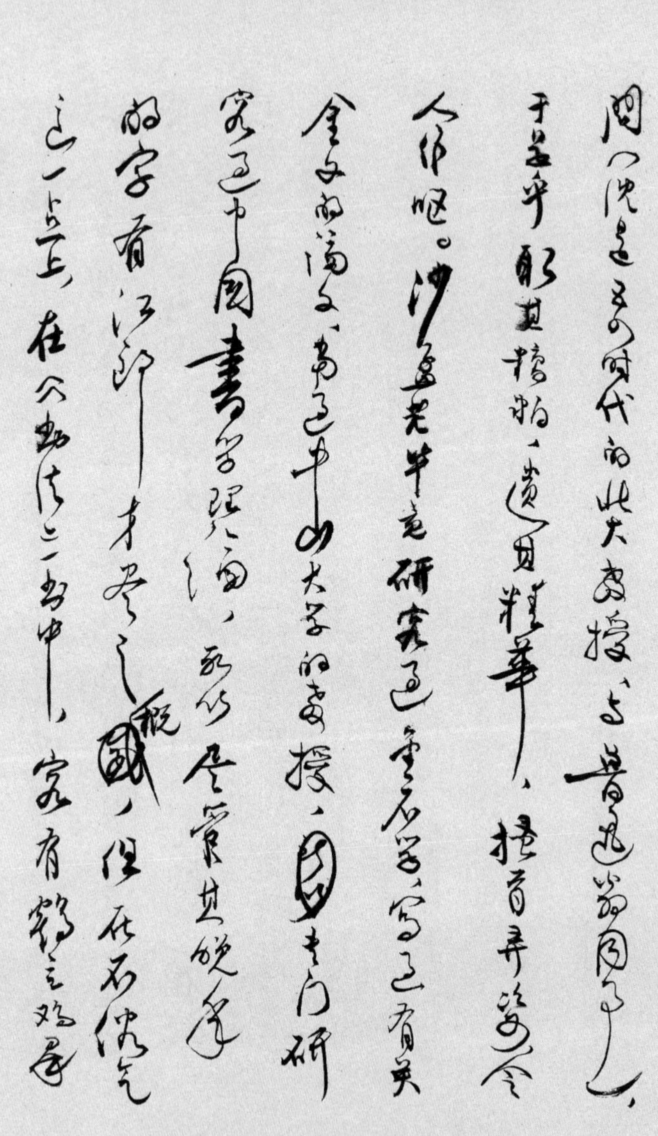

15（2） 一九七七年十一月二十一日致郭连贻

之概。时人评他的书风为“乱头粗服，不假脂饰”，以此正足以说明尹老书法之变也。郭老的字，可谓得传尹老（郭老早年的字正是得力于他手写的甲骨文字研究、两周金文辞大系图录考释之影），赵朴初的字，真是俗不可耐，以其是名人，也居然俨之为书法。费新我的字如其人，比较深沉的（此人是苏州人，先是学画，近年又专攻书法，擅长用左手写字，日本人把他捧得很高），毛病是江湖气太重，这也很难说，因为

15（3）　一九七七年十一月二十一日致郭连贻

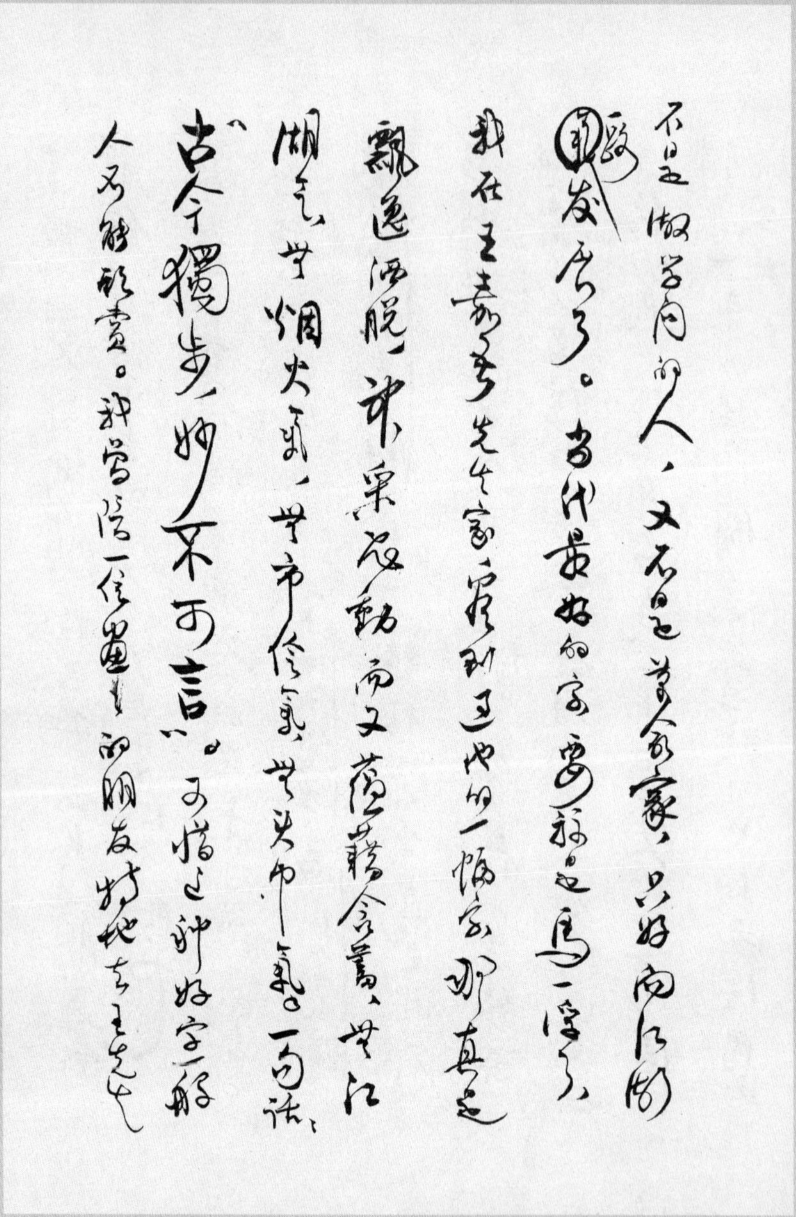

不足做字同的人，文不足著作家，只好向後的
朋友發展了。當代最好的字要推馬一浮了，
我在王蘧常先生家見到過他的一幅字，那真是
飄逸灑脫，神采飛動，而又蘊藉含蓄，無江
湖氣、無烟火氣、無市儈氣、無頭巾氣，一句話，
古今獨步，妙不可言。可惜這種好字一般
人不能領會。我曾托一位畫家朋友特地去王先生

15（4） 一九七七年十一月二十一日致郭连贻

家里去过这许多朋友来过，对我说："这字有啥好的？"呜乎！"阳春之曲，和者必寡"，吾因之知其信然。姜先生为我写的《橘颂》，用魏碑体而稍加变化，端庄凝重而又杂以隶妙，也是好字，现在挂在家的床头上。我还集了一副对子："材朴委积，文质疏内"（集《楚辞》句）请王嘉岁为我写了二张，王先生写石门铭体，饶有书卷味。前不久，沙孟海先生抄了四句楚辞上

15（5） 一九七七年十一月二十一日致郭连贻

15（6） 一九七七年十一月二十一日致郭连贻

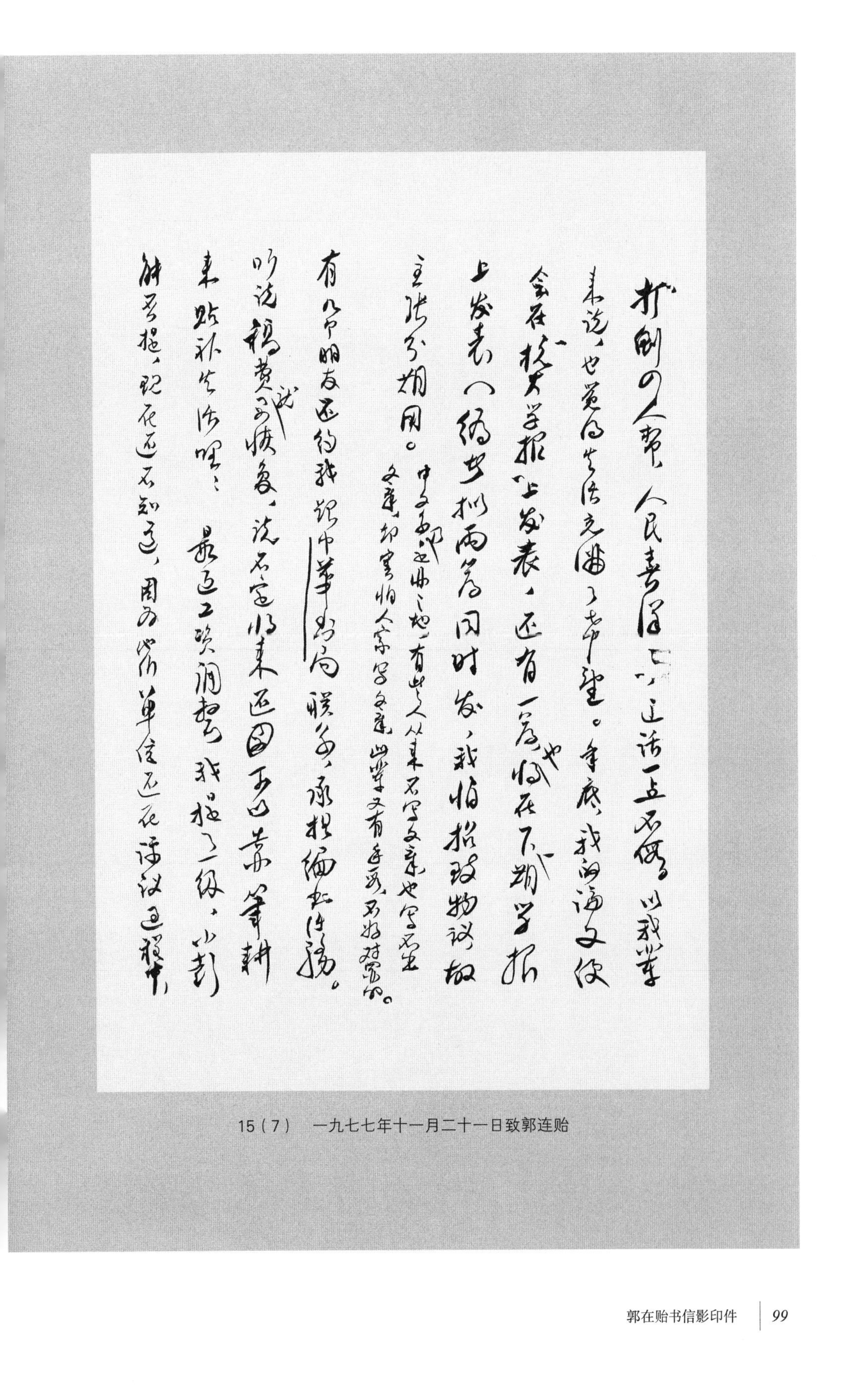

15（7） 一九七七年十一月二十一日致郭连贻

以后每月可以多给老人家寄点钱去了。

宏儿今后应该报考大学，今年考不上，明年再考。四人帮在台上时把知识分子看得连狗都不如，那时我是不主张我们的下一代也读书的，现在，我则坚决主张他们用功读书。考上大学就可专攻一本经，专下死劲用苦功，打好坚实之根基，然后向四面发展学习。但也不能搞垮身体。

手书即悉

近佳

二哥在贻　七七年十一月廿一日

15（8）　一九七七年十一月二十一日致郭连贻

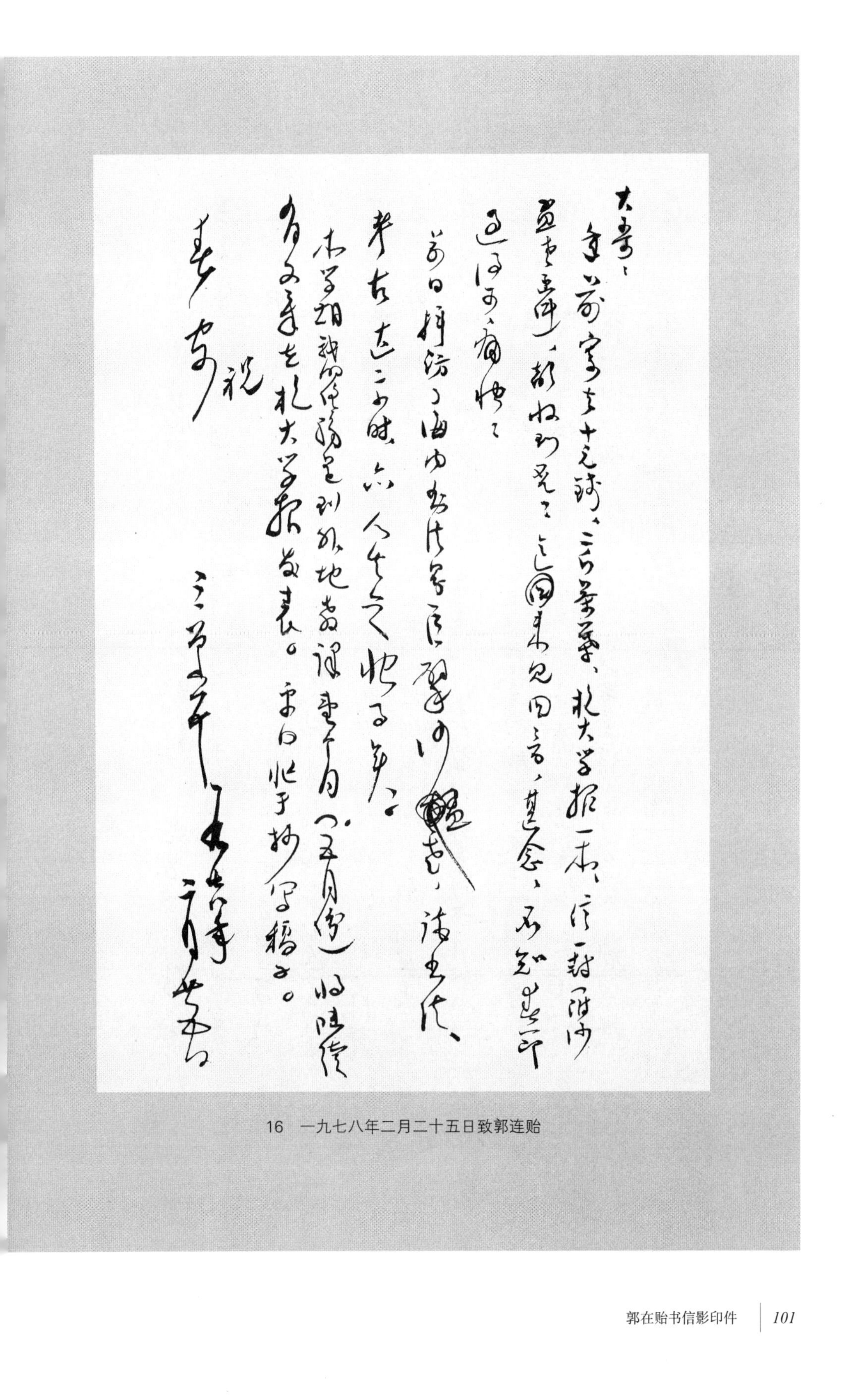

16　一九七八年二月二十五日致郭连贻

大五哥：

十一月九日信收到，许久不见来信，得此信极为欣慰。君多年[illegible]素有研究，比之于尸居高等学府，不学无术而靠权势混日子者，强不可同日而语矣。

我发表在《社会科学战线》上的文章，是十五年前的旧作，当时我还只廿多岁。全稿十万字，因内容太长，究未出单行本的可能性不大，我想把它整理成学术论文，分别发表。其新的一篇至，我将有五篇论文在全国性大型刊物上刊布：一、《[illegible]辞解诂》，将在北京中华书局编《文史》之专辑上发表，此刊物专门发表考据性文章，作者几乎全部为教授、专家、文化部会前出过四辑，我的稿子安排在复刊号第二辑印发，第六辑上。据该刊主编来信讲，他们对我的稿子评价很好，认为颇有见地。

17（1） 一九七八年十二月十三日致郭连贻

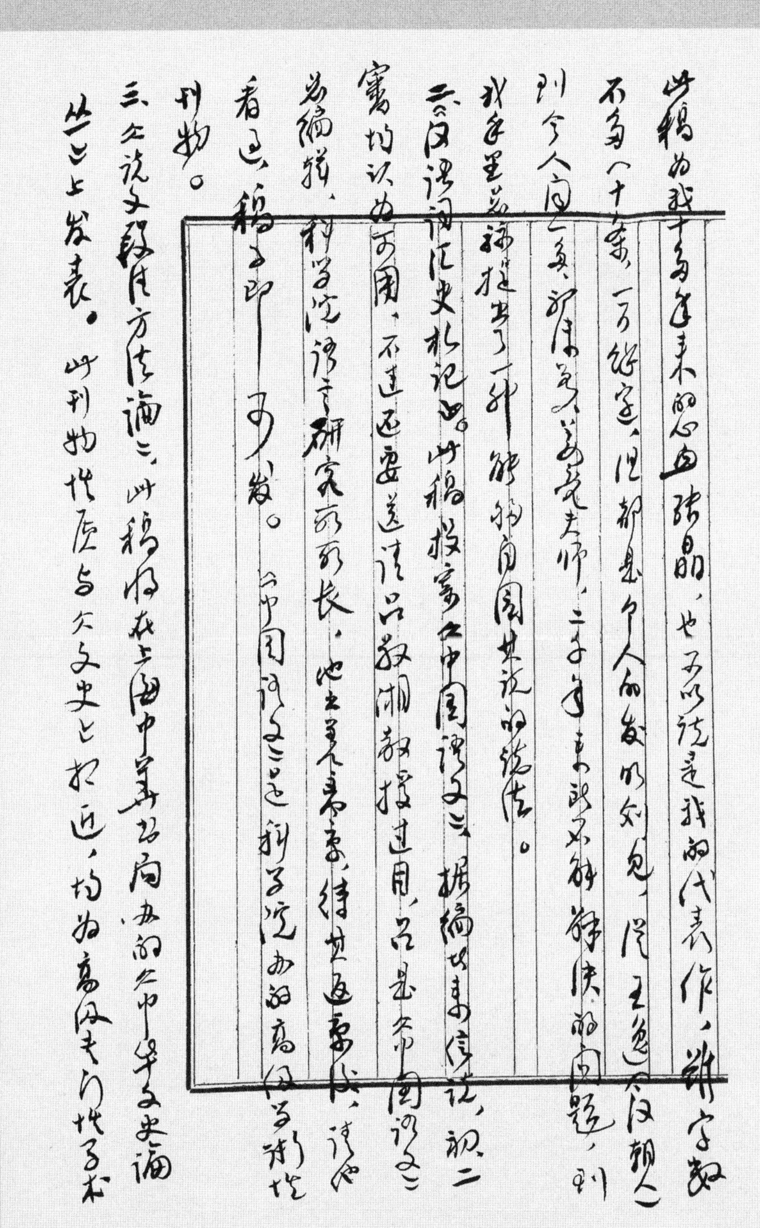

此稿为我十多年来的心血结晶，也可以说是我的代表作。（字数不多（十来万字），但都是个人的发明创见，从王逸、六朝人到今人闻一多、郭沫若、姜亮夫师，二千年来所不能解决的问题，到我手里总算提出了一种能够自圆其说的说法。

二、《汉语词汇史札记》。此稿拟寄《中国语文》，据编者来信说，初二审均认为可用，不过还要送请吕叔湘教授过目，吕是《中国语文》之总编辑、科学院语言研究所所长。也未可知，待其过目后，请你看过，稿子即可付发。《中国语文》是科学院办的高级学术性刊物。

三、《说文段注方法论》。此稿将在上海中华书局办的《中华文史论丛》上发表。此刊物性质与《文史》相近，均为高级专门性学术

17（2）　一九七八年十二月十三日致郭连贻

刊物。

四、文段衡字义札记之，此稿将刊于文史方面论丛之某志。

五、段注书字义札记之，此稿将在杭大学报上发表。从七九年起，

二杭大学报已被教育部批准在国内外公开发行，第一期会已教

授先生作的文章，外加我一个小小的教的文章，可谓枕秘代

待也。

又、最近一期的杭大学报，有我的六论原序之一，又久当

寄上。

广州有朋友来信，谓那边在升等中，(侬)固有，教授既值，讲师稍价以

近，盖因升教授容易，升讲师难也。前说前大学毕业的，尽管物质不通，

但因其资格老，胡子长，就理所当然地升为副教授，副教授，而将放以大

学毕业的多少年来，许多年来没有经过升等工作，以至五十多岁的助

教比比皆是，而助教升为讲师的名额有限，未能形成为心升为用人

这可也有两句打油诗云：飞来个副教授，讲师何处天，

叶人之势。

17（3） 一九七八年十二月十三日致郭连贻

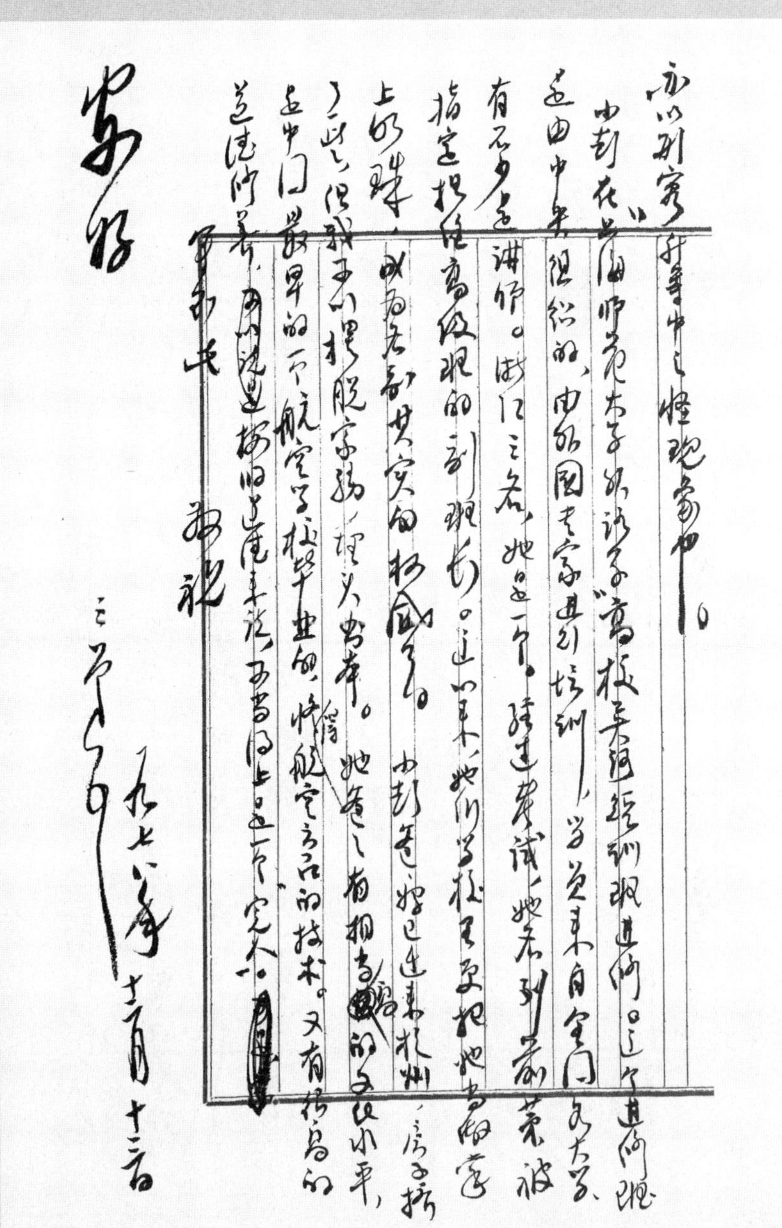

17（4）　一九七八年十二月十三日致郭连贻

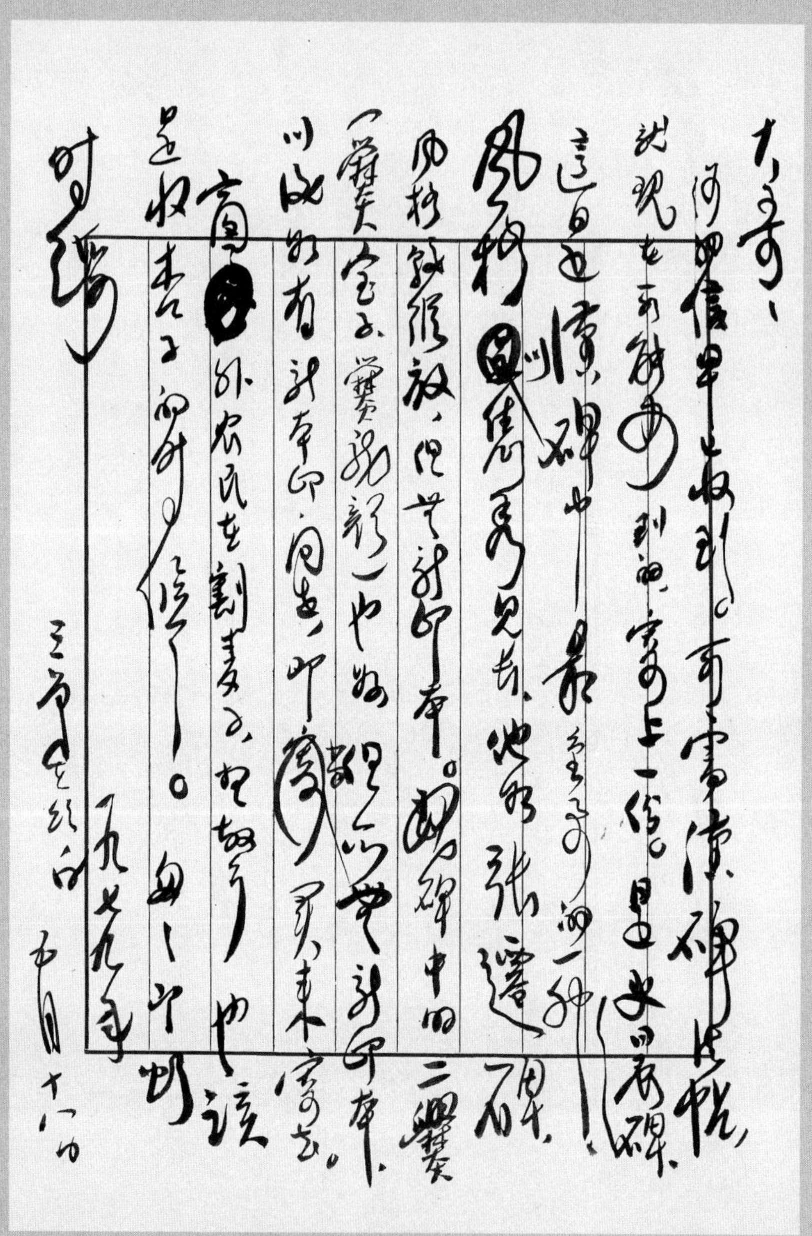

18　一九七九年五月十八日致郭连贻

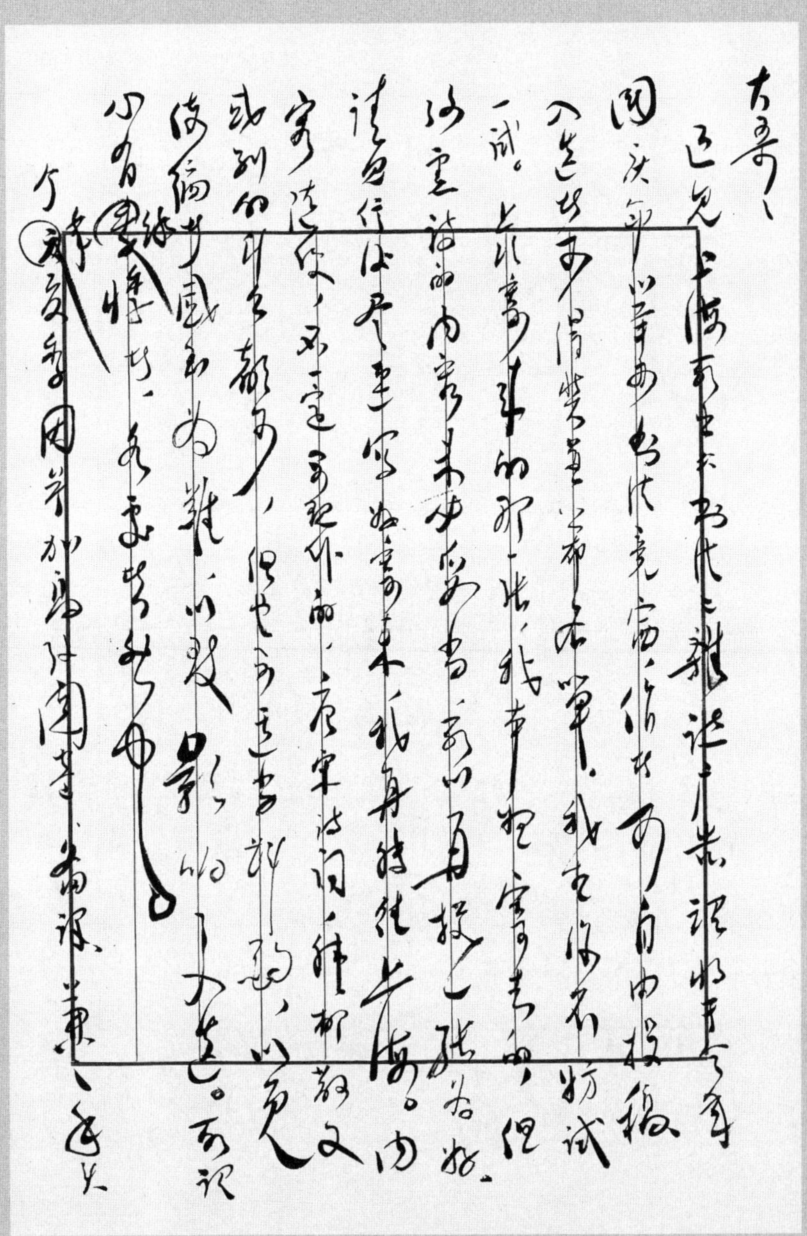

19（1）　一九七九年八月十二日致郭连贻

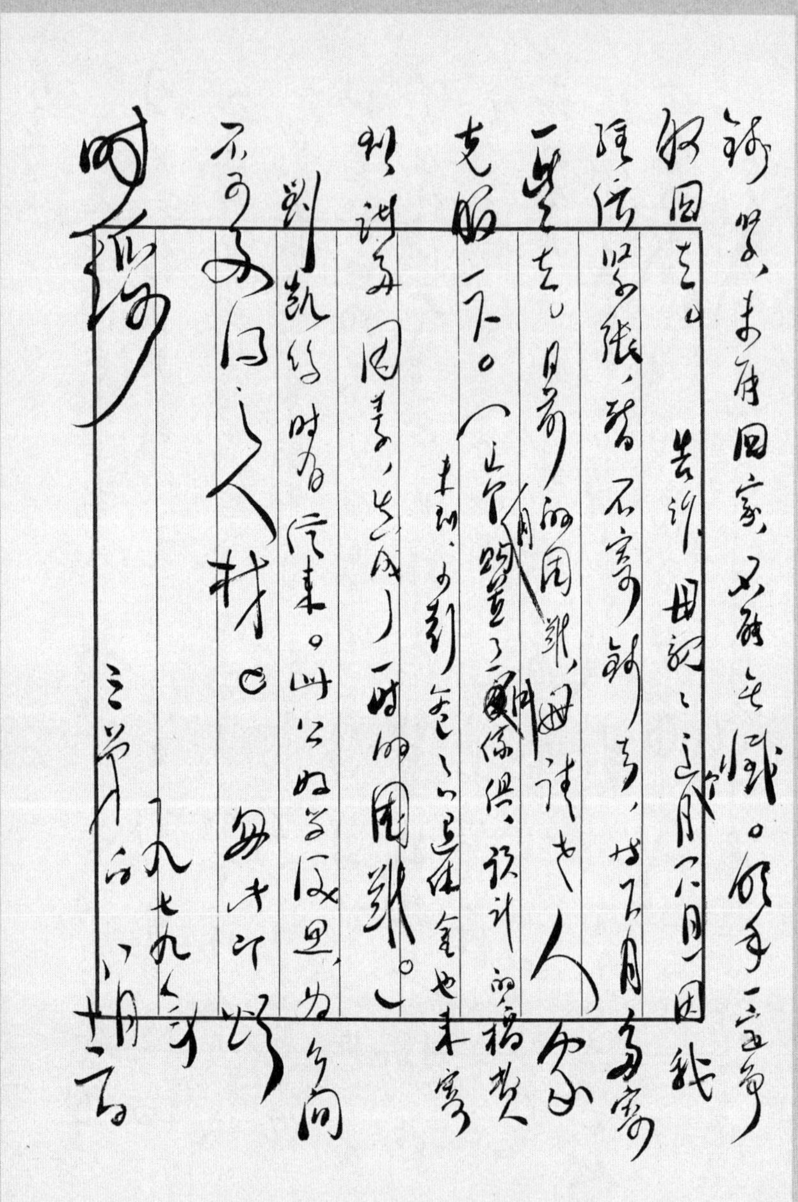

19（2）　一九七九年八月十二日致郭连贻

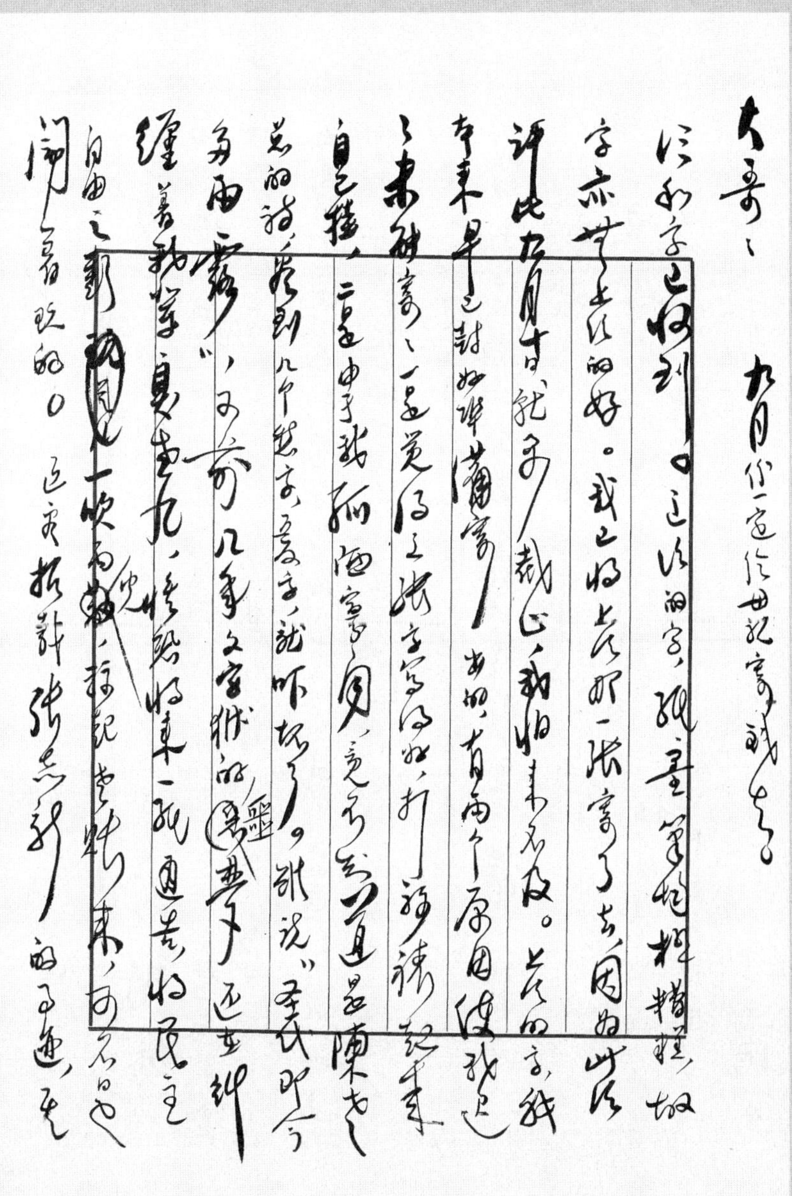

20（1） 一九七九年八月二十日致郭连贻

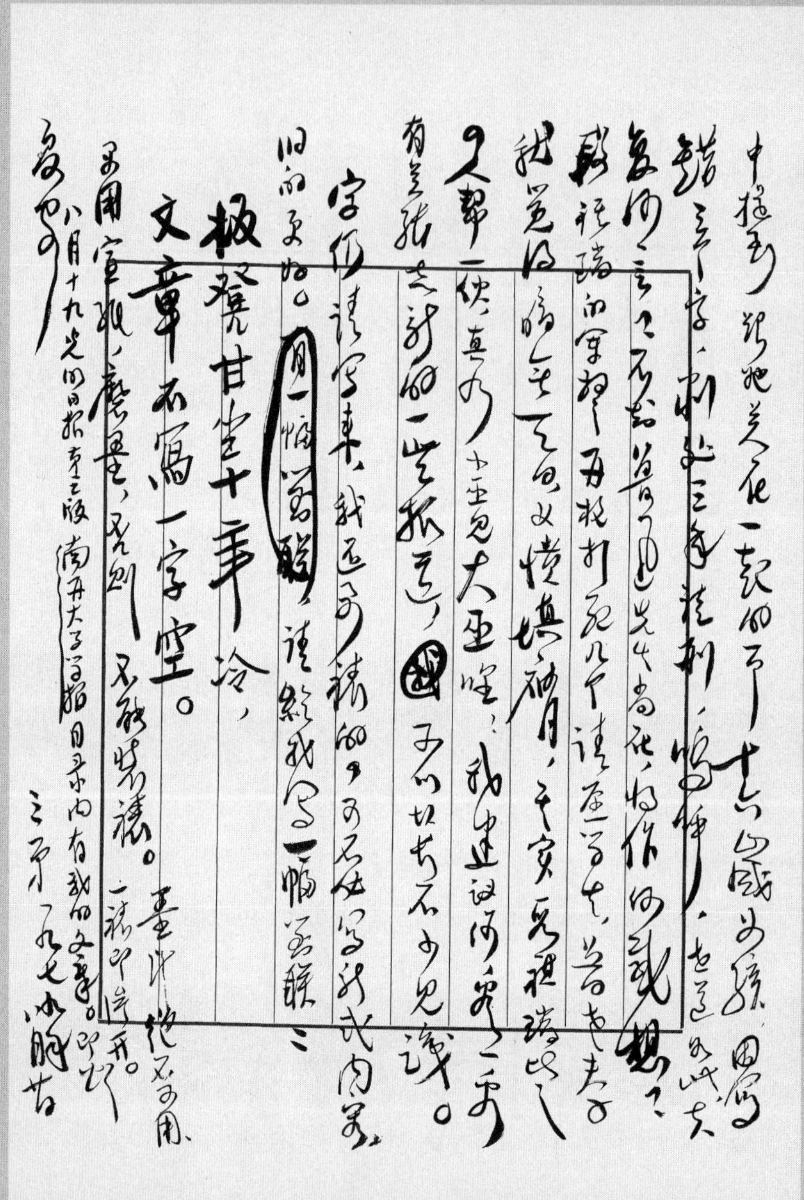

20（2）　一九七九年八月二十日致郭连贻

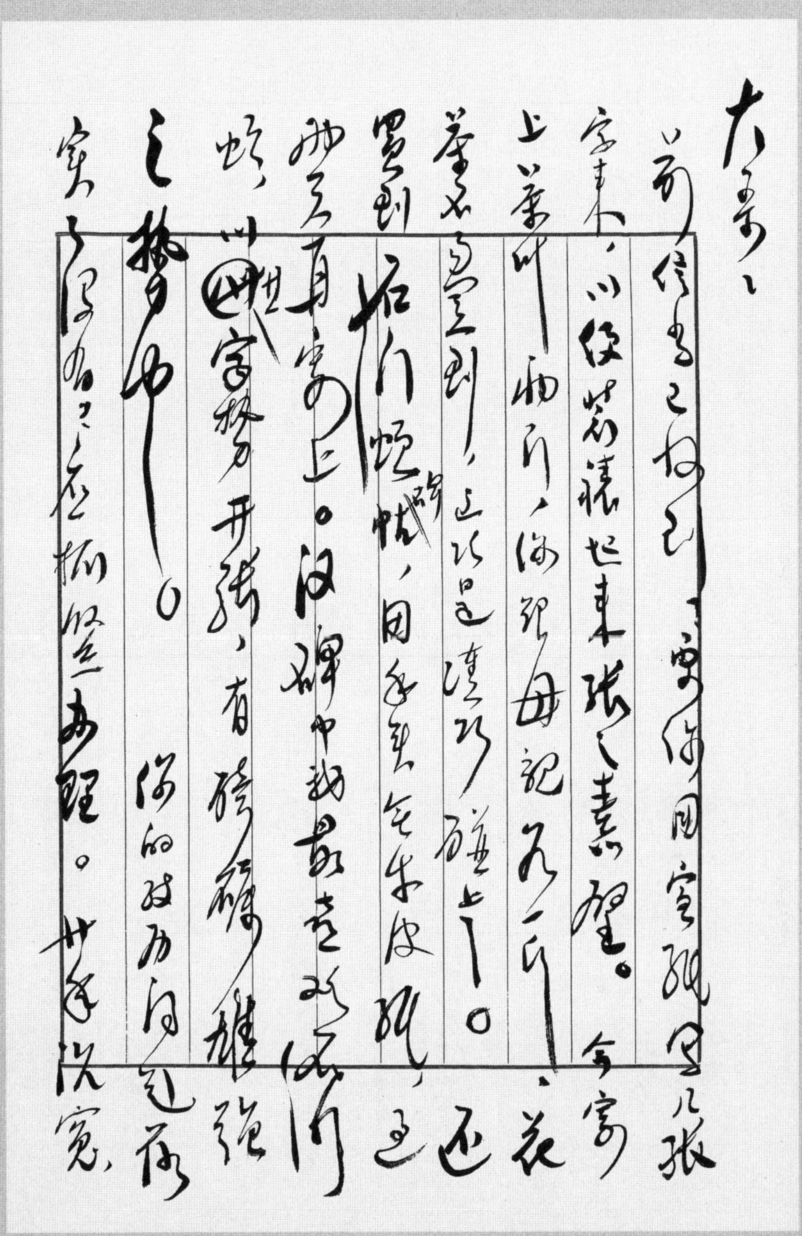

21（1） 一九七九年九月二十三日致郭连贻

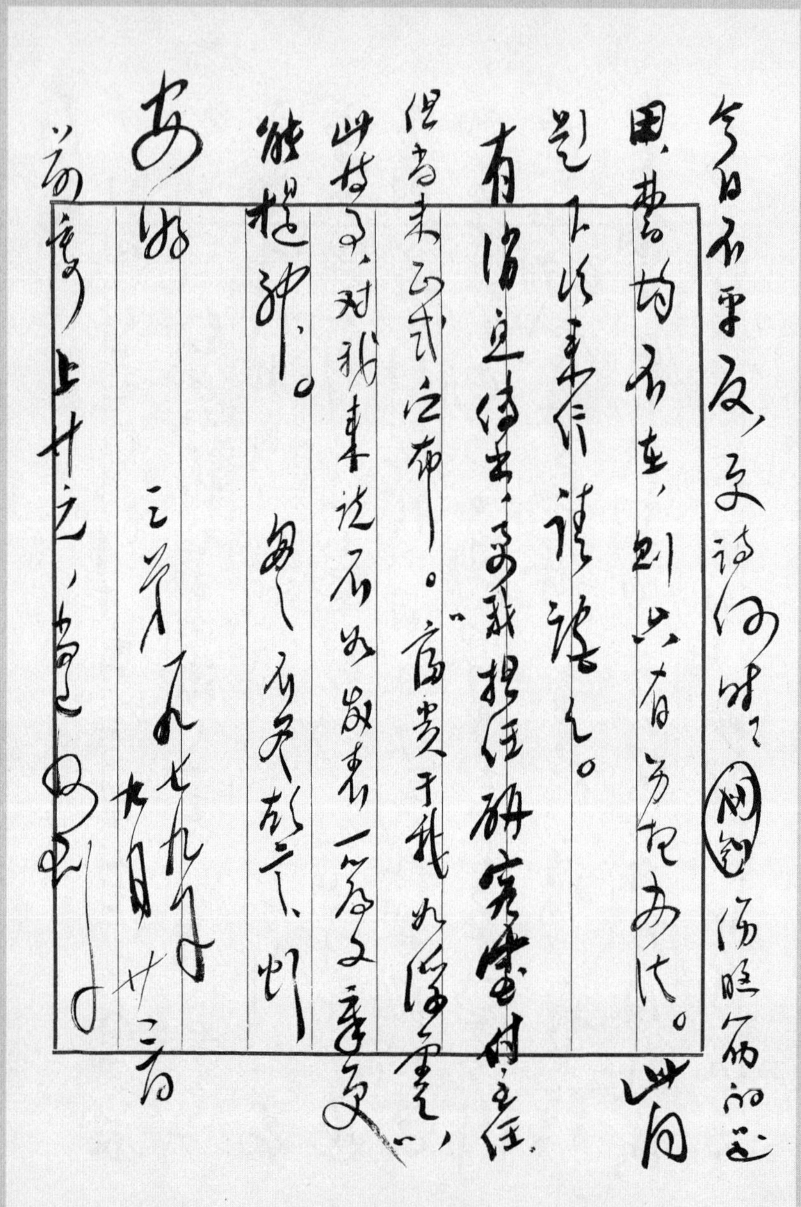

21（2） 一九七九年九月二十三日致郭连贻

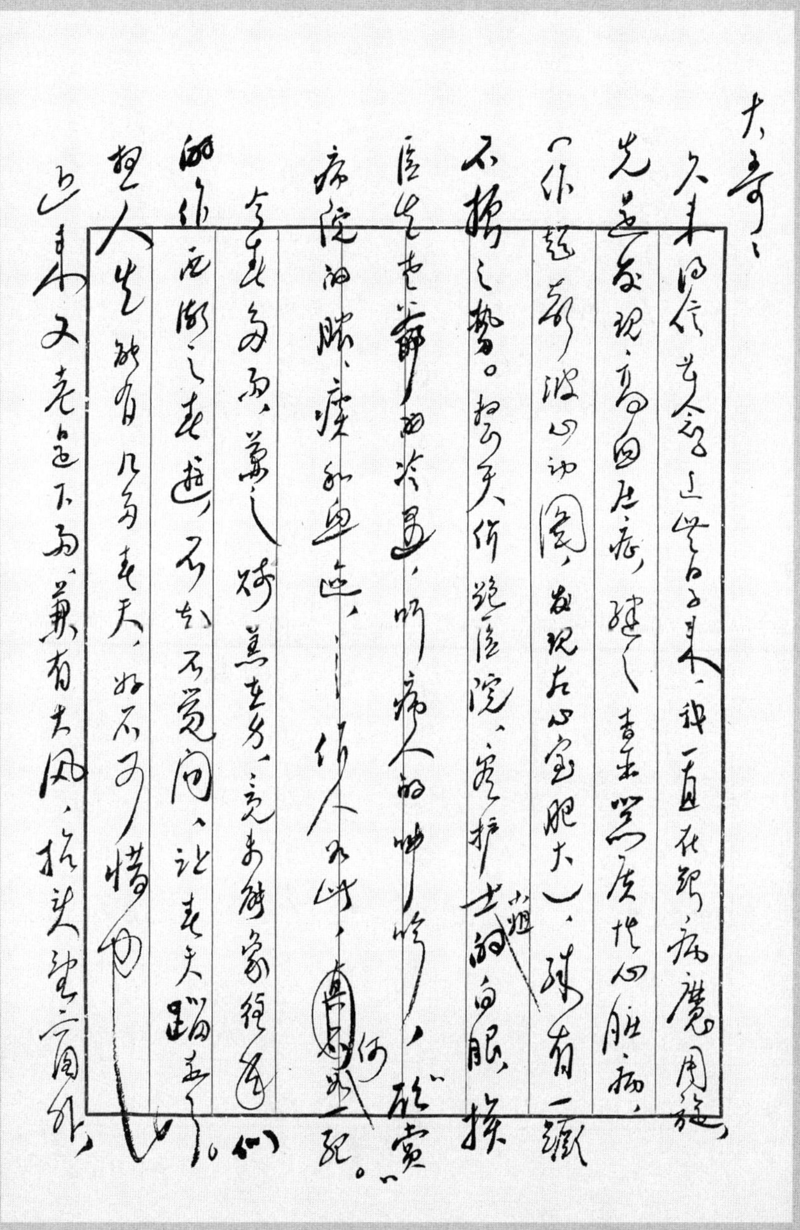

22（1） 一九八〇年五月十九日致郭连贻

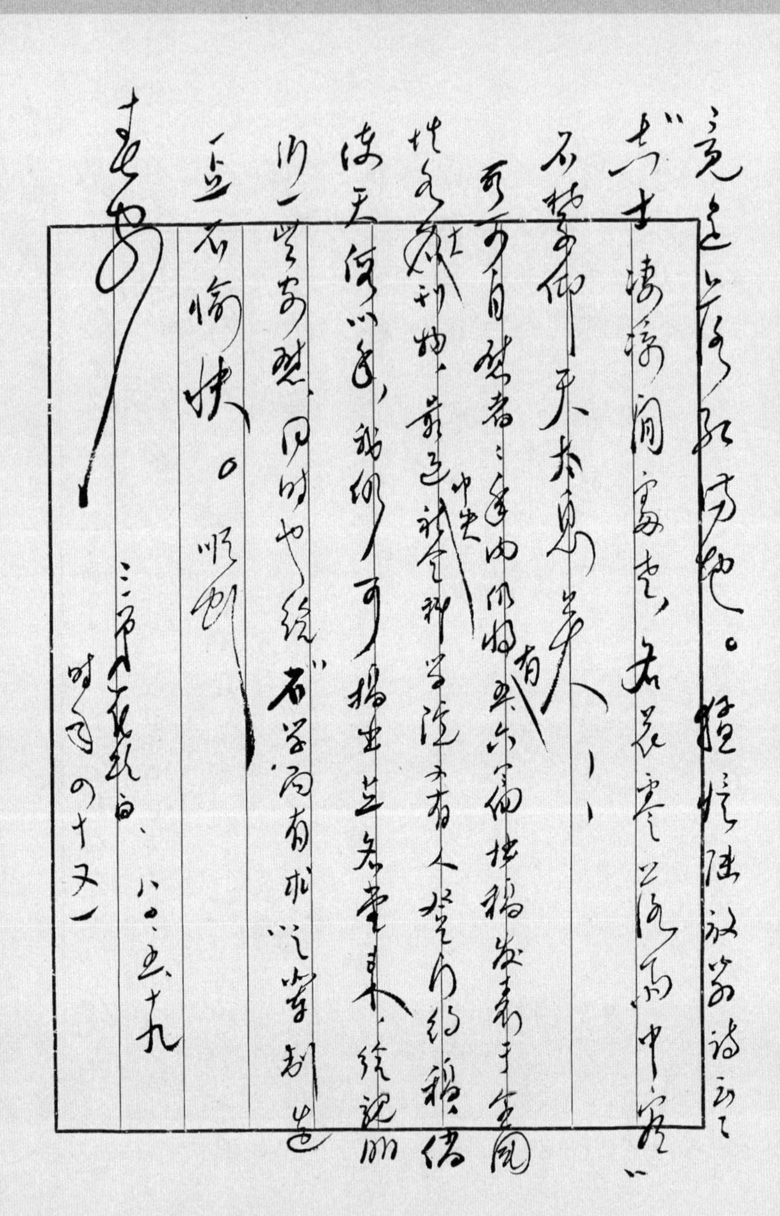

22（2） 一九八〇年五月十九日致郭连贻

大哥：

前日发一信，昨寄出《书林》上两册，想早收到。究
昨要我买一本关于声韵方面的书，收经（买不到会退回，
（音韵学的书我自己有一些，但都是学术研究性质，对
他无用处）。现特寄上《辞海·艺术分册》上一本，
里面有音乐、美术、书法等方面的知识，能够对你
很有用处的，你经常翻翻，可以获得不少常
识。《辞海》上全订本要五十多元一套，因为我参与过这部
分工作，所以在这大书中也列上了我的名字，并
寄了我一套（精装本三大册，计十市斤重），不过从稿
费中扣除了书费。最近又在为历代诗稿一套书编印
出版的廿五元一部，由公家出钱，每人发一套，书到后

23（1）　一九八〇年八月一日致郭连贻

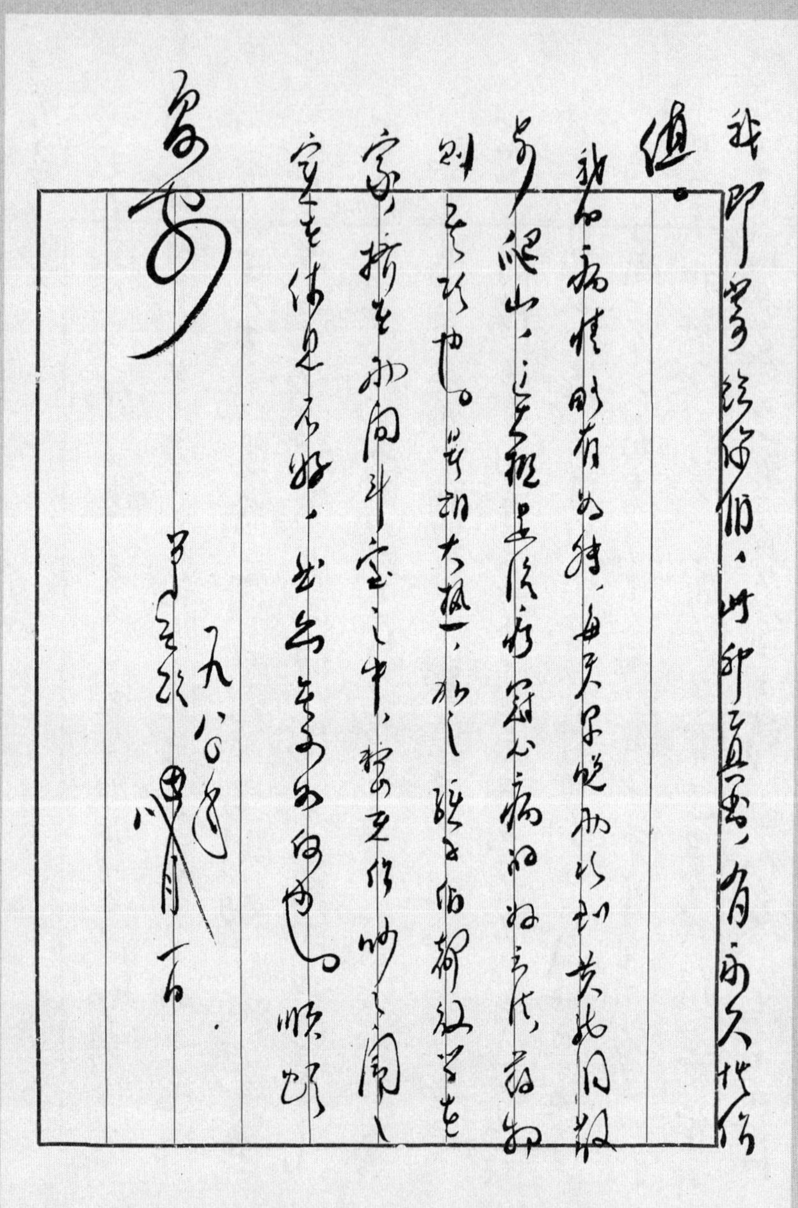

23（2） 一九八〇年八月一日致郭连贻

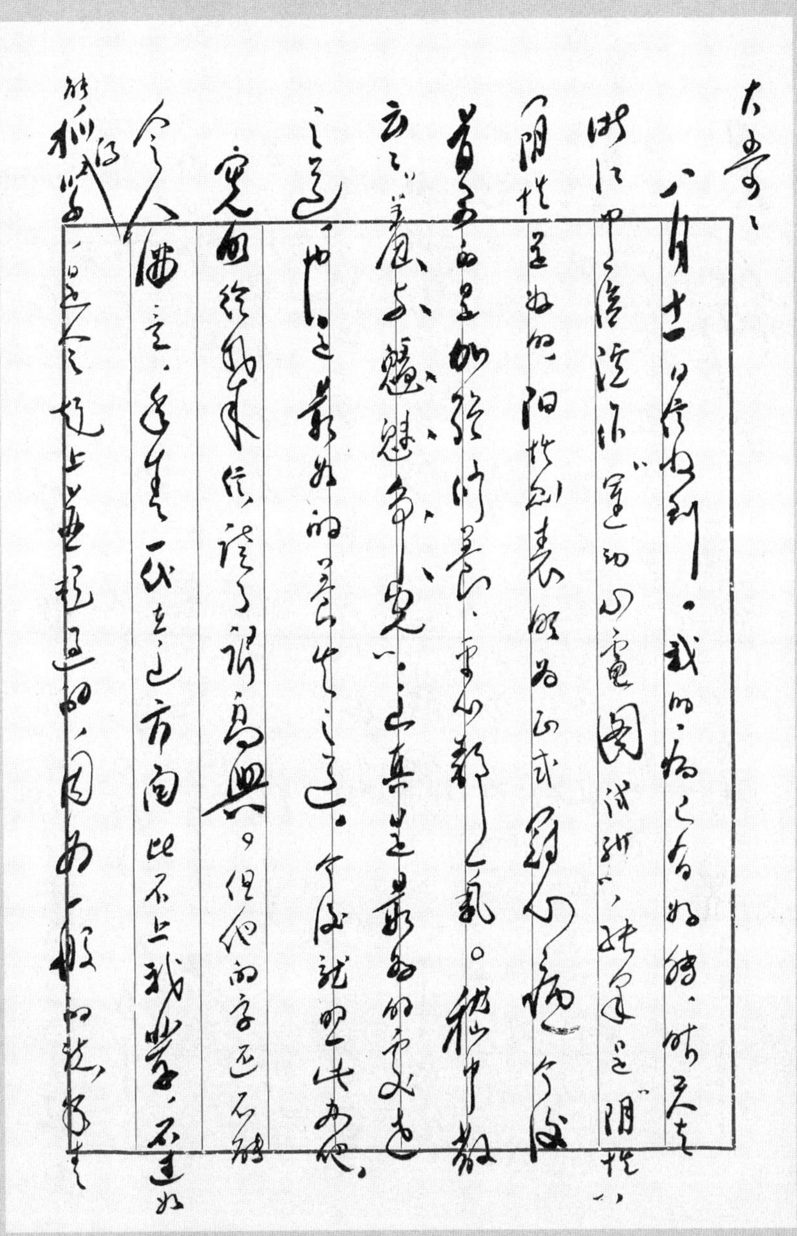

24（1） 一九八〇年八月十五日致郭连贻

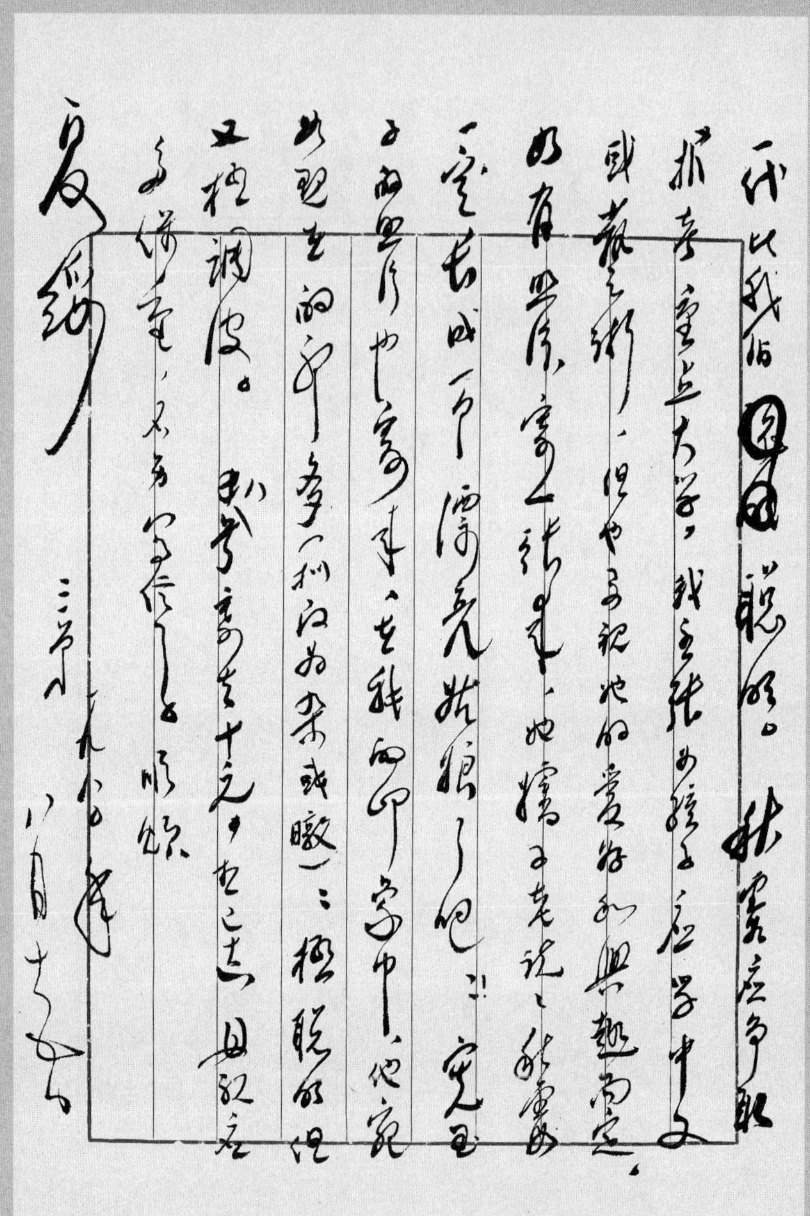

24（2） 一九八〇年八月十五日致郭连贻

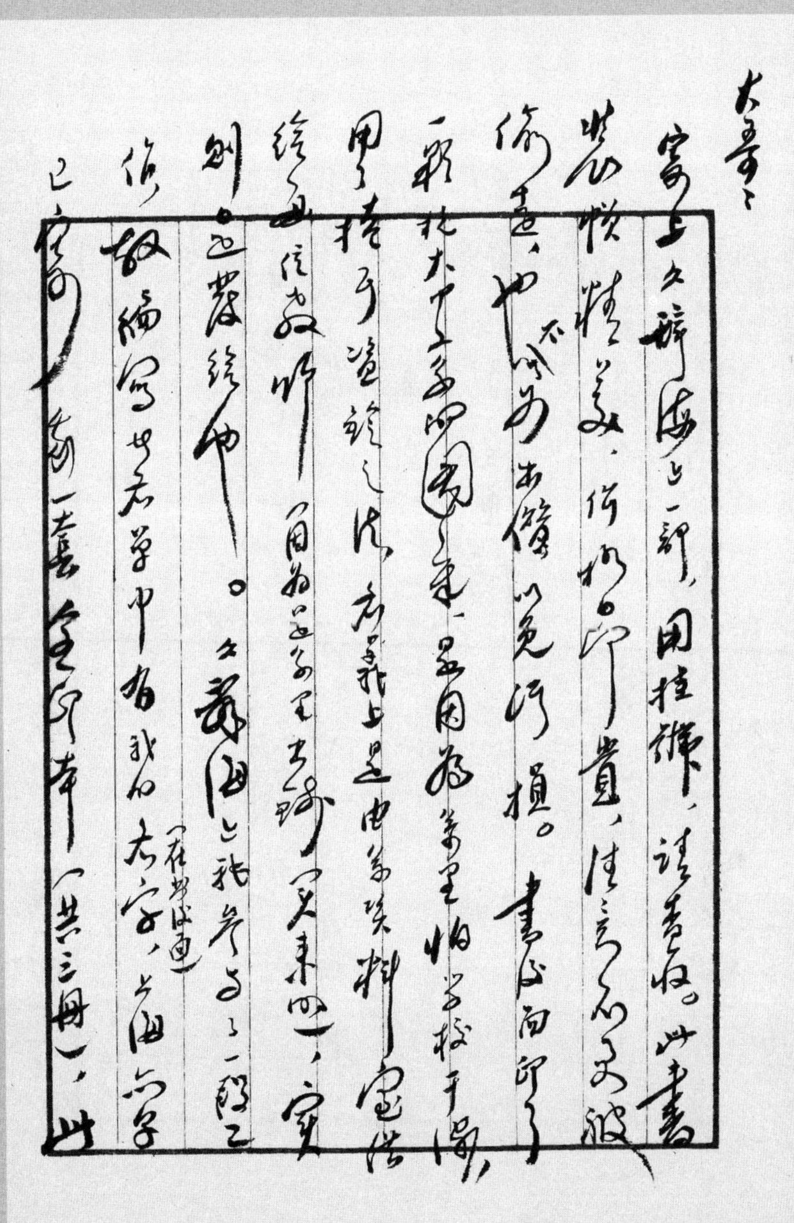

25（1） 一九八〇年十一月十日致郭连贻

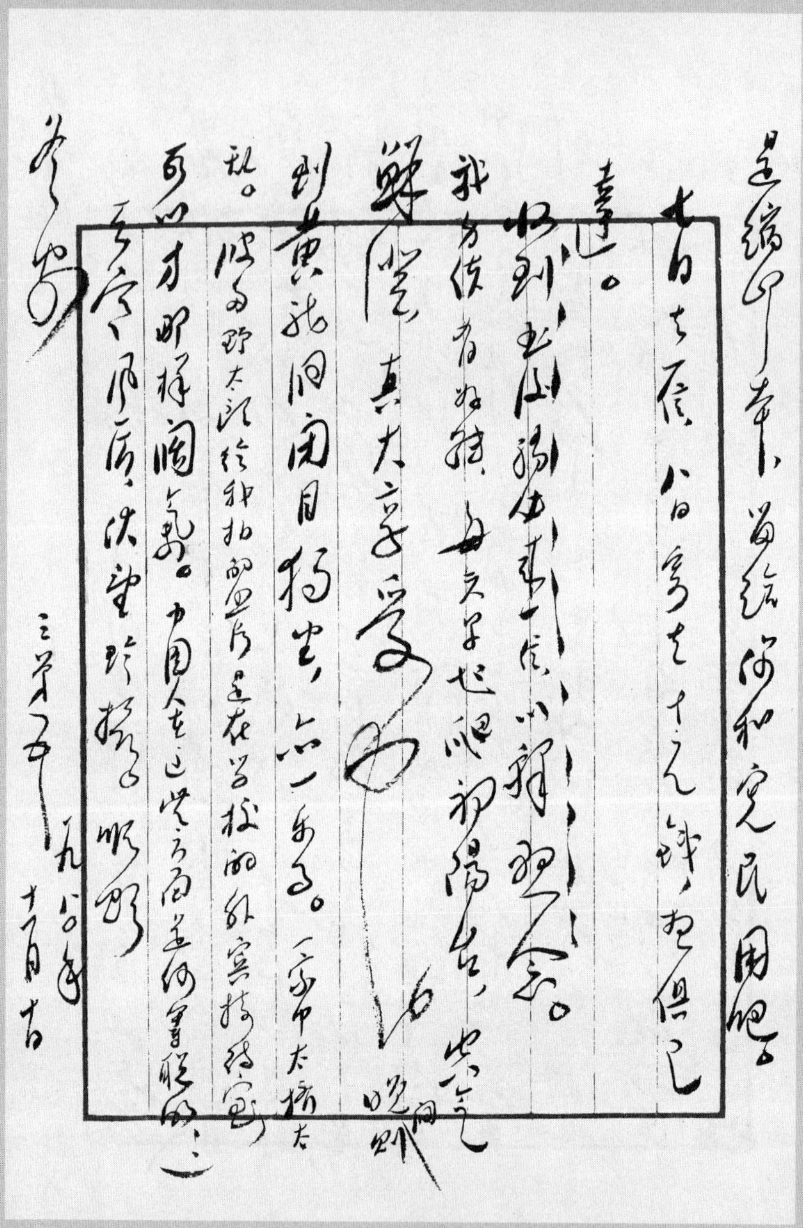

25（2） 一九八〇年十一月十日致郭连贻

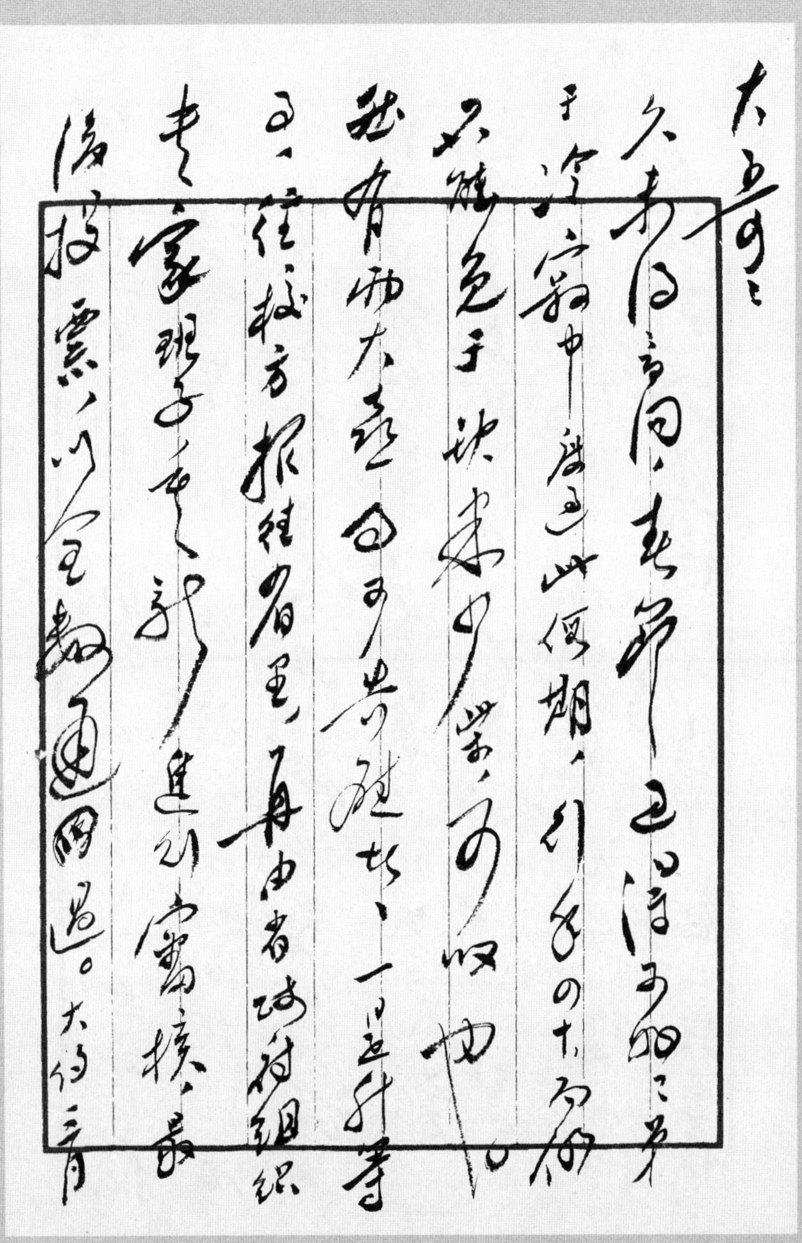

26（1） 一九八一年二月十九日致郭连贻

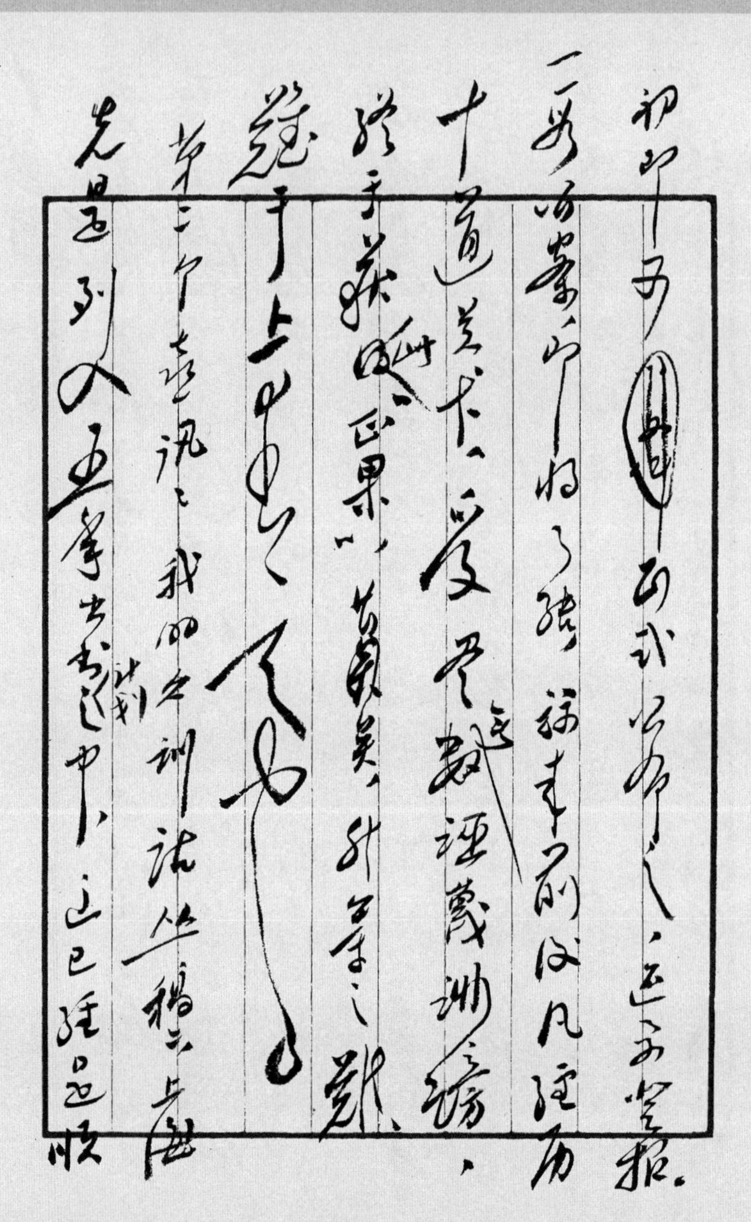

26（2） 一九八一年二月十九日致郭连贻

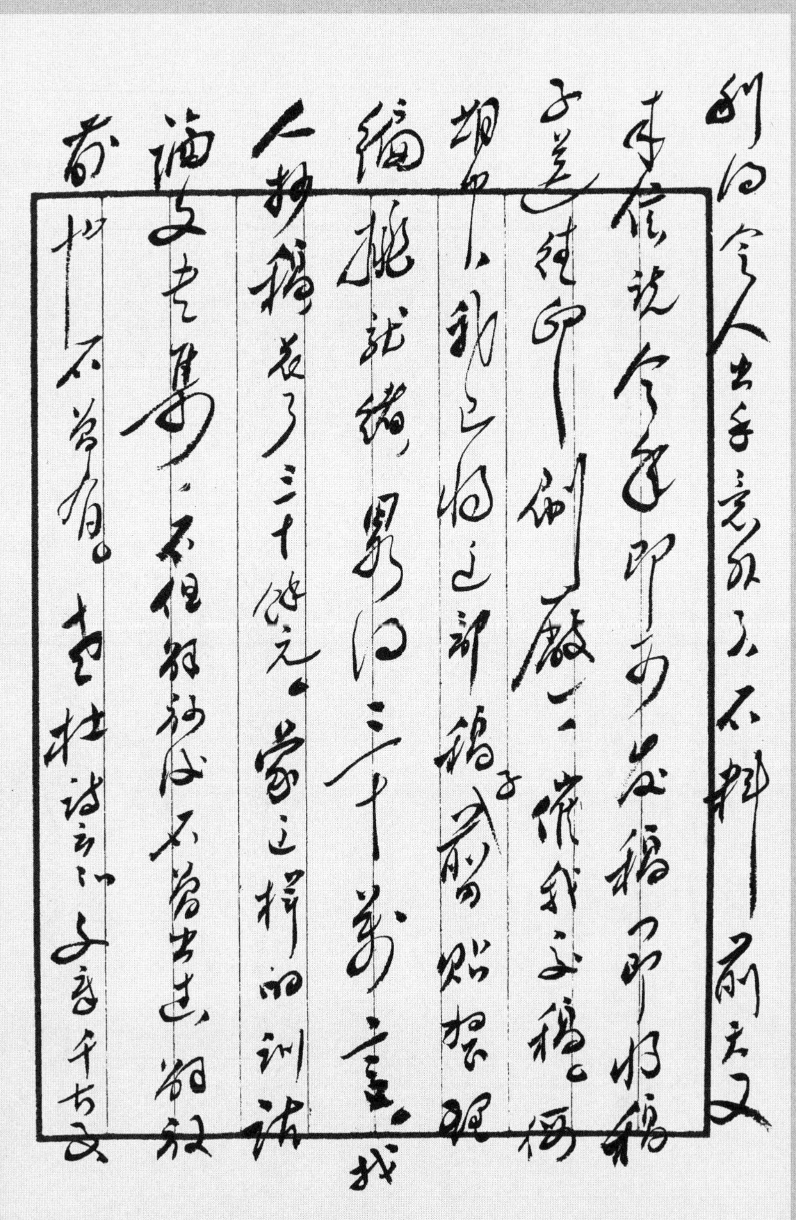

則同令人出乎意外了。不料——前天又來信說，今年即可發稿，可將稿子送往印刷廠，一俟我交稿後期即可動工。將已評稿子前的照樣編排就緒，累計的三十萬言。我人抄稿花了三十餘元。當這樣的訓詁論文專集，不但[illegible][illegible]，不容出書，[illegible][illegible]前此——不曾有。喜杜詩云：「文章千古

26（3）　一九八一年二月十九日致郭连贻

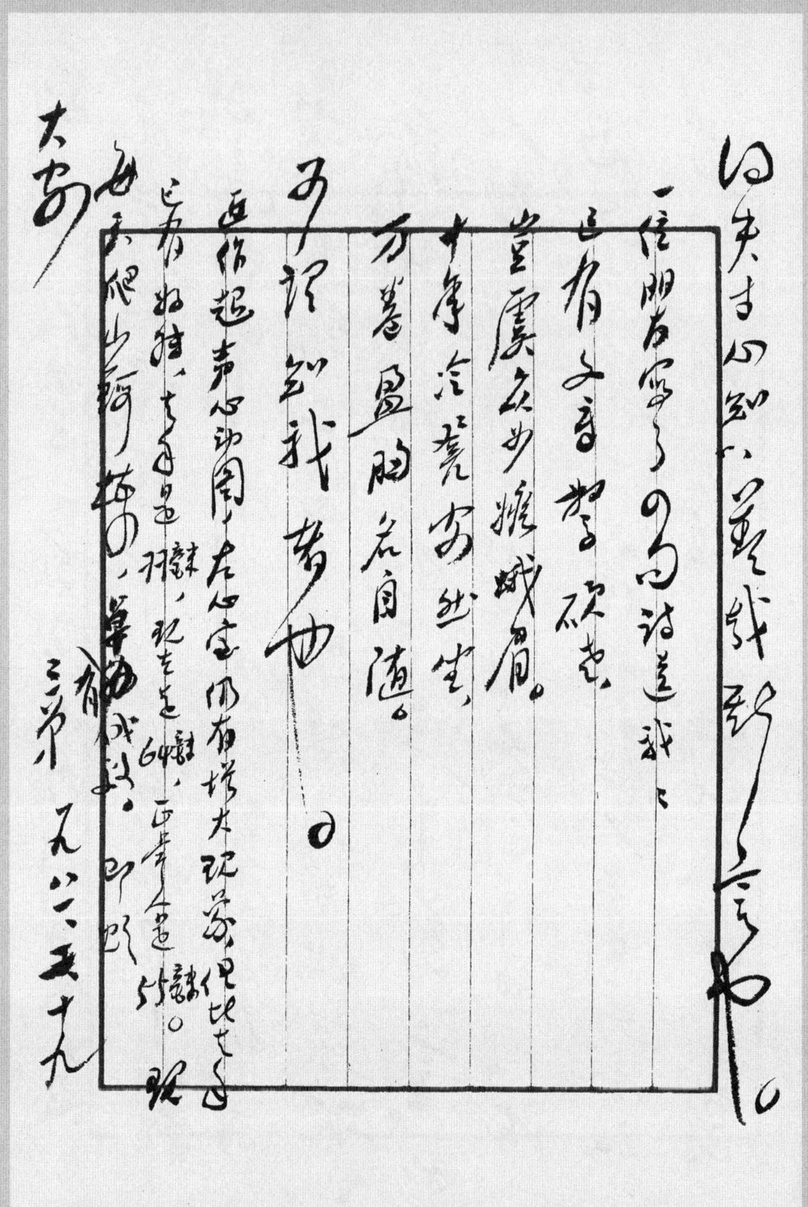

26（4） 一九八一年二月十九日致郭连贻

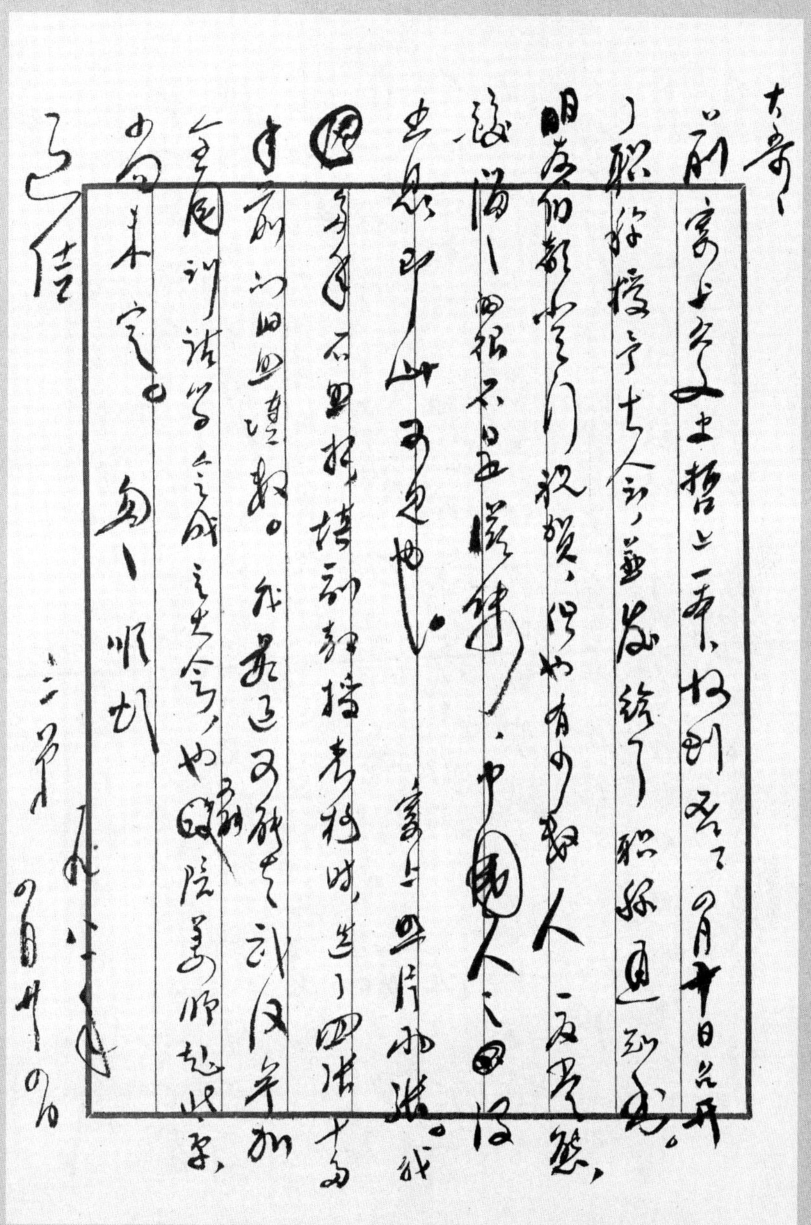

27　一九八一年四月二十四日致郭连贻

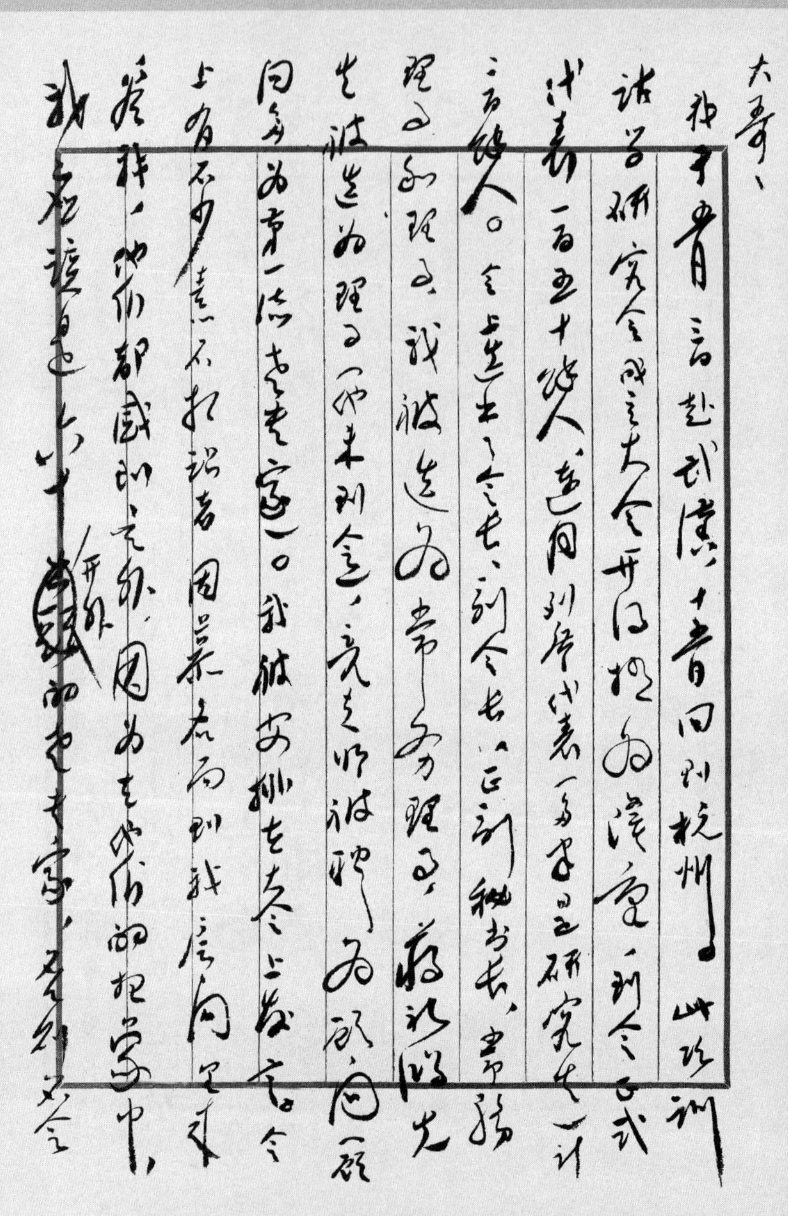

大哥、

我于十二日赴武汉，十七日回到杭州。此次训诂学研究会成立大会开得极为隆重，到会正式代表一百五十余人，还有列席代表一百多，其中是研究生一二百余人。会上选出了会长、副会长八位、副秘书长、常务理事和理事。我被选为常务理事，蒋礼鸿先生被选为理事（他也未到会），[illegible]师被聘为顾问。[illegible]同会的专[illegible]。我被安排在大会上发言，会上有不少素不相识者，因是未面到我房间里来看我，他们都感到[illegible]，因为在他们的[illegible]中，我在[illegible]（开头）[illegible]而也是老专家，[illegible]

28（1）　一九八一年五月十七日致郭连贻

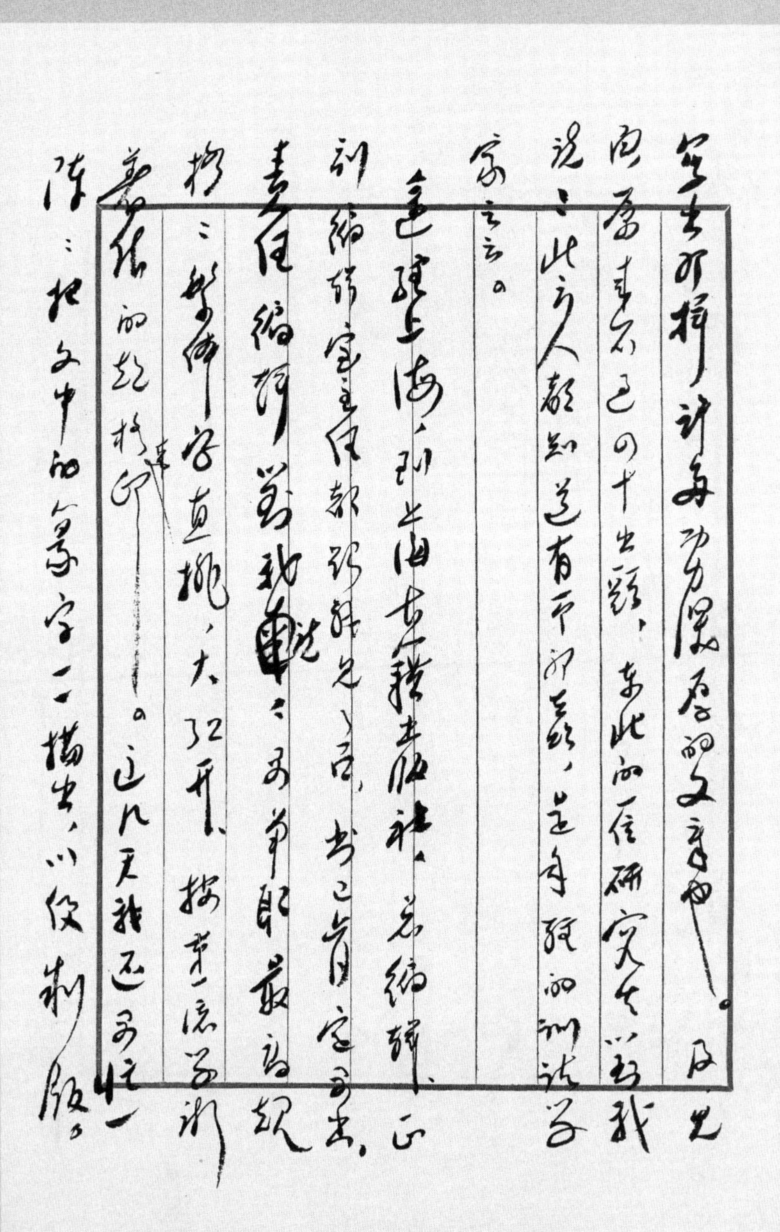

28（2） 一九八一年五月十七日致郭连贻

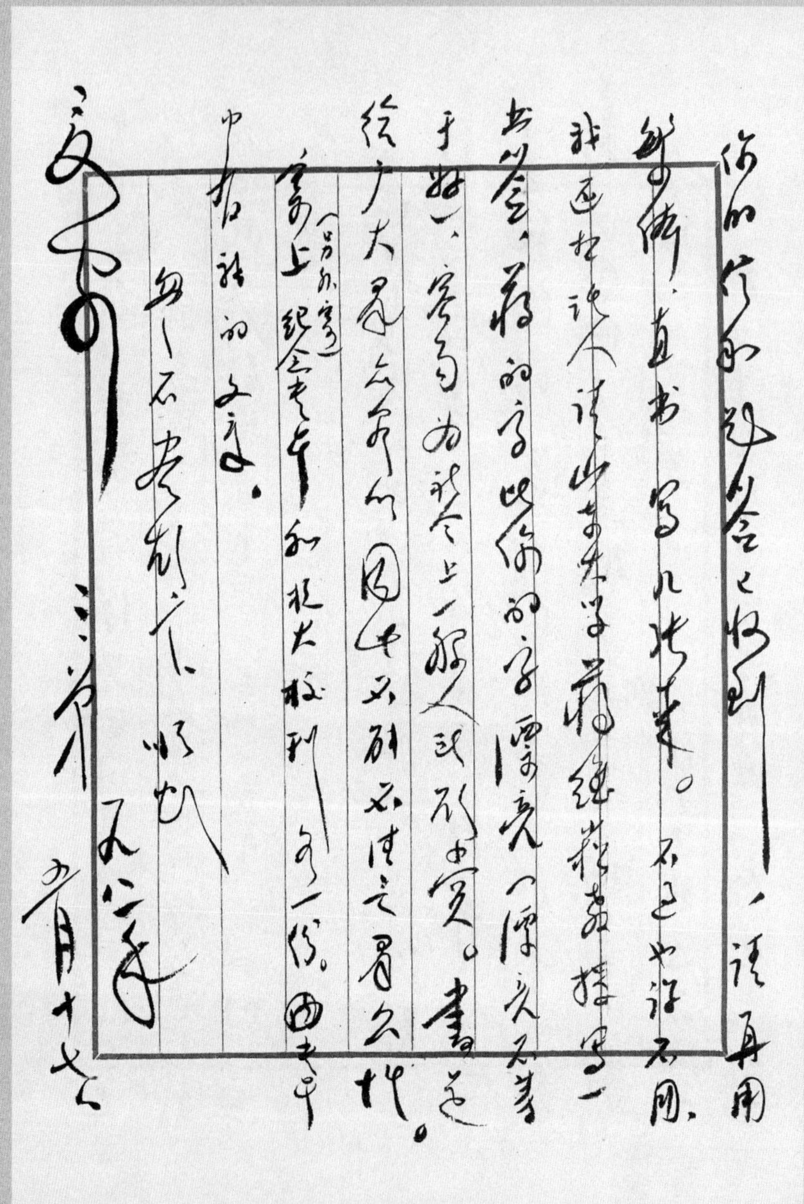

28（3） 一九八一年五月十七日致郭连贻

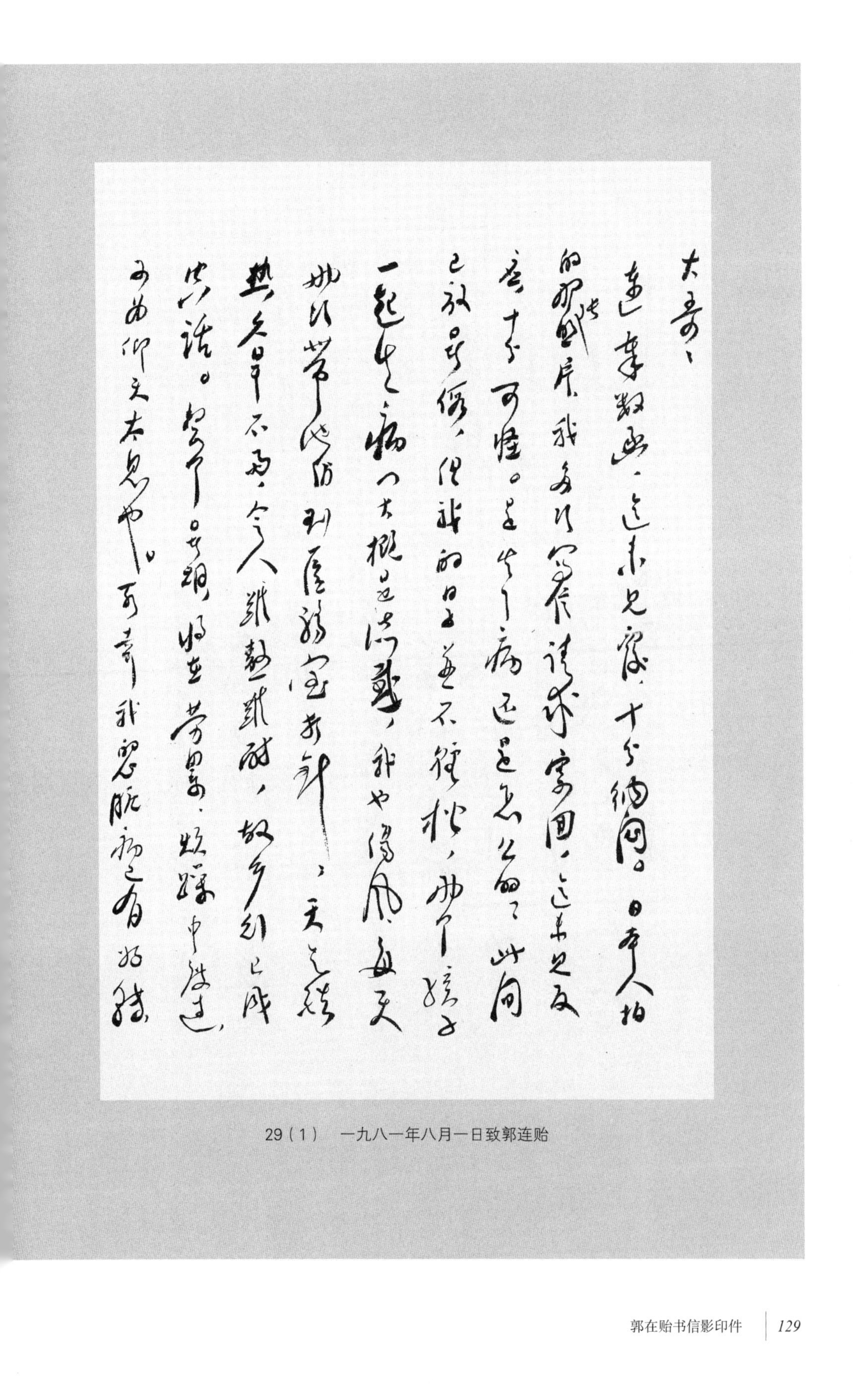

29（1） 一九八一年八月一日致郭连贻

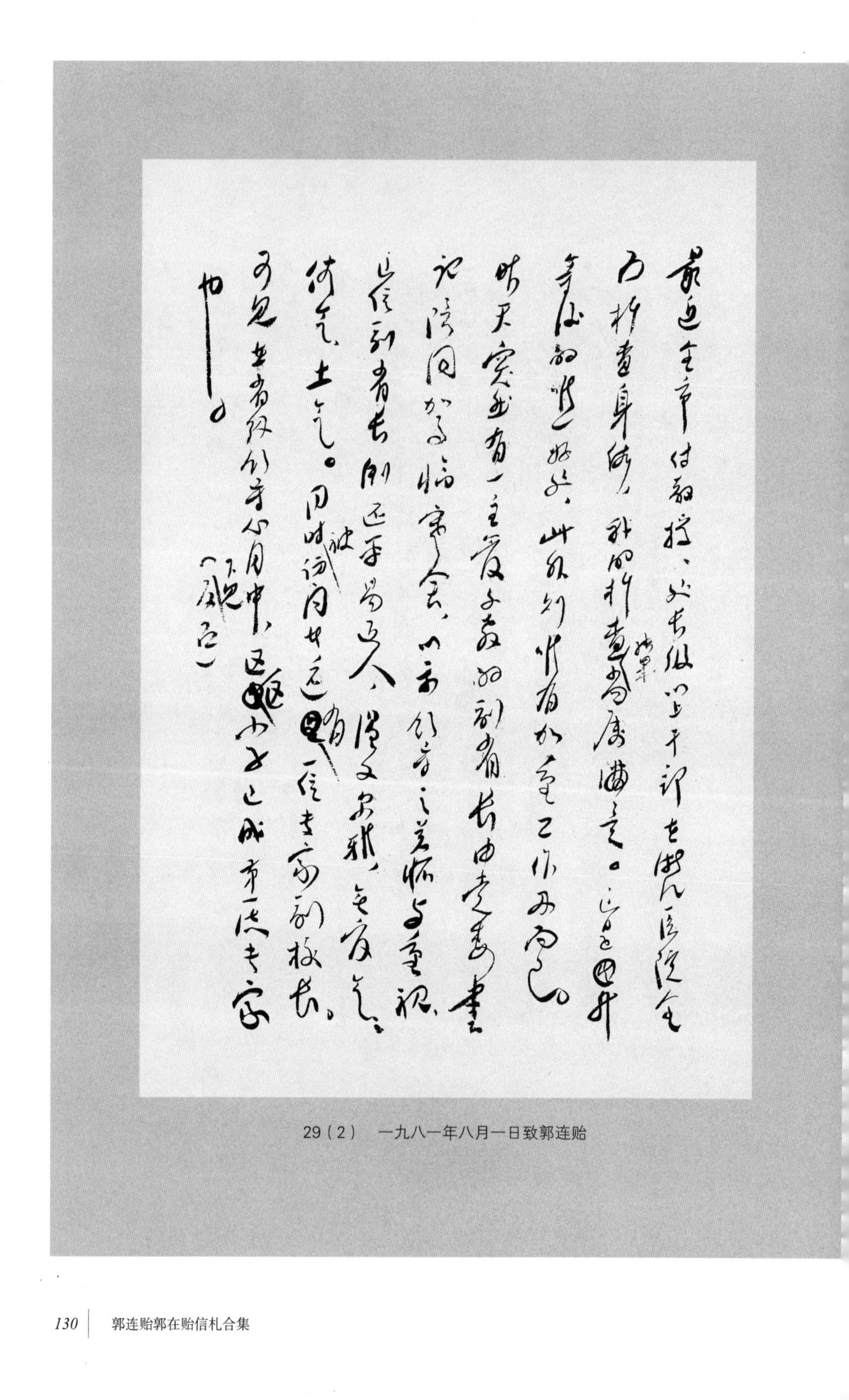

29（2） 一九八一年八月一日致郭连贻

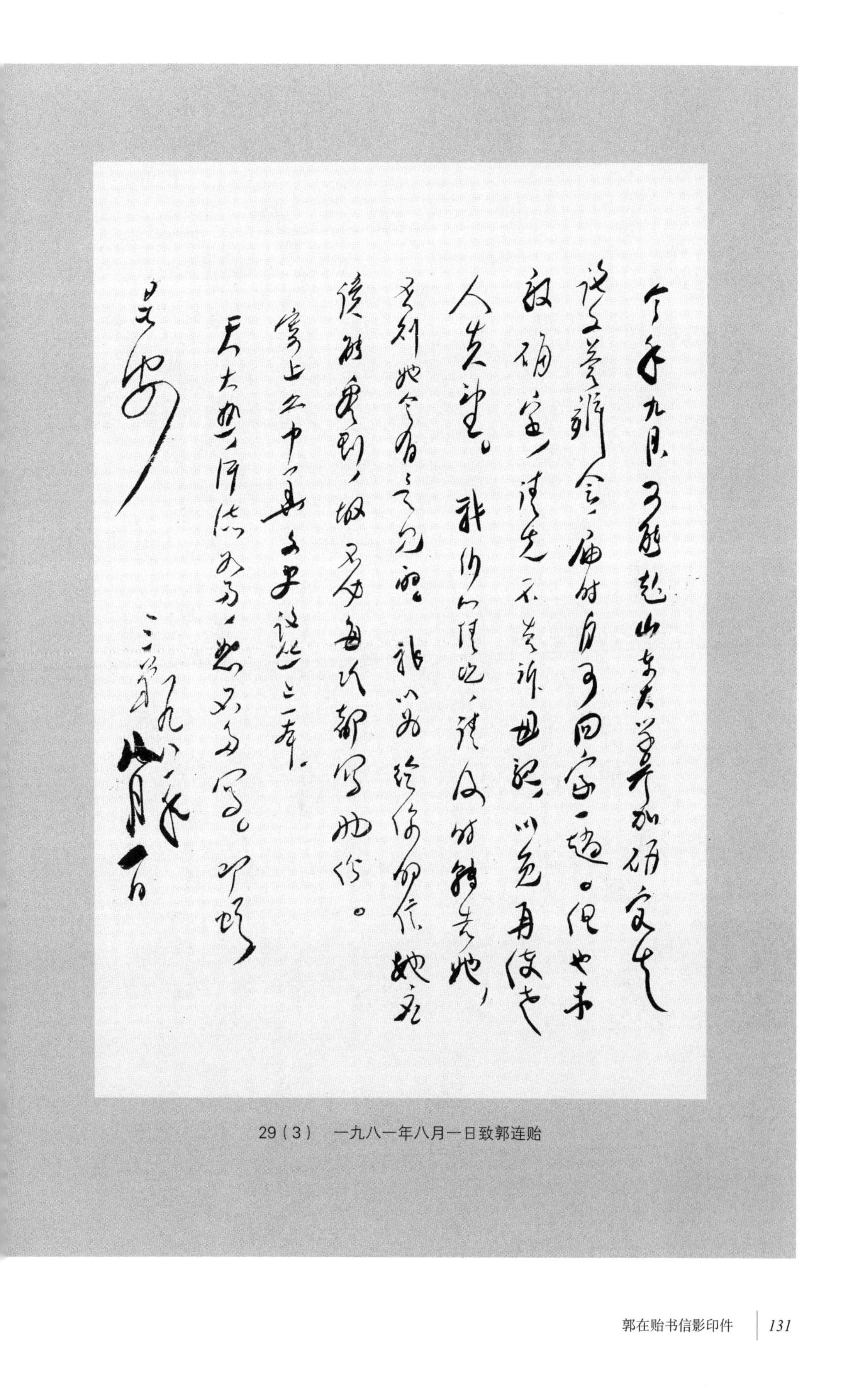

29（3） 一九八一年八月一日致郭连贻

大哥：

收到四月份寄出一函，想已达。现已决定，我与蒋礼鸿师一道于九月十二或十三日起身去山东大学参加研究生论文答辩。我准备到曲阜时停二三天，即回家。回家的日期约在十七日左右，在家只能停二三天，就须与蒋先生一道赶回杭州。因为这边还有评议，请由别人带代上一周，因为蒋先生讲上两天以后，责。因在家的时间很短，作如下安排：⑴跟黄妹定个时间见见面，再叫她把你们都请到家来，吃个团圆饭，

30（1）　一九八一年九月七日致郭连贻

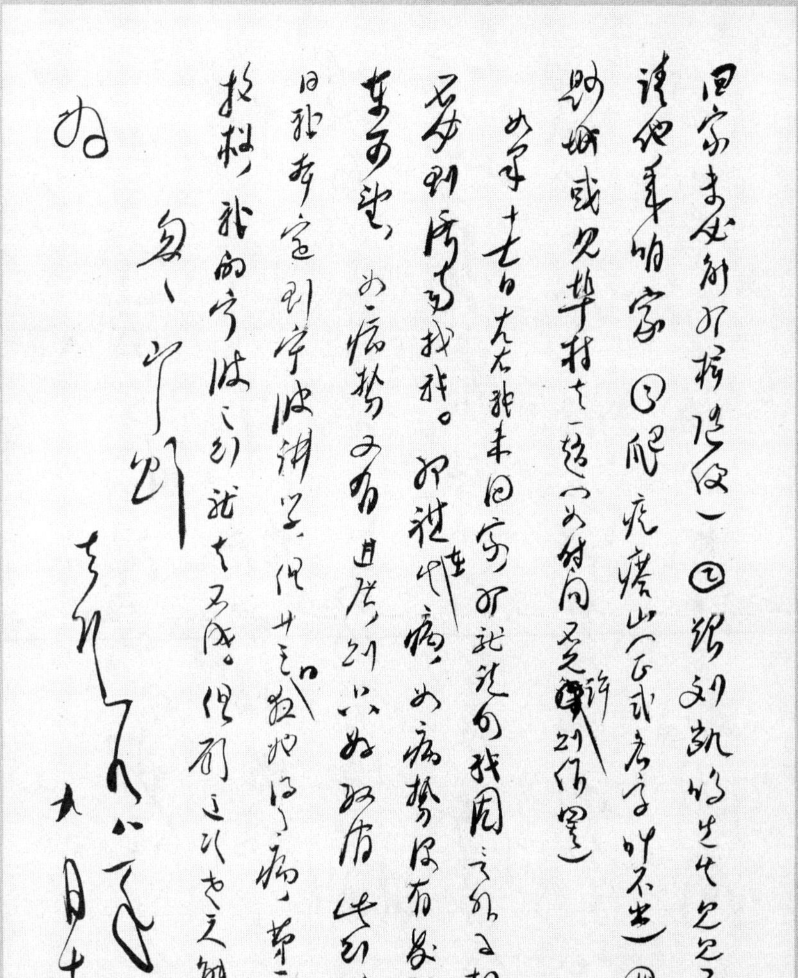

30（2） 一九八一年九月七日致郭连贻

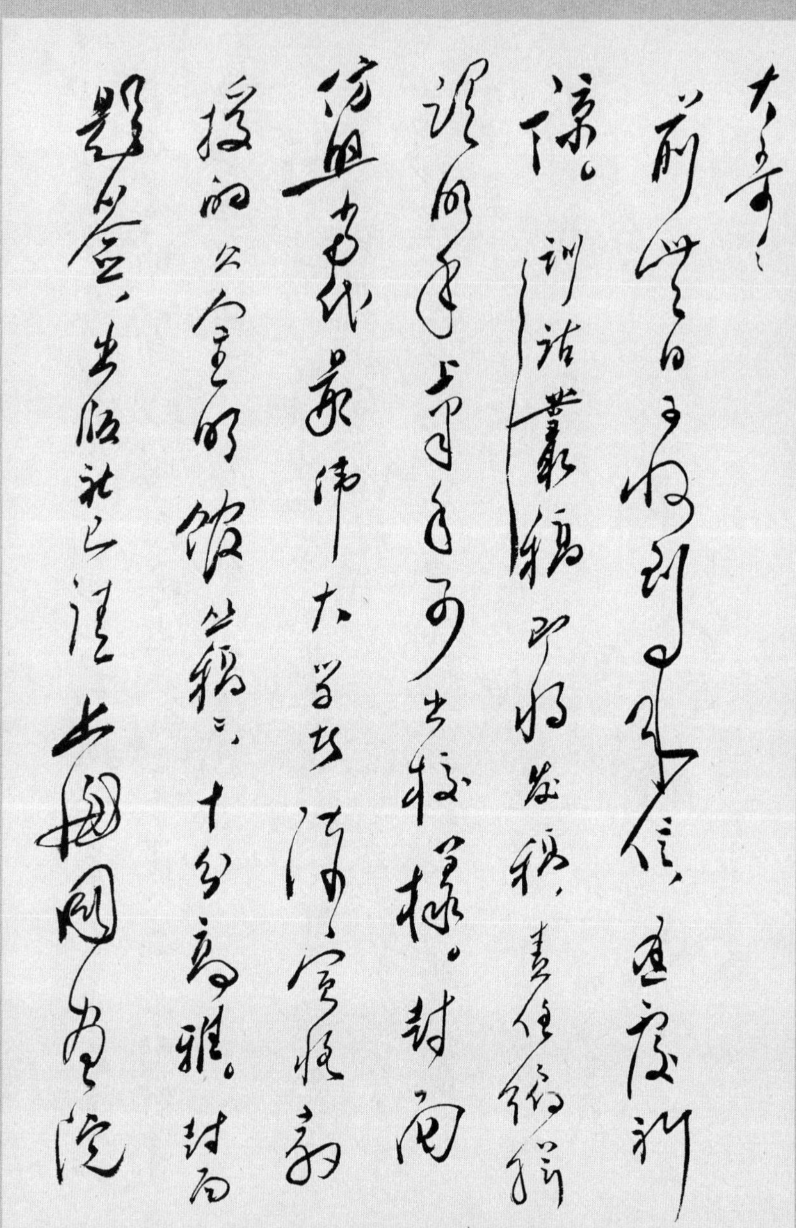

31（1） 一九八一年十二月五日致郭连贻

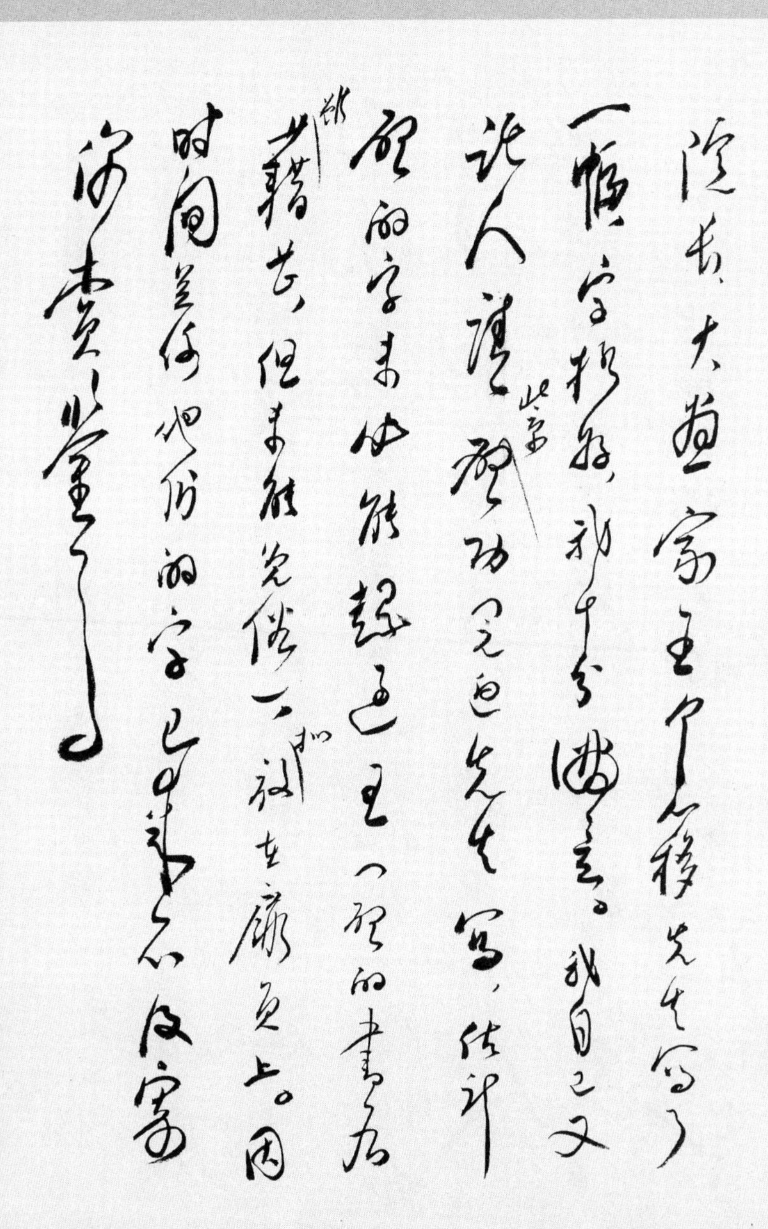

31（2） 一九八一年十二月五日致郭连贻

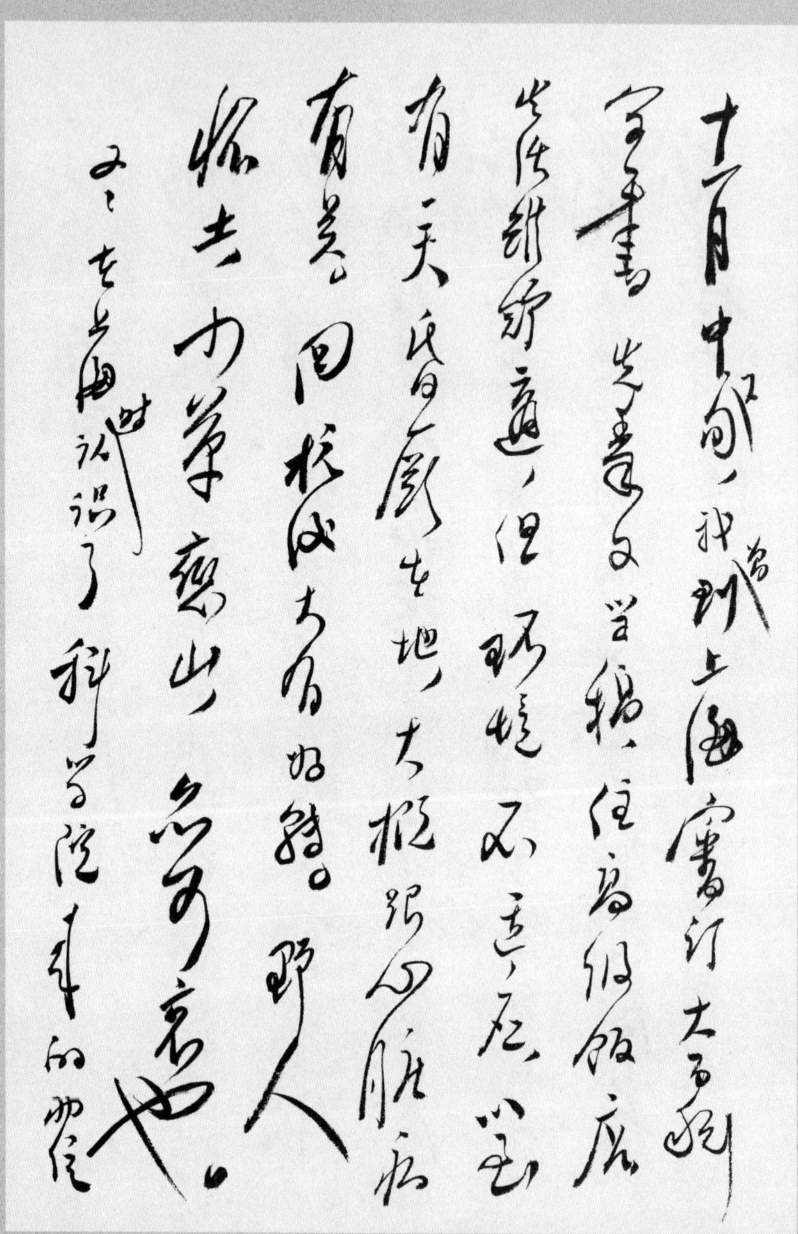

31（3） 一九八一年十二月五日致郭连贻

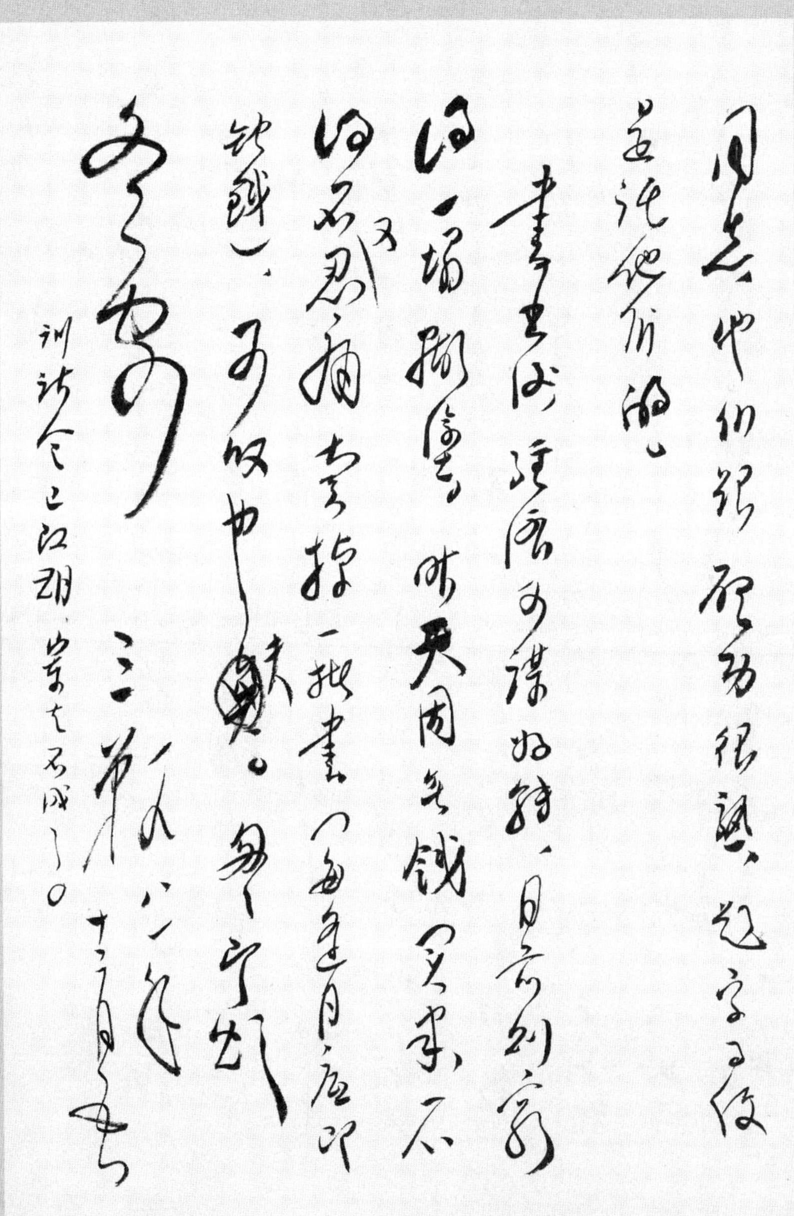

31（4）　一九八一年十二月五日致郭连贻

大哥哥：

多时未通音问，念念。六月一日我将赴京参加训诂学讲话经验交流会，会议至六月十日左右结束。归程中我可能回家看看，时间约在六月十五至廿日之间。但也不能完全肯定，到时候没有回去，那就是[illegible]有较紧，所以不可抽有太太的关系，另外失望更大。但如气特殊原因，我是不会不回去。顺问

32（1）　一九八二年五月八日致郭连贻

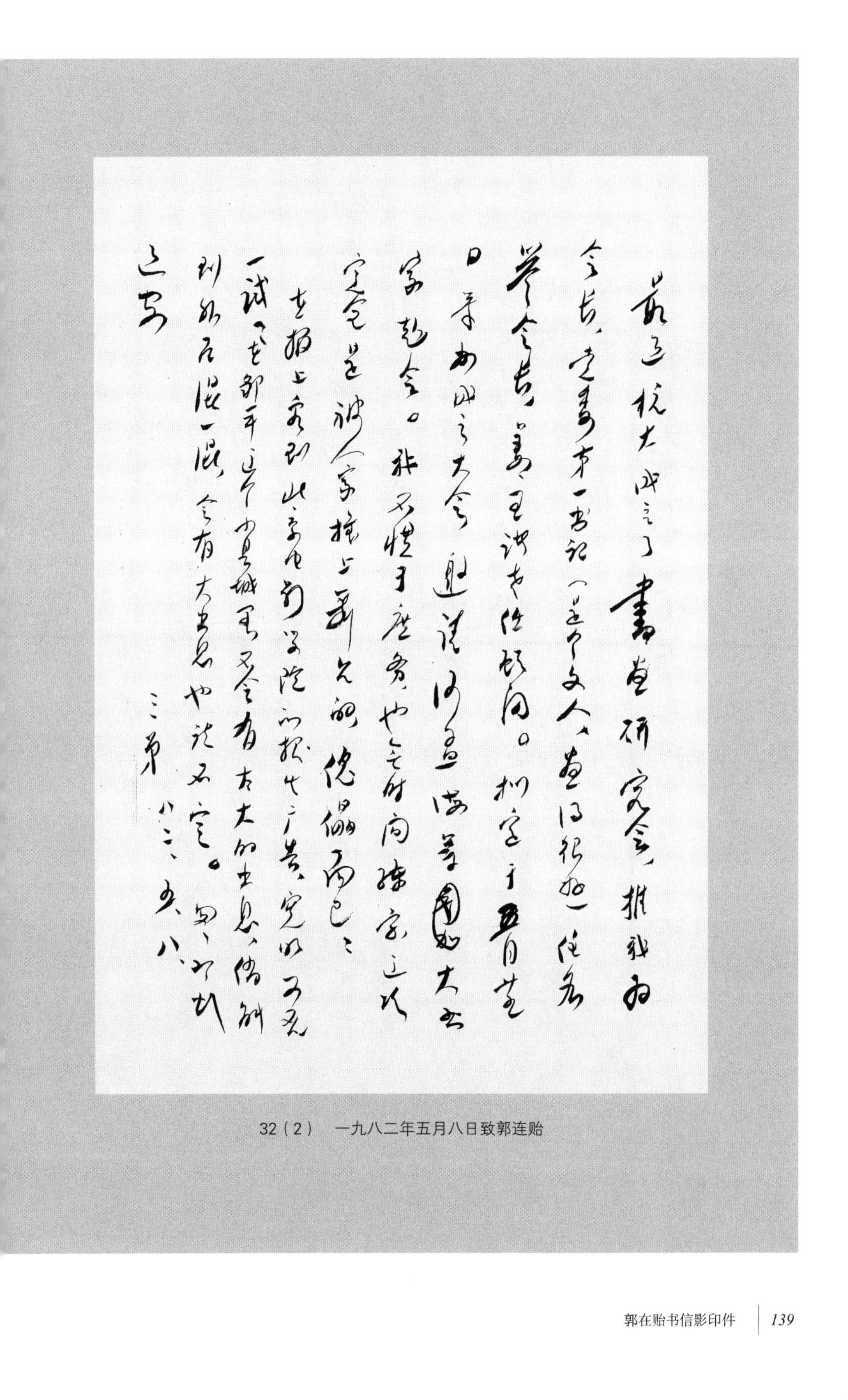

32（2） 一九八二年五月八日致郭连贻

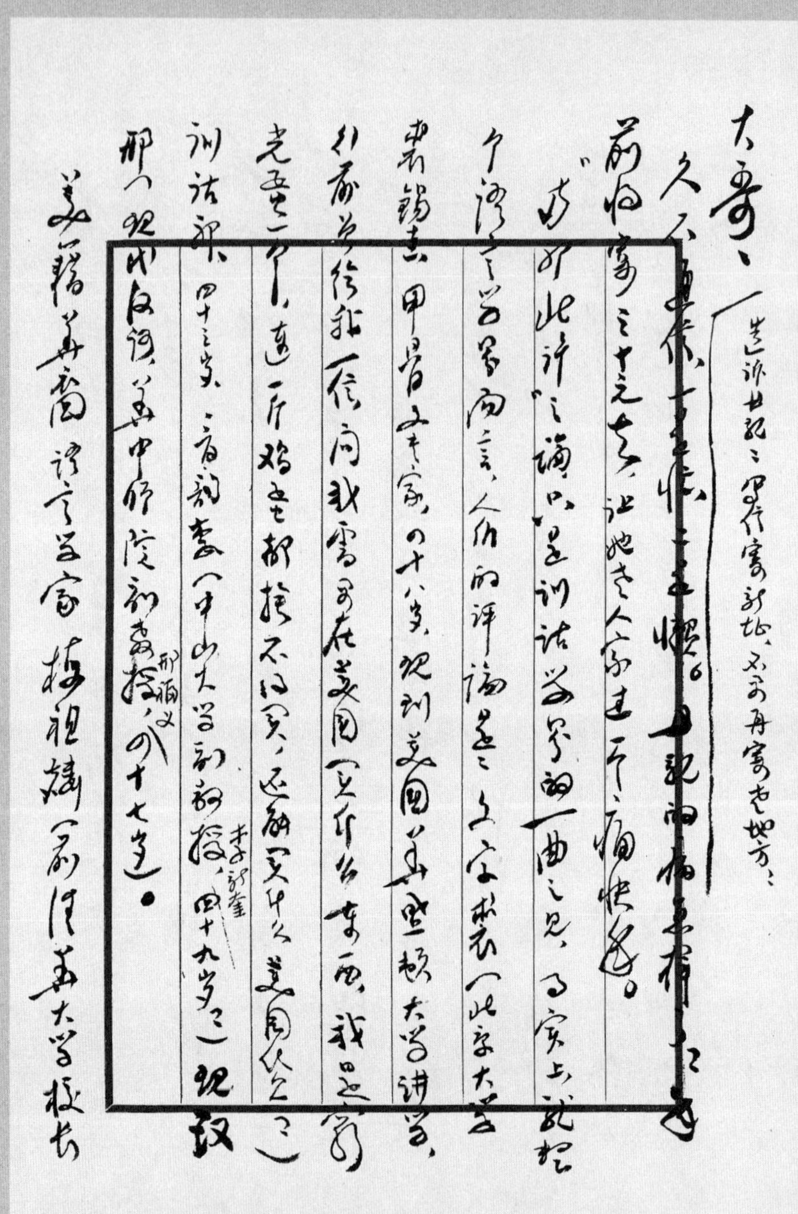

33（1） 一九八二年十二月二十五日致郭连贻

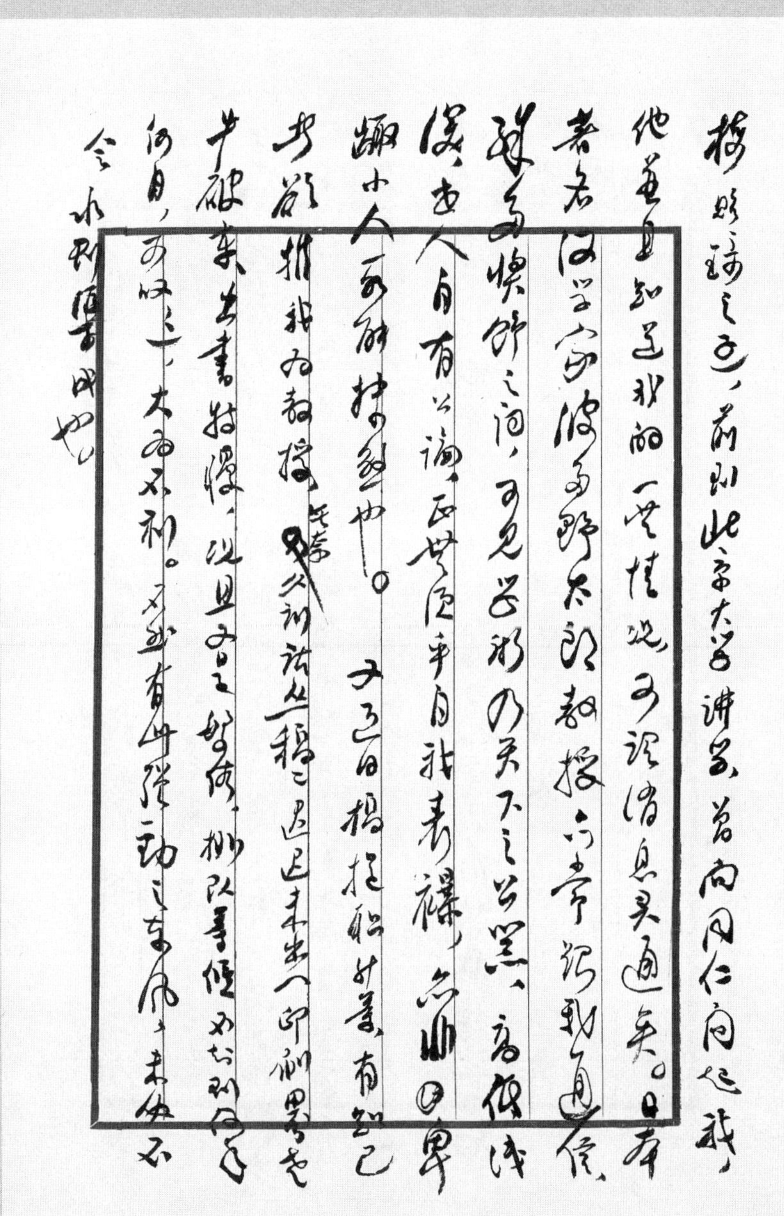

33（2） 一九八二年十二月二十五日致郭连贻

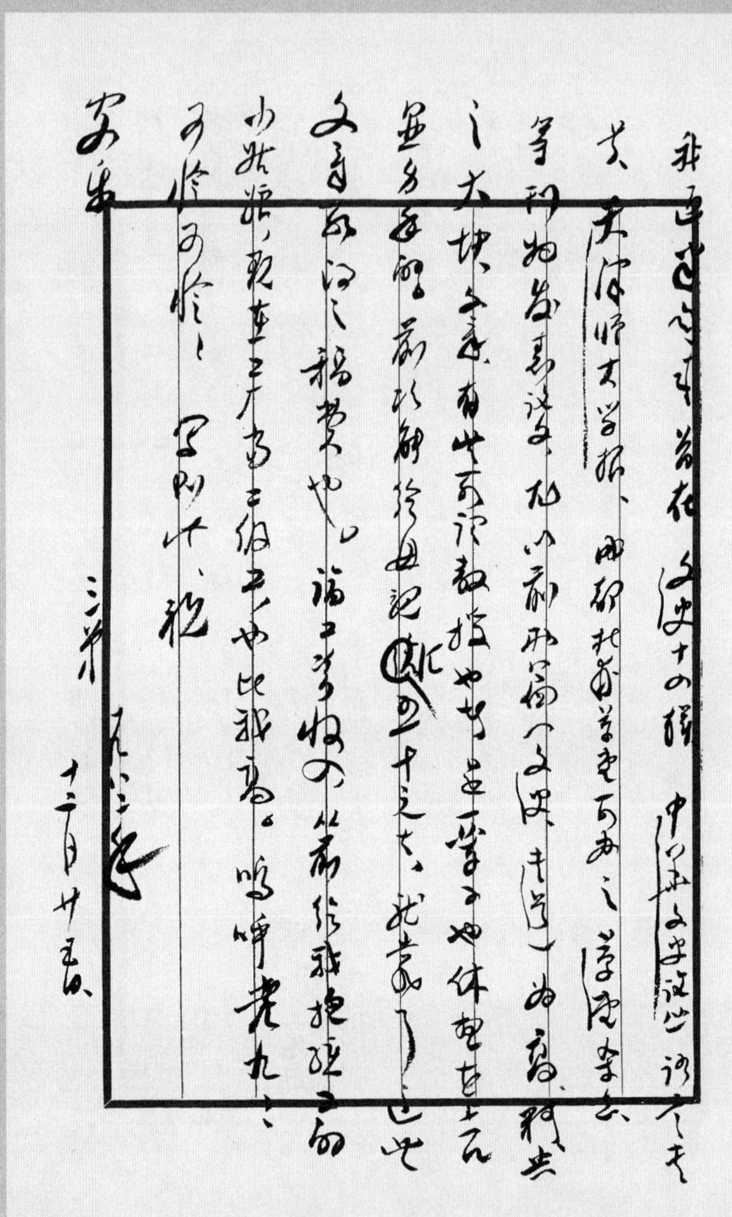

33（3） 一九八二年十二月二十五日致郭连贻

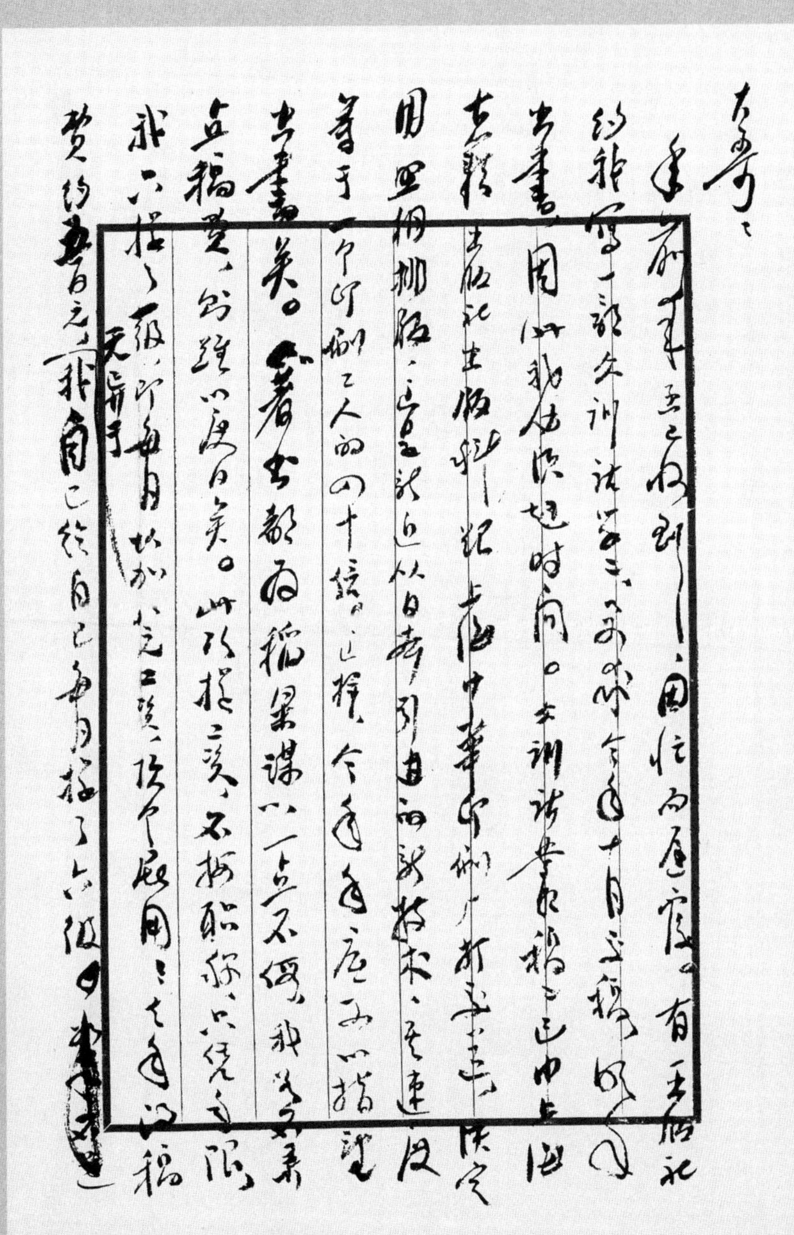

34（1） 一九八三年三月二十日致郭连贻

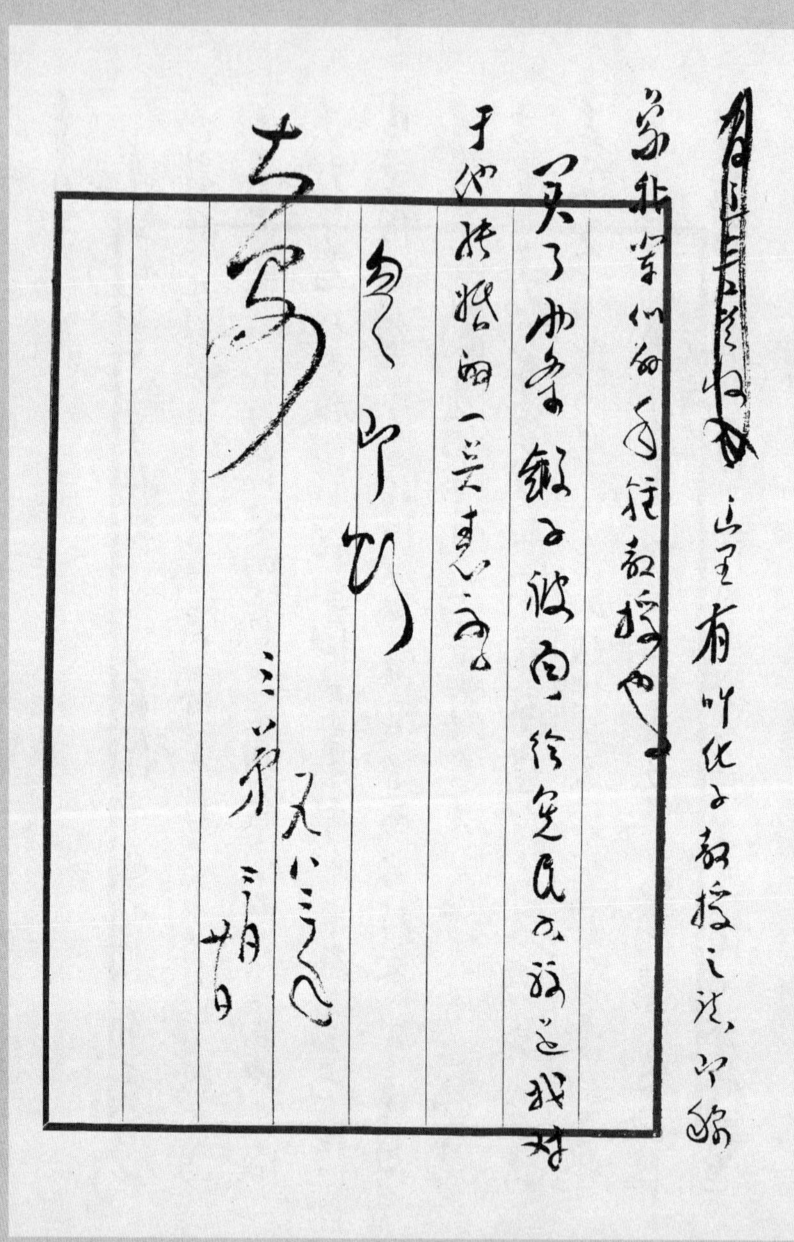

34（2） 一九八三年三月二十日致郭连贻

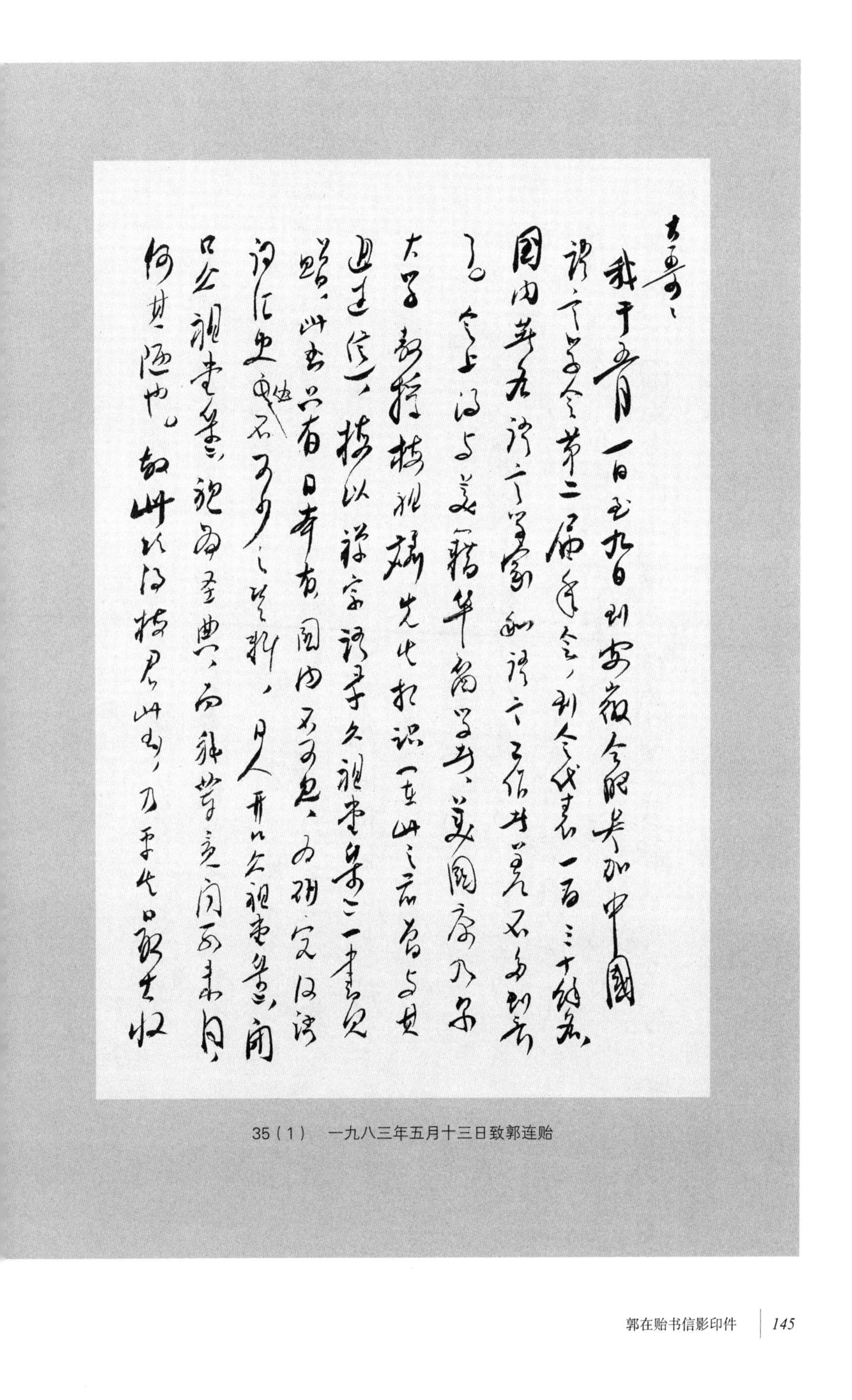

35（1）　一九八三年五月十三日致郭连贻

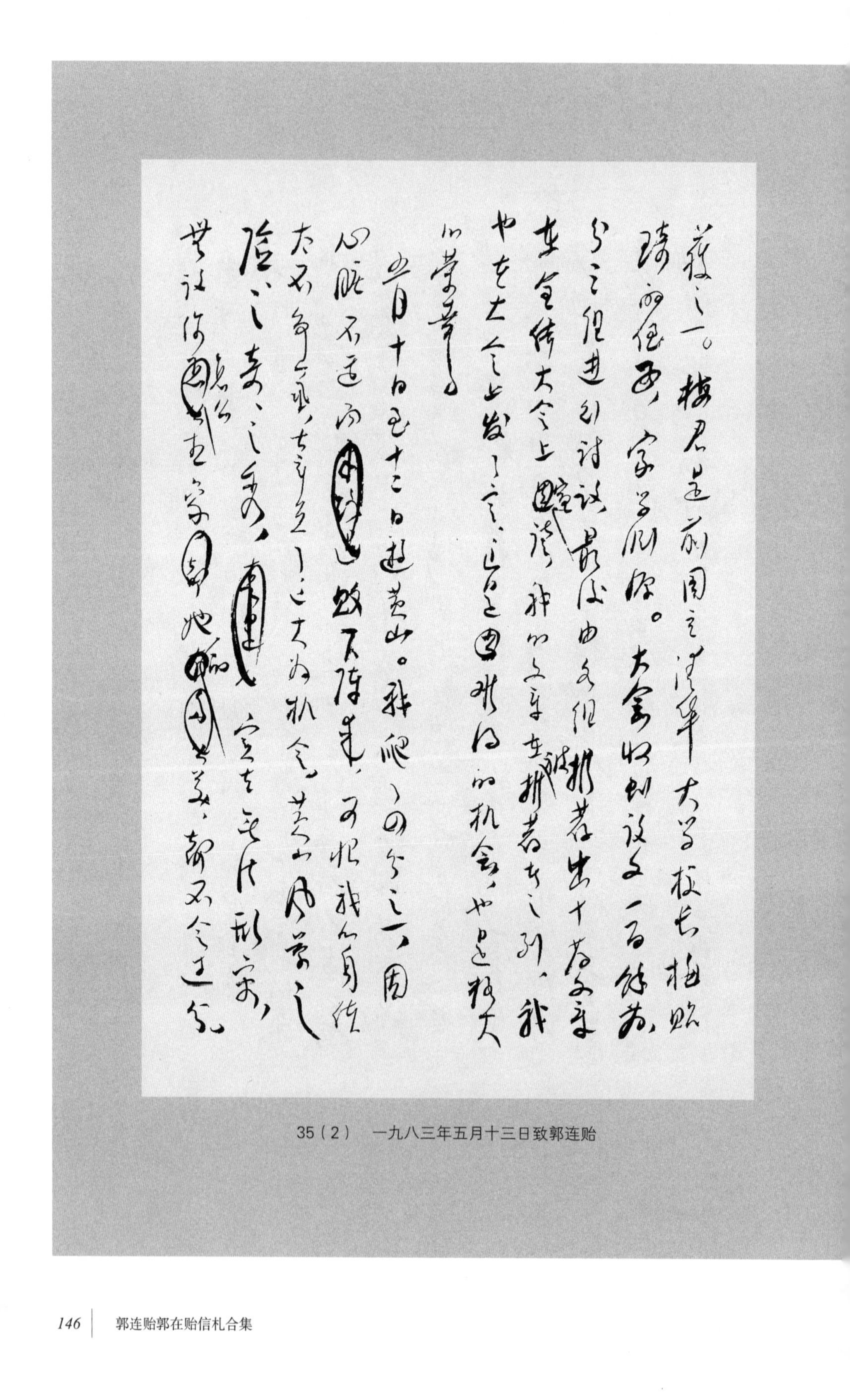

35（2） 一九八三年五月十三日致郭连贻

35（3）　一九八三年五月十三日致郭连贻

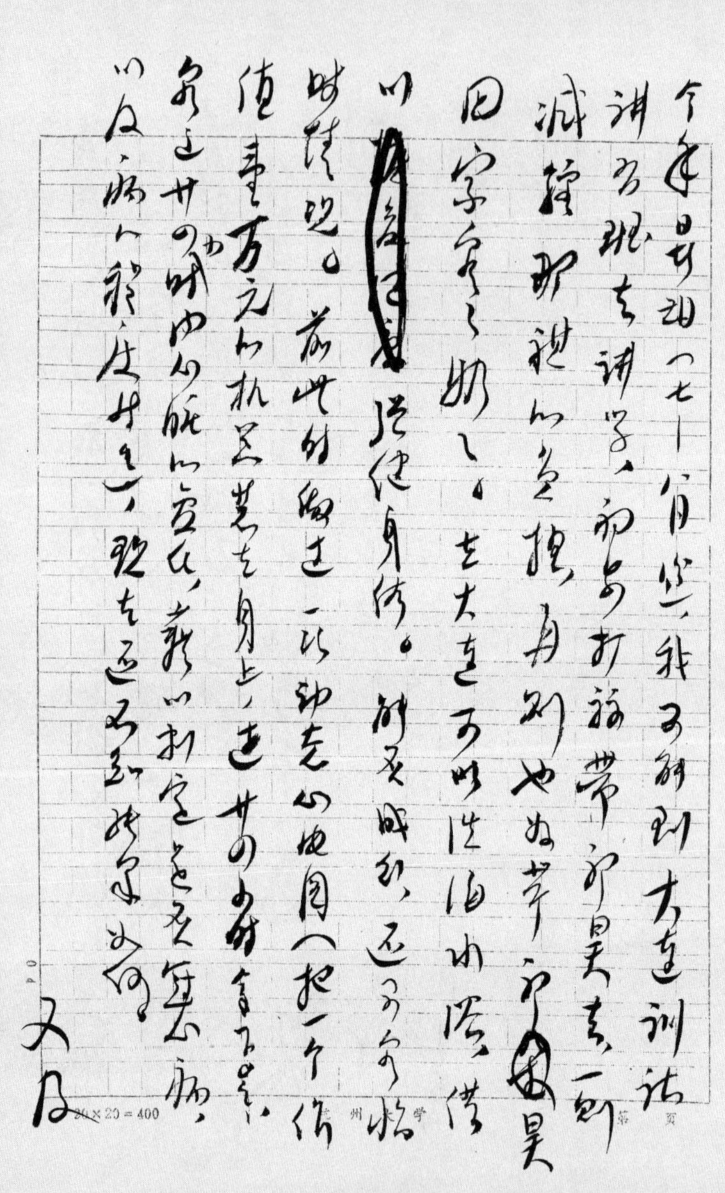

35（4） 一九八三年五月十三日致郭连贻

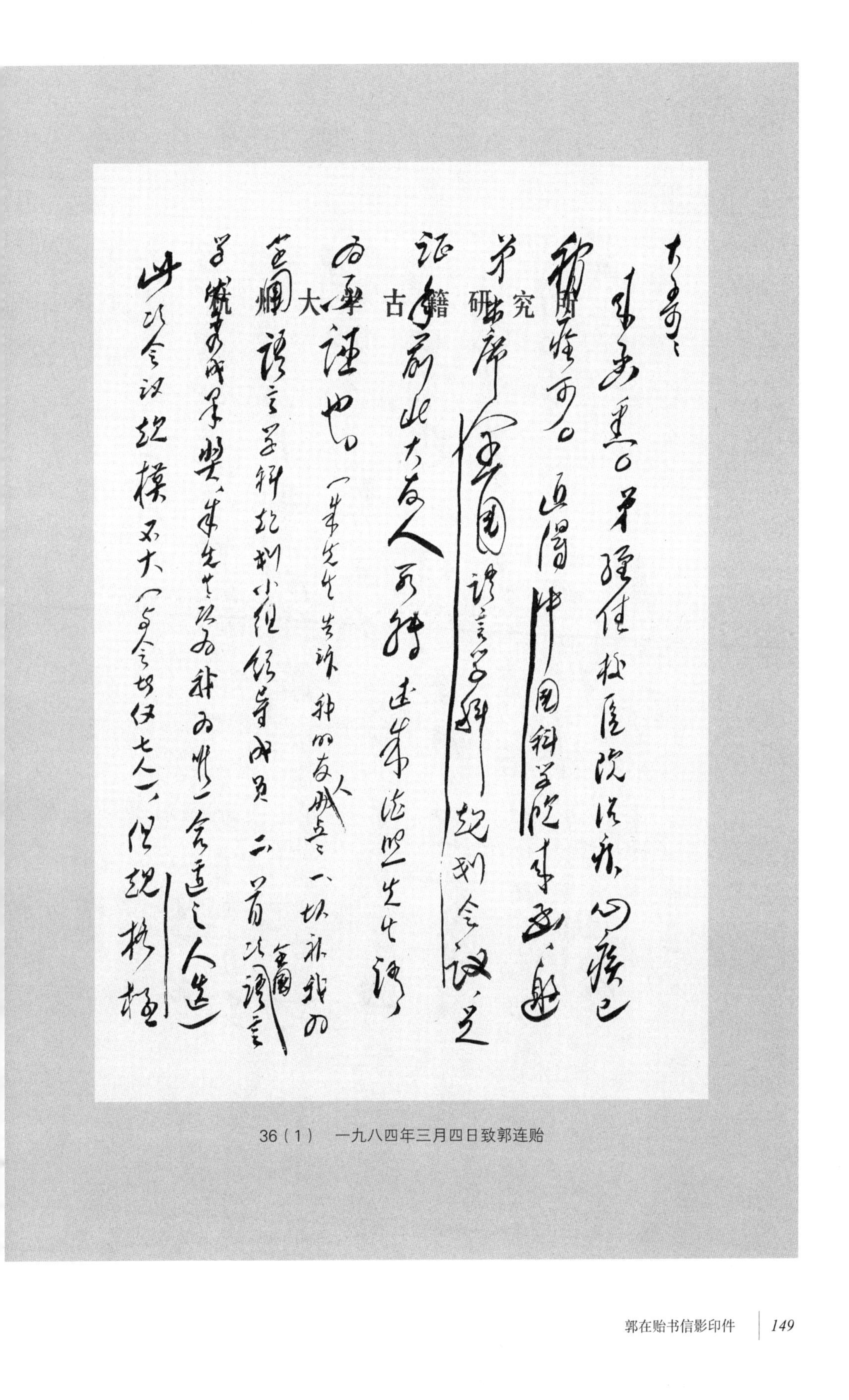

北京大学古籍研究所

36（1） 一九八四年三月四日致郭连贻

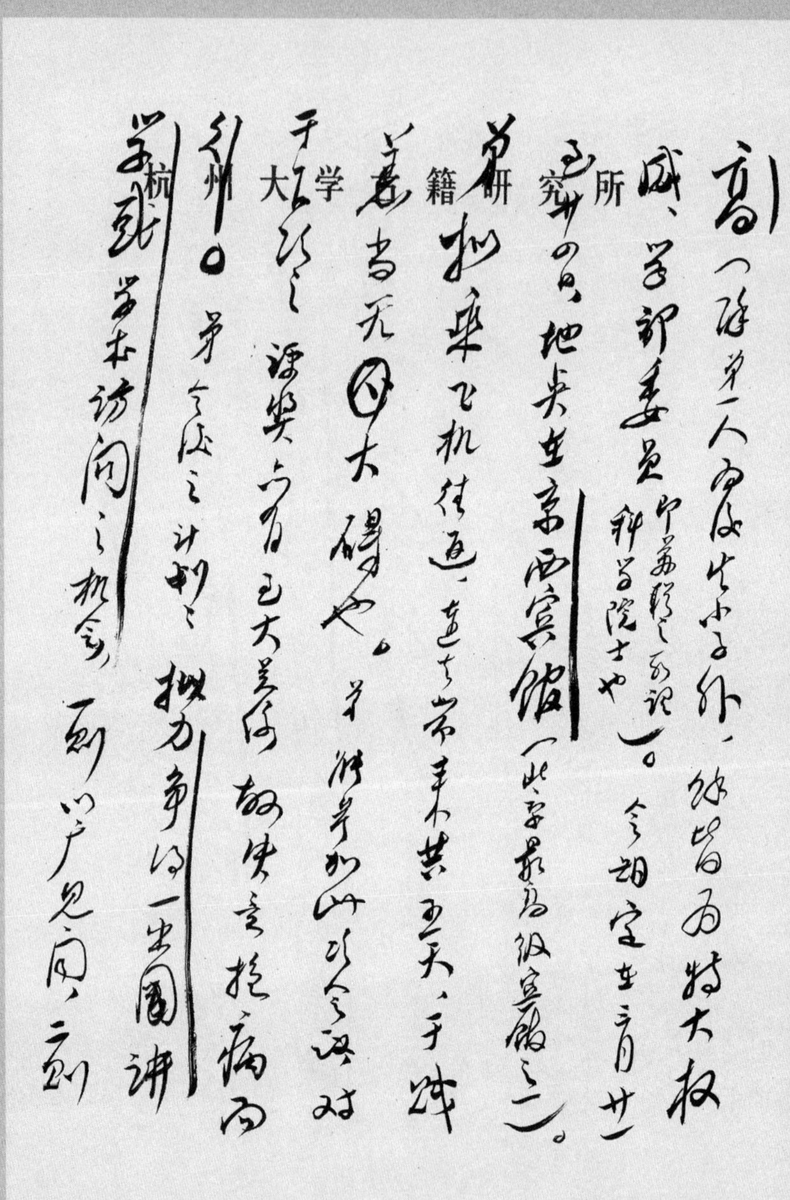

杭州大学古籍研究所

36（2） 一九八四年三月四日致郭连贻

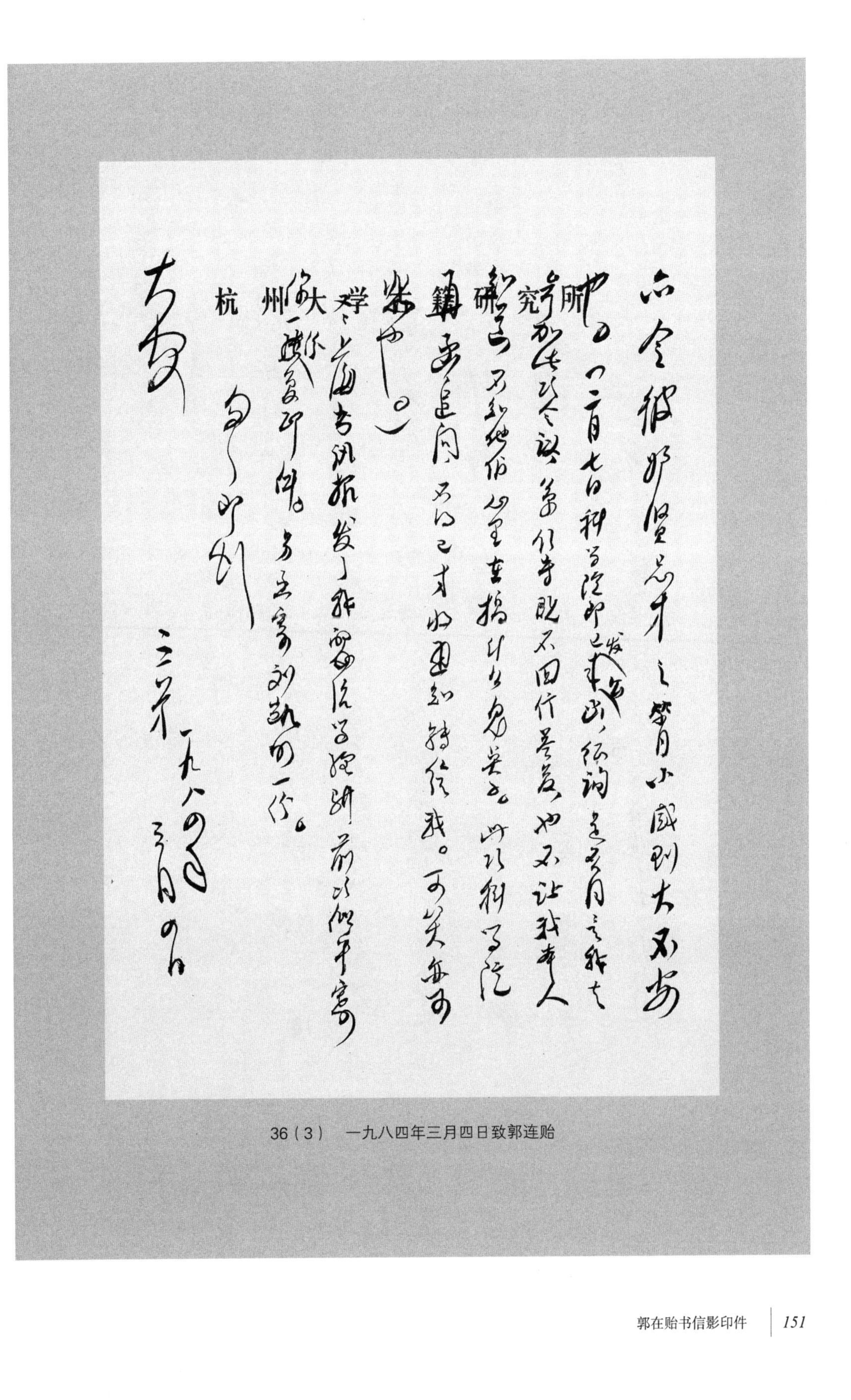

杭州大学古籍研究所

36（3） 一九八四年三月四日致郭连贻

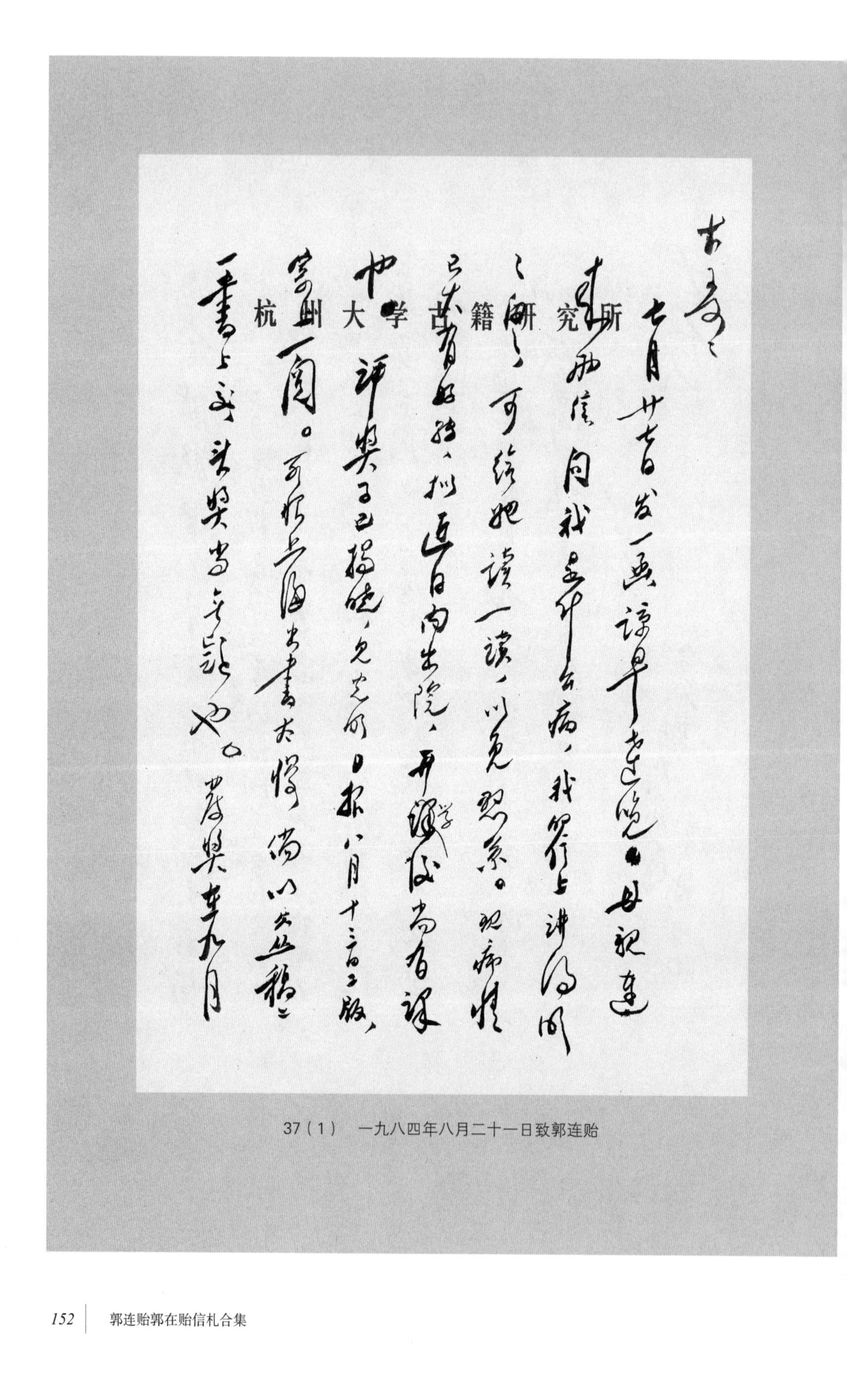

杭州大学古籍研究所

37（1） 一九八四年八月二十一日致郭连贻

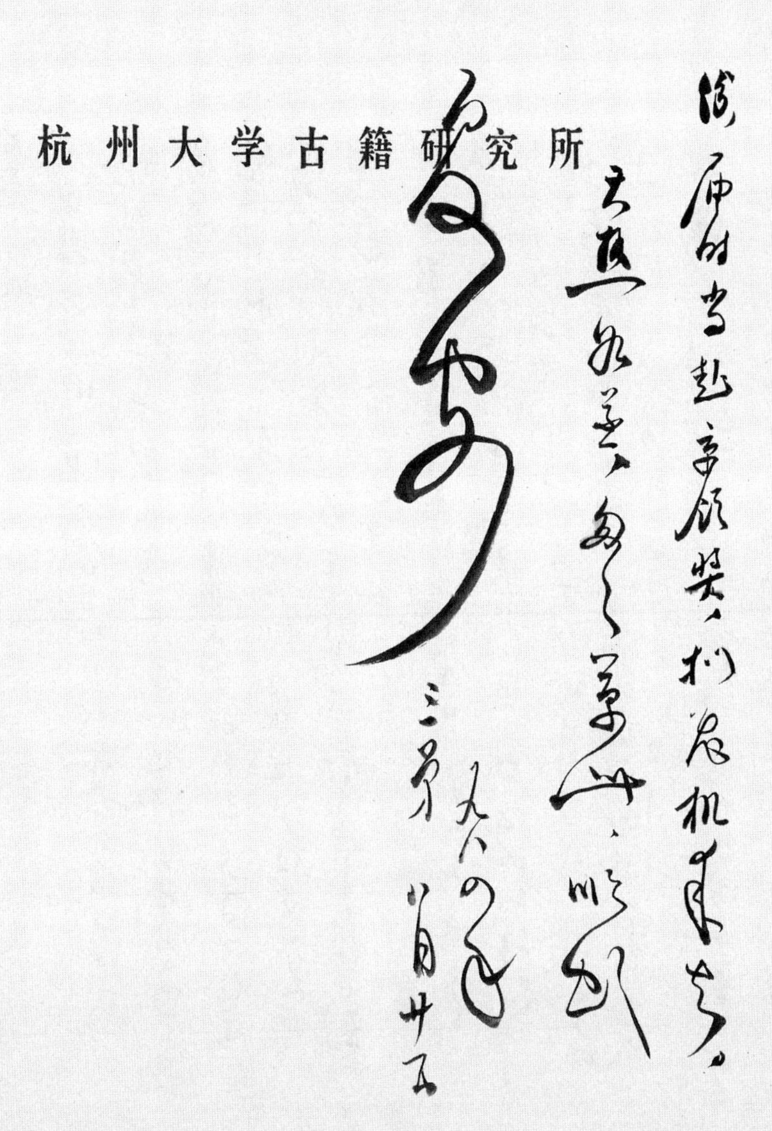

杭州大学古籍研究所

37（2） 一九八四年八月二十一日致郭连贻

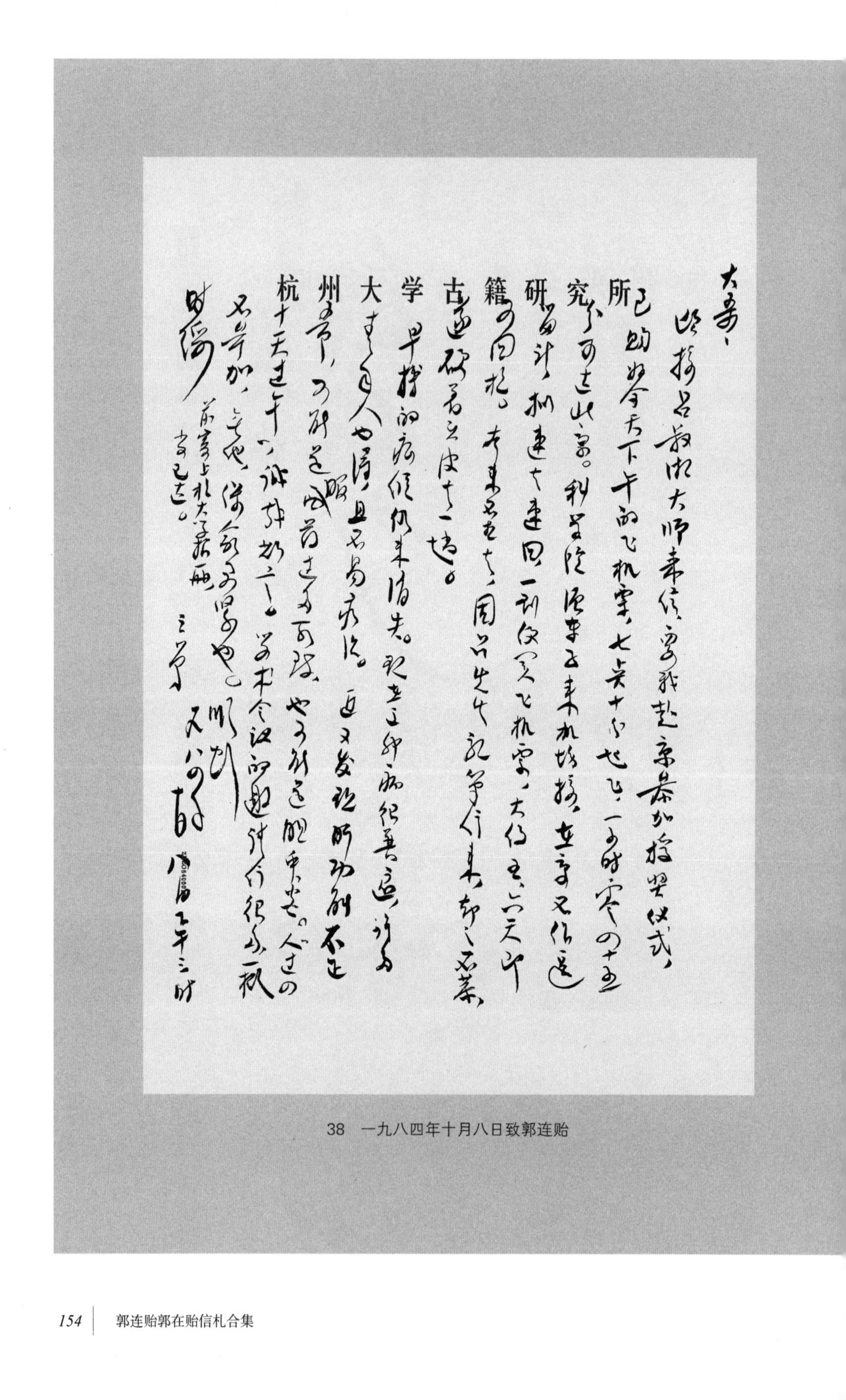

杭州大学古籍研究所

38　一九八四年十月八日致郭连贻

杭州大学古籍研究所

大哥：

久不通信，近况为佳。《训诂丛稿》的样书已到，我已去信订购五十本，另外出版社赠送二十本，共七十本，以分赠友好。待书到后，即给你和刘凯鸣各寄一本。一本如不够，可多寄几本来，告我需要量可也。估计稿酬在三、二月之内可寄来。我想请你在十月上旬来杭州玩几天，住多少日子，由你定，所有费用，

39（1）　一九八五年四月三日致郭连贻

杭州大学古籍研究所

自然由我包下来，也好了却平生一桩夙愿也。

最近浙江广播电台广播送对我的采访报道，浙江科技报和[illegible]（并附照片）和杭大校刊上也将发表对我的专访记，予以[illegible]之极。但这些都是[illegible]，自[illegible]称有[illegible]后名。我[illegible]只是真才实学。本[illegible]所[illegible]不同的态度，[illegible]（中国人

ZHEO8408017

39（2） 一九八五年四月三日致郭连贻

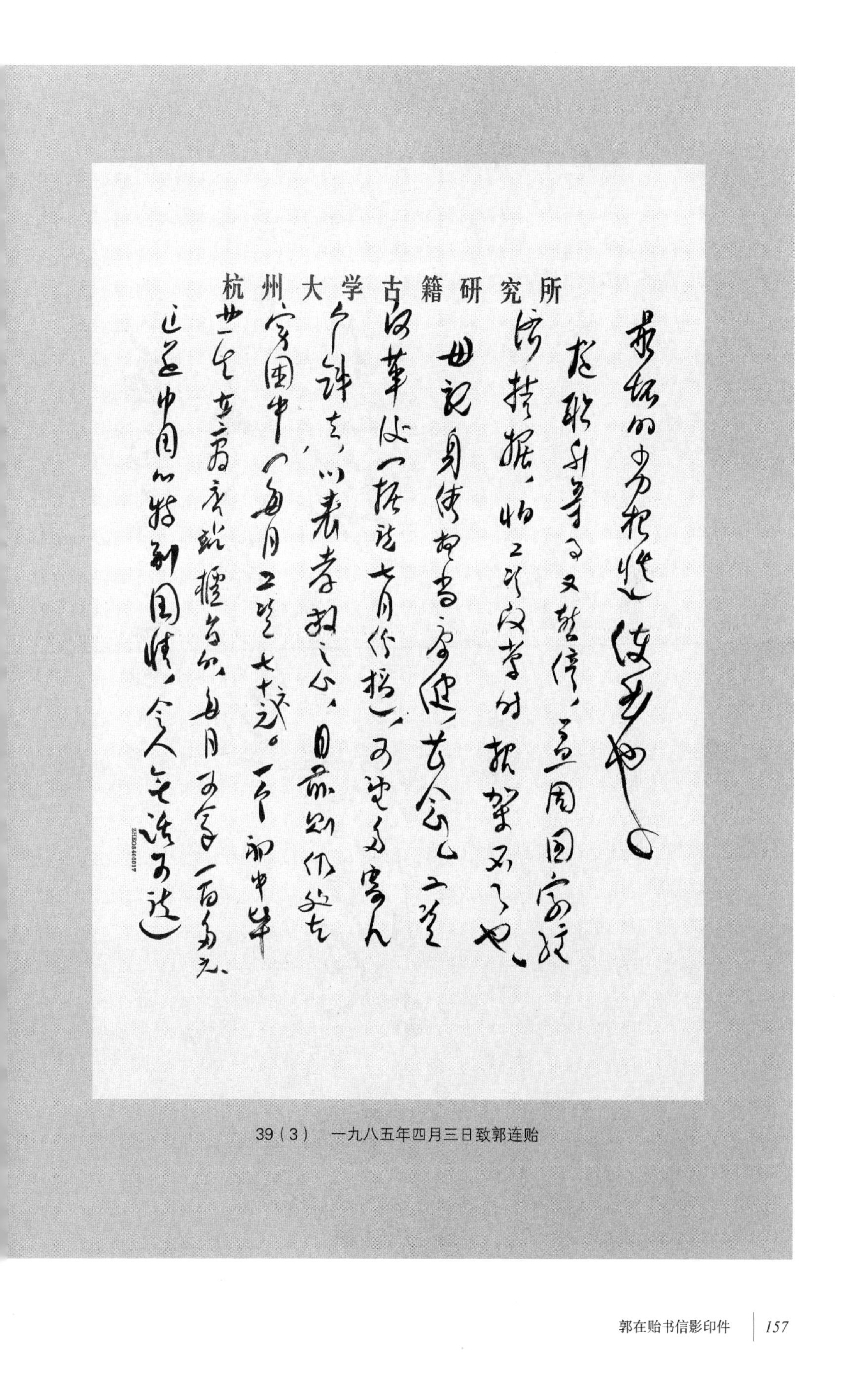

杭州大学古籍研究所

39（3） 一九八五年四月三日致郭连贻

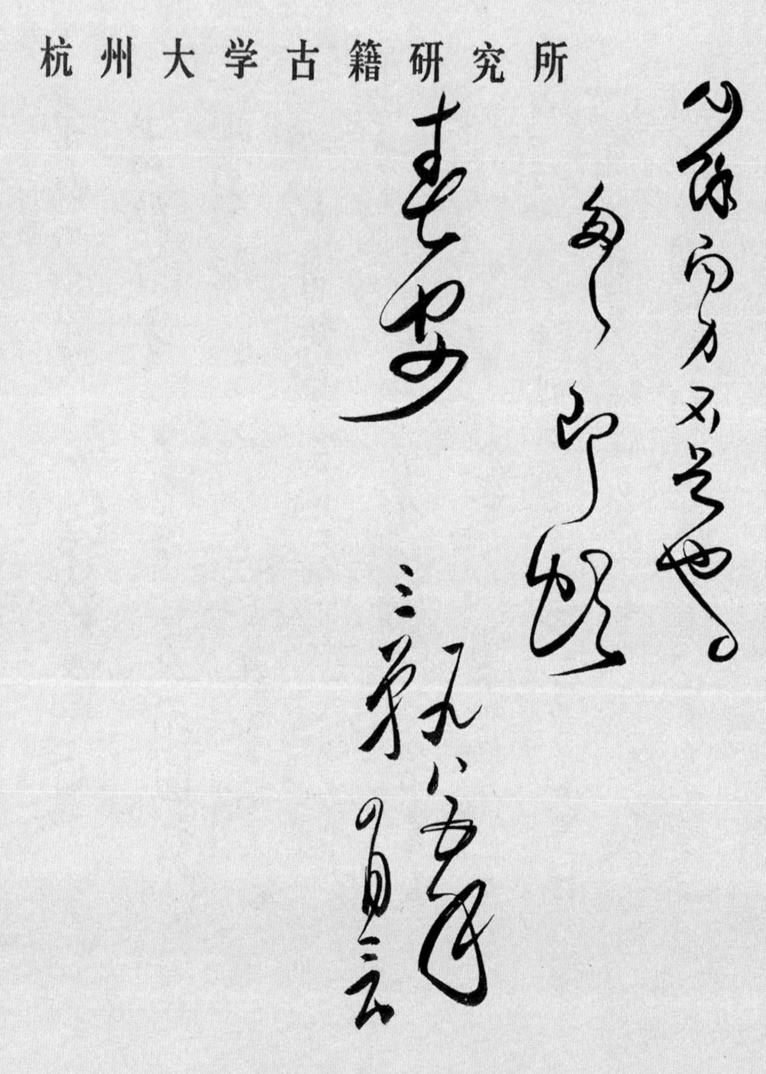

杭州大学古籍研究所

39（4）　一九八五年四月三日致郭连贻

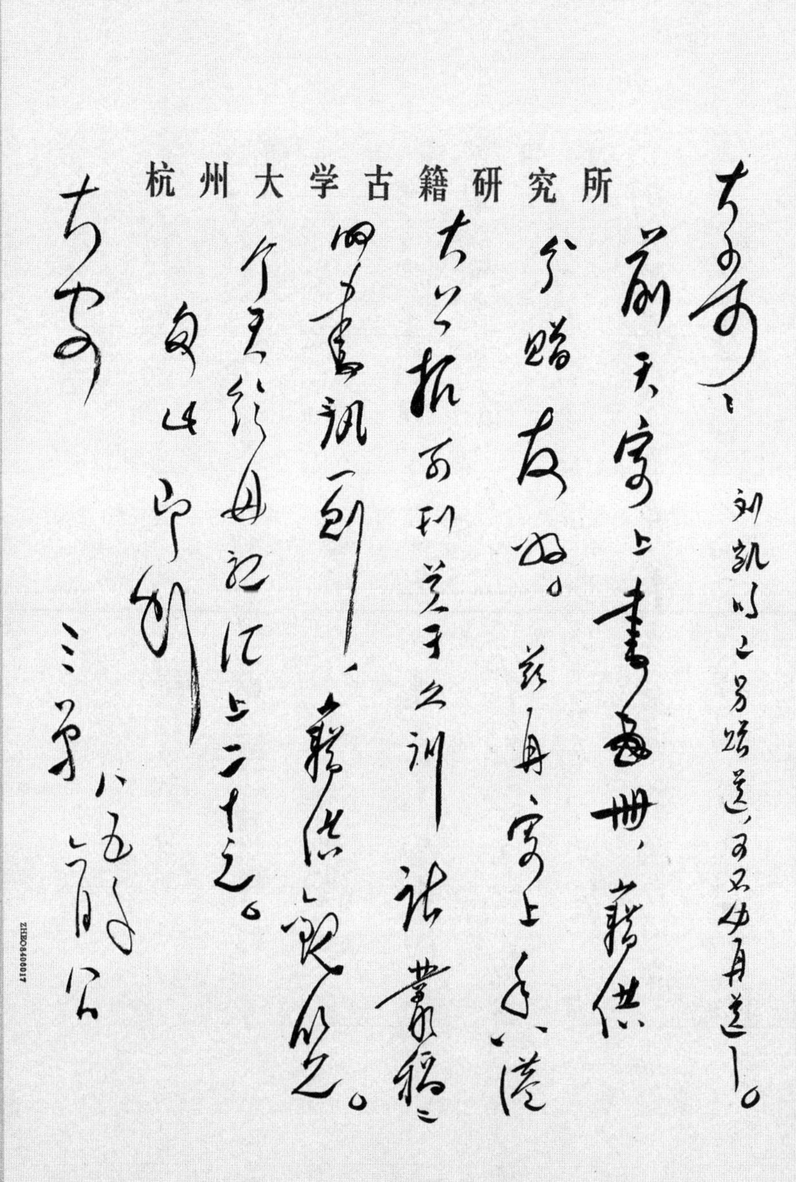

杭州大学古籍研究所

ZHE08408017

40　一九八五年六月八日致郭连贻

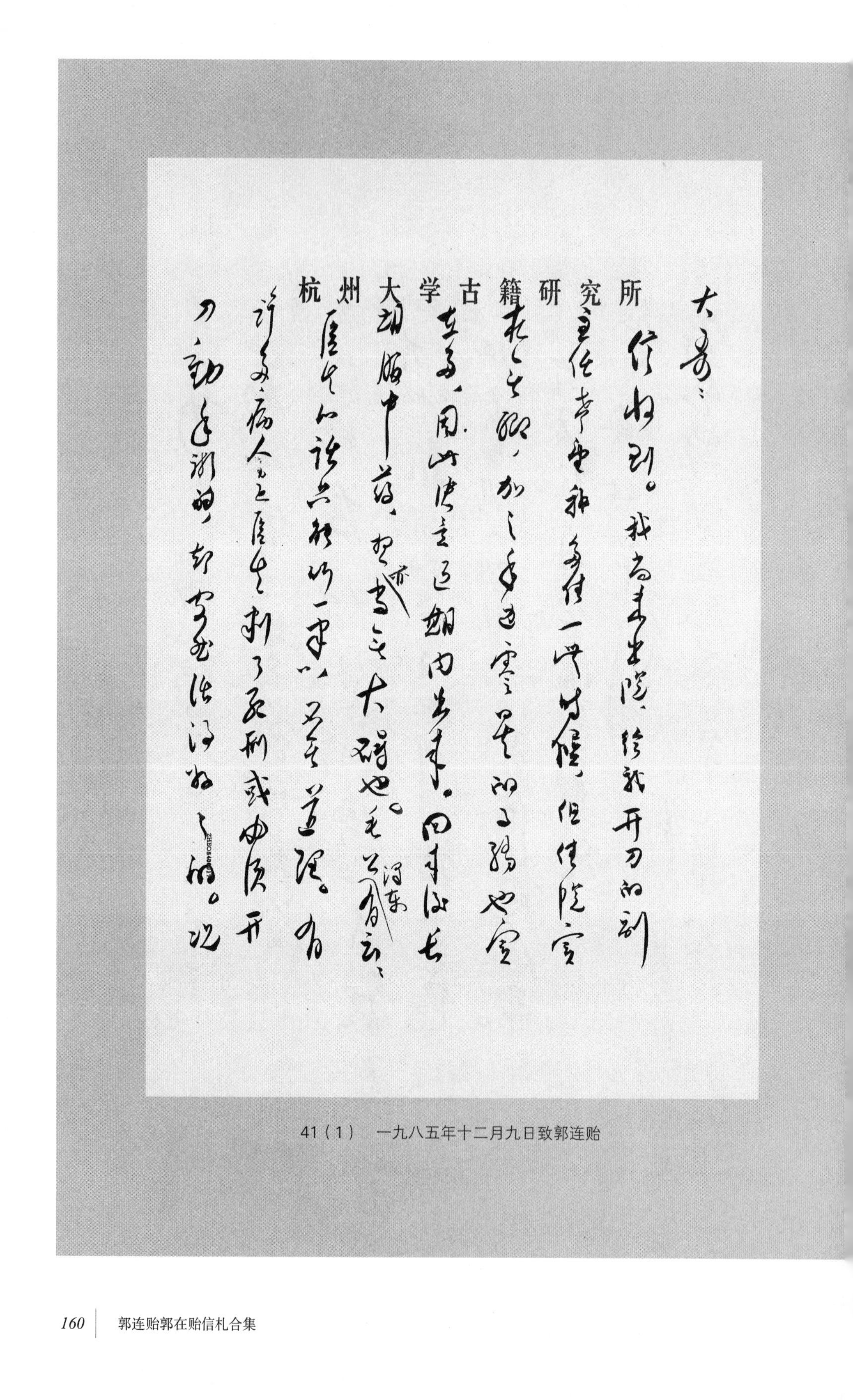

杭州大学古籍研究所

41（1）　一九八五年十二月九日致郭连贻

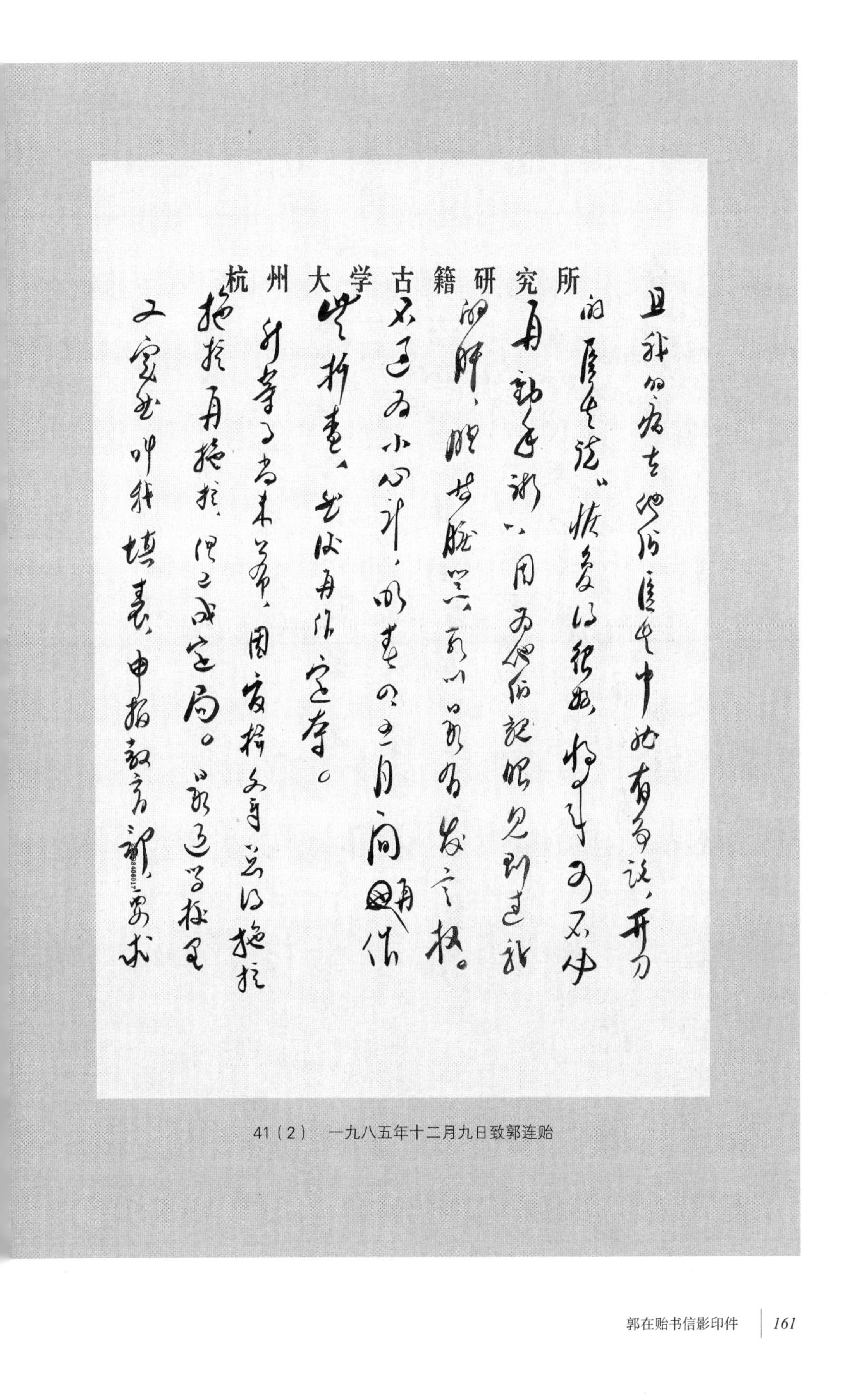

杭州大学古籍研究所

41（2） 一九八五年十二月九日致郭连贻

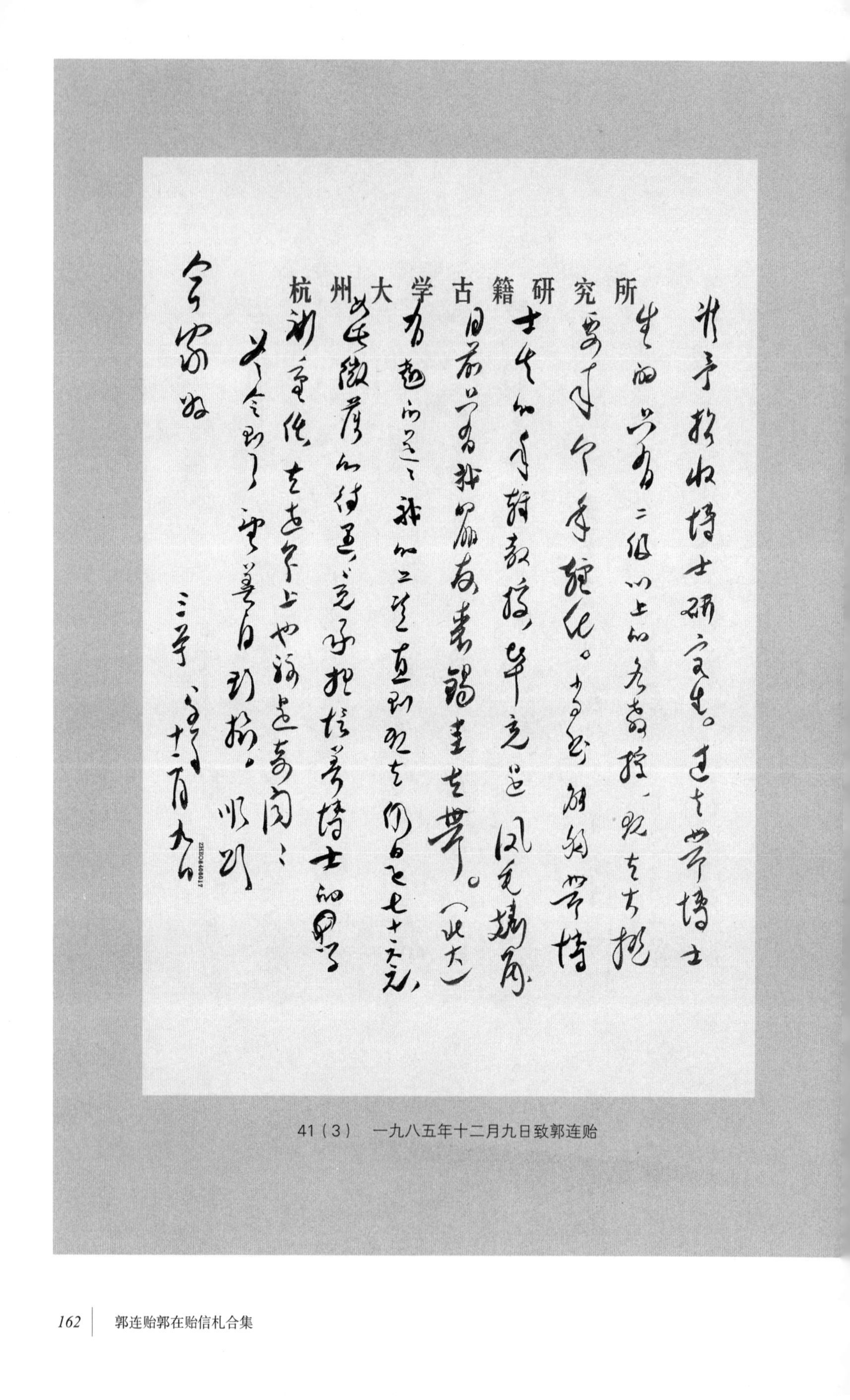

杭州大学古籍研究所

41（3） 一九八五年十二月九日致郭连贻

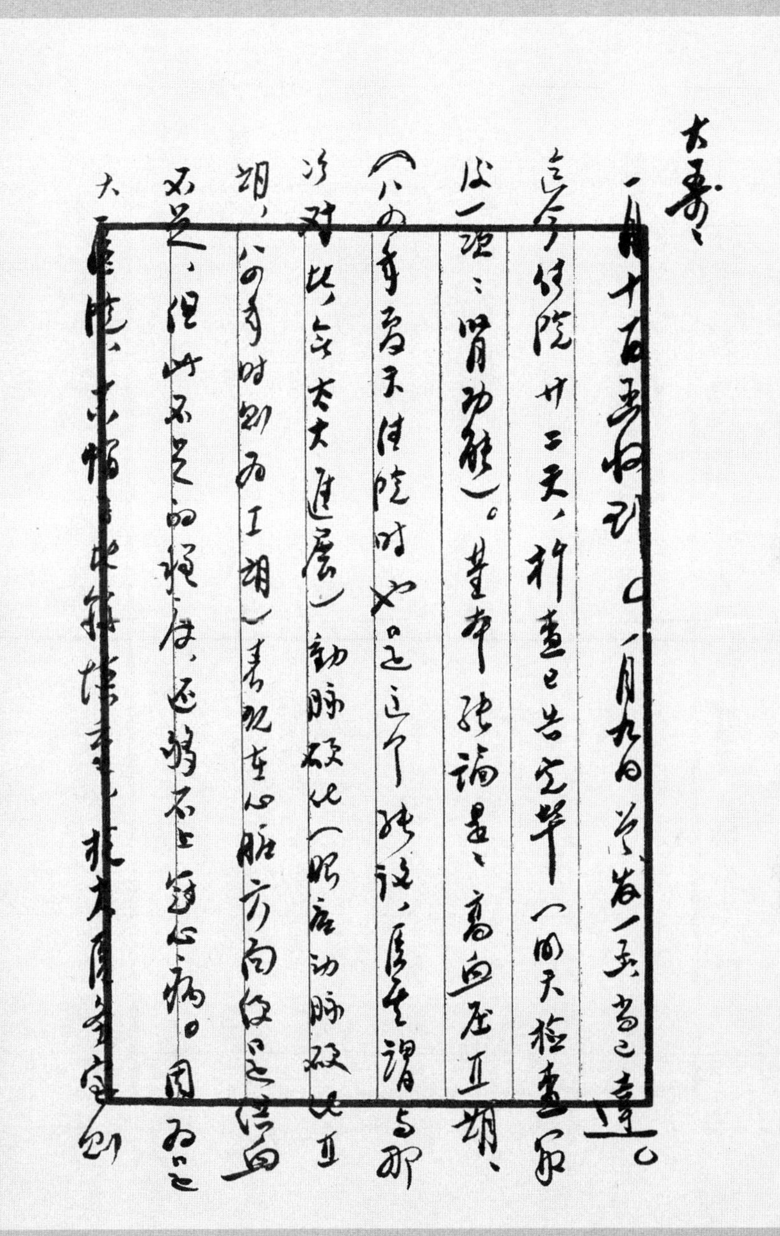

大勇：

一月十日来函收到。一月九日寄去一函，当已达。这次住院廿二天，检查已告完毕（一开头检查尿、以[illegible]脏、胃功能）。基本结论是：高血压Ⅱ期，（八四年为天津住院时也已这个程度，医生谓与那次对比，无太大进展）动脉硬化（眼底动脉硬化Ⅱ期，八四年时则为Ⅰ期）表现在心脏方面仅只是供血不足，但此不足的程度，还够不上冠心病。因而已大

[illegible]

42（1）　一九八六年一月十六日致郭连贻

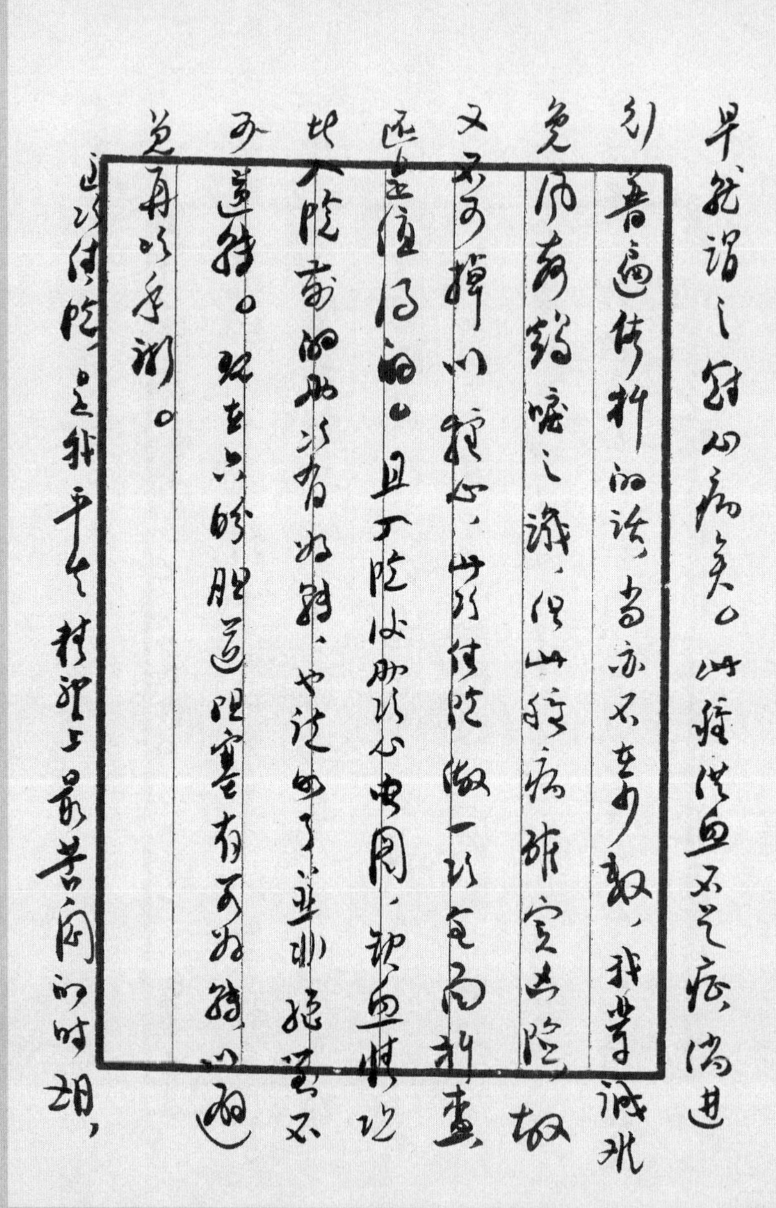

42（2） 一九八六年一月十六日致郭连贻

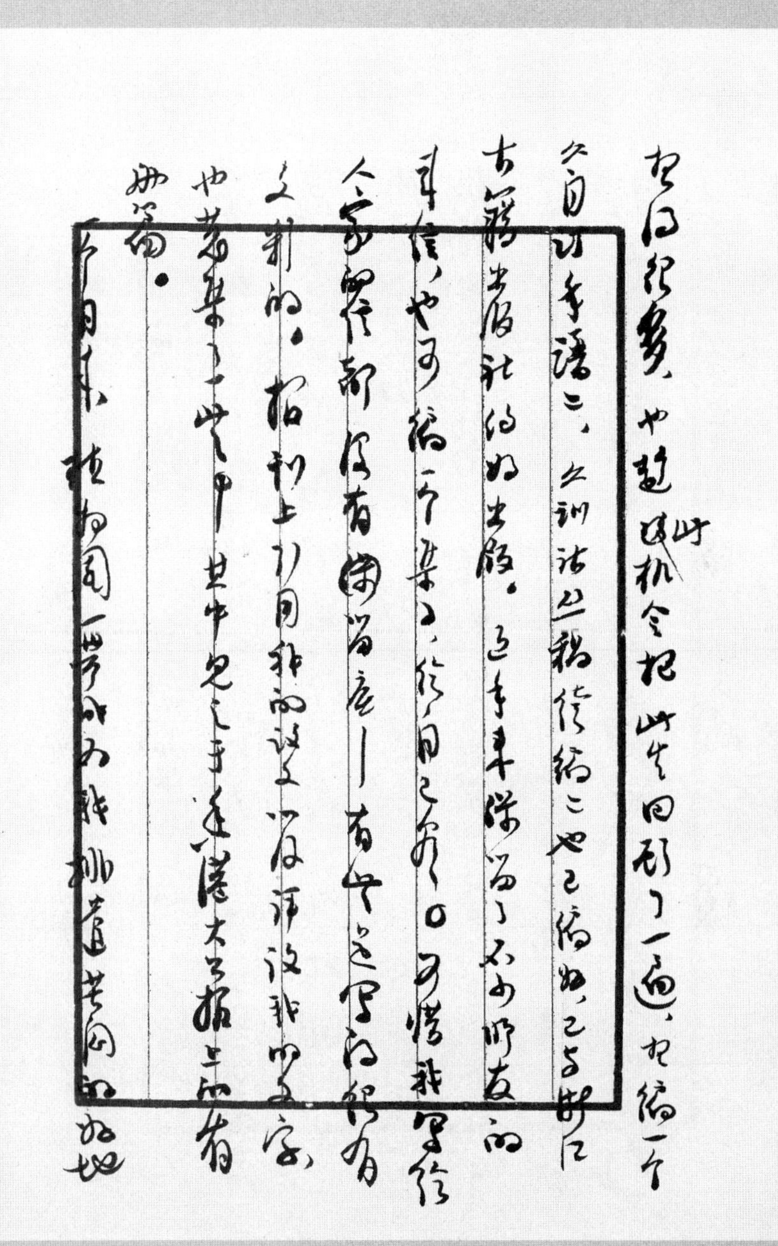

42（3） 一九八六年一月十六日致郭连贻

42（4） 一九八六年一月十六日致郭连贻

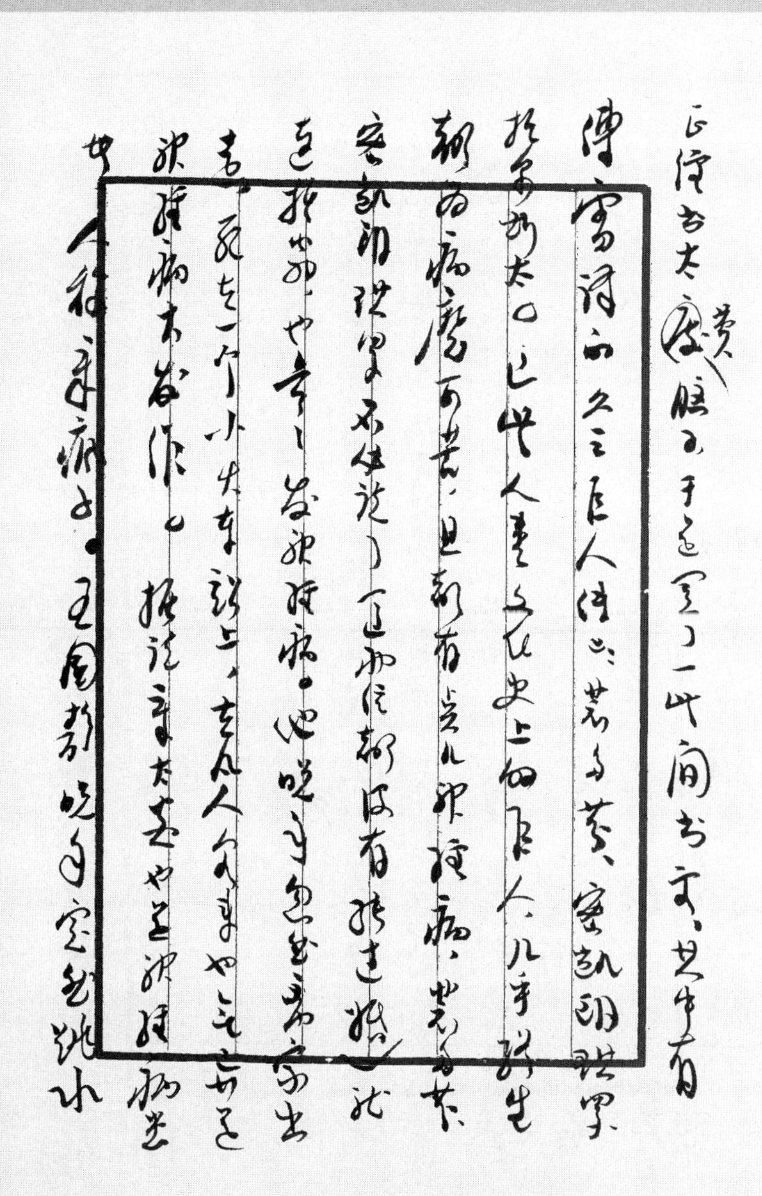

42（5） 一九八六年一月十六日致郭连贻

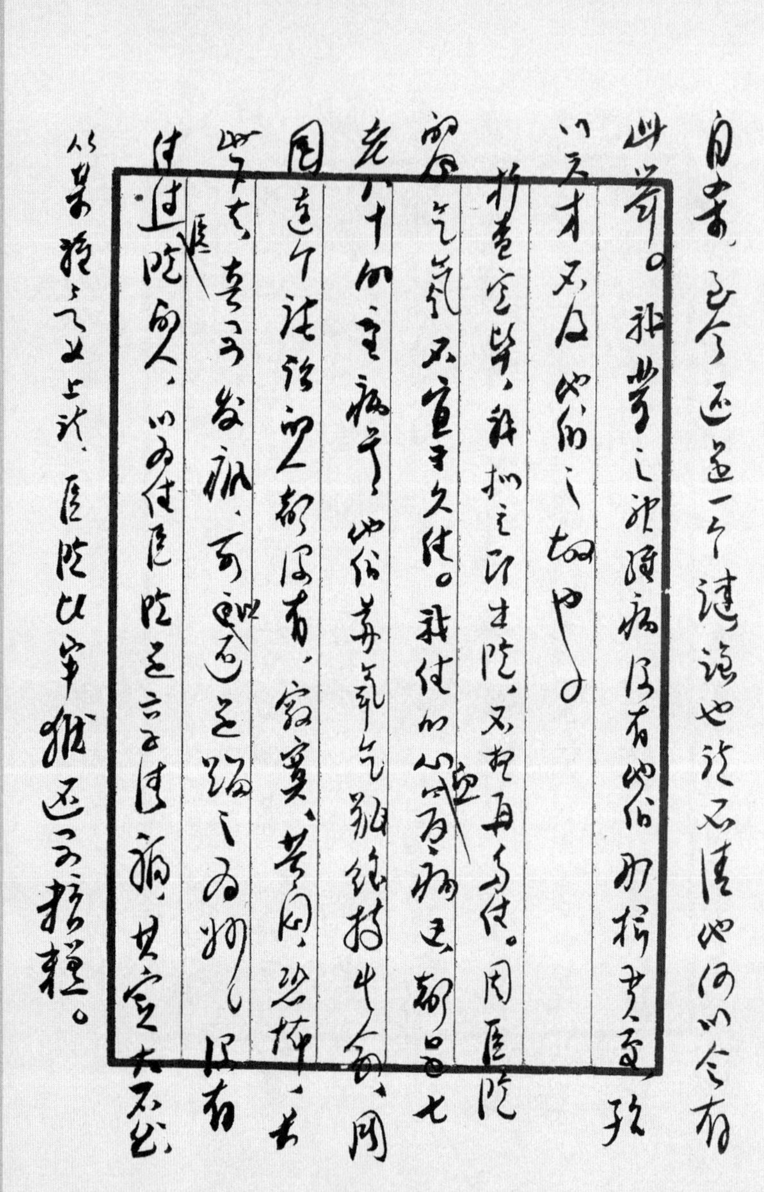

42（6） 一九八六年一月十六日致郭连贻

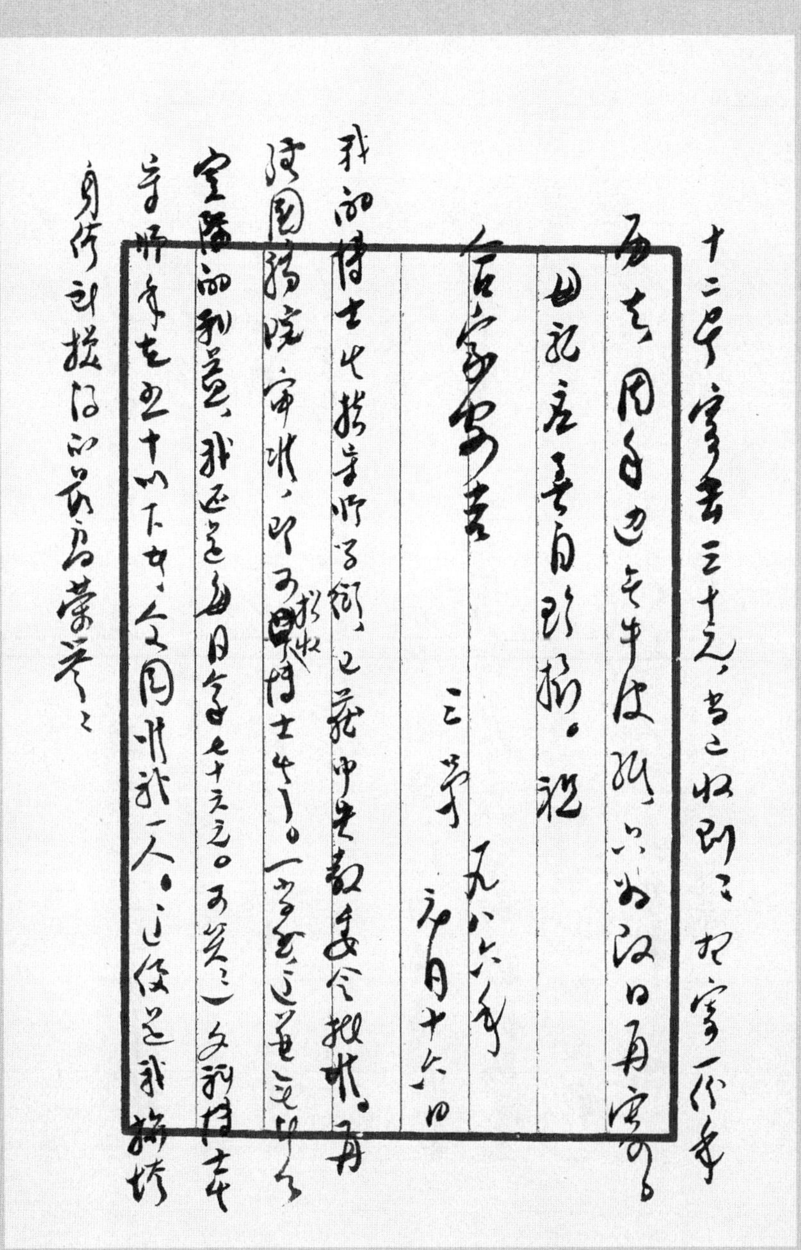
十二月寄去三十元，书已收到了。想寄一份年历去，因年也在年底，只好改日再寄了。田记今日看到报。祝

合家安吉

二萍 一九八六年元月十六日

我的博士生指导学术资格，已获中央学位委员会批准，再经国务院审批，即可（招收）博士生了。[illegible]我还是每日写[illegible]。[illegible]今年在五十岁以下者，全国仅我一人。这便是我的指导身份的批准的最高荣誉了。

42（7） 一九八六年一月十六日致郭连贻

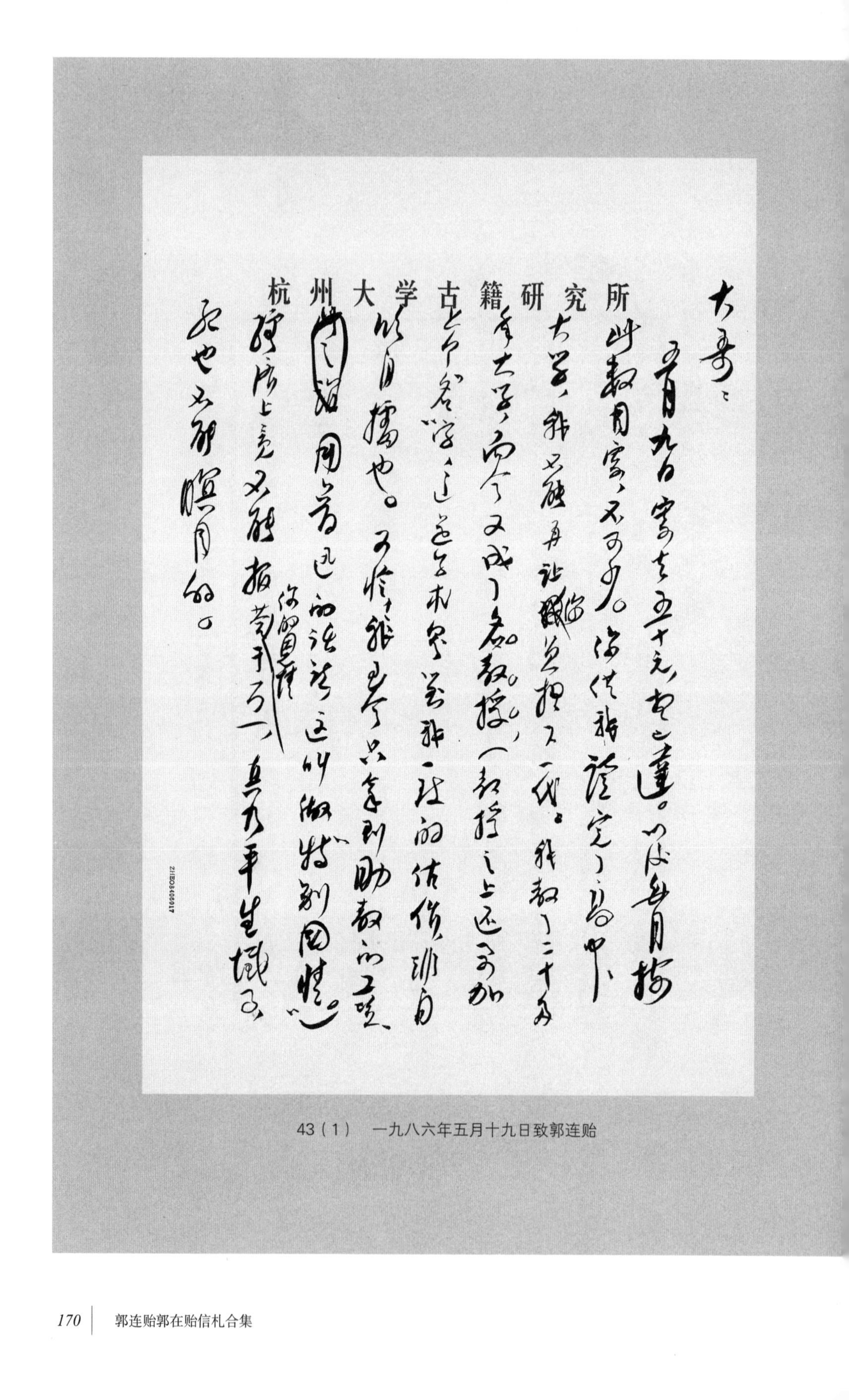

杭州大学古籍研究所

43（1） 一九八六年五月十九日致郭连贻

杭州大学古籍研究所

43（2） 一九八六年五月十九日致郭连贻

杭州大学古籍研究所

如果趁此文献大会去京，自以为好也。抓一抓，或能将手回校，以促文献速出。

祝

阖家安吉

三哥在贻

五月十九日

43（3） 一九八六年五月十九日致郭连贻

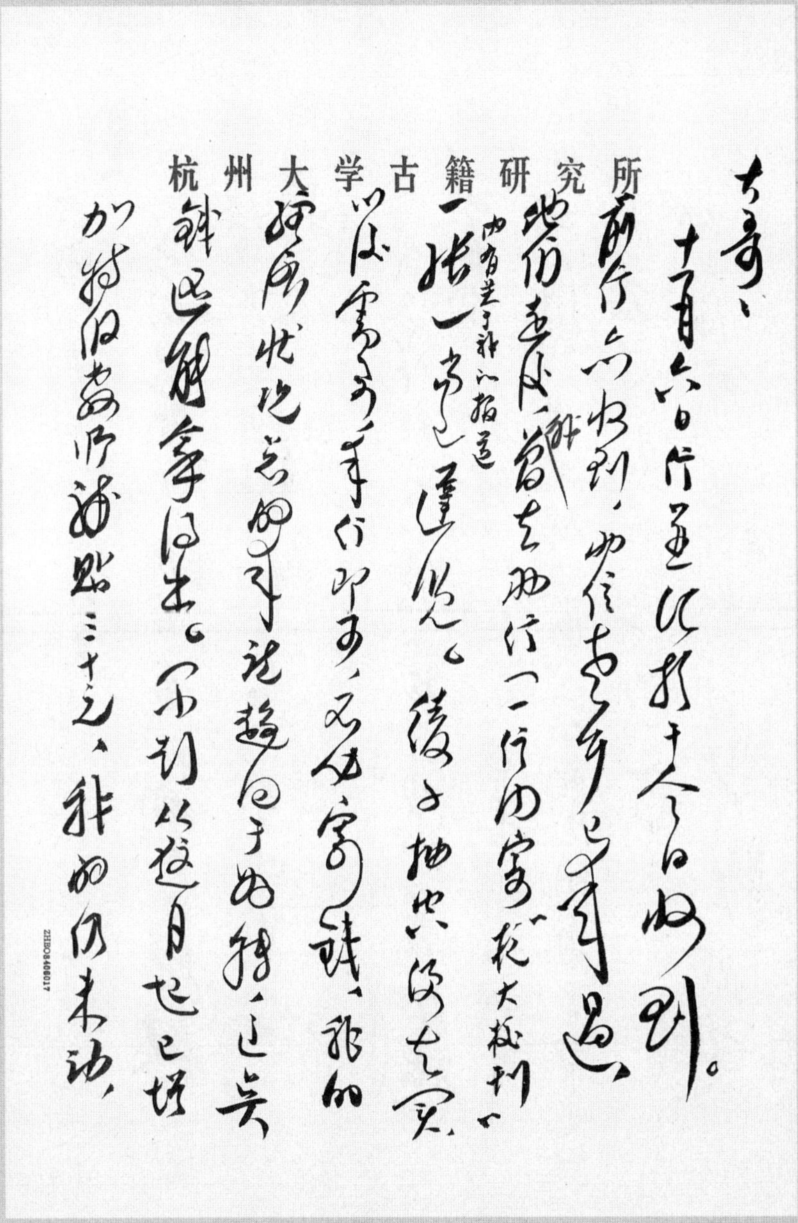

杭州大学古籍研究所

44（1） 一九八六年十一月十日致郭连贻

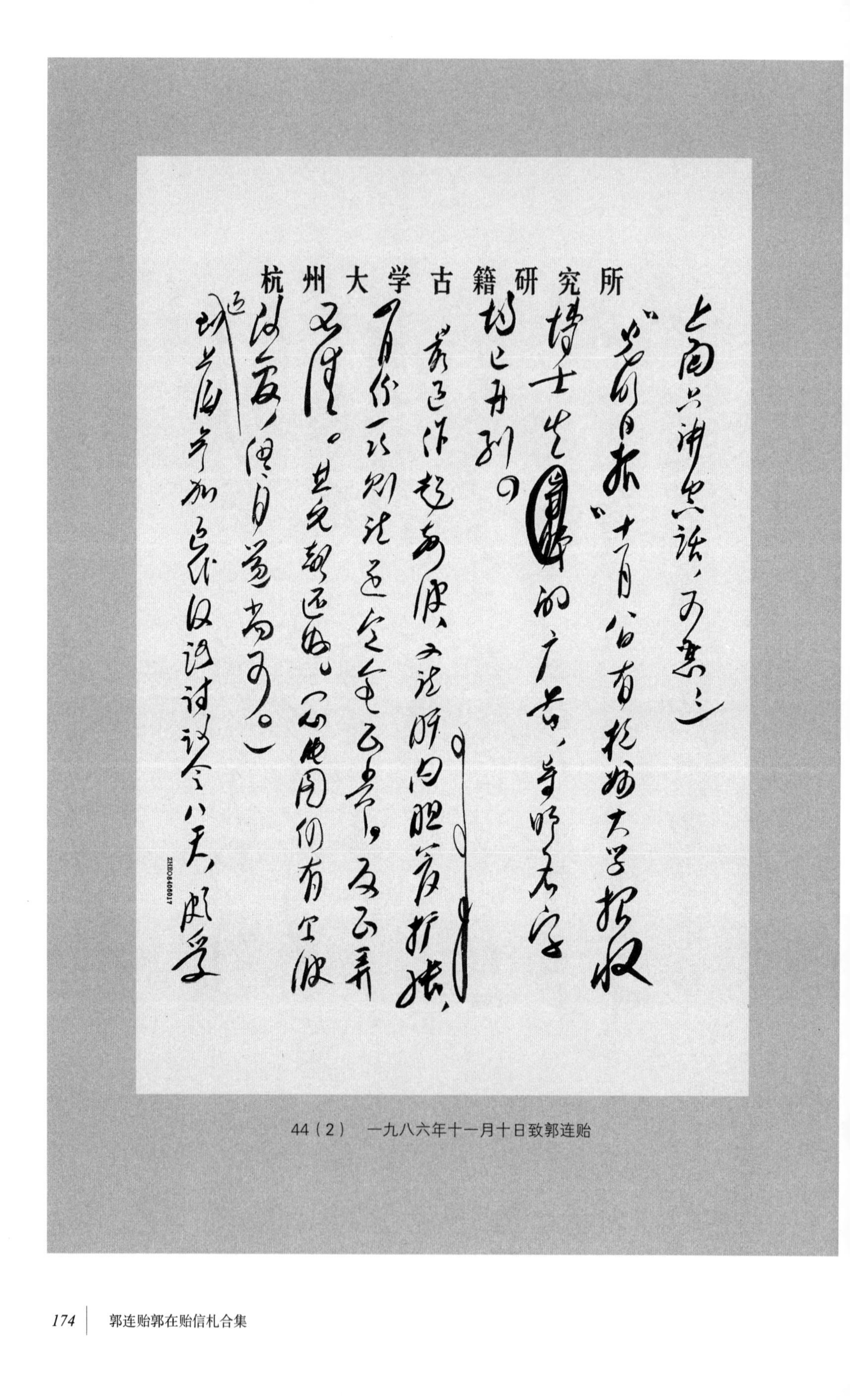

杭州大学古籍研究所

44（2） 一九八六年十一月十日致郭连贻

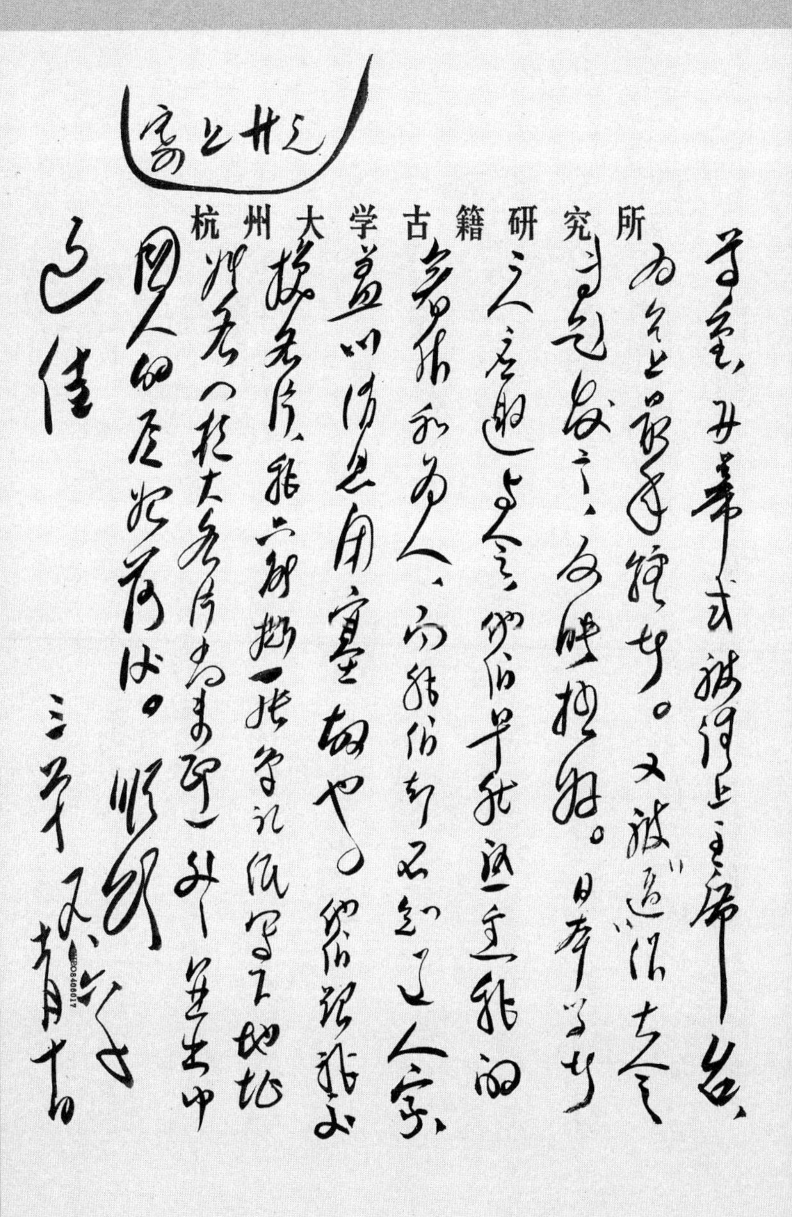

杭 州 大 学 古 籍 研 究 所

44（3） 一九八六年十一月十日致郭连贻

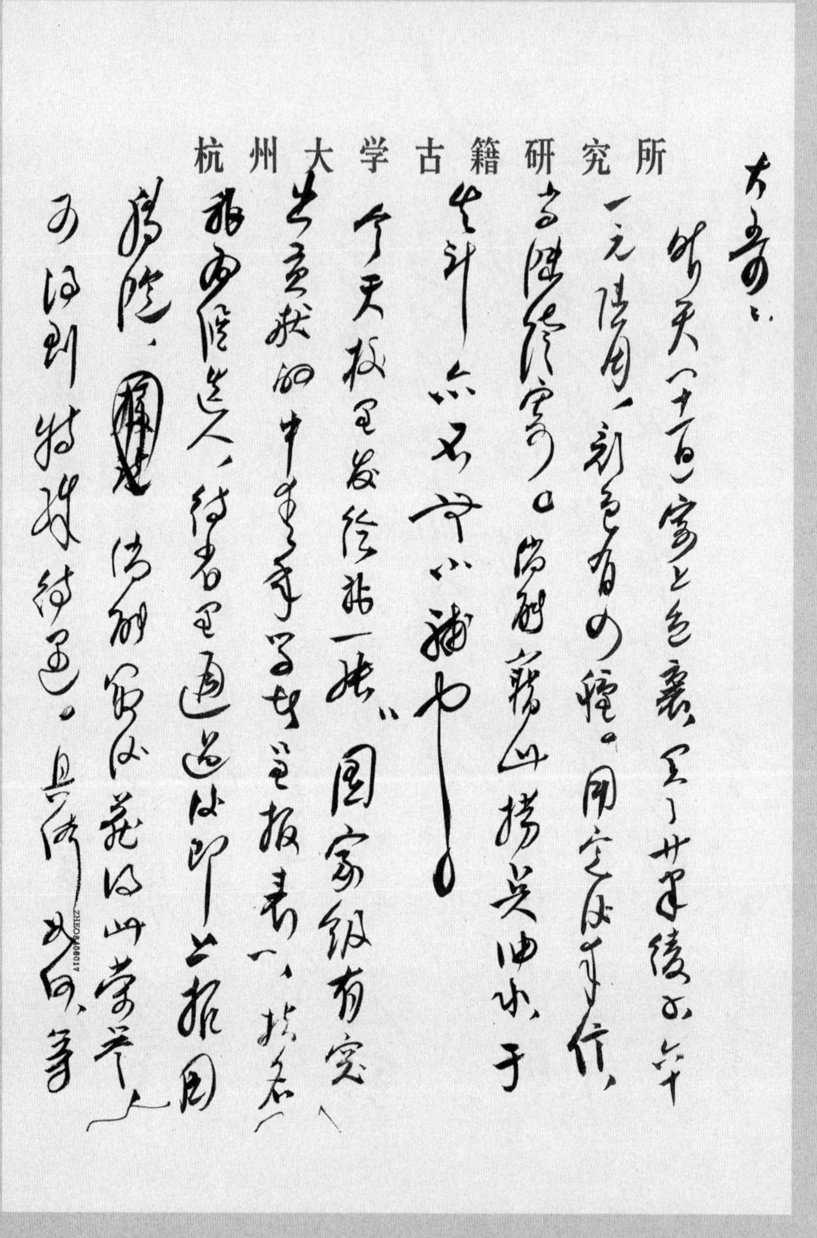

杭州大学古籍研究所

45（1）　一九八六年十一月十二日致郭连贻

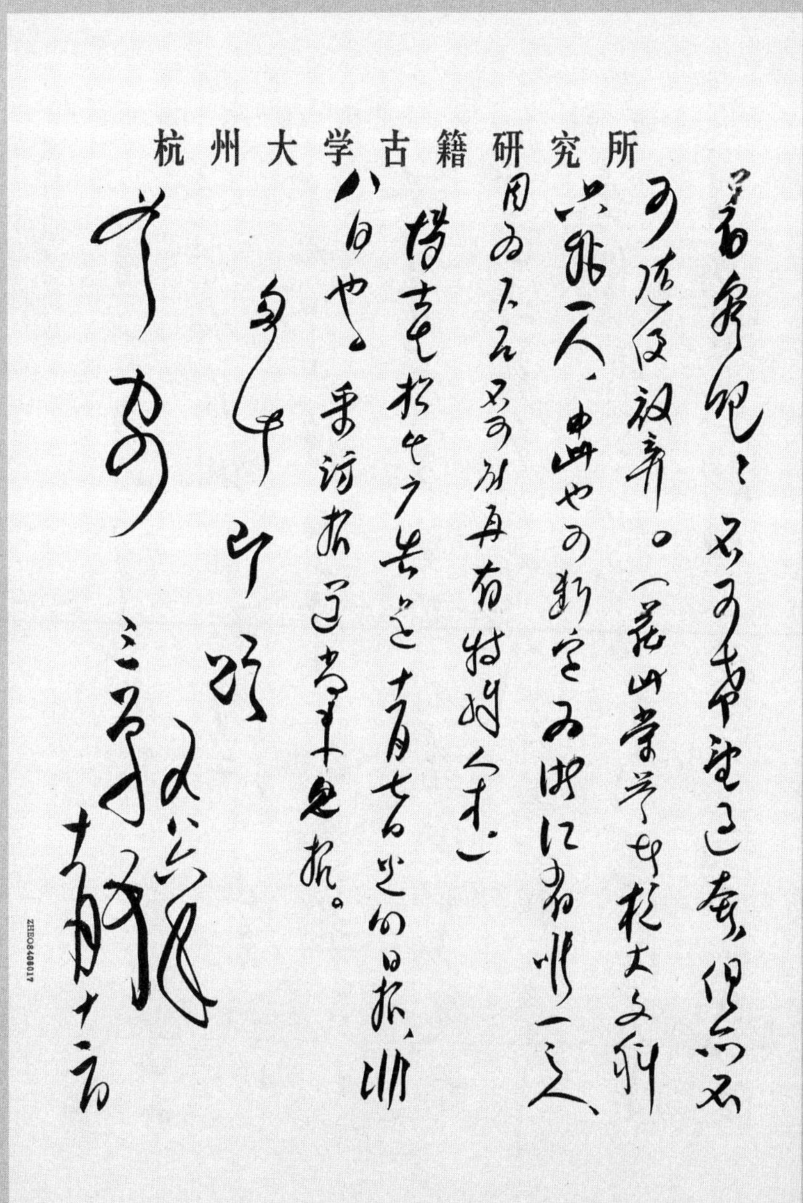

杭州大学古籍研究所

45（2） 一九八六年十一月十二日致郭连贻

杭州大学古籍研究所

大哥：

前信收到。信中所描述的心脏病病状，非[illegible]，当是初次出现早搏的一种表现。第一次出现早搏的人，大抵都有此感觉，有的还要紧张一些，以为是心脏彷彿要停顿，又[illegible]跳出来似的，同时伴有窒息、胸闷、心慌等不适感，但

46（1） 一九八七年二月十日致郭连贻

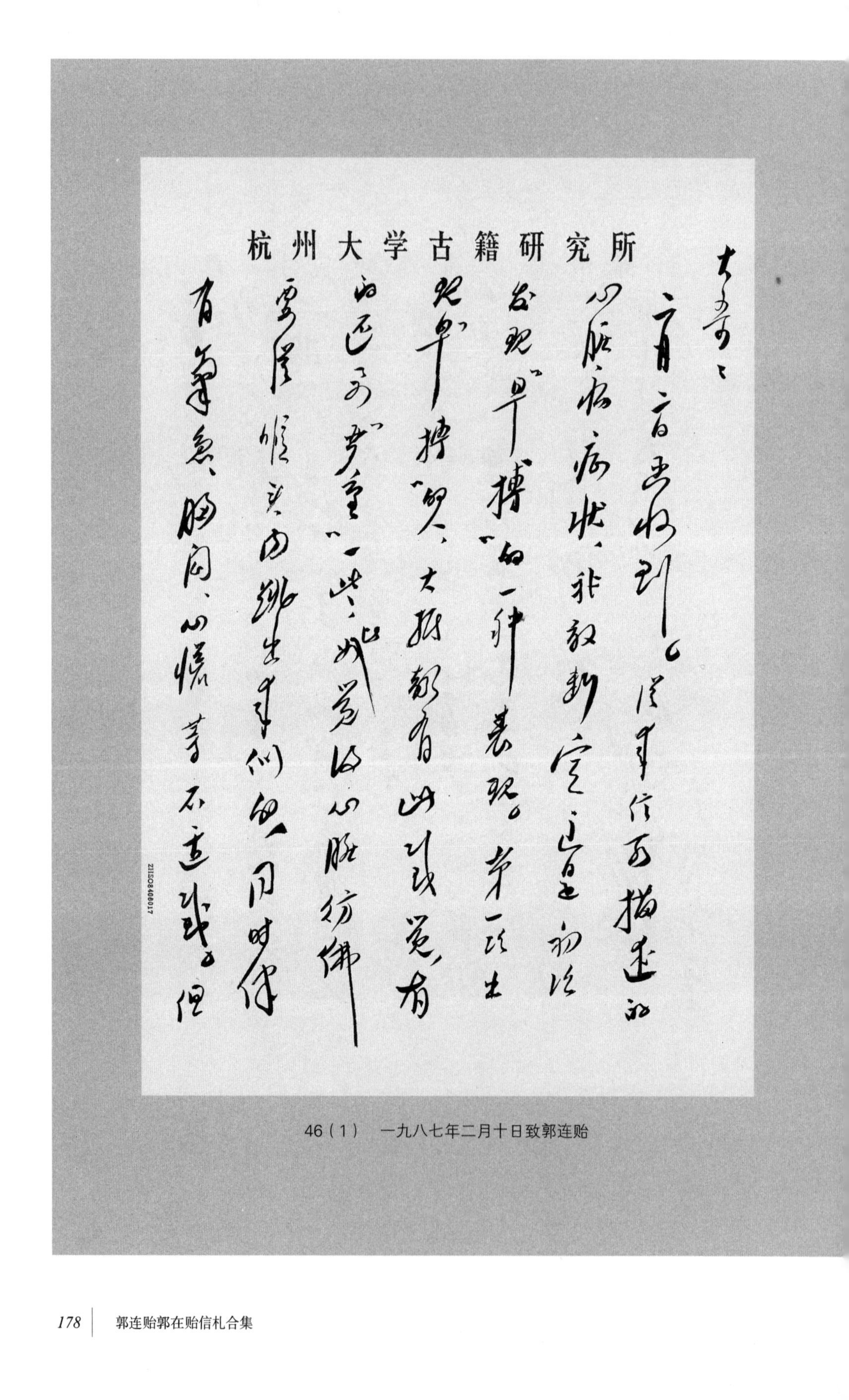

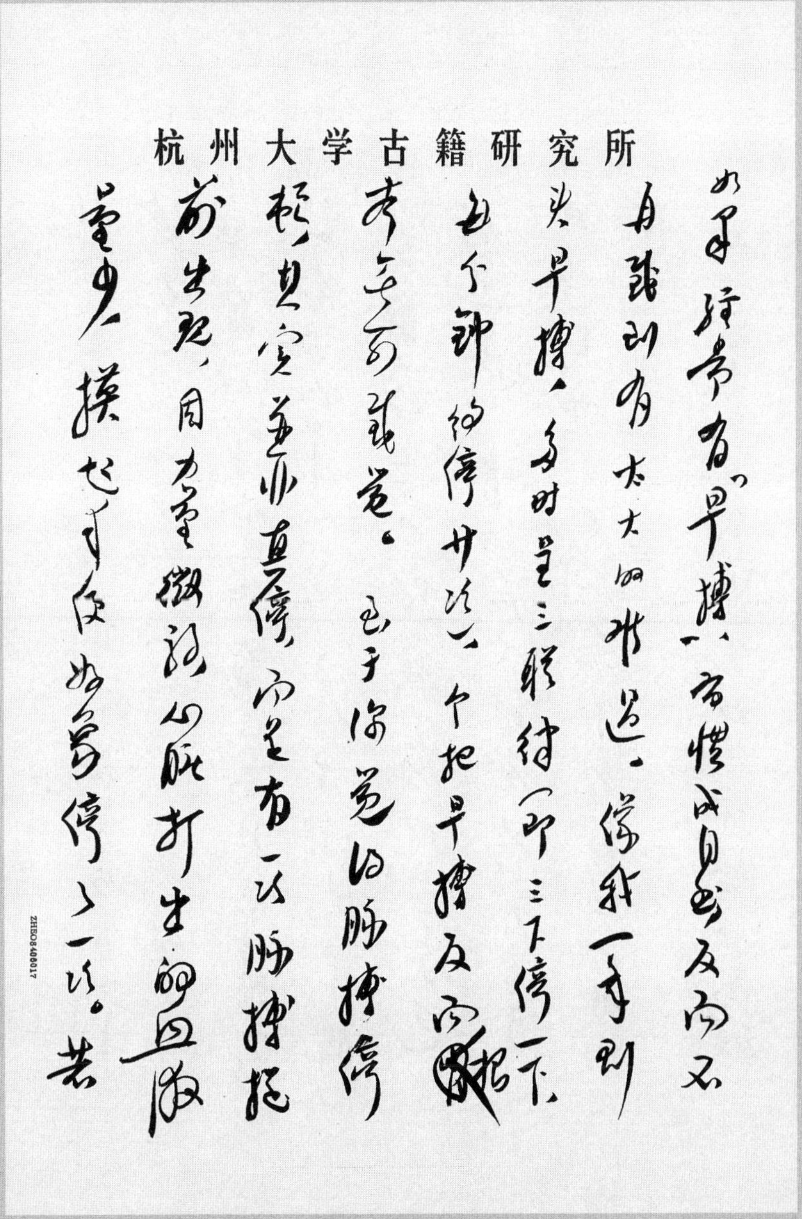

杭州大学古籍研究所

如果将来有了早搏，习惯成自然反而不自然。引为大大的非道。像我一年到头早搏，多时是三联律（即三下停一下），每分钟约停廿次，个把早搏反而把当它一回事。至于你说的脉搏停顿，其实并非真停，而是有一次脉搏提前出现，因为力量微弱，心脏打出的血液量少，摸也摸不到，好像停了一次。若

ZHE08408017

46（2） 一九八七年二月十日致郭连贻

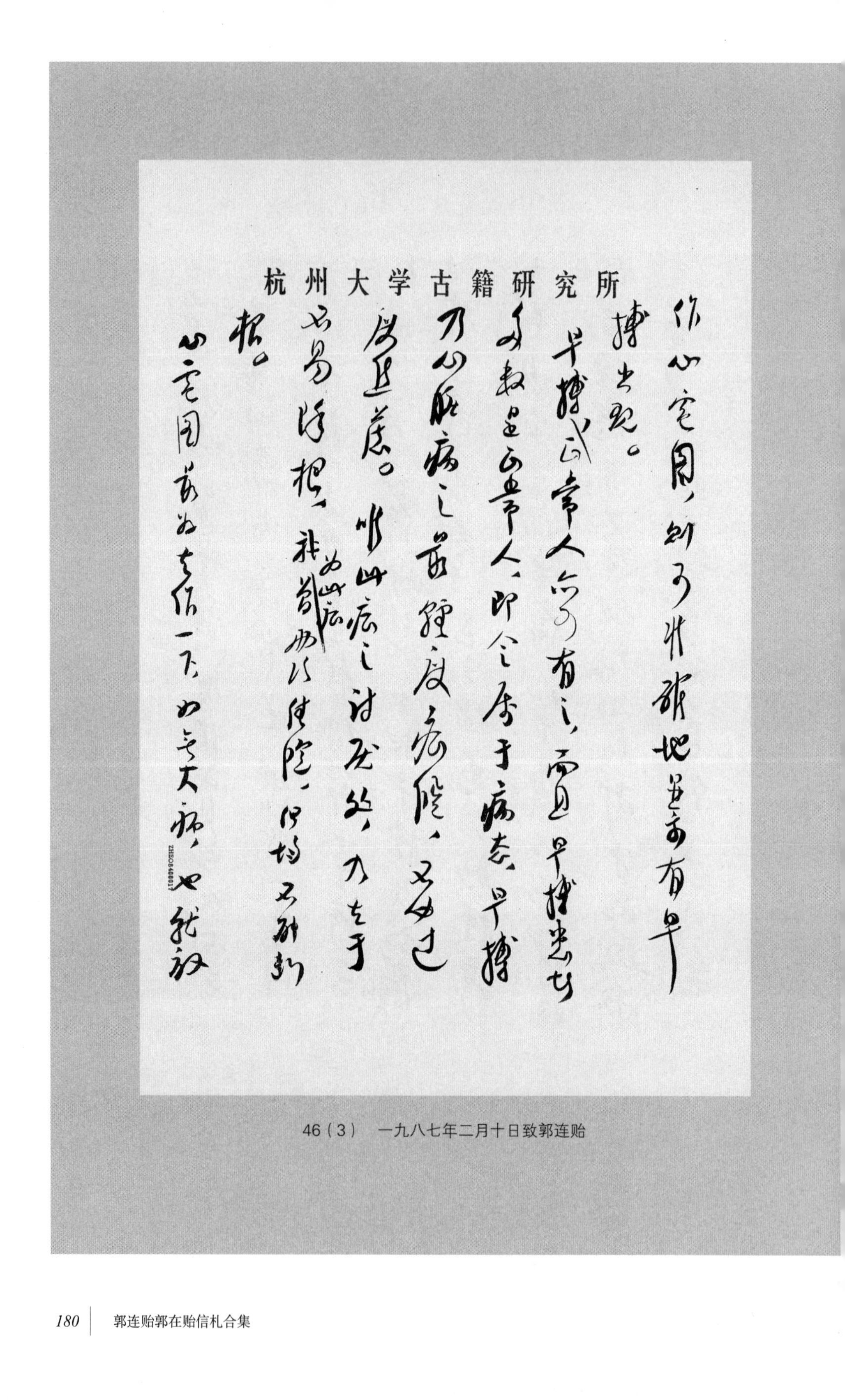

杭州大学古籍研究所

46（3） 一九八七年二月十日致郭连贻

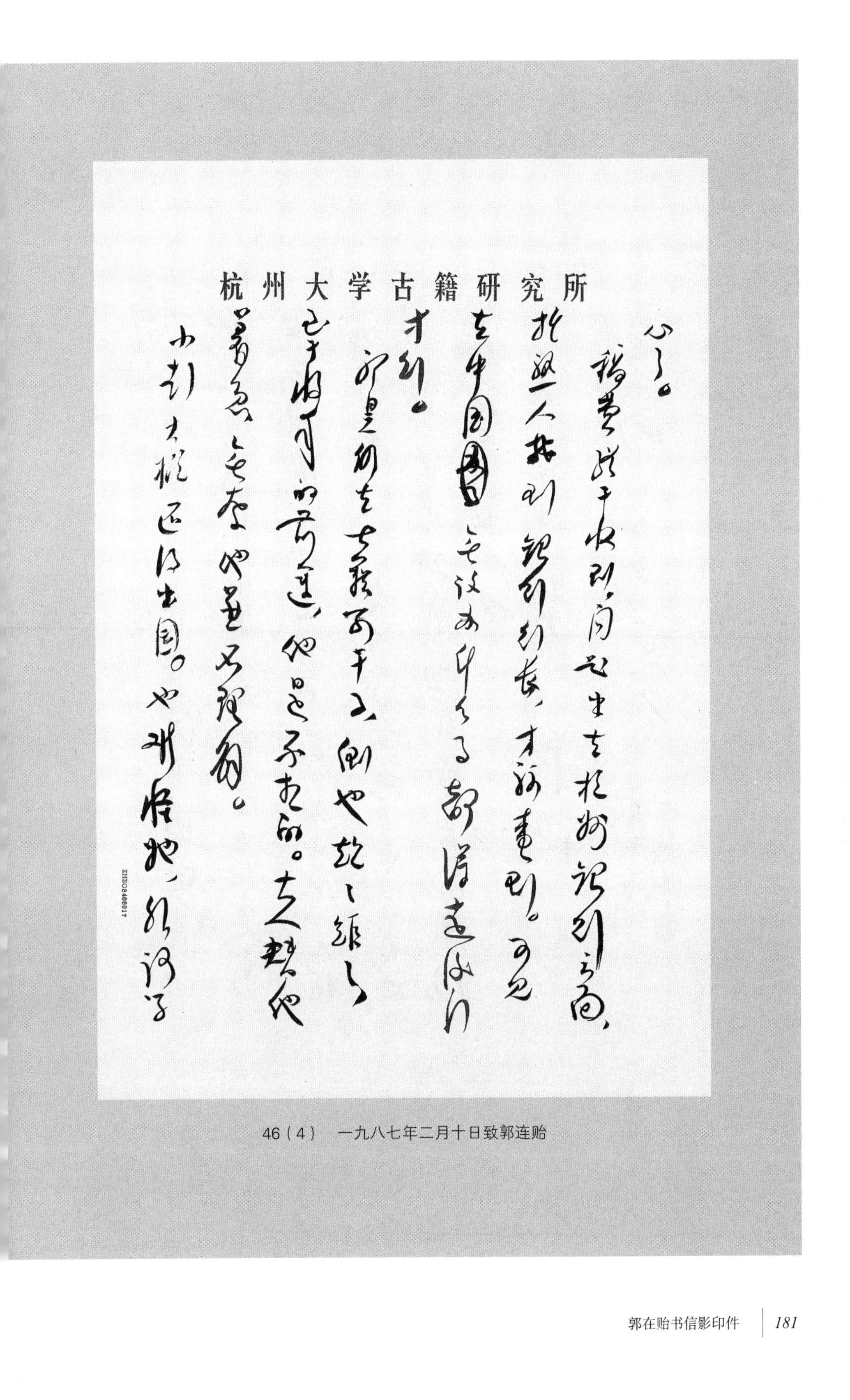

杭州大学古籍研究所

46（4） 一九八七年二月十日致郭连贻

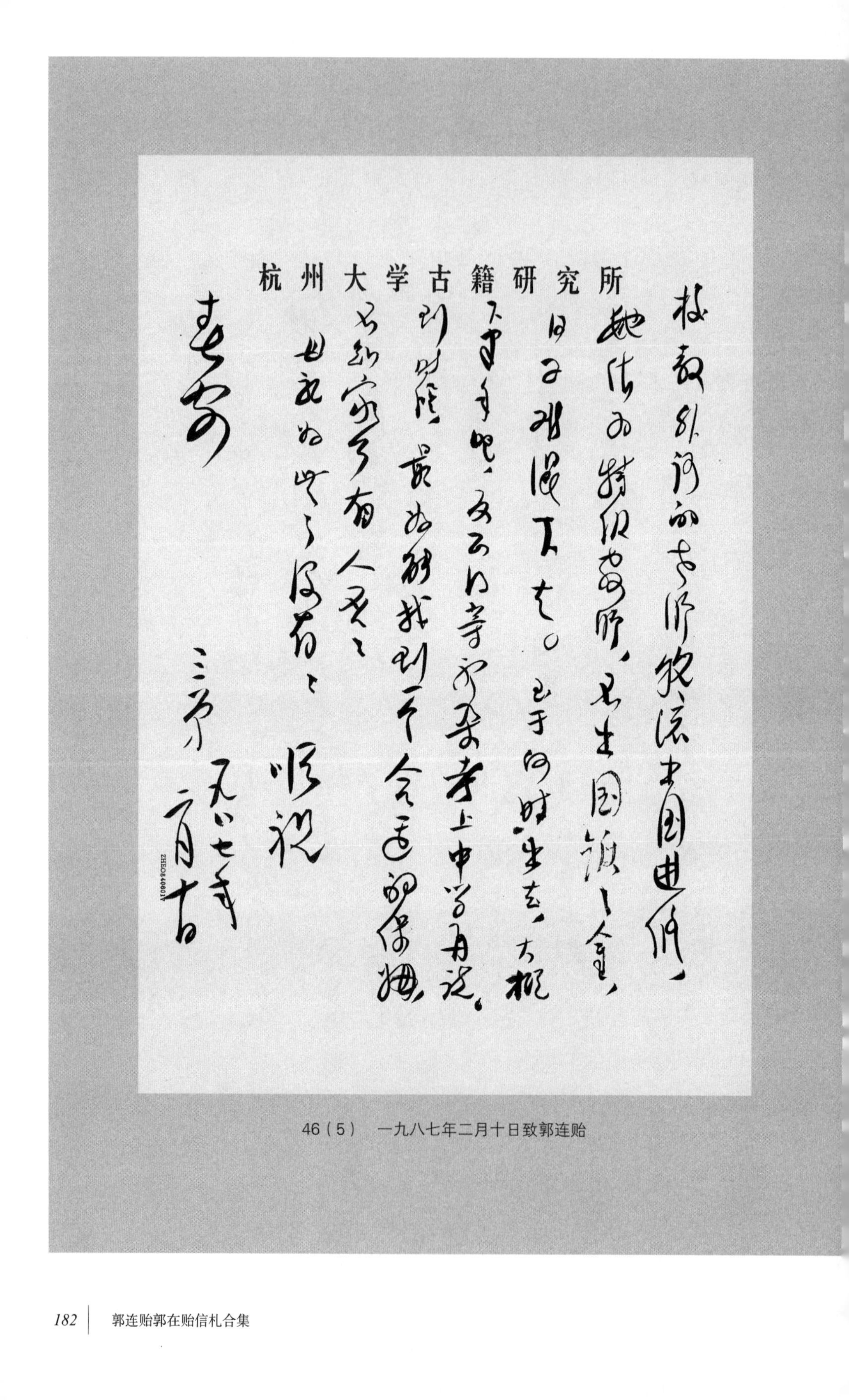

杭州大学古籍研究所

46（5） 一九八七年二月十日致郭连贻

中國敦煌吐魯番學會語言文學分會

大姊姊：

五日寄出包裹一只，内茶叶五斤，八日寄出廿元，九日又寄出包裹一只，内袜子廿双，请注意查收。袜子只此三种花色，价钱很平，比去年贵了好多（记得去年是三元五角一双，今则三元六角一双）。大伯最难买的是肉、鱼、蔬菜等生活必需品，周家再不要取

47（1）　一九八七年九月十日致郭连贻

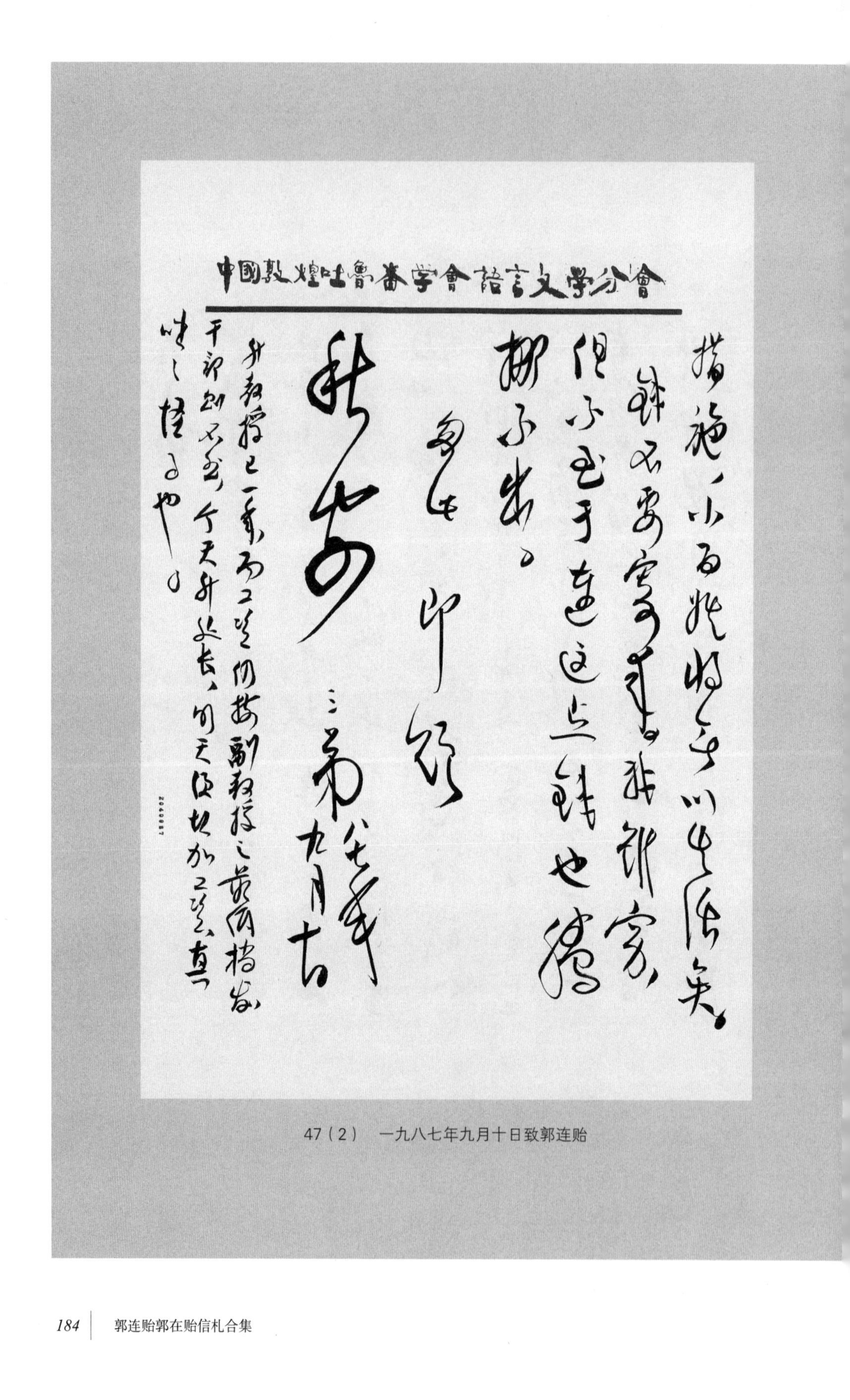

中國敦煌吐魯番學會語言文學分會

47（2） 一九八七年九月十日致郭连贻

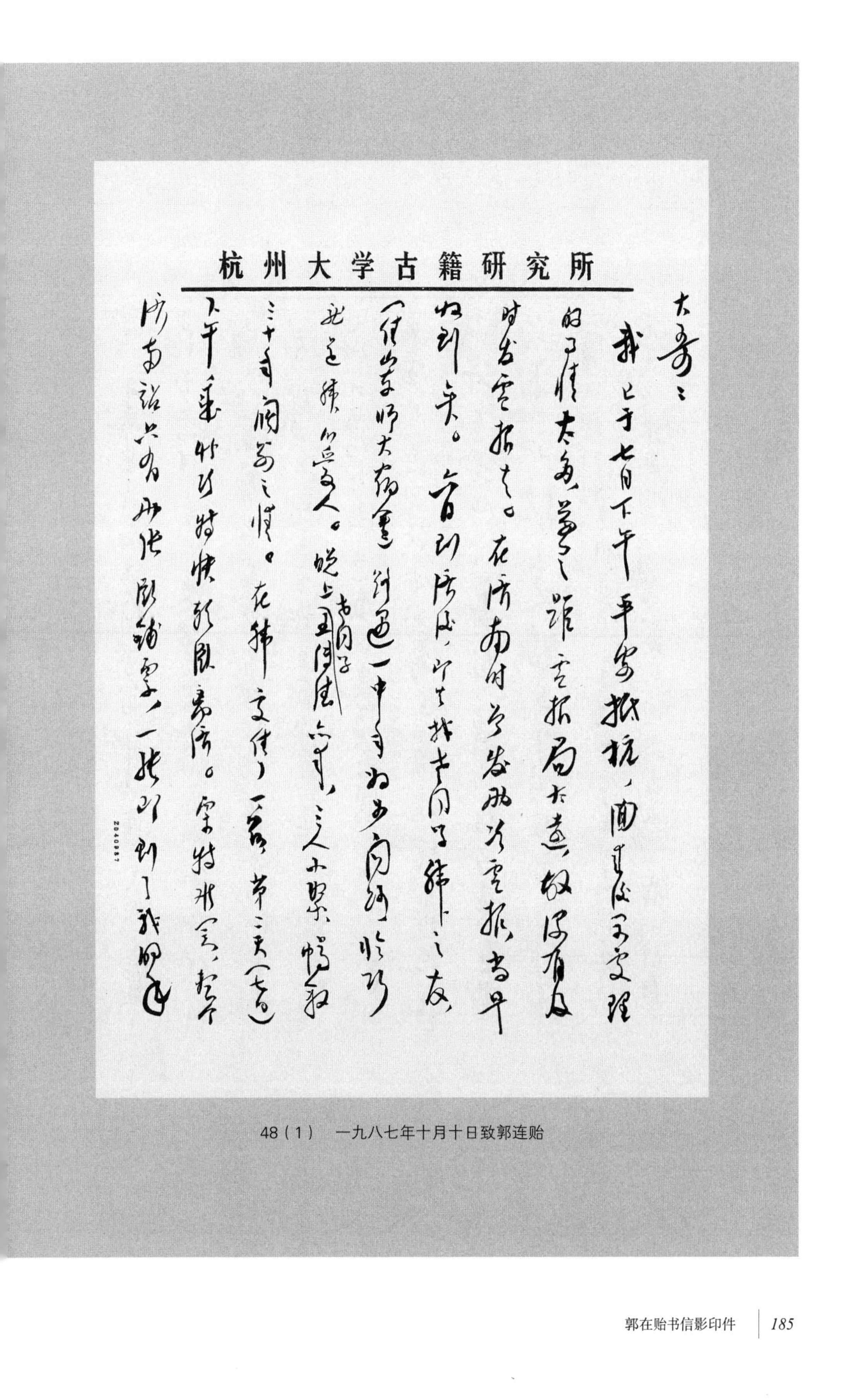

杭州大学古籍研究所

48（1） 一九八七年十月十日致郭连贻

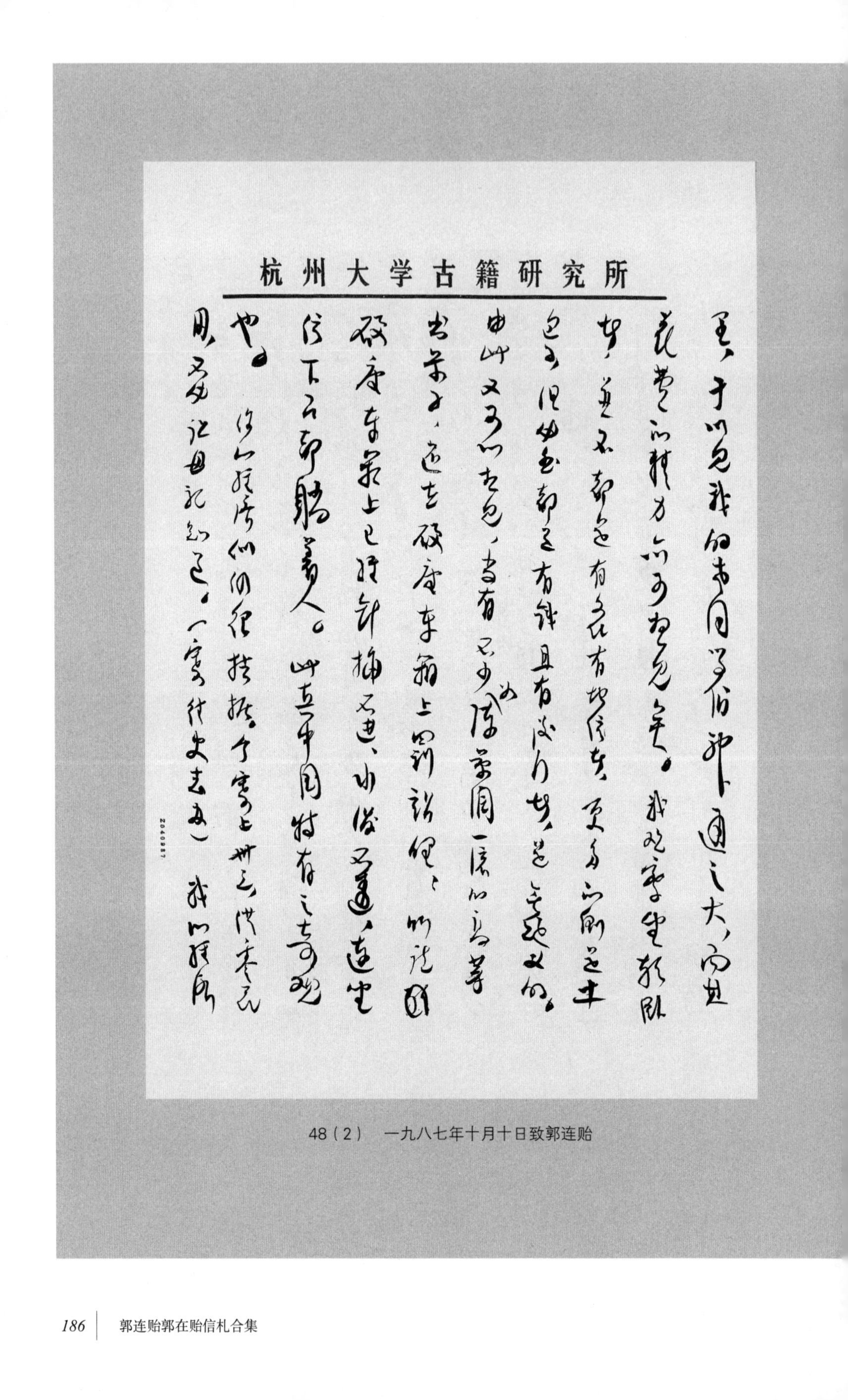

杭州大学古籍研究所

48（2） 一九八七年十月十日致郭连贻

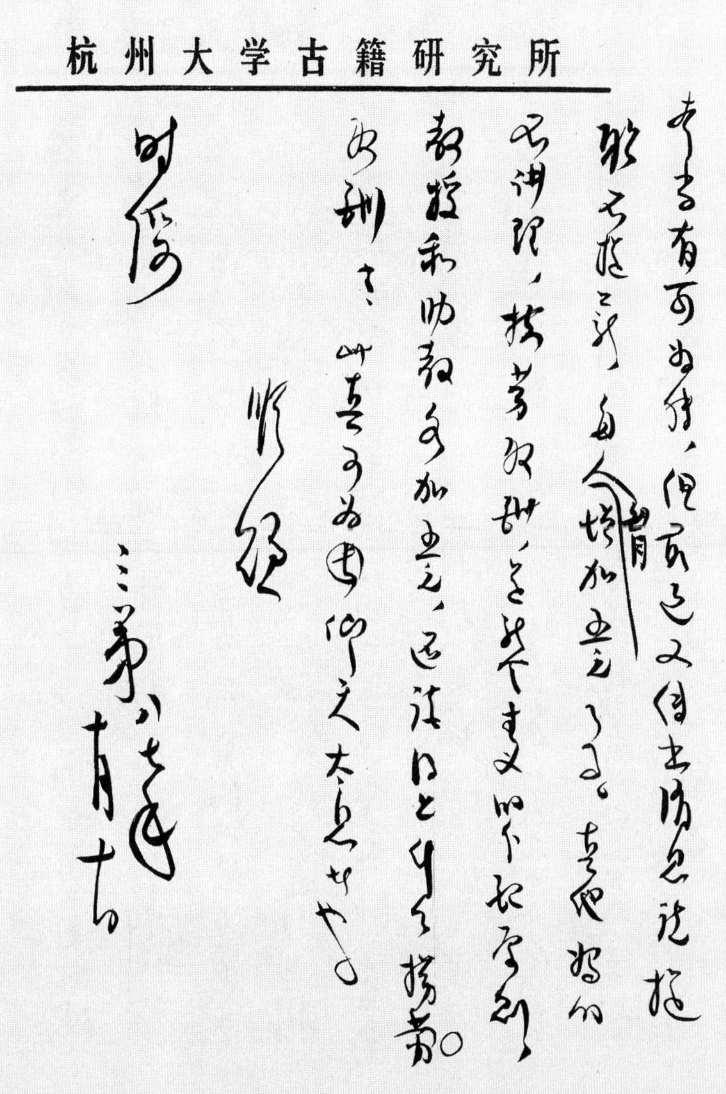

杭州大学古籍研究所

48（3） 一九八七年十月十日致郭连贻

中國敦煌吐魯番学會語言文学分會

大哥：

元月廿五日才收到了。近来很忙，开了十天的政协会，中间还抽出两天时间到武汉华中师大主持张舜徽教授（著名学者、前副校长的学者，大部头著作廿几部，二三千万字）的博士生答辩，飞机来去。政协会议期间收到来信，今天抽空上街转了一圈。练字纸有一种颜色好的，是四尺十张宣纸，结合了别样颜色的，再买四尺十张宣纸。宣纸已由小包寄去四尺，因邮局不收，只寄四尺一卷，未必合用。包裹大约二五天后可到达。

49（1） 一九八八年二月一日致郭连贻

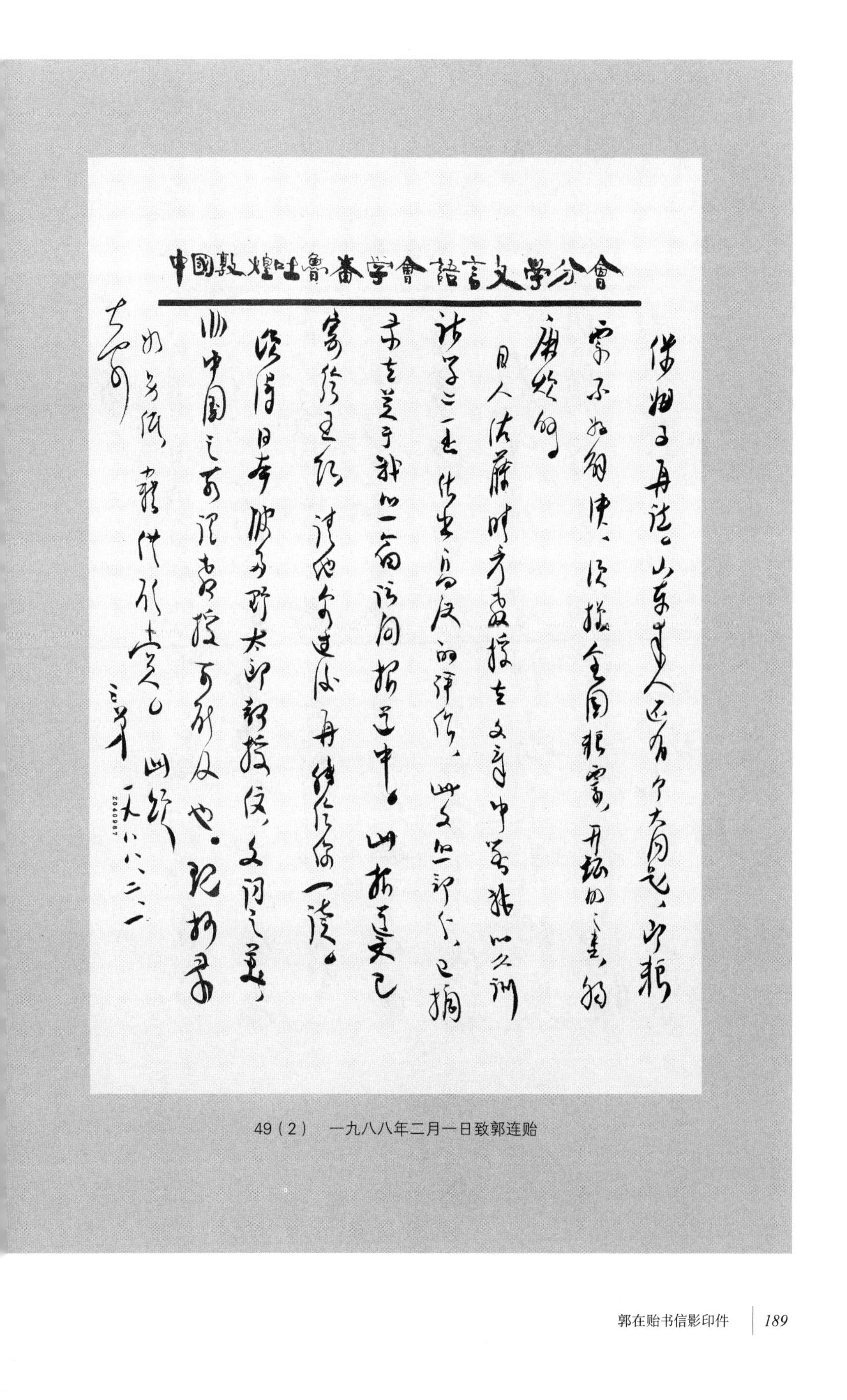

中國敦煌吐魯番學會語言文學分會

49（2） 一九八八年二月一日致郭连贻

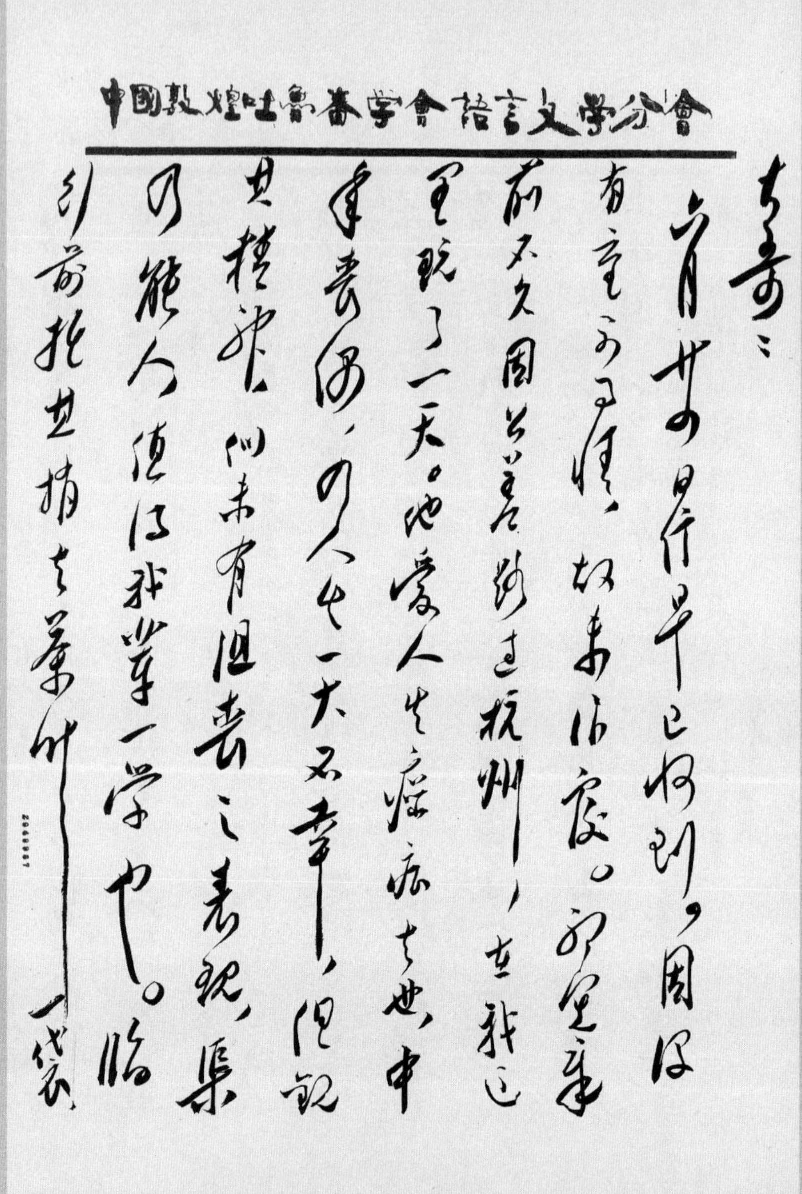

中國敦煌吐魯番學會語言文學分會

连贻：

六月廿四日信早已收到，因[illegible]有[illegible]子侄，故未作复。[illegible]前不久因公差路过杭州，在我这里玩了一天。他爱人生癌症去世，中年丧偶，亦人生一大不幸，但观其精神，似未有因丧之表现，渠乃能人，值得我辈一学也。临别前，托其捎去茶叶——一袋，

50（1） 一九八八年七月十三日致郭连贻

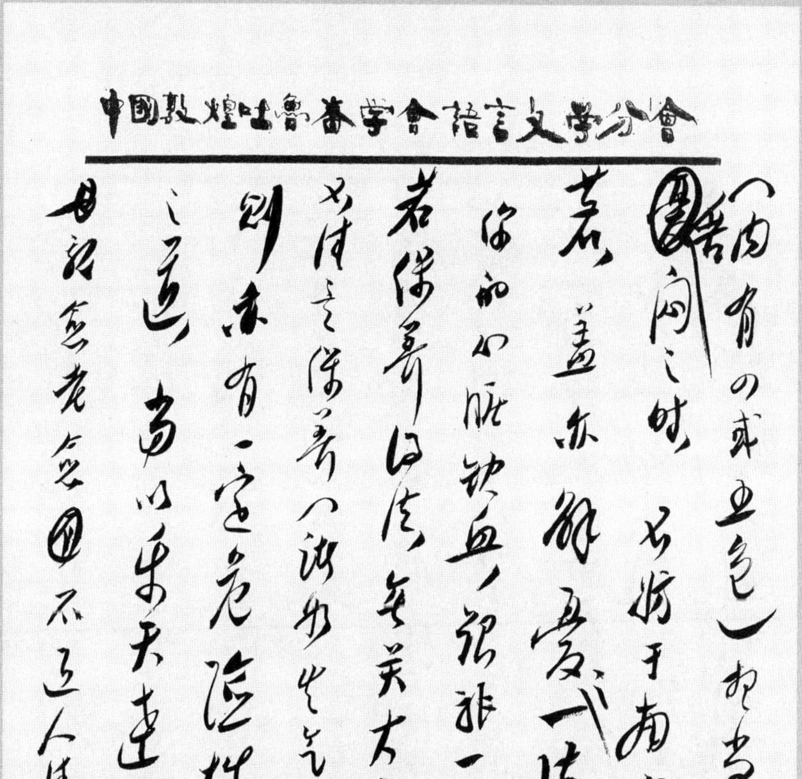

中國敦煌吐魯番學會語言文學分會

50（2） 一九八八年七月十三日致郭连贻

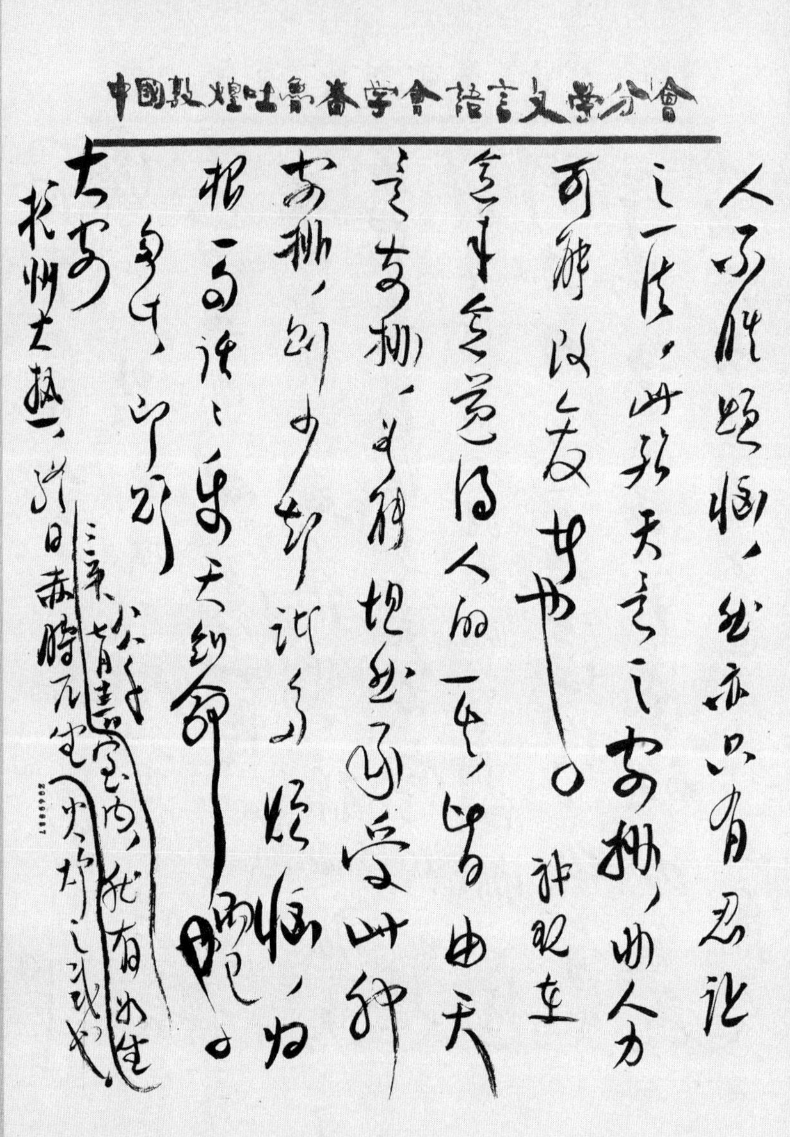

中國敦煌吐魯番學會語言文學分會

50（3） 一九八八年七月十三日致郭连贻

杭州大学古籍研究所

大哥：

九月六日信收到了。九月廿六日曾用快挂寄去《文史知识》一本，未得来信复，大概还未收到。我的治学之道已在该刊刊出，该期封面并附有照片和小传。文虽不长，但集中反映了我的学术观点，故望你认真一读也。望收到后即写信告我，如收不到，我当再寄上一本。

来杭最好是在十月份，因杭州之秋最是美好，春、夏、冬均可不必来也。十月份已转冷，不

51（1） 一九八八年十月十日致郭连贻

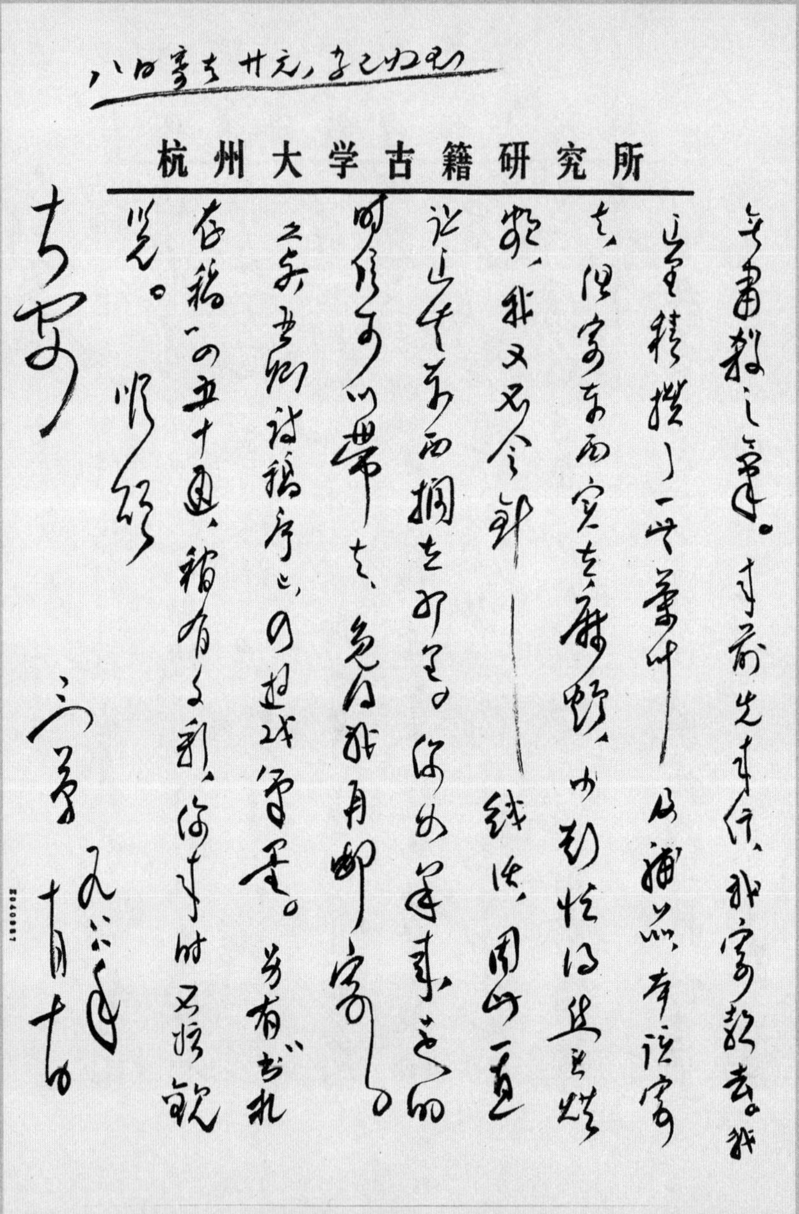

杭州大学古籍研究所

51（2） 一九八八年十月十日致郭连贻

郭连贻（1930—2016）

郭连贻（1930—2016），山东邹平人。1948年3月，谋食江南，先供职于南京市第十一信用合作社，同年10月参加句容县政府突击队。1949年4月随队起义并加入中国人民解放军，1954年起任一九八团政治处正排职秘书。1955年“审干肃反”运动开始，受复杂社会关系牵连，1958年4月被迫复员，回乡务农。1983年被聘编修《邹平县志》，其间选编《邹平历代诗选注》，撰写《邹平诗苑溯古》《范仲淹流寓考》《段成式乡贯应从邹平说》《义和拳在邹平起事始末》《朴学大师成瓘》《范仲淹〈留别乡人〉是一首伪诗》《一代史学家马宛斯》等。2001年3月被山东省人民政府聘为省文史研究馆馆员。2003年、2008年，与王忠修合作，注释出版清初诗人张实居《萧亭诗选》和乾隆道光年间女诗人郝秋岩《秋岩诗集》。2000年《中国书法》杂志、2005年《书法》杂志分别予以专题介绍。2011年5月，被山东省文联授予“艺术终身成就奖”。

# 郭连贻书信　42通

## 1. 致高景林[1]

景林道兄大鉴：

大札并书法作品四件，均已收到，特表谢忱。

“五老展”介绍文字所用之书法照片，兄曾言欲用予自作诗庆香港回归一幅，弟似觉此幅书法疲苶，是弟知病思改，而终未得进取也。因之奉寄斗方黑白照片一件：“柯九思画竹有纵横气……”虽仍欠惬意，但较前书似稍胜，不知兄以为然否？望兄务必为我选好，以免印出之后多生遗憾也。倘时间允许，我仍有几幅作品照片可以洗出，望兄赐教。专此奉复。

顺颂

艺祺

连贻顿首

十一月十九日（一九九七年）

## 2. 致邢耀忠[2]

邢耀忠先生：

电话求写对联，早已接知，无奈足下未告邮编，然心中犹不能释然者，

1　高景林，时任滨州地区书法家协会副主席。

2　邢耀忠，山东平原县人，时供职于辽宁省军区政治部，出版有《邢耀忠书画集》。

以足下拳拳之心，极令人感动也。今寄上对联一副，请查收，字甚拙俗，请勿估计过高。老年人愿交朋友借慰迟暮，天涯何限！即使参商不期，应如雪夜访戴，兴尽而返，我何必见安道耶？收到后请以挂号信告我，因农村邮递，往往不能按时，甚至丢失、压误，特告。通讯地址全照信封字样。匆匆草此。顺祝

安好

郭连贻顿首

一九九八、二月六日

## 3. 致邢耀忠

耀忠先生大鉴：

顷得大札并蒙惠赐《书画集》，感激无量；只是山川相阻，不得把晤以聆清音，怅怅然意犹不惬。然得一神交，亦快事也。

足下书画，俱臻妙境，老朽驽骀，对此只有内愧，几欲毁砚焚笔不复为书矣。

所见报纸，是友人为之代庖，予初未知。此原发表在《滨州日报》上的，只是一般专题介绍，此则第二次使用，副题所谓“著名……”云云，颇涉欺世盗名之嫌，乃立即致函《书法导报》副总编李义星先生，指出非我所当之处，并声明“立此存照”，以明心迹。

此文作者是一位诗人，予之忘年交也。文虽雅美，然情多于理，驰骋笔墨，放纵难留，过情之誉，流露于不自觉间。足下勿以“著名……”而受欺。其实我什么会员都不是，诗文自娱，引以为乐，余则未尝深思也。故上次奉函，特别言明勿估计过高，即此之谓也。

今奉上《滨州五老书画展》自述简历一份，使足下知我生平崖略，所谓人之相交，贵相知情是也。

全国大展连续两届获一等奖者，贵同乡德州市委党校于明泉（现又用“诠”字）君，是我忘年之交。于君为人清正，诗文亦雅洁，此当今少年中

老成持重、难得之俊材也。于君每年有两三次来寒舍相叙。予家清寒，茅屋粗粝，足可安饱。至于庭院花木，亦多栽培，翠竹数十竿。“能可食无肉，不可居无竹”，与豪门大款相比，未免寒酸，然颇多雅趣，胜彼四壁全用歌星照片圈贴也。

二十五日赴滨州，车中赋得打油一首，另纸钞录，权为一夕之谈可也。

顺颂

大安

郭连贻顿首

三月二十七日（一九九八年）

听雨楼主惠赠《书画集》赋得打油一首录呈教正

听雨楼主遗我书，开缄始得墨香余。

山间月静清辉落，岭上云闲彩锦舒。

双绝看君书画好，一庸愧我才情疏。

窗烛共翦梦中过，怅望关河苦短车。

漏月轩主稿

## 4. 致高景林

景林仁兄如晤：

顷接“德艺双馨”书协会员表格，即行填写，今以挂号寄奉，请兄查收并请指正。

自“滨州五老书画展”起，兄为我推毂游扬，老朽驽骀，感激五内，终生不能忘也。在“主要艺术成就及代表作品”一栏内，作如此填写，兄以为然否？本不宜自己说的话，真是勉为其难，所述亦是实际情况。近年来，为徇惠答知、应诺酬谢，为人书写所谓书法作品，年以数百件计，从未言润资，故求字者颇众，但多属荒率庸劣之作。上至官衙，旁及农舍，回头审视，赧然自羞，真所谓废纸三千，谬种流布，悔不该有此。包括赠兄之手卷之类，他日必重写换回。此种心情，岂止若老朽之凡夫俗子，即如大家如上海白蕉先生，不是也把所作兰草重写换回，撕掉了之？

今寄上者共两幅书法作品，兄为我代转，此可以互补长短也。前闻兄受任滨州市副市长职，但暂挂职某一乡镇，不知确否？到滨州时定去探望。每次相会都迫于时间，多以俗事干扰，未得作书法方面之交谈，颇感不惬，匆匆不尽欲言。

耑此布达。

顺颂

艺祺

弟连贻顿首

五月三日（一九九八年）

## 5. 致邢耀忠

耀忠先生大鉴：

大札并彩色叠页《我之为我自有我在》一文，均早已收到。环诵再三，为之倾佩。在中国书协青年会员中，书法之妙，不乏其人，兼以文笔如足下之老成雅驯，传统文化之深厚洞达，实属凤毛麟角，此盖非虚语也。意与足下“等量交换”，奉上条幅两件，不避拙陋，望足下哂收，亦寄我作品两件，此地友朋嘱我代求也。

易图境先生，亦是“饱尝生活之忧患者”，与老朽遭际不尽相同，感味其或一也。若能得易老丹青一幅，则不胜荷感！足下若忙，不必即覆，等待时日亦无妨也。

耑此布达。

顺颂

大安

郭连贻顿首

七月十日（一九九八年）

## 6. 致邢耀忠

耀忠仁兄大鉴：

大札及书作两幅，早已收到，未能及时奉覆。其间亦来电垂询是否收到，亦未回电。疏懒如此，知罪知罪。与兄同病，腰间盘脱出（也可能是骨质增生，因未详查，不能确定），举步维艰，近日尤甚。人到老年，诸病症接踵而至，其尤特别健忘，笔下时出现错字，挺熟悉的友朋，一时竟忘其名字，而思维状态亦多现乖常，此自然之法则，非人力所可拒之也。与兄翰墨往还，多有雅趣，望能友谊常葆，迟暮之年得如兄之妙友，足慰老怀矣。

匆匆不尽欲言，耑此奉覆。

顺颂

阖府安吉

郭连贻顿首

十一月二十八日（一九九八年）

## 7. 致陈杰[1]

陈杰我友如晤：

大札早已收到，其间因腿疾举步维艰，于今数月矣，本想到滨州去，以此不能。人到老年，诸多病症相继而来，此自然之法则，非人力所能拒之也。

来函所云应省书协写论文事，我的意思是，由文联组织一部份书界同仁，开个研讨会，定下题目，集思广议，然后由一人执笔，较为妥当，不知足下以为如何？

腿疾正在治疗中，以针灸为主，少见效果。一有好转便去滨州，与足下面谈。

1 陈杰，时任滨州地区书法家协会秘书长。

耑此奉覆。

顺祝

大安

连贻顿首

一九九八、十二月二十日

## 8. 致王善杰[1]

善杰仁兄如晤：

春节前即收到汇款五百元，由于年前年后人来客多，忙于应酬，未能及时函告，乞兄见原。腿疾仍不好，且又右臂关节疼，颇为苦累。

兄近况何似？想一家安顺康宁，是为祷也。顺祝

阖府吉庆

连贻顿首

一九九九年、二月廿日

## 9. 致邢耀忠

耀忠仁兄如晤：

昨得华翰，欣慰良深。前在寒舍相会，以瞻风采，殊为幸事，惜乎为时间所迫，不能作竟日谈，则不胜怅怅，墨香犹在，何时再相会耶？

拜读赠诗四首——兄于诗文虽多谦词，我固知兄之才情，不以丹青为限，而诗文之妙，或有更胜于此者。予忘年交中精于翰墨而兼擅诗文者，舍君而外，实不多见，老朽不胜倾服之至！

兄临行前忘记带走之书画集，已按所告地址付邮矣。请查收。

1　王善杰，时任滨州地区书法家协会副主席、火天印社社长。

匆匆草此，不尽欲言。顺颂

大安

连贻顿首

三月十二日（一九九九年）

## 10. 致于明诠[1]

明诠仁兄道安：

自滨州一别，于兹越八月矣。在滨州有幸得识赵长刚先生，惜未能畅谈，多聆清音。

人到老年，每多往忆，喜乐忧悲，概难言说。兄当富年，正风鹏正举，自无此等情怀。正在遐思，立波忽来，得闻兄将有邹平之行，欲得一安静所在整理文稿，以备付梓，老朽先此祝贺矣。去年立波转赠兄彩印书法折页，读之不胜倾服之至，不觉技痒，临兄书作数行，似有所感，乃赋五言古风一首，今钞录呈政，权作一夕之谈。他日不为覆瓿，是为幸矣。

我字总难好，不妨作书奴。
虽曰作书奴，慎之择其主。
乐陵有于氏，雅号于是乎。
笔挟太古气，落墨得真如。
我来临其书，我神随其走；
我神随其走，我神随其游，
三山遥可指，澡雪荡尘虑。
君（泛指）勿故矜持，勿笑邯郸步，
分得一瓣香，何愁无归处。

忽然忆起，前在滨州时，兄曾谈及汉《乐府》诗，多有重复句式，即所

1　于明诠，山东省书法家协会副主席、山东艺术学院教授。时供职于德州市委党校。

谓反复咏叹者也。偶翻章太炎先生诗文集，有《艾如张》一首，其中有：安得起槁骨，掺祛共驰步。驰步不可东，驰步不可西，驰步不可南，驰步不可北。皇穹鉴黎庶，均平无九服。盖仿汉《乐府》之例也。

匆匆草此，不尽欲言。

顺颂

撰安

连贻顿首

一九九九、六、九日

## 11. 致李象润[1]

象润吾友如晤：

关于写论文事，当时我信口一说，真要为足下提供点什么的时候，却又茫然了。当时想到的，是约在八一至八二年间，我写的一篇短文《说“西”字》，刊登在《邹平文艺》上，虽然写的不是关于书法的，但总觉得与书法之所谓“意象”有些关系，足下若能由此及彼，悟到点什么，可以发挥一下，做做这方面的文章。

改诗三首，写在原稿纸上，未必符合足下心意，我也是猜着来的。

顺祝

大安

连贻

一九九九、六、十一日

1　李象润，时任滨州地区政府办公室科长、市书法家协会副秘书长。

## 12. 致成刚[1]

成刚兄如晤：

为奎强所写专题绍介文字已拜读，这里稍有增补，兄阅后斟酌审定，即可发稿矣。惟文中涉及老朽者，有“大师”之誉，极令老朽为之惶恐之至。我辈凡庸，书法家三字今生也难当之，大师之谓，今中国亦未见有几人。草率落笔，我县已有先例，然不过留下为人讪笑之口实。兄以后凡遇此者，必当慎重为好。

因有腿疾，举步维艰，不能当面商谈。今将文稿请人代转，请兄过目，耑此布达。

顺祝

大安

郭连贻顿首

十二月十八日（一九九九年）

## 13. 致自牧[2]

自牧先生左右：

日前，先生枉驾寒舍，然时间匆匆，未能畅谈，不胜怅怅。我固知先生才情横溢，今读大作，不禁肃然起敬，仿佛登山，初见泉石林木，及登深处，方悟“无限风光在险峰”矣！钦佩！钦佩。

兹有恳者：余友朱秀利君近年来书艺大有进展，此君性格内向，不事张扬，我为之写介绍文字一篇，并书法照片数张，今一并寄上，倘能刊发，则不胜感激矣。耑此布达。

1 成刚，时任《邹平日报》总编室主任。

2 自牧，本名邓基平，时任山东省委机关医院办公室主任，《日记杂志》主编。

顺颂

撰安

郭连贻顿首

二〇〇二、十一、六日

## 14. 致邢耀忠

耀忠吾友：

遵嘱写好两联，鄙拙不堪入目，今奉寄请查收。家中旧房正在拆除建新，他日来时必另一番情景也。

近况何似？想必佳健，是祷。耑此。

顺祝

大安

连贻顿首

四月十三日（二〇〇三年）

## 15. 致孙学范[1]

学范教授：

手书早已收到，只因为一个“忙”字，竟未能及时奉覆，尚希见原是幸。

读兄三篇文章，想起“平生不解藏人善，到处逢人说项斯”的古诗句，兄古道热肠，极令人佩敬。至于弟学无成就，友朋为之游扬，多有溢美之词，诚惶诚恐，此后或有请托，再行领教。匆匆草此。

顺颂

大安

郭连贻顿首

二月六日（二〇〇四年）

1 孙学范，山东邹平人，中国人民大学教授。

## 16. 致自牧

自牧吾兄如晤：

偶检旧物，发现小型册页两本，其中一本夹有王学仲题写的“远望绿叶”，及魏启后题写的“存素集”两小纸片，便知是兄之物，但忘记何时置此。想是也让我在册页上写一二页耶？倘非偶尔发现，则不知存放多久，会使兄误会我之不守信也。稍得空闲，便写一册奉上，以补过失。

忘记何时肇水君来电，谓兄将过邹平，时弟正在开会，未能相晤，不胜怅怅！

家弟出书信集事，尚须从长计议，到时非兄鼎力，不得成也。匆匆草此。

顺颂

阖府安吉

连贻顿首

三月一日（二〇〇四年）

## 17. 致孙学范

学范教授：

收到报纸两份，蒙兄关注，不胜感激之至。季老学贯中西，可谓前少古人后启来者，令人向往。

梅先生的书论，我曾多次读过，娓娓道来，自有风规，不象某些论家，持门户之见，怒目金刚，“文革”幽灵似犹未尽逝也。

我于书法，懵无所知，倘敢冒天下之大不韪，说一点感悟的话，窃以为书法这门学问，不好说得清，乃至永远说不清，正因为永远说不清，才能永远说下去。永远地说下去，才有创新，才能使书法的语汇日渐丰富，更加绚丽，使书法本义更加辉煌。设或有人一语道破书法的本质意义是什么，而大家又频频称是，并无异说，我想那该是书法的末日到来。宋代朱熹说《周易》（这部经典）好象一个大的布袋子，本是空空的，你想装进什么就有什么。作为中国传统文化，抽象的书法可类比否？望兄指教。耑此布达。

敬颂

潭府安吉

连贻顿首

三月三日（二〇〇四年）

寄上字幅一张，涂鸦而已，无关书法也，又及。

## 18. 致自牧

自牧兄：

顷得大札并《南北集》《日记报》及王学仲先生的书简校印稿。承蒙关注，不胜荷感。

年来因忙于俗务，为家弟印书信集事，已置之脑后。今见黾翁书信颇受启发，其价值在于它是友朋之间情感交流或学术切磋，小则互致问候的一种文字，落笔自然轻松，不像写大文章之郑重其事，更不像写诗之“语不惊人死不休”，这在晋人信札中最能体现此种情致。如王羲之《十七帖》，现在读来，或不免有些佶屈聱牙，想此中或可能多有晋人口语，今人读来，自然如隔烟雾。《世说》亦然。家弟《训诂丛稿》中就有一则释王羲之帖中“匆匆”一词。不知兄以为如何？

可能今年春寒缘故，庭院中并不见花。但兄不知，我们五辈人歌哭生欢之地的百年老屋已拆除改建。颇具江南风致的灰瓦白墙，与园门相映，可以说别具一格了。园门左右置木刻对联，是自撰的“清风朗月原无价，翠竹黄花不费钱”。园门内的一幅，是摘自杜甫七律《客至》中的一联：“花径不曾缘客扫，蓬门今始为君开。”不知兄何时能枉驾到此一坐！庭中置有石桌，可共饮一杯也。

顺颂

编安

郭连贻顿首

三月二十日（二〇〇四年）

## 19. 致孙学范

学范教授：

兄寄来之《百岁将军孙毅画册》《岁月留影》《鞠松林摄影集》均已收到，非常精彩。

兄致仕之后，以自己的学养、诚直帮助别人做了好多事。令人感佩。我已告诉邹平负责出《书画集》事的朋友于谋勇君，届时请兄到场。他说早已作好此打标，并且还要请中国书协来一二名，为发行式添光。

以后兄有嘱托之事，最好以短信告诉，因我耳聋——虽不太重，在电话中往往不能准确地理解语意。一般事情，可以电话告之。

读了吾兄《浮生片忆》，深深感动。吾兄虽也有所谓遭遇坎坷，命途多舛，但毕竟修成正果，已成硕士研究生导师。弟只能说是无限伤心事，尽在不言中。但到底必须要感恩于党，最后作为统战对象，聘为省文史馆员，亦可慰我平生耳。

八月二十日将与兄会面，翘首以待。余后续。

即颂

阖府吉祥

郭连贻顿首

七月二十五日（二〇〇四年）

## 20. 致孙学范

学范教授：

收到长信，环读再四，感激无量。遵兄嘱，为写对联一幅、条幅一件，今邮寄，请查收。

在书法形式中，对联一式为书家常用，又称双轴。兄意联语中间应有一中堂，此民间常见形式，则不免俗气，直挂一幅对联，便有端庄雅静之美，书法作品的形式与书体在不同环境中有不同的效果，此常为人所忽视。譬如北京故宫中之抱柱长联，非以端严庄重的、被人所贬的所谓台阁体不足以当之。试想以飘逸飞动的行草书书之，在此气象恢宏壮丽的宫殿之中，将成何等模样！惜乎人不之察。所以当今寺观题写匾额、对联，舍赵朴初先生而外，都不能佳。而在山水景观、亭台楼榭之中又非台阁体所宜为，必以行草体始能与环境相为辉映。兄以为何如！为兄所书对联，是幅古联："贞松方操严霜比洁，鸿钟待扣明镜不疲。"此弟眼中之兄，非为虚语也。

扣，同叩。明镜不疲："晋孝武帝将讲《孝经》，谢安、谢石与诸人私庭讲习。车胤谓袁羊曰：不问则德音遗，多问则重劳二谢。羊曰：必无此嫌，何尝见明镜疲于屡照，清流惮于惠风。"

兄已退休，仍应请讲学并为研究生看论文，岂非"明镜不疲"乎！为兄写此信前，收到鞠松林先生寄来摄影集，拳拳致意，令人感动。稍待即函复并寄拙作，以报神交。邹平《书法集》发行时间，大致在本月二十日后，届时与兄相会，翘趾以待。耑此布达。

顺颂

阖府吉祥

连贻顿首

八月十八日（二〇〇四年）

寄上对联，还有条幅一件，请哂收。又及。

## 21. 致陈杰

陈杰吾友：

勉副雅命，已将文字写好，称心处不多。使用时，将明诠君的文字放在前面，《寄情碎语》放在后面，各有侧重，请注意排版时不要颠倒。上海《书法》杂志社胡传海先生答应给我和家弟合发一专题，刊登在《书法》上。现正在整理家弟的资料，整理好后交明诠君再行撰稿寄出。匆匆草此，到滨州见面时再详谈。

顺颂

大安

连贻顿首

九月二十日（二〇〇四年）

### 寄情碎语

陈杰是我的忘年之交，结缘于书法。但记忆中的初次碰面，他还是一个面带稚气的、又天生一副幽默的情态、但着实写得一笔好字的小胖子。就其书艺而言，使我感到敬畏而自愧弗如。但留下最深印象的，还是这位小胖子生了一张娃娃脸，使你觉得他是一个放大了的“红领巾”，距今十余年而记忆不泯。可能由于先入为主，老伴偶或有问：“小陈杰多日不来了吧？”我说：“人家到北京游学去了。”老伴不明何为游学，我说：游学嘛，那就是一面旅游观光，一面拜师学艺。彼此会意，相视一笑。在“陈杰”名前冠一“小”字，全是一种亲昵的表达，其中感味，不好说清。但还记得在日记中曾经写下两句话：“情真不认来是客，过眼每作儿童看。”不怕陈杰怪罪，老朽僭位越礼了。

老小相交，忘岁月之多。回首往事，但可记述者，已是雾里观花，不好追踪。但我们呼之为“小陈杰”的，毕竟已过而立之年。消磨了几分童真，增长了几分历练，书架上增多了不少新书。竟也读起了经史子集，涉猎之广，而旁及《周易》蓍卜、禅理老庄，乃至勘舆游记。

"纷吾既有此内美兮，又重之以修能。"用句陈词滥调，那就是"士别三日，当刮目相看"。不善言辞，甚至有点口讷的小陈杰，而今已是腹有诗书，论文谈艺，多有妙语。在其原本就悟性很高，又"重之以修能"。在渐入传统深处，由"技近乎道"，又达新境界。境由心造，出自学养。表现在他的书法上，特别是他的隶书，有一种宽博厚重的气象。无穿幽入仄、故作矫饰之态。气势恢宏而不见那种一味雄强，似乎把人引进茹毛饮血的荒蛮时代，而美其名曰什么什么主义的那种所谓创新。汉隶的端庄辅之以汉简的神秀和简逸，形成了陈杰隶书的自家风貌。浅淡中自见高致，端庄中不乏灵动。不久前有书家来滨州，对其书作已有好评，再借用刘正成先生的话说，那就是"（陈杰的）书法得体得势，行书走二王之路而兼及米海岳。隶书得楚简体势，圆融熟稔。鲁中书坛又得一才人也。倘假之以时日，再谋熟后之生，庶几名其大家矣"。

我作为陈杰的大朋友，时有相为切磋书艺之机会，其间也多有受益。梁任公早已把话说下："老年人如夕照，少年人如朝阳；老年人如瘠牛，少年人如乳虎；老年人如僧，少年人如侠；老年人如字典，少年人如戏文；老年人如秋后之柳，少年人如春前之草。"秋后之柳已是落叶飘零，春前之草却是生意盎然，倘还有些自知之明的话，就不能抓住"字典"不放。以为比一般小朋友能多说出几个历史掌故，多认识几个生僻字，多懂一点诗词格律之类的东西，就妄自尊大，若非出于生理障碍，也免不了是老糊涂了。所谓"贤者识其大，不贤者识其小也"。

老朽虽年已耄龄，自认对书法的理解尚未滞后太远，对于创新作品尚还看得懂，应当说这与陈杰君并滨州书界的不少小朋友的许多启示有关。我一些老朋友写了上百遍的《玄秘塔》，仍为一撇一捺之不肖似而为之喟叹，便想起了"若思通楷则，少不如老；学成规矩，老不如少"。良有以也。

小友陈杰君要出书法集，凑了上面一段文字，俗陋不堪，然情之所至，非关文也，只如此而已矣。

二〇〇四年九月二十四日

郭连贻

## 22. 致孙学范

学范教授：

大札并资料若干种皆已收到。许多问题乃闻所未闻，所谓隔世修史，良有以也。

近日来特别忙，非常被动，俗务应酬已令人无奈，小友出《书法集》也须写上三言两语，敷衍塞责也花去许多功夫。从兄数次来函判定，兄的精神尚非常充沛，盖非作事多之谓，乃以文气论，处处有一种活脱之感。此亦同看人书法，能得其身体状况之大概，其理一也。

寄来茶叶已品尝。品茶是一种学问，如《红楼梦》中妙玉之说，那就是一口品茶，二口解渴，三杯就是饮驴了。语虽玩世不恭，然理却不悖，饮茶乃雅事，非同寻常解渴也。兄在小桶上写有文字，很是风趣，弟以为华而实，实非言其数量，指其质量而言也。此龙井茶千元一斤未必买到。蒙山茶尚未开桶。儿时过茶庄门口，就见有一幅对联："扬子江心水，蒙山顶上茶。"此后七十年来不但未能饮到过蒙山茶，连做广告的似也未尝提起蒙山茶。遥想当日读这幅对联时，能想到七十年后得蒙北京孙教授之赠与而来品味蒙山茶吗？

我兄一粲，但当真讲来，人生难以料及之事，不可以理推也。

我本来也准备了一些不配作文字的东西，待他日复印奉寄。兹将今日上午刚寄出的为我小朋友写的《寄情碎语》，并于明诠教授为我的《楷书千字文》写的序言，以及我为《楷书千字文》写的后记一并呈政，渎兄清神了。

鞠松林先生已有信来，此君亦是谦谦君子，虽是神交，书信往还亦足破我寂寥矣。

顺颂

大安

连贻顿首

九月二十五日（二〇〇四年）

## 23. 致刘书臣[1]

书臣吾友：

遵嘱，写了如下文字，极其浅薄，是否可用，由足下定夺之。

顺颂

撰安

连贻顿首

十一月三十日（二〇〇四年）

丞相祠堂何处寻，醴泉水碧白云深。
多情唯有山间月，曾照当年断齑人。（醴泉寺）

唐李烟霞古木亭，御史当年倍多情。
葠苓可采人已远，五老峰前万木青。（唐李庵）

玄鹤飞来不计年，仙翁伴鹤去茫然。
留得如许黄花地，一片清晖映山川。（鹤伴山）

鹤伴凌空势峥嵘，会仙笏立半云封。
游屐莫惮崚嶒去，无限风光在险峰。（会仙山）

有老携壶醉倚霞，只缘山好忘归家。
千年身化成峰影，无火无烟度岁华。（老人峰）

草树烟花锻砧峰，村歌牧唱太平风。
遥想甲申刀兵月，此地曾殷战血红。（锻砧峰今称印台山）

1　刘书臣，时任邹平县委宣传部副部长、邹平日报社社长。

一邱何处望云山，溪水东流空潺潺。
一自骑箕丞相去，柴王巡幸事不传。（相公山）

**过马骕墓**

一抔寂寞对黄鹄，往事悠悠岁月稠。
垂钓依稀翻幽径，读书不复见板楼。
昆山是处留鸿印，灵璧他乡祀旧庐。
绎史杀青将毕事，三书应共论风遒。

郭连贻

## 24. 致刘书臣

书臣吾友：

前写的小品文与此篇本拟写成一篇，以其太长，故作两篇写，各自成文。还有一篇也是写戏的，写的是京剧四大名旦之一的程砚秋。这三篇小品文都是听来而稍稍加工而成。还有其他体裁的，你只要不嫌其浅陋，我可以陆续写下去，已拟要写的内容，大约有二十多篇了。就照这样起稿，是完全尊照你的意思来的，将来这些文稿就成了我们相交留下的生活痕迹，可供回忆，想来还是有其价值的。

顺颂

撰安

连贻顿首

二〇〇四年十二月二十五日灯下

**鲜樱桃**

京剧表演艺术家、四大名旦之一的程砚秋，曾来周村同乐剧院演出他的《荒山泪》，什么年代，不能详考，大约在绉鼓子戏的祖师爷、艺名“鲜樱桃”的邓洪山先生尚未成名之前，在周村、淄博一带还唱地摊子的时候。——唱地摊，顾名思义，就是找一较宽绰的空场即等于舞台，供演员演唱，而观众或坐或立围在这戏场的三面。每唱完一段，就有一人手端一小簸箩，送在观众面前，连连呼曰："请先生破费啦！请先生破费啦！修德修福，子孙满堂。"到底是齐鲁礼仪之邦，除了小孩子白看，大人们是多少都向簸箩里扔些钱的。

程砚秋先生下台后，就在周村的北下河观风，走到了鲜樱桃唱戏的地摊前站住了。此时唱的正是《王小子赶脚》和《王二姐思夫》。其中有这么几句台词："今日里俺要把娘家来走，俺丈夫就把俺拉到他身边。他问俺要待多少日，俺说道，多说住上一个月，少说也得二十天。俺丈夫一听，可就瓜耷了脸。"紧跟小锣镗镗数下。真土的够呛，也真美的到家，凭邓先生那种特有的、天赋的嗓音加上他高超的表演技艺，把农村妇女形象刻画得入木三分。所以这出戏被人称为"栓老婆撅子"，就是说女人们一听到这《王小子赶脚》，就被拴住走不了，一定要听下去的。据闻解放初期，邓洪山先生晋京演出，被毛主席誉为山东的"梅兰芳"，盖非虚誉也。

程砚秋先生作为饮誉全国的京剧表演艺术家，看完了邓洪山的戏，竟走进邓洪山拱手一揖，这一下子把邓洪山吓得几乎趴下。程先生说："我今天看了你的戏，使我很受感动，你表演得极其生动，我还向你学了一个'水袖'呢。"以程砚秋之声望，竟向一位名不出里巷的民间艺人学他一技之长，真所谓大海不择细流，"谦谦君子，卑以自牧也"。据说从此始，程砚秋先生同邓洪山结为朋友，后又经程砚秋并尚小云两位大师级的人物将邓洪山推荐给上海的百代公司，给他录制了唱片。那个时候只有小锣来烘托唱腔，别无任何乐器伴奏。在七十年代初我还听过这张老唱片，其美不可言，现在则不知还有保存者否？绉鼓子戏已经改称为"五音戏"，乐器齐备，洋则洋矣，雅则雅矣，但它原始的那种无可替代的乡土风情、文化色彩却消失殆尽。

郭连贻

二〇〇四、十二月二十六日

## 失街亭

京剧著名的四大须生之一的杨宝森约在九十年代初，曾在周村的同乐戏院演出了他的拿手好戏《失空斩》。周村虽地方不大，但喜唱京剧的却不少，着实也唱出了几个名票，和周村生产的小绸子、杨叶烧饼、第一楼黑肥皂一样，驰名于胶济线，因此从东来或从西来的名演员，多曾在这里演出。杨宝森来到周村后就贴出海报，闻者争相购票，自上演之日起，场场暴满，座无虚席。第一场戏唱的是《失街亭》。作为剧中人的诸葛亮闻报街亭失守，却还镇静如常，只是回身转向，面对台后幕布时，竟步履失控，歪歪扭扭。据观众说，好像小脚女人走路，有些摇摇晃晃，于是不少观众颇有微辞。但有论者却是另一番说法，谓街亭是汉中咽喉要地，由于马谡刚愎自用，不听诸葛亮的话，被魏将张郃打败。街亭失守，司马懿将会乘机攻取西城，而西城并无守兵。在此千钧一发、危急万分之时，作为剧中人物的诸葛亮，先不能乱了方寸，要镇静，要设法对付司马懿，于是便有了下一出戏的《空城计》。此时诸葛亮的内心十分紧张，不可能再有“羽扇纶巾”的从容大度。作为演员的杨宝森来说，对这一情节的表演，正符合剧中人此时此刻的心情。论者还以为杨宝森是仿效历史人物东晋谢安在历史上著名的“淝水之战”中的一个故事情节——他山之石，可以攻玉，用来丰富了他的表演艺术的。在“淝水之战”中，宰相谢安委任他的侄子谢玄为大将军，与前秦苻坚交战，苻坚终于被谢玄战败。所谓“风声鹤唳，草木皆兵”，正是形容的苻坚兵败，闻风丧胆的惨相。当战绩传来时，谢安正同他的幕友对弈，闻报以后，因为是自己的侄子打的胜仗，故作不为所动，仍在下棋，但后来收起棋子走进书房时，抑制不住的内心激动，使他步履慌急，几乎被门槛绊倒。这与前面所说杨宝森扮演诸葛亮闻报街亭失守而表现的内心紧张又不露声色的剧情极其相似，不过是喜惧不同而已。

郭连贻

二〇〇四，十二月二十五日灯下

## 25. 致孙学范

学范教授：

屡蒙邮寄资料，感激无量。乡村邮递，极不负责，延缓时日，乃至丢失者亦常有之。

兄最近寄来之资料信函，至今还未收到，报纸亦如此，积数日送一次，还祢是好。有的直接不送，积多了可以当废纸卖钱。如此恶劣，真国民素质落后于五十年代遥遥。

兄要我写的文稿之类，非常惭愧，我还真拿不出来，今勉强凑数，将过去所写《编志余话》、小品文，余则多是应友朋之托，写点貌似序跋模样的东西，共三种，仅供吾兄一粲。

春节将近，祝

阖府和乐吉祥

连贻顿首

二〇〇五、一、三十一日

## 26. 致邢耀忠

耀忠吾友：

年前有电话来，谓福建某刊物为足下所做专题，将寄我一份。因从外地寄给我的信件，屡被丢失。前有河南修武县范黎明君寄来我为他写的碑的拓片，没有收到。年前有北京人民大学的我的老乡孙学范教授寄来资料一综、长函七纸，亦未收到。足下寄给我的资料，我都慎重保管，写上“邢耀忠先生书画资料一综”，过一段时间再看一看，颇有意思，如见故人。老年人心态要变，变得不同年轻时的地方太多。某作家谈曰：老年人怀旧也是一种享受，确乎是经验之谈。譬如我同足下之交往，会面时不过三次，都是在书卷气十分浓重的气氛中度过，回忆起来，我有一种特别情趣，即使不能经常会面，或竟至仅仅是两地传书或电话中说几句，增添多少快乐也。前面提到的孙教授就是这样，只有通信和电话。他在电话中一谈竟至二十分钟，真是难得的好友，颇有恨相见之晚之感。前足下寄我之报纸所刊画作，清新不俗，进步又不少。老朽忙于社会应酬，不能在书法方面多些进取，俗语说：“一岁年纪一岁心。”桑榆晚景，缺乏那种老当益壮的心态，但又不能不应付。

过几日将寄上《郭连贻楷书千字文》一册，不足当足下之眼也。

去年夏天，上海《书法》杂志社副主编胡传海先生同吾之好友于明诠君枉驾寒舍，他要为我和家弟、训诂学家郭在贻合出专题，照片、文字资料已寄去，何时刊出还不知，到时当寄上。匆匆草此。

顺颂

阖府吉祥

连贻顿首

二〇〇五，二，五日

以后寄信请按照信封字样，朱秀利转。

## 27. 致孙学范

学范教授：

十二日收到寄来资料一综，长函七纸。年来，与兄书信往还，受益颇多，然则原是同乡，必至老朽桑榆晚景，乃得识荆，机缘迟早，必待其时耶？

兄信中对弟多有过誉之词，使老朽诚惶诚恐。必须向兄声言，我是并无多大学问可以与兄对衡，得以相互补益，倘自视有学（问），则不免有欺世盗名之嫌，其余不足观也矣。

今奉寄过去所写《编志余话》复印件若干则，粗俗不堪，只不过略副我兄之厚望，余无说矣。耑此奉覆。

顺颂

阖府吉祥

连贻顿首

二〇〇五、三、五日

来信时可按此信信封地址单位写，收转人朱秀利。此处转交更便利。

## 28. 致孙学范

学范教授：

剪报及荣宝斋信笺均已收到。信笺制作精美，反倒舍不得用了，留存下来以后写作品用了。

一年来似乎在忙忙碌碌之中，但回头看看实在惭愧。大部分时间用在徇惠答知，不读书、不看报，头脑空空。

上半年与青年朋友合作选注了清嘉道年间女诗人郝秋岩诗集，尚未付梓，因尚未筹措资金故也。

挚友于明诠先生邀我明年“五一”节前在山艺搞个展，我还是愿意以藏拙为妙，但盛情难却，只好作些准备了。明年滨州将在北京（举办）包括我在内的八人邀请展，时间初步定在“五一”节前。

说到书法，似乎有许多话要说。前几天在电视中偶然见到山西杏花村汾酒杯书法大赛展播，说句冒天下之大不韪的话，在点评作品貌似有才的所谓评委中，除了我们山东老乡张旭光先生而外，据我平时对他们书法作品的印象，还真没有几个能同被点评者的水平相匹敌的。有的大名家，话倒说得令人信服，说到酣处真是神采飞扬，但看实迹——写的字也不过尔尔，乃至俗浊不堪，除了误人子弟，还能有什么好结果！现在的书界，浮夸风833够起劲的了。重名不重实是普遍存在的一种现象。特别是北京的名家，据说一字万金都不写了，真捧得发昏了。

兄有要我做的事，来信示知，便照办不误。我现在有些耳聋，在电话中交谈，语音并不低，只是辨别语义的能力大大降低了。如兄语言可谓条达顺畅，又是普通话，我还有些辨别不清。匆匆草此。

预祝

春节阖府大吉

连贻顿首

二〇〇六、一、八日

## 29. 致孙学范

学范教授：

收到来信时，我正在滨州开会，未能及时奉覆。首先应说明的：兄不当把我看成是有什么学问的人，倘如此，则老朽将成为欺世盗名之徒，其余不足观也矣。

遵嘱，写好兄指定的配画诗数纸。一、我以为字不宜写得太大，否则，便会喧宾夺主，成为书画并列，不是画配诗了；也不宜太满，因须讲究“计白当黑”之故也。二、其中王冕诗“只流清气满乾坤”一句中之“流”字，是不是“留”字，不敢妄改，写了两张。又“箇箇花开……”一句中有一字不好辨识，似是“添”字，照“添”字写。凡不合适处，请来信告知，可另写。匆匆草此。

顺祝

阖府吉祥

连贻顿首

二〇〇六、二、十六日

## 30. 致孙学范

学范教授：

顷得手教并礼品，感激无量。寄来的王食三先生的篆书对联照片已读过，请恕我直言：食三先生于书法一道尚未窥其门径，与一位大家——暂隐其姓氏，犯了一个毛病，把书法美术化，殊不知六书中象形一书已不被书家所重视，其毕生所修炼者是“道”，而不是“器”。苏轼《跋秦少游草书》云：“少游近日草书，有晋人风味，作诗增奇丽。乃知此人不可使闲，遂兼百技矣。技进而道不进，则不可，少游技道两进也。”何谓道，谁也不能确切地说清，若一语道破，而又并无争议，则不成其为道也。中国的传统学问，如《周易》这部经，是在人们抽象的演绎中开启了某种智慧；某种智慧变为动力，却未必就是这部经的本然所有。如古今人解诗，其诠释未必就是诗人的本意。由此可以推断书法的抽象意义在于以意象感人。何谓意象。梁武帝说王羲之的字是“龙跳天门，虎卧凤阙”，虞世南是“鹤空云表，人仰丹顶”，说颜真卿是“卧牛牵犁，以重民用”（此条也是凭记忆而来，文字可能与此有悬殊，意思不错），说赵孟頫是“燕姬抚琴”，都是一种意象的表达。孙过庭《书谱序》：“写《乐毅》则情多怫郁，书《画赞》则意涉瑰奇，《黄庭经》则怡怿虚无，《太师箴》又纵横争折。暨乎兰亭兴集，思逸神超；私门诫誓，情拘志惨。所谓涉乐方笑，言哀已叹。”孙过庭的这段文字，就是一种意象的表达。设想换另一人，其审美感受能与此相同否？恐又是另一番境界。老子云：“玄之又玄，众妙之门。”所谓一粒沙里看世界，一朵花里见佛国（语出《苏曼殊文集》），推而及之，盖不虚也。再回到食三先生的篆书上来，其中“雲”字，雨字下方的“云”字圈圈弯弯，以象“雲”之流动；“山”字的三组平行线，一组比一组高；“之”字的上方三画，如张乐平漫画《三毛流浪记》中三毛的头发，都是追求象形而来，反觉涉俗。书法入美术范畴，是其大忌也。对联小字稍好，但名下“书”字又显造作。

食三先生毕其生是从书堆中走过来的，况且又同谢无量先生这位大家相共晨夕，就未能受其些许影响，受些启悟，此老朽所不解也。

上次为曲坤同志题画寄来的一幅小字，记得好像是一位女同志所书。写得好，是老朽所不及也。

食三先生学问令我钦服，在此妄为评骘，深感失敬。无奈兄信中特别关注此点，不能不说，望能原宥。耑此奉覆。

顺颂

大安

连贻顿首

二〇〇六、六、十二日

## 31. 致徐明祥[1]

明祥先生青鉴：

拜读大作《潜庐诗草》，清新动人，钦佩钦佩。

陈元龙即陈登，字元龙，详见陈寿《三国志·陈登传》。

《潜庐诗草》中松坡先生所题“潜廬”二字，“廬”字写作“盧”，误。盖“盧”姓氏，“廬”，即王学仲先生之所题写，其简化字为“庐”，作屋字解，如“三顾茅廬”，陶潜诗“吾亦爱吾庐”。王学仲先生，把“庐”写作“廬”，少了一个点，这是搞书法的人惯用的一种增损手法，在书法作品中常见。

日昨北京一于晓明先生来电，因他办了一个刊物，给周村我的小友宋肇水君发了一个专题，因介绍文字是我两年前为宋君出书画集写的一篇序，于晓明先生可能由此而知我的一些情况吧！也要为我发一专题，但在电话中所告通讯地址未能记全。所告“六号院三号楼”下，还有更细的说明，但未能记下。晓明先生称与自牧先生也相识，想先生也该熟习吧，倘知其详细通讯处，望能函告。顺祝

撰安

郭连贻顿首

七、二十日（二〇〇六年）

1　徐明祥，山东省教育科学院研究员。

## 32. 致陈杰

陈杰吾友：

退还的作品中，还有你收藏的那幅字。这幅字第一次是刘正成先生看到，有了《中国书法》的专题介绍，此次在北京又是田树苌先生对此谬加褒赞，看来这东西还真起到了推毂的作用，不过我不能要了。你回来时最好到漏月轩一叙，算是为我补做生日好吗？

顺颂

孟晋

郭连贻顿首

二〇〇六、七、二十八日

## 33. 致徐明祥

明祥先生台鉴：

大作《潜庐藏书纪事》早已收到，一时忘记先生属我写陶潜诗句，今忽忆起即书之，字态拙陋，且望指正，匆匆草此，专此布达。

即颂

撰安

郭连贻顿首

二〇〇七、四、十七日

## 34. 致徐明祥

明祥兄台鉴：

来函敬悉，并遵嘱写了一幅对联，是兄所撰者。但不知要不要上、下款，但我写了。上款明祥先生撰联，下款连贻书。好在来信中谓要拍照片寄去，那么要不用，则可将上、下款删去。久不见自牧兄，请代问好。

顺颂

撰安

郭连贻顿首

八月三十日（二〇〇七年）

## 35. 致王金魁[1]

金魁先生台鉴：

顷得大札并《书简》第九、十两辑，谢谢。去年惠赠《书简》第八辑，曾想写点什么，以副雅命。因见上海《书法》杂志社胡传海先生有关于简牍方面的文章发表，解说详明，仆未再动笔，亦未函覆，歉疚良深。在传统文化中的简牍，现在只少数人尚还使用，至于少男少女们，拿起手机一点便可接通海外，何其便捷。然则任何一种现代化的通讯手段，都无法替代简牍这一厚重的传统文化。它不仅是互通信息，表情达意。古代的、现代的，包括民国以来的书简遗留不少，学习书法的人，不光对着丰碑大碣，简牍也是临习范本。有著名的《平复帖》《韭花帖》，宋代苏轼、黄庭坚、米芾的若干简牍，无不精彩动人，老朽学书无成，但在临习二王系统的法帖中，我以为米芾的《蜀素帖》，不如他的简牍好。我也临习王羲之的《兰亭叙》，觉得《十七帖》更易上手。足下振其式微，弘扬传统文化，老朽对此不胜佩敬之至。

今奉寄沙孟海、姜亮夫、殷孟伦、郭在贻手札各一通。姜亮夫，原杭州大学教授，著名的楚辞学家。殷孟伦，原山东大学教授，著名学者。郭在贻，原杭州大学博士生导师，著名的训诂学家。姜亮夫先生的信札中的“晋生”，是原山东大学著名学者高亨先生的字。在“文革”期间，有《孔子诛少正卯》一文发表，因正合时宜，曾以此作为文件传发。这四通信札保存

1　王金魁，河南封丘人，《书简》杂志主编。

至今，已四十余年矣，而四位先生都已作古，对此则倍感珍贵。遵嘱，写了“书简”二字。足下所提供的联词已写好。一二处小有改动，妄自为之，不知足下以为如何。

耑此奉覆。顺颂

编安

郭连贻顿首

二〇〇八、二月十六日

## 36. 致徐明祥

明祥兄台鉴：

收到《负暄琐话》及《潜庐藏书纪事》，感激无量。

前信地址弄错，是根据吴键先生代书贺年卡之地址误为兄之地址，一时糊涂，望兄见原是幸。

还有一事，即上次《书简》编者王金魁先生寄来一函，同吴键先生之贺年卡同装在一大信封中。《书简》编者王金魁先生嘱为写《书简》二字，及一幅对联，老朽皆如嘱办理并以挂号寄出，迄今月余，未见函覆，颇以为怪。查《书简》第九辑有兄之文章，可放心王金魁其人之不虚，然不免失于礼数，此老朽所不解也。

遵嘱写《潜庐藏书纪事续编》，字态浅俗，不堪入目。于书法兄多褒奖，诚惶诚恐，不胜赧然矣。匆匆奉覆。

顺颂

撰安

郭连贻顿首

四月八日灯下（二〇〇八年）

# 37. 致孙学范

学范教授：

来稿诵悉。兄之文思畅达，说明脑力充盈，弟自窃喜。

所改之处，未必相宜，兄自权衡，勿为所束。惟页七一配文字，今妄删之。譬夫一池死水，微风过拂，或生波花涟漪，倘翻搅，则不免沉渣浮泛，须费笔墨方可说清。

兄能谅之。删改之处，用红笔涂抹，原文仍清楚可见。今将原稿并打印件一并寄还，请查收。

近日来为县志办标点古本县志两函，日无暇晷。

兄为我所写文稿，幸得余友忠修君邦为校对并打印，事乃得蒇。不知兄何时再返故里，畅叙一夕，翘趾望之。匆匆不尽欲言。顺颂
阖府吉祥

郭连贻顿首

三月十一日（二〇〇九年）

# 38. 致吴泼[1]

吴泼吾友如晤：

读了你发表在《渤海》第三期上的论书若干则，不胜倾服之至。即在专业刊物上也毫不逊色。比那些洋洋洒洒，下笔万言，而空泛无物的所谓专家也者，要好得多。有两事向足下谈谈。去年约十一月份，葆彤君嘱我写一幅楷书，作为特邀参加中国书协举办的什么展。不久，负责此项工作的北京的一位胡立民先生，来电催促，越快越好，我随即写了一幅楷书四条屏寄出。大约两个星期后，胡立民来电说了不少好听的话——“无奈你不是中国书协会员，不能参展”。此前曾寄来稿费一千元，我接到电后，立即将此区区阿

1　吴泼，滨州市滨城区第一中学英语教师。

堵退还。但在电话中，我特别郑重地说明，敝帚自珍，我的四条屏请以快件专递寄还，倘有丢失，则他日重温此次受辱，则不免少了许多人间苦辣味。胡立民还祢可以，将已装裱好的四条屏寄还。这次活动，不是我“毛遂自荐”，是他们向我约稿，是邀请展；邀请展就我的理解，如京剧中的人物反串，演青衣的不妨扮演窦尔敦，演诸葛亮的不妨反串教师爷。我不是中国书协会员，文史馆员反串（是你约的），写点书法，也未尝不可。我的作品已经挂上唐山（大概是展地）的展厅，又再摘下来，以不是中国会员而被黜。中国书协营造的这般风气（近读报纸称为排斥非会员）够（独）霸的了。

第二件是近读报纸，中国书协副主席旭宇新创“今楷”说。因为官的发明，响应者颇多，反对者亦有之。其实，我不是自诩的话，十五年前出于非理性的，本人对楷书也颇有些感悟。在我出版的一本《千字文》后记中，有说明：横画逆入不收，撇捺以隶书笔意出之，化北碑方折为圆转，去其锋棱，存其稚朴，以碑为体，以帖为用，以行书笔意写楷。似乎观念还早出十年来。

今将退还给我的四条屏的照片寄上，另对联一幅，不好，但是我个人创造的风格。收到后望足下多多提出意见。我已大聋，交流语言有障碍，只好以笔代言。顺颂

教安

郭连贻顿首

三月二十二日（二〇〇九年）

足下收到我的信，可能觉得事出唐突吧！因为我读了你的论书文字，又加景林兄屡言你的诗文都好，愿意同您谈谈，受些教益，又藉以破闷而已。前面谈的四条屏照片，再等几天才能寄上，现未请人拍照。寄此的目的，只是“立此存照”，雪泥鸿爪之意云耳。连贻又及。

通信地址：邹平县人武部，朱秀利转郭连贻。

## 39. 致陈杰

陈杰吾友：

今由奎强带给你的两样东西，都是十几年前的旧物。一是你在电话里告诉我你所要的那种随便临写的东西，是一个本子，也是十几年前的旧物，由你随便采用。第二种是《临书浅谈》。你还记得也是在数年前市里搞了一次临摹展，你要我写一点临摹体会之类的文字，这一份就是那时写的。后来知道你要的不是这样的东西，一张纸便可写完的几句话，将此留下来了。寄给你随便采用，这也好像你在电话里说的意思吧，我耳聋，有时记错了，便造成误会。

临摹本子，我原来作为日课，真还写了不少，特别是送给雪松的临摹谢无量的作品上下两册，现在怕临不出来了。现在的这本，就送给你了。我向来并不敝帚自珍，只是送给人的时候，只觉得写的很不好，留下来没有多大意义。

前几年咱们几个印的那本集子，已由奎强带来了。前天北京张荣庆先生带着他的学生来邹平，奎强把这个集子送给了来人每人一本，我真觉得惭愧，写得太差了。

顺祝

阖家吉祥

连贻

四月三日（二〇〇九年）

## 40. 致孙学范

学范教授：

大札并寄品两种均已收到矣。从前年耳聋，日渐其甚，非对方发声小，而是辨别语意有障碍，以兄说普通话，口齿又清，尚只能听懂十之五六，与外地人通话，多半唯唯而已，又不好追问，即使追问，仍不能全懂，是以多有误事。

兄为我所作专题，除《感怀之什》，又在《渤海》杂志刊出，前天去市参加政协会，已由李登建君交给数本，已分别赠送友人。《感怀之什》，赠友外尚余三本。我同王红虽近在咫尺，亦不常晤面，有他一本尚存我处，得便即交给他。

兄所嘱写字幅，因今年冬季特冷，不能提笔，只好将过去所写者奉寄，但不是《文心雕龙》，是钟嵘《诗品》，或唐司空图《二十四诗品》之属。所要求尺寸亦不合，有必要时待他日补写。

兄为我所作专题，褒奖过高。要谈做学问，我连皮毛都不沾边，谈到“才、学、识”，则不免诚惶诚恐，不胜愧疚。

滨州友人李登建先生（国家一级作家）要为我写一部传记文学，这很使我为难了。他给乍启典先生写过一本，但启典先生风采显豁（见《渤海》杂志，与兄为我所写专题同期），老朽譬如一池死水，微风过拂，或可生些涟漪，一旦搅动，则不免污渣泛起，就很难说个究竟了。应之不好，拒之亦不好，正处两难之中。

耑此布达。即颂

阖家吉祥

郭连贻顿首

二〇一〇年一月廿七日

今晨去找得一张八尺横幅，恰是兄所嘱要写之内容：《文心雕龙》中之《文采》。又及。

## 41. 致徐明祥

明祥吾友：

大札收到，文字无改动，今将原稿奉还。

我的小品文已写了四十余篇，今年搁笔，未有新制。若此游戏笔墨，不能登大雅之堂。印否？尚未想好，倘若付梓，尚须自牧兄邦助。遵命，将指定联语书就奉上。向自牧、汉英兄问好。

顺颂

艺祺

郭连贻顿首

二〇一〇年一月卅一日

## 42. 致刘正成[1]

连贻顿首敬白

正成先生侍者：

屡蒙推毂，仆铭感不忘。兹有恳者：仆欲出一书法集，今向先生请序，望能季诺。耑此布达

敬颂

撰安

郭连贻合十再拜

四月二日（二〇一四年）

1　刘正成，国际书法家协会主席、《中国书法全集》主编。

# 郭连贻书信影印件

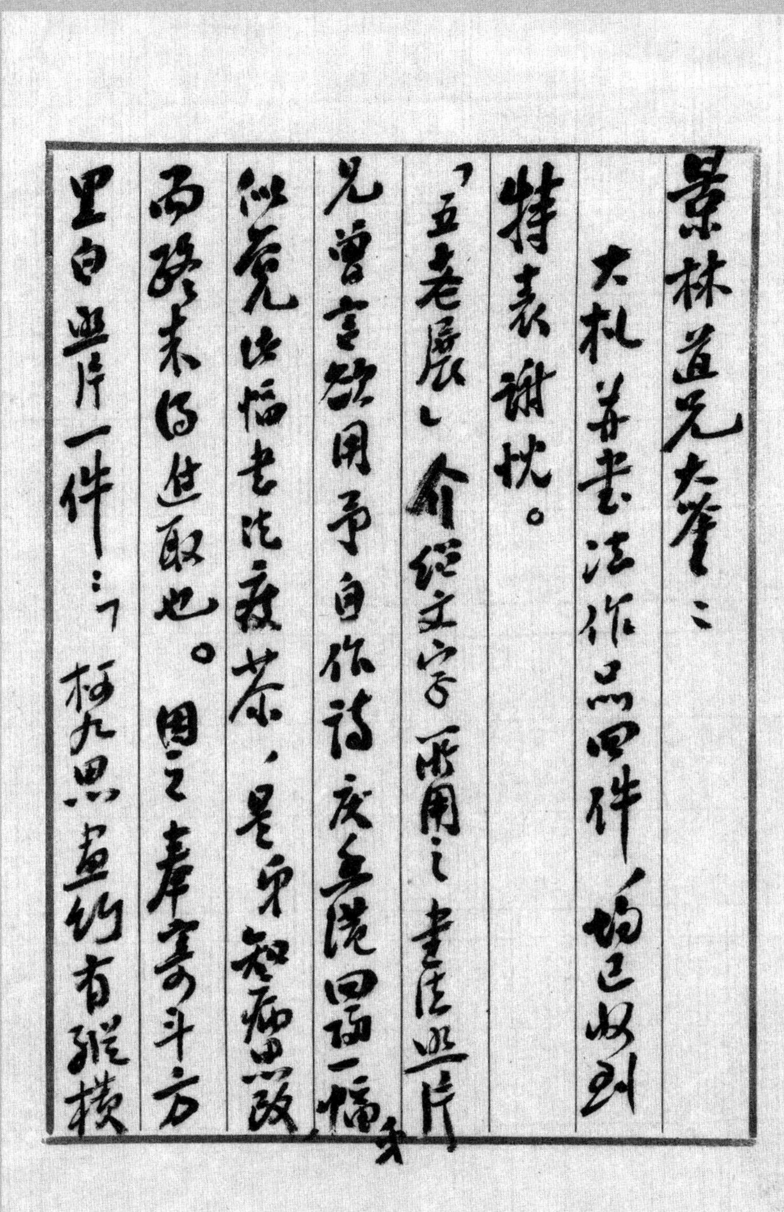

景林道兄大鉴：

大札并书法作品四件，均已收到，特表谢忱。「五老展」介绍文字所用之书法照片，兄曾言欲用弟自作诗庆香港回归一幅，我似觉此幅书法较差，是弟知病而改，两张未得选取也。因之奉寄斗方黑白照片一件。柯九思画竹有跋横

1（1） 一九九七年十一月十九日致高景林

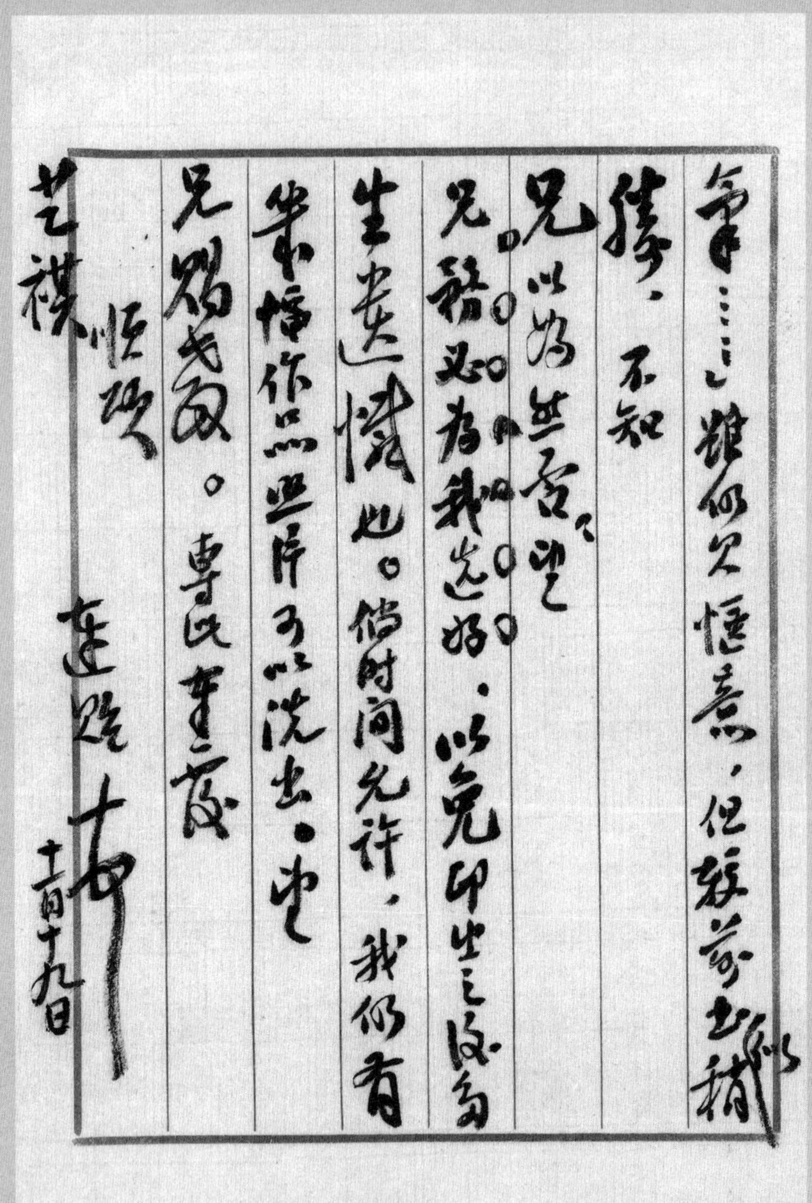

年年虽仍只惬意，但残荷也精
致。不知
兄以为然否？望
兄转给为我先送好，以免印出之后
生遗憾也。倘时间允许，我们看
集中插作品照片可以洗出，也
兄赐我阅。专此奉覆
恒颂
芝祺
连贻
十一月十九日

1（2） 一九九七年十一月十九日致高景林

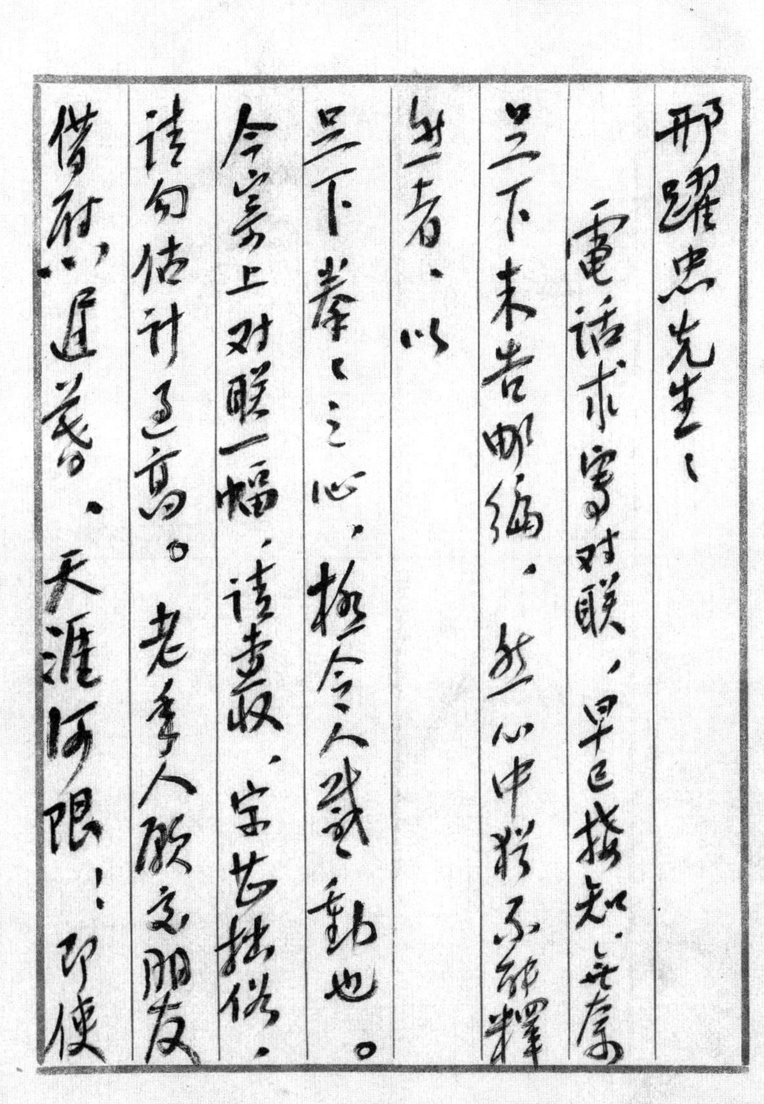
邢耀忠先生：
電話求寫对联，早已接知。無奈
足下未告郵編，然心中猶不釋
然者，以
足下拳拳之心，極令人感動也。
今寄上对联一幅，請查收，字甚拙俗。
詩句估計過高。老年人歡交朋友
借慰遲暮。天涯何限！即使

2（1） 一九九八年二月六日致邢耀忠

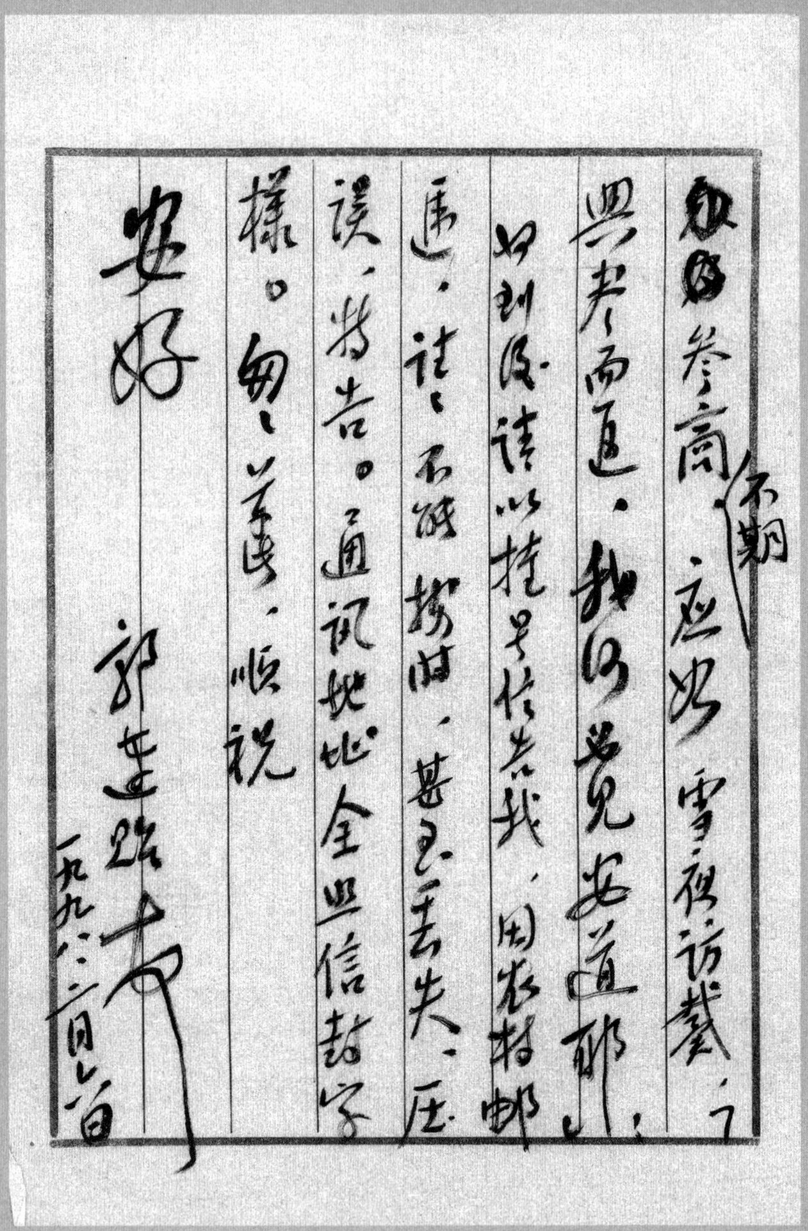

[illegible]参商，不期应如雪夜访戴，[illegible]兴尽而返。我们觉安道耶！如刊段请以挂号寄告我，因农村邮递，诸有不测，甚易丢失，压误。特告。通讯地址全照信封字样。匆匆，并颂
安好
郭连贻 上
一九九八 二月六日

2（2） 一九九八年二月六日致邢耀忠

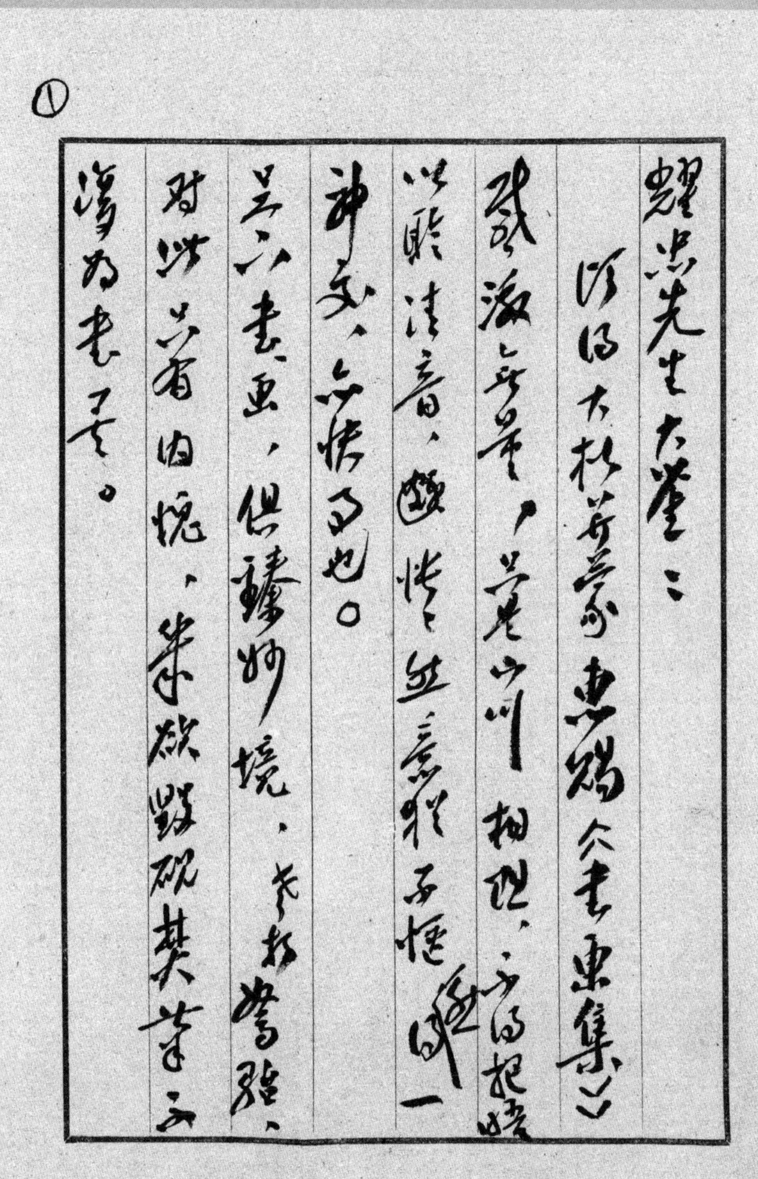

①

耀忠先生大鉴：

顷得大札并蒙惠赐《八大画集》（上），感激无量。尤是山川相映，亦得把晤，以聆清音，[illegible]怀，[illegible][illegible]不悟[illegible]一神交，[illegible][illegible][illegible]也。八大画[illegible]，俱臻妙境，先生教[illegible][illegible]，对此学者[illegible]境，[illegible][illegible][illegible][illegible]其[illegible][illegible]深为[illegible][illegible]。

3（1）　一九九八年三月二十七日致邢耀忠

所兄拟题，是友人为之代庖，弟初未知。此序发表在《漳州日报》之上面，只是一般专题介绍。此则第二次使用，副题所谓「著名……」云云，断然难免盗名之嫌，乃立即致函《[illegible]报》之副总编李[illegible]先生，指出非我所书之意，并盼能立此存照，以明心迹。此文作者是一位诗人，弟之忘年交也。

3（2）　一九九八年三月二十七日致邢耀忠

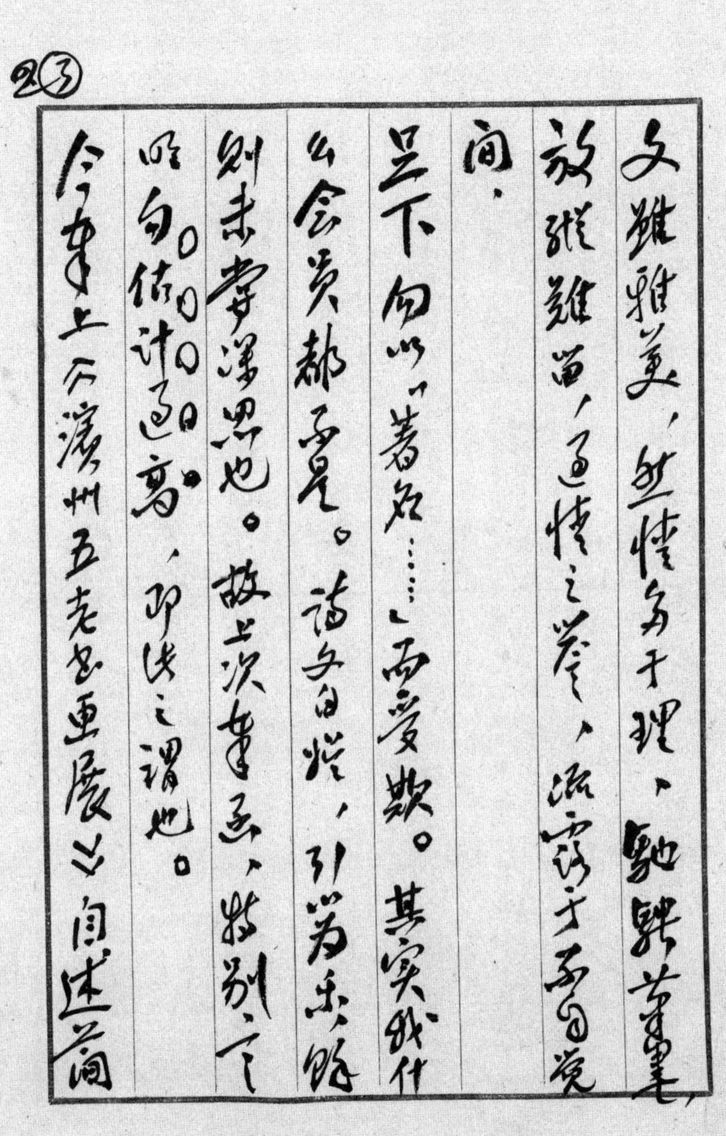

文雅雅美，然情多于理，驰骋笔墨，放纵杂篇，过情之誉，流露于字里行间。足下向以"著名……"而受欺。其实我什么会员都是。请勿自炫，引以为乐，殊则未安深思也。故上次来函，特别了明白〇日〇日〇日，依计退还，即此之谓也。今年上次广州五老书画展之自述简

3（3） 一九九八年三月二十七日致邢耀忠

④

歷一階，使足下知我生平崖略，所
謂人之相交，貴在知心是也。
全國大展連續兩屆獲一等獎者，貴
同鄉德州市委黨校于明泉（現又調詮
守）君，是我忘年之交。于君為人
正，詩文亦雅潔，此當今少年中老成
持重，難得之後材也。于君每年有
第三次來寒舍相敘，予家清貧，薦

3（4） 一九九八年三月二十七日致邢耀忠

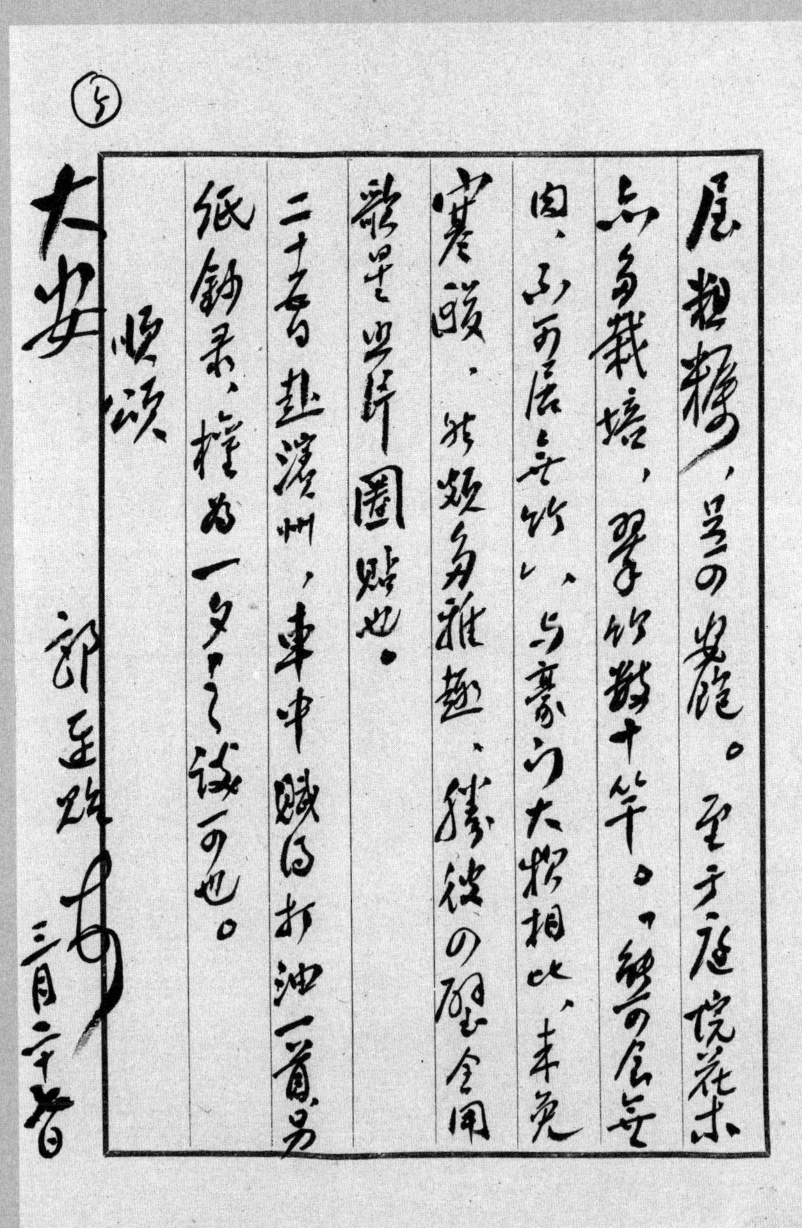

⑤

屋粗糙，毫无华丽。至于庭院花木亦多栽培，翠竹数十竿。然可食无肉，不可居无竹，与豪门大树相比，未免寒酸，然颇多雅趣，胜彼之腰金闻，兹呈此件图照也。二十五日赴沧州，车中赋得打油一首，易纸录之，权为一夕之谈可也。

顺颂

大安

郭连贻

三月二十七

3（5）　一九九八年三月二十七日致邢耀忠

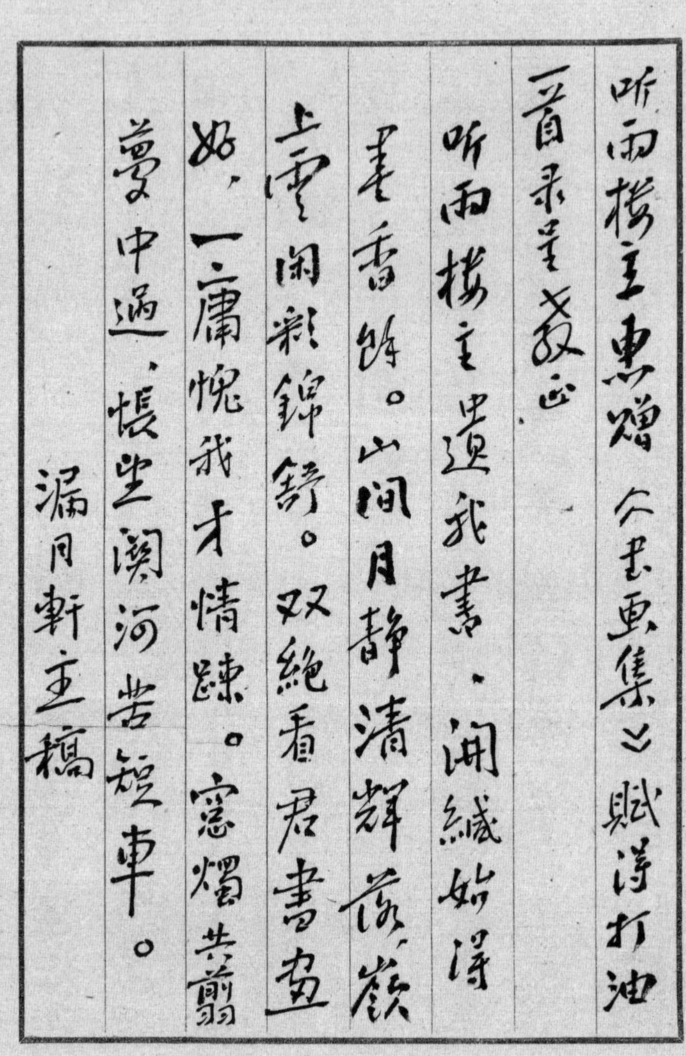

听雨楼主惠赠《公书画集》赋浣溪沙一首录呈教正

听雨楼主惠遗我书，开缄始得墨香馀。山间月静清辉夜，嵌上云开彩锦舒。双绝看君书画好，一慵愧我才情疏。窗烛共翦梦中过，怅望关河苦短车。

漏月轩主稿

3（6）　一九九八年三月二十七日致邢耀忠

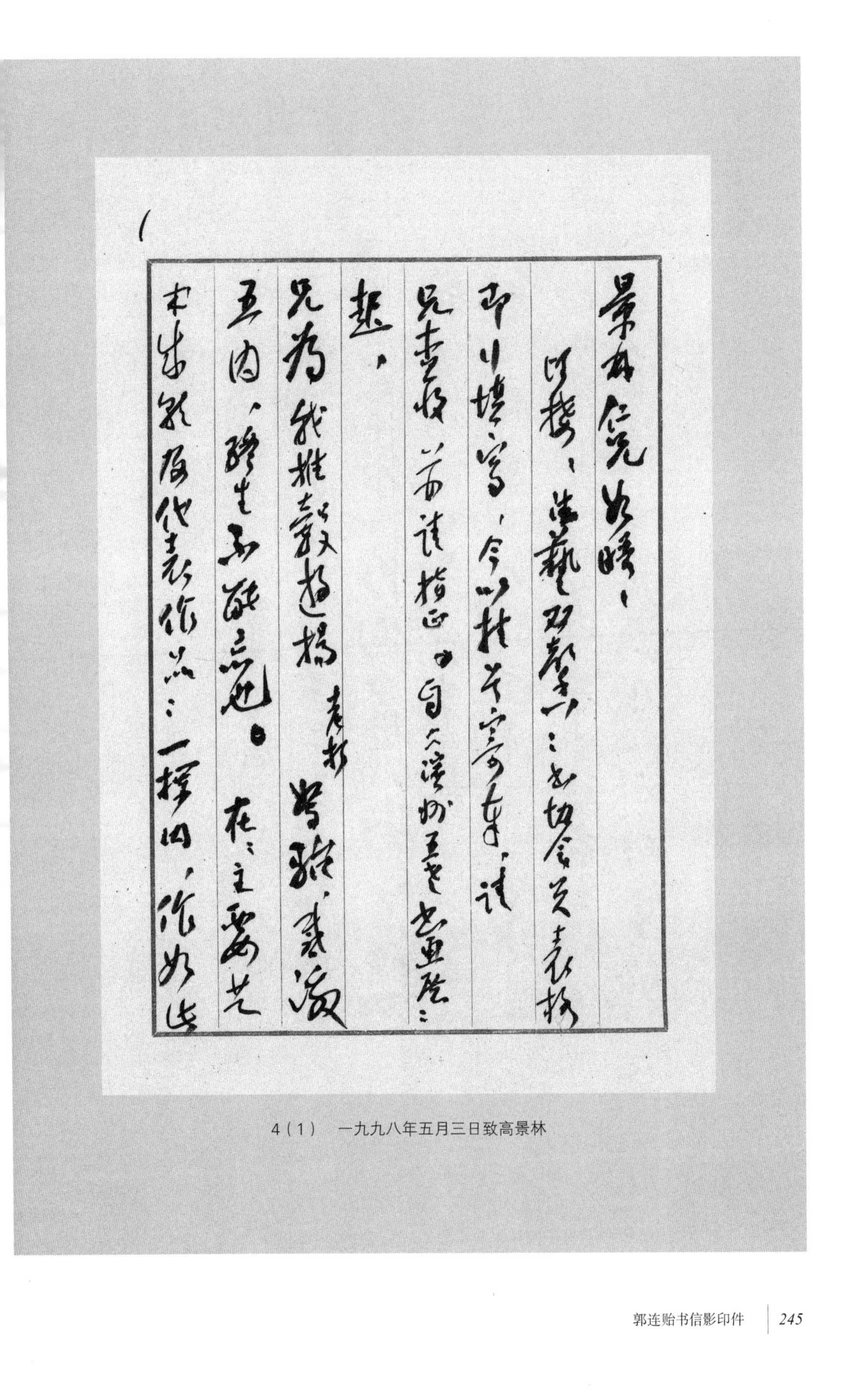

4（1） 一九九八年五月三日致高景林

4（2）　一九九八年五月三日致高景林

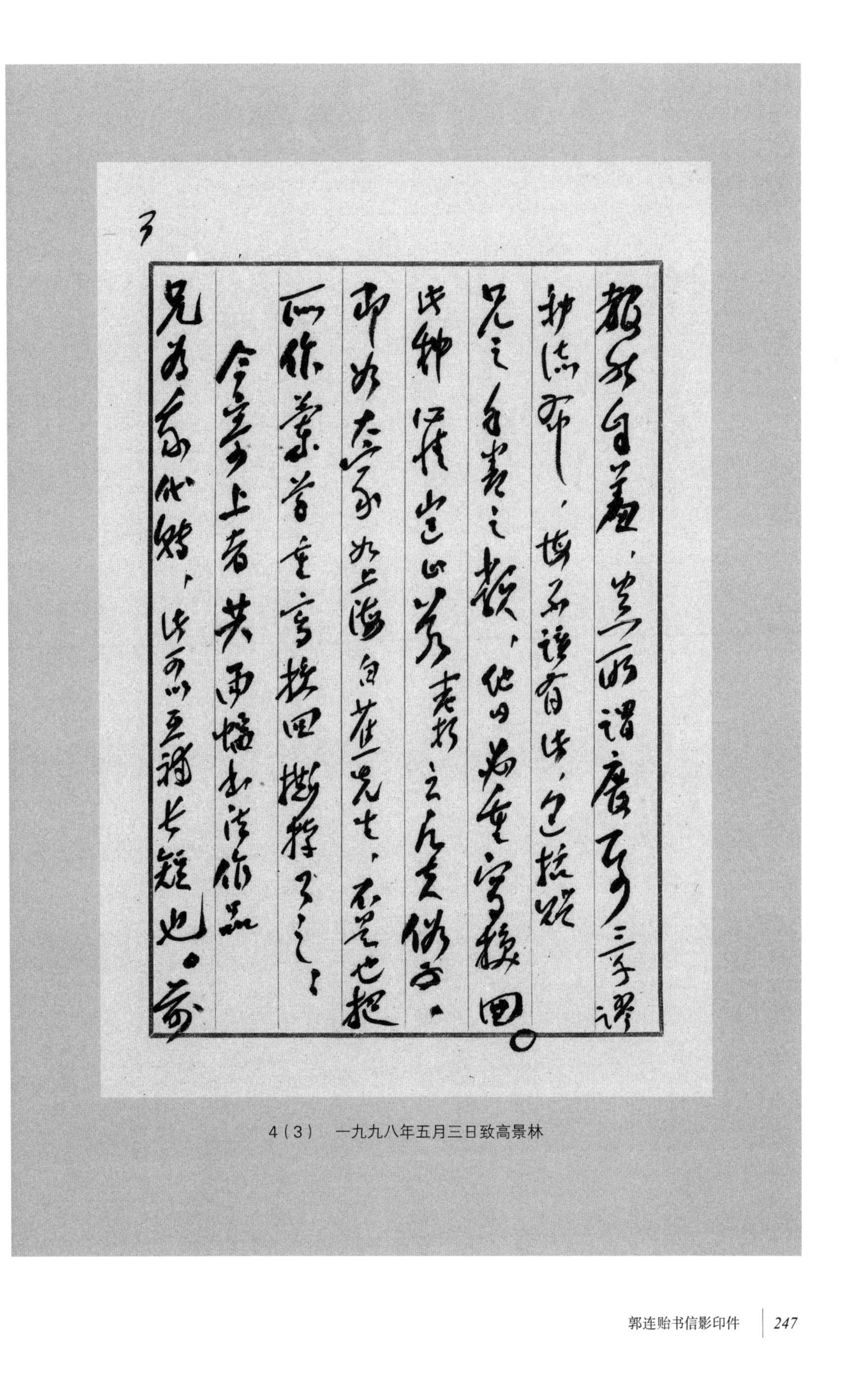

4（3） 一九九八年五月三日致高景林

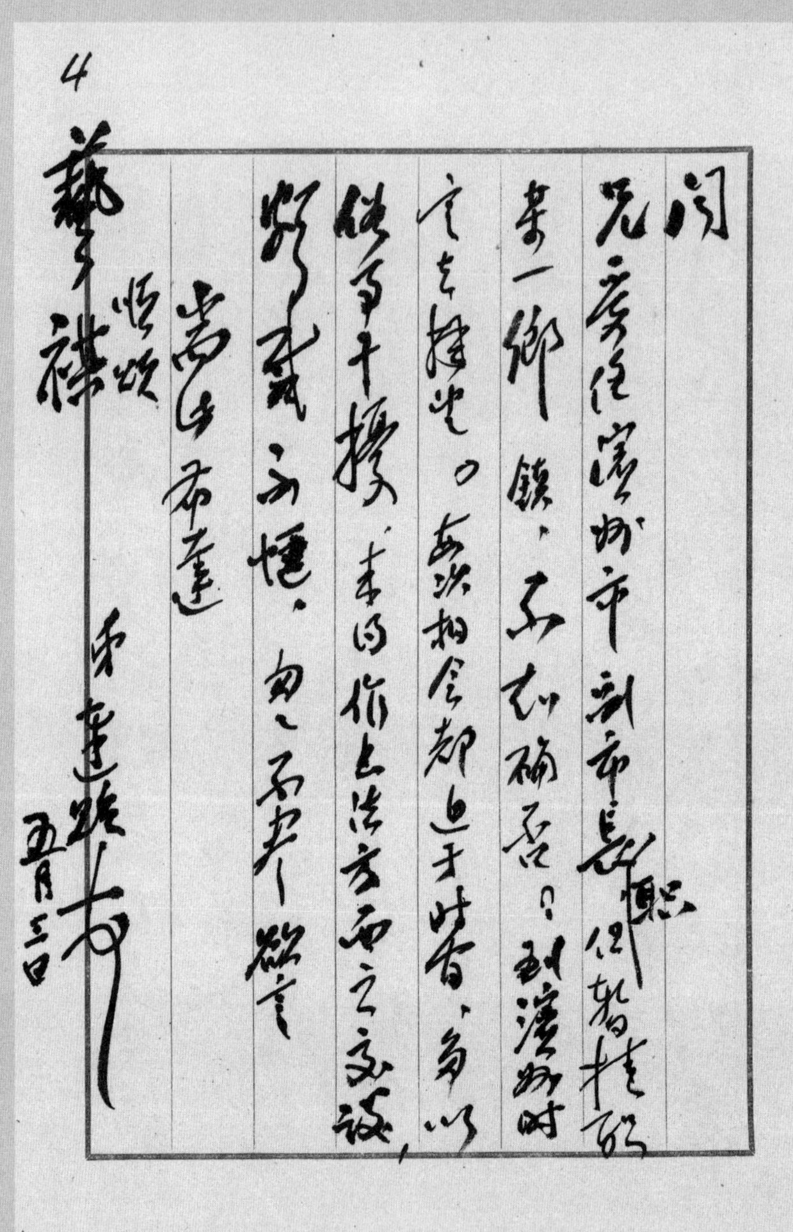

4

問

兄聞任濱城市副市長職，但暫掛[illegible]

其一鄉鎮，不知確否？到濱城時

定當拜望。[illegible]次相會都過于[illegible]，[illegible]以

[illegible]，[illegible]作長談方[illegible]交談，

[illegible]不便，[illegible]

尚希原諒

順頌

藝祺

弟 連貽 拜

五月三日

4（4）　一九九八年五月三日致高景林

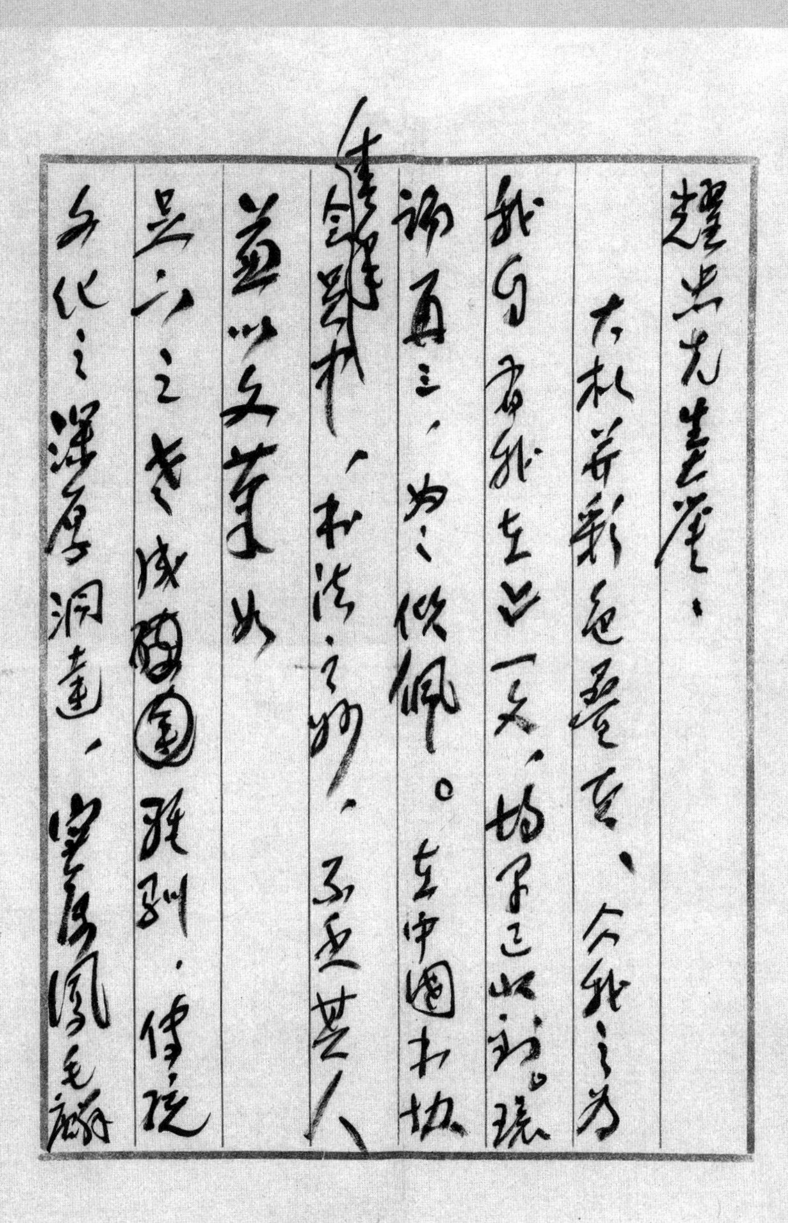

5（1） 一九九八年七月十日致邢耀忠

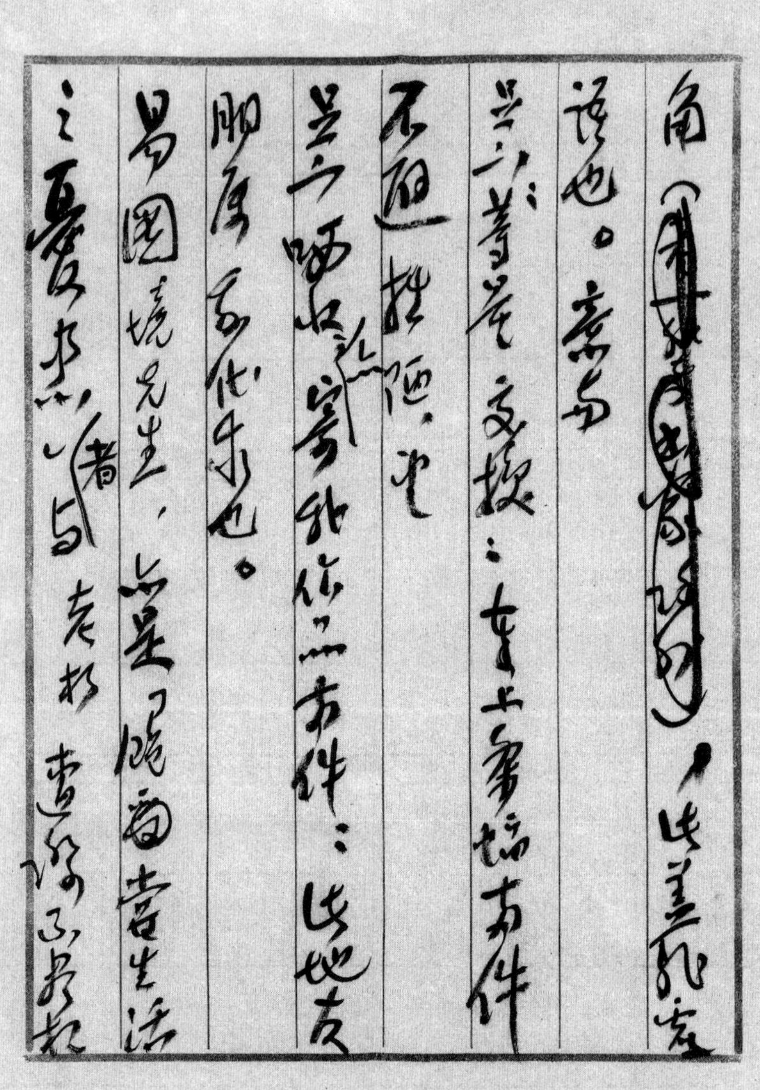

5（2） 一九九八年七月十日致邢耀忠

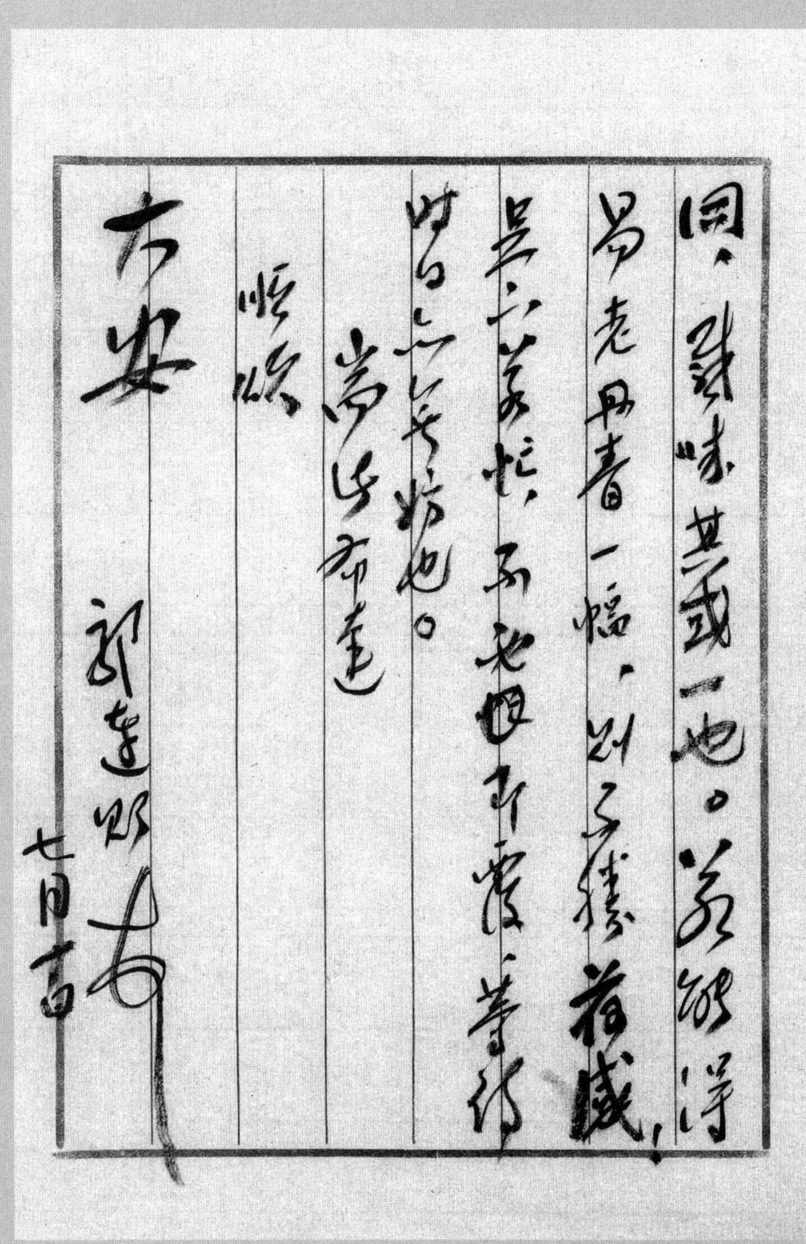

顺颂

大安

郭连贻

七月十日

5（3） 一九九八年七月十日致邢耀忠

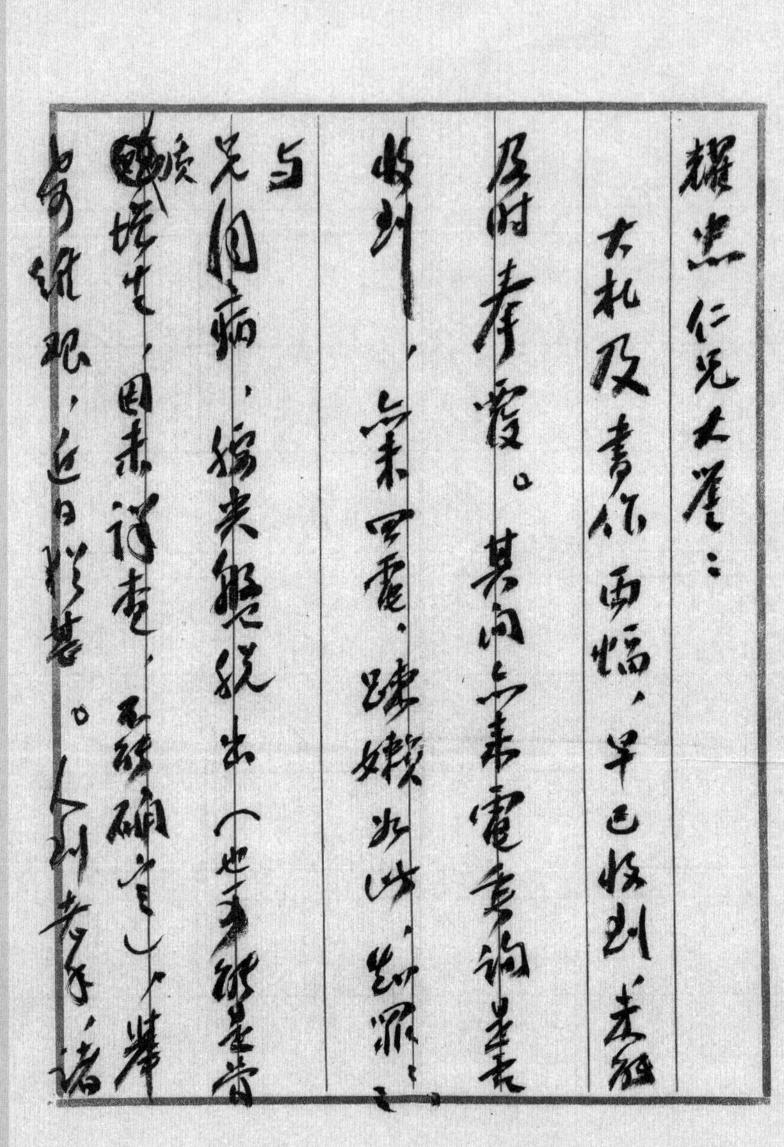

耀忠仁兄大鉴：

大札及青作两幅，早已收到，未能及时奉覆。其间亦未电话询某表收到，亦未回電，致嫂嫂来此，勸罪罪

与

兄同病，独未能脱出（也未能是背瞻嫂世，因未详查，不能确定），幸告领职，近日稍暇。今则老年，诸

6（1） 一九九八年十一月二十八日致邢耀忠

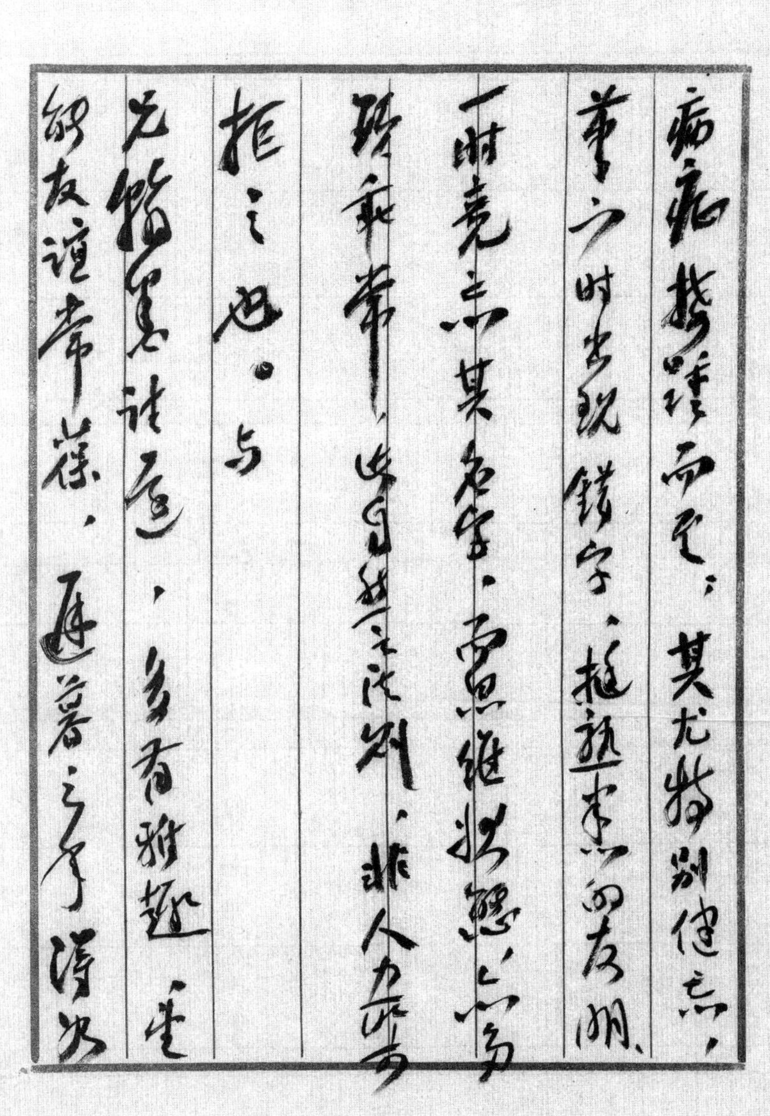

病痛折磨而已；其尤特别健忘，
笔之时出现错字，提熟悉之朋友们、
一时竟忘其名字，需思维联想，方
能乘常，此自然之法则，非人力所
推之也。与
先生留意诸处，多看杂志，更
祝友谊常葆，再遇[illegible]

6（2） 一九九八年十一月二十八日致邢耀忠

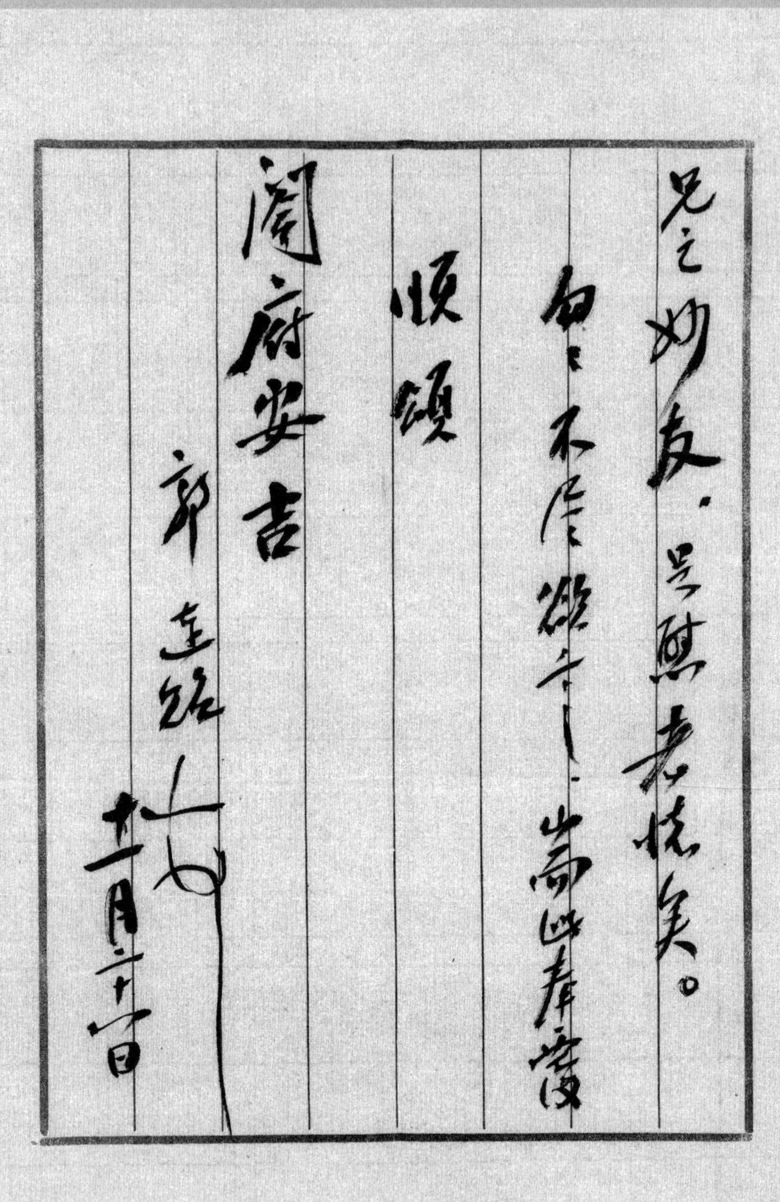

兄之妙友，足慰老怀矣。匆匆不尽欲言，此奉复

顺颂

阖府安吉

郭连贻上

十一月二十八日

6（3）　一九九八年十一月二十八日致邢耀忠

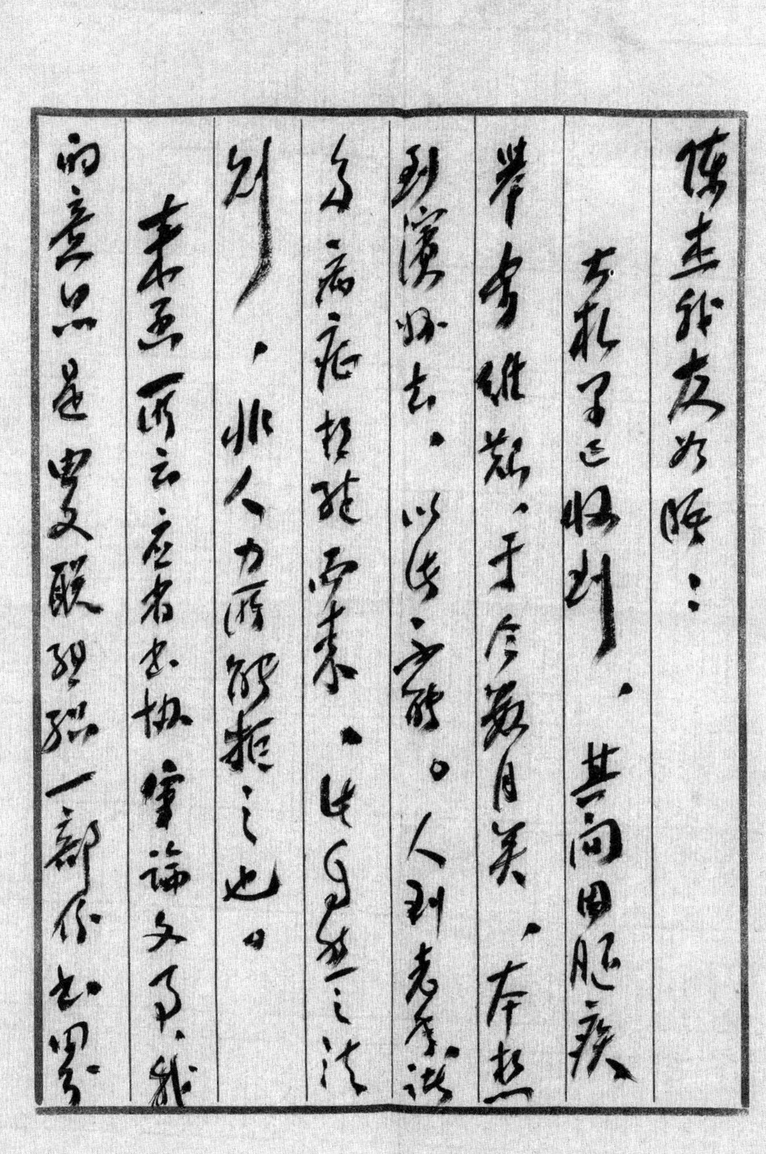

7（1）　一九九八年十二月二十日致陈杰

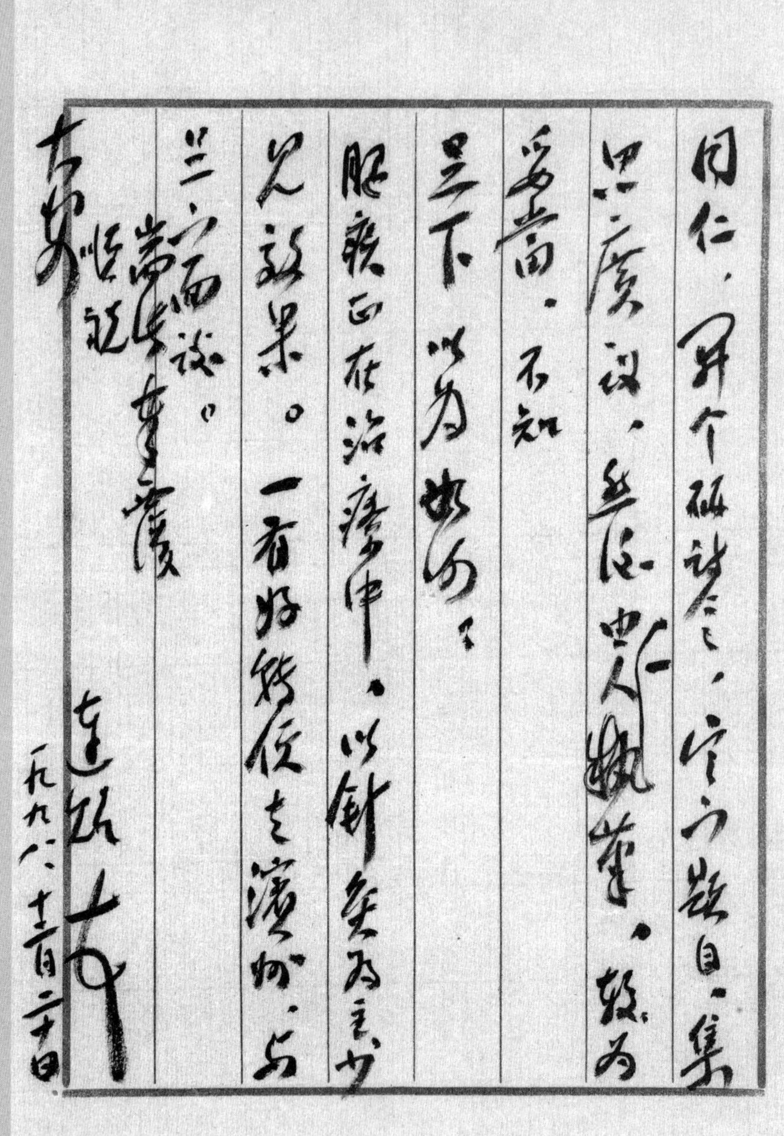

同仁，开个研讨会，定个题目，集思广议，无论出人出钱，较为妥当。不知足下以为然否？胆囊正在治疗中，以针灸为主，已见效果。一有好转便去深圳，与足下面谈。常安无恙

顺颂
大安

连贻上
一九九八.十二月二十日

7（2） 一九九八年十二月二十日致陈杰

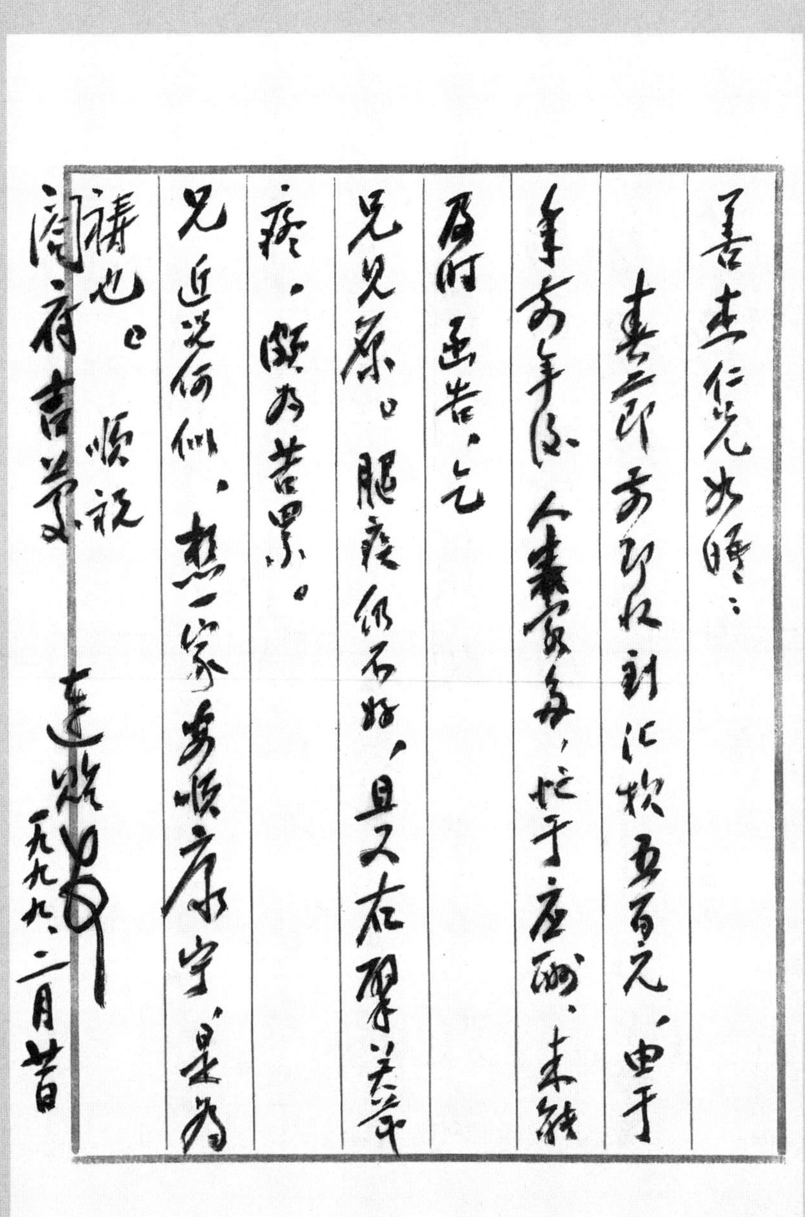

善杰仁兄如晤：

来函即取到汇款五百元，由于年前年后人来客多，忙于应酬，未能及时函告，乞兄见原。腿疼仍不好，且又右臂关节疼，颇为苦累。兄近况何似，想一家安顺康宁，是为祷也。顺祝

阖府吉祥

连贻

一九九九、二月廿

8　一九九九年二月二十日致王善杰

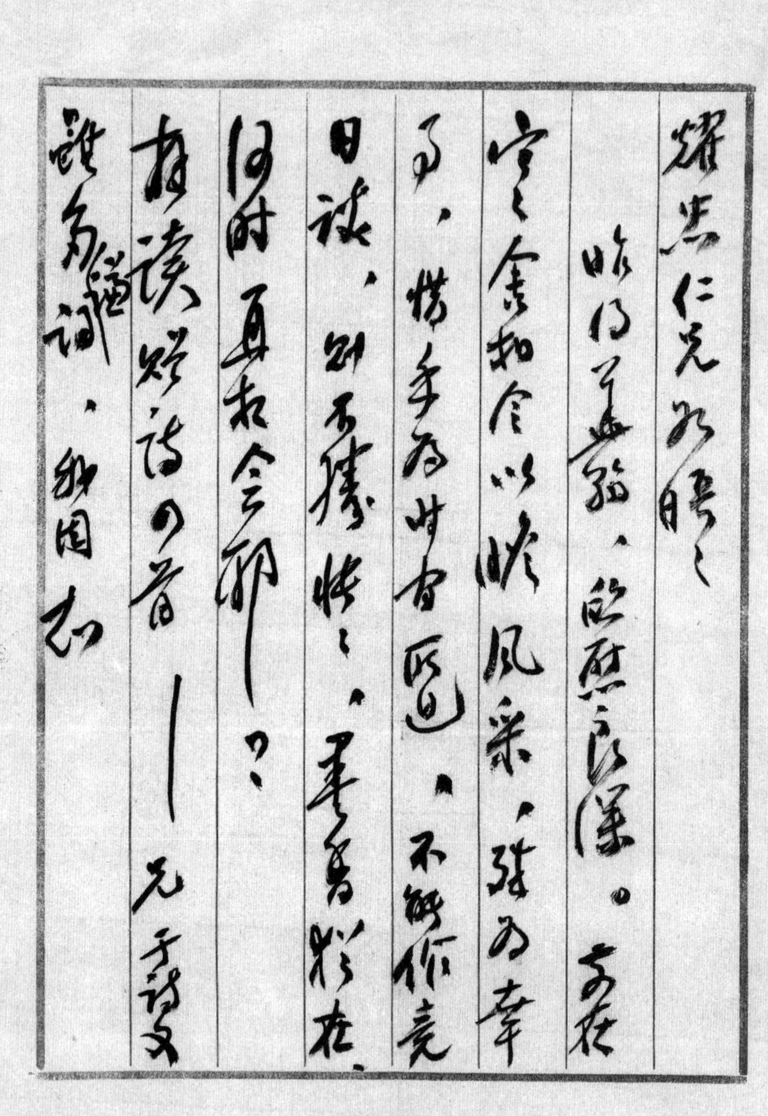

耀忠仁兄如晤：

昨得手书，欣慰良深。今在

[illegible]金[illegible]合以晚风采，殊为幸

事。惜手为时甚短，不能作竟

日谈，别后殊怅怅。尊著将在

何时再来金乡耶？

拜读好诗四首——兄于诗文

造诣多，谢谢。我因[illegible]

9（1） 一九九九年三月十二日致邢耀忠

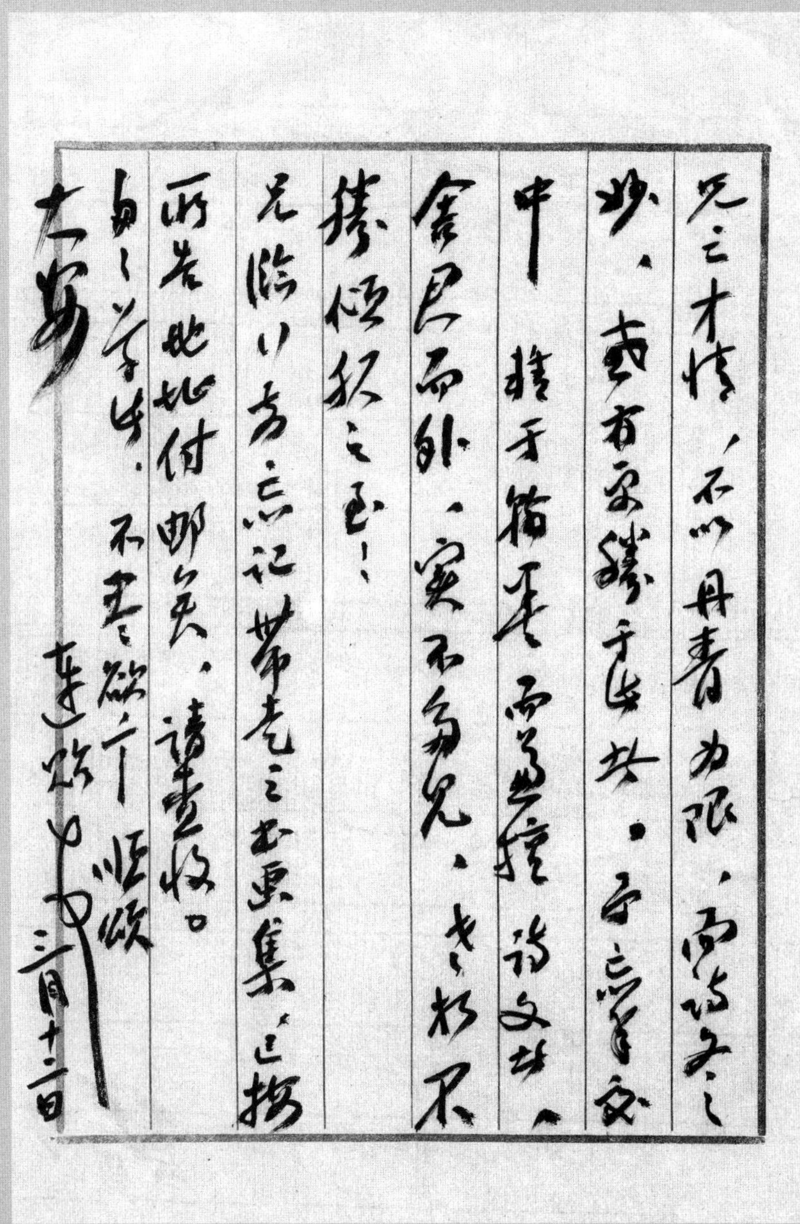

兄之才情，不以丹青为限，而诗文之妙，尤有突过于此者。予亦尝爱中推手翰墨，而篆隶诗文，舍尺而外，实不易见，尤称不胜倾叹之至！！兄临川方志记《带经堂集》，已按所告地址付邮矣，请查收。匆匆草此，不尽欲言，顺颂

大安

连贻 上

三月十二日

9（2） 一九九九年三月十二日致邢耀忠

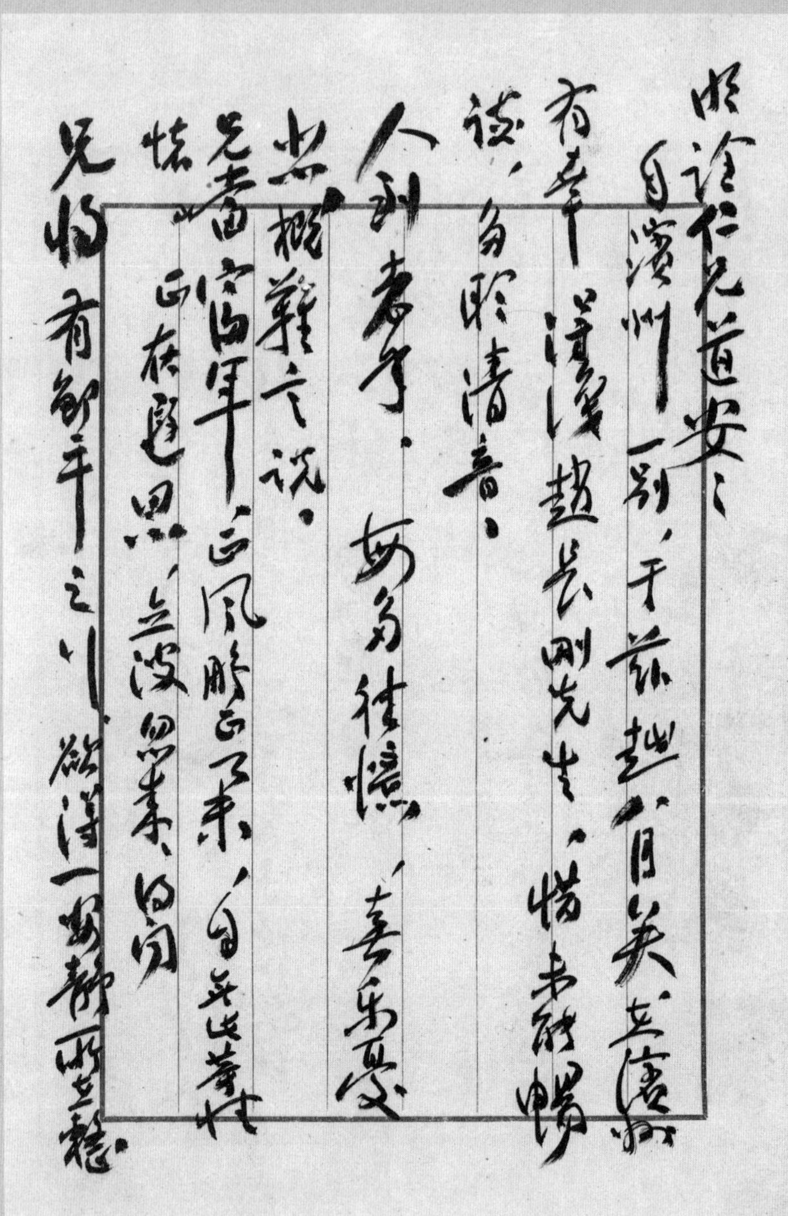

明诠仁兄道安：

自潍州一别，于兹越八月矣。在潍县有幸谒识赵长刚先生，惜未能畅谈，多聆清音。人到老年，每多怀旧，喜乐忧思，概难言说。兄尝当年，正风华正茂，自是长苦[illegible]怙，而在[illegible]思，并没[illegible]来，回[illegible]

兄将有郁平之心，欲得一幽静所在

10（1）　一九九九年六月九日致于明诠

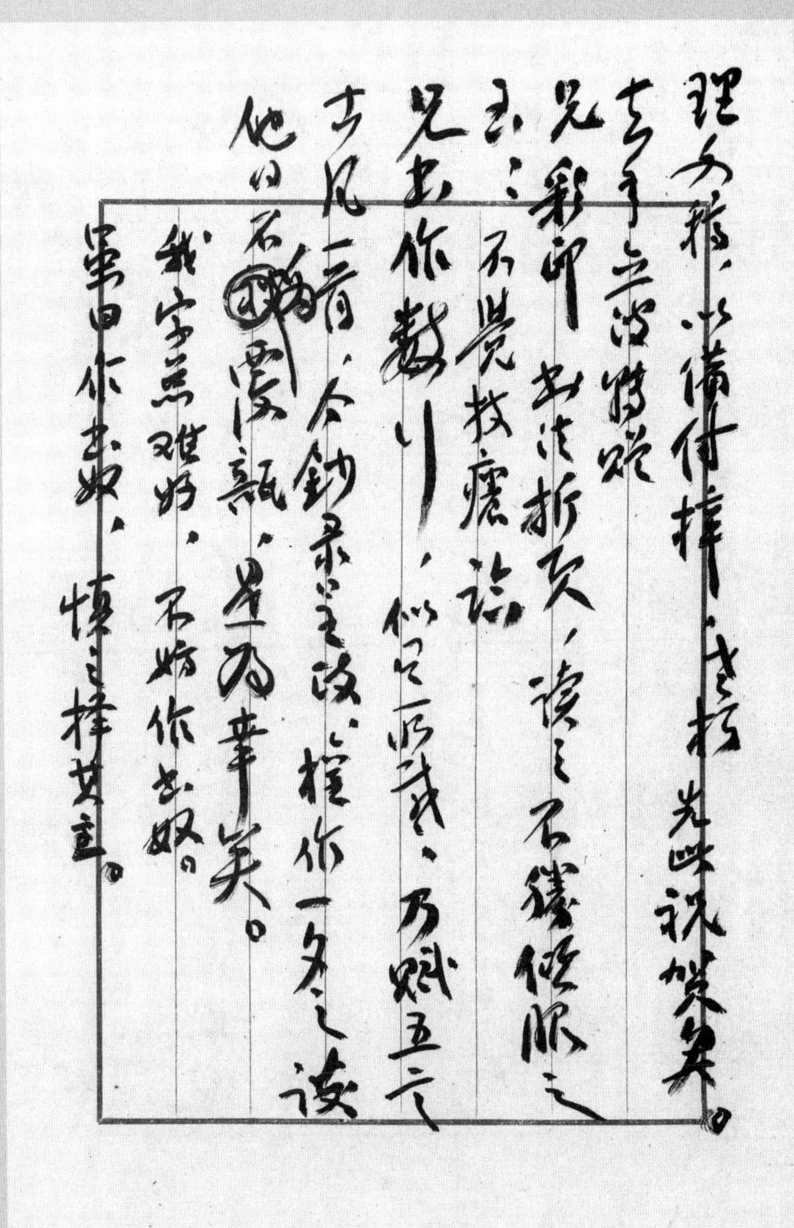

10（2） 一九九九年六月九日致于明诠

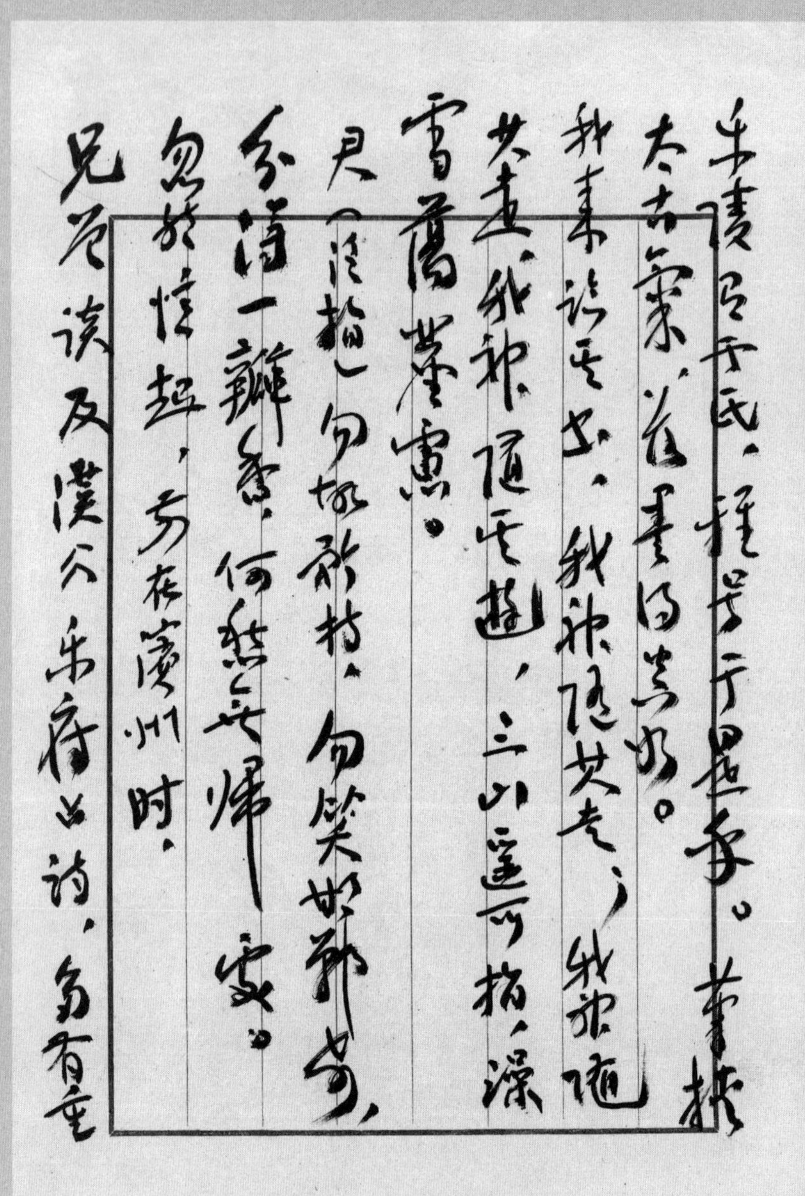

手书已[illegible]，[illegible][illegible]于星期[illegible]。[illegible][illegible]
太古案，[illegible]墨[illegible][illegible][illegible]。
我来说[illegible]也，我欲随其去，我欲随
其去，我欲随它逝，三山蓬可摘，深
雪[illegible]叶重。
尺一[illegible]摘，句似所持，句笑邪[illegible]，
分清一瓣香，何然无归处。
忽然忆起，当在广州时，
兄尝谈及汉公乐府此诗，多有重

10（3） 一九九九年六月九日致于明诠

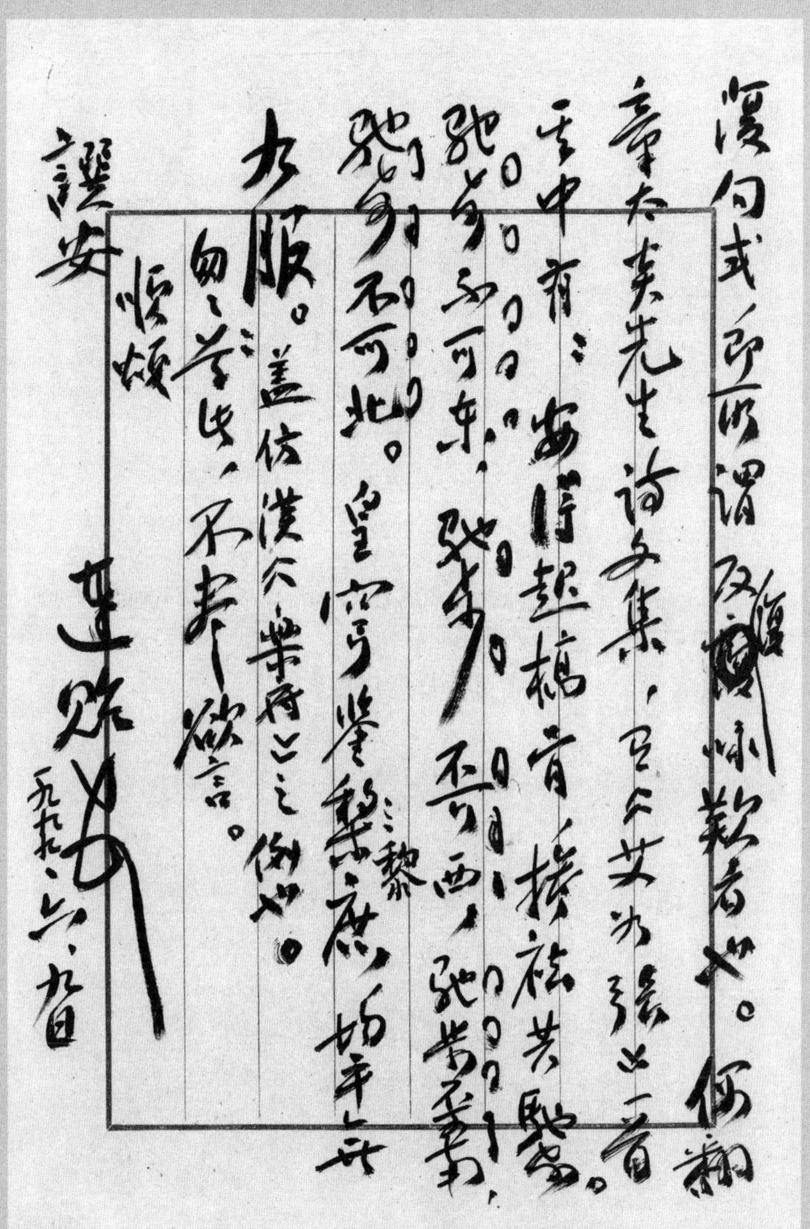

漢句式，即所謂反復咏歎者也。例翻章太炎先生詩文集，見艾如張之一首，其中有：「安得起槁骨，接袂共驅馳。馳乎日日，馳乎可東，馳乎不可西，馳乎[illegible]，馳乎不可北。皇穹鑒黎庶，均平無九服。」蓋仿漢人樂府之例也。匆匆草此，不盡欲言。

順頌

譔安

連貽

一九九九、六、九日

10（4） 一九九九年六月九日致于明诠

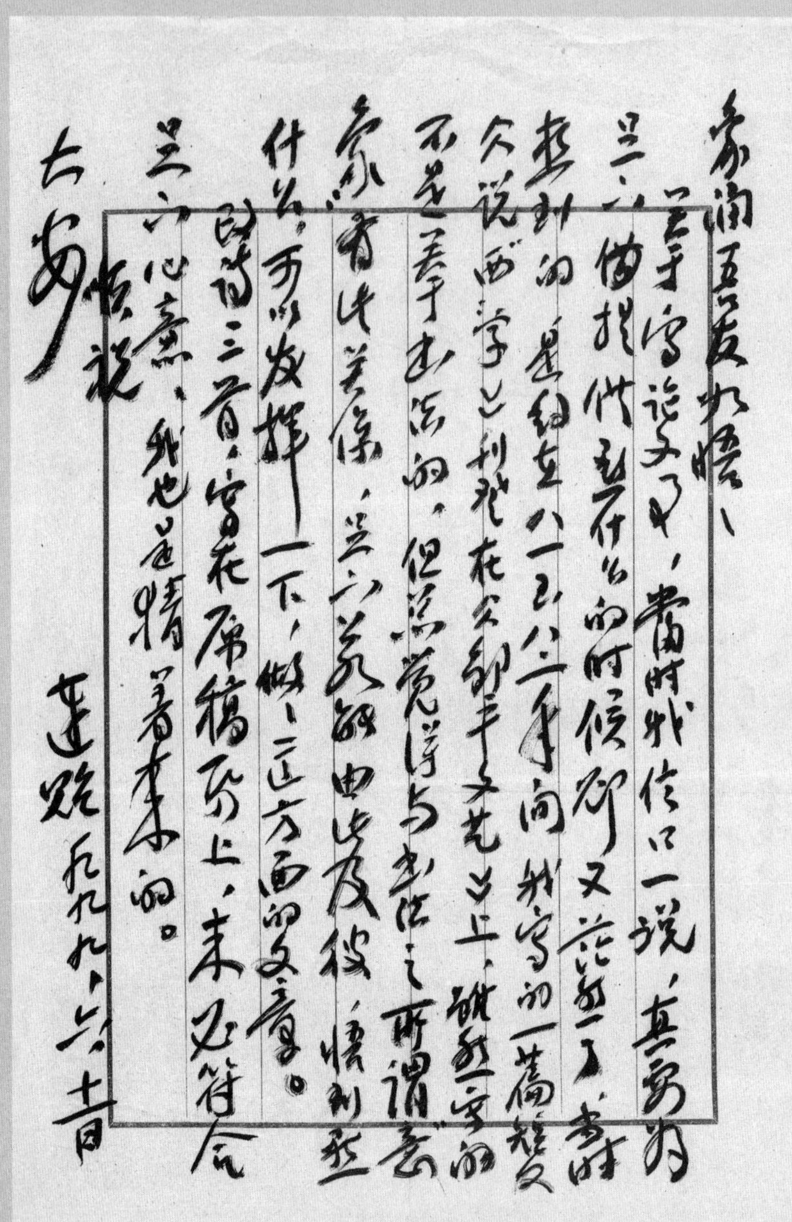
象润吾友如晤：
足下写论文了吧，当时我信口一说，真要为足下做找什么的时候，却又茫然了。当时想到的是在八一、八二年间，我写的一篇短文，说西学上利玛窦在文学部手文艺上，谁都无一字的，不是善于出活的，但总觉得与出活之所谓意象有些关系，足下就由此出发，想到些什么，可以发挥一下，做做这方面的文章。附诗三首，写在原稿页上，未必符合足下心意，我也是随意写来的。
顺祝
大安
连贻 九九、六、十一

11　一九九九年六月十一日致李象润

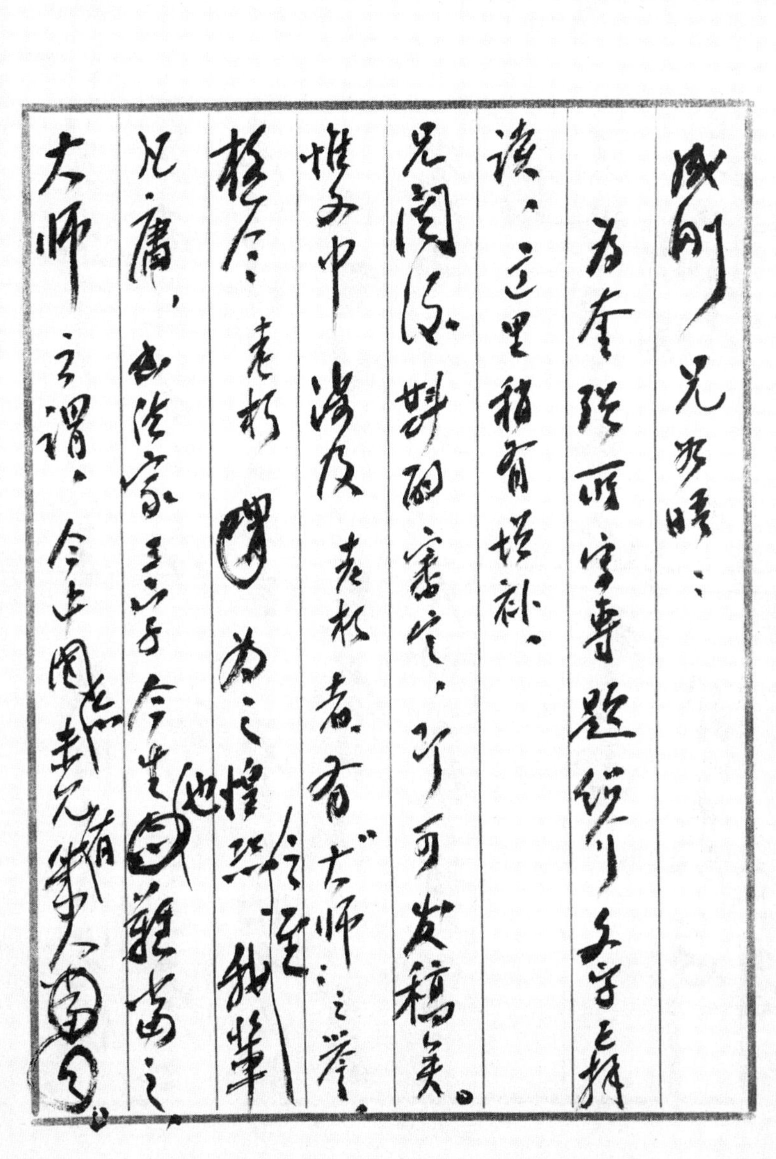

成刚兄如晤：

为秦跋所写专题评介文字已拜读，这里稍有增补，兄阅后斟酌审定，即可发稿矣。惟文中涉及老杨者，有"大师"之誉，杨公老杨[illegible]为之惶恐，我辈兄之庸，书法家王学仲先生亦难当之，大师之谓，今止用老兄看法……

12（1）　一九九九年十二月十八日致成刚

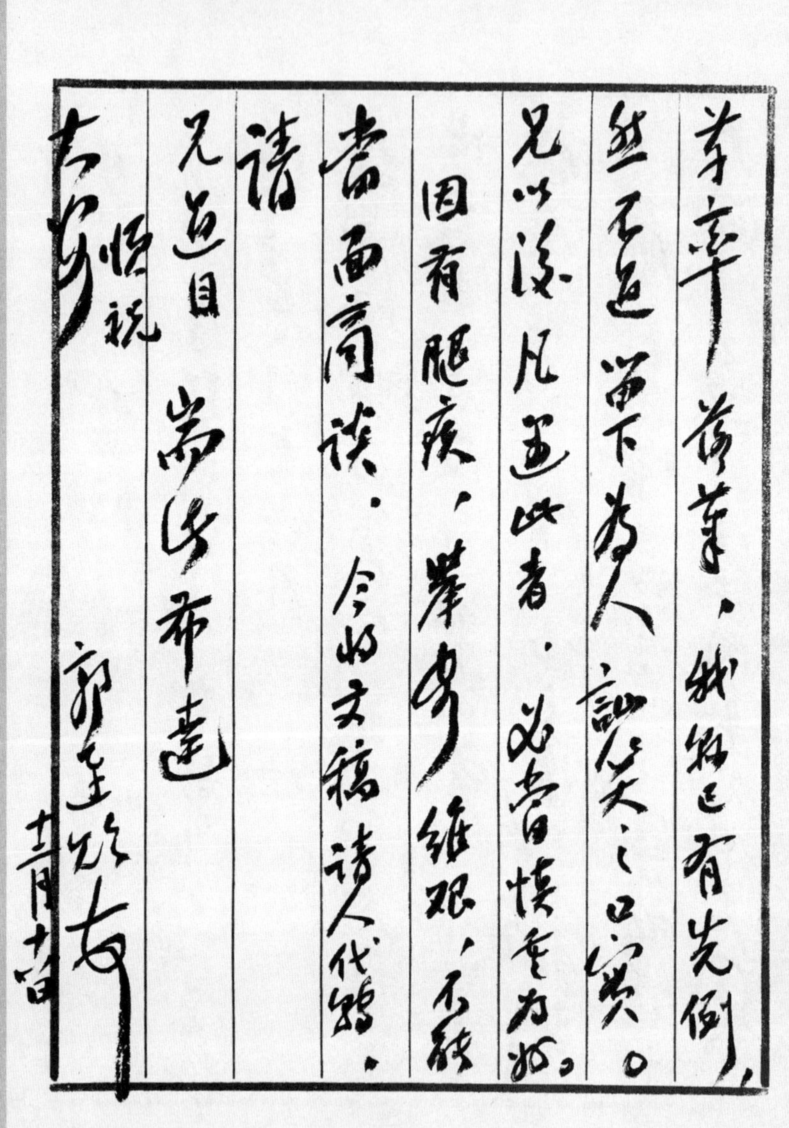

菁华，我想正有先例，
然不过留下为人訕笑之口实。
兄以该凡遇此者，必当慎重为好。
因有腿疾，举步维艰，不能
当面商谈。今将文稿请人代转。
请
兄过目，尚乞希谅。
恒祝
大安
郭连贻专
十二月十八日

12（2）　一九九九年十二月十八日致成刚

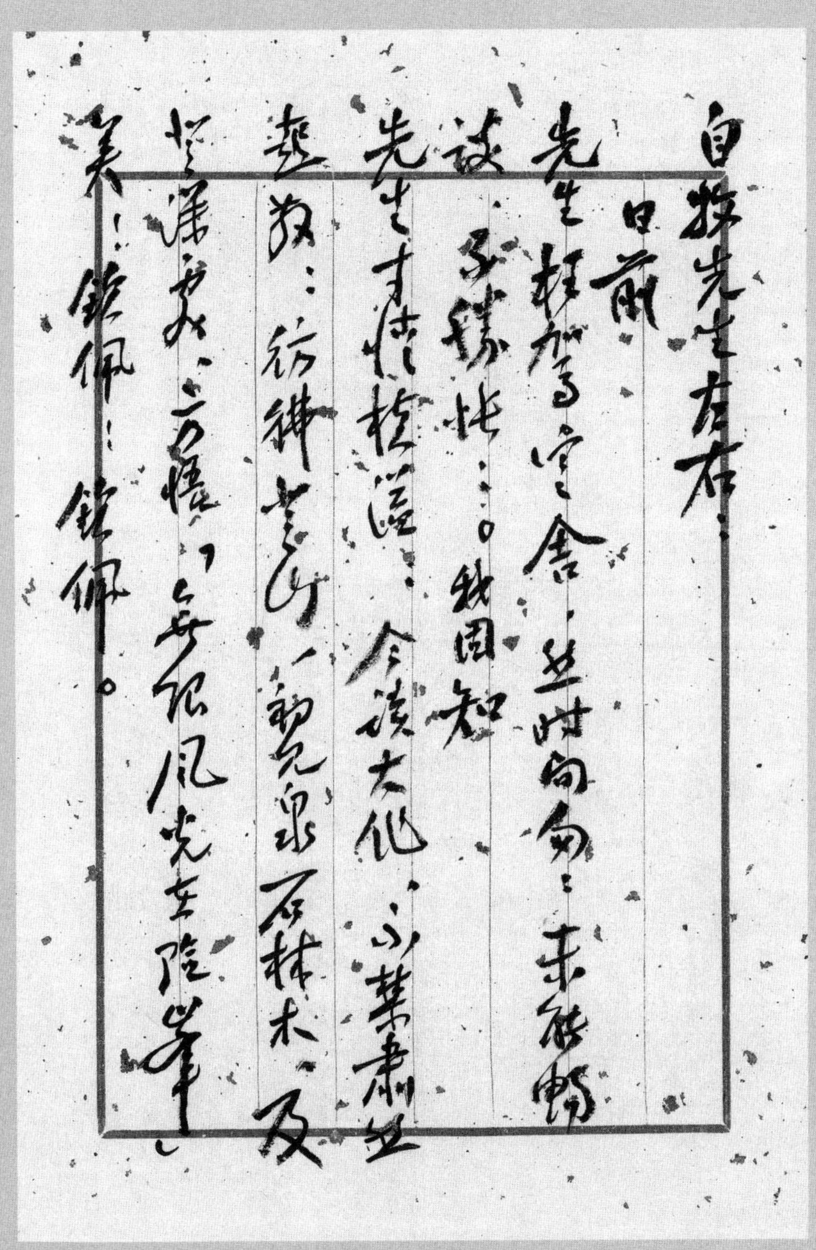

自牧先生左右：

日前

先生枉驾寒舍，并时间匆匆，未能畅谈，至歉怅怅。我因知

先生才情横溢，今后大作，必叶肃然整致，纷繁叠出，一动见泉石林木，及抒深奥义，方悟「无限风光在险峰」矣！钦佩！钦佩。

13（1）　二〇〇二年十一月六日致自牧

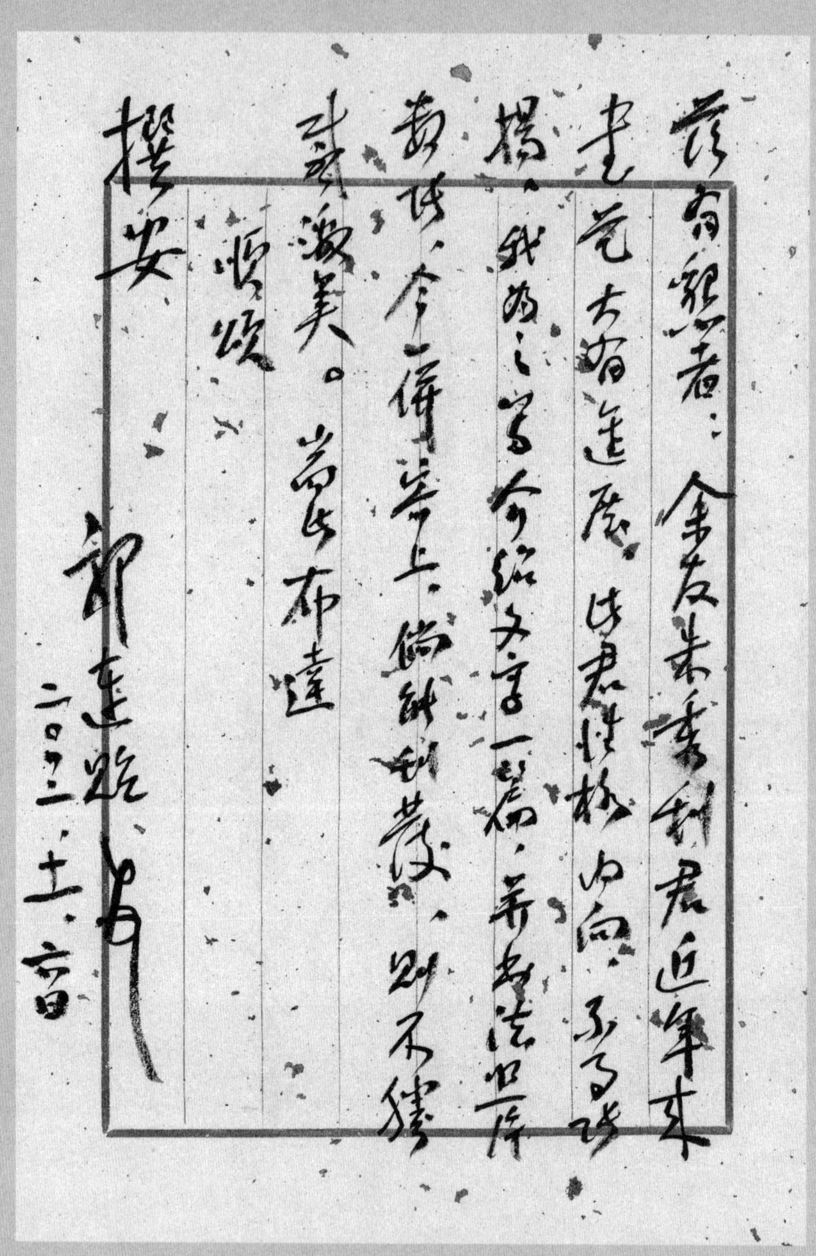

前有劄想悉否：令友朱秀釗君近年來

書藝大有進展，其君精於楷書，亦可稱

揚。我為之寫介紹文字一篇，並書法四件

敬請，今一併寄上，備錄刊發，則不勝

感激矣。草此布達

順頌

撰安

郭連貽上

二〇〇二、十一、六日

13（2）　二〇〇二年十一月六日致自牧

14　二〇〇三年四月十三日致邢耀忠

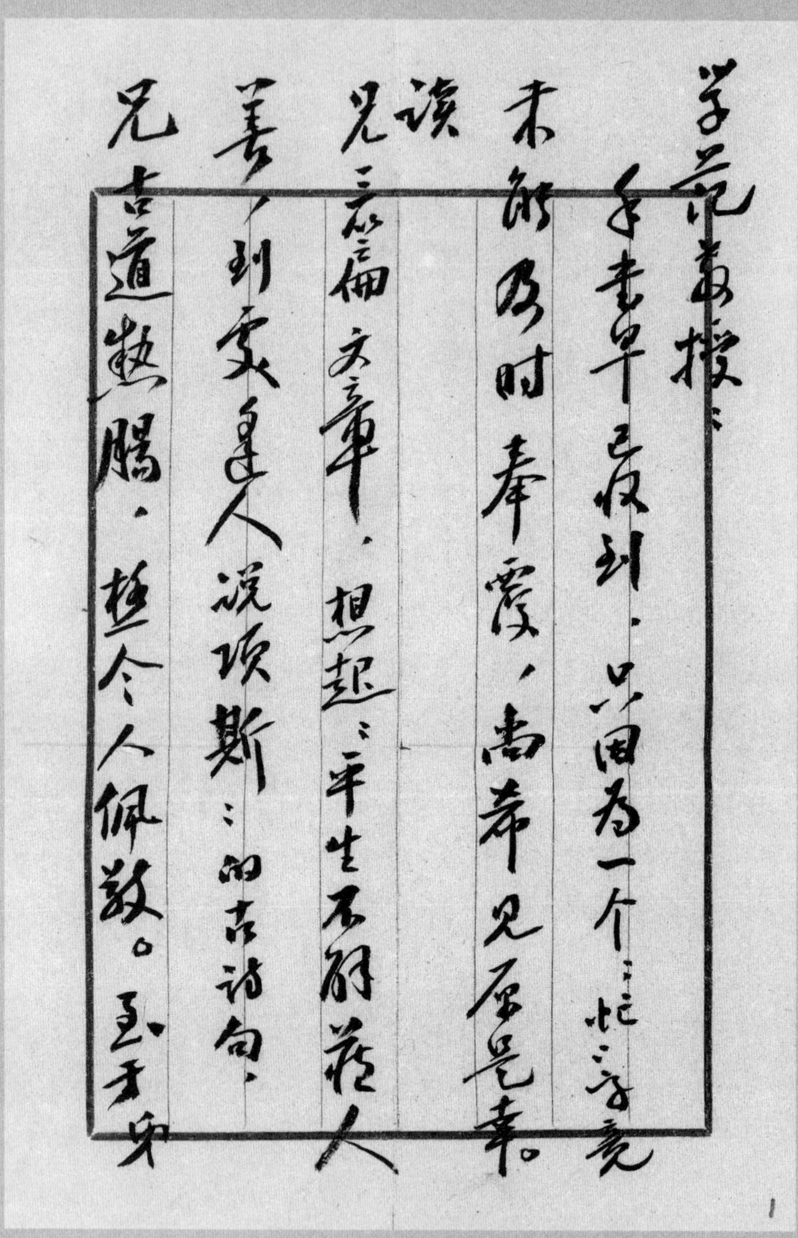

学范兄教授：

手书早已收到，只因为一个个忙忙碌碌，竟未能及时奉覆，尚希见原是幸。读兄三篇文章，想起"平生不解藏人善，到处逢人说项斯"的古诗句，兄古道热肠，极令人佩敬。至于印

1

15（1）　二〇〇四年二月六日致孙学范

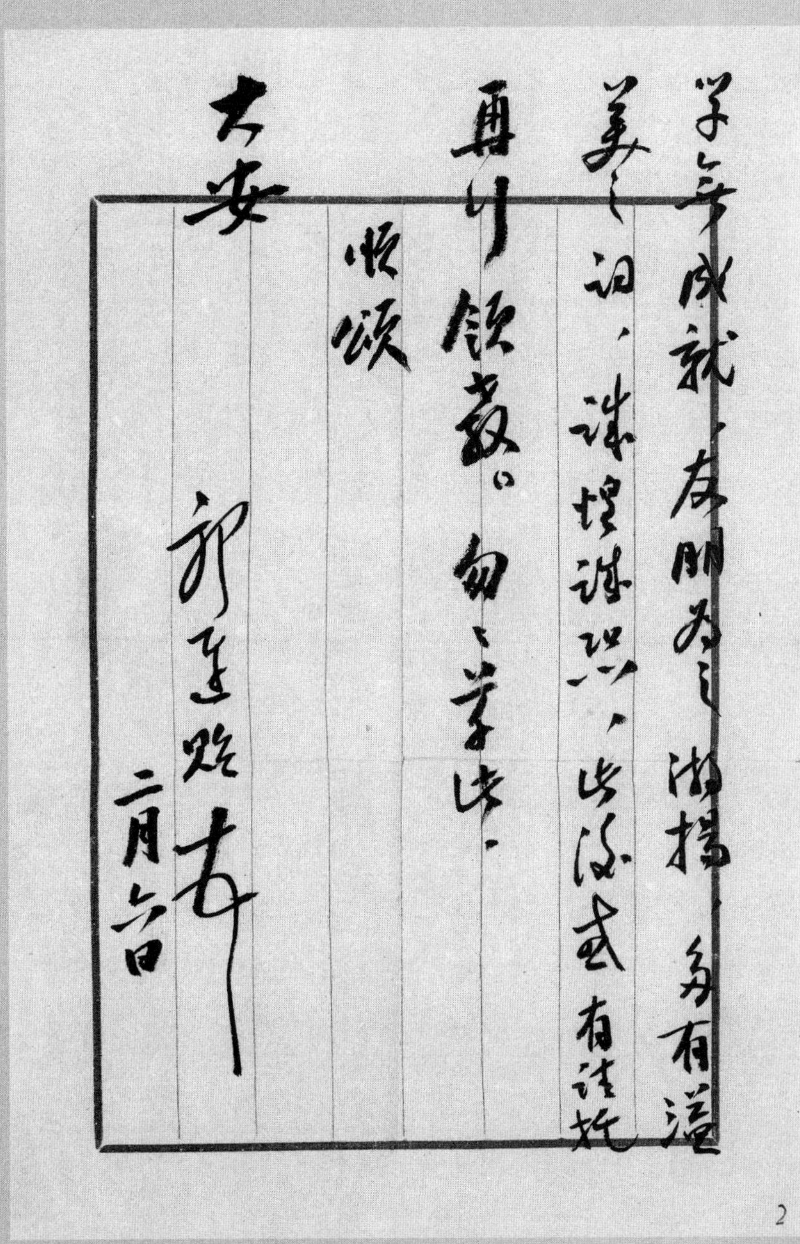

学有成就，友朋为之激扬，

再行领教。匆匆草此，

顺颂

大安

郭连贻 上

二月六日

2

15（2）　二〇〇四年二月六日致孙学范

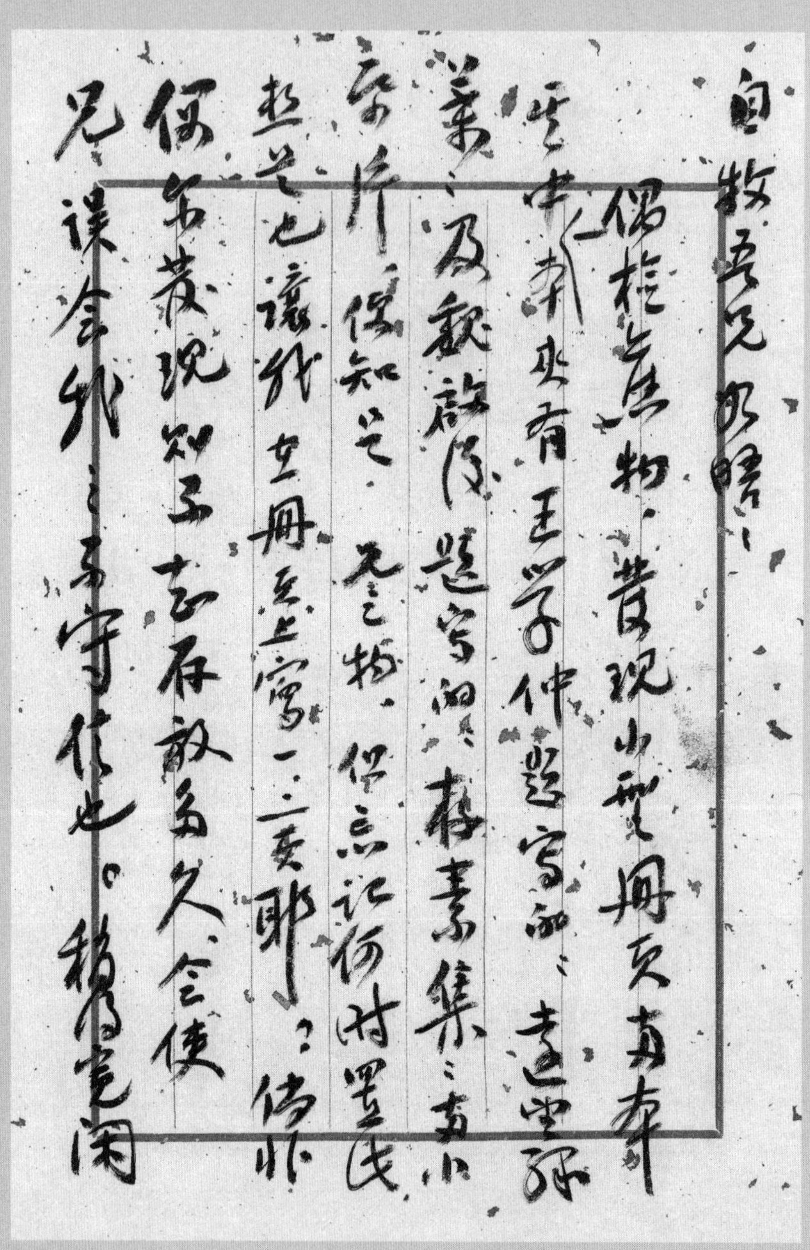

自牧吾兄如晤：

偶检旧物，发现小型册页，有[illegible]先生[illegible]来有王学仲题写函：“[illegible]空[illegible]叶”及钦[illegible]题写的“存素集”、“[illegible]小[illegible]件”，俱知兄之，兄之物，但忘记何时[illegible]民赠兄也。[illegible]我之册页上写一二页耶？倘非何处发现知其存放多久，令使兄误会，我之不守信也。[illegible]宽闲

16（1） 二〇〇四年三月一日致自牧

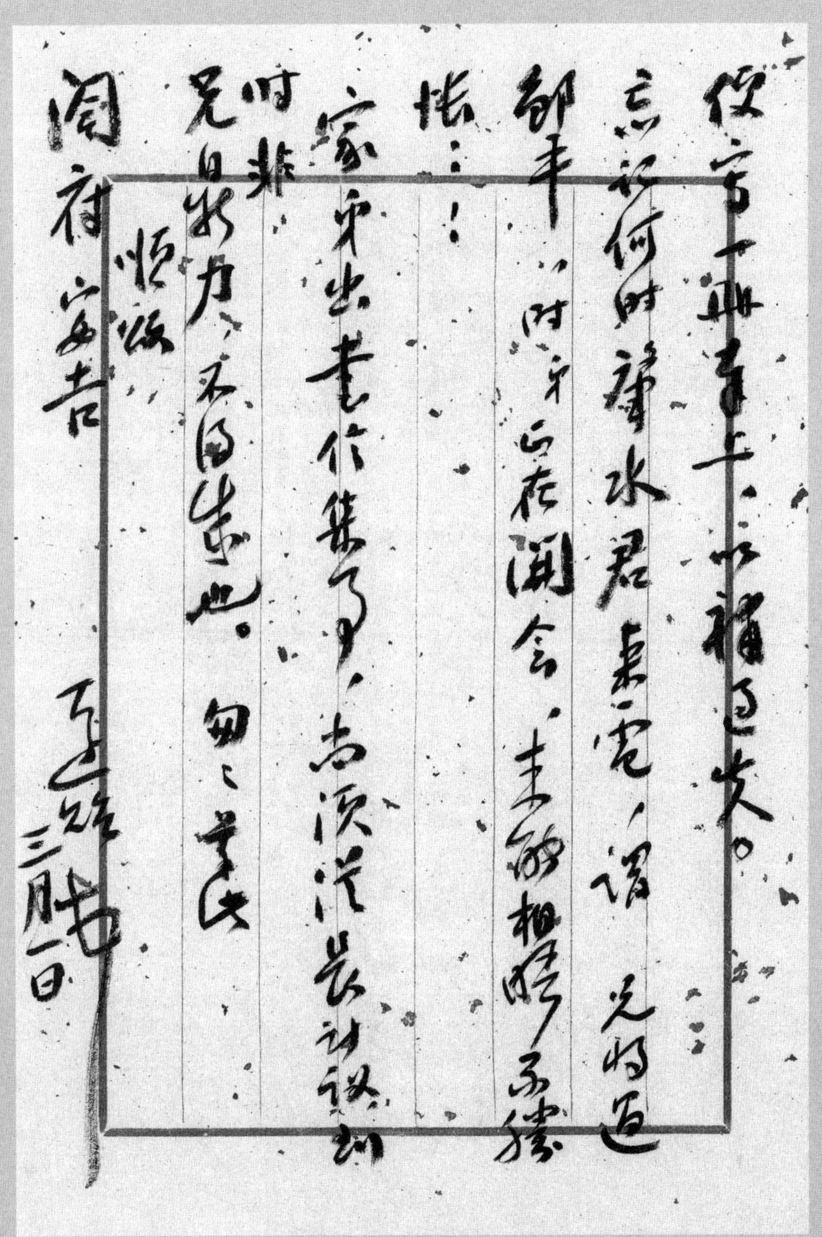

16（2） 二〇〇四年三月一日致自牧

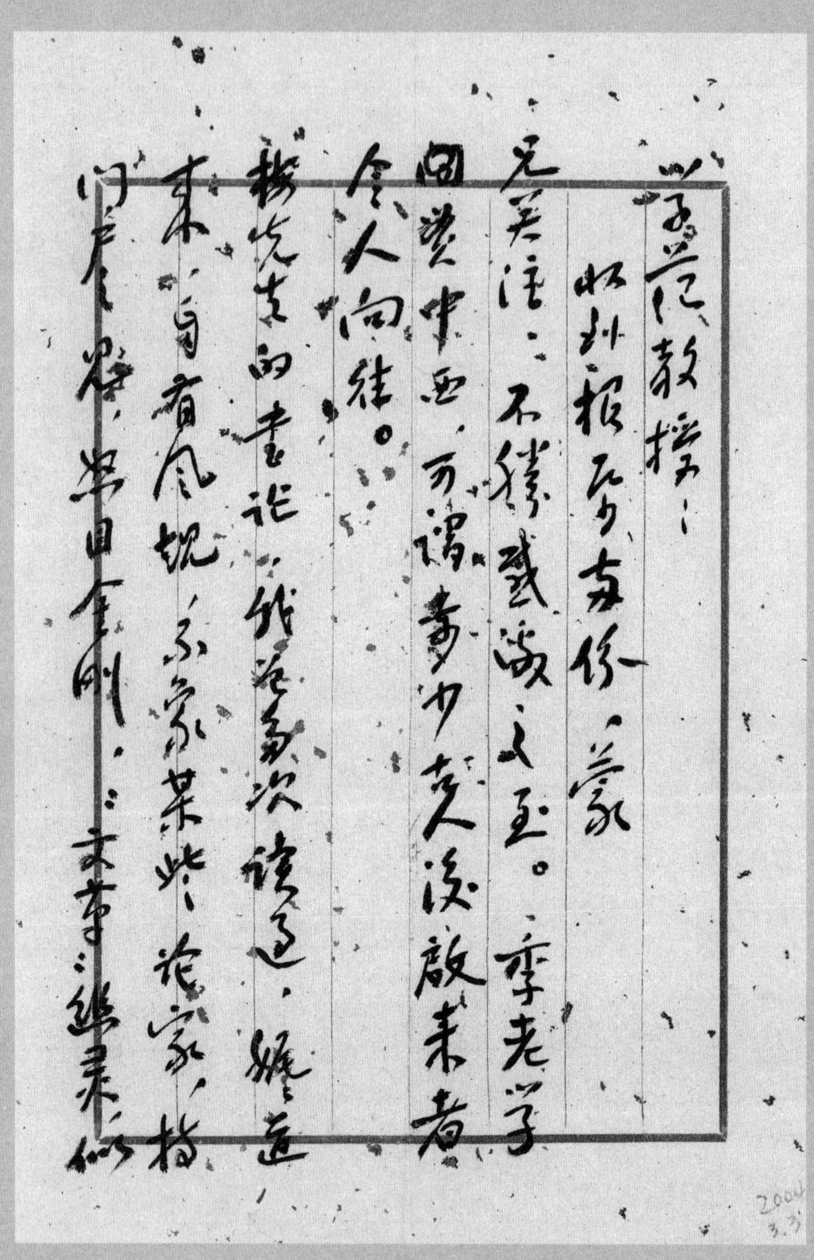

学范教授：

收到报纸与大作，蒙

兄关注，不胜感激之至。李老学

问贯中西，可谓当今少有之人，后启来者

令人向往。

检先生的书信，我曾多次读过，虽道

来自有风趣，不象某些论家，揣

门户之见，学自金刚，文章继来似

2004

3.3

17（1） 二〇〇四年三月三日致孙学范

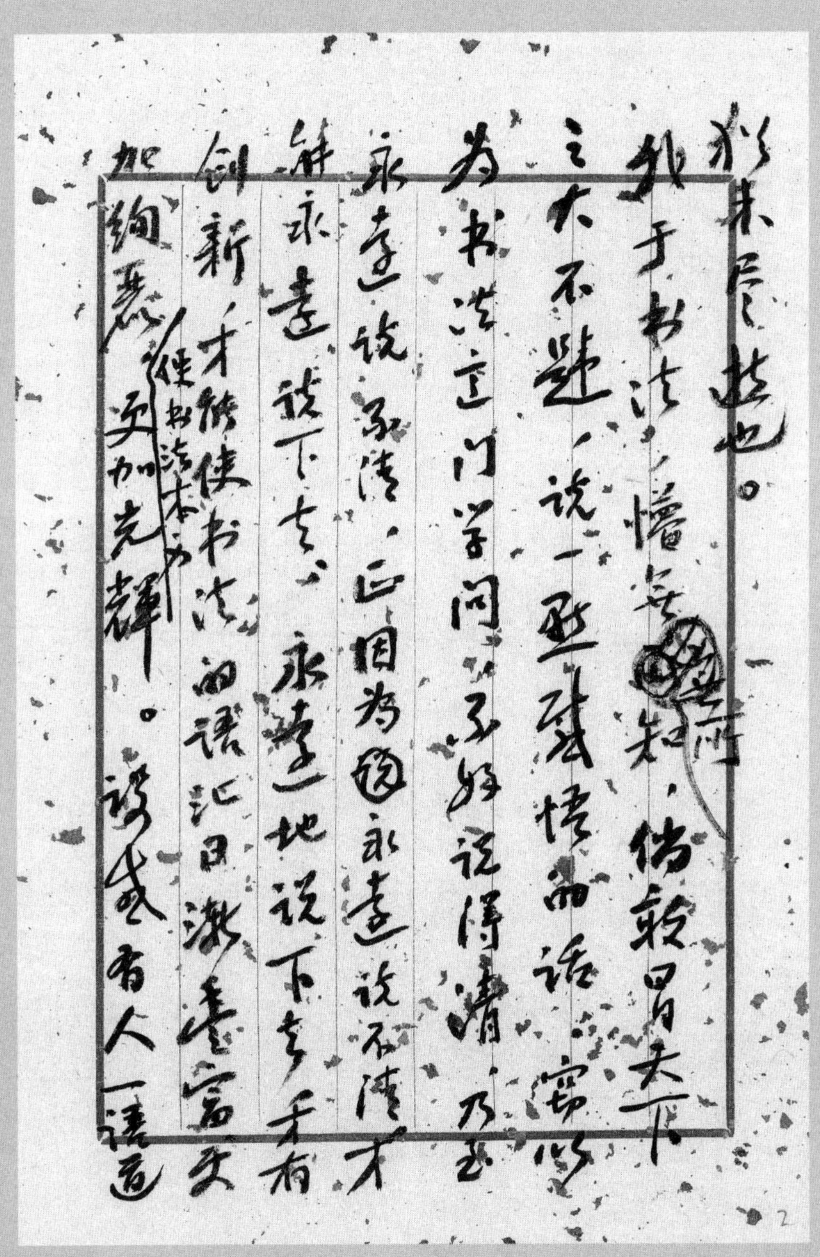

形未尽善也。我于书法，懵无所知，惟赖冒天下之大不韪，说一些外行的话，窃以为书法这门学问，不好说得清，乃至永远说不清，正因为永远说不清，才能永远说下去，永远地说下去，才有创新，才能使书法的语汇日渐丰富，更加绚丽，使书法本身更加光辉。谅或有人一语道

17（2） 二〇〇四年三月三日致孙学范

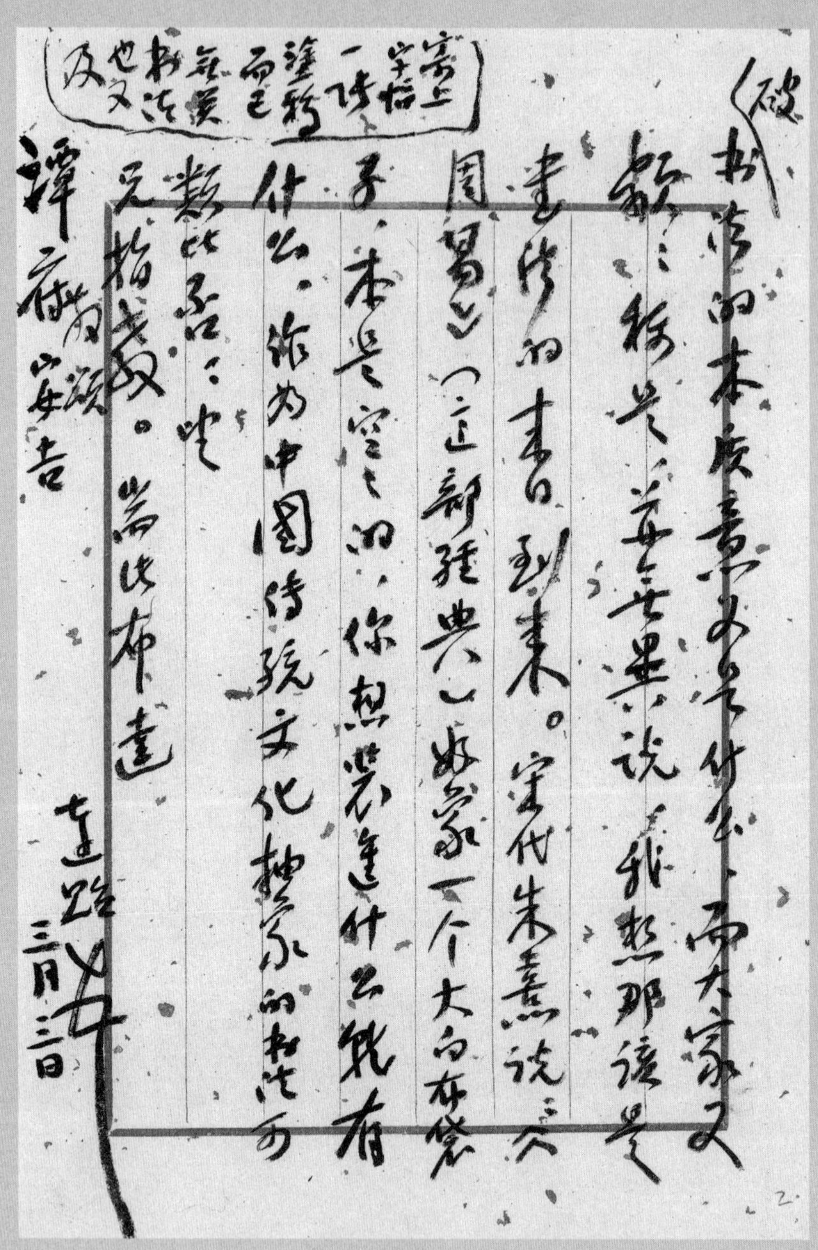

（破）书法的本质意义是什么，而大家又纷纷称其美其异，说我想那该是书法的书到来。宋代朱熹说：《周易》（正部经典）好象一个大白布袋子，本是空空的，你想装进什么就能有什么。你为中国传统文化抽象的书法而欢叹不已吧。见指教。尚此布达

谭府两[illegible]安吉

连贻
三月三日

寄上字帖一份，逢新而已，无关书法也。又及

17（3） 二〇〇四年三月三日致孙学范

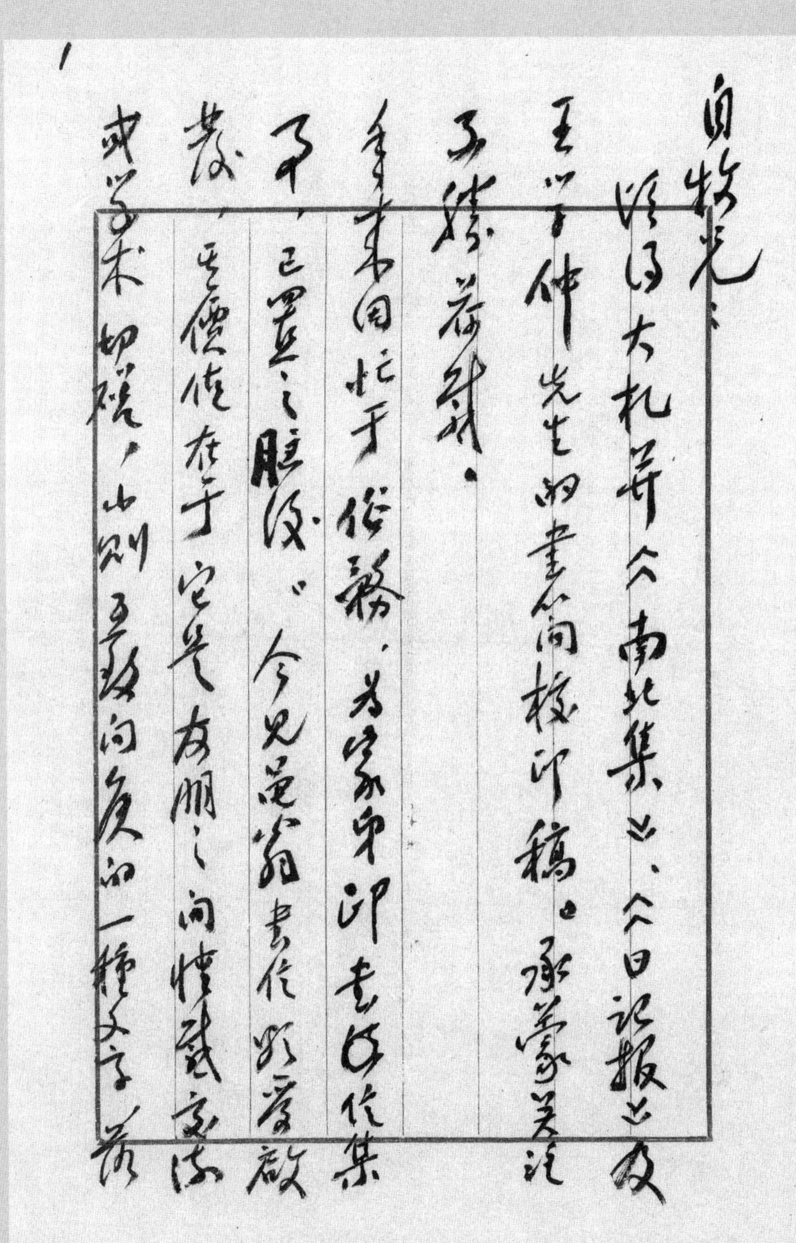

1

自牧先生：
顷得大札并《南北集》、《日记报》及
王以仲先生的书简校印稿。承蒙关注
至深，谢谢。
年来因忙于俗务，为学家印书作集
下，已置之脑后。今见是翁书作别有敬
叹，正应作为学究友朋之间情感交流
或学术切磋之一，此则并非向复的一种文字之发

18（1） 二〇〇四年三月二十日致自牧

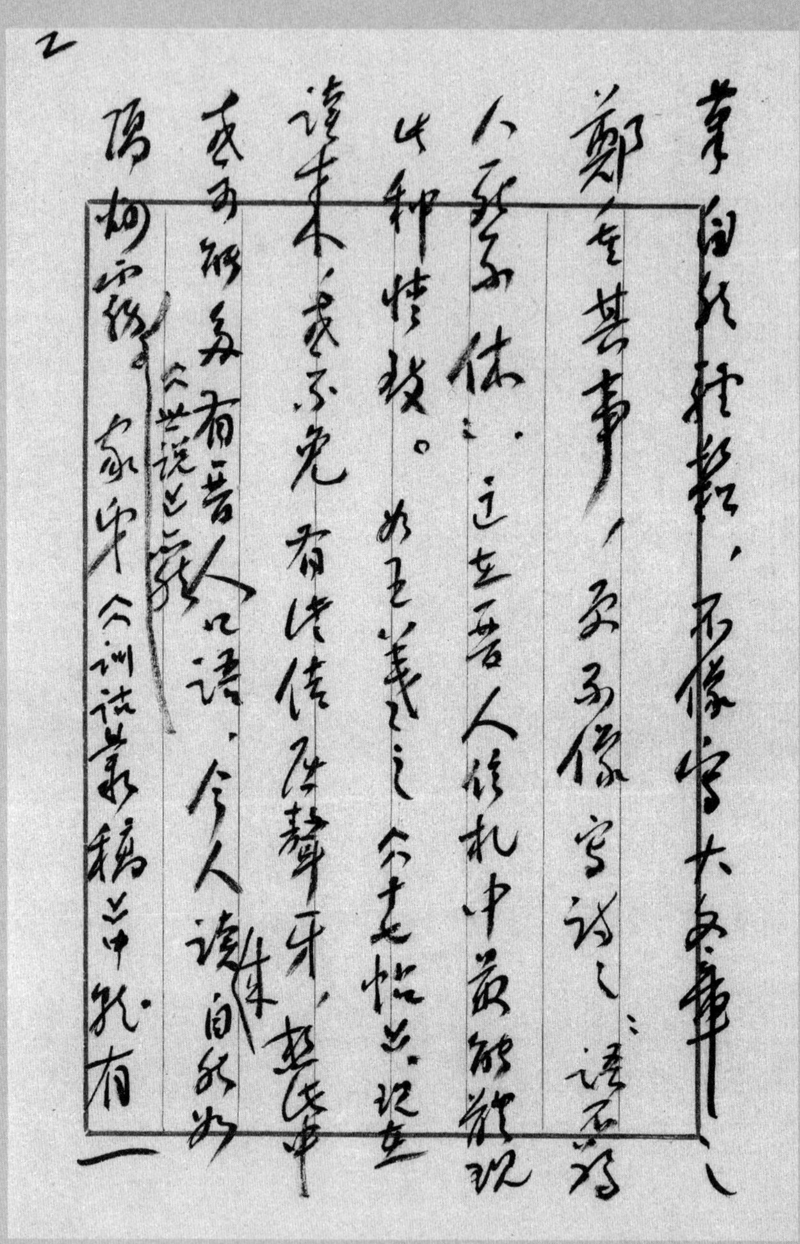

18（2）　二○○四年三月二十日致自牧

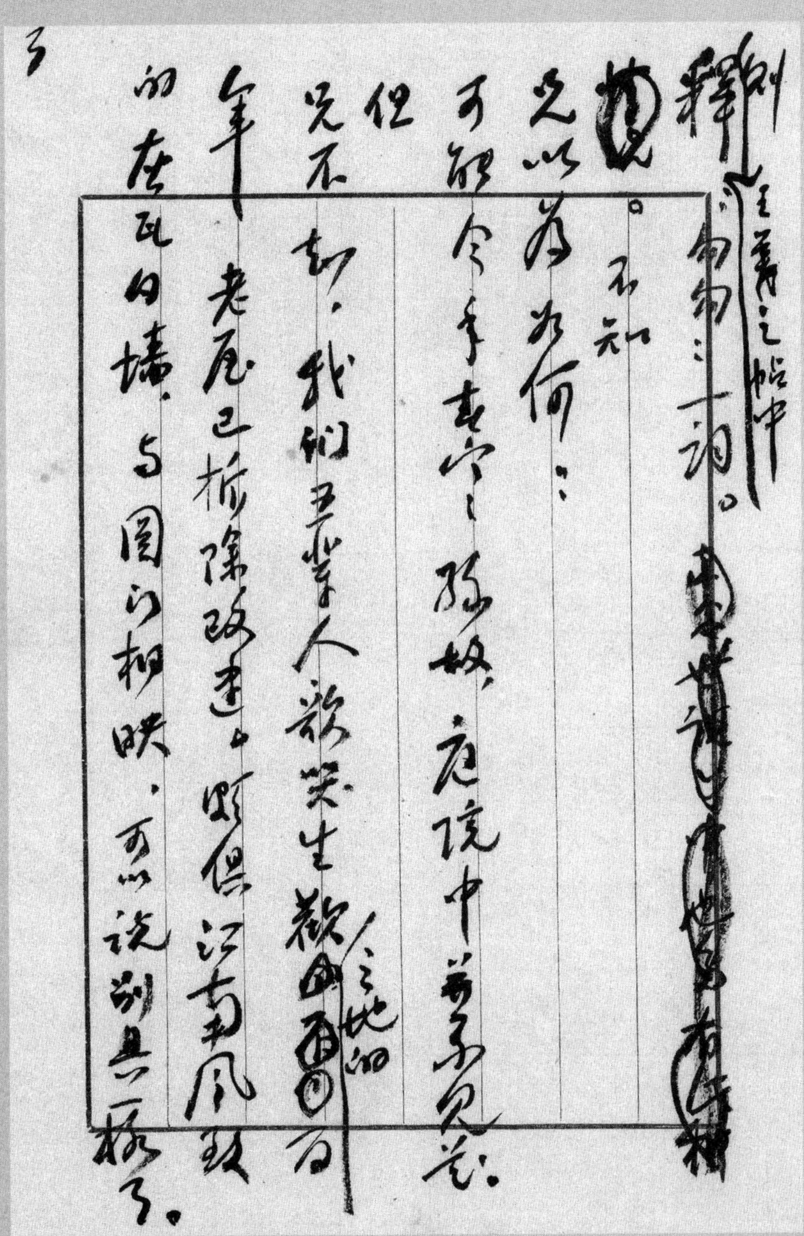

3

别（王羲之帖中句句：十词。）

释[illegible]。不知

兄以为如何？

可能今年春寒，稍晚，庭院中芭蕉只见芽。

但

兄不到，我们吾辈人欲哭先生之地而[illegible]面

年老屋已拆除改建。所保江南风致

的老瓦白墙，与园可相映，可以说别具一格了。

18（3） 二〇〇四年三月二十日致自牧

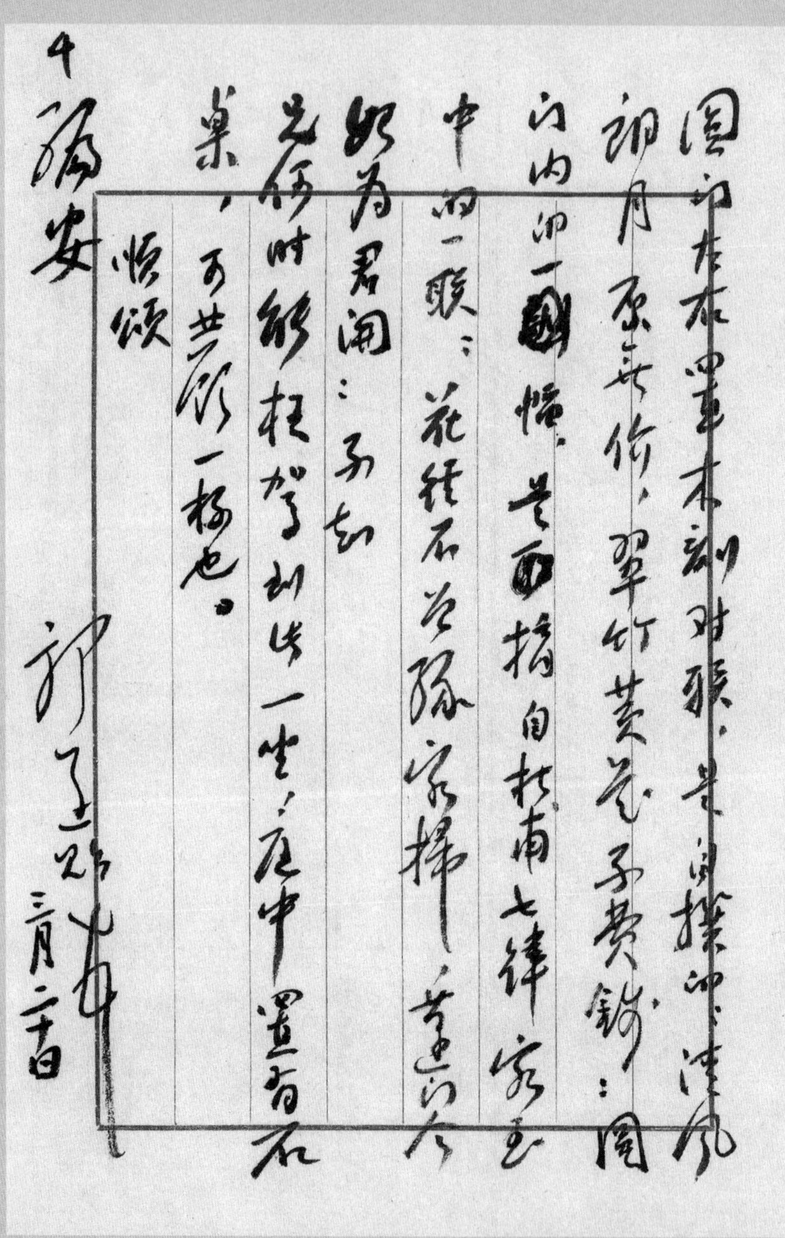

園門有兩塊木刻對聯，並自撰聯：清風明月原無價，翠竹黃花予費錢：園門內外一匾幅，其面摘自杜甫七律客至中兩一聯：花徑不曾緣客掃，蓬門今始為君開：予知先生何時能枉駕到此一坐，庭中置有石桌，可共飲一杯也。

順頌

午安

郭連貽

三月二十日

18（4） 二〇〇四年三月二十日致自牧

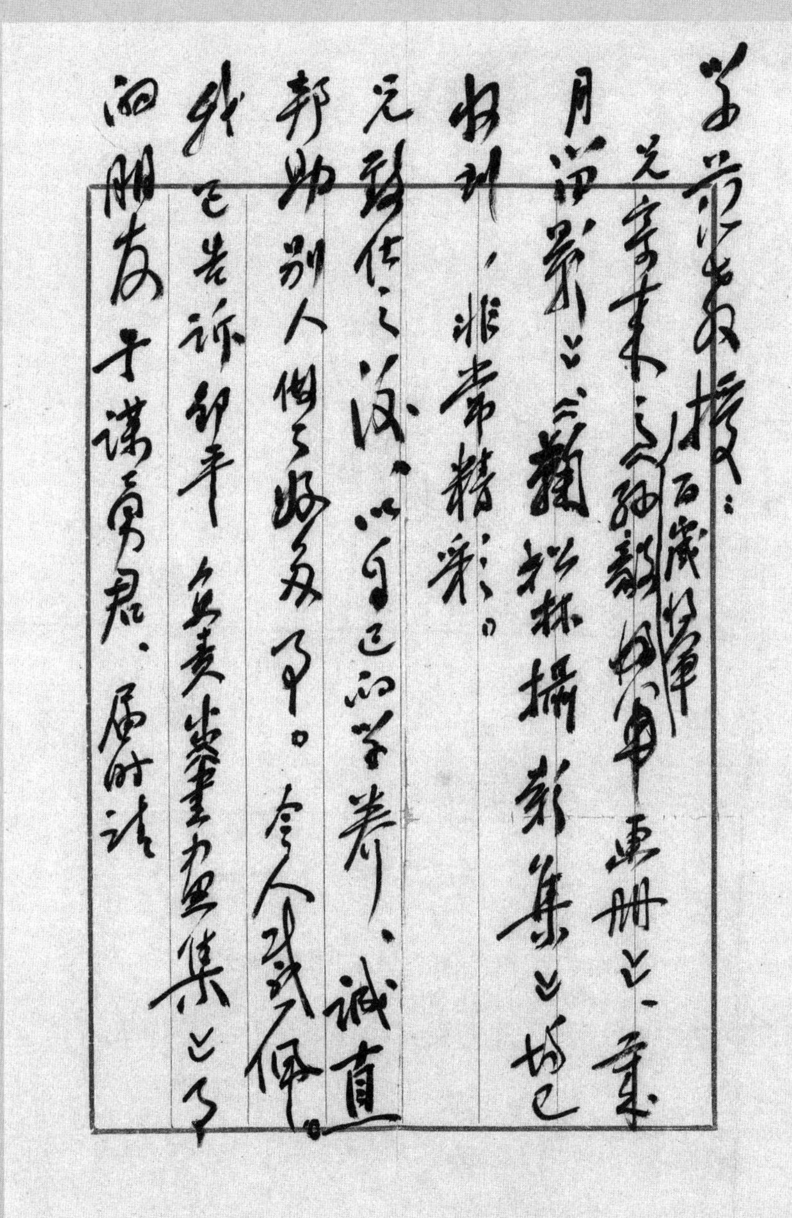

学范教授：

兄寄来之孙敬轩（石家庄作者）画册、《柔月留影》、《翰林摄影集》均已收到，非常精彩。

兄转信之后，以自己的学养、诚直帮助别人做了好多事。令人感佩。

我已告诉邹年兄，要出版画集之事，洞朋友于谋勇君、屈时请

19（1） 二〇〇四年七月二十五日致孙学范

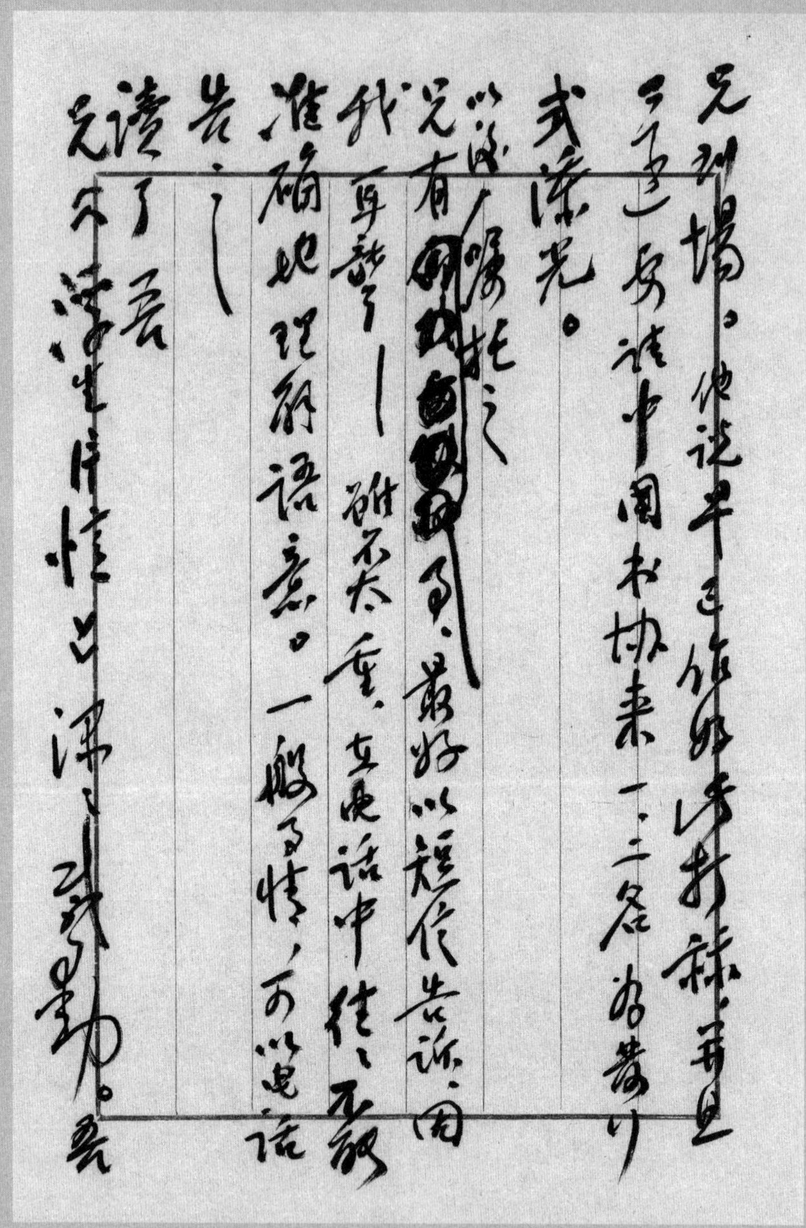

19（2） 二〇〇四年七月二十五日致孙学范

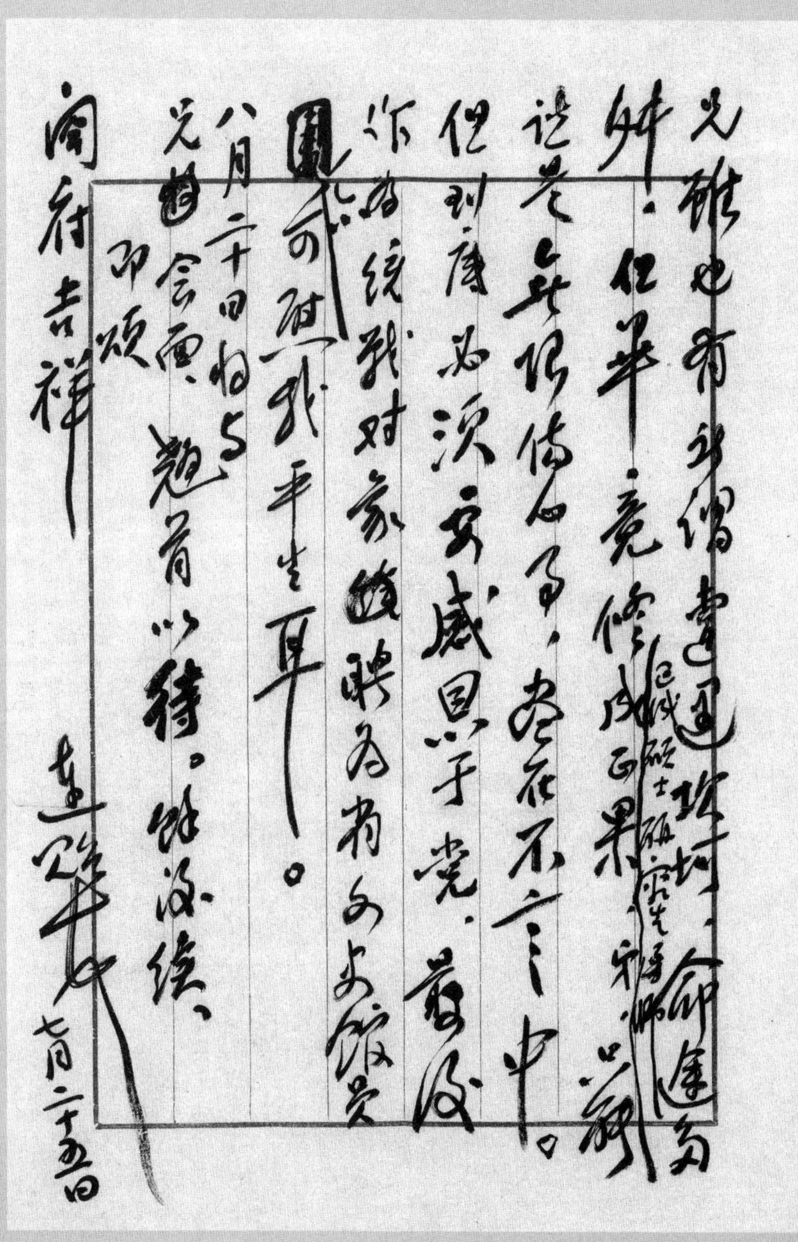

19（3） 二〇〇四年七月二十五日致孙学范

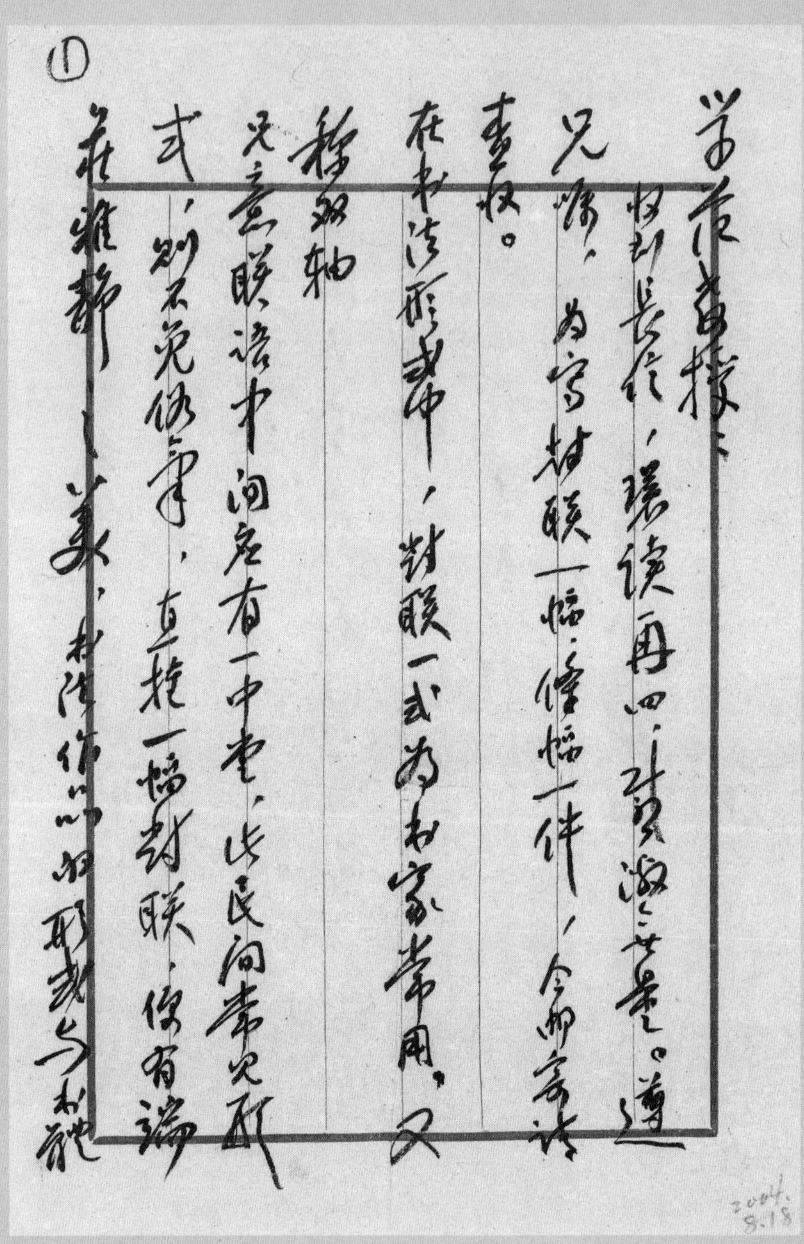

学范吾兄：

收到长信，谨读再四，感激之无量。遵

兄嘱，为写对联一幅，條幅一件，今即寄请

查收。

在书法形式中，对联一式为书家常用，又

称对轴。

兄言联语中间应有一中堂，此民间常见形

式，则不宜依常，直挂一幅对联，便有端

庄雅静之美，书法作品的形式与书法

2004.8.18

20（1） 二〇〇四年八月十八日致孙学范

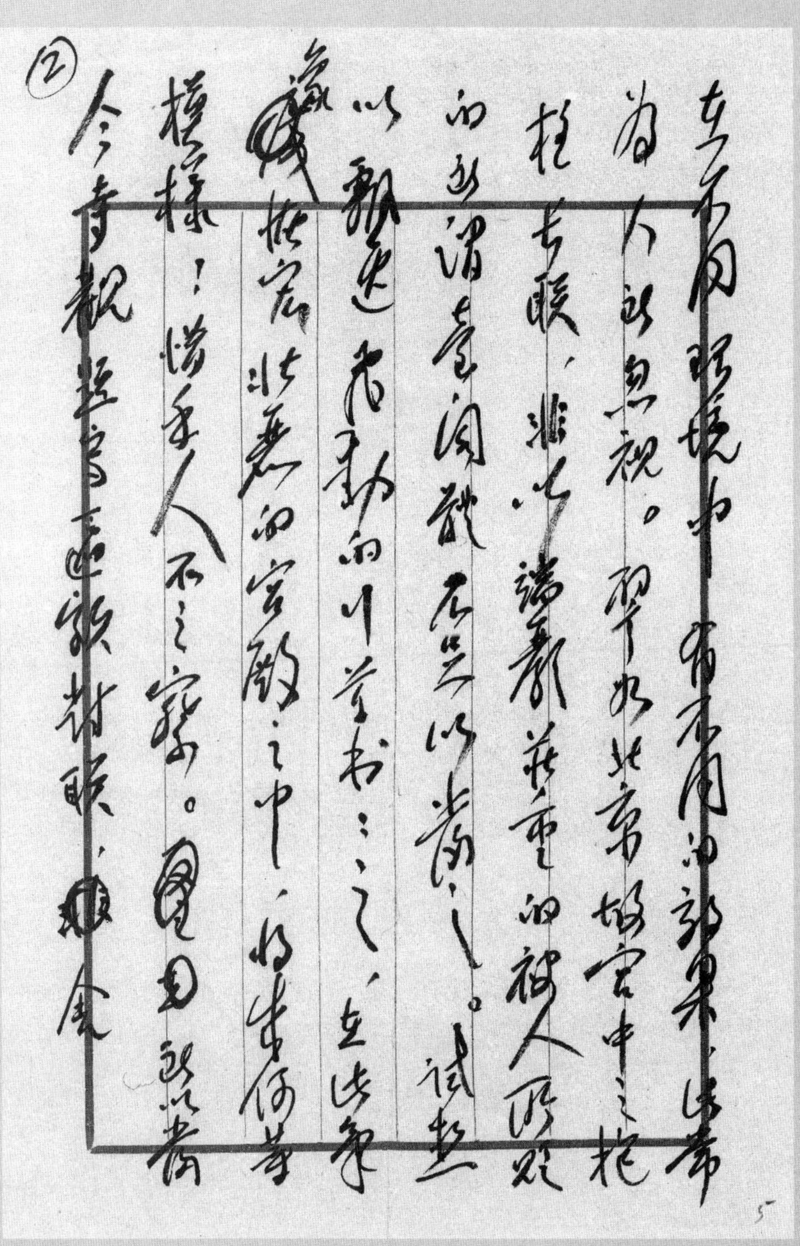

20（2）　二〇〇四年八月十八日致孙学范

③

趙樸初先生而外，都不能佳。而吾小求
美觀，亭台樓樹之中又非喬閣龍
許宜為而以小草體始能與環境相為
輝映，
兄以為何如！為
兄所書對聯，先悟吉聯之之貞松方標霰
雪此清，鴻鐘猶扣明鏡不發。之說采
照中之之
兄，非為虛謬也。

20（3）　二〇〇四年八月十八日致孙学范

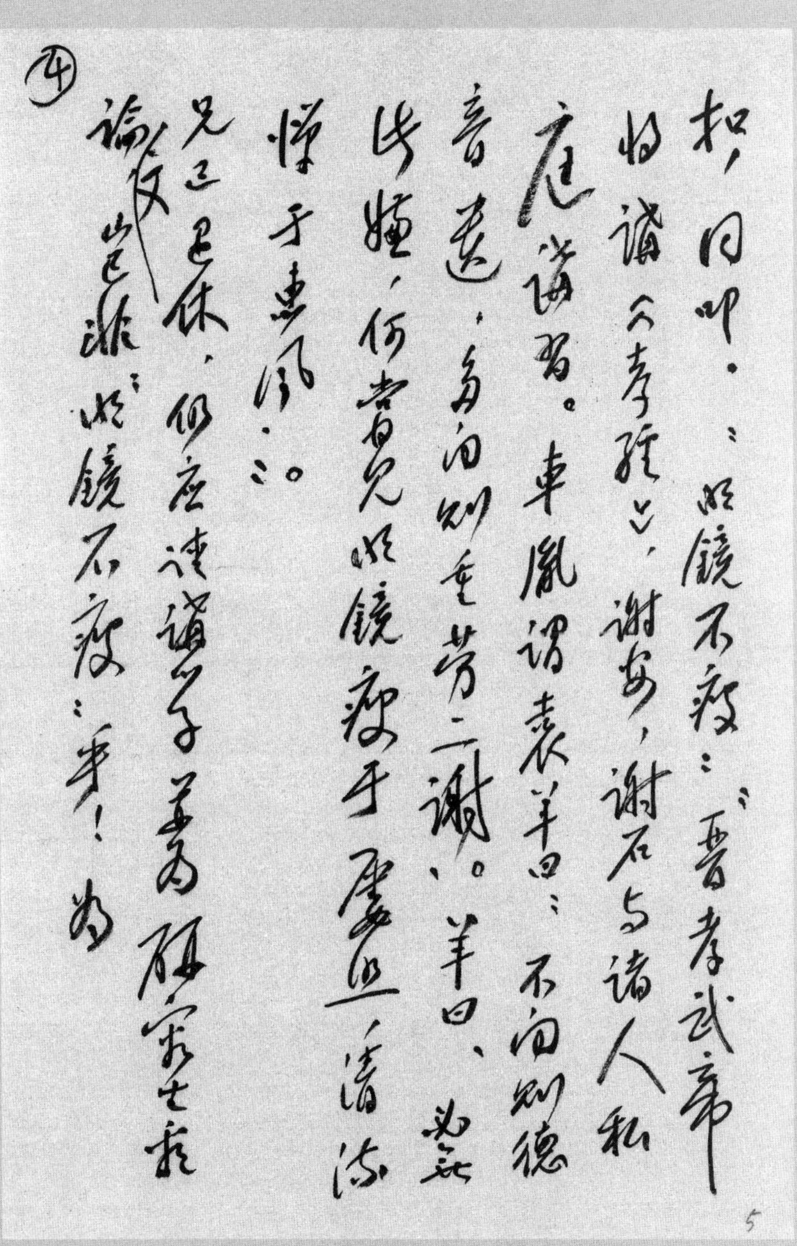

④

如日昭昭，照镜不疲。晋孝武帝将讲《孝经》，谢安、谢石与诸人私庭讲习。车胤谓袁羊曰：不问则德音有遗，多问则重劳二谢。羊曰：必无此嫌，何尝见明镜疲于屡照，清流惮于惠风。

兄迈已休，仍应读诸子著作，顾宁人云

论文如照，照镜不疲，来！为

5

20（4）　二〇〇四年八月十八日致孙学范

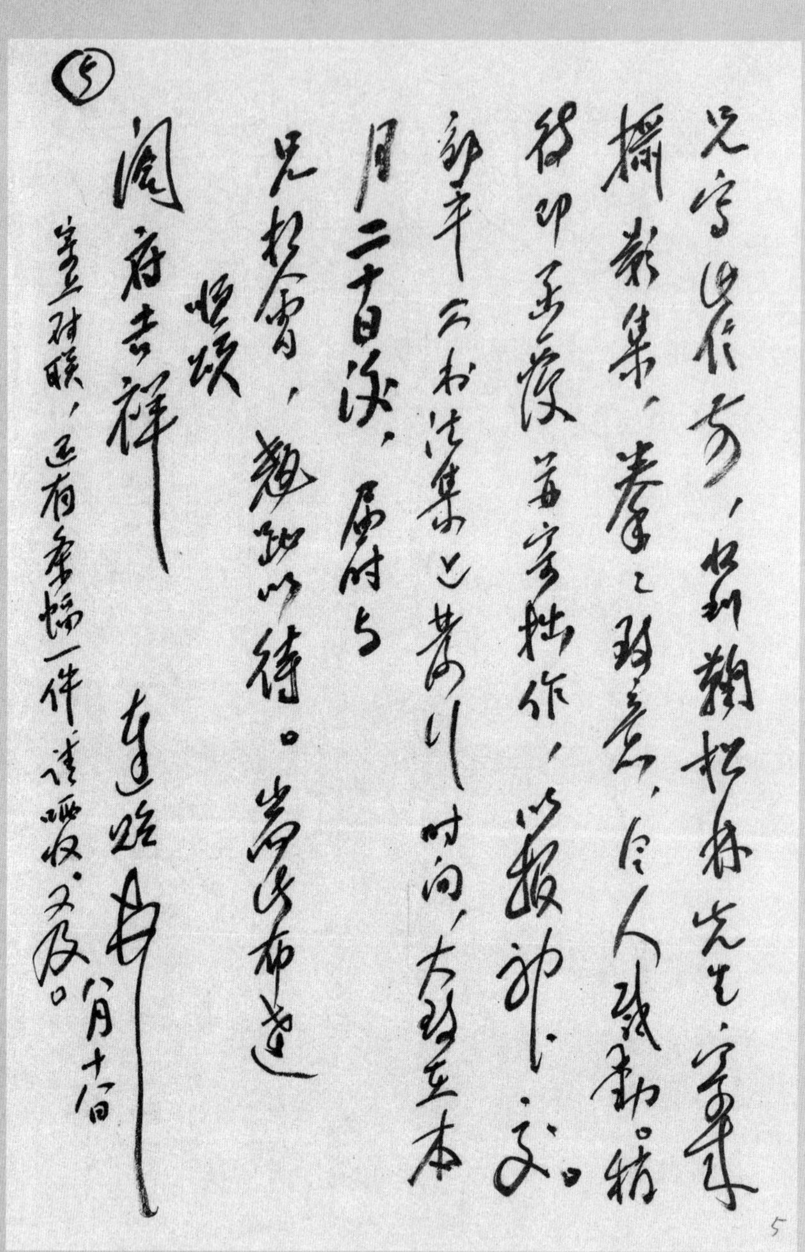

⑤

兄寄出《作家》，收到韩树林先生寄来《撷翠集》，奉之璀璨，令人激动。精印豪装，尊字拙作，收获颇丰。郭年六书法集已发行时间，大致至本月二十日，届时与兄相会，谨此以待。尚此布达

顺颂

阖府吉祥

连贻 拜

八月十八日

寄上对联，还有条幅一件，请查收。又及。

5

20（5） 二〇〇四年八月十八日致孙学范

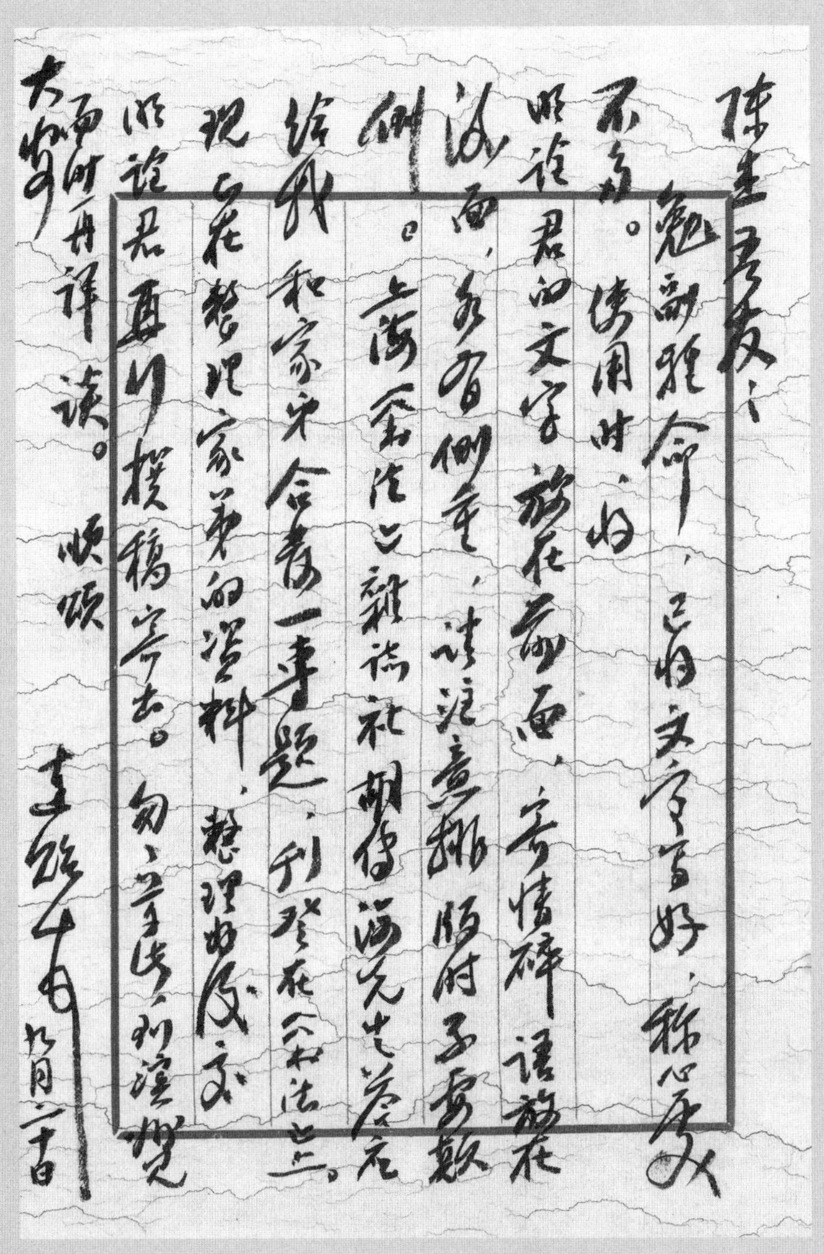

陈杰吾友：

嘱题雅命，已将文字写好，称心后又不妥。待用时的胡说君的文字放在前面，寄情碎语放在后面，我有倒置，请注意排版时予安顿倒。上海书法杂志社胡传海先生答应给我和家荣合书一专题，刊登在《书法》上。现正在整理家荣的资料，整理好后胡说君再以楷稿寄去。匆匆草此，[illegible]。大作两册再详读。顺颂

连贻 九月二十日

21（1） 二〇〇四年九月二十日致陈杰及《寄情碎语》

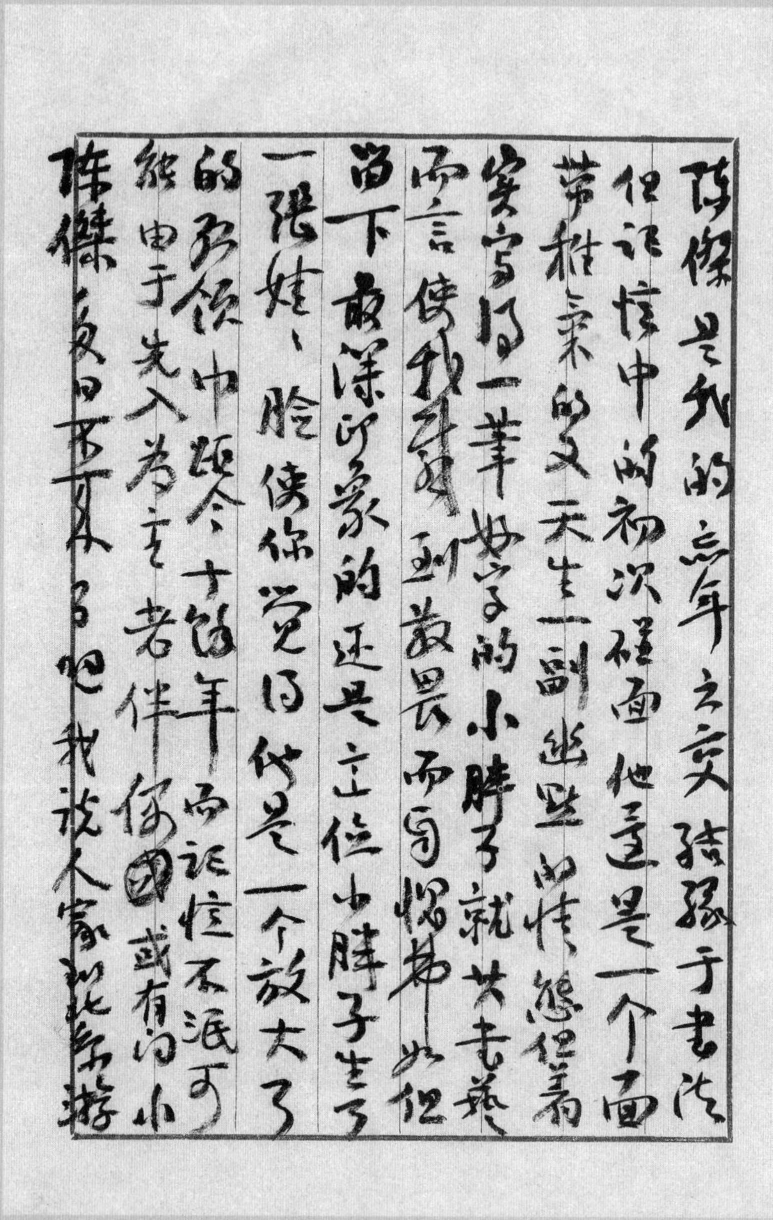
陈杰是我的忘年之交 精于书法
但记忆中的初识往面 他还是一个面
带稚气的文天生一副幽默的性总但着
实写的一笔好字的小胖子就其书艺
而言 使我甚为 到敬畏而自惭弗如 但
留下最深印象的还是这位小胖子生了
一张娃娃脸 使你觉得他是一个放大了
的红领巾 距今十余年 而记忆不泯了
纸由于先入为主 老伴你因或有同小
陈傑夜目不多 了吧 我被人家视作乐游

21（2） 二〇〇四年九月二十日致陈杰及《寄情碎语》

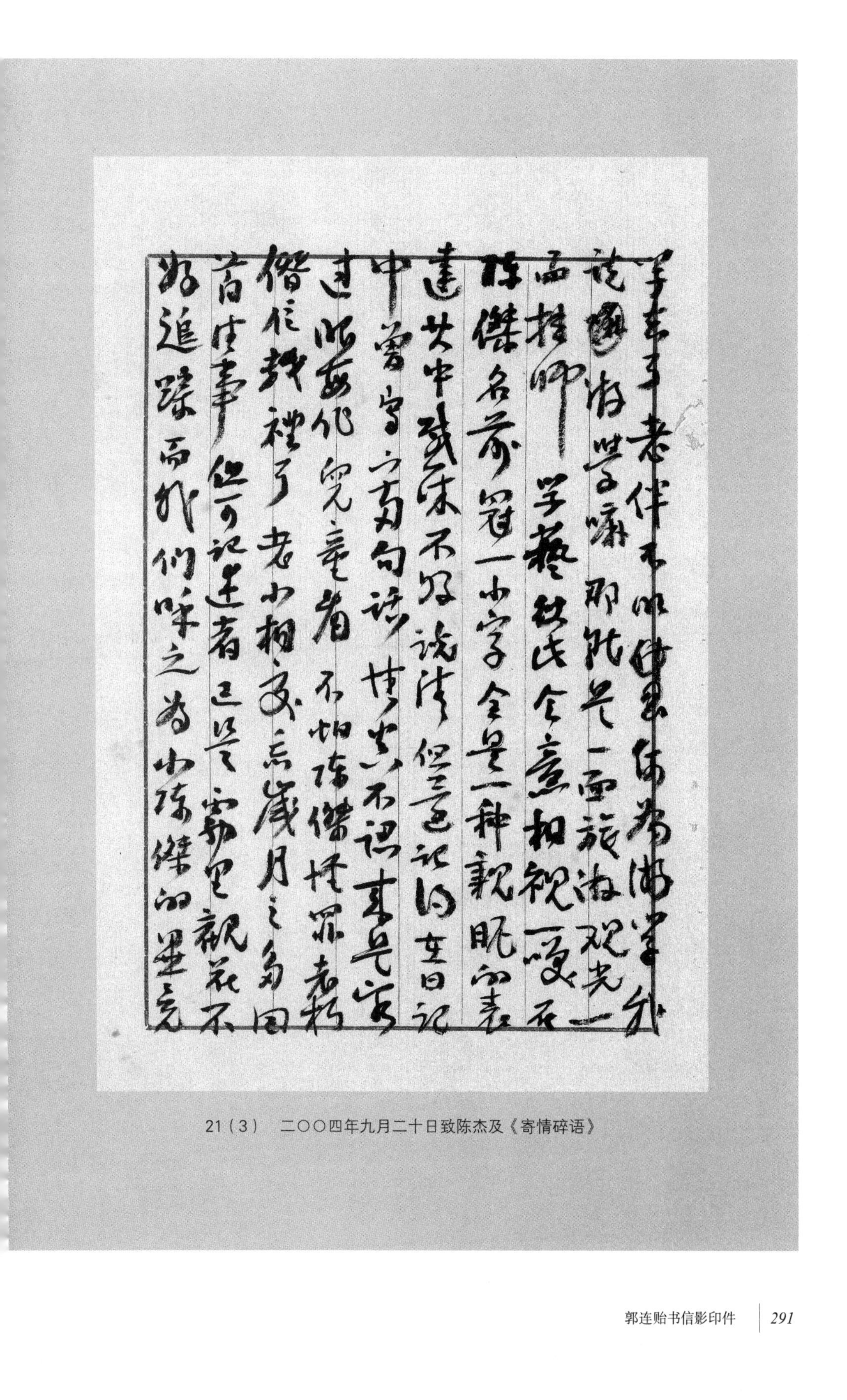

21（3）　二○○四年九月二十日致陈杰及《寄情碎语》

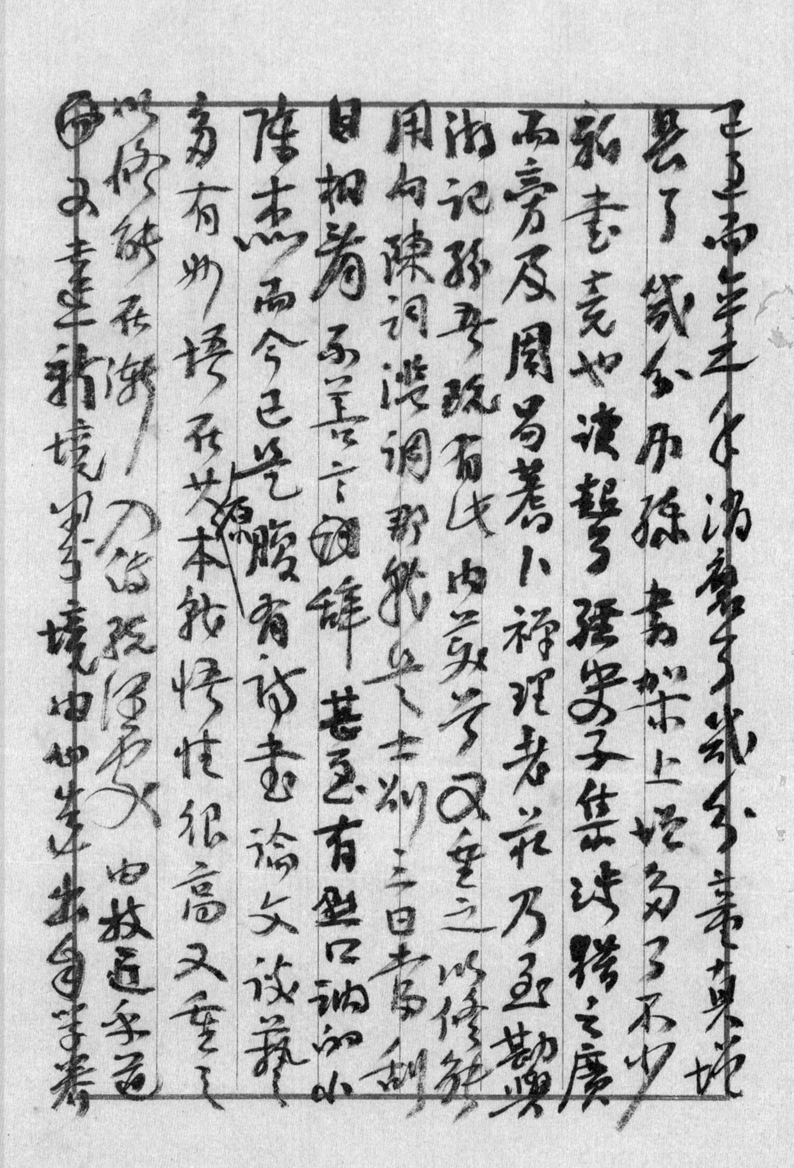

21（4）　二〇〇四年九月二十日致陈杰及《寄情碎语》

表现在他的书法上，特别是他的隶书有一种宽博[illegible]的气象，[illegible]故作矫饰之匠气，气势恢宏而不见那种一味[illegible]似乎把人引进茹毛饮血的荒蛮时代而美其名曰什么什么主义的那种所谓创新。汉隶的端庄辅之以汉简的神秀和简逸，形成了他隶书的自家风貌。波磔中自见高致，端雅中不乏灵动。不久前，有书家来滨州讨其书作，已有好评。再借用刘正成先生

21（5） 二〇〇四年九月二十日致陈杰及《寄情碎语》

的話說那就是（陳傑的）書法得碑[illegible]
勢則書意二王之路而兼及米海岳
隸書日趨簡靜勁勢圓融兼穩魯中
書壇又得一才人也待假之以時日再謀
出成之生應能名世大家矣
我作為陳傑的大朋友時有相為切磋書
藝之機會共同也多有受益梁任公
早已把話說了老年人如夕陽少年人
如朝陽老年人如瘠牛少年人如乳
虎老年人如僧少年人如俠老年人如

21（6）　二〇〇四年九月二十日致陈杰及《寄情碎语》

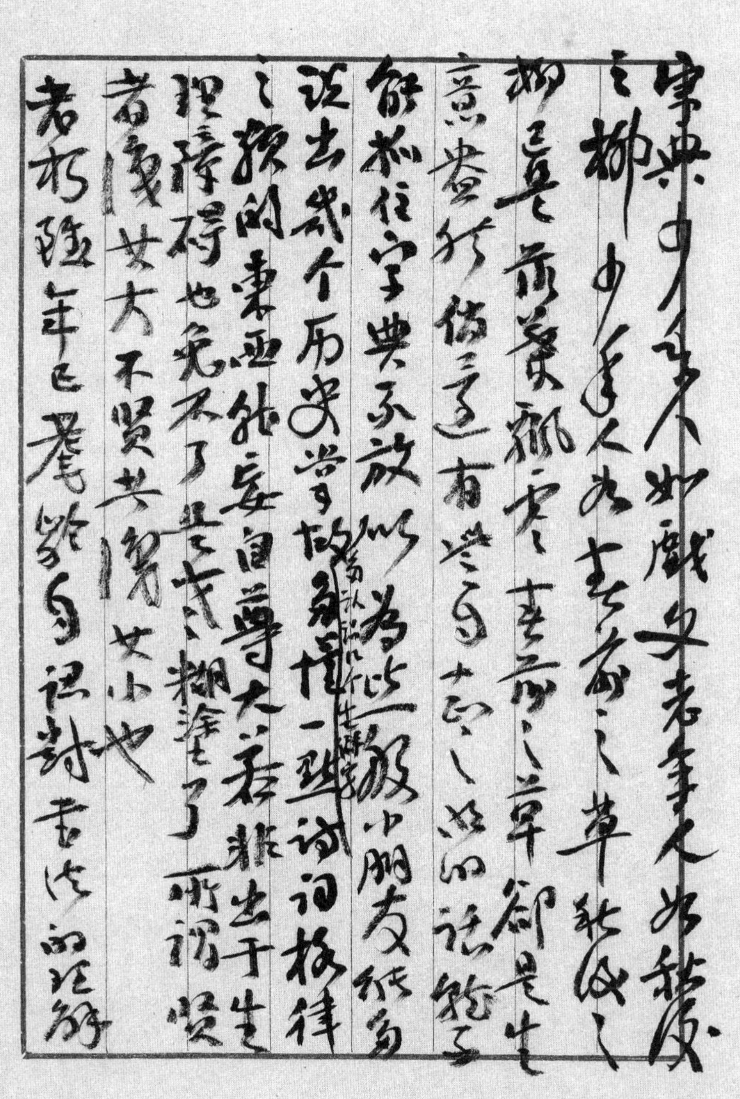

字典与少年人如戏，与老年人如秋后
之柳，与少年人为春前之草。秋后之
柳已是黄叶飘零，春前之草却是生
意盎然。俗话道有些十分浅的话能了
解於往字典系放以为此类小朋友纸多
说出几个历史学者故意挂一些诗词格律
之类的东西能妄自尊大，若非出于生
理障碍也免不了是糊涂了。所谓贤
者贱女大不贤其男女小也
老朽残年已届耄耋自认封书此而理解

21（7） 二〇〇四年九月二十日致陈杰及《寄情碎语》

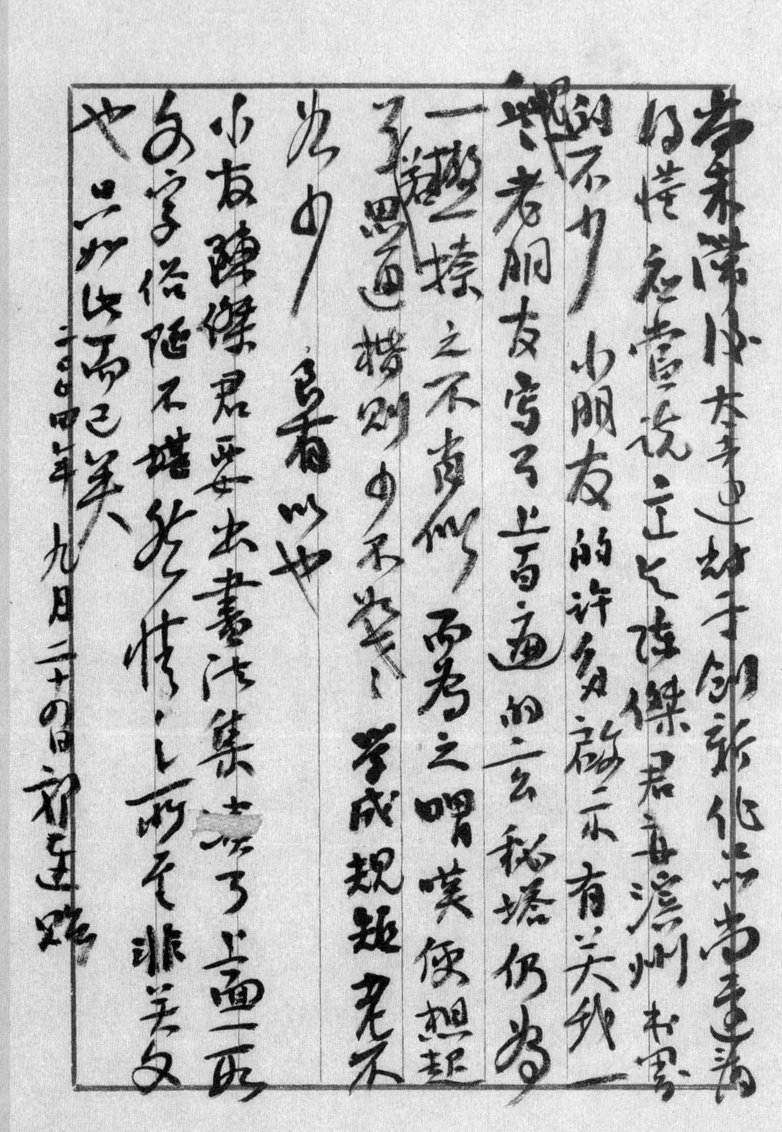

尚未常懷，本來也，故于創新作品常來請得悟。在[illegible]説之[illegible]陳傑君在滄州書寫，認[illegible]不力。小朋友的許多[illegible]亦有關我一些老朋友寫了上面這的二幺秘塔仍為一[illegible]之樣之不肯[illegible]，而為之喟嘆。便想起王[illegible]思過楷則也不[illegible][illegible]學成規矩是不必也。[illegible]看以也。

小友陳傑君要出書法集，寫了上面一段文字，俗陋不堪，然情之所至，非關文也，只如此而已矣。

二〇〇四年九月二十四日 郭連貽

21（8） 二〇〇四年九月二十日致陈杰及《寄情碎语》

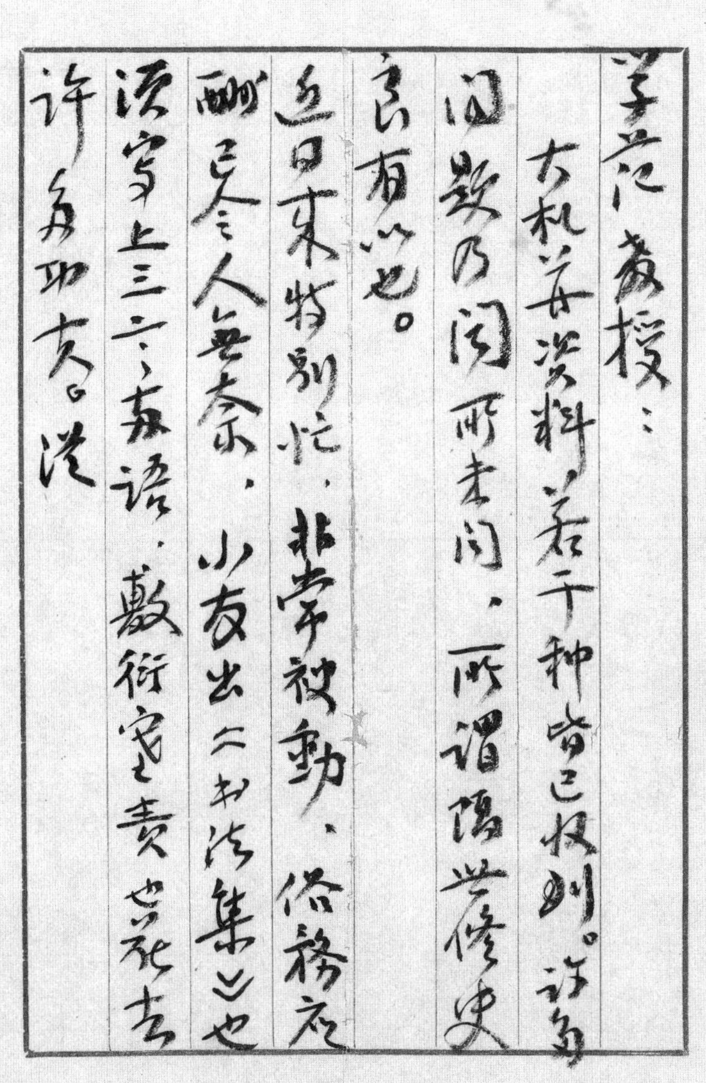
学范教授：

大札并资料若干种皆已收到。读竟问题乃闻所未闻，所谓隐学修史良有以也。

近日来特别忙，非常被动，俗务应酬已令人无奈，小女出之书法集之也须写上三言两语，艺术实责无能者许多功夫写诺

22（1）　二〇〇四年九月二十五日致孙学范

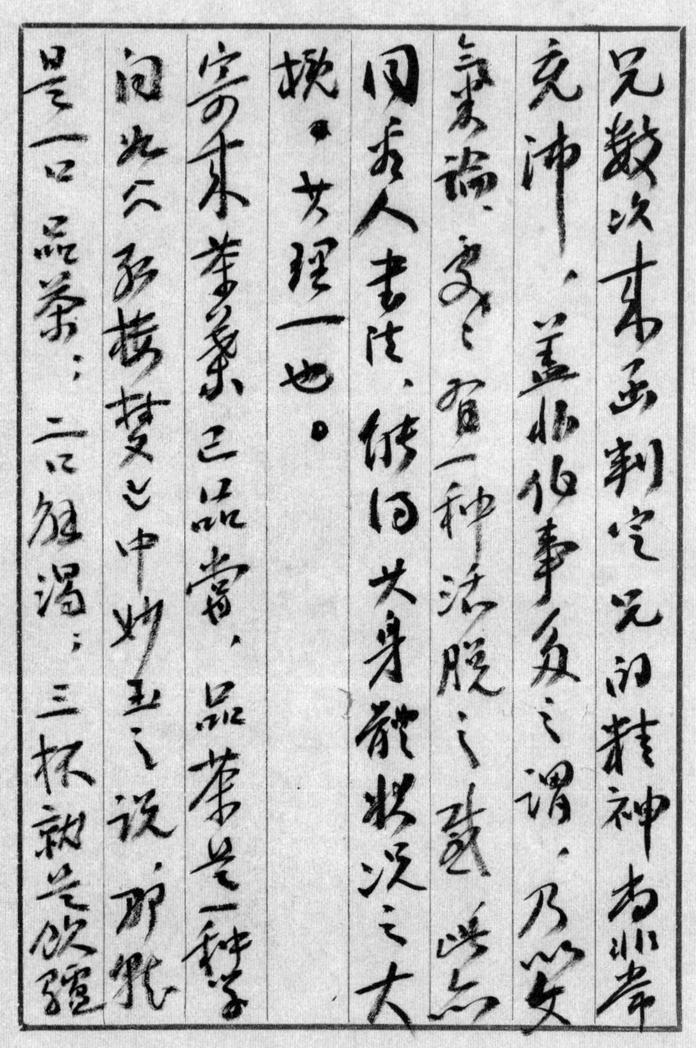

2

兄数次来函判定兄的精神为非常充沛，盖非作事勇之谓，乃心灵气象论，意之旨一种活脱之感，此亦同古人书法，能因其身体状况之大换，其理一也。

寄来茶叶已品尝，品茶是一种学问，兆公红楼梦之中妙玉之说，那就是一口品茶；二口解渴；三杯就是饮骡

22（2） 二〇〇四年九月二十五日致孙学范

7

不，诗虽说芸不茶，修理乃却不悖，饮茶乃雅事，此固是常错谬也。兄在小桶上写有文字，纪是风趣，牙以为华而实；实非之艾数是指艾质量而言也。此龙井茶千元一斤未必买到。蒙山茶当未阅桶。党时过茶庄门口，就见有一幅对联：扬子江心水，蒙山顶上茶。此

22（3）　二〇〇四年九月二十五日致孙学范

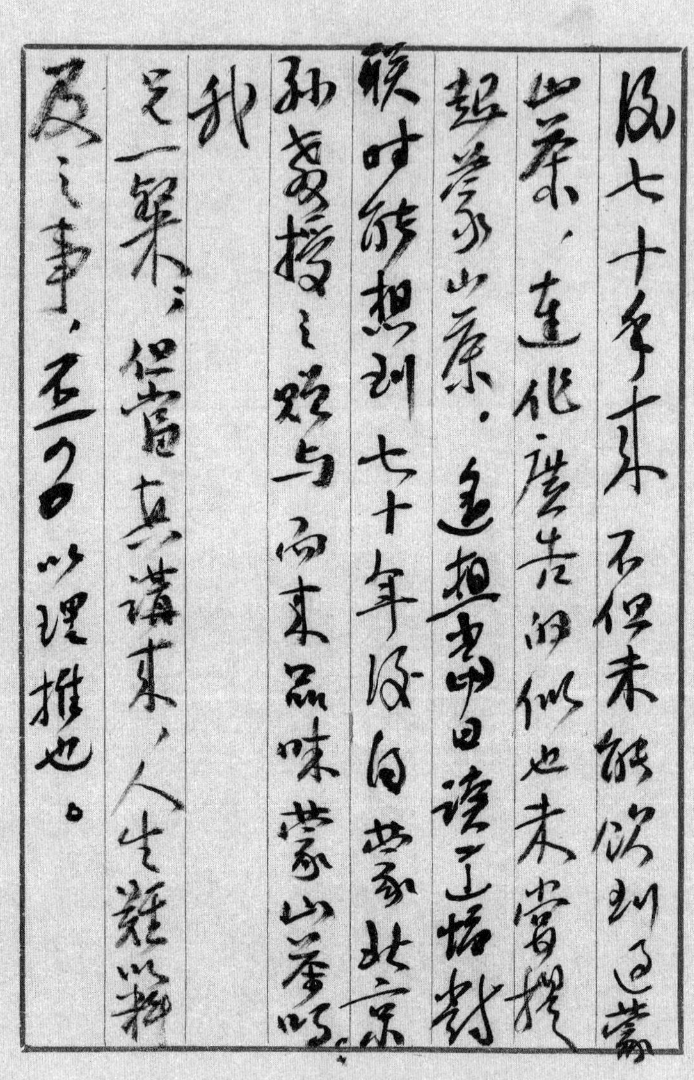

後七十年來不但未能飲到過蒙山茶，連做廣告的似也未嘗提起蒙山茶。急想起當日讀王培對聯時，能想到七十年後，自蒙北京孫教授之好與而來品味蒙山茶呢。

我見之一笑，但這真講來，人生難以料及之事，豈可以理推也。

22（4） 二〇〇四年九月二十五日致孙学范

5

我本来也准备了一些不配作文字的书籍，他日复印奉寄。另并将今日上午刚寄出的为我的朋友写的寄情碎语，并于此请教授为我的《楷书千字文》写的序言以及我为《楷书千字文》写的后记一併呈政，渎先清神了。

22（5）　二〇〇四年九月二十五日致孙学范

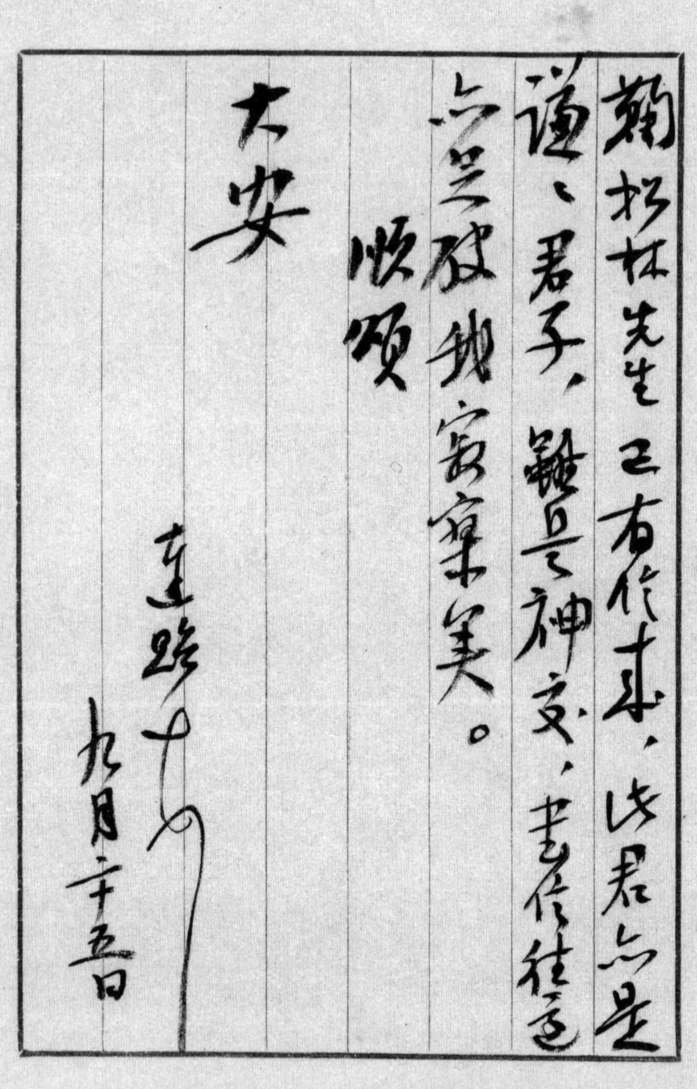

鞠松林先生已有信来，此君亦是谨谨君子，虽只神交，书信往还亦足破我寂寞矣。

顺颂

大安

连贻

九月二十五日

22（6）　二〇〇四年九月二十五日致孙学范

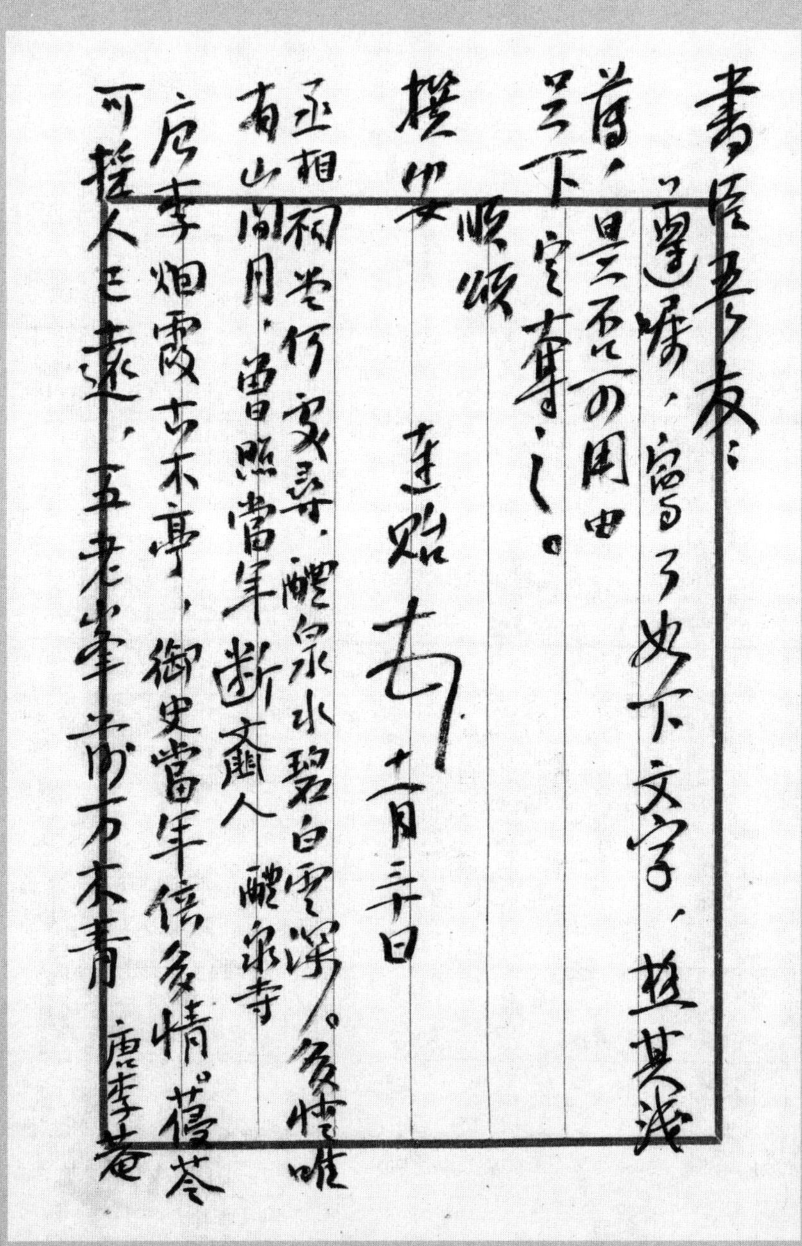

書臣吾友：

遵囑，寫了如下文字，極其淺薄，毫無可用也。呈下，望存之。

順頌

撰安

連貽

十一月三十日

丞相祠堂何處尋，醴泉水碧白雲深。多情唯有山間月，曾照當年斷齏人　醴泉寺

唐李烟霞古木亭，御史當年信多情。茯苓可採人已遠，五老峰前古木青　唐李庵

23（1）　二〇〇四年十一月三十日致刘书臣及《邹平诗钞》

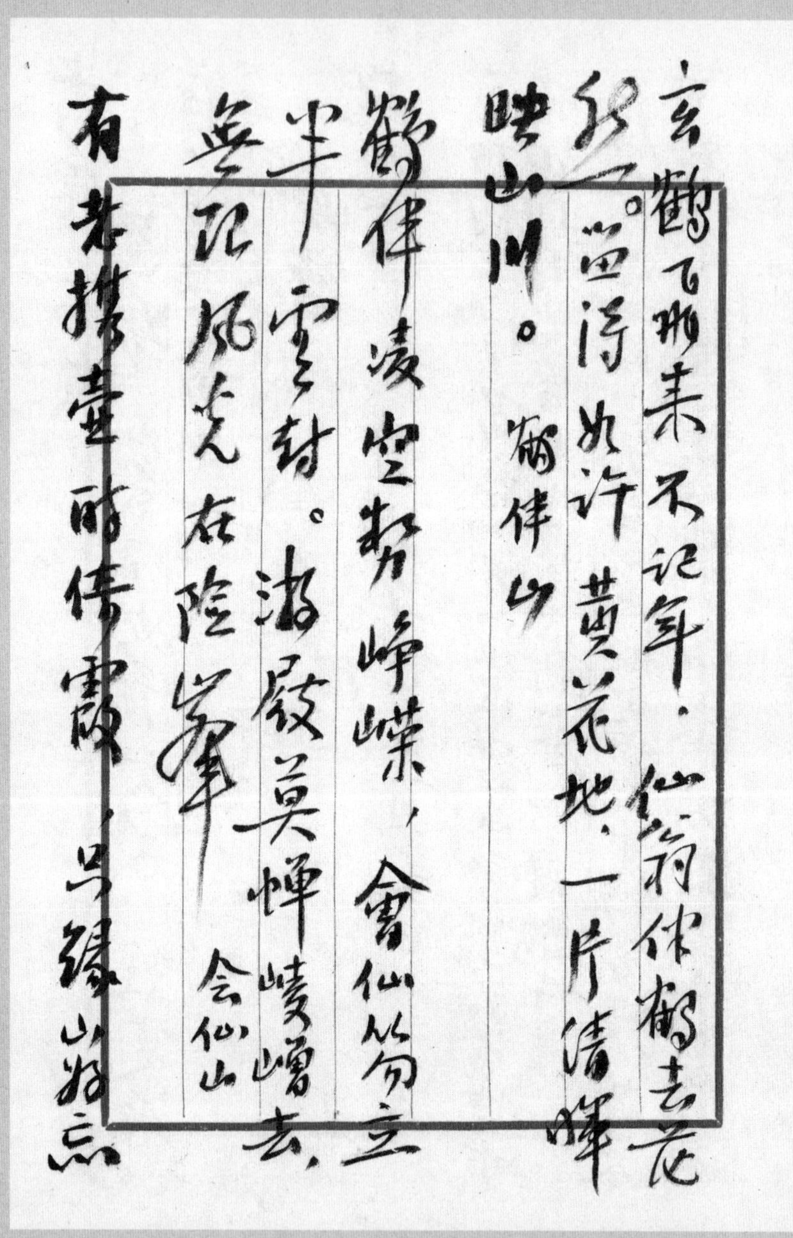

玄鹤飞来不记年，仙翁休作鹤去花
红。留得如许黄花地，一片清晖
映山川。 鹤伴山
鹤伴凌空势峥嵘，会仙从旁立
半云封。游履莫惮崚嶒去，
无限风光在险峰。 会仙山
有客携壶时倩云霞，只缘山好点

23（2） 二〇〇四年十一月三十日致刘书臣及《邹平诗钞》

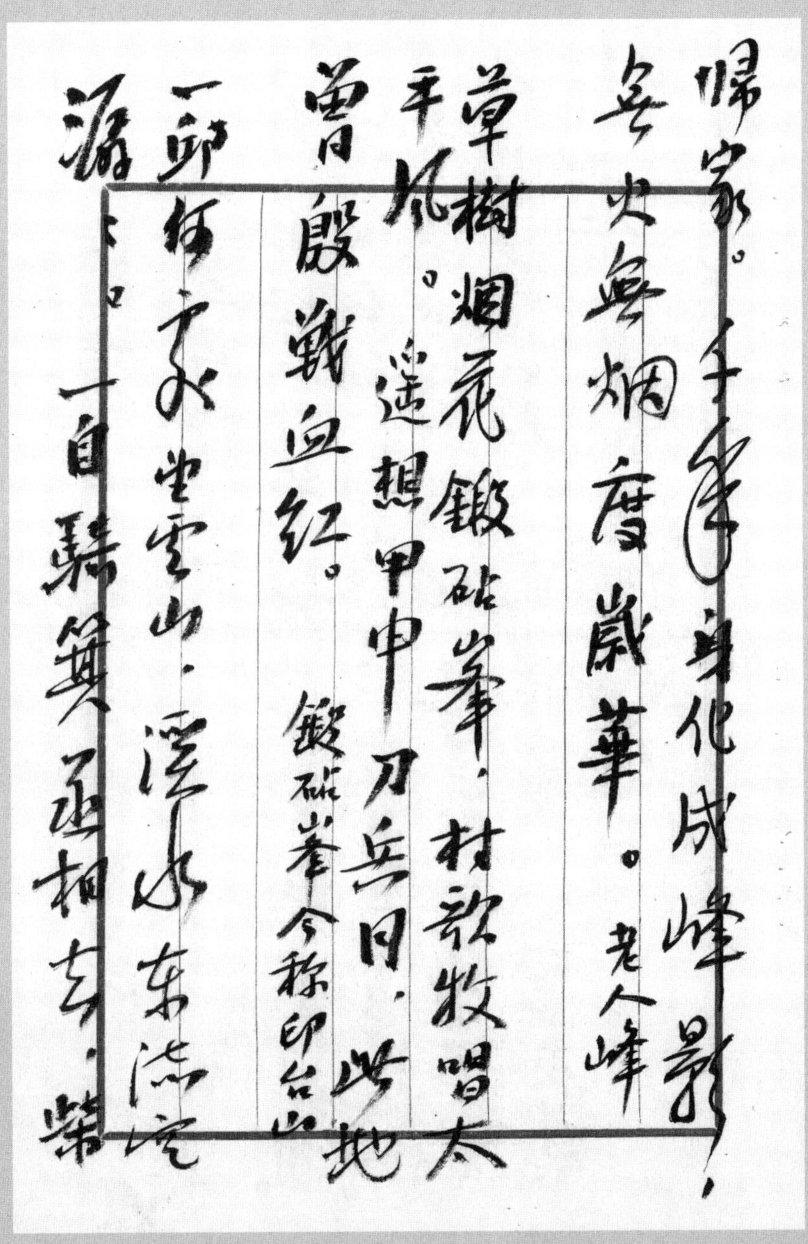

归家。千年身化成峰影，
圣火無烟度歲華。老人峰
草樹烟花鍛砧峯，村歌牧唱太
平风。遥想甲申刀兵日，此地
曾殷戰血红。鍛砧峯今称印台山
一卧轩天坐雲山，溪水东流流
潺潺。一自騷箕巫相去，柴

23（3）　二〇〇四年十一月三十日致刘书臣及《邹平诗钞》

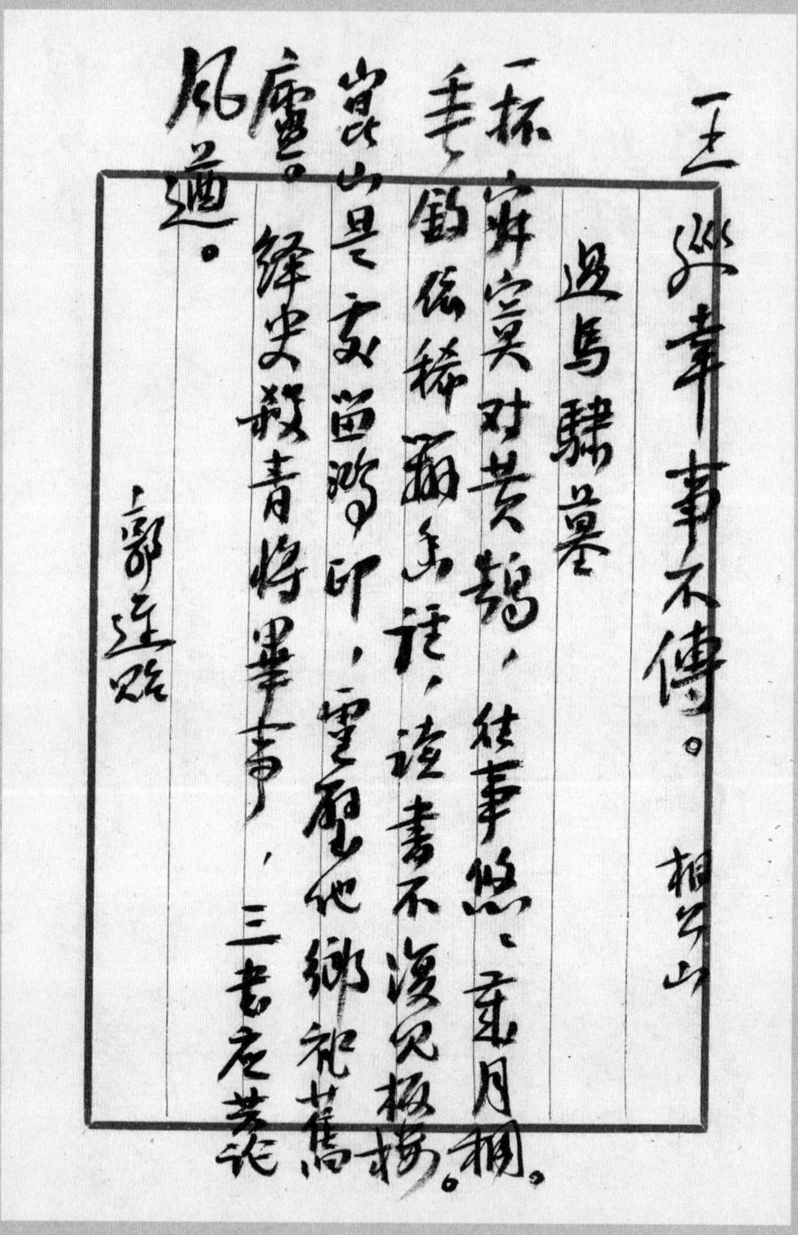

一去幽華事不傳。相去山

過馬肆墓

一杯寂寞对黄鹄，往事悠悠岁月稠。

手鈔依稀猶在注，讀書不復見極摟。

豈止是家留跡印，雲扉他鄉祀舊廬。

綠史殺青將軍事，三書應榮風遍。

郭連貽

23（4） 二〇〇四年十一月三十日致刘书臣及《邹平诗钞》

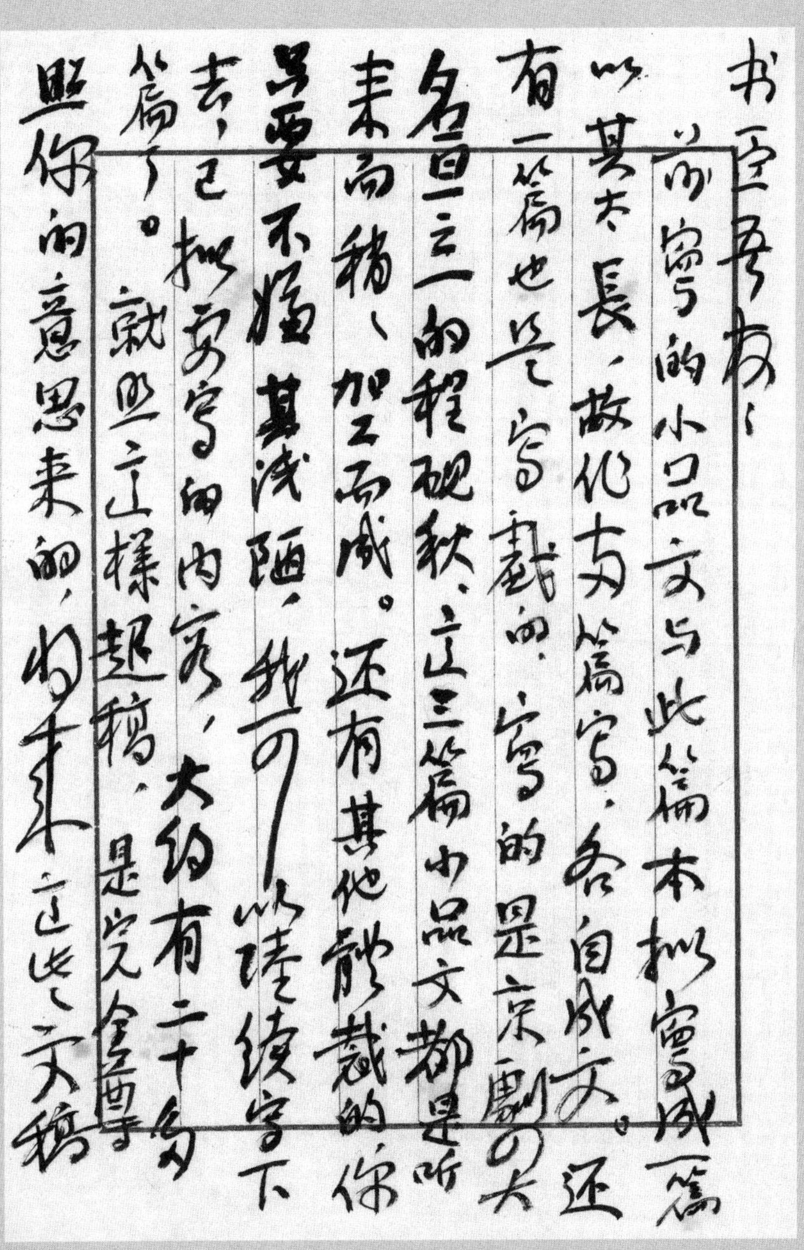

书臣吾友：

你写的小品文与此篇本拟写成一篇，以其太长，故化为篇写，各自成文。还有一篇也是写戏的，写的是京剧四大名旦之一的程砚秋。这三篇小品文都是听来而稍加工而成。还有其他能载的，你只要不嫌其浅陋，我可以陆续写下去，已拟写的内容，大约有二十多篇了。

就照这样起稿，是否妥当，照你的意思来的，将来这些文稿

24（1） 二〇〇四年十二月二十五日致刘书臣及《鲜樱桃》《失街亭》

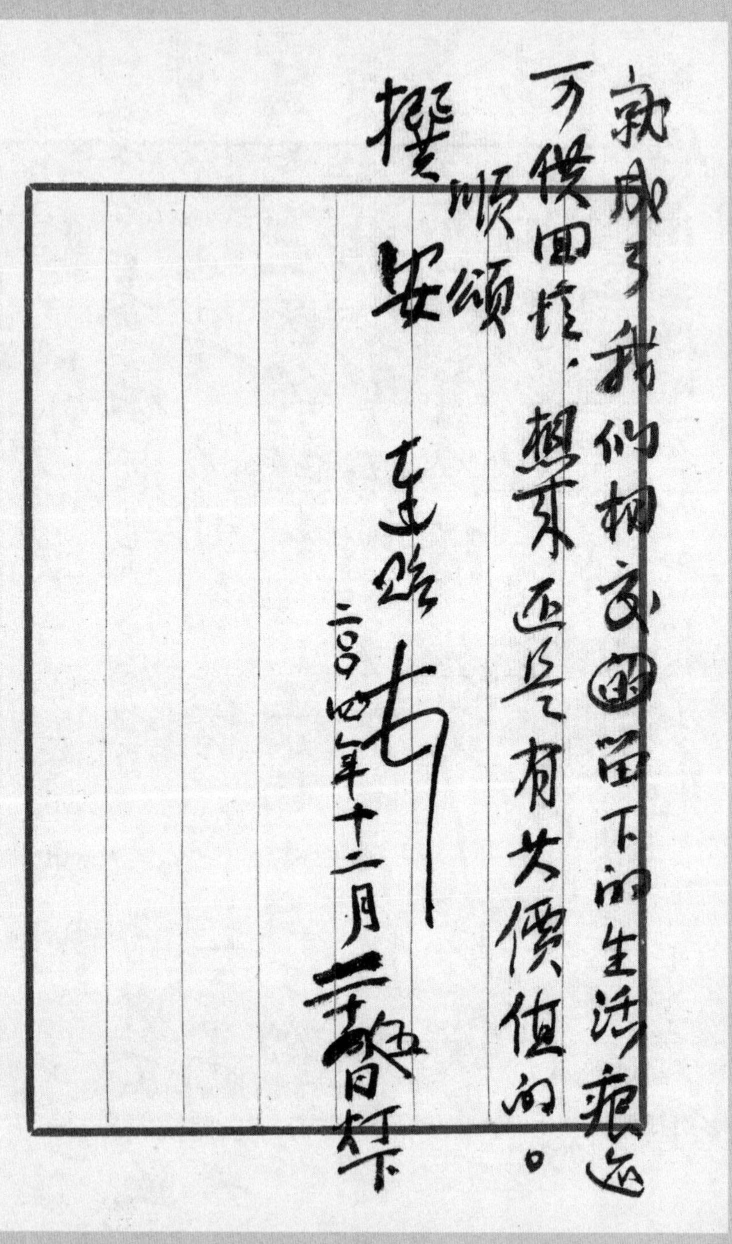

就成了我们相交留下的生活痕迹
万般回忆，想来还是有些价值的。
顺颂
撰安
连贻 [illegible]
二〇〇四年十二月二十五日灯下

24（2） 二〇〇四年十二月二十五日致刘书臣及《鲜樱桃》《失街亭》

鲜樱桃

京剧表演艺术家四大名旦之一的程砚秋曾来周村同乐剧院演出他的《荒山泪》。什么年代，不能详考。大约在绵鼓子戏的祖师爷艺名"鲜樱桃"的邓洪山先生尚未成名之前在周村、淄博一带还唱地摊子的时候——唱地摊，顾名思义，就是找一较宽绰的空场即等于舞台，供演员演唱。而观众或坐或立围在这戏场的三面。每唱完一段，就有一人手端一小筐箩，送在观众面前，连

24（3）　二〇〇四年十二月二十五日致刘书臣及《鲜樱桃》《失街亭》

连呼曰："请先生破费啦，请先生破费啦！修德修福，子孙满堂。"到底是齐鲁礼仪之邦，除了小孩子白看，大人们是多少都向簸箩里扔些钱的。

程砚秋先生下台后，就在周村的此下河观风，走到了鲜樱桃唱戏的地摊前站住了。此时唱的正是"王小子赶脚"和"王二姐思夫"：其中有这么几句台词："今日里俺要把娘家来走，俺丈夫就把俺拉到他身边。他问俺要待多少日，

24（4） 二〇〇四年十二月二十五日致刘书臣及《鲜樱桃》《失街亭》

俺说道，多说住上十个月，少说也得二十天，俺丈夫一听，可就瓜耷了脸，紧跟小锣镗镗数下。真土的够啥，也真美的到家，凭邓先生那种特有的、天赋的嗓音加上他高超的表演技艺，把农村妇女形象刻画得入木三分。所以这出戏被人称为：拴老婆橛子：，就是说女人们一听到这：王小子赶脚：，就被拴住走不了，一定要听下去的。据闻解放初期邓兰山先生晋

24（5） 二〇〇四年十二月二十五日致刘书臣及《鲜樱桃》《失街亭》

京演出被毛主席誉为山东的梅兰芳，盖非虚誉也。程砚秋先生作为钦誉全国的京剧表演艺术家，看完了邓洪山的戏，竟走进邓洪山拱手一揖，这一下子把邓洪山吓得几乎趴下。程先生说：我今天看了你的戏，使我很受感动，你表演得极其生动，我还向你学了一个"水袖"呢。以程砚秋之声望竟向一位名不出里巷的民间艺人学他一技之長，真所谓大海不择细流，谦谦君

24（6）　二〇〇四年十二月二十五日致刘书臣及《鲜樱桃》《失街亭》

子，卑以自牧也。据说从此始程砚秋先生同邓洪山结为朋友，后又经程砚秋并尚小云两位大师级的人物将邓洪山推荐给上海的百代公司，给他录制了唱片。那个时候只有小锣来烘托唱腔，别无任何乐器伴奏。在七十年代初我还听过这张老唱片，其美不可言，现在则不知还有保存者否？肘鼓子戏已经改称为：五音戏：乐器齐备，洋则洋矣，雅则雅矣，但它原始的那种无可替代的乡土风情，文化色彩却消失殆尽。郭连贻 二〇〇四年十二月二十五日

24（7） 二〇〇四年十二月二十五日致刘书臣及《鲜樱桃》《失街亭》

京剧著名的四大须生之一的杨宝森
约在九十年代初，曾在周村的同乐戏院
演出了他的拿手好戏：失空斩。周
村虽地方不大，但喜唱京剧的却不少
着实也唱出了几个名票，和周村生
产的小绸子、杨叶烧饼、第一楼黑肥
皂一样驰名于胶济线，因此从东来或
从西来的名演员，多曾在这里演出，
杨宝森来到周村后就贴出海报，

24（8）　二〇〇四年十二月二十五日致刘书臣及《鲜樱桃》《失街亭》

闻者争相购票，自上演之日起，场场客满。座无虚席。第一场戏唱的是：失街亭。作为剧中人的诸葛亮闻报街亭失守，却还镇静如常，只是回身转向，面对台后幕布时，竟布履失控，歪歪扭扭，据观众说，好像小脚女人走路。有些些摇摇幌幌；于是不少观众颇有微辞。但有论者却提因为另一番说法，谓街亭是汉中咽喉要地。

24（9）　二〇〇四年十二月二十五日致刘书臣及《鲜樱桃》《失街亭》

由于马谡刚愎自用，不听诸葛亮的话，
被魏将张郃打败。街亭失守，司马懿
将会乘机攻取西城，而西城并无守兵
在此千钧一发，危急万分之时，作为剧
中人物的诸葛亮，先不能乱了方寸，
要镇静，要设法对付司马懿，于是
便有下一出戏的空城计。此时
诸葛亮的↓ 接第十二页

24（10） 二〇〇四年十二月二十五日致刘书臣及《鲜樱桃》《失街亭》

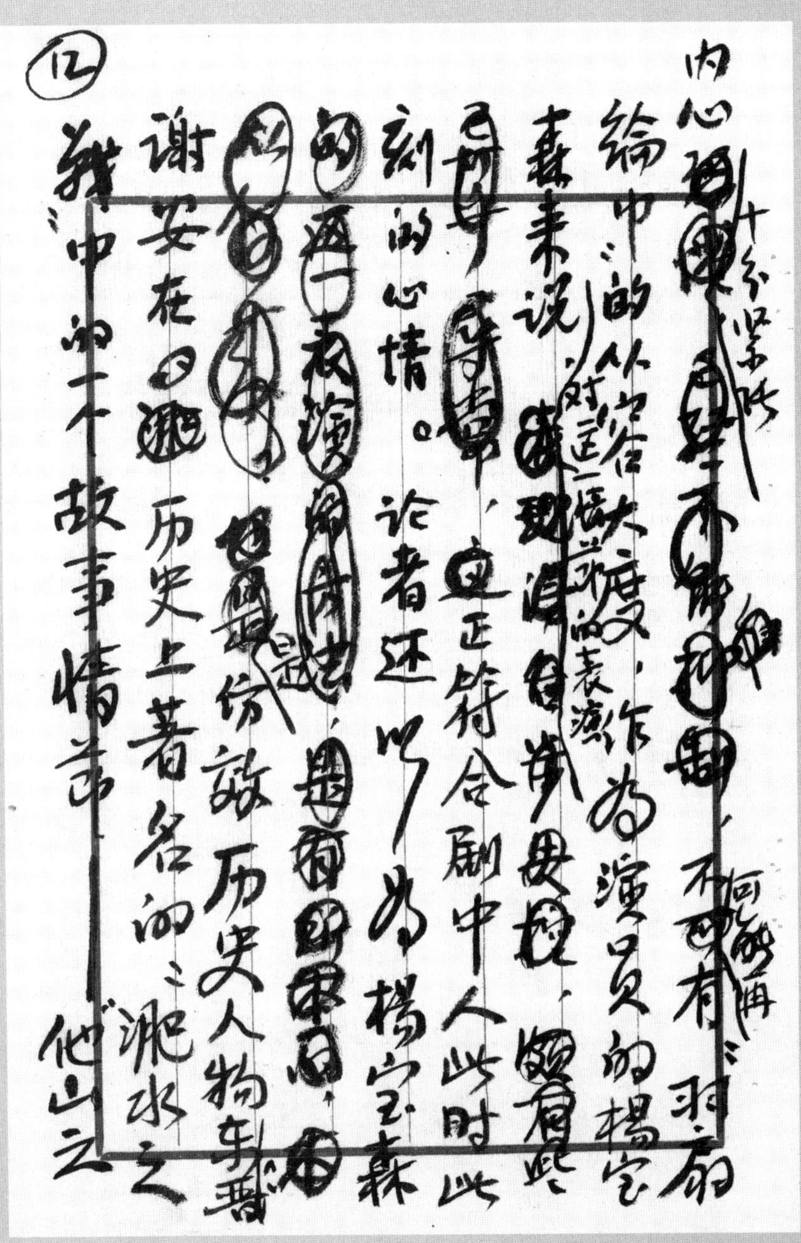

⑫

内心十分紧张，不可有何心情再羽扇纶巾的从容大度，作为演员的杨宝森来说，对这一细节的表演要[illegible]此、真正符合剧中人此时此刻的心情。论者还以为杨宝森[illegible]仿效历史人物东晋谢安在历史上著名的淝水之战中的一个故事情节——他山之

24（11）　二〇〇四年十二月二十五日致刘书臣及《鲜樱桃》《失街亭》

石，可以攻玉，用来丰富他的表演艺术的
在淝水之战中，晋宰相谢安委任他的侄子
谢玄为大将军，与前秦苻坚交战，苻坚
终于被谢玄战败，所谓风声鹤唳草
木皆兵，正是形容的苻坚兵败，闻风丧胆
的惨相。当战绩传来时，谢安正同他的
幕友对弈，闻报以后，因为是自己的侄
子打的胜仗，故作不为所动，仍在下
棋，但后来收起棋子走进书房时，抑制
不住内心激动，使他步履慌急，

24（12） 二〇〇四年十二月二十五日致刘书臣及《鲜樱桃》《失街亭》

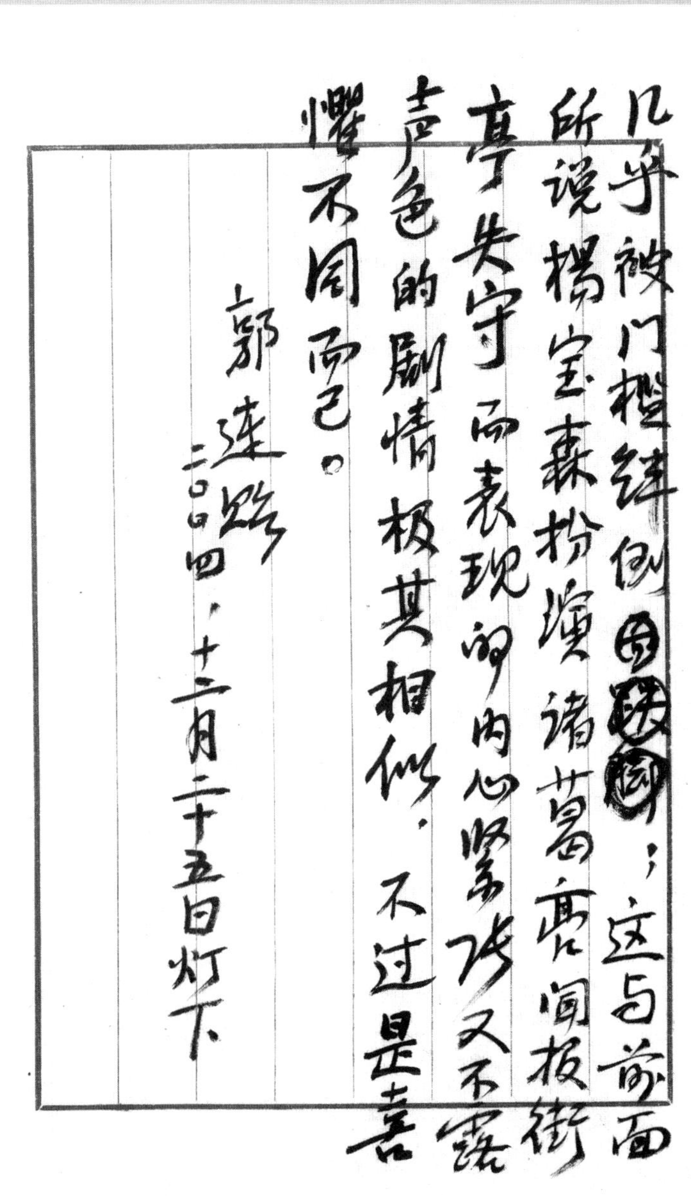
几乎被门槛绊倒；这与前面所说杨宝森扮演诸葛亮闻报街亭失守而表现的内心紧张又不露声色的剧情极其相似，不过是喜惧不同而已。

郭连贻

二〇〇四，十二月二十五日灯下

24（13） 二〇〇四年十二月二十五日致刘书臣及《鲜樱桃》《失街亭》

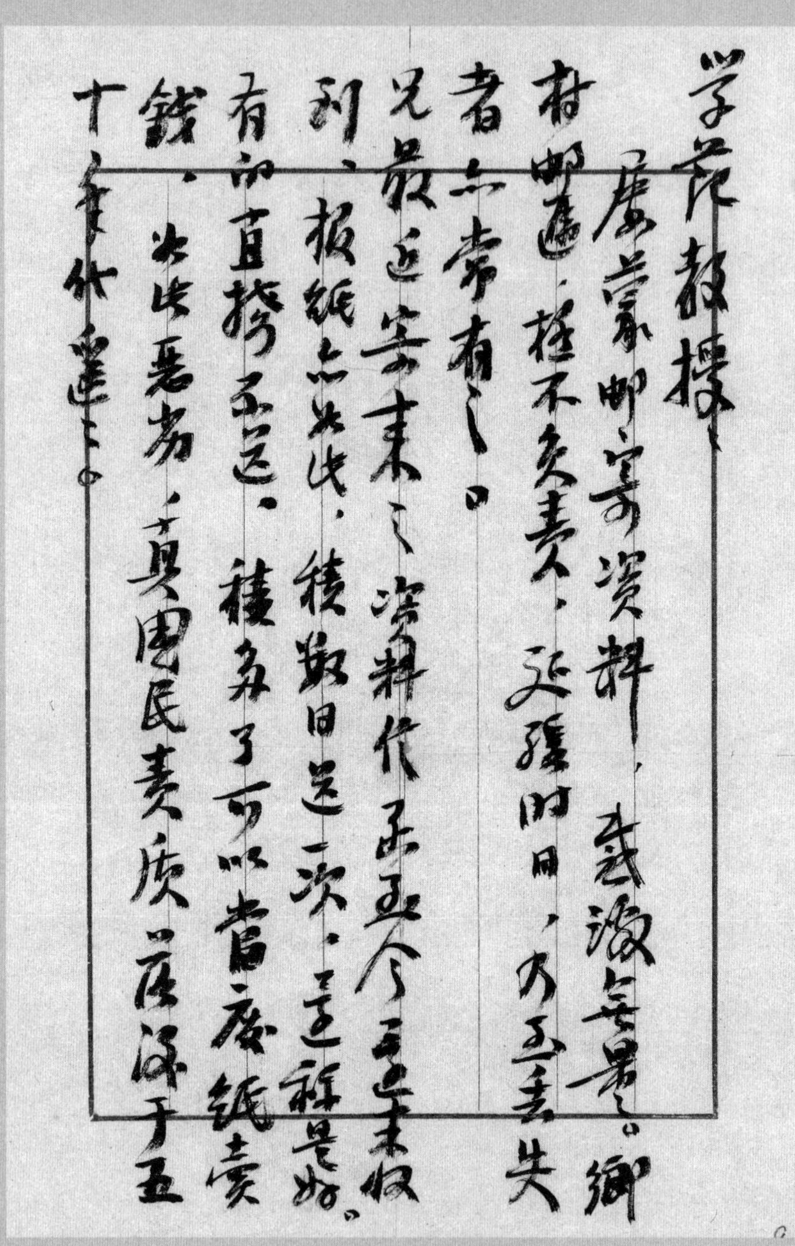

学范教授：

承寄资料，感谢无量。乡村邮递，极不负责任，延误时日，乃至丢失者亦常有之。兄最近寄来之资料，係五个月至近来收到，报纸亦如此，积数日送一次，这还算是好。有的直接不送，积多了可以当废纸卖钱。如此恶劣，真国民素质低于五十年代。余容后述之。

25（1）　二〇〇五年一月三十一日致孙学范

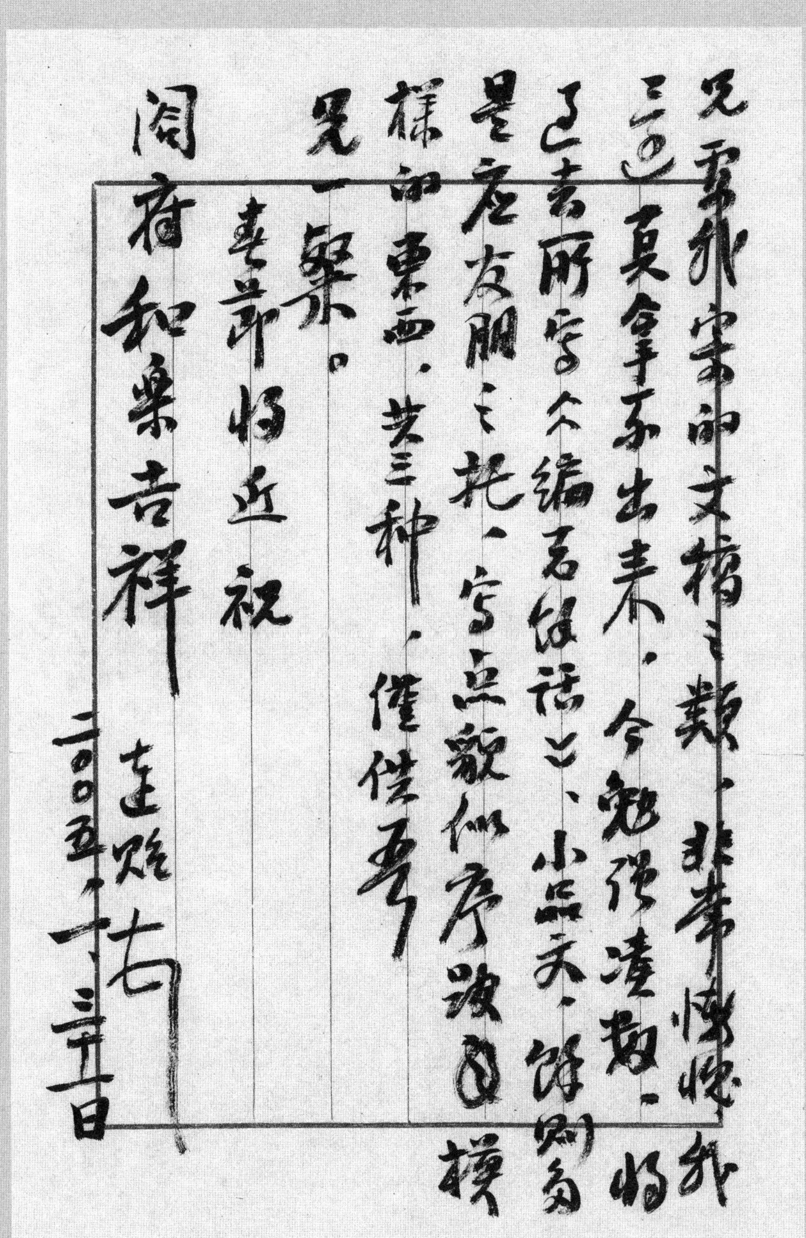

兄要我写的文稿之类，非常惭愧，我这真拿不出来，今勉强凑数，将除已出书所写之编后话之类、小品文，余则多是应友朋之托，写点类似序跋的模样的东西，共三种，仅供参考兄一粲。

春节将近，祝

阖府和乐吉祥

连贻 右

二〇〇五，一，三十一日

25（2）　二〇〇五年一月三十一日致孙学范

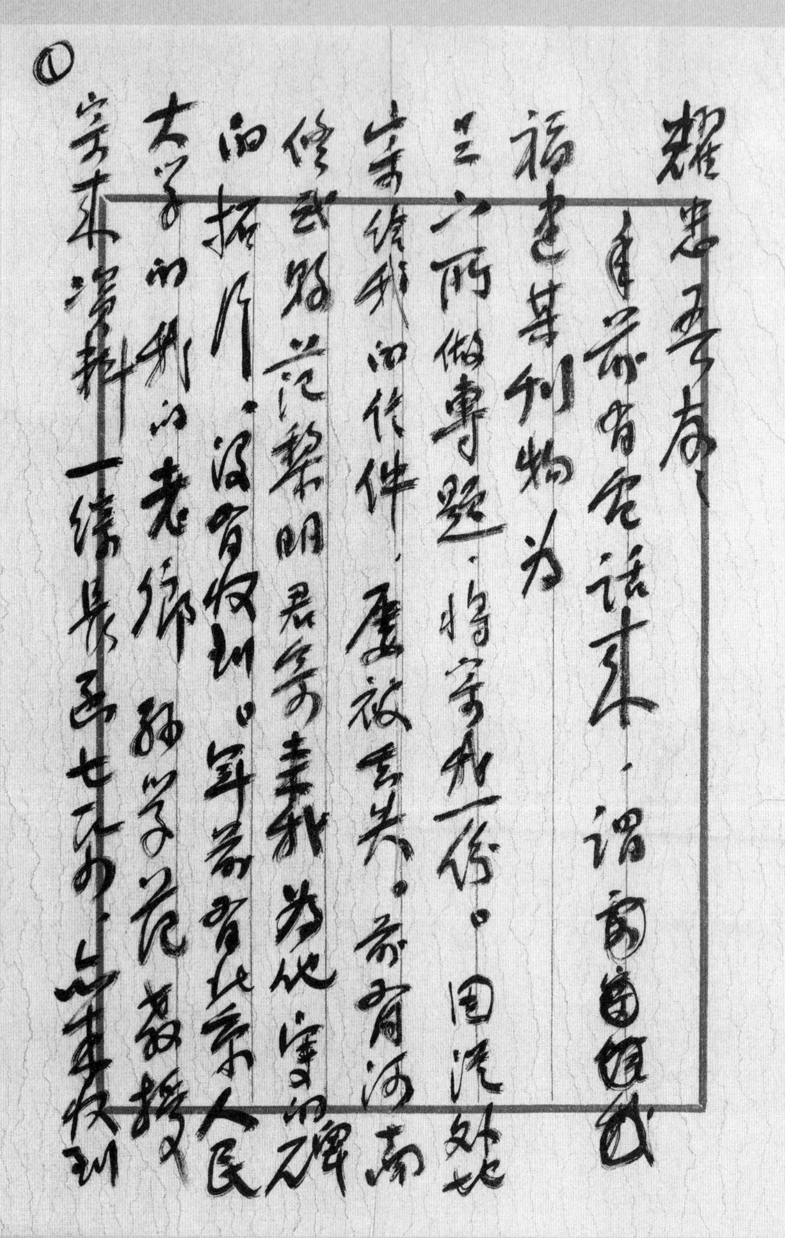

①

耀忠吾友：

年前曾电话来，谓[illegible][illegible][illegible][illegible]福建某刊物为兰亭所做专题，将寄我一份。因[illegible][illegible]寄给我的信件，屡被丢失。前有河南修武县范黎明君等寄我为他写的碑文拓片，没有收到。年前曾有北京人民大学的我的老乡孙学范教授寄来[illegible][illegible]一续集第七次，亦未收到

26（1）　二〇〇五年二月五日致邢耀忠

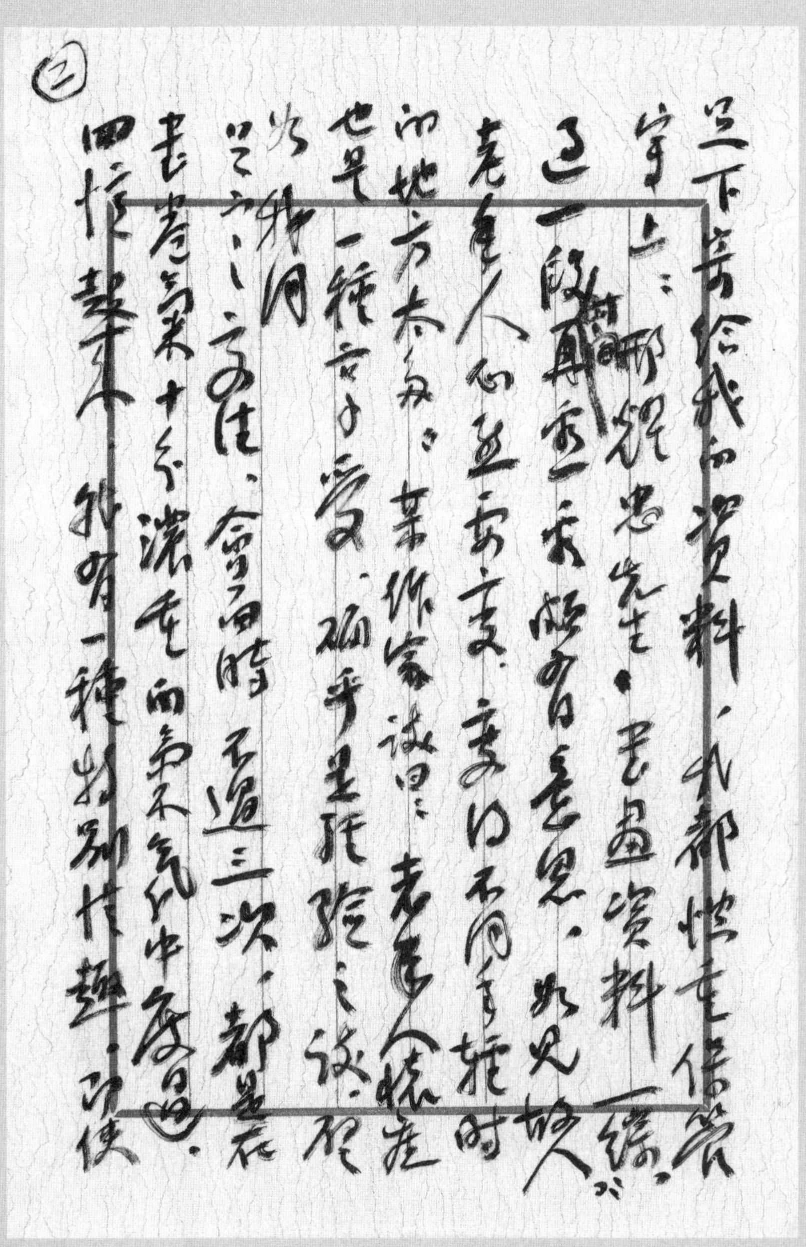

26（2）　二〇〇五年二月五日致邢耀忠

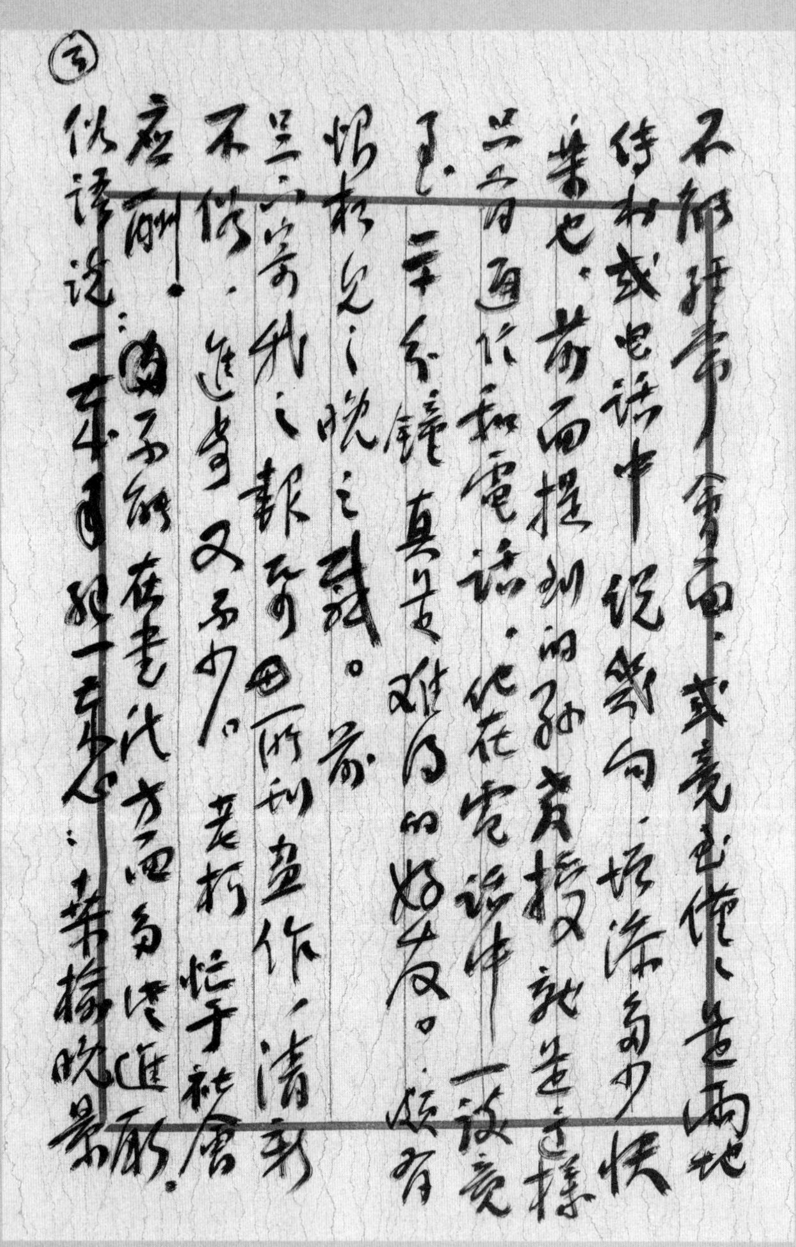

不能經常會面，或竟也僅是兩地
僅在電話中說幾句，頗添許多快
樂也。前面提到的孫育教授就是這樣
只有通過和電話，能在電話中一談竟
至二十分鐘，真是難得的好友。頗有
相見恨晚之感哉。前
曾寄我之郵寄冊所刊畫作，清新
不俗。近者又不少。老於忙于社會
應酬！因不能在畫作方面多得進展！
俗語說：一年不如一年：桑榆晚景

26（3） 二〇〇五年二月五日致邢耀忠

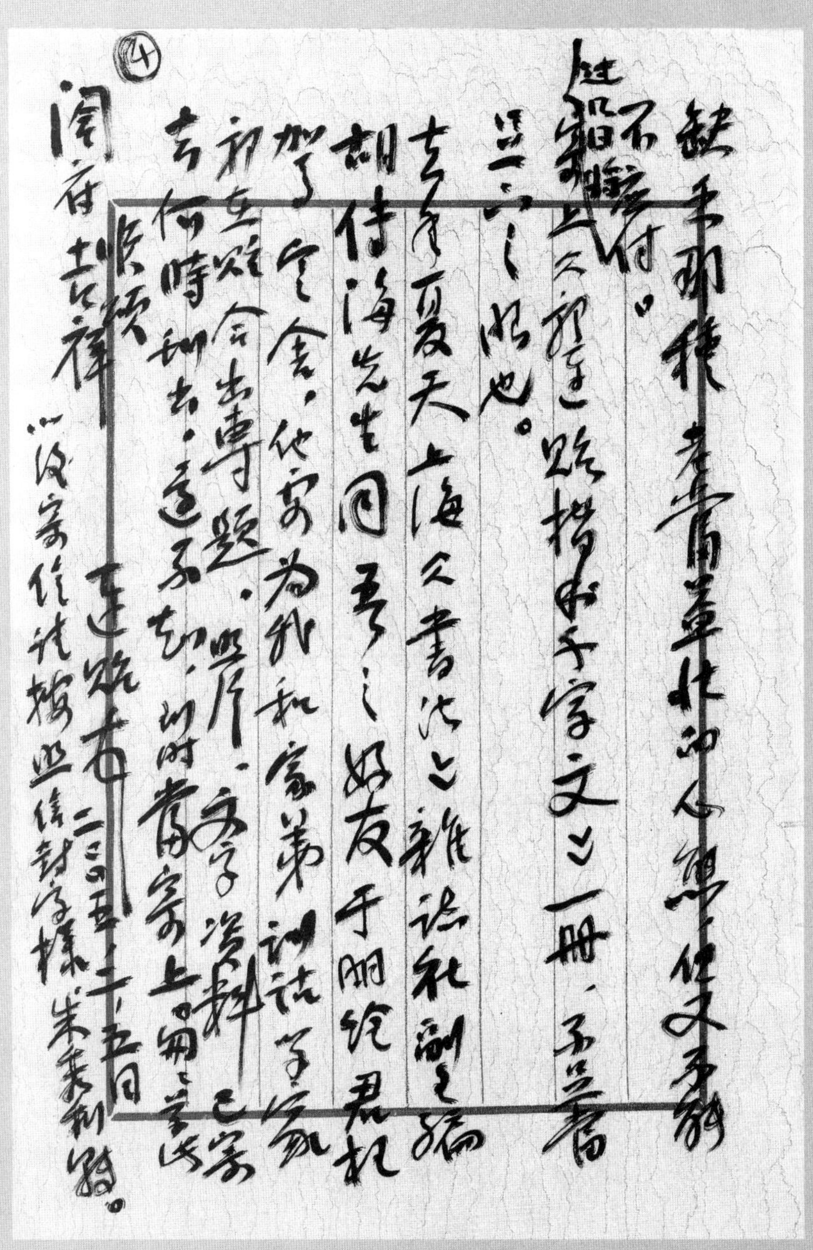

26（4） 二〇〇五年二月五日致邢耀忠

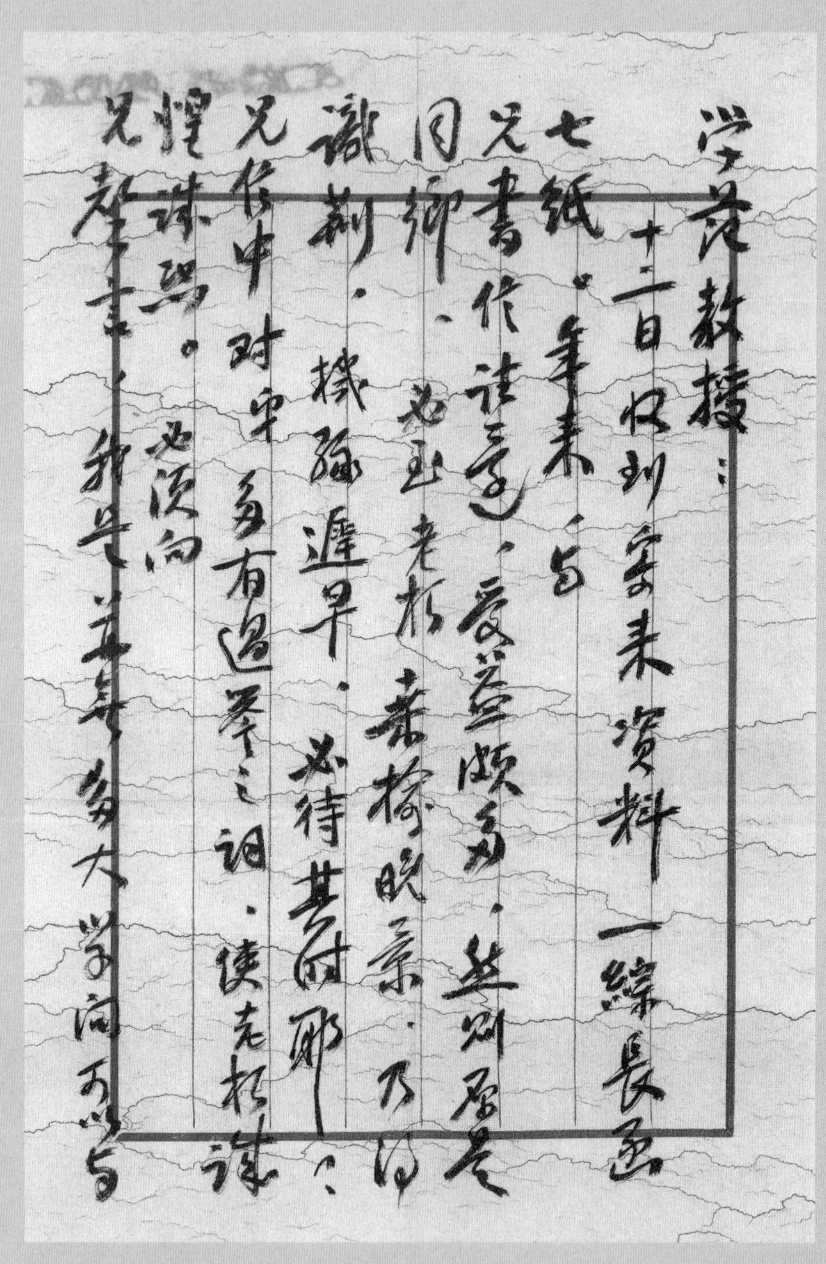
学范教授：
十二日收到寄来资料一综，长函
七纸。年来，与
兄书信往还，受益颇多，且对居长
同乡、必至老於吾侪晚年，乃得
识荆，机缘迟早，必待其时耶？
兄信中对弟多有过誉之词，使老朽读
惶悚恐。必须向
兄声言，我是华侨，多大学问不以台

27（1） 二〇〇五年三月五日致孙学范

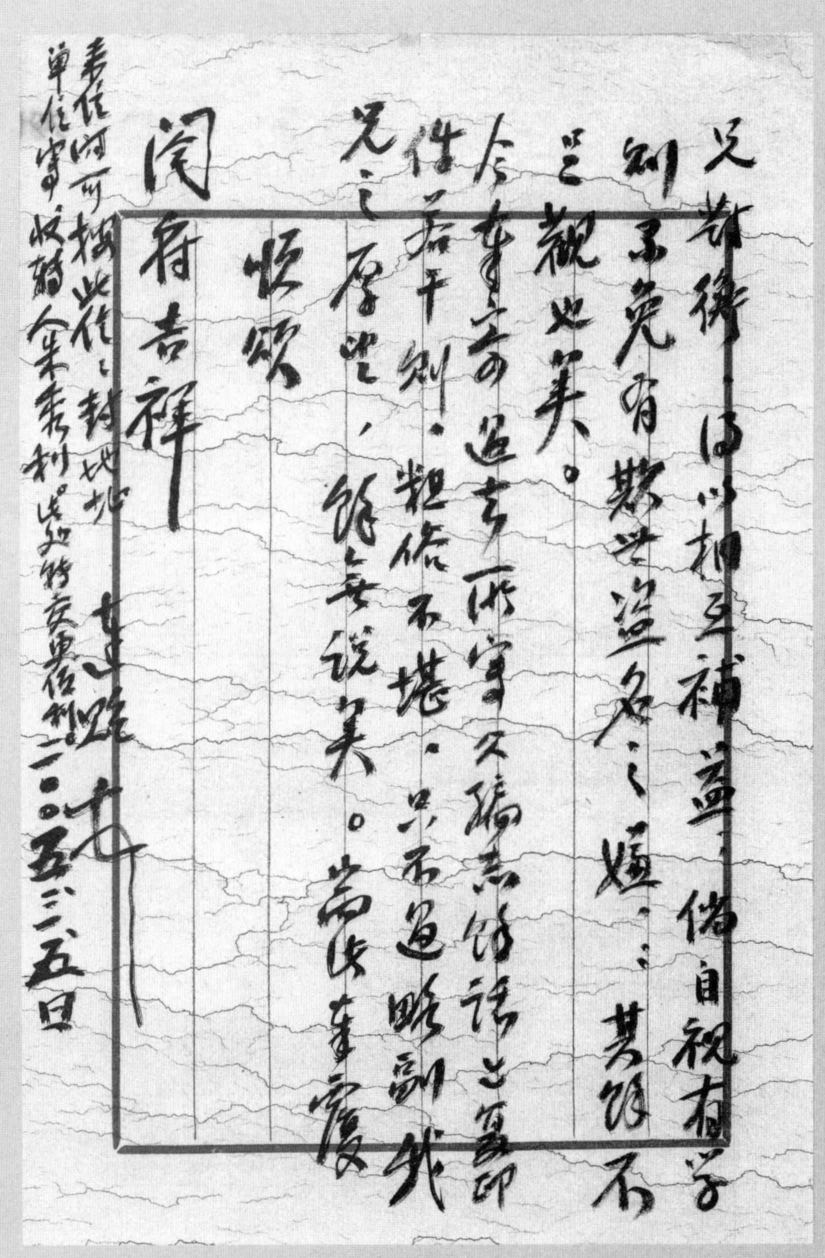

兄著作，得以相互補益，倘自視有學

則不免有欺世盜名之嫌，其能不

足觀也矣。

今年前過去所寫文稿，志館請出寫印

件若干則，粗俗不堪，只不過略副我

兄之厚望，能無愧矣。當此奉復，

順頌

閤府吉祥

弟 連貽 二〇〇五、三、五日

再信附可掬此信之封地址

單位寄收請人某某利凡兄如轉交更佳利

27（2） 二〇〇五年三月五日致孙学范

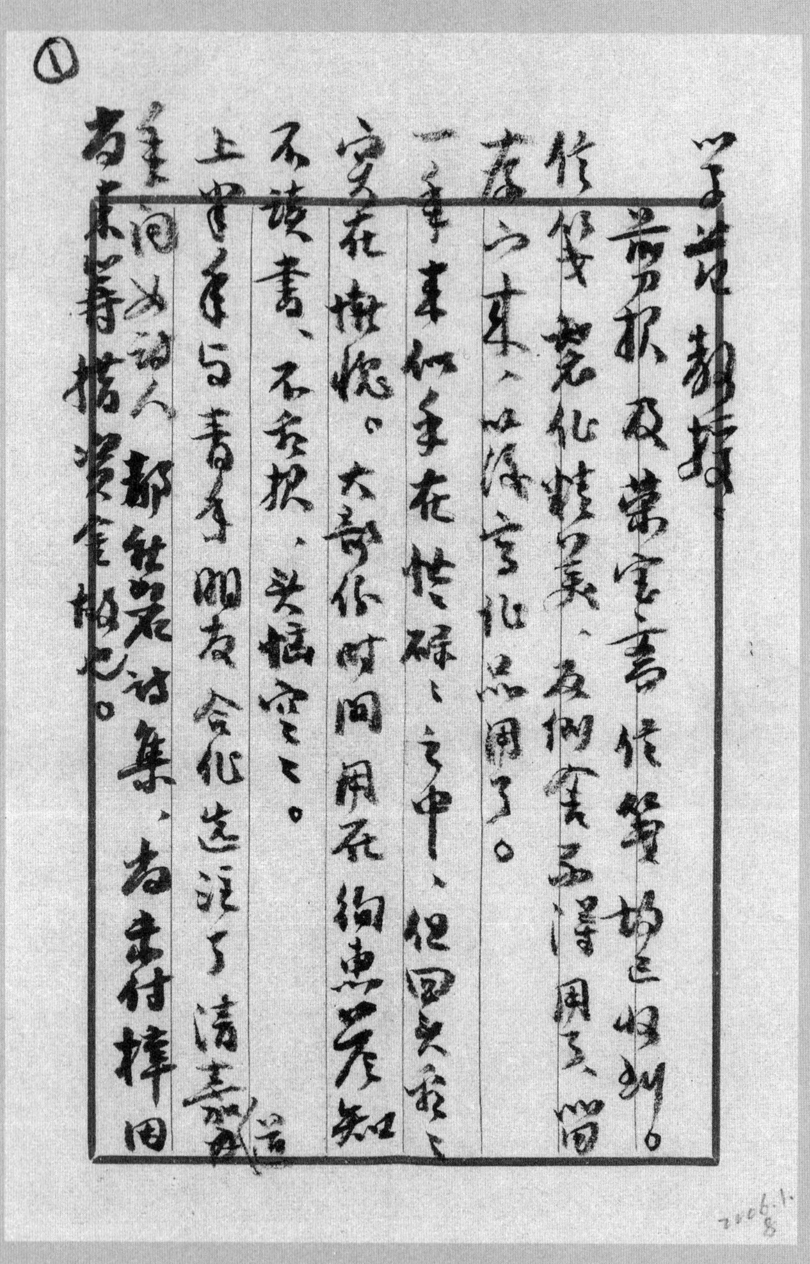

学范教授：
劳乃积及紫霞书作贺卡均已收到。
作笺充化精美、及附寓函得用心，当
春之来，以保家化品用了。
一年来似乎在忙碌之中，但回头看看，
实在惭愧。大部分时间用在绚惠兄处，知
不读书、不看报，头脑空空。
上周辛与青年朋友合作选注了清嘉庆
年间女诗人郭佺若君诗集，为来付梓回
为来年寿措资金相也。

28（1） 二○○六年一月八日致孙学范

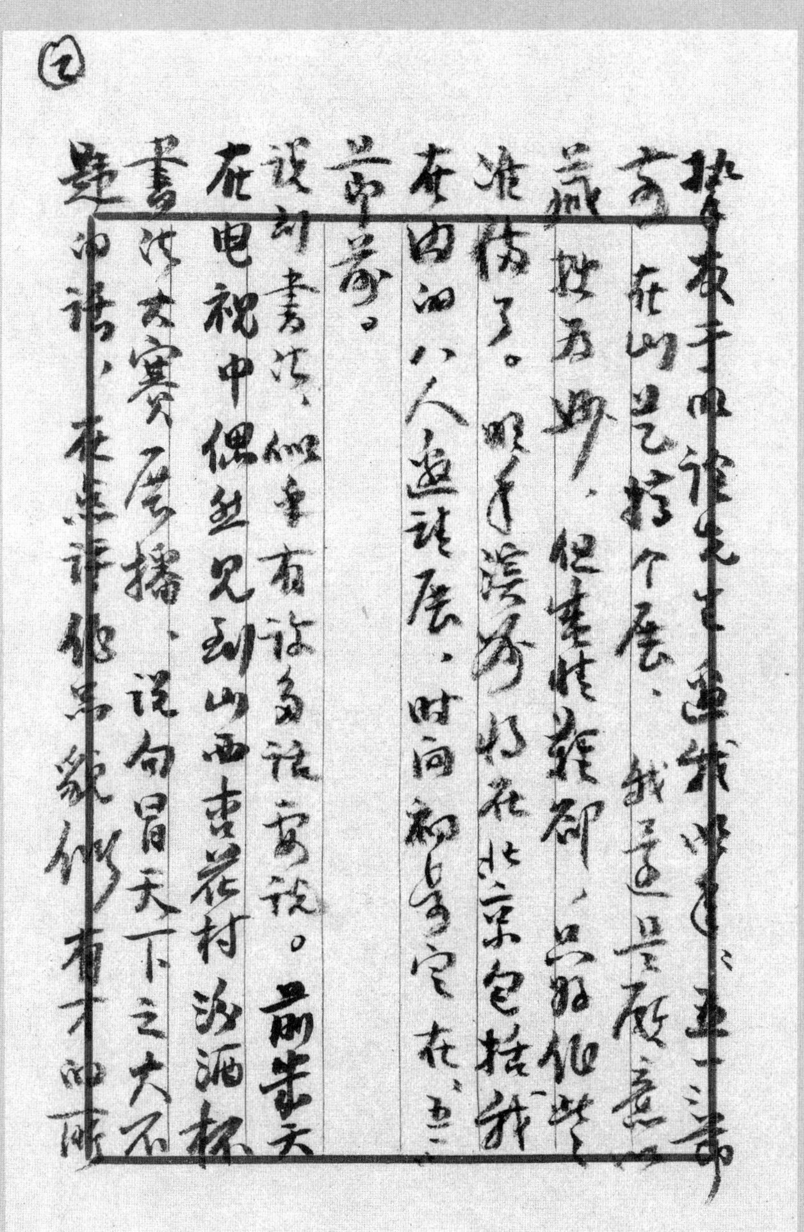

②

挚教于山西崔先生画展出，画五十二幅，方在山西是打个展，我寻过是颇意藏斑为妙，但是作者却，只能作些准备了。明年涉外将在北京包括我在内四八人画说展，时间初步定在五一节前后。

谈到书法，细来有许多话要说。前些天在电视中偶然见到山西杏花村汾酒标书法大赛展播，说句冒天下之大不韪的话，在点评作品绍绍有不如所

28（2） 二〇〇六年一月八日致孙学范

③

谓诗要中隐了我们山东老乡某他实先生而外，据我平时对他们书法作品的印象，这真没有几个能够明服点评其的小手相匹配的，有的大名家，读似读得令人信服，说到融会贯通是神乎其技，但实际——写的字也不过尔尔，乃至很滥而难堪，误了读人子弟，这能有什么好结果！现在的书界，浮夸风称霸赶动的了。重名不重实是普遍存在的

28（3） 二〇〇六年一月八日致孙学范

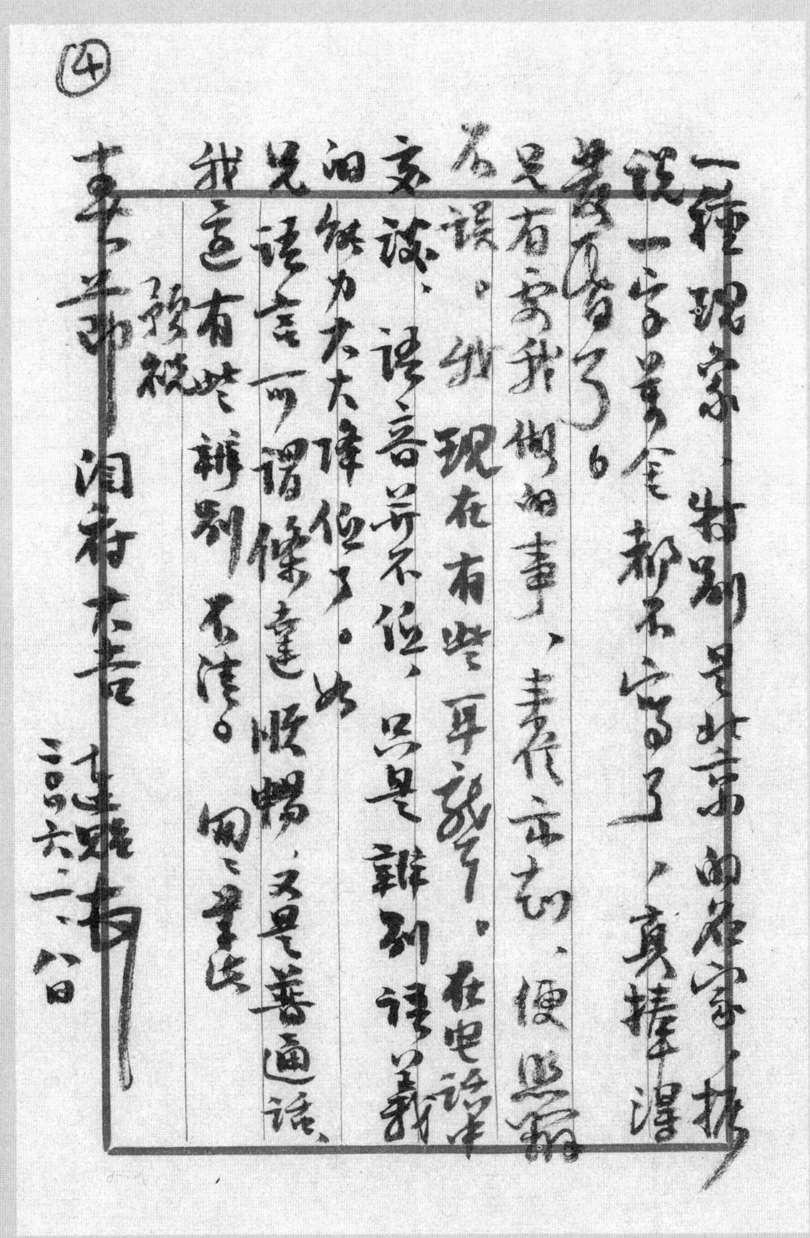

④

一種現象，特別是如常的名字，報錯一字，其實全都不寫了，真糟得甚有害了。是有害我們的事，書信方面，便出錯不誤。我現在有些耳聾了。在電話中交談，語音並不佳，只是辨别語義的能力大大降低了。如兄語言可謂條達順暢，又是普通話，我這有些辨别不清。開開費氏

預祝

春節 闔府大吉

連貽 二〇〇六·一·八日

28（4） 二〇〇六年一月八日致孙学范

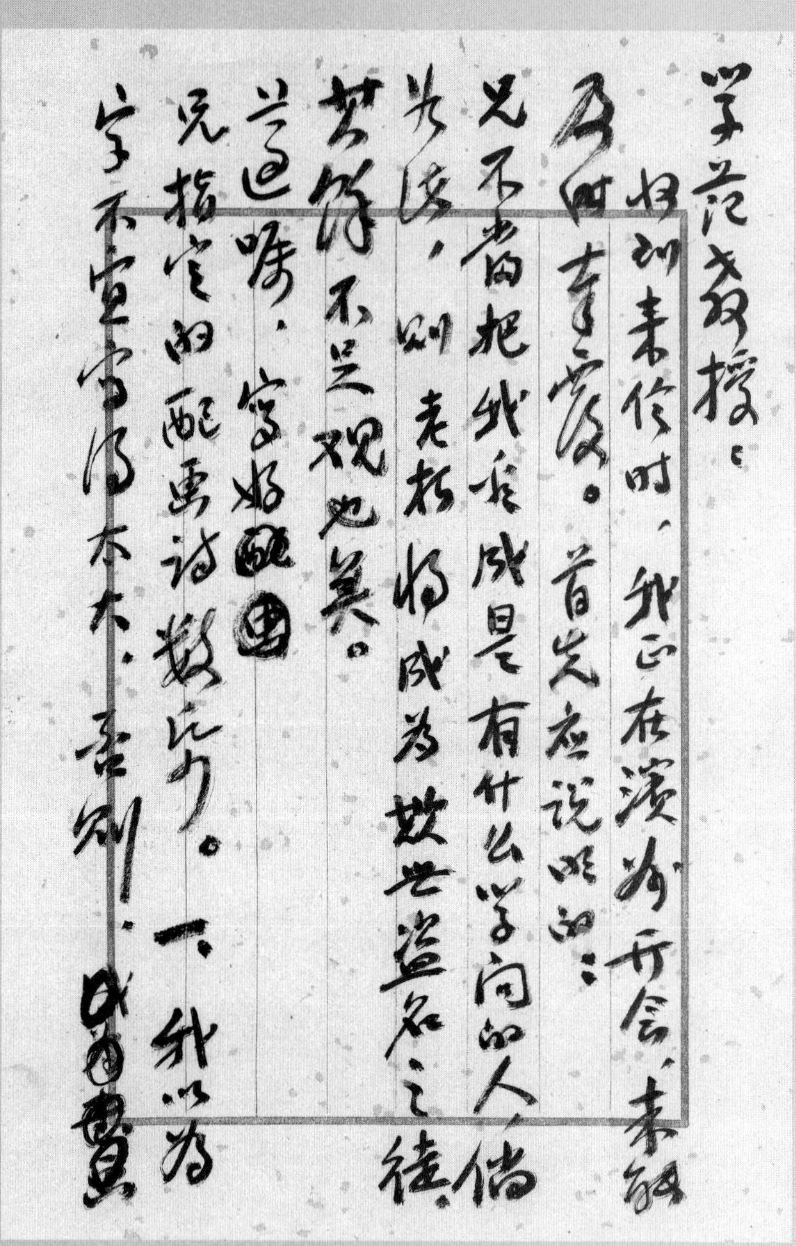

学范教授：

得到来信时，我正在济南开会，未能及时奉复。首先应说明的：兄不当把我看成是有什么学问的人，倘若这样，则我就将成为欺世盗名之徒。书法不足观也矣。

遵嘱，写好题图兄指定的配画诗数幅。一、我以为字不宜写得太大，否则，喧宾

29（1） 二〇〇六年二月十六日致孙学范

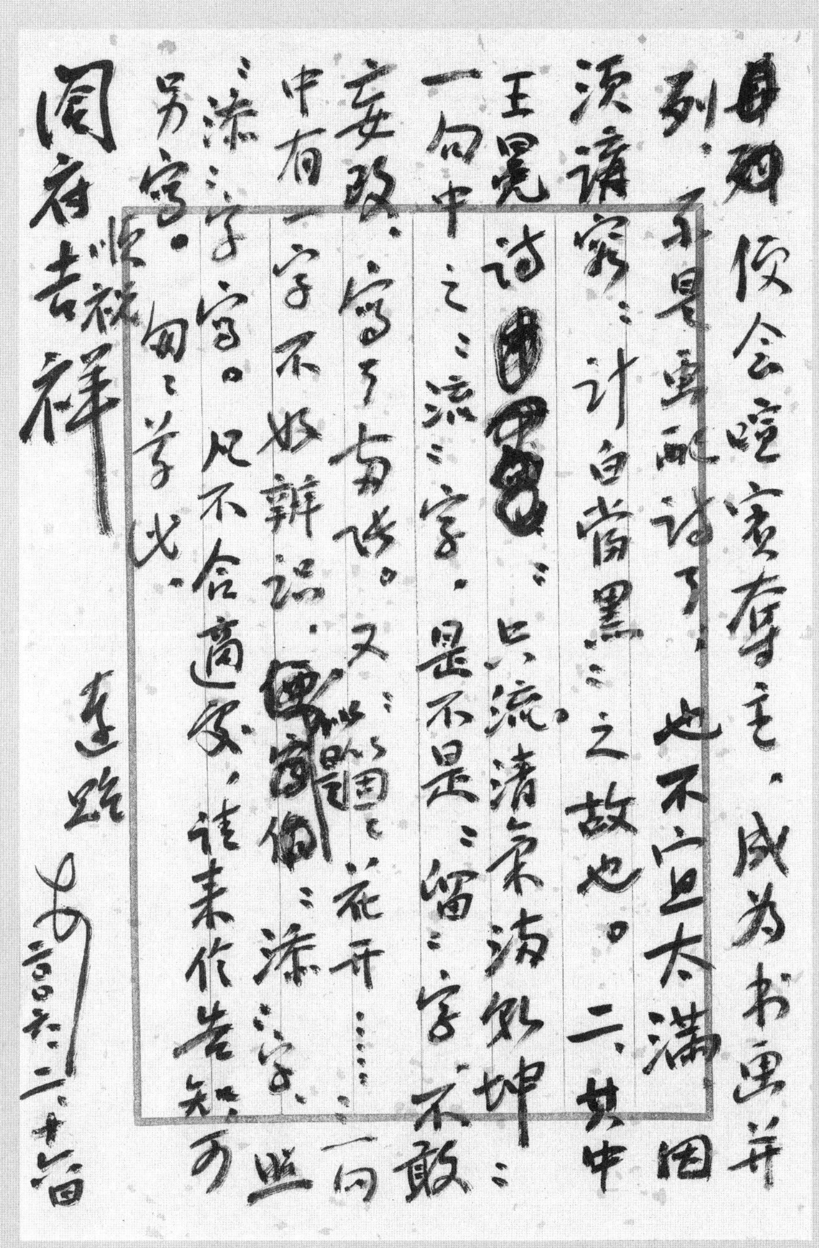

每对佼会喧宾夺主，成为书画并列，不是画配诗了，也不宜太满，因须让空〻计白当黑〻之故也。二、其中王冕诗〔墨梅〕〻只流清气满乾坤〻一句中之〻流〻字，是不是〻留〻字，不敢妄改，写了七句诗。又〻以题图〻花开……〻一句中有一字不好辨认，写作〻添〻字，照〻添〻字写，凡不合适处，请来信告知，可另写。匆匆草此。

顺祝

阅存吉祥

连贻

〇六、二、十六日

29（2）　二〇〇六年二月十六日致孙学范

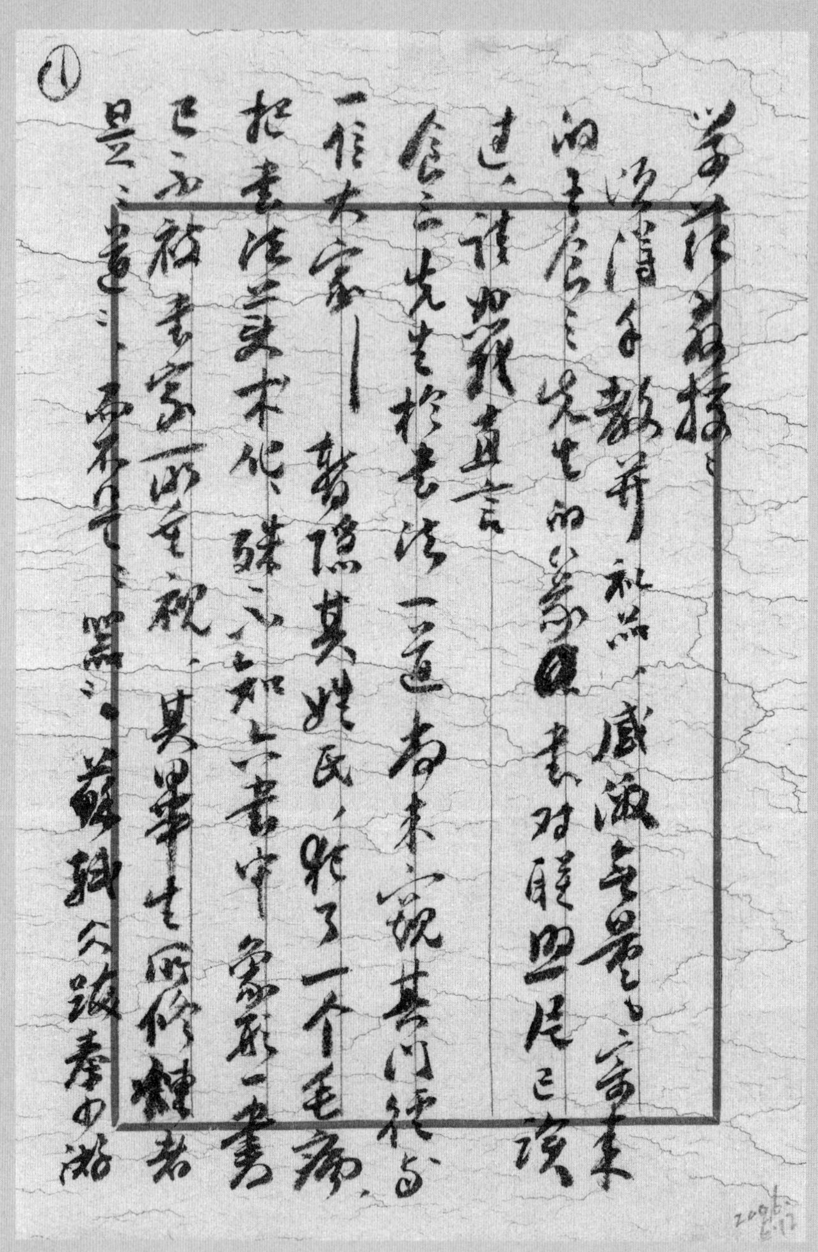

①

学范贤棣：

顷得手教并礼品，感激无量。寄来细看舍之先生所写书对联四尺之项，请恕我直言。舍之先生于书法一道，为未窥其门径者一位大家！——暂隐其姓氏，犯了一个毛病，把书法美术化，殊不知在书中篆隶一书已不被书家所重视，其毕生所作隶书者是之甚之，而不可言之罪之。苏轼公跋秦少游

2006.6.12

30（1） 二〇〇六年六月十二日致孙学范

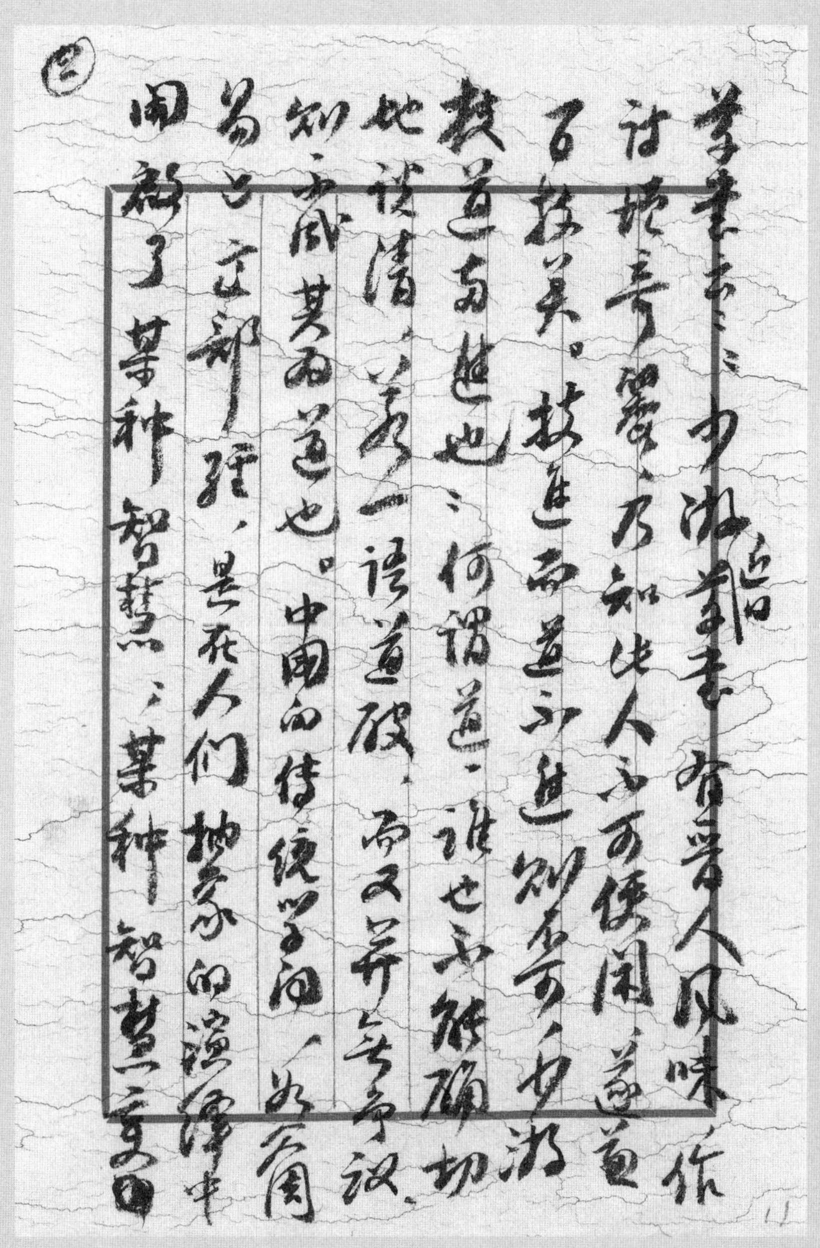

30（2）　二〇〇六年六月十二日致孙学范

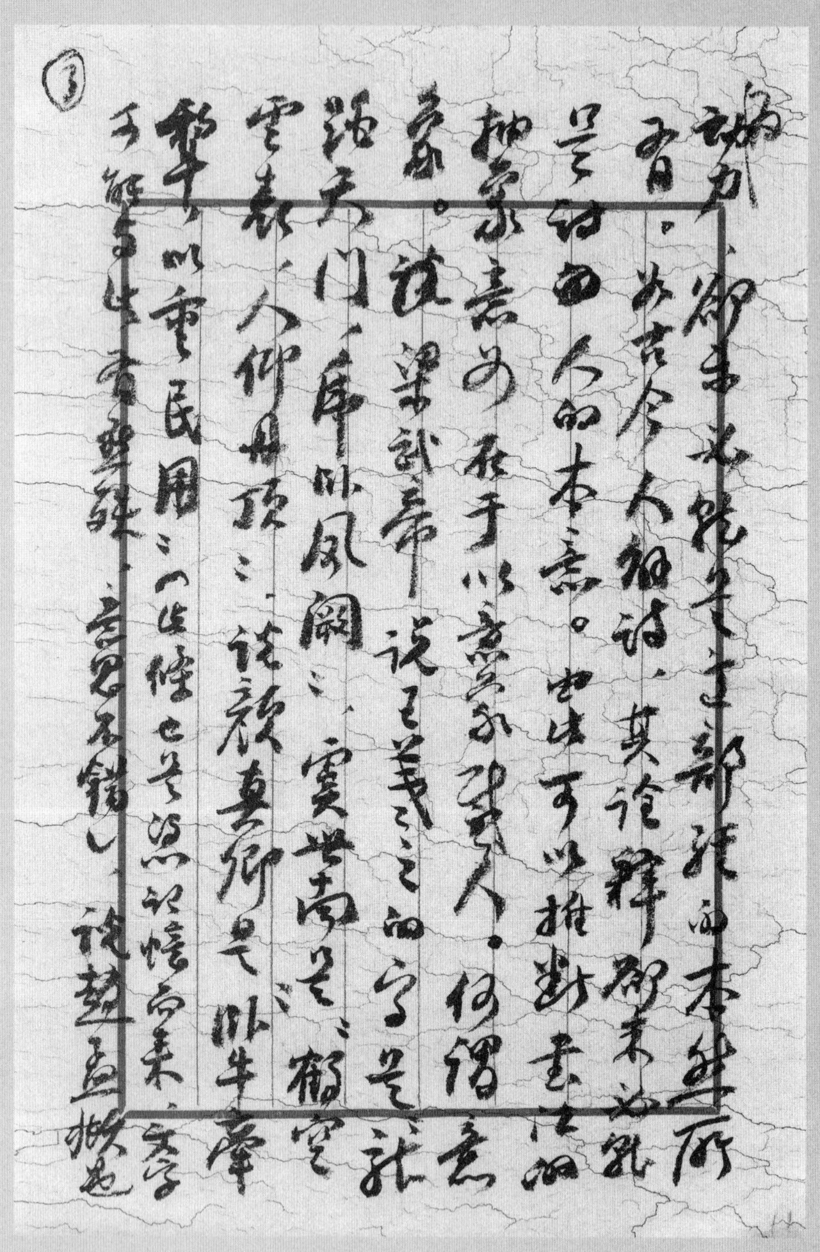

③

以為[illegible]力，卻未必是之之郭沫若而來無所
習。如古今人相詩，其論釋卻未必就
是詩的人的本意。由此可以推斷出古的
柳宗元書與手以意分贈人。何謂意
家。讀梁武帝說王羲之之所寫是說
龍跳天門，虎臥鳳闕，實世尚只是，鶴空
雲表，人仰其頂。誰敢真卿是以牛犇
擊干，以重民用之一些借也只能記憶而來，文字
手段与此有些联系，当是不错的。徒勞無益 按也

30（3） 二〇〇六年六月十二日致孙学范

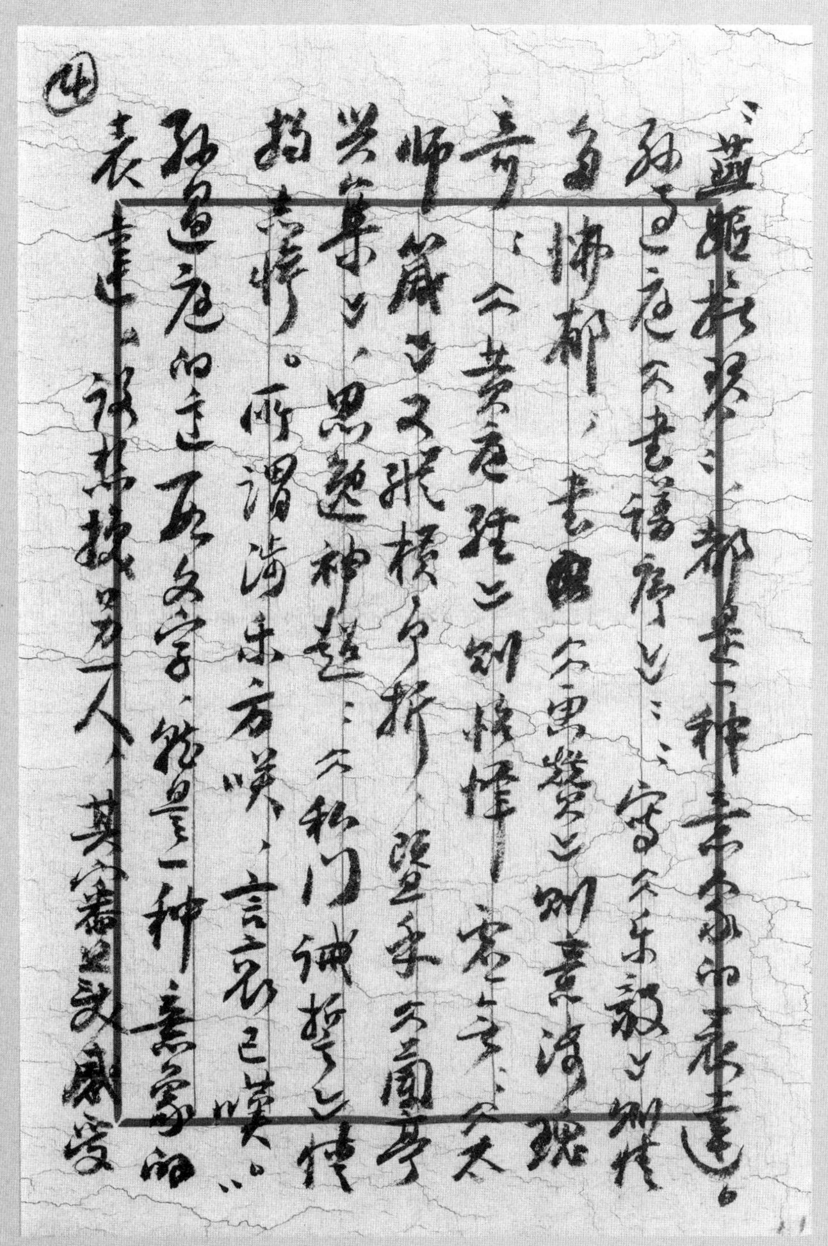

30（4） 二〇〇六年六月十二日致孙学范

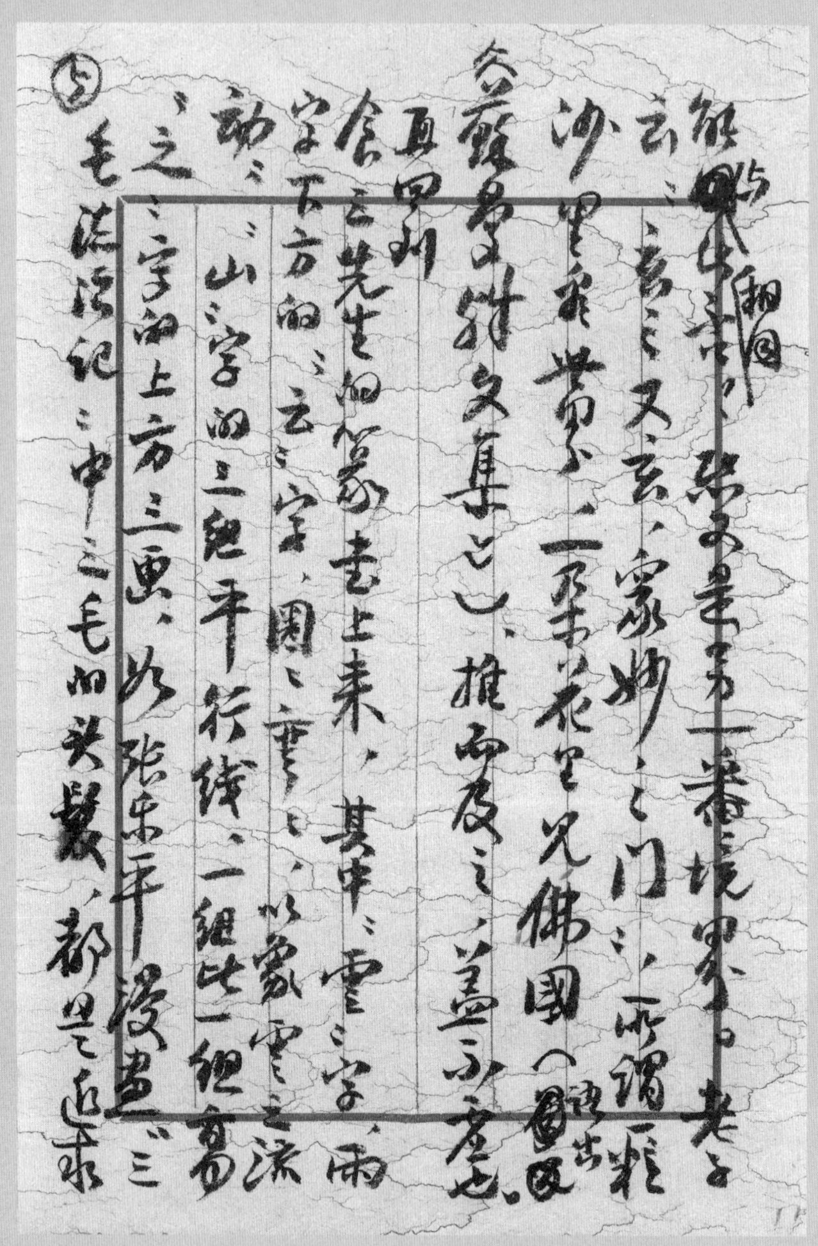

30（5） 二〇〇六年六月十二日致孙学范

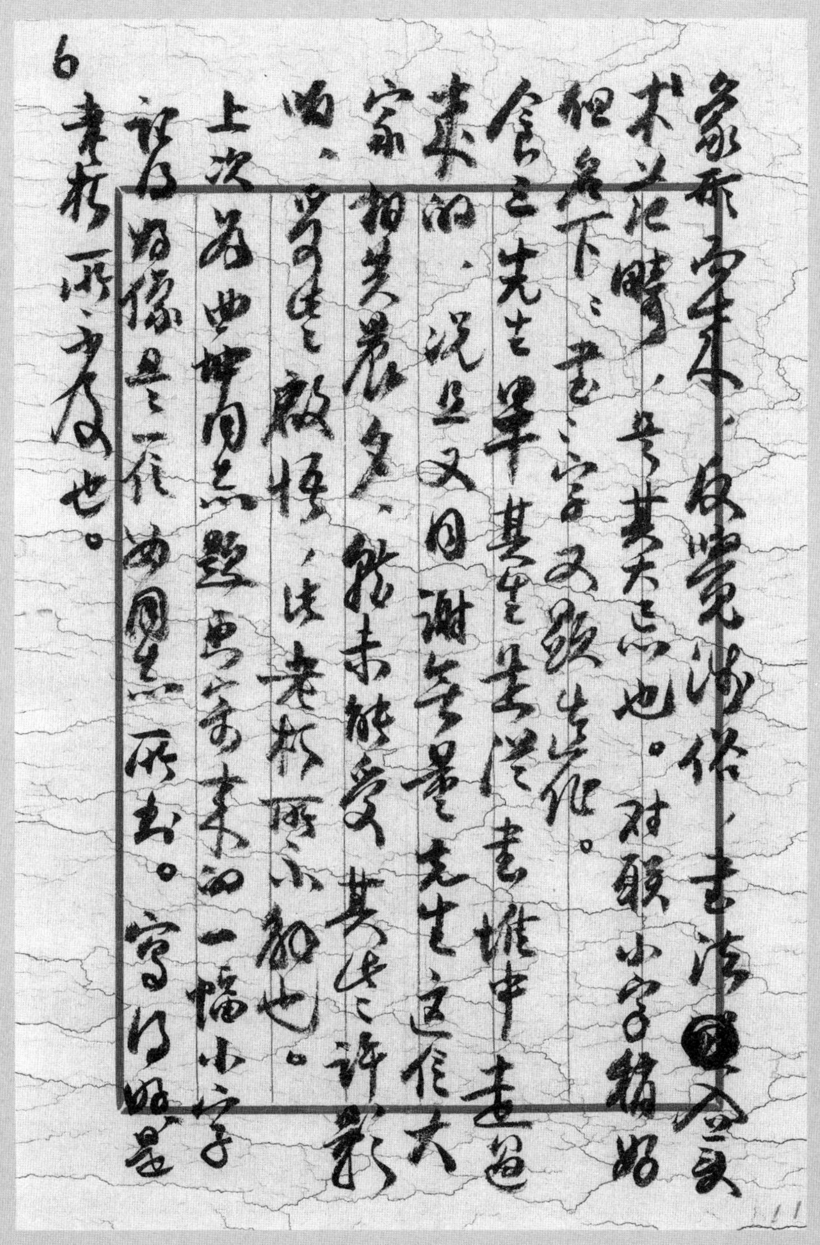

30（6） 二〇〇六年六月十二日致孙学范

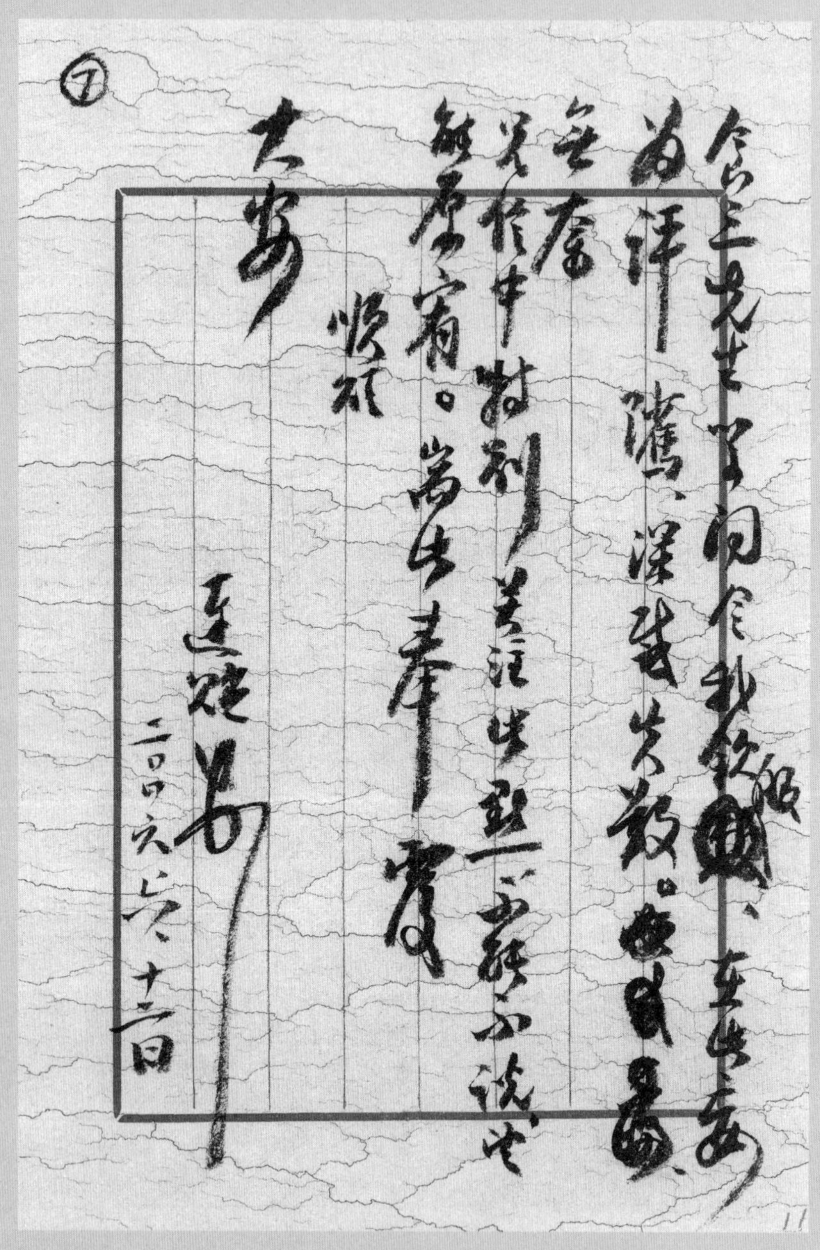

30（7）　二〇〇六年六月十二日致孙学范

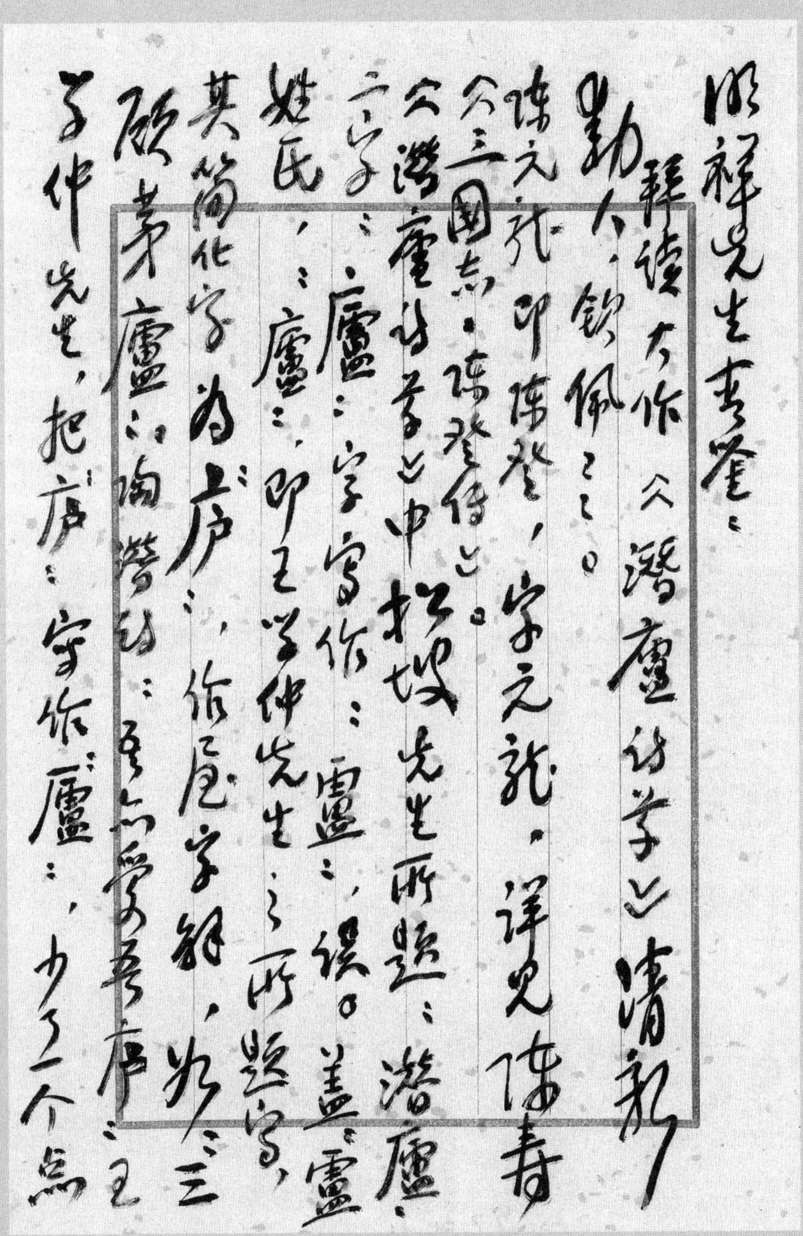

明祥先生素鉴：

拜读大作《潜庐诗学》，清新動人，钦佩钦佩。

陈元龙即陈登，字元龙，详见陈寿《三国志·陈登传》。《潜庐诗学》中[illegible]先生所题“潜庐”二字，“廬”字写作“盧”，误。盖“盧”姓氏，“廬”即王学仲先生所题写，其简化字为“卢”，“庐”作屋字解，如“三顾茅庐”、“陶潜的茅庐”、[illegible]学者茅庐，王学仲先生把“庐”字写作“盧”，少了一个点

31（1）　二〇〇六年七月二十日致徐明祥

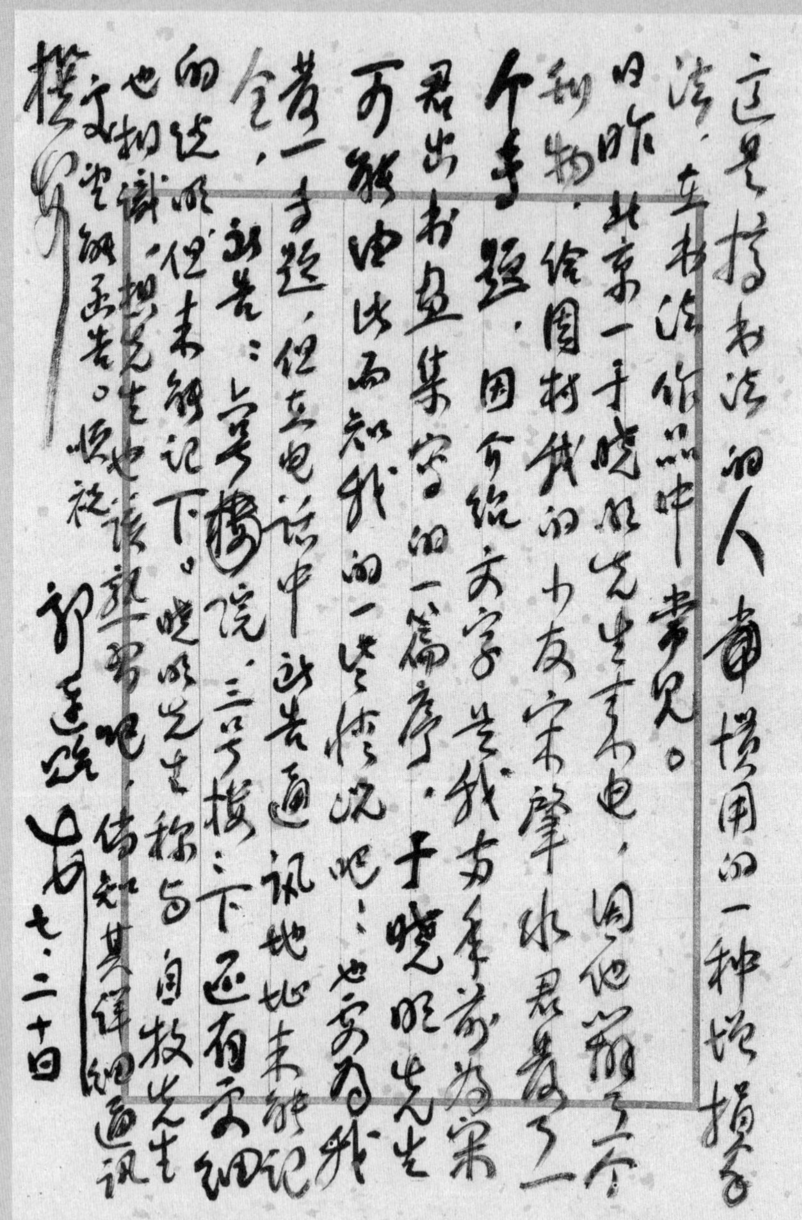
这是搞书法的人常用的一种说法，在书法作品中常见。

日昨北京于晓明先生来电，问他编的刊物给周村我的小友宋肇永君发了一个手题，因介绍文字是我多年前为宋君出书画集写的一篇序，于晓明先生可能由此而知我的一些情况吧；也要为我篆一手题，但在电话中说告通讯地址未能记全，并告：上款楼院，三号楼；下还有更细的住址，但未能记下。晓明先生称与自牧先生也相识，想必也谈起过吧，倘知其详细通讯地址望能函告。顺祝

撰安

郭连贻 七·二十日

31（2） 二〇〇六年七月二十日致徐明祥

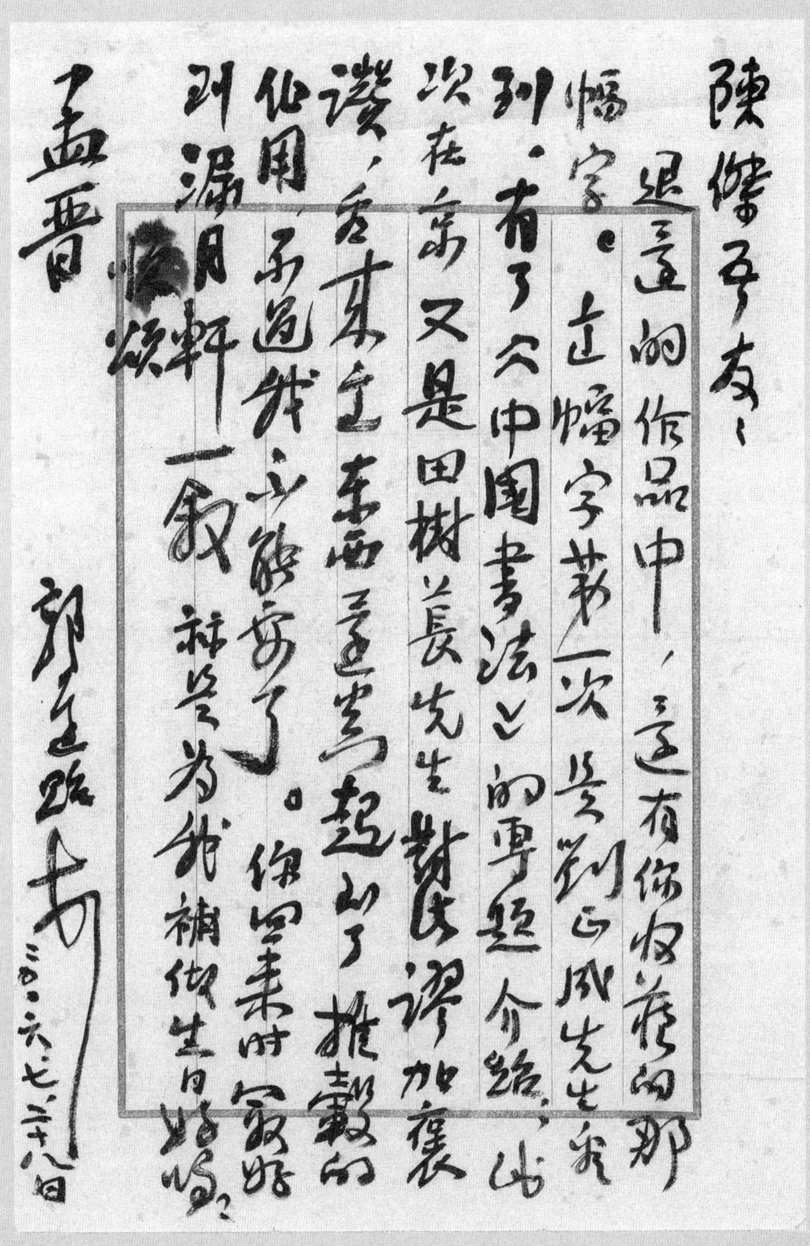

陳傑子友：

退還的作品中，還有你收藏的那幅字。這幅字第一次是劉正成先生找到：有了《中國書法》的專題介紹，此次在京又是田樹萇先生對它評加褒讚，香港東西畫廊起了推薦的作用，所以我心能安了。你回來時家嫂到漏月軒一敘，就是為我補做生日好嗎？

收頌

孟晉

郭連貽上

二〇〇六、七、二十八日

32　二〇〇六年七月二十八日致陈杰

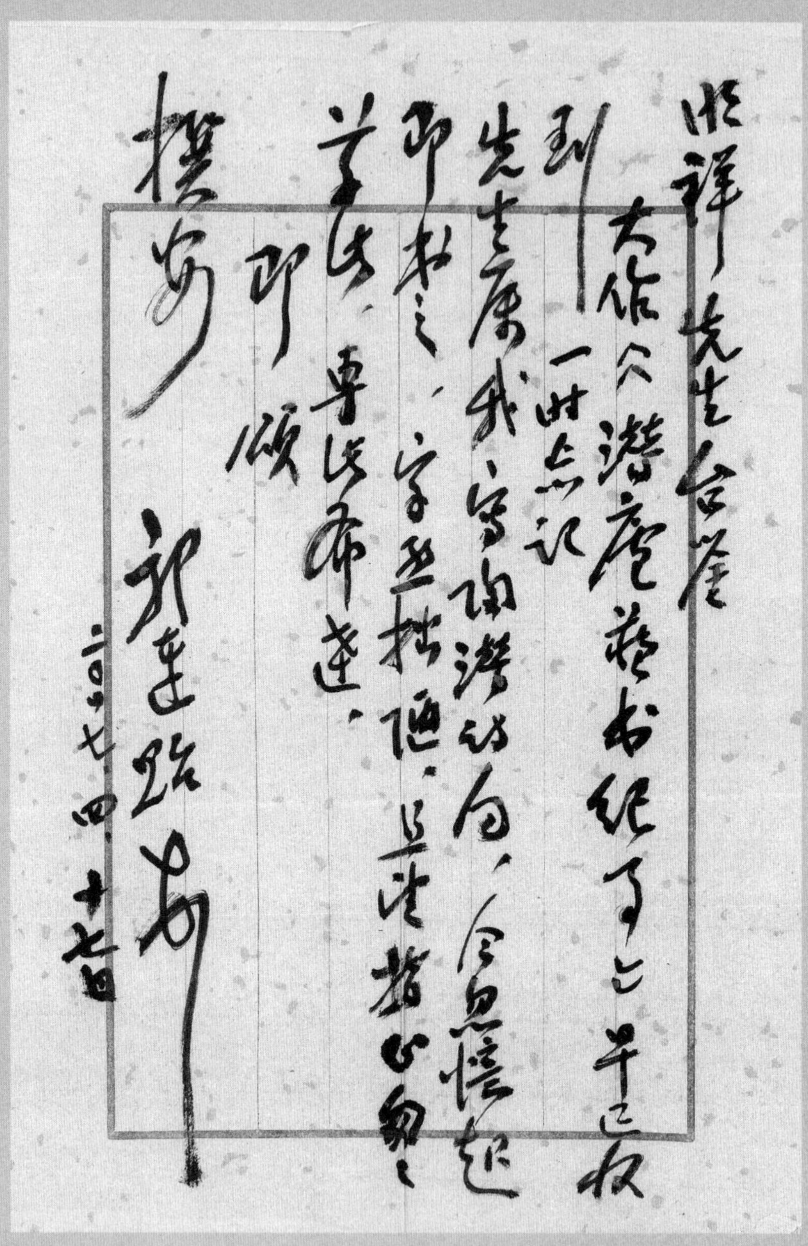

明祥先生台鉴：
大作《潜庵藏书纪要》早已收到，一册并记
先生康[illegible]、[illegible]潜研[illegible]句、今[illegible]忆起
即[illegible]之、字[illegible]拙陋、是[illegible]指[illegible]
并此，专此布达，
即颂
撰安
郭连贻上
二〇〇七、四、十七日

33　二〇〇七年四月十七日致徐明祥

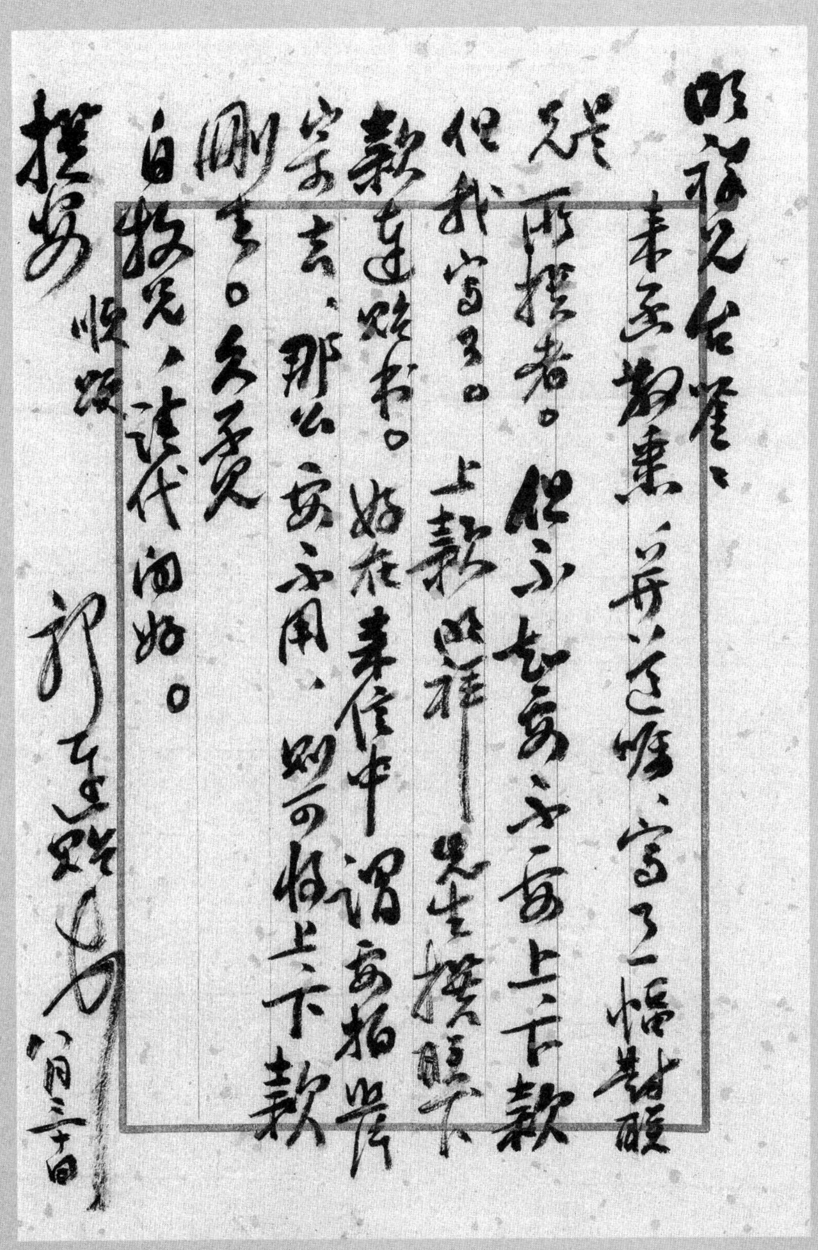

明祥兄台鉴：

来函敬悉，并已写了一幅对联兄所拟者。但不知要不要上下款，但我写了。上款明祥先生撰联，下款连贻书。好在来信中谓要指装字去，那么要不用，则可将上下款删去。久负

自牧兄，请代问好。

撰安

收好

郭连贻

八月三十日

34　二〇〇七年八月三十日致徐明祥

①

金魁先生台鉴：

顷得大札并《书简》第九、十两辑，谢谢。去年惠赐《书简》第八辑，曾想写点什么，以副雅命，因见上海《书法》杂志社胡传海先生有关于简牍方面文章发表，解说详明，作者真勤笔，亦未函覆，歉疚良深。在传统文化中的简牍，现在只有数人尚还使用，至于男女们，拿起手机一点便可发遍海外，何其便捷，然则任何一种现代化的通讯手段都

35（1）　二〇〇八年二月十六日致王金魁

②

無替代簡牘這一厚重的傳統文化。它不僅是互通信息、表情達意，古代與現代的，包括民國以來的書簡遺留下來的，學習書法的人，不光對着名碑大碣，簡牘也是學習書法臨習的範本。有著名的《平復帖》、《遠宦帖》，宋代蘇軾、黃庭堅、米芾的若干簡牘，無不精彩動人。老朽學書無成，但在臨習二王系統的法帖中，我以為米芾的《蜀素帖》，不如他的簡牘好，我也臨習王羲之的《蘭亭敘》，覺得《十七帖》更易上手。

35（2） 二〇〇八年二月十六日致王金魁

以下，振其武术，弘其扬传统文化，老朽许氏不胜佩敬之至。

今奉寄沙孟海、姜亮夫、殷孟伦、郭在贻手札各一通。姜亮夫，原杭州大学教授，著名的楚辞学家；殷孟伦，原山东大学教授，著名语言学者；郭在贻，原杭州大学博士生导师，著名的训诂学家。姜亮夫先生所作札中的"晋生"，是原山东大学著名学者高亨先生的字。在文革期间，有人孔子诛少正卯之一文发表，因正合时宜，曾以此作为文件传发。这四通信札保存至今已四十余年矣

35（3）　二〇〇八年二月十六日致王金魁

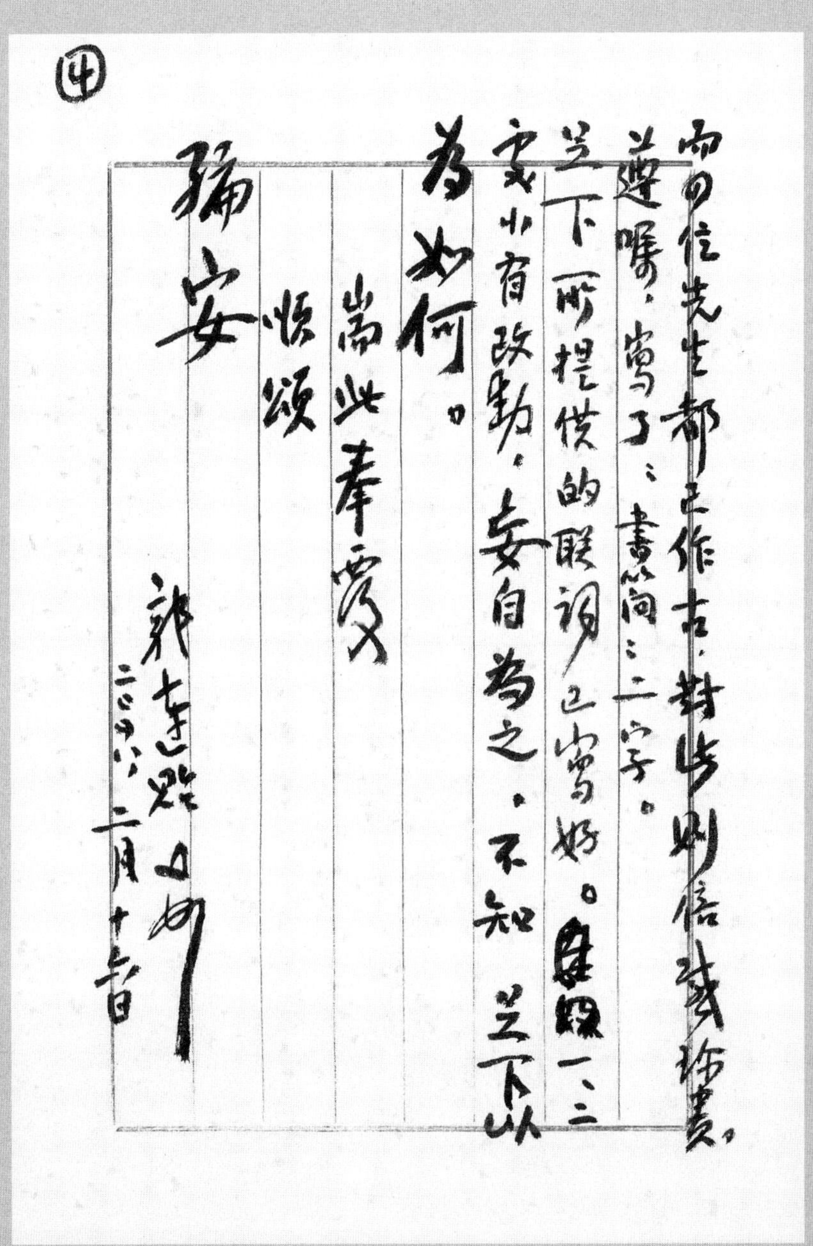
④

而四位先生都已作古，對此則倍感珍貴。遵囑，寫了“書簡”二字。足下所提供的聯詞已寫好。其中一、二處小有改動，妄自為之。不知足下以為如何。

專此奉覆

順頌

編安

郭連貽 上

二〇〇八、二月十六日

35（4） 二〇〇八年二月十六日致王金魁

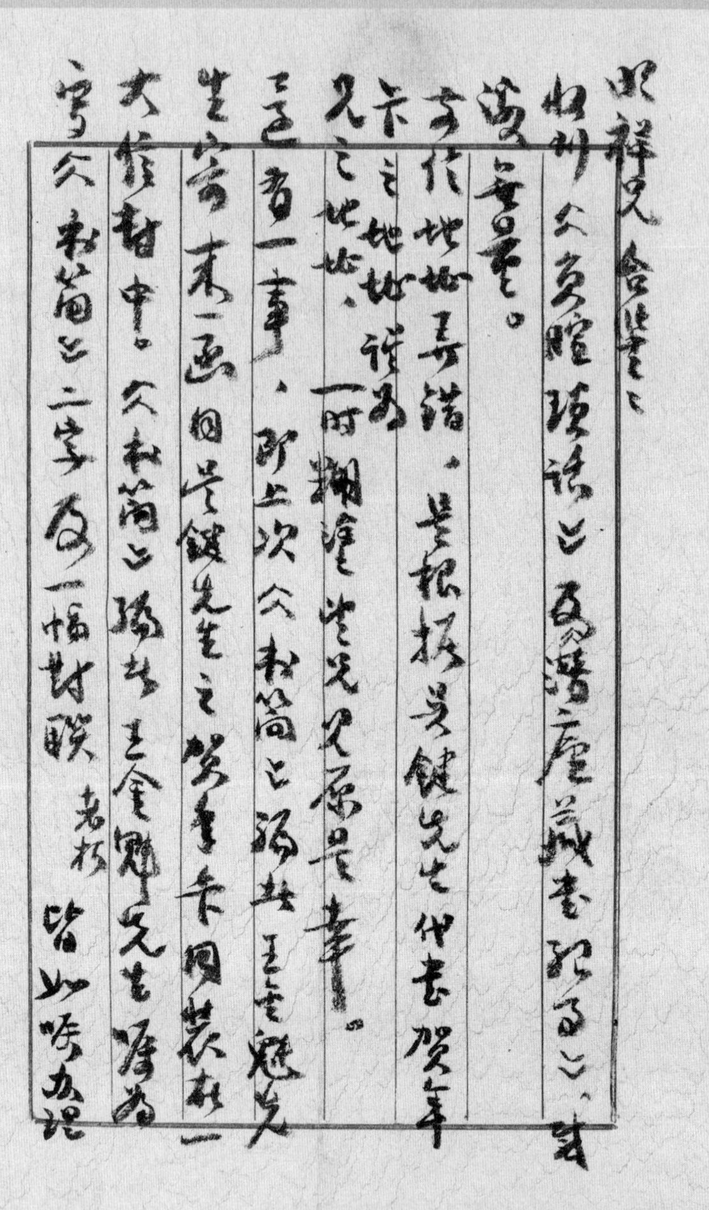

明祥兄台鉴：

收到公[illegible]跋題語及潘[illegible]庵藏書題[illegible]，甚為[illegible]。

前代姊姊寫錯，是根據吳健先生代書賀年卡之姊姊住址，誤為兄之姊姊，一時糊塗，誤以兄原是章之姊者一事。所上次公秋简之題簽，王[illegible]先生寄來一函，因吳健先生之賀年卡同裝在一大信封中。公秋简之題簽，王[illegible]先生屬為寫"公秋简"二字，及一幅對聯，[illegible]皆如嘱[illegible]

36（1） 二〇〇八年四月八日致徐明祥

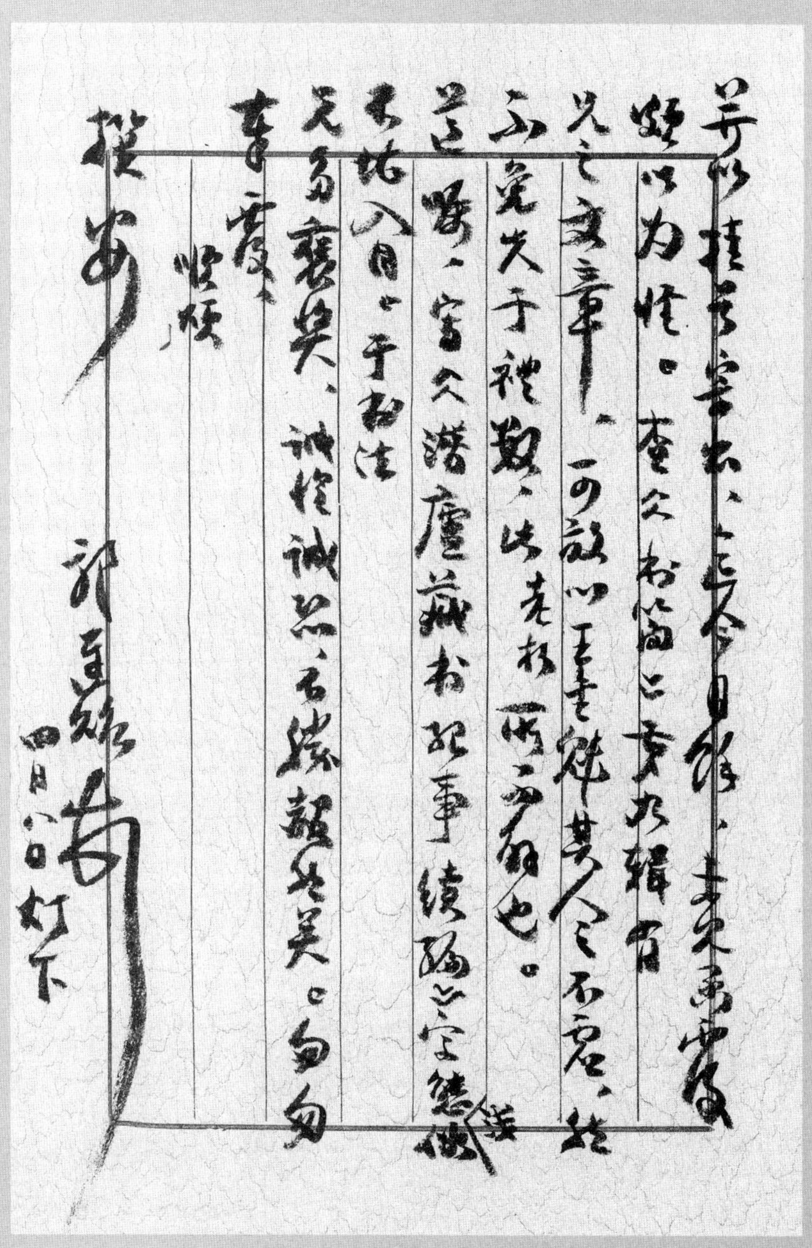

36（2）　二〇〇八年四月八日致徐明祥

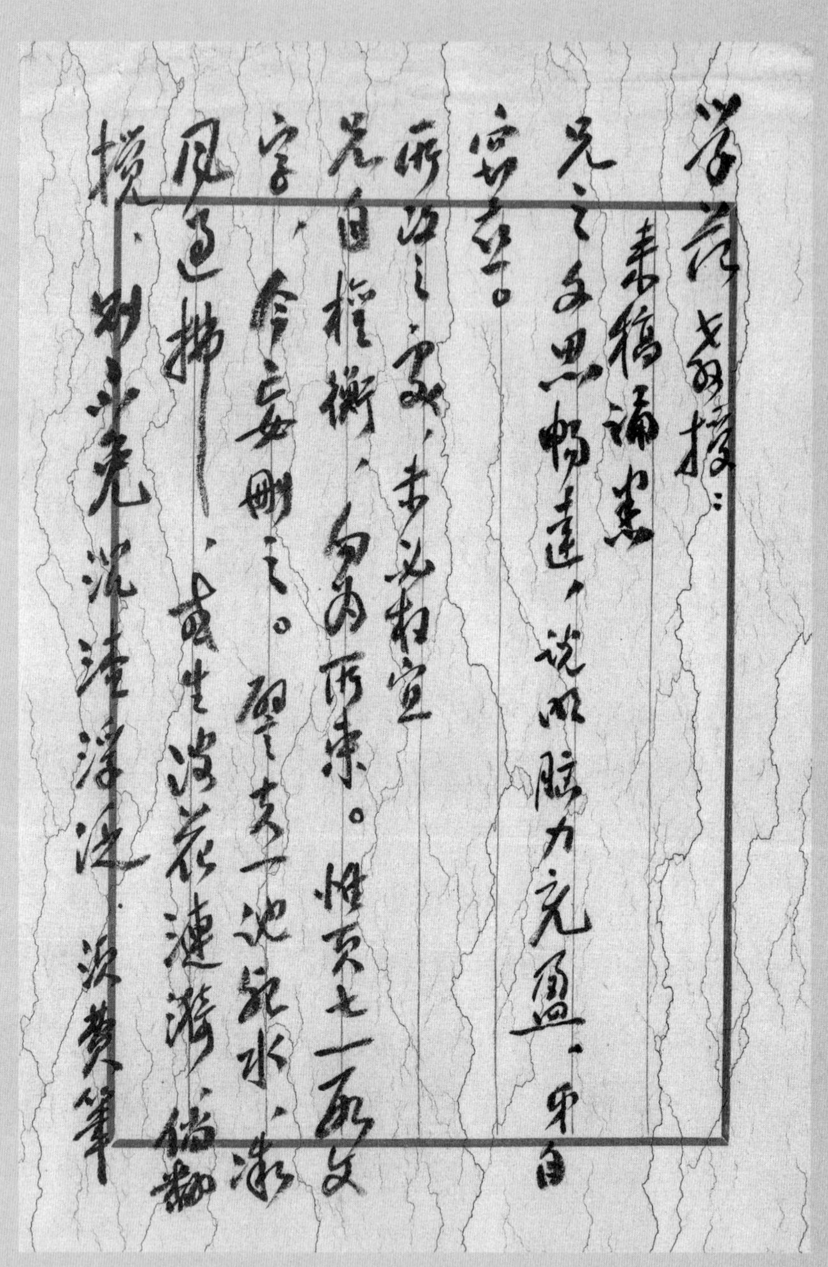

学范教授：

来稿诵悉

先生文思畅达，说明脑力充盈，平日富于学习。所写之文，亦必相宜。

先自权衡，勿为所束。惟页七一段文字，今妄删之。譬如一池死水，微风过拂之，或生波花涟漪，倘搅，则死水沉渣浮泛。连贻笔

37（1） 二〇〇九年三月十一日致孙学范

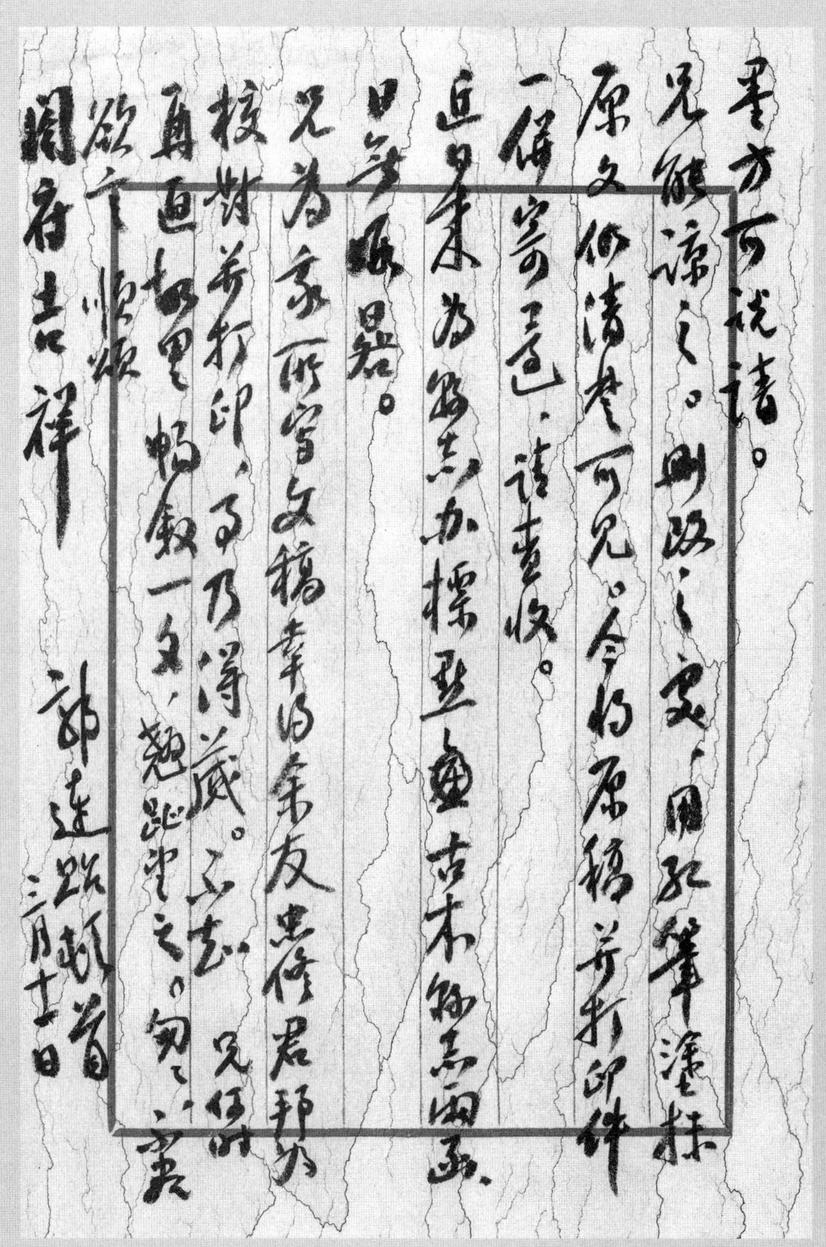

耑方可就请。兄能谅之。删改之处，用红笔涂抹，原文仍清楚可见。今将原稿并打印件一併寄上，请查收。近日来为[illegible]志办标题，画古木[illegible]志两函，日无暇晷。兄为豪所写文稿，幸得余友史俊君拜为校对并打印，乃得藏。[illegible]兄何时专通电话，畅叙一夕，翘跂望之。匆匆不宣

敬颂
阖府吉祥

郭连贻 顿首
三月十一日

37（2） 二〇〇九年三月十一日致孙学范

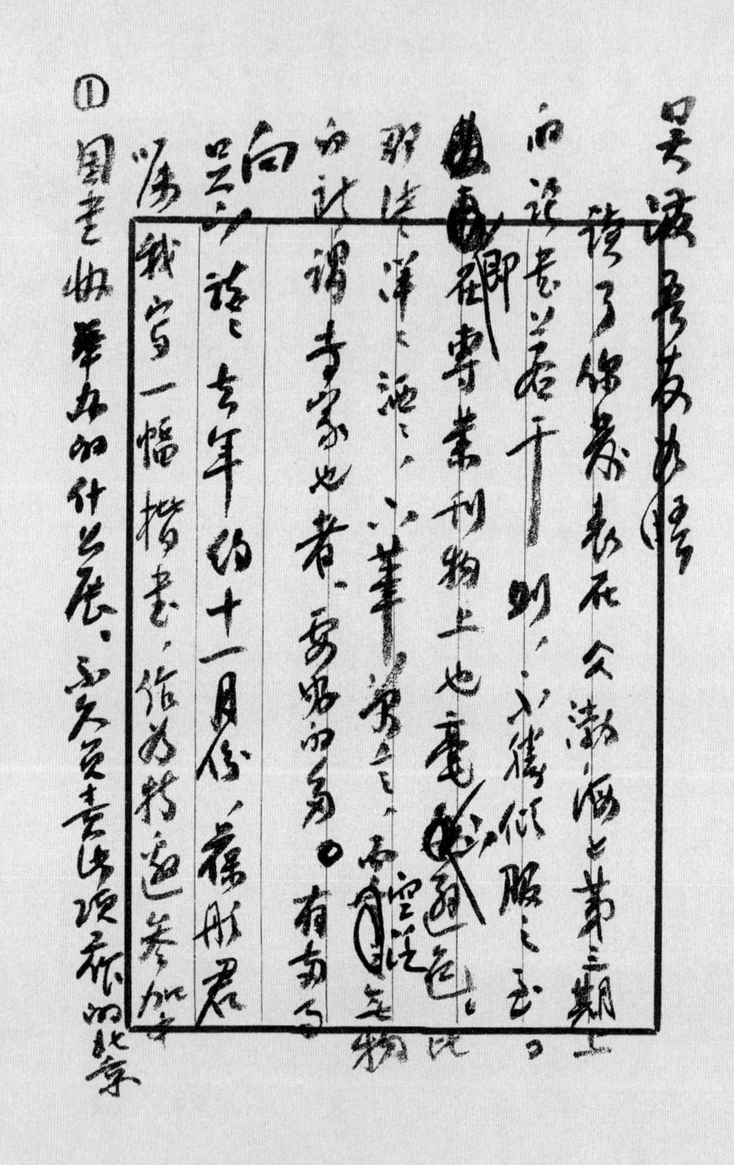

吴泼吾友如晤：

读了你发表在《渤海》第三期上的论老子若干则，心仪佩服之至。即在专业刊物上也毫无逊色，况那些洋洋洒洒、下笔万言，而空泛无物的所谓专家也者，要好得多。有劲了

向吴泼请教：去年约十一月份，孙彤君嘱我写一幅楷书，作为精选参加国画收藏协会什么展，不久负责此项展的北京

①

38（1） 二〇〇九年三月二十二日致吴泼

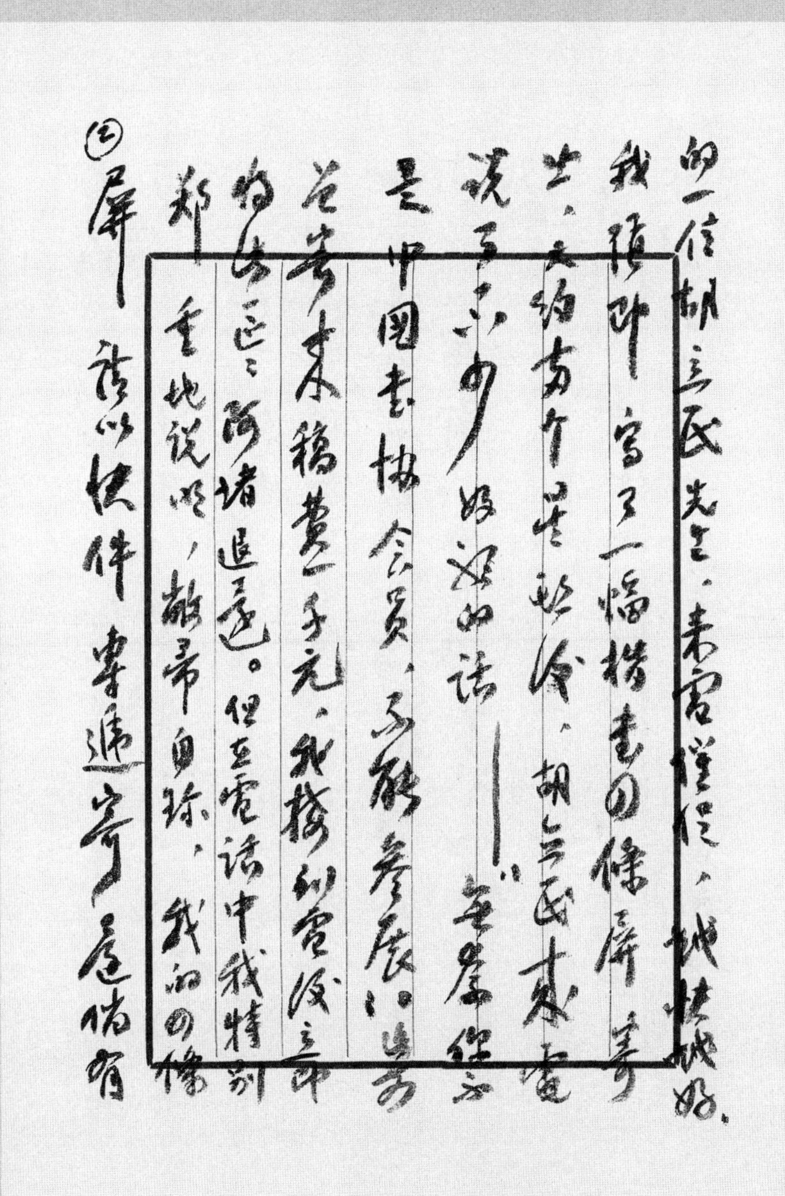

的一信，胡三民先生，来電謹悉，甚好甚好。
我預計寫了一幅楷書的條屏寄
去，是給另个[illegible]的，胡三民大夫[illegible]
說了不少的好好的話——，[illegible]
是中國書協會員，不能參展以[illegible]
若寄來稿費千元，我[illegible]
的[illegible]諸選[illegible]。但在電話中我特別
鄭重地說明，[illegible]自珍，我們的條
(二)屏請以信件[illegible]寄[illegible]

38（2）　二〇〇九年三月二十二日致吴泼

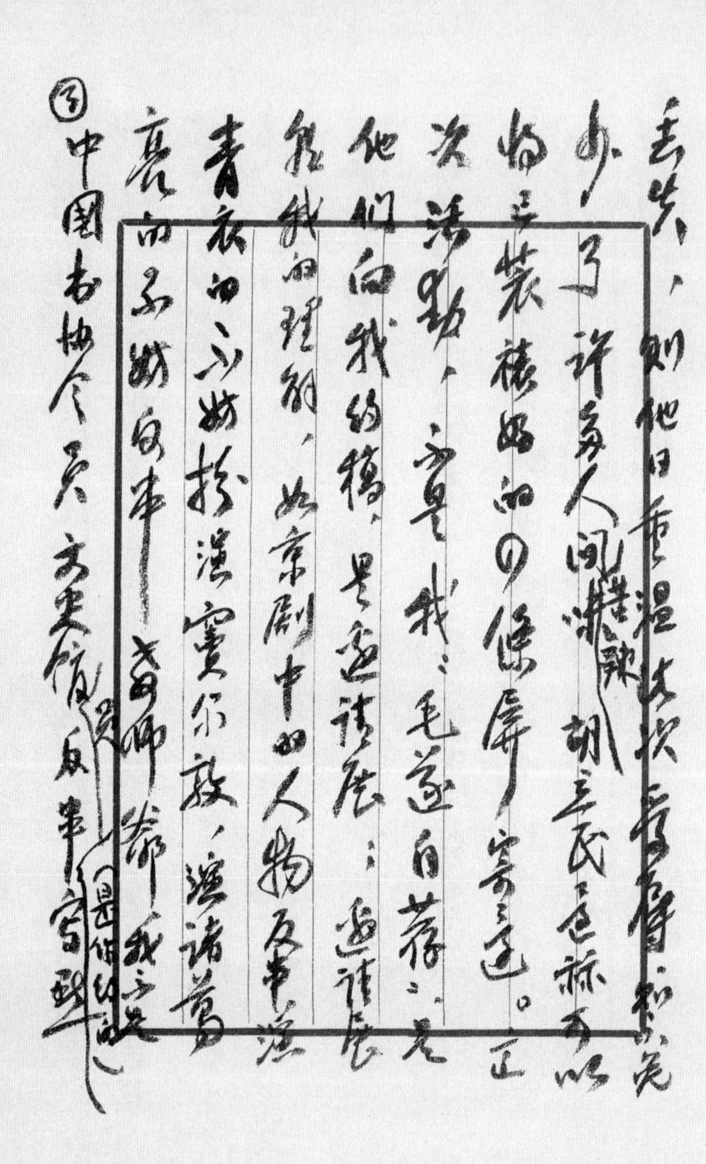

丢失，则他日重温这些书信，将更觉少了许多人间情趣。胡三民三在你可以将三装裱好的四条屏，寄三还。正次活动，竟是我毛遂自荐。是他们向我约稿，是邀请展。邀请展我的理解，如京剧中的人物及串演青衣的不断扮演，实际上就是诸葛亮的不断自串 老师都 我

中国书协个展 文史馆展 友聚寄

38（3） 二〇〇九年三月二十二日致吴泼

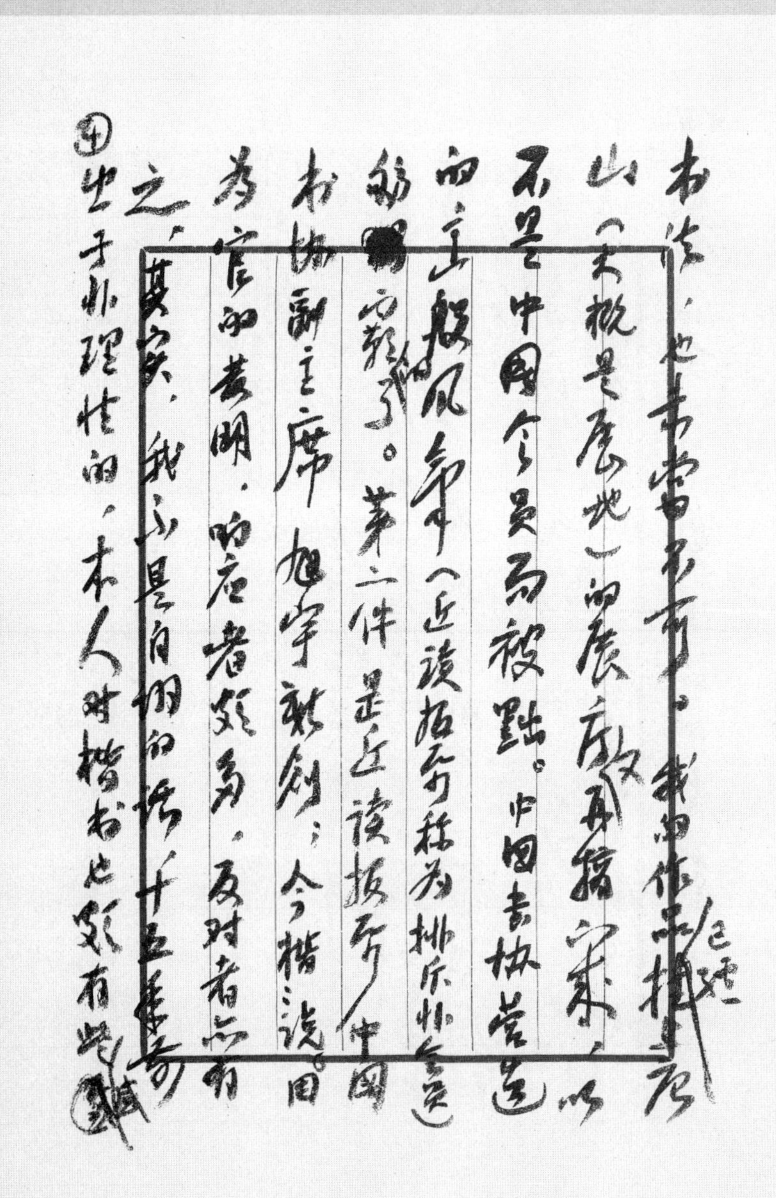

书法，也未曾见有。我的作品（已经）撤下后
山（大概是唐山地）的展厅又再搞出来，以
不是中国文字为被黜。中国书协崇尚
而主山般风气（近读报纸称为排斥非官选
的[illegible]的效颦了）。第二件是近读报纸中国
书协副主席旭宇新创：今楷之说，因
为官和黄明，响应者颇多。反对者亦有
之。其实，我亦是自纲的话，十五年前
⊕出于非理性的，本人对楷书也颇有此识

38（4）　二〇〇九年三月二十二日致吴泼

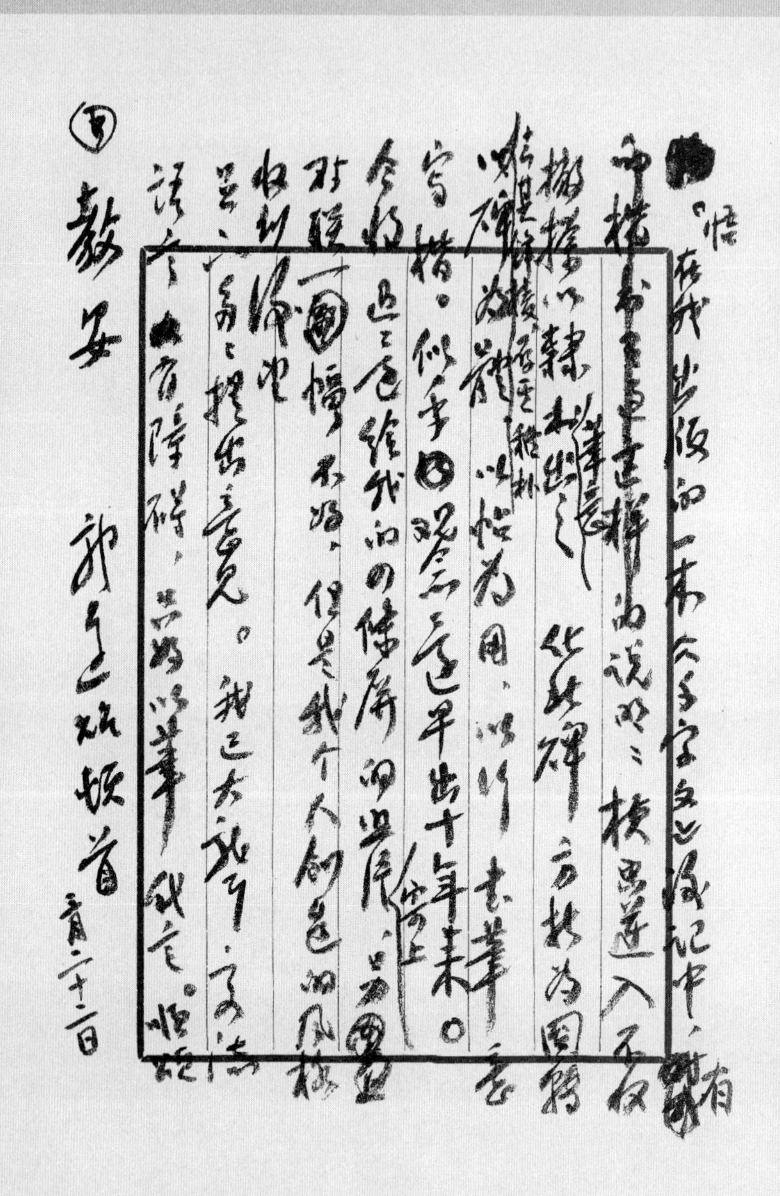

教安

郭连贻顿首

三月二十二日

38（5）　二〇〇九年三月二十二日致吴泼

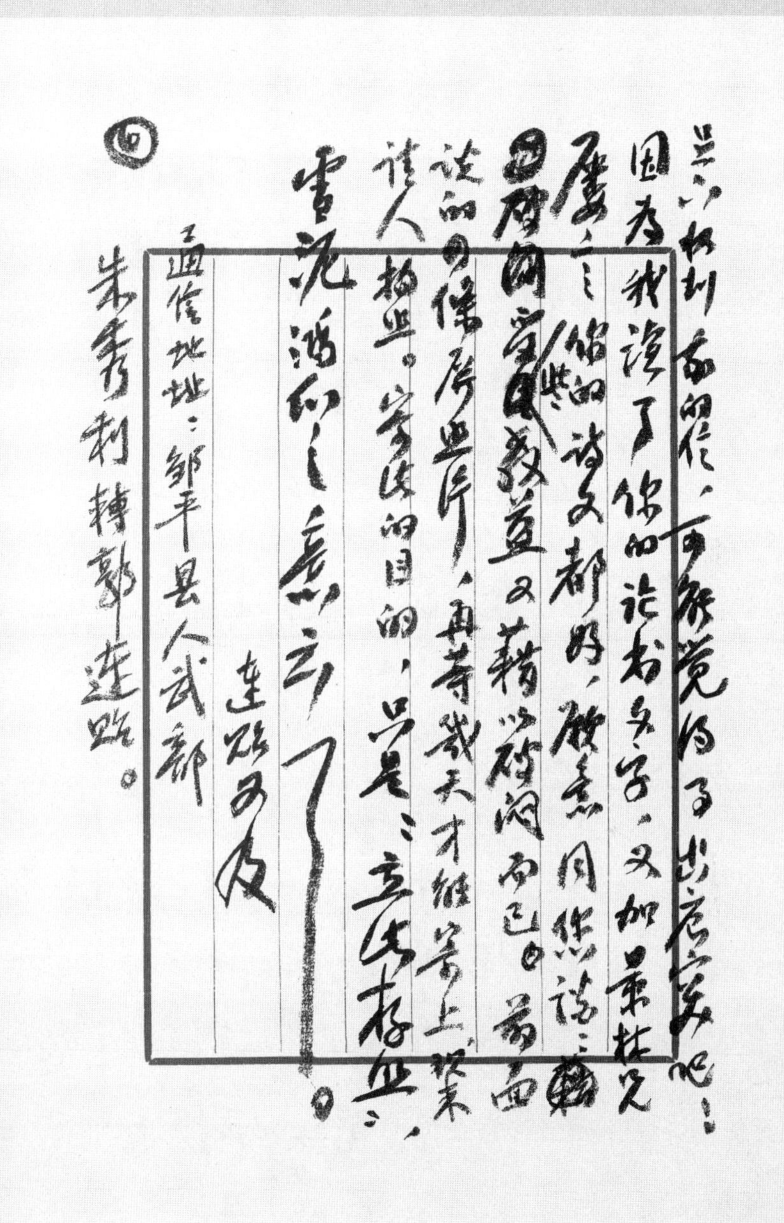

吴泼：收到我的信，可能觉得有些出乎意外吧！因为我读了你的许多文字，又加上某杖兄屡屡给我寄你的诗文，都好，使我同你谈谈艺，因为你的字教益又藉以研讨而已。前面说的目的倒是无所谓，再等几天才能寄上一些，请人抄些。写信的目的，只是：立此存照：当然落印之意了。

连贻又及

通信地址：邹平县人武部

朱秀利转郭连贻。

38（6） 二〇〇九年三月二十二日致吴泼

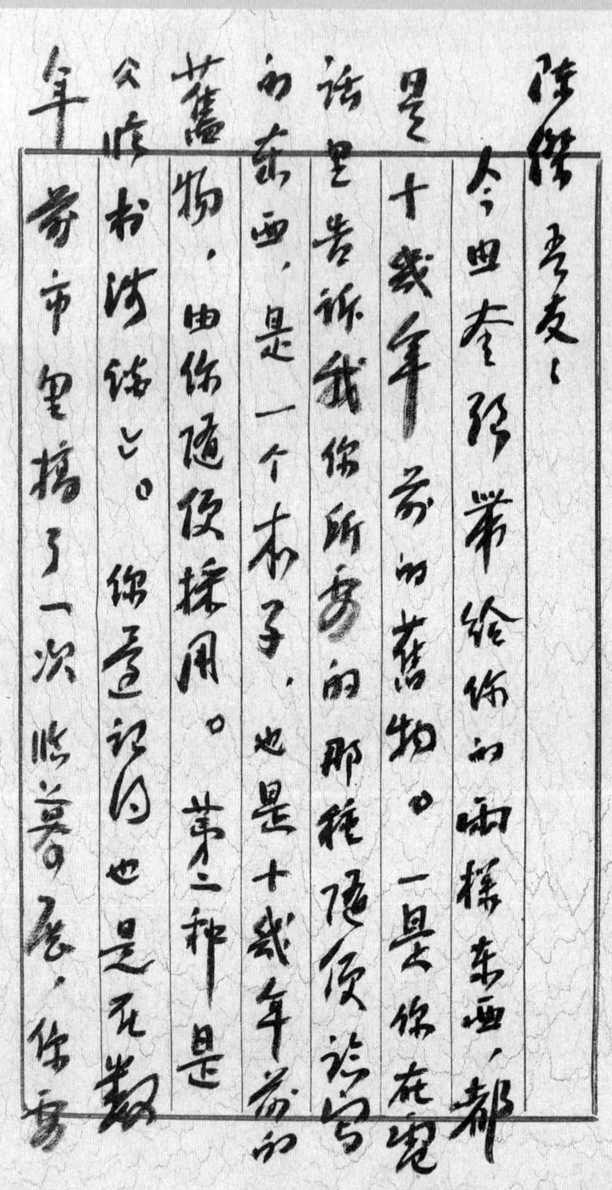

陈傑老友：

今由冬弓带给你的两样东西，都是十几年前的旧物。一是你在电话里告诉我你所要的那种随便谈写的东西，是一个本子，也是十几年前的旧物，由你随便採用。第二种是公收书法信札。你还记得也是无数年前市里搞了一次临摹展，你要

39（1） 二〇〇九年四月三日致陈杰

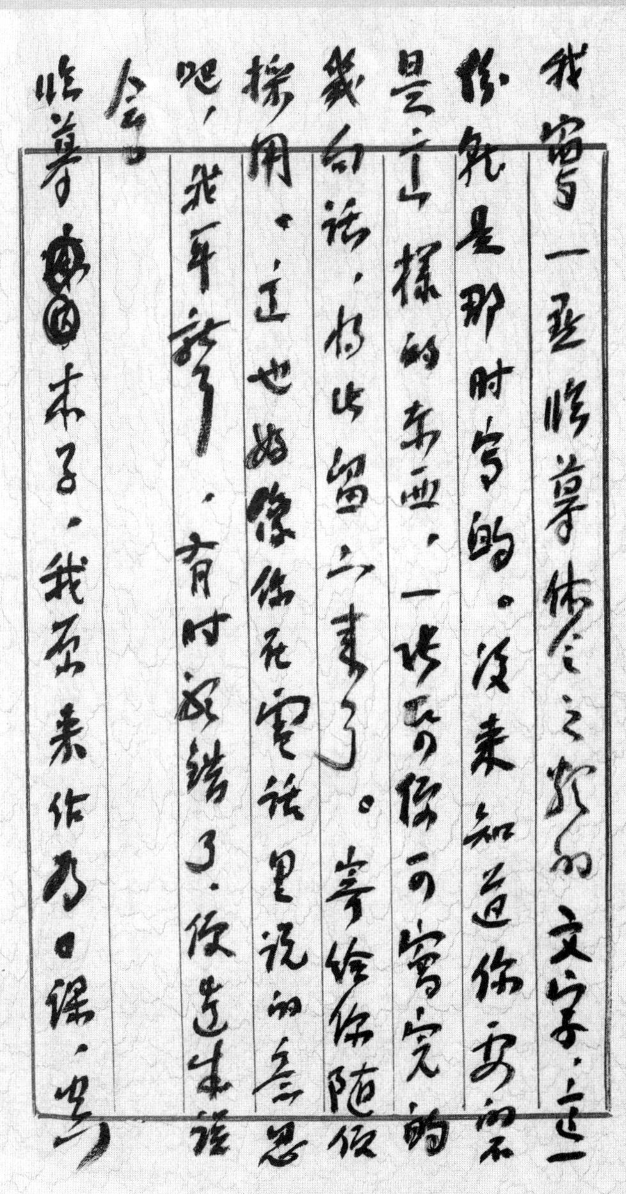

我写一些临摹作品之外的文字，这一
份就是那时写的。后来知道你要的不
是这样的东西，一些写的你可写完的
几句话，将此留下来了。寄给你随便
采用。这也好像你在电话里说的意思
吧，我年龄了，有时就错了，后边未说
今
临摹[illegible]本子。我原来作为日课，也写

39（2）　二〇〇九年四月三日致陈杰

3

连写了不少，特别是送给曾松公论著谢无量的作品上下两册，现在怕论不出来了。现在的这本，能送给你了，我向来并不敝帚自珍，只是送给人的时候，只觉的写的很不好留下来没有多大意义。前几年咱们几个印的那本集子，已由奎绂带来了。前天北京张叶蓁送

39（3） 二〇〇九年四月三日致陈杰

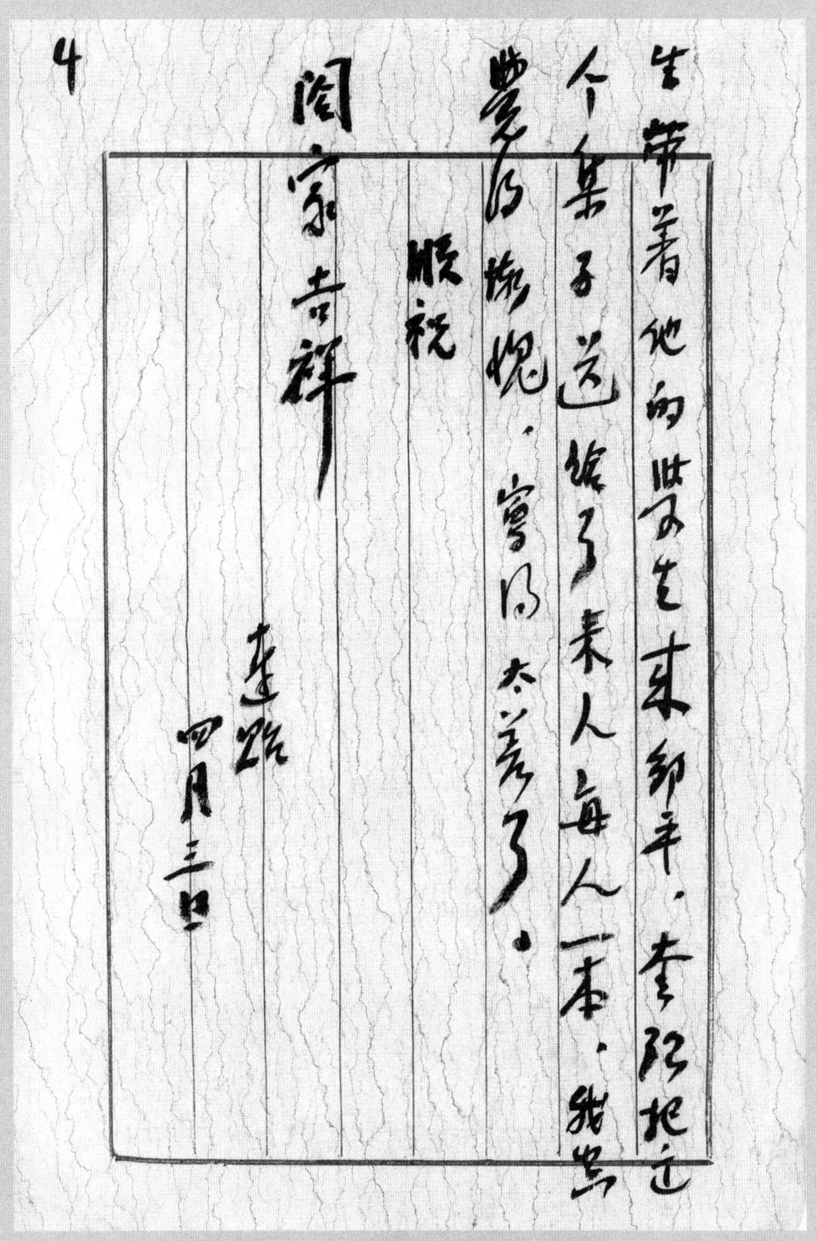
4
生带着他的学生来郑州，李阳把这个集子送给了来人每人一本。我总觉得惭愧。写的太差了。
顺祝
阖家吉祥
连贻
四月三日

39（4） 二〇〇九年四月三日致陈杰

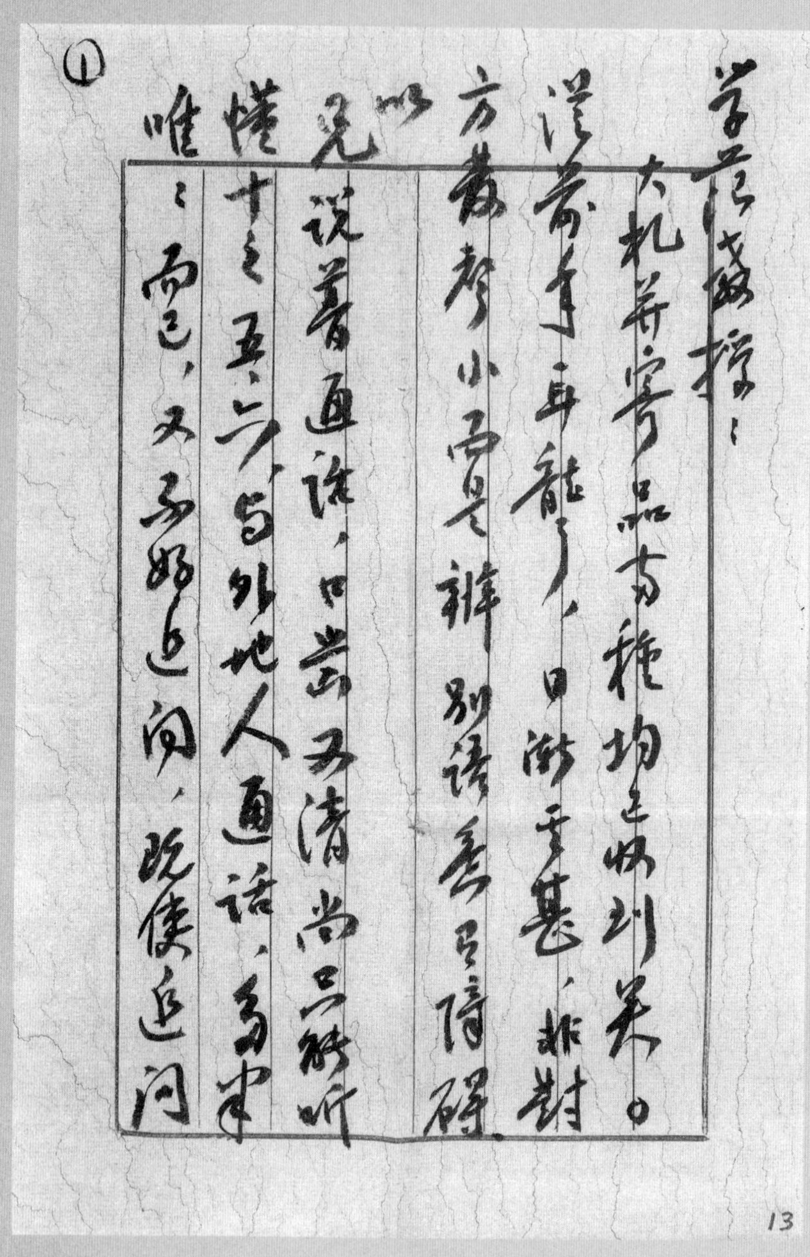

学范[illegible]撰席：

大札并寄品古稀均已收到矣。从前年耳聋了，日渐严重，非对方发声小，而是辨别语音障碍。以兄说普通话，只要发清，尚只能听懂十之五六，与外地人通话，为中唯唯而已，又不好追问，既使追问

13

40（1）　二〇一〇年一月二十七日致孙学范

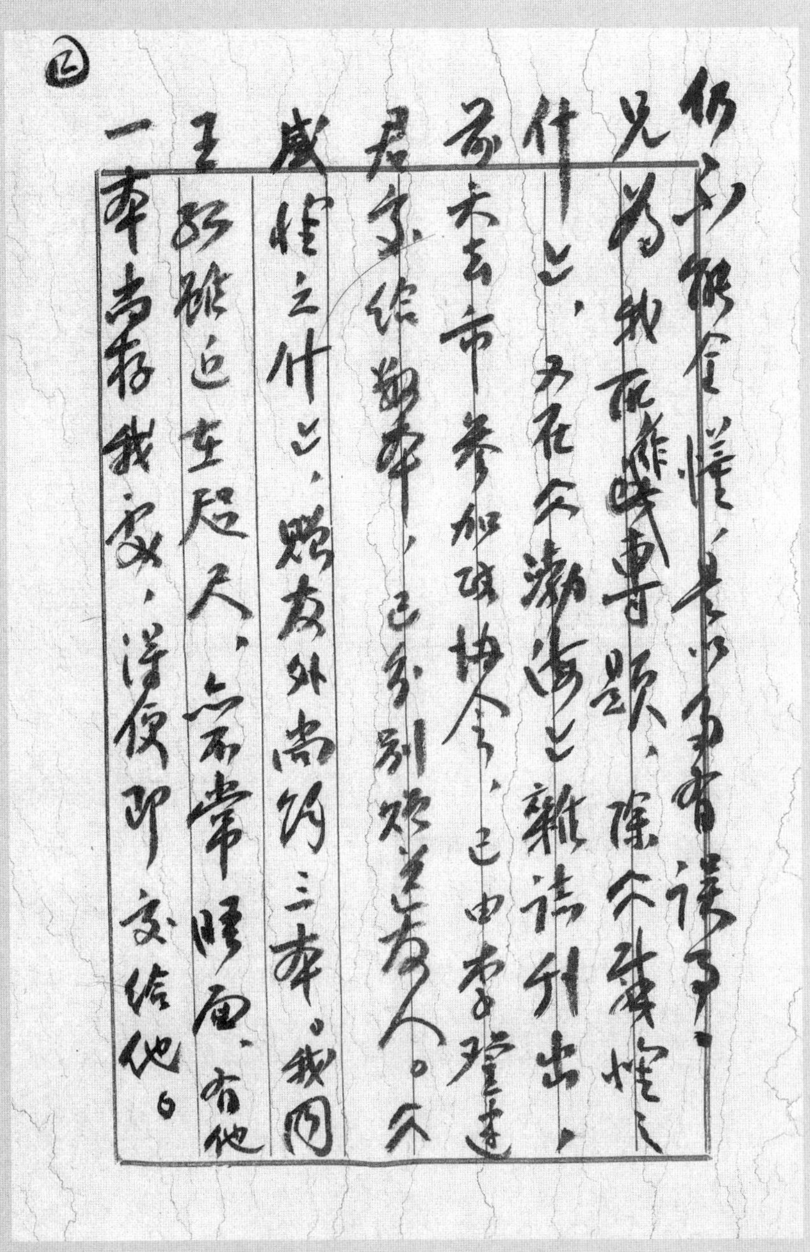

②

仍祈眠食增懽，长以事书谈予
兄为我所作碑书题，除公孙谟恒之
件上，又在《渤海》上杂志刊出，
前未去市参加政协会，已由李瑾达
君寄给刘年，已分别寄送友人。公
咸惜之件上，赠友外尚余三本。我们
王好豫近在起人，亦常联函，有他
一本尚存我处，俟便即交给他。

40（2） 二〇一〇年一月二十七日致孙学范

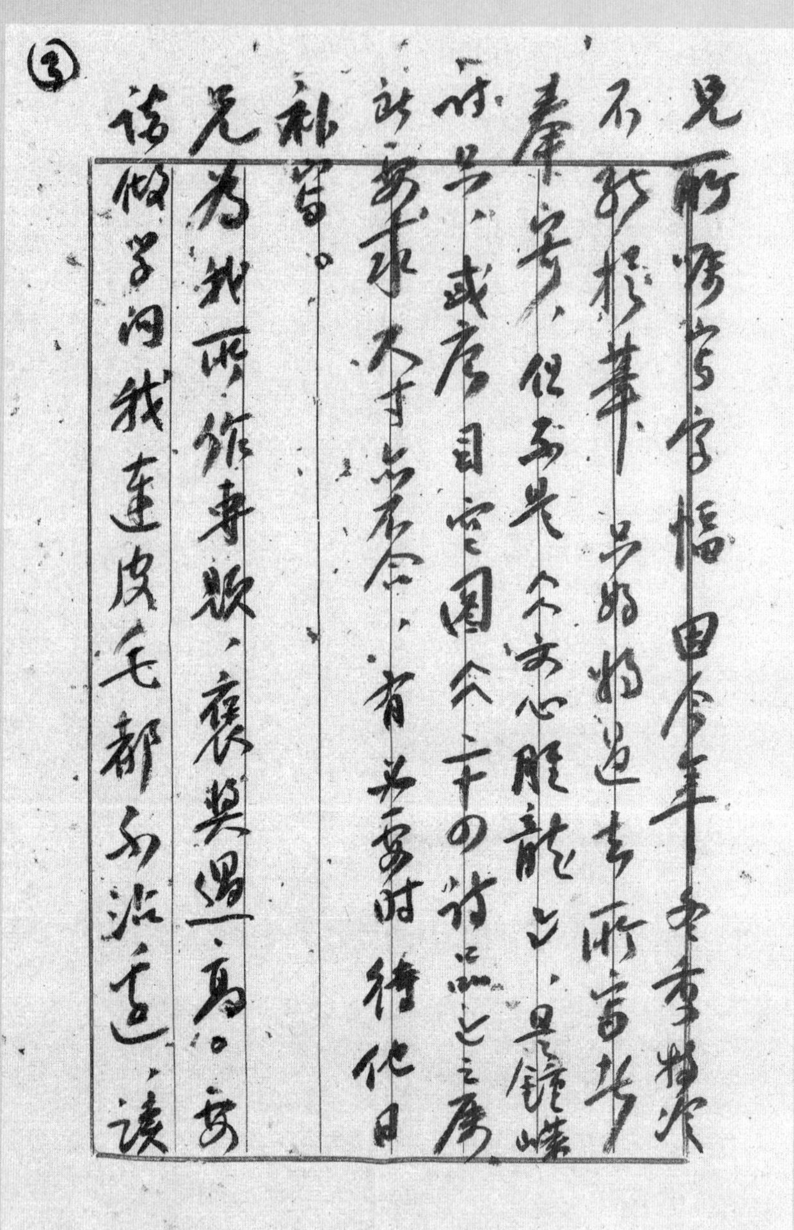
③

兄所临字帖由令弟季梅来，不能移华，只好将道去所当长奉安，但为兄亦不安心，能上，是镜峰时兄之武库目空囫众千四诗品之库，此亦求大才出版念，有兄一家时待他日补写。

兄为我所作寿联，褒奖过高。我谈做学问我连皮毛都不沾边，谈

40（3）　二〇一〇年一月二十七日致孙学范

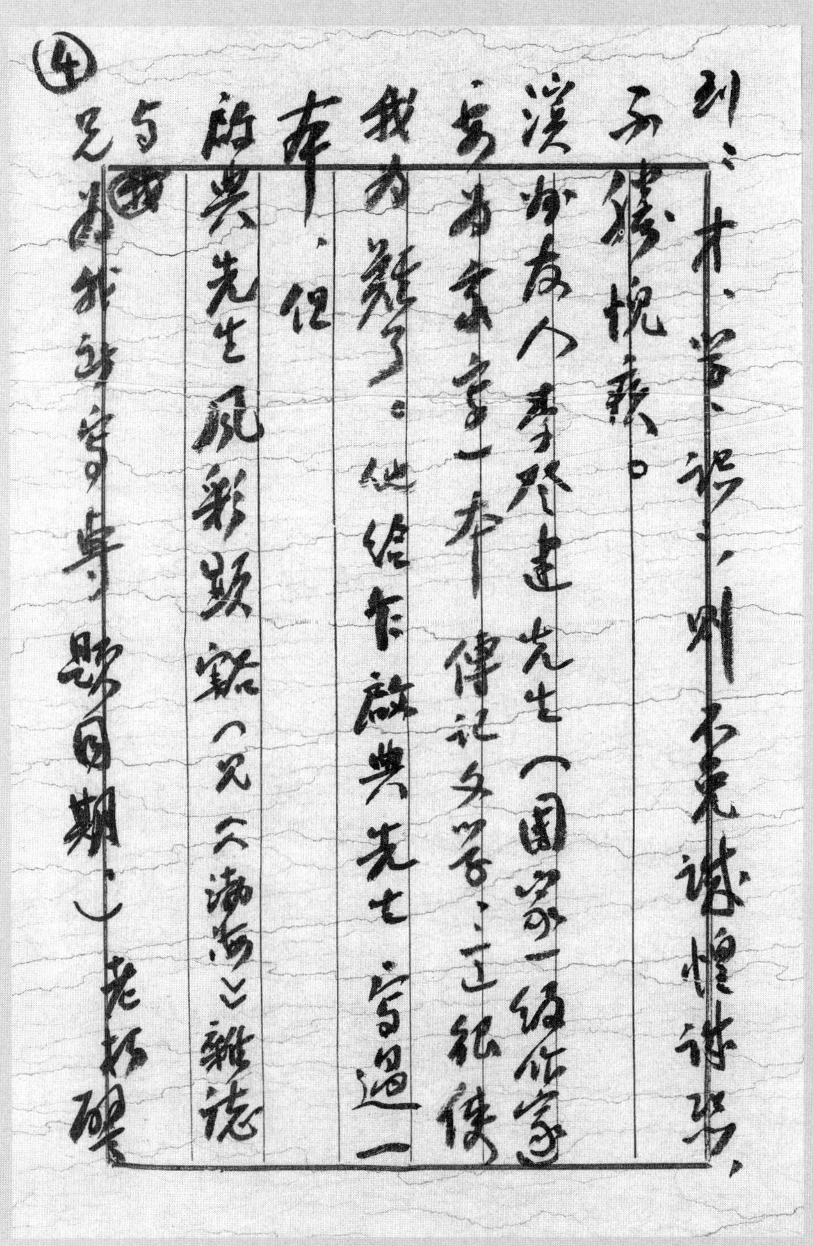

④

到、才、学、识，则不免诚惶诚恐，

不胜惶愧矣。

滨州友人李殿建先生（国家一级作家）

寄来新书一本传记文学，这很使

我为难了。他给启功先生写过一

本，但

启功先生风彩题签（见《满族》杂志

5（图）

兄，为我[illegible]写[illegible]题目期。）老板砚

40（4）　二〇一〇年一月二十七日致孙学范

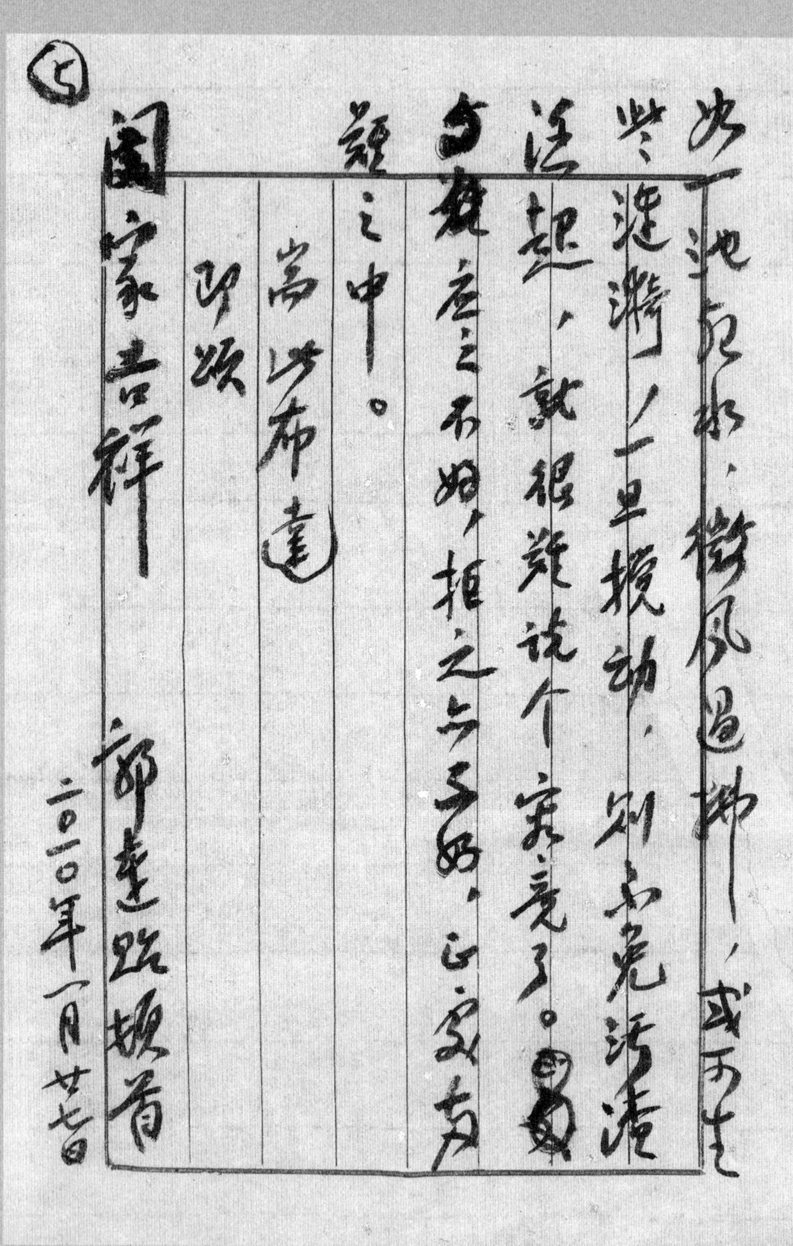

⑤

如一池平水，微风过拂，或可生些涟漪；一旦搅动，则不免污浊泛起，就很难说个究竟了。与其应之不好，拒之亦不好，正处矛盾之中。

肃此布达

即颂

阖家吉祥

郭连贻顿首

二〇一〇年一月廿七日

40（5） 二〇一〇年一月二十七日致孙学范

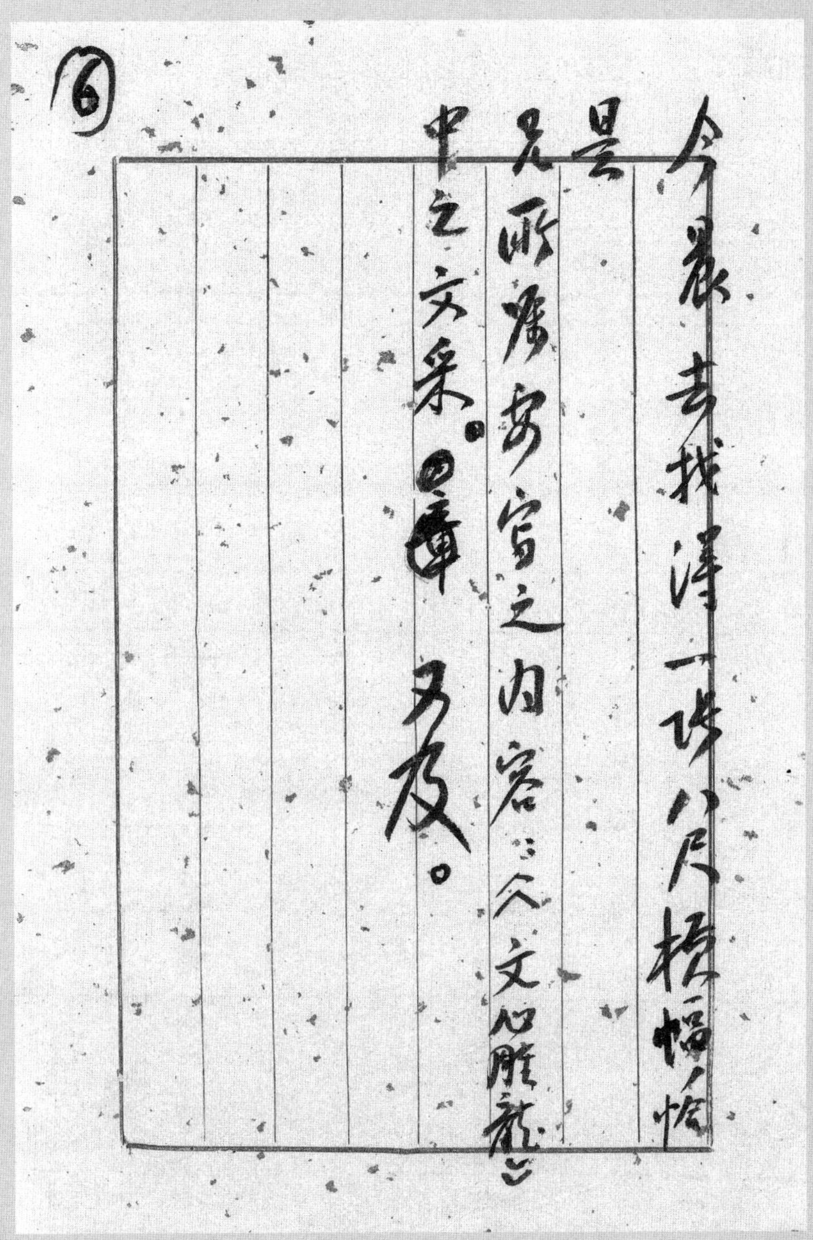

⑥

今晨去找得一张八尺横幅，恰是
兄所嘱写之内容：文心雕龙
中之文采。[illegible]吾友。

40（6） 二〇一〇年一月二十七日致孙学范

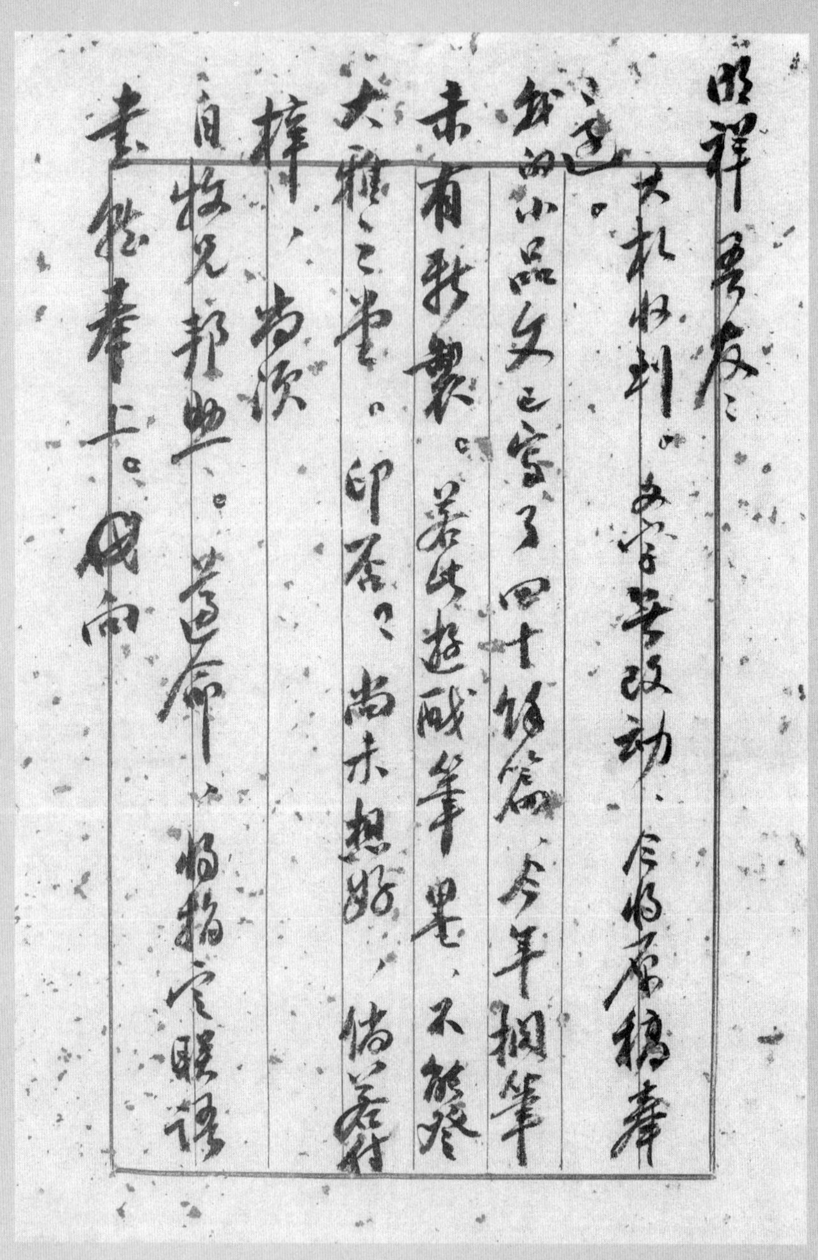

明祥吾友：

大札收到。文字无改动，仍将原稿奉还。

敝处小品文已写了四十余篇，今年搁笔未有新制。若要选成笔墨，不能登大雅之堂。印否？尚未想好，倘若将择，尚须自牧兄帮忙。若遇命，倘转它照谅

专此奉上。即向

41（1） 二〇一〇年一月三十一日致徐明祥

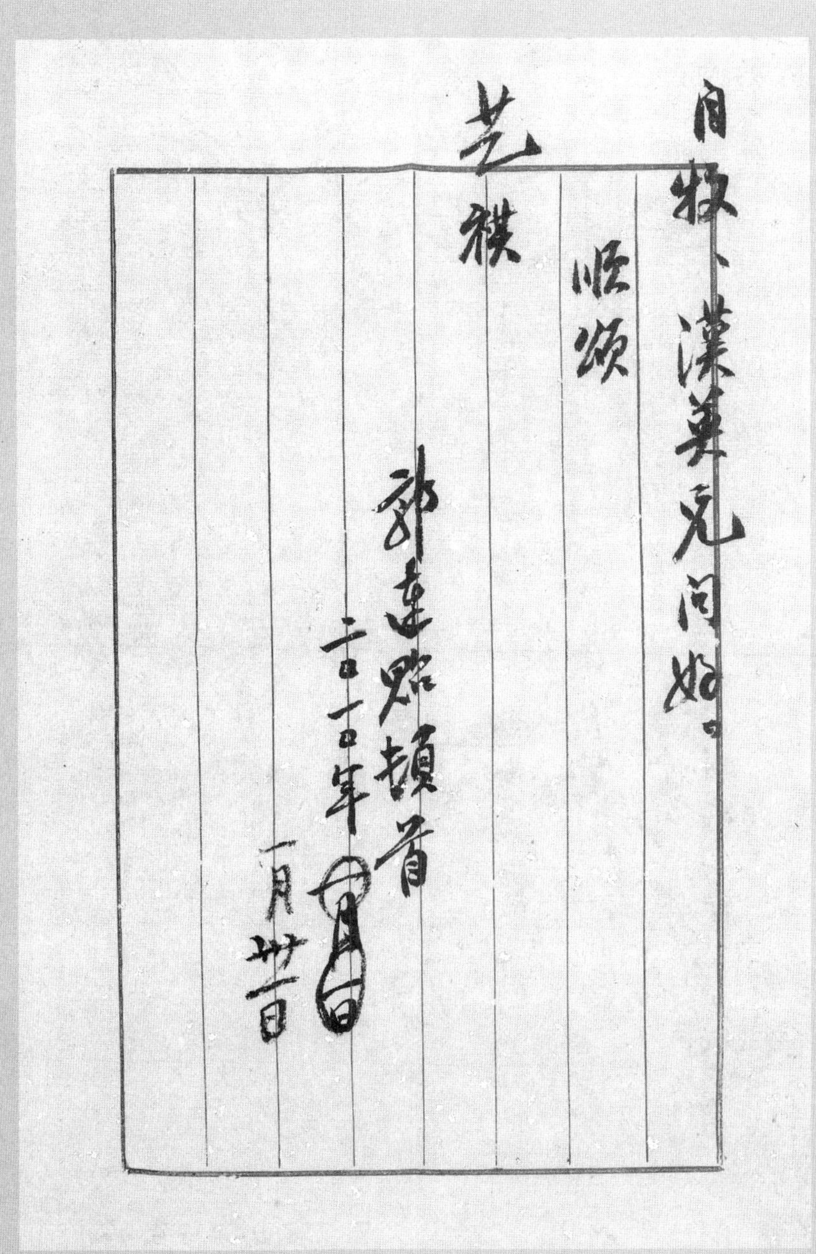

自牧、漢英兄同好。

順頌

芝祺

郭連貽頓首

二〇一〇年一月卅一日

41（2） 二〇一〇年一月三十一日致徐明祥

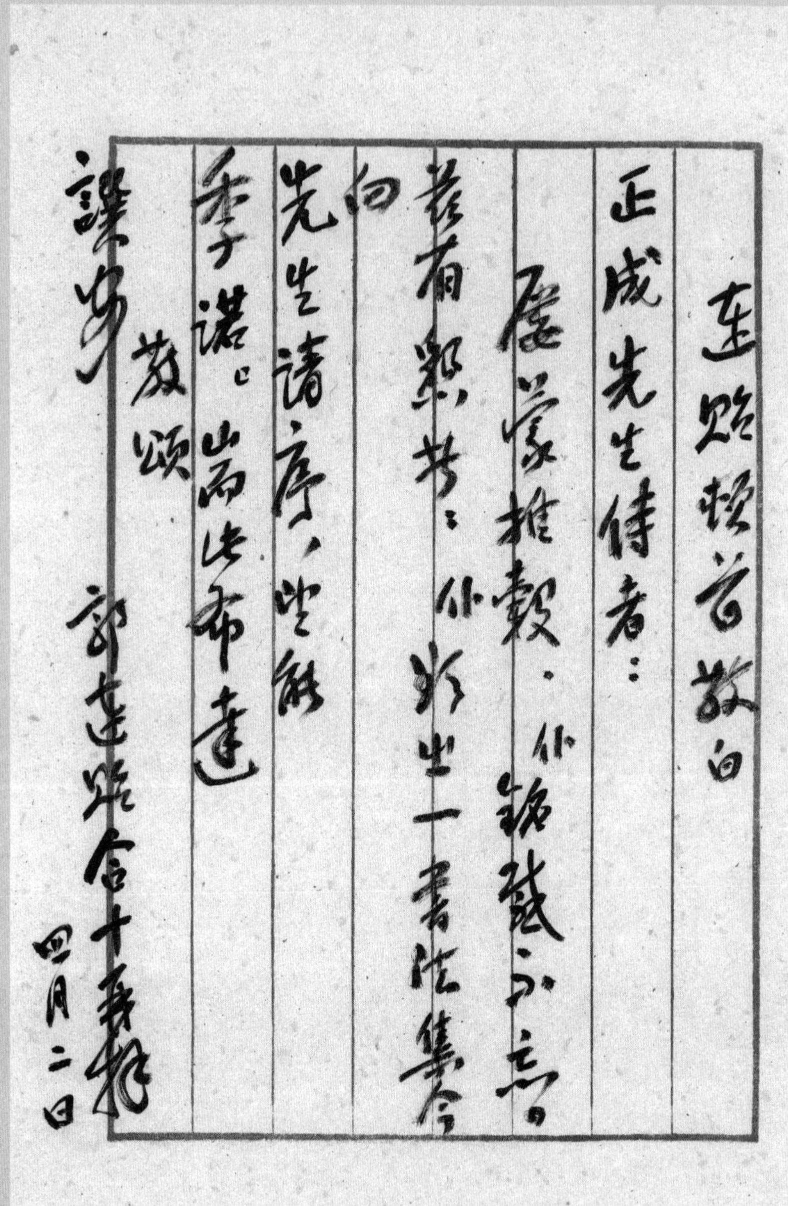

连贻顿首敬白

正成先生侍者：

屡蒙推毂，仆铭感不忘。兹有郑共共，仆将出一书法集，命向先生请序，望能季诺。耑此布达，敬颂

谦安

郭连贻合十拜

四月二日

42　二〇一四年四月二日致刘正成

# 附录一　郭连贻先生传略

郭连贻，山东省邹平市碑楼村人，1930年5月生，2016年3月去世。

郭连贻先生出生在一个普通的耕读之家，祖父、父亲曾先后外出做账房先生，家庭尚可维持温饱，遂得以从本村私塾先生读书。先生有弟、妹三人，自幼丧父，加之祖父年迈，家道逐渐趋于贫寒，无力继续学业。13岁时，投靠本族伯父郭念丰，在鲁中商埠周村广兴恒绸缎庄做学徒，两年后，又到张店瑞祥茶庄学生意。1947年17岁时，伯父的生意迁至省城，又辗转去了济南。因时局动荡，生意惨淡，生活没有着落，1948年初，去南京投靠舅父，时任“中统”南京实验区区长的田纯玉，经田纯玉介绍，到南京市第十一信用合作社做练习生。其间，利用业余时间，跟随金陵大学吴晋民先生读《论语》。后因信用合作社倒闭，又经田纯玉介绍，到江苏省句容县政府突击队任上士文书。1949年4月南京解放，随队起义，并于当月补充到35军312团2营机枪连2排5班当战士，先后驻守浙江省绍兴、舟山等地。其间，协助部队文化教员王大管先生编写《战斗生活小报》，并向王先生学习诗词格律知识。1950年7月，加入中国共产党。1953年，以正排职破格升任198团团政秘书。1958年5月，因舅父的社会关系牵连，被复员处理，回乡务农。

郭连贻先生先后做过农中教师、铡草农工、河上车夫、果园看护，因不胜繁重的农作，工分少、负担重，间以装裱售卖字画维持生计，生活几近赤贫，并且在历次政治运动中饱受歧视，十一届三中全会后，生活渐有改观。1983年被邹平县人民政府聘任编修《邹平县志》，八年修志，呕心沥血，为地方文史工作和文化建设作出了突出贡献。

郭连贻先生终生生活在偏乡僻邑，于艰苦竭蹶中读书作文，自得其乐。他好学深思，热心地方文史，在编修《邹平县志》期间，选编了《邹平历代诗选注》，并以《编志余话》为总题，撰写了《邹平诗苑溯古》《范仲淹流寓考》《段成式乡贯应从邹平说》《义和拳在邹平起事始末》《朴学大师成瓘》《范仲淹〈留别乡人〉是一首伪诗》《一代史学家马宛斯》等文章。2003年至2008年，与王忠修合作注释出版了清初大诗人张实居《萧亭诗选》、乾隆道光年间邹平女诗人郝秋岩《秋岩诗集校注》，对地方人文资料进行了及时的抢救和保护。

1987年，郭连贻先生当选为邹平县政协委员，后历任邹平县政协常委、滨州市政协委员。1994年，被授予山东省十年编志荣誉证书。2001年3月，被山东省人民政府聘为省文史研究馆馆员。

郭连贻先生钟情翰墨，毕生研究临习古代碑帖，以龙门云峰之拙厚朴峻壮帖之风骨，以二王颜米之腴润飘逸增碑之雅韵；其书或楷或草，既率真磊落、骨力洞达，又宕逸古雅、云烟缭绕；一生历经风雨，淡定自安，于诗文志史及人生襟怀多有体悟，其书超尘脱俗，形成了自己独特的艺术风格。郭连贻先生的书法既延续了传统，又有鲜明的个人风格；几十年来，他埋名于乡野，在数十年极端困顿的生活环境中，却孜孜以求艺术的传播与创造，是一个真正的继绝世、有风骨、具实力、接地气的书法家。1981年，参加山东省首届书法展。1983年，参与筹建邹平县书法家协会，并当选为理事。1997年12月，受邀参加滨州地区五老书画展。1999年8月，参加滨州、德州、淄博三地市书法联展。1999年，由中国文联出版社出版《郭连贻楷书千字文》。2014年，由西泠印社出版《郭连贻书法作品集》。2006年5月，参加“黄河三角洲书法群落”于北京今日美术馆举办的晋京展。2007年5月，书法网发布专题《墨隐于野——书坛名耆郭连贻全影录》。

2000年《中国书法》杂志、2005年《书法》杂志分别予以专题介绍。2011年5月，被山东省文联授予“艺术终身成就奖”。2014年4月，滨州市作协主席李登建先生人物传记《最后的乡贤——郭连贻传》出版发行，并在《中国作家》杂志全文发表。

# 附录二　郭在贻教授传略

张涌泉

郭在贻先生（1939—1989），号旻盦（又作旻庵）居士，室名朴学斋、仪二王斋（“二王”指王念孙、王引之）、冷凳斋。1939年1月11日出生于山东省邹平县碑楼村的一个农民家庭，幼年丧父，家境贫寒。先后就读于当地小学和张店市初级中学、济南市第三中学，讷言敏行，沉静好学，成绩优秀，而尤以语文为最。1957年至1961年就读于浙江师院（1958年改名为杭州大学）中文系。因成绩优异，毕业后留校，分配在语言文学研究室，给姜亮夫先生当助手，至1965年秋季四清运动止。“文革”后调中文系任教。1979年被评为讲师，1980年破格晋升为副教授，1985年晋升为教授。1986年被国务院学位委员会评定为博士生导师。他是当时人文社会科学领域最年轻的博士生导师。1988年，被国家人事部核准为国家有突出贡献的中青年专家。他是浙江省第六届政协委员、九三学社社员，生前兼任中国语言学会理事、中国敦煌吐鲁番学会理事、中国训诂学研究会副会长、中国敦煌吐鲁番学会语言文学委员会副会长、浙江省语言学会副会长。1989年1月10日因病逝世，年仅50岁。著有《训诂丛稿》、《训诂学》、《敦煌变文集校议》（与张涌泉、黄征合著）,以及他去世后由他的学生整理而成的《旻盦文存》上中下三编,2002年5月已汇集为四卷本的《郭在贻文集》由中华书局出版。

先生毕生致力于汉语言文字的教学和研究工作，在训诂学、敦煌学、楚辞学诸领域都取得了卓越的成就。

大学毕业后，在姜老的引导下，先生没有急于述作，而是如饥似渴地读书。当时他读书的重点是语言文字学，旁及历史、哲学、文学，其中段玉裁的《说文解字注》是他专攻的对象。后来先生回忆说：“清人段玉裁的《说文解字》，我从头到尾读过三四遍。我在自己用的本子上，先用朱笔点读过一遍，然后又密密麻麻地贴满了浮签，用一句套话来说，可谓‘丹黄烂然’了。”（《回顾我的读书生活》）这段时间的读书生活，为他后来的学术研究打下了坚实而又宽博的基础。他的处女作是1978年发表于《社会科学战线》等杂志上的《说文段注与汉语词汇研究》等五篇系列研究论文。这些论文，从不同角度对《说文》段注进行了全面深入的探讨，在学术界引起了较大的反响。

十年“文革”，举国板荡，没有哪个地方可以安得下一张平静的书桌。但先生凭着对学术的执着追求，超然物外，仍一意沉潜于书卷之中。也正是在这一时期，他的读书生活跨入了一个新的阶段：由博览群书打基础转而进行专门性的研究。他首先注意到的是《楚辞》。自东汉王逸《楚辞注》而下，前人对《楚辞》已进行了反复深入的研究，有关的著述不下数百种，要在前人的基础上有所突破、有所发明，谈何容易！但先生没有在困难面前却步。在研读了数以百计的《楚辞》论著的基础上，他凭着扎实的古汉语和古文献方面的功底，精思博辨，写成了《楚辞解诂》一文，对《楚辞》中的一些聚讼纷纭、向无定论的疑难词语进行了类似破译密码的考释工作。如考证“九约”即“纠钥”、“志度”即“踶踱”、“雷渊”即“回渊”等等，莫不洞见幽微，得其本真。他还写了《近六十年来的楚辞研究》《楚辞要籍述评》等论文，对《楚辞》研究的历史和现状作了宏观的评述。文章论述全面、评议得当，反映出一位深有造诣的研究者的真知灼见。此外，他还写了《〈汉书〉札记》《〈论衡〉札记》《古汉语词义札记》等论文，对《史记》《汉书》《论衡》中的一些疑难词语进行了考释，亦皆精审，多发人所未发。

1976年，“四人帮”被粉碎，迎来了科学的春天，先生的学术活动也跨入了新的阶段。在蒋礼鸿先生的影响熏陶下，他的学术研究从传统的训诂学领域转向了汉魏六朝以来方俗语词的研究。从汉代经师到清代鸿儒，传统的训诂学在先秦两汉典籍的训释方面无疑取得了辉煌的成就，但对汉魏六朝以来方俗语词的研究工作，却不曾很好地做过。这是汉语词汇史研究中的薄弱环节，也是文字训诂之学的一个全新的研究领域。从1979年在《中国语文》刊发《古汉语词义札记（二）》一文开始，先生继踵张相与蒋礼鸿诸前辈，对汉魏六朝以来文献中的大量“字面生僻而义晦”或“字面普通而义别”的方俗语词进行了考释，先后发表的有关论文多达四十余篇。这些论文，思致绵密，征引详赡，结论多可信从。诸如杜甫《彭衙行》的“咬”字，白居易《琵琶行》的“滩”字，陶渊明《五柳先生传》的“何许人”，长期以来以讹传讹，未得确诂，一经先生点破，便有雾解冰释之妙。在俗语词研究中，先生既汲取了前辈学者经常使用的归纳类比的训释方法，又善于把俗语词研究和文字校勘结合起来考察。如他考释王梵志诗中的“蛆妬”一词，便是从文字校勘入手，指出“蛆”即“怚”的假借字，而“妬”则即“妒”的俗体字，破除了字形的迷障，“蛆妬”的意义也就豁然开解了。先生还善于将俗语词考释和汉语词汇史的研究结合起来，追本溯源，求其会通。他非常注意观察那些较为特殊的语言现象，努力探寻并揭示那些带有规律性的东西，如《唐诗中的反训词》《杜诗异文释例》《唐诗异文释例》诸文，都是如此。为了促进俗语词研究工作的开展，先生还从理论上对俗语词研究的特点与经验进行了系统的总结，先后写了《俗语词研究与古籍整理》《俗语词研究概述》等论文。在1986年出版的《训诂学》一书中，更把汉魏六朝以来的方俗语词研究辟为专章，就俗语词研究的意义、历史和现状、材料、方法等进行了全面的阐述，填补了学术研究领域的空白。日本学者佐藤晴彦教授指出：“郭在贻氏前年出版的《训诂丛稿》，以其踏实的工作方法而引人注目。这次的《训诂学》也是非常独特的。直截了当地提出俗语词问题并辟为一章，通过丰富的例证来强调说明俗语词的研究成果对于正确地理解文句是多么的重要，恐怕还是从本书开始的吧。在传统的色彩极其浓厚的训诂学的世界里，只有郭著这样说并且付诸实践，这是很不简单的啊！”（见《日本中国学会报》39集）

训诂学是一门古老的学问，旧的训诂学作为经学的附庸，其主要目的是为经学服务的。过去的一些训诂学著作也往往言必称九经三传，摆脱不开为经学服务的老框子。所以如何加强训诂学的实用性，是摆在今天的训诂学家面前的一大任务。先生在训诂研究的理论与实践中，十分注重训诂的实用性，撰写了《训诂学与语文教学》《训诂学与辞书编纂》《漫谈古书的注释》等一系列论文，努力使艰深的训诂之学同古籍整理、辞书编纂，以及大中学校的语文教学挂起钩来。在《训诂学》一书中，“实用性”更是贯穿全书的一条主线。书中所揭示的训诂学的作用，极具说服力；所概括的训诂方法，又切实可行。现在许多高等学校把郭著《训诂学》作为教材，良非偶然。

20世纪80年代初，先生开始把研攻的重点放到敦煌文献语言文字上来。敦煌遗书的发现，改变了整个中国学术史的面貌，也为方俗语词的研究注入了强大的生命力。敦煌遗书中的变文、曲子词、白话诗、券契等文书，保存着大量的口语资料，它们对于考察宋元白话之沿溯，对于近代汉语词汇、语法的研究，都有很高的参考价值。1959年，蒋礼鸿先生出版了他的名著《敦煌变文字义通释》，考释了一大批变文中的方俗语词。但由于种种原因，没有解决的问题仍复不少，而且蒋书只限于变文，考释的范围有进一步扩大的可能和必要。所以在从传统的训诂学领域转向俗语词研究的同时，先生注意到了敦煌的俗文学作品，并先后发表了《唐代白话诗释词》《王梵志诗校释拾补》《敦煌变文校勘拾遗》《王梵志诗汇校》等一系列论文。在敦煌文献方俗语词考释的过程中，先生注意到了这样一个事实，即敦煌俗文学作品的作者或抄写者，多数水平不高，写本中字形讹误很多，这些作品中丰富的方俗语词往往是通过俗字别体的形式表现出来的；但一些前辈学者在整理敦煌遗书的时候，还没来得及对俗字、俗语词给予足够的注意，整理工作中难免发生这样那样的疏漏，从而给方俗语词考释工作的准确性带来严重的影响；敦煌文献中的俗语词研究要取得长足的进展，必须从俗字研究和文书校理入手。正是基于这一认识，从1987年开始，先生和他的学生张涌泉、黄征合作，开始了“敦煌学三书”（即《敦煌变文集校议》《敦煌变文校注》《敦煌吐鲁番俗字典》）的撰著工作。1989年底，“三书”的第一种《敦煌变文集校议》大致定稿。该书依据敦煌写本原卷，校正了《敦煌变文集》的大量校录错误。以俗治俗，注重俗字、俗语词之考释，是该书的一个显著特点。

先生在给友人的信中写道："此稿专谈我们自己的看法，自信不无发明，其中俗字和俗语词的考释方面，尤多独得之秘。"确非自夸之语。

先生治学严谨，学风朴实。在学术研究中，坚持实事求是、无征不信的原则，每立一义，必胪举大量本证、旁证，穷源竟委，不为空疏皮傅之说。在《回顾我的读书生活》一文中，先生把自己的治学经验归纳为四点：一、读书要博，研究要精。他认为读书的面不妨宽一些，中外古今文史哲，都要涉猎一些，这对于提高一个人的文化素质大有益处。但对研究工作来说，则必须专精，切忌博杂；做学问要注意根柢之学。比如搞训诂的，对几种小学名著，必须扎扎实实地精读一二种，然后由点及面，把自己的研究工作推广开去。二、方法要讲究，学风更重要。他大力倡导去华崇实的学风，提出"务平实、忌好奇，重证据、戒臆断，宁阙疑、勿强解"的训诂态度，并且身体力行。三、做学问要重创造，贵发明。他崇尚清代皖派学者的发明创造精神，反对粗制滥造、雷同剿袭。他写《楚辞解诂》一文，先后凡七易其稿，参考的书有近百种，历时近十载，而所得不过一篇万把字的论文，其由即在乎此。四、做学问要刊落声华，甘于寂寞。他认为读书人既要耐得起苦，能于枯寂落寞之中得其真味和乐趣，又要自觉抵御外界名与利的诱惑，始终忠实于学术，献身于学术。正是以"甘于寂寞"自励，以"板凳要坐十年冷，文章不写一句空"为座右铭，所以即使在"十年动乱"中，他仍能闭门读书，潜心著述，诚可谓"苏世独立，横而不流"，"深固难徙，更壹志兮"（姜老为先生手书《橘颂》语）。

先生在训诂学、敦煌学、楚辞学诸领域所取得的卓越成就受到海内外学术界的推崇和瞩目。香港《大公报》两度载文评价赞誉《训诂丛稿》，《人民日报》（海外版）、《光明日报》、《语文导报》等报刊也多次载文介绍他的研究成果。他主持撰著的《敦煌变文集校议》获北京大学第四届王力语言学奖；他的论文《楚辞解诂》《唐代白话诗释词》获中国社科院首届青年语言学家奖；《训诂丛稿》一书获浙江省高校文科科研成果特等奖；有关说文学、敦煌学、训诂学的论著连续三次获浙江省社会科学优秀成果奖。他无愧于"国家有突出贡献的中青年专家"的崇高荣誉。

先生为人谦虚谨慎，待人热情坦诚；他不慕荣利，一生清贫。先生手书压在书房台板底下的“入吾室者但有清风，对吾饮者唯当明月”（语出《南史》），正是他精神境界的真实写照。先生长期工作在教学第一线，不但每学期为未来的博士、硕士、学士们上课，为他们审阅论文、批改作业，还不辞辛劳地亲赴地县为函授学员讲课，满腔热情地为许多认识的、不认识的青年朋友看稿审稿。为教学、为科研，先生竭尽了毕生的精力。

1989年1月10日，万恶的癌细胞夺去先生年轻的生命。他走得那样匆忙，他没能过上五十周岁的生日就永远地离开了这个世界。